Harper
Collins

Zum Buch:

Lew Katchbrow versteht, dass Jonathan die Identität des Monarchen aufgegeben hat, damit er sich nun um seine kleine Tochter Natalie kümmern kann. Aber für Lew ist das ruhige Leben nichts. Er folgt dem Ruf des Abenteuers und der Freiheit: zumindest wenn er nicht gerade wie jetzt im Bundesgefängnis Yazoo City einsitzt. Nicht der schönste Ort der Welt, aber bei Weitem nicht der schlechteste, an dem der Ex-Soldat seine Tage verbracht hat. Doch als Lew von den Morden und dem falschen Monarchen erfährt, beschließt er, dass es Zeit ist, auszubrechen und seinem alten Freund im Kampf gegen den Serienkiller beizustehen …

Zum Autor:

Jack Soren lebt in Toronto. Bevor er sich einen Namen als Thrillerautor machte, schrieb er Software-Handbücher, kellnerte, fuhr Taxi und versuchte sich sechs Monate lang erfolglos als Privatdetektiv. Sein Debüt-Roman „Der Monarch“ wurde für den Kobo Emerging Writer Award und den Silver Falchion Reader's Choice Award nominiert

Lieferbare Titel:

Welt ohne Morgen

Jack Soren

Der Monarch

Thriller

Aus dem Amerikanischen von
Marco Mewes

Harper
Collins

HarperCollins®
Band 100102

1. Auflage: Dezember 2017

Ungekürzte Ausgabe im HarperCollins Taschenbuch

Titel der amerikanischen Originalausgabe:
The Monarch

erschienen bei: Witness Impulse,
an imprint of HarperCollins *Publishers*, US

Published by arrangement with
HarperCollins *Publishers* L.L.C., New York

Umschlaggestaltung: büropecher, Köln
Umschlagabbildung: Collaboration JS / arcangel images,
ostill, M. Shcherbyna, DrHitch / Shutterstock
Redaktion: Thorben Buttke
Satz: GGP Media GmbH, Pößneck
Printed in Germany
Dieses Buch wurde auf FSC®-zertifiziertem Papier gedruckt.
ISBN 978-3-95967-142-2

www.harpercollins.de

Für Kiersten

Der Unterschied zwischen Dummheit und Genialität ist der, dass Genialität ihre Grenzen hat.

– Albert Einstein

ERSTER TEIL

FREITAG

1

THE CLOISTERS MUSEUM
NEW YORK CITY

19:30 Uhr Ortszeit

Joe Wagner blätterte lautstark durch seinen Notizblock. Er suchte darin keine Hinweise, sondern wollte nur den Museumsverwalter ablenken, der immer wieder über die Schulter zur Leiche hinüberblickte.

Obwohl er bereits sein ganzes Leben in New York wohnte, hatte Wagner es erst vor zwei Jahren zum ersten Mal ins The Cloisters Museum geschafft. Das Gelände lag im Stadtteil Washington Heights an der Nordspitze von Manhattan. Damals hatte er seinen Sohn auf dem Schulausflug hierherbegleiten müssen.

Am Ende hatte ihm der Trip sogar Spaß gebracht, dabei hatte er nicht mal gewusst, was ein „Cloister“ überhaupt sein sollte. Es hatte ihn überrascht, dass es sich um einen simplen Kreuzgang handelte, einen besonders reich verzierten Klostergarten. Die Architektur hatte ihn zutiefst fasziniert, und er war erstaunt gewesen, als er erfuhr, dass jeder einzelne Stein noch vor dem Ersten Weltkrieg aus Frankreich hierhertransportiert worden war. Auch deshalb hatte die Anlage auf ihn eher wie eine europäische Burg gewirkt als wie ein Museum.

Aber heute war er nicht Joe Wagner, der zwangsverpflichtete Aufpasser einer Horde unbändiger Teenager, sondern Joseph Wagner, Special Agent in Charge des FBI, der eine Ermittlungsgruppe von Bundesbeamten anführte. Und das tat er schon seit sechs Wochen. Seit die erste Leiche gefunden worden war.

Heute Nacht war der eierbecherförmige Springbrunnen aus beigefarbenem Kalkstein, der die Mitte des Klostergartens beherrschte, mit Blut gefüllt. Es triefte über den Rand, auf den jemand die halb nackte Leiche eines verstümmelten Mannes gelegt hatte. Irgendwann einmal hatten sich an dieser Stelle friedliebende Mönche über den Stein gebeugt, um ihren Durst zu stillen.

Heute Nacht wurde Wagner von dem ganzen Fluss aus Scheiße, in den er geraten war, mitgerissen, und der einzige Baum, an dem er sich vielleicht hätte festhalten können, drohte umzustürzen und ihn und seine ganze Karriere unter sich zu begraben.

„Wer hat die Leiche gefunden?", fragte Wagner seinen Zeugen, den Kurator des Museums, Roger Benoit. Er war ein kleiner, blasser, femininer Kerl, der nach Babypuder roch.

Wagners Team stellte den restlichen Museumsangestellten gerade dieselbe Frage, was im Grunde sinnlos war, aber sie hatten Vorschriften, an die sie sich halten mussten. Dazu gehörte der exakt ausgearbeitete Fragenkatalog. Sollte Benoit sich unangemessen behandelt fühlen, würde die Beschwerde in Windeseile bei Wagners Vorgesetzten landen, und das konnte er im Augenblick überhaupt nicht gebrauchen.

„Äh, Connie. Connie Baker", antwortete Benoit. Er hatte einen hauchfeinen europäischen Akzent. Wagner konnte nicht mit Sicherheit sagen, zu welcher Sprache er gehörte oder ob er überhaupt echt war.

„War sie allein?"

„Ich glaube schon, ja. Sie war auf dem Weg zur Westterrasse, als sie sich wunderte, wieso das Plätschern des Springbrunnens so dumpf klang. Dann haben wir sie schreien gehört und sind herausgelaufen, um nachzusehen, was passiert ist. Die Arme wäre beinahe umgekippt. Aber kann man es ihr verübeln?“ Benoit tupfte sich unentwegt mit einem Stofftaschentuch die Stirn ab, eine Geste, die nur noch hektischer wurde, nachdem er Connie Baker erwähnt hatte.

Wagner glaubte zwar nicht, dass der Mann etwas mit dem Mord zu tun hatte, aber irgendwas stimmte mit ihm nicht.

„Wann war das?“, fragte er und kritzelte in seinem Notizblock herum.

„Ach herrje, warten Sie. Das muss so eine Stunde her sein. Um halb sieben, schätze ich.“

„Und weshalb war sie allein auf dem Weg zur Westterrasse?“

„Ist das wirklich wichtig für Ihre Untersuchung?“

„Wir versuchen nur, alle Angestellten auszuschließen. Sicherzustellen, dass keiner von ihnen in die Sache verwickelt ist.“

„Verwickelt? Gütiger Himmel, *natürlich* ist sie nicht in die Sache verwickelt.“

„Nun, weshalb war sie dann alleine unterwegs?“

„Sie ...“ Benoit lehnte sich ein wenig vor, damit er die Stimme senken konnte. „Sie war unterwegs, um eine Zigarette zu rauchen.“

„Hmm. Verstehe.“

Wagner stellte noch ein paar weitere sinnlose Fragen und dankte dem Kurator dann für seine Zeit. Niemand der hier Angestellten hatte irgendetwas mit dem Mord zu tun, das stand außer Frage, aber bei diesem speziellen Fall mussten sie sehr gründlich arbeiten und wirklich jede Eventualität ausschließen.

Er machte sich noch einige Notizen und ging dann hinüber zu seinem Kollegen, Special Agent Mike Evans, der neben der Leiche auf ihn wartete.

„Irgendetwas Hilfreiches?“, fragte Wagner, steckte seinen Notizblock weg und knöpfte seine Jacke zu, um sich gegen die abendliche Aprilkälte zu schützen.

„Nichts“, erwiderte Evans. Er war etwas kleiner als Wagner,

aber sein Bürstenschnitt stand akkurat in die Höhe und glich den Größenunterschied wieder aus. „Sie werden ein paar Sitzungen beim Therapeuten brauchen, aber keiner von ihnen hat was damit zu tun. Die Hälfte hat Mühe, nicht ohnmächtig zu werden. Die wollen einfach nur nach Hause." Evans lieferte ziemlich genau die Zusammenfassung, die Wagner erwartet hatte.

„Gib ihnen Bescheid, dass sie vorher noch in die Zentrale kommen müssen, damit wir ihre Aussage aufnehmen können. Na ja, du weißt ja, wie es läuft." Wagner drehte sich um und wollte gehen.

„Hör mal, wir haben ein Problem."

„Was du nicht sagst", erwiderte Wagner in einem Anflug von Ärger.

„Das New Yorker Police Department flippt total aus."

„Haben die schon eine Verbindung zu den anderen Morden hergestellt?"

„Das ist auch so eine Sache. Die Presse war noch vor uns hier."

„Bitte was?"

„Als Duke und ich hier ankamen, waren sie gerade dabei, das Tor zu stürmen. Wir mussten die Hälfte von ihnen erst mal wieder vom Gelände jagen."

„Woher …"

Evans hielt ihm einen dicken, braunen Briefumschlag hin. Wagner öffnete ihn und zog den Inhalt heraus. Es war ein unbeschrifteter Aktenordner und ein Taschenbuch mit dem Titel *Die Herrschaft des Monarchen*. Wagners Magen zog sich schmerzhaft zusammen, als er einen Blick auf das Cover des Buchs warf. Das schwarze Schmetterlingssymbol, das den glänzenden weißen Einband schmückte, sah genauso aus wie der blutige Schmetterling, den jemand in die Brust der Leiche geritzt hatte, die nur wenige Schritte entfernt lag.

Er blätterte durch den Aktenordner. Polizeireporte, FBI-

Akten und äußerst blutige Tatortfotos der ersten beiden Morde. In nur sechs Wochen waren bereits drei Morde auf dem Schreibtisch von Wagners Einheit gelandet, und alle waren von bizarren post mortem durchgeführten Verstümmelungen begleitet.

„Jesus."

„Ja. Das wurde heute Morgen an so ziemlich jede Redaktion der Stadt geliefert. Wir versuchen, es zurückzuverfolgen, aber bisher ist da nichts zu holen. Keine Poststempel, keine Fingerabdrücke."

„Wann zur Hölle ist das hier rausgekommen?", fragte Wagner und blätterte durch die ersten paar Seiten des Taschenbuchs.

„Vor ein paar Jahren. Über die Morde steht da nichts drin. Aber die Autorin, Emily Burrows, lebt hier in Washington Heights. Eine Engländerin mit Arbeitsvisum."

„Warum wussten wir nichts davon? Ach, vergiss es. Das Police Department braucht Beschäftigung? Sag ihnen, sie sollen diese Autorin herbringen, bevor irgendwelche Reporter auf die Idee kommen, sie ausfindig zu machen. Falls sie das nicht längst getan haben."

„Das bezweifle ich. Ihre Nummer ist nirgendwo registriert. Wir haben ihre Adresse nur über das Visum herausgefunden. Ein Glückstreffer."

„Ja, wir sind heute wirklich mit Glück gesegnet."

„Dabei kennst du die schlechten Neuigkeiten noch gar nicht."

„Wusst' ich's doch."

„Der Direktor ist auf dem Weg hierher."

Wagner verzog das Gesicht, als hätte er körperliche Schmerzen. „Großartig. Wir stecken ziemlich in der Scheiße. Nicht nur deswegen." Er wedelte mit dem Umschlag. „Hast du dir die Leiche schon mal angesehen?"

„Nein, wieso?"

„Sieh ihr mal ins Gesicht", meinte Wagner und führte Evans hinüber zu dem Toten, der auf dem Brunnenrand lag.

„Verdammter Mist. Das ist Bob Cummings."

„Niemand Geringeres. Irgendjemand hat sich verdammt viel Mühe gegeben, dass wir diesen hier nicht einfach still und leise abhandeln können."

„Heilige Scheiße. Bob Cummings. Das Police Department wird durchdrehen, wenn die das hören."

Evans wusste, wovon er sprach. Abgesehen davon, dass Cummings New Yorks populärster Nachrichtensprecher gewesen war, hatte er selbst mal zur New Yorker Polizei gehört. Genau wie Evans.

Er beugte sich vor und warf einen etwas genaueren Blick auf das Ende des zusammengerollten Stoffstücks, das dem Toten aus dem verdrehten Hals ragte. „Ist das hier die Todesursache?"

„Möglich", sagte Wagner. „Der Gerichtsmediziner ist auf dem Weg. Die Verstümmelung wurde ihm vermutlich nach dem Tod zugefügt; wie bei den anderen auch." Wagner wies mit dem Kinn auf den grob ins Fleisch geschnittenen Schmetterling.

„Nicht ganz wie bei den anderen, oder?", wandte Evans ein und deutete auf die Reihe von Blutergüssen in Cummings' Gesicht. „Aus dem hier hat er erst mal die Scheiße herausgeprügelt."

„Ja", stimmte Wagner zu. Die anderen Opfer hatten, abgesehen von den Verstümmelungen, kaum Anzeichen von Gewalteinwirkung aufgewiesen. „Ich bin mir noch nicht sicher, was das zu bedeuten hat."

„Hmm." Evans grunzte und beugte sich zum blutverschmierten Kiefer der Leiche hinab. „Was zum Teufel ist das?"

„Ich hab nicht die geringste Ahnung. Sieht nach einer Art

Tuch aus. Aber er hat 'ne Menge davon geschluckt." Wagner deutete auf den freiliegenden Bauch des Opfers, der sich auffällig nach außen wölbte.

„Was zum Teufel!"

„Was auch immer es ist, es ist ungefähr einen Meter lang, und wir können es überhaupt nur sehen, weil der Killer es keinen Millimeter weiter hineinstopfen konnte."

„SAC Wagner?", rief ein junger Agent von den Stufen herüber, die in den Garten führten. Wagner wandte den Kopf nach ihm um. „Direktor Matthews ist hier. Er fragt nach Ihnen."

„Bin ich froh, nicht in deiner Haut zu stecken", sagte Evans.

„Immer noch besser als in seiner", erwiderte Wagner und deutete auf Cummings' Leiche. Obwohl er sich nicht hundertprozentig sicher war, ob das stimmte.

„Hey, Pete", begrüßte Wagner seinen Chef, als er in die Lobby des Museums trat. Er versuchte, den Ton der Begegnung gleich ein wenig lockerer zu gestalten. Dem Blick nach zu urteilen, den Direktor Matthews ihm zuwarf, war die Mühe allerdings vergeblich.

Helle rote und blaue Lichter flackerten durch die milchigen Glasbausteine, die den Eingang zum Museum umsäumten. Am Ende der Auffahrt vor dem Gebäude standen so viele FBI-Fahrzeuge herum, dass man hätte meinen können, das Bureau hätte seinen Fuhrpark hierher verlegt. Jenseits der Autos und der Absperrungen testete eine gierige Horde Reporter die Toleranzgrenze der New Yorker Polizei.

„Das ist ein beschissener Start in den Tag, Joseph", sagte Matthews und starrte zu den Journalisten hinüber. Er war genauso groß wie Wagner und ähnlich gebaut, trotzdem hatte Joe in Gegenwart seines Vorgesetzten immer das Gefühl, der Kleinere zu sein.

„Das glaub ich Ihnen, Sir."

„Sie haben mir versprochen, dass ich es nicht bereuen werde, diesen Fall nicht an die große Glocke zu hängen. Erinnern Sie sich?"

Und wie Wagner sich erinnerte. Vor sechs Wochen hatten ein paar Jugendliche am Rande des Central Parks die erste verstümmelte Leiche gefunden – einen unbekannten Maler ohne nennenswerte Feinde. Wagner hatte angenommen, dass der Killer den jungen Mann nur zufällig ausgewählt hatte. Dass der Fundort der Leiche dem Täter wichtig war und die Aufmerksamkeit, die er damit erregen konnte. Warum der Killer unbedingt Aufmerksamkeit wollte, war zu dem Zeitpunkt unwichtig gewesen.

Wagner war überzeugt gewesen, dass der Killer irgendeinen Fehler machen würde, wenn sie ihm die Anerkennung und die Aufmerksamkeit vorenthielten. Vielleicht einen frustrierten Anruf bei der Polizei oder einen Brief an die Zeitungen.

Irgendetwas.

Aber wie sich herausstellte, ging der Mörder äußerst methodisch vor. Und er hatte Geduld. Mehr Geduld als Matthews offenbar, dachte Wagner.

Es wäre ein Leichtes gewesen, den Fall der New Yorker Polizei zu überlassen und nach Hause zu fahren. Aber einer der Teenager, die die Leiche gefunden hatten, war Wagners Sohn gewesen.

Das hatte Wagner stinksauer gemacht, und als er herausfand, dass das Opfer in Teilzeit für die Post gearbeitet hatte und damit Staatsdiener war, hatte er diesen Umstand ausgenutzt und den Fall zu sich ins FBI geholt. Aber das Schlimmste daran war, dass er seinen alten Freund Matthews vorgeschickt hatte, sich die Zuständigkeit zu angeln.

Der zweite Mord hatte sich vor drei Wochen ereignet, diesmal war das Opfer Inhaber einer Kunstgalerie gewesen. Wieder hatten sie keine erwähnenswerten Feinde in seinem Umfeld gefunden. Die einzigen Verbindungen zwischen den beiden Opfern waren ihr Bezug zur Kunstszene gewesen und das grausige Symbol, das ihre Leichen zierte.

Der Galerist war an irgendeinem unbekannten Ort ermordet und dann mitten in der St. Patrick's Cathedral an der Madison Avenue aufgehängt worden, die Arme ausgestreckt, als wäre er an ein unsichtbares Kreuz genagelt. Ihm war derselbe grobe Schmetterling ins Fleisch geschnitten worden wie dem ersten Opfer.

Noch immer von seiner Taktik überzeugt, hatte Wagner alle Hebel in Bewegung gesetzt, um den Mord aus den Zeitungen rauszuhalten, was bei diesem Fundort noch schwieriger geworden war. Nur widerstrebend hatte Matthews sich bereit erklärt mitzuspielen und sogar seinen Einfluss beim Erzbischof geltend gemacht. Das war keine Kleinigkeit gewesen.

Und jetzt das hier.

„Wir sichten die Videoaufnahmen des Museums und die aller Verkehrskameras in der Umgebung, aber …"

„Aber Sie werden nichts finden. Genau wie bei den anderen", unterbrach Matthews ihn.

„Nein, Sir. Vermutlich nicht. Wenn das hier derselbe Kerl ist, weiß er, was er tut. Die Tatsache, dass er keinen Alarm ausgelöst hat, beweist das."

„Sie tun sich gerade keinen Gefallen, Joseph", brummte Matthews. Er drehte sich um und sah seinen Special Agent direkt an. Er war wenigstens zehn Jahre älter als Wagner und bereits dessen Mentor gewesen, als Joe noch ein Frischling an der Akademie gewesen war. Aber die Unterschiede im Dienstrang und ihren Methoden hatten einen Keil zwischen sie getrieben, lange bevor dieser Fall seinen Schatten auf sie geworfen hatte.

„Geben Sie mir einen Lagebericht. Danach muss ich zum Erzbischof, der mir den Arsch dafür aufreißen wird, dass ich die Versprechen gebrochen habe, die ich ihm nach dem letzten Mord gemacht habe."

Wagner verzog das Gesicht, während er den Stand der Dinge übermittelte. Er wusste, dass Matthews sich auf die Anstrengungen bezog, mit denen er den Bischof dazu gebracht hatte, das Mordopfer in seiner Kathedrale zu verschweigen. Er hatte ihm versprochen, dass er es nicht bereuen würde, so wie Wagner es Matthews versprochen hatte. Zweimal sogar.

Er erzählte Matthews, wo die Leiche lag, beschrieb ihm den Tatort und gab Benoits Bericht darüber wieder, wie die Leiche entdeckt worden war. Matthews nickte weder, noch blinzelte er auch nur, während er zuhörte.

Wagner war sich sicher, dass es seinem Chef alle Selbstbeherrschung abverlangte, ihn nicht mit einem kräftigen Schlag zu Boden zu schicken, dafür, dass er ihn in diese Lage gebracht hatte. Er hoffte nur, dass Matthews' Karriere durch diese Sache keinen permanenten Schaden erlitt. Der Mann war für den Posten des Direktors geboren. Wenn Wagner an seiner Stelle gewesen wäre, hätte er vermutlich direkt bei der Begrüßung zugeschlagen.

„Das Opfer ist Robert Cummings, der Nachrichtensprecher. Er war der Cop, der vor einigen Jahren von den Korruptionsvorwürfen freigesprochen wurde."

„Ein öffentlicheres Opfer hätte unser Täter sich nicht aussuchen können", murrte Matthews.

„Nein, Sir. Aber das ist noch nicht alles", begann Wagner, als er seinem Chef alles über die kleinen Care-Pakete erzählte, die die Redaktionen der Stadt erhalten hatten. Matthews' Auge zuckte bei den Neuigkeiten, und Wagner bereitete sich auf den unausweichlichen Schlag vor.

„Holt. Mir. Diese. Frau."

„Sie ist bereits auf dem Weg. Ich hab die Polizei losgeschickt, sie herzuholen."

„Nein, nicht hierher. Alles, was wir hier tun, wird landesweit in den Medien breitgetreten. Beseitigen Sie dieses Chaos, und schließen Sie hinter sich ab. Ich will, dass dieses Museum morgen früh wieder öffnen kann. Der Erzbischof ist schlimm genug, ich brauche nicht noch eine Meute reicher Kunstliebhaber, die mir durch ihre Anwälte ihre Jammerbriefe zukommen lassen. Bringen Sie die Frau direkt in die Gerichtsmedizin."

„Ja, Sir. Wird erledigt. Sonst noch etwas?"

„Ich denke, Sie haben genug angerichtet, Joseph", sagte Matthews, bevor er durch die Tür ins Freie trat. Er hielt sich eine Zeitung vors Gesicht, damit die Presse kein Bild von ihm bekam, während er in seinen Wagen stieg.

„Joe!"

Wagner drehte sich um und sah Evans auf sich zurennen. Der Mann rannte nie oder nannte ihn Joe, wenn er nicht wirklich aufgeregt war. Und wenn Evans aufgeregt war, bedeutete das schlechte Neuigkeiten.

„Was?"

„Ich glaube, wir haben die Tatwaffe identifiziert."

„Und?"

„Das wird dir nicht gefallen."

2

TALLAHASSEE, FLORIDA

21:00 Uhr Ortszeit

Jonathan Hall legte die Finger wieder auf den Griff der Beifahrertür und kämpfte gegen den Drang an, die Tür einfach aufzustoßen und möglichst schnell möglichst weit wegzurennen.

Er saß neben der Frau, mit der er sich diesen Abend getroffen hatte und die bereits vor zwanzig Minuten direkt vor seinem bescheidenen Häuschen angehalten hatte, aber er wartete noch immer auf eine kleine Lücke in dem mehr als einseitigen Gespräch, was wirklich töricht war. Trudy Malloy hatte nicht aufgehört zu reden, seit sie ihn vor zwei Stunden abgeholt hatte, und er hatte keine Ahnung, wie er auf die Idee kam, dass ihr ausgerechnet jetzt die Themen ausgehen würden.

Nach der ersten Stunde hatte er angefangen, im Geiste kleine Spiele zu spielen, um sich davon abzuhalten, verrückt zu werden oder sich die Salatgabel ins Auge zu rammen, nur damit dieses Date ein frühes Ende fand. Es war seine erste Verabredung, seit seine Frau Samantha vor knapp zwei Jahren verstorben war. Und wenn das hier ein Vorgeschmack darauf war, wie die Frauen über vierzig sich in Tallahassee aufführten, würde es auch seine letzte bleiben.

Wenn es nach ihm gegangen wäre, hätte Jonathan sich überhaupt nie auf diese Verabredung eingelassen. Trudy war eine gut aussehende Frau, daran gab es keinen Zweifel. Er war nur nicht daran interessiert, jemand „Neuen zu finden".

Seine elfjährige Tochter Natalie war da ganz anderer Ansicht.

Die letzten sechs Monate hatte sie sich als Jonathans persönlicher Dating-Service betätigt. Es war kaum ein Tag vergangen, an dem sie nicht mit einer Empfehlung nach Hause gekommen war. Mal war es eine Lehrerin an ihrer Schule, mal die geschiedene Mutter einer Freundin, die wie perfekt für ihn gemacht sei. Trudy passte in beide Kategorien: Sie war die Kunstlehrerin an Natalies Schule und war erst letzten Frühling geschieden worden.

„Und dann sagte ich: Hanna, wenn du glaubst, dass Paris dasselbe ist wie New York, bist du offensichtlich noch in keiner der beiden Städte gewesen. Ich meine, ernsthaft, ich war in Paris, als ich mit siebzehn mein Kunststipendium erhalten habe – erwähnte ich das? –, und habe zwei Jahre in New York Film studiert, also denk lieber mal eine Sekunde nach, bevor du so einen Unsinn verbreitest. Und wissen Sie, was sie gesagt hat? Das erraten Sie nie."

Jonathan lächelte, machte sich aber nicht die Mühe zu antworten. Er war im Restaurant zwei Mal auf Trudys Trick mit der rhetorischen Frage hereingefallen und hatte bald erkannt, dass er nur ein Komparse ohne eigenen Text in diesem Stück war. Wäre das hier eine *Raumschiff-Enterprise*-Episode, würde er ein rotes Oberteil tragen. Jonathan sah an sich herunter und stellte fest, dass er tatsächlich ein rotes Hemd trug. Sein Lächeln wurde noch breiter, als ihm die Ironie der Situation bewusst wurde. Leider verstand Trudy sein Lächeln als Bestätigung dafür, dass ihre Geschichte jetzt erst richtig interessant wurde. *Oh nein.*

„Schweinehackbällchen! Ehrlich, ich meine, als ob Schweinehackbällchen auf irgendeinem makrobiotischen Ernährungsplan – Verzeihung – Lifestyle-Plan zu finden wären. Ich meine …"

Schweinehackbällchen? Wovon zur Hölle sprach sie jetzt schon wieder? Hatte sie die letzte Geschichte überhaupt beendet, bevor sie mit dieser hier angefangen hatte? War er zwischenzeitlich ohnmächtig geworden? Jonathan drehte sich zur Seite und blickte noch einmal zu seinem Haus. Es war nur zehn Meter entfernt. Der ungepflegte Vorgarten und die völlig ausgebleichte Fassade waren für ihn mit einem Mal ein Symbol der Hoffnung statt, wie üblich, nur ein deprimierendes Mahnmal seines leeren Portemonnaies.

Es war seine Zuflucht. Und, noch wichtiger: Die Person, die ihm das hier angetan hatte, befand sich dort drin. Natalie würde hierfür büßen müssen.

Ich weiß wirklich nicht, was passiert ist, Liebling. Dein Guitar-Hero-Controller muss ganz allein vom Regal gefallen sein. Mit voller Wucht. Zweimal. Er lächelte bei dieser Vorstellung, auch wenn er wusste, dass er so etwas niemals tun würde. Und das nicht nur wegen des Leids, das er seiner Tochter damit antäte: Die Dinger kosteten ein Vermögen.

Als Trudy anfing, von ihrem neuesten Hobby zu erzählen – sie hatte angefangen, ihre Fotos in selbst gestaltete, kunstvoll verzierte Sammelalben einzukleben – und von ihrer neuesten Katastrophe im Geschäft für Bastelzubehör, wurde Jonathan klar, dass er die Sache irgendwie beenden musste.

Ohne Vorwarnung beugte er sich vor und küsste Trudy. Mit diesem Trick überraschte er sich sogar selbst. Sie brauchte eine Sekunde, um ihren Sprachfluss zu stoppen, dann aber herrschte endlich Ruhe. Süße, alles durchdringende Ruhe.

Ganz unerwartet wurde Jonathans Körper bewusst, dass er gerade zum ersten Mal seit Samanthas Tod wieder eine Frau küsste.

In einem plötzlichen Anfall von Leidenschaft lehnte er sich zu Trudy hinüber und glitt mit einer Hand hinter ihren Rücken. Doch bevor seine Libido sich zu sehr erheben konnte, krachten die letzten zwei Stunden schwer in seine Erinnerung zurück, und er zwang sich, sich von Trudy zu lösen.

Er rechnete beinahe damit, dass Trudy ihre Geschichte einfach dort wieder aufnehmen würde, wo sie sie unterbrochen hatte, aber das tat sie nicht. Ihre Wangen waren von einem tiefen Rot erfüllt, und sie keuchte leicht.

„Schön. Das hat Spaß gemacht“, sagte Jonathan, unfähig, ihr in die Augen zu schauen.

„M-hm“, war alles, was Trudy erwiderte.

Er öffnete die Tür und sah zu, dass er wegkam, solange er es konnte. Als er sich umdrehte, um ihr vom Rasen vor seinem Haus aus zuzuwinken, sah er, dass sie ihn noch immer beobachtete und keinerlei Anstalten machte loszufahren. Vielleicht dürfte Natalie die Sache später in der Schule ausbaden, aber auch Jonathan würde dafür vermutlich noch büßen.

Er schlüpfte ins Haus und zog die Tür hinter sich zu. Nachdem er sich einen Augenblick voller Erleichterung gegen die Tür gelehnt hatte, warf er einen kurzen Blick durch den Vorhang des Fensters, das nach vorne hinausführte. Trudy saß noch immer da und hatte sich keinen Millimeter gerührt.

„Ach herrje.“

Jonathan bezahlte die Babysitterin und schickte sie durch die Hintertür hinaus. Falls Trudy noch immer dort draußen war, wollte er nicht, dass sie etwas davon mitbekam.

„Ich wusste, du wirst sie mögen“, sagte eine Stimme hinter ihm.

Jonathan drehte sich um und entdeckte Natalie, die im Pyjama auf den Treppenstufen saß, in der Hand ein halb geschmolzenes Eis am Stiel aus Schokolade. In ihrem Alter war die Welt noch einfach: Süßigkeiten waren gut, Schule war schlecht, und Jungs waren ekelig.

Der Tod ihrer Mutter hatte das Mädchen schwer getroffen, aber sie schien die Tragödie mittlerweile zu überwinden und fand allmählich wieder ihr altes Selbst: witzig, voller Streiche und rechthaberisch. Und genau so wollte Jonathan sie auch haben.

Dieser plötzliche Wunsch jedoch, sich zu Jonathans Doktor in Liebesdingen aufzuschwingen, beunruhigte ihn. Irgendetwas war vor einigen Monaten geschehen. Seitdem machte sie sich andauernd Sorgen, dass ihr Vater einsam sein könnte. Er war noch dabei gewesen herauszufinden, was sie so beunruhigte, als Anfang der Woche die Schulpsychologin angerufen und ihn zum Gespräch gebeten hatte.

Natalie hatte angefangen, sich zu prügeln. Nachdem sie einem Jungen in ihrer Klasse die Nase blutig geschlagen hatte, hatte sie sich der Schulpsychologin endlich anvertraut. Offensichtlich wurde sie von Albträumen geplagt. Albträumen, in denen Jonathan starb.

„Das ist völlig normal für ein Kind in ihrem Alter, besonders nach dem Tod eines Elternteils“, hatte die Psychologin gesagt.

Natalie litt unter zwei wiederkehrenden Träumen: Im ersten sah sie Jonathan alleine sterben. Im zweiten sah sie ihn an der Seite einer geheimnisvollen Frau, wohlauf und in Sicherheit.

„Natalie sieht das, was ihrer Mutter geschehen ist, als den natürlichen Lauf der Dinge an“, erklärte die Psychologin. „Ihr Unterbewusstsein leitet daraus eine als naheliegend und unausweichlich empfundene Entwicklung ab, die zu Ihrem Tod führt. Das ist der erste Traum. Der zweite ist das, was Freud ‚Wunscherfüllung‘ nannte. Um das aufzuhalten, was sie als normal und unvermeidlich empfindet, erweitert sie die Situation um einen zweiten Elternteil – jemand, den der Tod sich anstelle von Ihnen holen kann. Ein Lockvogel sozusagen.“

Die Schulpsychologin hatte das noch weiter ausgeführt, aber Jonathan hatte genug gehört. Das erklärte ihre Verkuppelungsversuche. Und soweit es ihn betraf, war der einzig wichtige Aspekt an der Situation, dass er selbst schuld daran war. Wenn er seinen Job als Vater anständig gemacht hätte, hätte er seiner Tochter besser dabei geholfen, mit dem Tod ihrer Mutter fertigzuwerden. Er hatte offensichtlich völlig versagt. Und was noch schlimmer war, er hatte es nicht einmal bemerkt.

Noch immer hatte er keinen Schimmer, wie er mit dem Problem umgehen sollte, also hatte er fürs Erste entschieden, aufmerksamer zu sein und nicht jeden Gedanken und jedes Gefühl, mit dem Natalie sich ihm offenbarte, sofort vom Tisch zu fegen. Aus diesem Grund hatte er sich bereit erklärt, das Date aus der Hölle wahrzunehmen.

„Talie, ich sollte dir den Hals umdrehen", sagte Jonathan. „Redet sie in der Schule auch so viel?" Er hängte seine Jacke auf und gab Natalie einen Kuss auf die Stirn. Sie war viel zu sehr mit Schokolade verschmiert, als dass er eine Umarmung riskieren wollte.

„Natürlich. Sie ist eine Lehrerin!"

„Haha, sehr witzig, kleine Lady", erwiderte er und wuschelte durch ihr Haar, bevor er in die Küche ging. Natalie tapste barfuß hinter ihm her. Er holte einen Brownie aus dem Kühlschrank und biss ein großes Stück davon ab. „Hast du deine Hausaufgaben gemacht?", fragte er durch seinen mit Schokoteig gefüllten Mund.

„Das meiste", antwortete Natalie. Sie aß ihr Eis auf, warf den Stiel in den Müll und setzte sich auf die Anrichte neben der Küchenspüle.

„Das meiste, hm? ‚Meiste' wie in ‚Ich habe darüber nachgedacht, es zu tun' oder wie in ‚Ich brauche ein bisschen Hilfe'?"

„Und, hast du sie geküsst?", fragte Natalie verschwörerisch und mit einem breiten Grinsen.

„Natalie, beantworte meine Frage."

„Das Zweite. Ich brauche nur ein bisschen Hilfe bei dieser dämlichen Bruchrechnung."

„Oh. In Ordnung." Jonathan hasste Bruchrechnung und hatte schon vor langer Zeit festgestellt, dass Natalie nicht die Einzige war, die sich jetzt durch die sechste Klasse quälen musste. Alles, was sie in der Schule durchnahm, musste er ebenfalls erneut lernen, damit er ihr bei den Hausaufgaben helfen konnte.

„Also, hast du?", fragte Natalie erneut.

„Habe ich was?", meinte Jonathan unschuldig, als er die Milchtüte aus dem Kühlschrank nahm und mit einem großen Schluck den Brownie hinunterspülte.

„Dad! Igitt, nimm ein Glas."

„Tut mir leid", sagte er und nahm ein Glas aus dem Regal. Als er die Milch einschenkte, sah er kleine Brownie-Stückchen darin treiben und nahm sich vor, eine neue Milch zu kaufen.

„Ich verstehe nicht, wie ihr zwei euch nicht verstehen konntet", sagte Natalie. „Sie ist Künstlerin, und du bist Fotograf. Das ist doch auch so was wie ein Künstler, oder?"

„Nicht wenn man es so macht, wie ich es tue", murmelte Jonathan vor sich hin. Er hatte dringend einen Job gebraucht, als er sein altes Leben hinter sich gelassen hatte, und da er üblicherweise überall „Fotograf" als Beruf angegeben hatte, wenn er auf seinen Reisen ein Zollformular hatte ausfüllen müssen, hatte er sich gedacht, dass das als Job so gut war wie jeder andere. Er hatte nicht lange gebraucht, um herauszufinden, wie falsch er damit gelegen hatte. Vorzugeben, etwas zu können, und es dann tatsächlich zu tun, waren zwei völlig verschiedene Paar Schuhe. Er war ein fürchterlicher Fotograf, und jetzt verdienten sie das bisschen Geld, das sie hatten, mit Porträtaufnahmen und Passfotos.

„Wie bitte?", fragte Natalie.

„Ich sagte, es wird Zeit fürs Bett, Kleine." Er jagte Natalie kitzelnd die Treppe hinauf, und nachdem er mit ihr Zähne geputzt und ihr einen Gutenachtkuss gegeben hatte, knipste er ihr Licht aus.

„Dad?"

„Ja, Liebling?"

„Mach dir keine Sorgen. Wir finden schon jemanden für dich."

„Schlaf jetzt. Lass das mal meine Sorge sein. Und denk daran, dass wir morgen früh noch deine Bruchrechnung machen."

„So böse!"

Wieder in der Küche, schenkte Jonathan sich einen Scotch ein und ging ins Wohnzimmer, um ein wenig Einsamkeit zu genießen. Er liebte sein Leben mit Natalie, aber er genoss die Nächte, wenn es dunkel war, das Haus in Ruhe versank und er wusste, dass Natalie sicher in ihrem Bett lag. Nach einer Weile legte er leise ein wenig Etta James auf und blätterte durch einige Fotos, die er von Samantha und Natalie aufgenommen hatte, wenige Monate bevor rauskam, dass Samantha krank war. Sie hatte es bereits die ganze Zeit gewusst, aber für sich behalten.

Jonathan hatte sie vor zwölf Jahren getroffen und sich augenblicklich verliebt. Deshalb hatte er versucht, sein damaliges Leben als Kunstdieb, der allen nur unter dem Namen Der Monarch bekannt war, hinter sich zu lassen – eine Entscheidung, mit der er seinen Partner Lew mächtig verärgert hatte.

Doch sein Ausstieg hatte nicht funktioniert. Über die Jahre hatten sie sich zu viele Feinde gemacht, und eines Nachts, als er mit Samantha gerade Urlaub in Paris gemacht hatte, hatte ihn seine Vergangenheit eingeholt. Es war ihm gelungen, Samantha zu beschützen, aber sie kannte nun sein Geheimnis.

Als die Gefahr ausgestanden war, hatte er ihr alles erzählt. Er hatte wissen müssen, ob sie ertragen würde, was er ihr aufbürdete. Sie hatte ihm gesagt, dass sie es könne, doch Jonathan hatte Zweifel in ihren Augen gesehen.

Nach einer letzten gemeinsamen Nacht war Jonathan aus

dem Bett geschlichen und in die bleiche Morgendämmerung verschwunden. Er hatte einen Zettel hinterlassen, auf dem er ihr erklärte, wie leid es ihm tue und wie sie ihn erreichen könne, sollte sie jemals in Gefahr sein – besonders, wenn es aufgrund ihrer gemeinsamen Zeit wäre. Aber er sah sie niemals wieder.

Zumindest erst Jahre später. Genauer gesagt vor fünf Jahren, als sie die Kleinanzeige im Internet aufgegeben hatte, die in Wirklichkeit ihr Hilferuf war. Er hatte es gar nicht glauben können, als er die Anzeige las.

So wie er es kaum hatte glauben können, dass er, dank ihrer letzten gemeinsamen Nacht, Vater einer sechs Jahre alten Tochter war.

„Kleine Sekunde, ich hab's hier irgendwo", sagte Jonathan und durchsuchte seine Taschen. Das Licht in dem 24-Stunden-Store war geradezu absurd hell, und in diesem Augenblick schien jede einzelne Lampe direkt auf ihn gerichtet zu sein.

Er hätte schwören können, dass er den Fünfdollarschein vom Tisch eingesteckt hatte, bevor er die Straße hochgegangen war, um Milch für Natalies Frühstücksflocken zu kaufen, aber jetzt fand er nichts als leere Taschen. Er lächelte den Wartenden hinter sich entschuldigend zu, die entweder so taten, als sähen sie ihn gar nicht, oder als hätten sie es nicht eilig.

„Da ist er!", rief Jonathan mit etwas zu viel Freude. Er hatte gewusst, dass er nicht mehr aus dem Haus hätte gehen sollen, nachdem er die Drinks vom Dinner mit Trudy noch mit einem Scotch gekrönt hatte, aber sie brauchten die Milch. Also war er zu Fuß gegangen. Und auch, wenn er nicht direkt betrunken war, war er eben auch nicht ganz auf der Höhe.

Die junge Kassiererin belächelte seinen Triumph mitleidig, während sie ihm sein Wechselgeld gab. „Schönen Tag noch", murmelte sie an ihrem Kaugummi vorbei.

Jonathan schnappte sich seine Milch und stürmte aus dem Laden, wobei er fast einen Aufsteller mit Teppichreinigern umwarf. Er floh nicht nur vor der peinlichen Situation, sondern wollte auch schnell wieder nach Hause zu Natalie. Das Haus war zwar fest verschlossen, und sie schlief tief und fest in ihrem Bett, trotzdem hasste er es, sie allein zu lassen. Das Leben als alleinerziehender Vater stieß ihn immer wieder viel weiter aus seiner Komfortzone heraus, als es irgendein Tag als Kunstdieb je geschafft hätte.

Auf dem Spaziergang nach Hause dachte er über Natalies Träume nach. Dabei versank er so tief in seine Grübeleien, dass er die zwei Männer nicht bemerkte, die ihm mit einem Mal folgten. Er war gerade von der Hauptstraße in die nur dürftig erhellte Nebenstraße eingebogen, in der einige Blocks entfernt sein Haus lag. Seine Instinkte brauchten ein paar Minuten, um sich von dem dichten Scotch-Nebel in seinem Gehirn zu befreien.

Jonathan blieb abrupt stehen und tat, als suche er nach etwas in seinen Taschen. Die Männer blieben ebenfalls stehen. Als er sein Täuschungsmanöver beendet hatte, ging er langsam weiter, und auch seine zwei Schatten bewegten sich wieder.

Scheiße.

Vermutlich hatte man ihn nur als Opfer eines guten alten Raubüberfalls auserkoren. Aber worauf warteten die Typen dann noch?

Er sah nach vorn, die schwach beleuchtete Straße entlang, und fand die Antwort auf seine Frage. Auch wenn sie kärglich war, reichte die Straßenbeleuchtung gerade noch aus, um eine Bedrohung abzuwehren. Aber weiter vorn waren zwei Laternen ausgefallen. Er wusste, wenn er darauf wartete, dass sie alle in den dunklen Schatten traten, würden schlimme Dinge geschehen.

Er zog in Erwägung, einfach loszurennen. Jonathan war

noch immer ziemlich gut in Form, und es waren nur ein paar Blocks. Aber nichts deutete darauf hin, dass die Typen hinter ihm runtergekommene Junkies waren. Bei dem Glück, das er neuerdings hatte, waren sie vermutlich Mitglieder des olympischen Staffelteams.

Nein, es blieb ihm nur eine Möglichkeit: Konfrontation.

Und so prosaisch es auch war, seine größte Sorge im Moment galt tatsächlich der Milch. Er hatte kein Geld mehr, um eine neue zu kaufen, sollte sie bei dem, was auch immer gleich geschehen würde, als große Lache auf der Straße enden. Also schwenkte er nach rechts an den Rand des Gehwegs und schwang die Tüte oben auf die Hecke, die das Grundstück neben ihm umsäumte. Nachdem Jonathan überzeugt war, dass die weichen Äste die Tüte hielten, drehte er sich um und marschierte direkt auf seine Verfolger zu.

Damit überraschte er die beiden derartig, dass sie nicht nur stehen blieben, sondern sogar einige Schritte zurückwichen. Einer von ihnen war klein und dick und sah aus, als bestünde seine größte Fitnessübung darin, sich nachts auf die Seite zu rollen, um zu furzen. Er lief ein kleines Stück hinter seinem Kumpel, und Jonathan vermutete, dass das die Rangordnung zwischen den beiden widerspiegelte. Der andere Kerl würde ein Problem werden. Er war riesig. Nicht ganz zwei Meter, schätzte Jonathan, der trotz seiner eigenen Größe von fast eins neunzig noch zu seinem Verfolger hochschauen musste.

Er brachte vermutlich noch mehr auf die Waage als der Mann hinter ihm, aber auf andere Art und Weise. Und er schien wirklich angepisst zu sein.

Das Gute daran war: Jonathan war sich sicher, dass sein dicker Kumpel keine Probleme machen würde, sollte er den Kerl hier erst mal außer Gefecht gesetzt haben.

Er bremste sich selbst. *Vielleicht fangen wir nicht gleich mit einem Angriff an.* Wer wusste schon, was die beiden wollten?

„Kann ich euch Jungs helfen?", fragte er, die Stimme weder bedrohlich noch eingeschüchtert. Sollten die beiden entscheiden, in welche Richtung sich das hier entwickelte.

Der Große warf seinem Freund einen kurzen unsicheren Blick zu, bevor er antwortete, und in diesem Augenblick erkannte Jonathan, dass er einfach hätte weitergehen sollen. Ganz egal, was diese beiden sich gedacht oder vorgenommen hatten, als sie begonnen hatten, ihm zu folgen, sie hätten nicht das Geringste getan. Was auch immer jetzt geschah, war Jonathans Schuld, und er wusste es.

„Halt dich von ihr fern, Mann", blaffte der Typ.

„‚Ihr?' Wovon zur Hölle … warte mal. Du meinst Trudy?" Jonathan war erstaunt. Nicht über die Verbindung zu seinem Date, sondern darüber, dass die beiden Jungs ihm und Trudy offensichtlich gefolgt waren und er es nicht einmal bemerkt hatte. *Bin ich so eingerostet?*

„Hast du sie gevögelt? In *meinem* verfickten Auto gevögelt, du beschissener Wichser?" Die coole Fassade des Kerls hatte etwa zehn Sekunden lang gehalten. Jetzt stand er kurz davor zu heulen. Es war wirklich beschämend.

„Hör mal …" Jonathan ging im Geiste die *Masse* an Dingen durch, die Trudy ihm an diesem Abend erzählt hatte, und fand den Namen ihres Ex-Mannes. „Hör mal, Steve. Du hast das völlig falsch verstanden. Oh Mann, hast du das falsch verstanden."

„Lass sie … lass sie einfach in Ruhe. Wichser." Der Kerl hatte wirklich einen riesigen Wortschatz. „Sie muss mit jeder Menge Scheiße klarkommen, und das kann sie nicht, wenn du so vor ihr herumgockelst."

„Genau!", warf der kleine Fettklops ein.

„Okay. Ich werd's mir merken und die, äh, Herumgockelei im Zaum halten", erwiderte Jonathan. Er seufzte und ging zurück zu seiner Milch, nachdem er beschlossen hatte, dass es in etwa so gefährlich war, diesen Jungs den Rücken zuzudrehen, wie ohne Badematte zu duschen.

Plötzlich explodierte eine Wolke aus Schmerz in seiner Schläfe.

„Wichser!“, brüllte Steve. Als er und sein rundlicher Freund davonrannten, gaben sie sich tatsächlich noch ein High-Five.

Jonathan nahm die Hand von seiner Schläfe und fand Blut an den Fingern. Er sah zu Boden und entdeckte den Stein, den sie nach ihm geworfen hatten.

„Wie alt seid ihr? Zehn?“, rief er ihnen nach. Für eine Sekunde erwog er, die Verfolgung aufzunehmen, entschied dann aber, dass er Steve ausreichend bestrafte, indem er ihm Trudy überließ.

Er schnappte sich die Milchtüte von der Hecke, die sie sicher bewahrt hatte, und hörte ein *Plopp*.

„Nein, nein, nein.“ Er hob die Tüte an und entdeckte den dünnen Milchstrahl, der aus dem Loch drang, das er gerade in die Tüte gerissen hatte. „Verdammt!“

Jonathan rannte los, die Milchtüte wie eine Bombe ausgestreckt vor sich haltend, während Milch aus der Tüte rann und ihn von oben bis unten besudelte.

Als er endlich in seiner Küche stand und sich einen Behälter geschnappt hatte, war gerade noch genügend Milch für eine Tasse übrig. Er stellte die Tasse vorsichtig in den Kühlschrank und ging ins Bad, um sich einen Verband und eine Ibuprofen für die pochende Beule an seiner Schläfe zu holen.

Er reinigte die Wunde, doch als er unter der Spüle nach Verbandszeug suchte, fand er nur noch eine leere Schachtel.

Jetzt hatte er die Nase endgültig voll. Er schleuderte das Handtuch ins Becken, stampfte ins Wohnzimmer und klappte seinen Laptop auf. Während das Gerät hochfuhr, schenkte er sich einen weiteren Drink ein, um die Stimme in seinem Kopf zum Schweigen zu bringen, die ihn davor warnte, sein Versprechen zu brechen.

„Komm schon!", sagte er ein bisschen zu laut und verzog das Gesicht, einerseits wegen der Schmerzen in seinem Kopf, aber auch wegen der Vorstellung, er hätte Natalie wecken können. Als die Stimme in seinem Kopf schwieg und auch der Schmerz abebbte, öffnete er ein Browserfenster und besuchte eine Website, die er seit Jahren nicht geöffnet hatte.

Die Seite baute sich auf und fragte nach seinem Log-in und seinem Passwort. Weder irgendein Log noch ein Text gaben einen Hinweis darauf, was für eine Seite es war, was nur fair war, immerhin kannte die Seite auch seine echte Identität nicht.

Jonathan loggte sich mit zwei langen Zahlenreihen ein, die seinen Usernamen und sein Passwort bildeten und die er vor sehr langer Zeit auswendig gelernt hatte.

Eine Minute später waren seine Zugangsdaten bestätigt, und vor ihm erschienen die Details seines Bankkontos auf den Cayman Islands. Als der Kontostand auf dem Bildschirm erschien, linderte das seinen Frust ein wenig. Neunstellige Summen hatten für gewöhnlich diese Wirkung.

„Genug ist genug", sagte er und tippte die Befehle für eine Überweisung auf sein privates Konto in Tallahassee ein. Er würde nicht viel nehmen. Das wäre unklug. Hunderttausend sollten genügen.

Jonathan leckte sich die Lippen, als er mit dem Mauszeiger über dem Button schwebte, der den Auftrag bestätigte. Das würde alles verändern. Nie wieder beschissene Fotos machen. Nie wieder langweilige Kunden. Nie wieder Rabattmarken sammeln oder Kleingeld zählen. Nie wieder Benzingeld aus dem Sparschwein fischen.

Er sah hoch, und sein Blick fiel auf Samantha und Natalie, die vom Kaminsims zu ihm herübersahen. Das schummerige Licht ließ ihre Gesichter abwechselnd enttäuscht und wütend wirken. Auf ihrem Sterbebett hatte Samantha ihm das Versprechen abgenommen, dass er niemals zulassen würde, dass sein altes Leben auch nur in die Nähe seiner Tochter käme. Er hatte mit Freuden zugestimmt, dann aber hatte sie angefügt, dass dazu auch das Bankkonto seines alten Lebens gehörte.

Jonathan hatte das nicht gefallen, aber er hatte den Sinn dahinter verstanden. Sie wollte, dass Natalie so normal wie möglich aufwuchs. Und auch wenn sein Geld technisch gesehen nicht gestohlen war, war es der Lohn für einige mehr als gesetzeswidrige Aktivitäten. Ein kurzer Blick in ihre Augen hatte ihn bedingungslos alles schwören lassen. Doch das war damals gewesen.

Nach einem langen Augenblick voller Selbsthass schlug er den Laptop zu, kippte den Rest seines Drinks weg und legte sich aufs Sofa. Eine vertraute Beule drückte ihm in den Rücken, dort, wo sich eine Sprungfeder gelöst hatte. Er schüttelte seine Verzweiflung ab und lachte leise.

„Sieh es mal so: Es kann unmöglich noch schlimmer werden."

3

BUNDESGEFÄNGNIS YAZOO CITY
YAZOO, MISSISSIPPI
21:00 Uhr Ortszeit

„Bitte, nimm Platz“, sagte der Sekretär des Gefängnisdirektors und lächelte spöttisch. Lewis „Lew“ Katchbrow schlurfte in seinen Fußfesseln zu einem der leeren Plastikstühle, die an der Wand standen, und wuchtete seine ein Meter achtzig große und hundert Kilo schwere Gestalt hinein. Er verzog das Gesicht, als seine Hände, die mit Handschellen an die Ketten um seine Hüfte gefesselt waren, gegen die Armlehnen gequetscht wurden. Lew hörte den Sekretär kichern, ignorierte ihn aber.

So hatte Lew die meiste Zeit seiner zwei Jahre im Bundesgefängnis in Yazoo City, Mississippi, verbracht – unter dem Radar. Er hatte sich um seine eigenen Angelegenheiten gekümmert. Meistens, das bedeutete: bis auf heute. Er konnte noch immer kaum glauben, was in den letzten paar Stunden geschehen war.

Die Tür zum Speisesaal war einfach zugeschlagen und hatte Lew und etwa zwanzig andere Insassen hungrig und wütend zum Warten im Regen verdammt. Als ein Mann, der einen strikten Tagesablauf gewohnt war, hatte Lew vorgehabt, einfach nur in seine Zelle zurückzukehren und aufs Abendessen zu warten, aber die Pläne eines anderen waren ihm in die Quere gekommen.

Lenny Dyson, ein älterer Häftling, der sich auf einen Stock stützte, um sein lahmes Bein zu entlasten, hatte aus heiterem

Himmel angefangen herumzubrüllen und wild mit seinem Gehstock herumzufuchteln. Lenny war normalerweise nicht gewalttätig, weshalb man ihm überhaupt nur erlaubte, einen Gehstock zu haben, aber seine Schreie wurden immer schriller und schließlich warf er sich zu Boden, krümmte sich und zuckte, als hätte er einen Anfall. Alle Anwesenden, selbst Oberaufseher Rory Dupont, der versuchte, die hungrigen Häftlinge möglichst ruhig in ihre Zellen zurückzutreiben, rannten hinüber, um zu sehen, was los war.

Lew blieb stehen, wo er war.

Er hatte schon einige Männer ausflippen sehen und musste nicht noch einem weiteren dabei zuschauen. Stattdessen klappte er den Kragen seines gefängnisgrauen Hemdes hoch, um etwas Schutz vor dem Regen zu haben, und wartete.

Dann entdeckte er den wahren Grund für Lennys plötzlichen Anfall. Er tat nur so. Er war überhaupt nicht zusammengeklappt.

Er war die Ablenkung.

Delroy Thibideau, ein schlaksiger schwarzer Mithäftling, berüchtigt für sein Temperament, marschierte mit zielsicherem Schritt über den Hof. Zuerst dachte Lew, er wolle etwas von ihm. Er baute sich möglichst breit auf und versuchte, sich daran zu erinnern, womit er den Kerl gegen sich aufgebracht haben mochte. Aber Delroy war überhaupt nicht an Lew interessiert, sondern hielt die Augen auf einen Punkt hinter ihm gerichtet.

Als Delroy näher kam, sah Lew, wie er etwas aus seinem Ärmel schüttelte und in die Hand fallen ließ – eine Klinge. Das hier war keine Prügelei. Jemand würde sterben.

Hinter sich entdeckte Lew einen kleinen weißen Kerl namens Mickey King. Auch Mickey hatte er noch nicht wirklich kennengelernt, aber er hatte auf den Gefängnisfluren einiges über ihn erfahren. Hier drinnen funktionierte die Kommunikation besser als jedes Telefonnetz da draußen. Mickey hatte eine große Klappe. Vielleicht, um damit seine geringe Größe zu kompensieren, dachte Lew. Er wusste auch, dass Mickey eine Vorliebe für bestimmte Begriffe hatte, die Delroy ohne Zweifel genug in Rage gebracht haben könnten, um ein paar Löcher in den kleinen Mann piksen zu wollen.

Spitznamen, wie sie Mickey so leicht über die Lippen kamen, wurden in keinem Gefängnis ungestraft laut ausgesprochen, aber in einem Bundesknast im Süden Mississippis war es reiner Selbstmord.

Lew warf einen Blick hinüber zu Lenny, der sich noch immer auf dem Boden herumwälzte wie ein Irrer. Der Oberaufseher hatte es geschafft, ihm seinen Gehstock zu entringen, konnte ihn aber nicht beruhigen. Lew erwog, ihm einfach zuzurufen, was hier wirklich los war, aber er wusste, wie lange ein Verräter hier drin überlebte. Allerdings würde sein Leben hier allein schon dadurch deutlich schwieriger werden, dass er bloß in der Nähe gewesen war, als ein Häftling abgestochen wurde. Seine vorzeitige Entlassung könnte er damit vergessen, und das ließ er nicht zu.

Delroy warf Lew einen kurzen Blick zu, bevor er sich wieder ganz auf Mickey konzentrierte, der noch immer keine Ahnung hatte, was da auf ihn zukam. Für Lew war die Botschaft so eindeutig wie eine zehn mal zehn Meter große Werbetafel: *Aus meinem Weg, Homey!*

Lew täuschte einen Schritt zur Seite vor und tat, als würde er Delroys Befehl befolgen. Doch als sie auf gleicher Höhe waren und Lew sicher sein konnte, dass der Oberaufseher nicht hinsah, handelte er.

Delroy war schon dabei gewesen, mit rechts auszuholen, und hatte deswegen sein Gewicht auf die linke Seite nach hinten verlagert. Lew trat hinter ihn, packte das improvisierte Messer und stieß von hinten gegen die Schulter des freien Arms. Die Schwerkraft erledigte den Rest.

Delroy ließ das Messer los, als er versuchte, das Gleichgewicht wiederzuerlangen, und klatschte dann auf den matschigen Boden. In einer einzigen, fließenden Bewegung warf Lew die Waffe aufs Dach der Cafeteria und machte auf dem Absatz kehrt, um mit langsamen Schritten hinüber zu seinem Zellenblock zu gehen.

Er hörte Schritte im Schlamm hinter sich und wusste, dass nur eine sehr kleine Chance bestand, dass Delroy die Sache einfach auf sich beruhen lassen würde. Es war noch nicht vorbei.

Er drehte sich um, als Delroy noch gut sechs Meter entfernt war.

„Ich geh wieder rein, Boss!", rief er dem Oberaufseher zu.

Delroy blieb mitten im Lauf stehen, wohl wissend, worauf die Aufmerksamkeit des Aufsehers gerade gerichtet war.

„Was? In Ordnung, geh rein", sagte Oberaufseher Dupont, dem offenbar nur daran gelegen war, den um sich schlagenden Lenny endlich zur Ruhe zu bringen.

Delroys Blick brannte sich in Lews. Lew wusste, er sollte sich einfach umdrehen und weitergehen, aber er konnte nicht anders. Er tippte sich mit zwei Fingern an die Stirn, als würde er sich an einen unsichtbaren Hut fassen. Delroy riss die Augen noch ein Stückchen weiter auf – was eine enorme Leistung war, wenn man in Betracht zog, dass sie bereits groß wie Untertassen gewesen waren –, blieb aber, wo er war.

Lew drehte sich um und ging zurück in seine Zelle.

Eine Stunde später, als Lew in den Aufenthaltsraum trat und die Tür hinter sich zuschlagen hörte, wusste er, dass die Zeit gekommen war, für seine Einmischung zu bezahlen. Dann hörte er Delroys unverwechselbares Kichern.

„Ach, Scheiße." Lew ballte die Hände zu Fäusten und drehte sich um, bereit für die Auseinandersetzung. Doch er öffnete die Hände sofort wieder, als er erkannte, dass er in etwas viel

Schlimmerem gelandet war als einer Horde wütender Sträflinge.

„Ich glaube, wir müssen uns mal unterhalten, *ese*."

Oh ja, Delroy war da, aber er war nicht derjenige, der sprach. Stattdessen saß er etwas abseits auf einem Tisch nahe der Wand, neben ihm Lenny, der immer wieder kraftvoll seinen Stock in die offene Hand knallen ließ, wie ein Polizist, der in den 1920ern eine illegale Kneipe aufmischte. Neben der Tür standen außerdem noch zwei Gorillas, beide größer als Lew und Delroy zusammengenommen. All das war schon ziemlich mies.

Aber das Schlimmste – und viel Verwirrendere – war der Anführer der kleinen Gruppe. Er stand vor seinen Leuten und musterte Lew, der hinuntersah in ein Paar Augen, das viel dunkler wirkte, als er es in Erinnerung hatte.

„Mickey King", sagte Lew. „Eine seltsame Art, mir dafür zu danken, dass ich dir das Leben gerettet habe." Er trat einen Schritt zurück und ließ sich auf einer Tischkante nieder. Er hatte nicht den leisesten Schimmer, was hier gespielt wurde, aber er war überzeugt davon, dass eine möglichst friedvolle Körperhaltung zwingend war, wenn er weiteratmen wollte. Das Einzige, was er wusste, war, dass der Mord, den er vorhin verhindert hatte, überhaupt kein Mord gewesen war.

„Mach du nur deine Sprüche, Junge", sagte Delroy. Mickey drehte sich um und brachte ihn mit einem Blick zum Schweigen, vor dem Delroy zurückzuckte, als hätte er eine heiße Herdplatte berührt.

„Meine Partner sind ein wenig aufgebracht", erklärte Mickey. „Sie haben heute mit einer dicken Belohnung für unser kleines Täuschungsmanöver da draußen gerechnet. Jetzt sind sie besorgt, dass sie vielleicht leer ausgehen. Besorgt genug, dass sie sich von dir gerne eine Entschädigung holen würden."

Lew sah zu, wie Mickey langsam auf und ab schritt, während er sprach. Er tigerte nicht herum wie ein besorgter oder aufgebrachter Kerl, sondern wie ein Lehrer, der jemandem erklärte, wie die Welt funktionierte. Außerdem hatte Lew bemerkt, dass Mickey neuerdings einen mexikanischen Akzent hatte.

Lew lagen einige bissige Kommentare auf der Zunge, aber er entschied, dass er lieber noch eine Weile still bleiben sollte, wenn ihm seine Gesundheit lieb war. Er blickte zu Delroy, der den Kopf abwandte. Mal ganz abgesehen von diesem kleinen Triumph bekam er allmählich eine Ahnung, was hier abging. Und wenn er richtiglag, steckte er wirklich enorm in der Scheiße.

„Der einzige Grund, weshalb du im Augenblick nicht verblutest, *ese*, ist der, dass du ehrbare Absichten hattest. Du wusstest weder, wer ich bin, noch, was wirklich los war, also bist du ein echtes Risiko eingegangen, als du mich beschützt hast. Ich bin wirklich gerührt."

„Es war ja nicht so, als hätte eine echte Gefahr bestanden, Mr. Colero", antwortete Lew und versuchte sein Glück. Wenn er beweisen konnte, dass er clever war und die Tarnung seines Gegenübers durchschaut hatte, hatte er vielleicht eine Chance.

Miguel Colero, vornehmlich bekannt als „White Mike" – aufgrund seiner hellen Hautfarbe und seiner Vorliebe für Koks –, hatte sich den Löwenanteil des gesamten Drogenhandels in Südflorida unter den Nagel gerissen, bevor er im vergangenen Herbst plötzlich von der Bildfläche verschwunden war. Lew hatte davon gehört, weil er immer ein Auge auf die Polizeiaktivitäten im *Sunshine State* Florida hatte, mit besonderem Interesse für Tallahassee.

Jeder ging davon aus, dass Miguel Colero von seinen eigenen Leuten oder der Konkurrenz ausgeschaltet und irgendwo verscharrt worden war, aber da nur äußerst wenige Fotos von ihm existierten, war es quasi unmöglich, das zu bestätigen.

„Und offensichtlich kannst du zwei und zwei zusammenzählen. Bravo, *ese*", antwortete Mickey. „Aber bis ich wieder auf der anderen Seite dieser Mauern stehe, bin ich weiterhin Mickey King, *comprende*?"

„*Si*", erklärte Lew. Er war weit davon entfernt, nicht mehr in Schwierigkeiten zu sein, aber noch hatte man ihm nichts getan, und das war etwas wert, wenn man bedachte, wer da vor ihm stand.

Lew hatte noch immer einen Haufen Fragen, etwa wie der weiße Mike unter einem falschen Namen in einem Knast in Mississippi gelandet war oder weshalb er mit einem dilettantischen Haufen wie diesem zusammenarbeitete, um wieder rauszukommen, aber die einzige Frage, die wirklich zählte, war: „Also, worum geht's hier?"

„Ah, seht ihr? Seht ihr? Hier haben wir einen Überlebenskünstler. Ein cleverer Typ, der sich an die Umstände anpassen kann. Er heult nicht rum, wenn er in der Scheiße steckt, sondern er sucht seinen Vorteil in jeder Lage", erklärte Mickey und richtete die letzten Worte offensichtlich an Delroy.

„Ich geb mein Bestes", sagte Lew. Er spürte ernste Spannungen zwischen Delroy und Mickey und wollte um jeden Preis vermeiden, dass sie hier direkt vor ihm ausbrachen.

„Wir planen hier gerade den zweiten Take", erklärte Mickey. „Delroy wird einen zweiten Versuch unternehmen, Mickey King unter die Erde zu bringen, diesmal allerdings erfolgreich. Deine Aufgabe wird es sein, dafür zu sorgen, dass nicht wieder irgendein hilfsbereiter Samariter in die Szene platzt. Ist doch klar, oder?"

„Kristallklar", meinte Lew. „Und was kommt dann? Sie karren deinen Sarg die Straße entlang, bis du mit einem fröhlichen ‚Kuckuck' herausspringst?"

Mickey antwortete nicht, offenbar irritiert, dass Lew seinen Plan so einfach durchschaut hatte. Lew machte sich eine mentale Notiz, nicht ganz so clever dazustehen. Zu smart zu sein war genauso gefährlich wie zu dämlich, wenn man es mit Typen wie White Mike zu tun hatte.

„Das Timing ist hier wichtig", erklärte Mickey. „Mickey King muss bis zum Abendessen tot sein. Heute Nacht fährt der Transporter los, und Mickeys Leiche muss hintendrauf liegen." Die Art, wie er von sich selbst in der dritten Person sprach, begann Lew auf die Nerven zu gehen.

„Verstehe", sagte Lew. „Hör mal, ich will echt keinen Ärger oder so. Ich find's super, dass du mich für so 'nen korrekten Typen hältst und alles, aber du hast mir gerade jede Menge Zeug erzählt, das dir echt gefährlich werden kann. Setzt du da nicht ein bisschen viel Vertrauen in dein Bauchgefühl?"

„Mein Bauch irrt sich nie, *ese*", antwortete Mickey. „Aber es schadet auch nie, sich etwas abzusichern." Er schnippte mit den Fingern, und Delroy hielt eine zusammengerollte Plastiktüte hoch. Er öffnete die Hand, und die Tüte entrollte sich, um die darin eingewickelte Klinge sichtbar werden zu lassen.

Lew musste nicht fragen, welche Waffe das war. Oder wessen Fingerabdrücke darauf waren.

„Wie habt ihr die vom Dach bekommen?", wollte er dennoch wissen, aber Mickey war durch damit, Fragen zu beantworten.

Lew begann sich zu fragen, wie er Delroys und Lennys Schicksal entgehen konnte. Er wusste, dass die beiden tot sein würden, bevor der Plan vollendet sein und Mickey sich heute Abend aus seinem Sarg erheben würde.

Und jetzt war er Teil des Plans geworden.

Ein paar Stunden später, als die Gefangenen sich fürs Essen anstellten, waren alle Mitspieler auf ihren Positionen – auch Lew.

Er stand schon wieder im Regen, der sich einfach weigerte nachzulassen. Delroy stand angespannt auf der anderen Seite des Hofs und wirkte wie ein Läufer, der nur auf den Startschuss wartete. Auch Lenny war da, aber er konnte unmöglich noch einen Anfall vortäuschen, das würde die ganze billige Show auffliegen lassen. Delroy würde sich einfach so auf Mickey stürzen müssen, wenn das Signal kam, mitten vor allen Leuten.

Lew vermutete, dass die Aufregung und Panik, die der Angriff nach sich ziehen würde, nur helfen konnten, die ganze Aufführung noch realistischer wirken zu lassen. Seine Aufgabe war es, Oberaufseher Dupont abzufangen, sobald er hier auftauchte.

Mickey stand in der Warteschlange außerhalb des Speisesaals und hob mitten im Gespräch die Hände. Das war Delroys Signal, loszulegen. Lew sah auf und wurde Zeuge, wie Delroy aus seinem Startblock stürmte. Zuerst dachte er, der Mann würde einfach stumpf in vollem Sprint über den ganzen Hof hetzen, aber dann schien er sich zu besinnen und verfiel wieder in die Rolle des angesäuerten Cholerikers.

Lew ging hinüber zum Ende des Gebäudes und warf einen Blick um die Ecke, hinter der die Warteschlange hungriger Häftlinge verschwand. Am Ende der Schlange stand Dupont und war in ein Gespräch verwickelt. Die Gefangenen, mit denen er sprach, waren nicht in den Plan einbezogen, das Gespräch konnte also jede Sekunde abbrechen. Und als hätte er es geahnt, sah Lew, wie der Oberaufseher einem der Männer auf die Schulter klopfte und sich dann umwandte, um genau in Richtung der Hauptvorstellung zu spazieren.

„Verdammt“, zischte Lew, als er sich aufmachte, den Mann aufzuhalten. Er erwischte ihn wenige Schritt vor der verräterischen Ecke, von der aus der Aufseher einen perfekten Blick auf das sich anbahnende Chaos haben würde. Lew bezweifelte nicht, dass Delroys Schauspielerei die Mitgefangenen täuschen würde, denen es im Endeffekt egal war, ob hier wirklich jemand abgeschlachtet wurde oder nicht, aber wenn der Oberaufseher direkter Zeuge des Zwischenfalls wurde, kämen sie mit der Scharade nicht durch.

Der Gefängnisarzt war ausreichend geschmiert; dass er Mickey für tot erklären würde, war also gar keine Frage – außer der Aufseher konnte noch vor dem Arzt einen Blick auf die „Leiche" werfen.

Lew sah den Arzt gerade auf den Speisesaal zugehen. Seine Aufgabe musste darin liegen, einfach nur zufällig in der Nähe zu sein, wenn es passierte. Lew hatte den Doc vorher nicht einmal gesehen; aber er war ja auch mit Wichtigerem beschäftigt gewesen.

„Was gibt's denn, Lewis?", fragte der Oberaufseher.

„Ich, äh … Also es ist so, ich hab mich was gefragt", stammelte Lew. Er wusste, dass er sich etwas hätte überlegen sollen, *bevor* er sich dem Aufseher in den Weg stellte. Gleich einem Chamäleon konnte er sich an jede Situation anpassen, wenn sein Leben in Gefahr war, doch Improvisationstheater war nie seine Stärke gewesen. Er brauchte die richtige Motivation, und jemand anderem die Flucht zu ermöglichen reichte da einfach nicht aus.

„Lass dir Zeit, Lewis", sagte Dupont. Lew wusste, dass der Mann nur deshalb so geduldig war, weil Lew bis heute „Der Unsichtbare" gewesen war, der noch kein einziges Mal auf dem Radarschirm der Gefängnisverwaltung aufgetaucht war. Häftlinge wie ihn liebten die Aufseher. Aber Lew war dabei, sich mit vollem Anlauf genau in ihr Fadenkreuz zu werfen.

„Ich weiß, es ist vermutlich ein Regelverstoß, Boss, aber ich hab mich gefragt, ob ich wohl ein …" *Ein was? Eine Begnadigung? Einen Sportwagen? Ein Amen?* Lews Hirn ratterte wie blöde und fragte sich, wie lange es bloß dauern konnte, irgendjemanden abzustechen, besonders jemanden, der sich nicht wehrte.

„Ein was, Lewis?", fragte Dupont, dem allmählich die Geduld ausging. Lew erblickte über seine Schulter hinweg den Gefängniszaun und dahinter eine Reihe hochgewachsener Ulmen.

„Ein … äh … Bäumchen haben könnte. Für meine Zelle“, platzte es schließlich aus Lew heraus, der seine eigenen Worte nicht glauben konnte. *Echt jetzt? Ein verschissener Baum? Warum hast du ihn nicht gleich nach einem Whirlpool und einem Blowjob gefragt?*

„Ein was?“, fragte Dupont irritiert nach. Aber inzwischen hatte der Tumult um die Ecke angefangen, bis zu ihnen vorzudringen, und Lew hatte keine Zeit mehr, ihm zu antworten.

Auf der anderen Seite des Gebäudes fingen die Männer an herumzubrüllen und zu johlen. Es war der Gefängnischor, der vergossenes Blut begleitete, und jeder Insasse kannte seine Melodie. Die Männer in der Warteschlange begannen auszuscheren und um die Ecke zu rennen. Aber auch der Aufseher kannte den Chor nur allzu gut.

„Zurück in die Reihe! *Sofort!*“, brüllte er. Der kumpelhafte Ton war mit einem Mal verflogen. Lew wollte nur, dass der Aufseher endlich um die Ecke ging, damit er selbst sich klammheimlich verdrücken konnte. Irgendein Teil seines Gehirns jammerte unerwarteterweise lautstark, dass die ganze Aufregung bedeutete, dass er eine weitere Mahlzeit verpasste. Daran hatte er vorher gar nicht gedacht.

Endlich verschwand Dupont hinter der Ecke und deutete augenblicklich mit einem erhobenen Arm zum Wachturm. Überall ertönten Trillerpfeifen, und die Sirenen heulten los. Lew wusste es besser, als rennend aus der Masse auszubrechen, wenn die Scharfschützen auf den Türmen bereits das Auge am Zielfernrohr hatten. Also tat er, was seiner Ansicht nach jeder der Anwesenden tun würde, der nicht in den Plan involviert war: Er spazierte um die Ecke, um zuzusehen, wie ein Mann „starb“.

Mickey lag auf dem Boden, die Klinge steckte in der Schutzweste, die er unter der Gefängniskluft trug, während der Blutbeutel, den er daran befestigt hatte, den Schlamm unter ihm scharlachrot färbte. Der Doc kniete bereits neben dem Verletzten und gab zwei Vertrauenshäftlingen den Befehl, Mickey sofort auf die Krankenstation zu bringen. Der Doc würde Mickey für tot erklären, noch bevor die letzte Zelle heute verschlossen war.

„Ihr alle! Zurück in eure Zellen", rief der Oberaufseher, der sich offensichtlich Sorgen machte, wie er dem Direktor erklären sollte, dass der Kerl ausgerechnet in seiner Schicht ausgeweidet worden war. Von irgendwoher erschienen mit einem Mal jede Menge Wachen und Vertrauenshäftlinge, um die Männer zurück in ihre Zellen zu treiben.

„Immer schön ruhig und friedlich, Ladies! Stress kann tödlich sein", rief eine der Wachen den Häftlingen zu und lud sein Gewehr durch, um das Gesagte zu betonen. Die Gefangenen brummelten vor sich hin, und einige versuchten, noch ein wenig herumzutrödeln. Die meisten aber gehorchten, und so marschierte die Menge langsam zurück zu ihren zugewiesenen Zellen. Lew schloss sich ihnen an, vor allem, um endlich dem Regen zu entkommen.

„Katchbrow!", rief jemand über die Köpfe der anderen hinweg, und Lew blieb wie angewurzelt stehen.

Mist.

Er drehte sich um und sah Dupont auf sich zukommen.

„Ja, Boss?"

„Wir müssen uns wohl mal unterhalten, oder wie siehst du das, alter Baumfreund?"

„Hey, Schlafmütze!" Lew öffnete die Augen und blinzelte den Sekretär von Direktor Quinn an, der ihn an der Schulter rüttelte. „Du kannst jetzt rein."

Lew grinste und nickte, bevor er sich mühsam aus dem kleinen Plastikstuhl stemmte, der sich beinahe um ihn gewickelt hatte. Er schlurfte hinüber zur Tür, auf der *Norman Quinn – Direktor* stand, und klopfte, so gut es mit seinen Fesseln ging, an. Als eine Stimme im Inneren ihn aufforderte einzutreten, öffnete er die Tür.

„Sie wollten mich sehen, Direktor?", sagte Lew.

„Komm rein, komm rein", forderte Quinn ihn auf, ohne sich von dem Flachbildschirm abzuwenden, vor dem er in die Hocke gegangen war. „Setz dich, Lewis."

Lewis rutschte mit kleinen Schritten hinüber und setzte sich mit klirrenden Ketten hin. Dabei fragte er sich, wieso ihn jeder mit Vornamen ansprach.

Er sah zu, wie der Direktor an den Farbeinstellungen des Fernsehers herumfummelte. Es war ein guter Fernseher. Ein Riesenmodell, 55 Zoll, ultrahochauflösend. Quinns Interesse für elektronische Spielereien war kein Geheimnis, aber Lew hatte nicht gewusst, dass der Posten des Gefängnisdirektors so gut bezahlt wurde.

„Sieht aus, als hätten wir ein Problem, Lewis", eröffnete Quinn.

Lew blickte aus dem Fenster hinter dem Schreibtisch des Direktors und stellte fest, dass er von hier aus einen perfekten Blick auf die Cafeteria hatte, direkt dort, wo ihre kleine einaktige Tragödie stattgefunden hatte. *Ich bin am Arsch.* Gleichzeitig warf Lew einen Blick aufs Dach der Cafeteria und entdeckte die Klinge, die er dorthin geworfen hatte. *Mann, heutzutage kannst du echt niemandem mehr trauen.*

„Haben wir?", fragte er und tat möglichst unschuldig.

„Ah, das ist irgendwie falsch", sagte Quinn, trat einen Schritt zurück und setzte sich in seinen Sessel, ohne den Blick vom Fernseher zu nehmen. „Sehen die Gesichter für dich auch gelb aus?"

„Schwer zu sagen aus diesem Winkel", erwiderte Lew und streckte sich in seinen Fesseln. Erst jetzt schien Quinn die Handschellen und Ketten zu bemerken, die seinen Gast fesselten.

„Gordon!", rief der Direktor auf den Flur hinaus zu seinem Sekretär. Einen Augenblick später steckte Gordon den Kopf durch die Tür. „Gordon, wessen Idee war das?"

„Ich weiß nicht, Sir. Mr. Duponts, denke ich."

„Nein, nein, nein", schimpfte Quinn und winkte heftig ab. „Das brauchen wir nicht. Besorgen Sie den Schlüssel."

Ein paar Minuten später war Lew von seinen Fesseln befreit, und Gordon verließ mit den klirrenden Ketten im Arm den Raum.

„Schließen Sie die Tür hinter sich, Gordon", befahl Quinn. „Und sagen Sie Rory, dass ich ihn als Nächstes sprechen will." Dann ging er um den Schreibtisch herum und setzte sich auf die Kante, in der Hand eine Fernbedienung, so groß wie ein Laib Brot.

„Sie wollen mich hoffentlich nicht damit schlagen, oder?", fragte Lew. Er hatte entschieden, die Unterhaltung möglichst locker anzugehen, aber das schmallippige Lächeln des Direktors ließ ihm einen eisigen Schauer den Rücken hinaufkriechen.

„Nicht so, wie du es vielleicht denkst." Quinn drückte einen Knopf auf der riesigen Fernbedienung, und das Bild wechselte von einer Spielshow zu einem grobkörnigen Schwarz-Weiß-Bild. Lew dachte, er würde einen alten Schwarz-Weiß-Film sehen, bis er sich selbst auf der oberen Hälfte des Bildschirms erkannte. Er sah sich selbst um die Ecke der Cafeteria und aus dem Bild gehen, was er einige Stunden zuvor getan hatte, um Oberaufseher Dupont aufzuhalten.

„Jetzt kommt der gute Teil", sagte Quinn. „Sehr realistisch."

Direkt vor Lews Augen spielte sich Mickey Kings „Tod" ab. Beinahe im selben Augenblick, als Mickey in den Schlamm stürzte, kam der Gefängnisarzt angelaufen und scheuchte den

Oberaufseher davon, wobei er ihm offensichtlich mitteilte, dass King tot war. Selbst unter seinen aktuellen Umständen wurde Lew beinahe übel, als er das Schmierentheater mit anschauen musste.

„Aber jetzt kommt mit Abstand meine Lieblingsszene", erklärte Quinn. Er drückte ein paar weitere Tasten seiner Fernbedienung, und das Bild zoomte direkt auf Kings toten Körper. „Und zwar … jetzt!" Lew rollte mit den Augen.

Der vermeintlich tote King nieste kräftig, bevor er wieder wie tot dalag.

Was zur Hölle ist hier los?

Das Mindeste, was er erwarten würde, war, dass Delroy und Mickey in Einzelhaft säßen, der Doc verhaftet worden wäre und Lew selbst wieder in Ketten steckte.

„Ich muss dir sagen, Lewis, das Schlimmste daran, die Sache, die mich wirklich ankotzt, ist nicht mal der Täuschungsversuch. Das Schlimmste ist, dass ihr mich alle für dermaßen beschränkt haltet, dass ihr glaubt, mit einer derart fadenscheinigen Nummer durchzukommen. Habt ihr wirklich gedacht, der Leichenwagen fährt hier einfach ungeprüft raus? Oder dass irgendeines meiner Schäfchen hier direkt unter meinem Fenster abgeschlachtet werden könnte, ohne dass ich in die Sache hineingezogen werde? Das ist beleidigend." Er schleuderte die riesige Fernbedienung auf seinen Tisch. Stifte und Papiere flogen in hohem Bogen durch die Luft und segelten zu Boden. „Nur ein Volltrottel würde sich von so was täuschen lassen."

„Äh, ja", sagte Lew und spürte, wie er rot wurde. Er hätte dem Direktor am liebsten die ganze Geschichte, die ganze Wahrheit erzählt, aber er bezweifelte, dass das irgendetwas bringen würde. Er würde nur wie ein weiterer jammernder Gefangener klingen. Ganz zu schweigen davon, dass es ihn wie einen leicht zu manipulierenden Idioten dastehen ließe.

Quinn sammelte die verstreuten Papiere und Stifte auf und legte sie zurück auf seinen Schreibtisch. Er zog seinen Stuhl direkt neben Lew und fischte eine Akte aus seiner Schublade.

„Lewis Katchbrow“, murmelte er, während er durch die Seiten blätterte. „Was machst du hier, Lewis?“

„Nun, das hängt wohl von Ihnen ab. Ich wäre in drei Monaten raus gewesen, Sir, wenn das heute nicht passiert wäre.“

„Du weißt, dass ich das nicht meine. Was hat dich dazu getrieben, einen bewaffneten Raubüberfall in Südmississippi durchzuziehen? Und dann auch noch alleine?

Ich kriege doch mit, wie du dich hier draußen auf dem Hof benimmst. Mit wem du sprichst, wem du aus dem Weg gehst. Wie du deine Zeit vorwiegend damit zubringst, unsichtbar zu sein und dich um deinen Kram zu kümmern. Du bist anpassungsfähig und clever. Du willst hier einfach nur deine Zeit absitzen und endlich wieder raus.

Wieso solltest du dich einer Horde nichtsnutziger Verlierer anschließen und einen untergetauchten Drogenboss bei einem derart lächerlichen Plan unterstützen?“

Damit erwischte er Lew völlig unerwartet. Quinn wusste also, wer Mickey in Wirklichkeit war, und Lew fragte sich, ob dieses Wissen der Grund dafür war, dass Mickey so dringend hier rauswollte. „Sagen wir einfach, es war nicht freiwillig.“

„So viel habe ich mir gedacht“, meinte Quinn und blätterte noch ein wenig in der Akte. Dann erregte etwas darin seine Aufmerksamkeit. „Oh, verzeihen Sie bitte, *Major* Katchbrow. Sie sind ein Army Ranger.“ Quinn las ein wenig still vor sich hin und begann dann vorzulesen, als hätte Lew noch nie etwas davon gehört. „Ausgezeichnet mit zwei Purple Hearts, drei Bronze Stars und einer Tapferkeitsmedaille. 1992 ehrenhaft entlassen.“

„Hören Sie, Direktor, was hat meine Dienstzeit damit zu tun, dass …“

„Du hast deinen Heimflug aus Kuwait abgelehnt. Bist einfach verschwunden.“

„Das steht in meiner Akte?“ Plötzlich wurde Lew neugierig.

„Nein. Ich habe ein paar Telefonate geführt. Und die interessanteste Geschichte, die ich gehört habe, war die, dass du eine Karriere als Straßenkämpfer in Bogotá hingelegt hast. Aber nach Kolumbien ... puff. Nichts mehr. Du hast dich quasi in Luft aufgelöst, bis du für den Überfall festgenommen wurdest. Wo bist du sechzehn Jahre lang gewesen?“

„Worum geht's hier, Quinn?“, fragte Lew, nun ein wenig schärfer. Er mochte es nicht, dass jemand in seiner Vergangenheit herumstocherte, besonders weil sie dort einige unschöne Dinge finden könnten.

Quinn musterte ihn und schien zu einer Art Entscheidung zu kommen. Er klappte die Akte zu. „Ein simples Tauschgeschäft“, sagte er. „Du tust mir einen Gefallen, ich tue dir einen Gefallen.“

„Und welchen Gefallen tun Sie mir?“, fragte Lew.

„Du gehörst hier nicht her. Das ist offensichtlich. Es ist ebenso offensichtlich, selbst wenn man dein Fehlverhalten heute bedenkt, dass du für den Rest deiner Zeit hier kein Problem darstellen wirst. Um ganz genau zu sein“, Quinn lehnte sich vor, „wäre es vielleicht schwierig festzustellen, ob du überhaupt *hier* bist.“

Lew verstand den Hinweis. „Wollen Sie mir sagen, dass ich einfach durch die Vordertür rausspazieren kann? Noch heute?“

„Na ja, vielleicht nicht direkt zur Vordertür, aber ja, im Kern will ich genau das sagen.“

Lew dachte darüber nach. Er hatte sich selbst den Gedanken an Freiheit nicht mal für eine Sekunde gestattet, solange er hier drin war. So zu denken machte einen nur wahnsinnig. Jetzt aber ließ er den Gedanken zu, und er fühlte sich gut an. Verdammt gut. Er bremste sich selbst, bevor ihm die Vorstellung zu Kopf stieg.

„Und der Preis?“, fragte er, wohl wissend, dass er ihm nicht gefallen würde, ganz gleich, was es war.

Quinn lehnte sich in seinem Stuhl zurück, verschränkte die Hände hinter dem Kopf und begann, vor und zurück zu wippen. „Mickey King möchte gerne tot sein. Erfüllen wir ihm seinen Wunsch.“

„Sie wollen, dass ich einen Ihrer Gefangenen töte?“, fragte Lew. Es gab kein Szenario, in dem er ein Jahr voller Langeweile gegen das Leben eines Menschen eintauschen würde, ganz egal, was für ein Mistkerl er war.

„Technisch gesehen ist er gar nicht mein Gefangener. *Mickey King* ist mein Gefangener. Und lassen wir die Tatsache nicht außer Acht, dass er rein technisch gesehen bereits tot ist“, warf Quinn ein.

Lew war bewusst, dass der Direktor sich mit rechtlicher Haarspalterei aus der Verantwortung zu stehlen versuchte, aber jetzt wusste er wenigstens auch, woher der Mann seinen neuen Fernseher hatte.

„Sie denken also nicht, dass ich hierher gehöre, wollen mich aber zu einem Mörder machen“, antwortete er. „Das ergibt ja wirklich eine Menge Sinn.“

„Bleiben wir doch bei der Wahrheit, Lewis. Es wäre mit Sicherheit nicht das erste Mal, dass du jemanden tötest.“ Quinn trommelte mit dem Finger auf Lews Akte. „Aber ich garantiere dir, niemand hat eine Ermordung mehr verdient als Miguel Colero. Denk an all das Unglück, das er mit seinem Drogenhandel angerichtet hat. Die Leben, die er ruiniert hat. Die Familien, die er ausgelöscht hat. Du könntest alldem ein Ende setzen.“

„Versuchen Sie nicht, mich mit demselben Geschleime einzulullen, von dem Sie sich haben blenden lassen. Wer zur Hölle, glauben Sie, will Coleros Tod? Eine gute Fee? Irgendjemand hier drin hat Colero erkannt und ihn an irgendeinen anderen

Drogenboss verkauft. Und der will King, ich meine Colero, aus dem Weg geräumt haben. Ich weiß ja nicht, mit welchem Unsinn Sie sich dazu bringen, nachts ruhig zu schlafen, aber Sie sind offenbar recht billig zu haben. Ehrlich, für einen beschissenen Fernseher?"

Quinn schlug seine Hand krachend auf den Schreibtisch und sprang auf, bevor er Lew einen Finger unter die Nase hielt. Sein Gesicht war knallrot geworden. „Pass auf, was du sagst, Katchbrow! Denn die Kehrseite wird dir nicht gefallen. Ich sage einfach aus, dass ich gesehen habe, wie du Colero ermordet hast. Vielleicht verstecke ich ein paar Drogen in deiner Zelle. Ich habe gehört, das Essen im Todestrakt soll hervorragend sein. Jedenfalls solange man es genießen kann."

„Sie können mich mal. Nur zu, sagen Sie aus. Verstecken Sie, was auch immer Sie wollen. Ich freu mich auf meinen Auftritt vor Gericht. Vielleicht schnüffelt mein Anwalt ein wenig in Ihrem Haus herum oder auf Ihrem Bankkonto. Mal sehen, was für schicke, teure Spielzeuge Sie sich in letzter Zeit sonst noch so angeschafft haben. Vielleicht unterhalte ich mich auch ein wenig mit ein paar von Coleros Freunden und erzähle ihnen die Wahrheit. Ich hoffe, Sie haben Ihre Garantie auf dieses Scheißding da nicht verlängern lassen."

Quinns Gesichtsfarbe wechselte von hochrot zu kalkbleich. Es gab ein hörbares Geräusch, als sein Adamsapfel auf und ab hopste. Er öffnete die Hand und machte damit eine beschwichtigende Geste. Offensichtlich versuchte er, die plötzlich vorherrschende angespannte Stimmung im Raum zu entschärfen. Er setzte sich in seinen Stuhl und holte tief Luft.

„Wir haben uns hier wohl ein bisschen verrannt. Beruhigen wir uns erst mal", sagte er.

Lew erwiderte nichts, lehnte sich aber ebenfalls in seinem Stuhl zurück. Quinn zu sehr unter Druck zu setzen würde ihm auch nicht helfen.

Ein schnelles, drängendes Klopfen ertönte an der Tür und unterbrach Quinn. Der Direktor warf einen Blick durch den Raum, und der Ausdruck in seinem Gesicht erinnerte Lew an einen Pokerspieler, der mit einem Ass im Ärmel erwischt worden war. Er schnappte sich Lews Akte und warf sie zurück in die Schublade.

„Ja, was gibt es?", rief er. „Scheiße!" Hektisch griff er nach der Fernbedienung und schaltete den Fernseher um, auf dem noch immer das Standbild des vorgetäuschten Mordes zu sehen war. Sofort erschien wieder die Spielshow.

Die Tür wurde aufgestoßen, und Rory Dupont, der Oberaufseher, steckte den Kopf herein.

„Boss, die Häftlinge in Zellenblock H haben ein Feuer gelegt. Sie drohen damit, einen Aufstand anzuzetteln, wegen der Messerstecherei. Wir müssen die Staatspolizei rufen. Sofort!"

Lew sah zum Fenster hinaus und entdeckte aufsteigenden Rauch aus den Fenstern eines der entfernteren Gebäude.

„Auf keinen Fall!" Quinn stand auf und lief zur Tür. „Das ist unsere Angelegenheit. Wir regeln das intern."

„Was ist mit ihm?", fragte Rory, als er Quinn aufhielt und auf Lew zeigte.

„Der kann hierbleiben. Geben Sie mir Ihre Handschellen." Quinn fesselte Lew an den Stuhl, der wiederum mit Bolzen am Boden befestigt war.

Lew wusste nicht, ob der Direktor mit den Handschellen „Lew, den Gefangenen" an der Flucht hindern wollte oder „Lew, seine Waffe gegen Colero" davor schützen wollte, in dem Aufstand verletzt zu werden. Er sah noch einmal zum Fenster hinaus und stellte fest, dass es ihm egal war.

„Gehen wir!" Quinn folgte Rory aus dem Büro, und bevor er verschwand, drehte er sich noch einmal um. „Denk darüber nach, was wir besprochen haben, Lewis. Das hier könnte ein Wendepunkt in deinem Leben sein. Vermassle es nicht wegen irgendwelcher unwichtiger Details."

Er schloss die Tür, und Lew hörte, wie die gedämpften Stimmen dahinter langsam leiser wurden. Dann sah er die Männer draußen auf dem Hof auftauchen. Bewaffnet mit Tränengas, Gewehren, Helmen und Schlagstöcken, stapften sie durch den Schlamm in Richtung der rauchenden Zellengebäude. Die Hälfte von ihnen waren Vertrauenshäftlinge, die aussahen, als würden sie lieber in die andere Richtung rennen.

Lew stand auf und reckte sich zur Seite, so weit es mit einer Hand an den Stuhl gekettet ging, um einen besseren Blick aus dem Fenster zu bekommen. Draußen herrschte völliges Chaos. Gefangene und Wärter rannten in alle Richtungen wild durcheinander.

Dann sah er es. Eine Spiegelung in der Scheibe. Ein Umriss, der ihm vertrauter war als sein eigener Name. Er drehte sich um und stellte fest, dass das Bild vom Fernseher kam. Eine Sondernachrichtensendung, die das reguläre Programm unterbrochen hatte.

Ein sich drehendes Symbol wurde größer und größer, bis es so schien, als würde es direkt aus dem Bildschirm springen. Zwei symmetrische Schnörkel, je einer auf jeder Seite eines abgeflachten, aufrecht stehenden Ovals, was in seiner Gesamtheit bewusst gewollt wie ein Insekt aussah.

Wie ein Schmetterling.

4

BOGOTÁ, KOLUMBIEN

Vor sechzehn Jahren

„Baboso!"

Lew hörte seinen Spitznamen und stand auf. Schon eine Weile wartete er in seinem Umkleideraum, der tagsüber als Pferdestall diente. Er hatte keine Ahnung, was der Name bedeuten sollte, aber er fing an, ihn zu mögen. Und die Männer schienen jede Menge Spaß daran zu haben, ihn so zu rufen. Chico, der Mann, der heute als sein Manager fungierte, kam gerade zurück und sagte ihm, dass er sich fertig machen solle. Lew hatte an diesem Nachmittag schon zwei Kämpfe bestritten und war sich nicht sicher, ob er überhaupt einen dritten wollte. Aber die letzten Tage hatte er in den örtlichen Bars mehr offene Bierdeckel angesammelt als üblich.

„Du kämpfst einen noch, Baboso. Du bist reich heute Abend. Gibst uns allen Drinks aus."

Die Handvoll Männer hinter Chico lachten ihre dreckigen Lachen voller fehlender Zähne, und Lew fragte sich, ob das seine Zukunft war. Bisher hatte er seine Kauleisten gut beisammenhalten können, aber nur, weil er sich einen Mundschutz aus alten Zeitungen gebastelt hatte.

„Was immer du sagst, Chico. *Su* Arschloch, *ma* Arschloch", erwiderte Lew und nahm sich einen weiteren Schluck Whiskey. Die Flasche war beinahe leer. Lew war froh, dass dies der letzte Kampf war. Mittlerweile spürte er nicht mal mehr Schmerzen, und wenn das geschah, gerieten die Dinge schnell aus dem Ruder.

Die Zuschauermenge draußen wurde lauter, gefolgt von einerseits fröhlichen, andererseits wütenden Rufen. Ein paar Minuten später schleppten sie einen monströs großen Kerl an seinem Stall vorbei nach hinten, wo ein Tierarzt ihn zusammenflicken würde – wenn er genug Bargeld dabeihatte. Lew hatte den Eindruck, dass der Kerl sich das leisten konnte. Er hatte den Kampf immerhin gewonnen.

„Gehen wir“, rief Chico und klatschte in die Hände.

Lew nahm einen letzten Zug aus der Flasche, stand auf und schälte sich aus seinem langen braunen Staubmantel, der einzigen Sache, die er sich von seinen Preisgeldern geleistet hatte. Alles andere, was er besaß, hatte er am Körper getragen, als er in die Stadt gekommen war. Unter seinem Staubmantel trug er ein Paar kakifarbene Armyhosen, Armeestiefel und etwas, das einmal ein weißes Unterhemd gewesen war, jetzt aber von Schweiß, Blut und Dreck durchtränkt war.

Während er seine kräftigen Schultern nach hinten rollte und einige Testschläge in die Luft machte, traten die großmäuligen Kerle im Stall zur Seite, als wäre er plötzlich ein Feuer und sie nur noch Zunder. Selbst Chico verlor seine herrische Ader, als Lew plötzlich über ihm aufragte.

Lew nahm die brennende Zigarette, die zwischen Chicos Lippen steckte, und steckte sie zwischen seine eigenen. Nach ein paar raschen Zügen ließ er sie auf den mit Dreck und Stroh bedeckten Boden fallen und zerdrückte sie unter seinem Stiefelabsatz. Er lächelte und tätschelte Chicos Wange, fest genug, dass er einen Handabdruck hinterließ.

„Was immer du sagst, Chico. Du bist der Boss.“ Dann drehte er sich zum sonnendurchfluteten Ausgang am Ende des Stalls um, rollte den Kopf knackend nach links und rechts und trottete in einem leichten Joggingschritt hinaus, um seine Muskeln zu wecken.

Die Sonne schien blendend grell aus den in der Entfernung aufragenden Anden zu ihm hinab, und er musste die Augen zusammenkneifen, als er ins Licht trat. Männer, die mit Geld oder Waffen in der Luft herumfuchtelten, traten beiseite, um eine Spaliergasse zu bilden, die direkt in den Ring führte – der lediglich eine offene Fläche war, die von noch mehr Männern umsäumt wurde.

Lew trat in die Arena und entdeckte seinen Gegner auf der anderen Seite, konnte jedoch nicht viel über ihn sagen. Jemand hatte dem Kerl die Hände auf dem Rücken zusammengebunden und einen Leinensack über seinen Kopf gestülpt. Dann und wann näherte ihm sich jemand aus der Menge und bespuckte ihn. Alles, was Lew über den Typen sagen konnte, war, dass er weiß war und komplett in Schwarz gekleidet, als hätte er sich als Ninja verkleidet. Außerdem war er erstaunlich mickrig; nicht klein gewachsen – tatsächlich war er ein Stück größer als Lew –, aber er hatte definitiv keine Kämpferfigur. Er wirkte viel eher wie ein Schwimmer oder ein Turner.

Lew hatte in den letzten Monaten schon einiges miterlebt, aber das hier war das erste Mal, dass sie jemanden entführt hatten, damit er gegen ihn kämpfte. Ja, dieser Kerl hier vor ihm, wer auch immer er war, hatte wirklich nicht seinen Glückstag. Lew war sich sicher, dass er sich bei etwas hatte erwischen lassen, das er nicht hätte tun sollen, und Lew war nun seine Strafe. Darüber war er zwar nicht besonders glücklich, aber am Ende war jedes Preisgeld gleich viel wert, egal, wem er dafür ein bisschen die Birne weich klopfte.

„Soll er jetzt kämpfen, oder hängt ihr ihn mir noch als Piñata in den Baum? Los, macht schon!“, rief Lew, auch wenn er wusste, dass die meisten Zuschauer ihn nicht verstanden. Sie schienen aber zu erahnen, was er wollte, denn sie banden den Fremden los und stießen ihn in die Mitte des Rings.

Der Fremde streckte die Arme aus und versuchte, das Gleichgewicht zu halten. Es dauerte eine Sekunde, bis ihm klar wurde, dass allein die Schwerkraft ihm den Sack auf dem Kopf hielt. Er riss ihn herunter und kniff stöhnend die Augen zusammen, als das grelle Licht ihn traf. Offensichtlich hatte er schon eine ganze Weile da dringesteckt.

Sein Gesicht war blutüberströmt, und ein Auge sah aus, als hätte man es gegen ein purpurfarbenes Gänseei ausgetauscht.

Lew ließ die Hände fallen und richtete sich auf. Erst nach einer Weile schien der arme Kerl den riesigen Schläger vor sich zu bemerken, der nur darauf wartete, ihm die Scheiße aus dem Leib zu prügeln. Kaum hatte er das erkannt und die Menschenmenge um ihn herum, schien er jedoch augenblicklich zu verstehen, in welcher Situation er steckte.

Er war ein cleveres Kerlchen, das musste Lew ihm lassen.

„Was zum Teufel ...", sagte Lew zur Zuschauermenge. Er wusste zwar nicht genau, wer hier das Sagen hatte, war sich aber sicher, dass es nicht Chico war. „Der Typ sieht aus, als hätte ihn schon vor mir jemand vermöbelt. Mehrfach. Wo ist denn da der Sinn?"

„Der Sinn ist, du wirst nicht bezahlt, wenn du nicht kämpfst, Baboso. Jetzt kämpfe!", rief Chico.

„Sprichst du Englisch?", fragte Lew sein Gegenüber.

„K... klar."

„Dann nimm die Fäuste hoch", meinte Lew. „Wenn du's nicht machst, kugeln sie dir die Schultern aus, dann kannst du sie nicht mehr runternehmen. Ich hab keine Ahnung, was du angestellt hast, aber ich muss dich dafür ein bisschen durchklopfen."

„Wo bin ich?", fragte der andere, nahm schwach die Hände hoch und begann, Lew zu umkreisen.

„Bogotá. Was hast du denn geglaubt, wo du bist?", fragte

Lew und ging mit einem schwachen Schlag nach vorne, dem der andere locker auswich.

„Brasilien“, antwortete er. „Wer bist du?“

„Ich glaube nicht, dass wir allzu dicke Freunde werden sollten, Kumpel. Ich hab echt ein bisschen Mitgefühl mit dir und alles, aber Job ist Job.“ Lew ließ einen härteren, deutlich besser gezielten Schlag folgen, aber zu seiner Überraschung wich sein Gegner auch diesem ohne Mühe aus.

Der Junge hat Talent.

Lew setzte ein paar weitere Schläge an, die ins Leere gingen. Die Menge begann zu murren und sich zu beschweren.

„Ich schlitz dich auf, Baboso! Kämpfe!“, brüllte Chico von der Seite. Lew hatte den Eindruck, dass er ängstlich wirkte, als würde jemand anderer ihn bedrohen. Er musterte die Menge aus wütenden, aufgeregten Gesichtern, konnte aber niemanden entdecken, der hier die Befehle gab.

„Scheint, als wäre unser kleines Nachmittagspläuschchen vorüber. Jetzt muss ich dir leider ein bisschen wehtun“, warnte Lew seinen Gegner.

„Ein Mann muss tun, was ein Mann tun muss“, erwiderte der, „aber erklär mir doch vorher noch, weshalb der Zwerg dahinten dich dauernd ‚Volltrottel‘ nennt.“

„Was?“, stieß Lew aus und wirbelte zu Chico herum. Sein Gegner sprang vor und schlug Lew mit einer kräftigen Rechten erst an die Kehle und anschließend mitten auf die Schläfe. Bevor Lew sich von den unerwarteten Hieben erholen konnte, wirbelte der andere zur Seite, setzte einen kräftigen linken Haken an und trat mit der Ferse schmerzhaft gegen die Innenseite von Lews Knie.

Lew heulte auf und stürzte zum ersten Mal in seiner kurzen Kämpferkarriere in den Schlamm. Er sah gerade noch rechtzeitig auf, um den nächsten Tritt auf sich zufliegen zu sehen.

In letzter Sekunde gelang es ihm, den Fuß zu packen. Mit einer schnellen Bewegung stieß er ihn nach oben von sich und drehte ihn dabei zur Seite. Sein ganzer Oberkörper ächzte unter der Anstrengung auf, die ihn das kostete.

Sein Angreifer wurde rückwärts durch die Luft gewirbelt.

Aber bevor Lew ein Gefühl von Triumph verspüren konnte, rollte sein Gegner sich zusammen und über den Boden, wobei er den Schwung des Wurfs nicht nur dazu nutzte, möglichst weich zu landen, sondern auch in einer einzigen, fließenden Bewegung wieder auf die Füße zu kommen.

„Heilige Scheiße", sagte Lew. Der Fremde lächelte, blieb aber, wo er war, und wartete, bis Lew sich wieder auf die Füße gerappelt hatte. Als Lew wieder stand, rief jemand in der Menge etwas, und zwei Gegenstände flogen aus der Menschenmenge durch die Luft in den Ring. Die Gegenstände waren identisch und reflektierten glitzernd das Sonnenlicht, bevor sie in den Schlamm klatschten, jeweils ein Exemplar vor jedem der beiden Kontrahenten.

Lew beugte sich hinab und nahm seine Machete auf. Er ließ sie ein paar Mal durch die Luft sausen und hörte, wie sie pfeifend die Luft zerschnitt.

„Was zur Hölle soll das?", fragte der Mann in Schwarz.

„Heb sie besser auf, mein Freund. Entweder haben sie sich in dich verliebt, oder sie hassen dich abgrundtief."

„Wie kommst du darauf?", fragte er, während er seine Machete aufnahm.

„Sie scheinen zu glauben, dass dies ein weit ausgeglichenerer Kampf ist, als sie anfangs dachten. Also ändern sie natürlich die Regeln. Siehst du das viele Geld, das da in der Menge herumgereicht wird?"

„Ja."

„Das hier ist jetzt ein Kampf auf Leben und Tod."

„Du meinst, vorher war er das nicht?"

Mann, ich mag den Kerl. Lew schüttelte den Gedanken ab. Es war nicht hilfreich bei dem, was er jetzt tun musste.

Lew packte seine Machete mit beiden Händen und zerschnitt erneut die Luft, im Versuch, seinen Gegner so einzuschüchtern, dass dieser einen Fehler machte. Es brachte auch die Menge auf Touren.

Dann zeigte der Fremde, was er mit seinem Schwert anfangen konnte.

Er hielt die Machete in einer Hand, schwang und wirbelte sie herum wie einen tödlichen Dirigentenstab, während er Lew langsam umkreiste und in seine Flanke zu kommen versuchte. Lew wurde klar, dass der Typ eine Menge Übung mit so einem Ding hatte. *Mist.*

„Was zur Hölle war das?", fragte er, während er seinen Gegner in die andere Richtung umkreiste und auf Abstand zu halten versuchte.

„Kenjutsu", antwortete der.

„Gesundheit", meinte Lew.

„Die Kunst des Schwertkampfs."

„Na super", murmelte Lew. Er warf einen Blick auf den Rand des umstehenden Publikums und erwog, einen der bewaffneten Zuschauer niederzustrecken, damit er seinem Gegner die „Kunst der Schusswaffen" näherbringen könnte, aber er wusste, dass er niemals so weit käme abzudrücken. Mit einem Mal wünschte er sich wirklich, er hätte mit dem Trinken bis zum Abend gewartet.

„Wir müssen das nicht tun", sagte der andere. „Lass mich einfach mit deinem Boss reden."

„Sorry, Kumpel, in Bogotá gibt's keine Rückerstattung", erwiderte Lew. Nicht, dass er ihn zu seinem Boss hätte bringen können, selbst wenn er es gewollt hätte.

„Wie du möchtest."

„Na dann, legen wir los."

Die Menge brüllte auf, als die beiden Männer mit funkelnden Klingen aufeinander losstürmten. Der tödliche Stahl sang in der Luft, Angriffe wurden klirrend und scheppernd abgeblockt, wieder und wieder. Lew hieb jedes Mal mit beiden Händen zu, auf der Suche nach dem einen Treffer, der die Sache beenden würde. Sein Gegner hingegen nutzte immer nur eine Hand und wechselte die Klinge von Zeit zu Zeit von der rechten in die linke und wieder zurück. Lew war überzeugt davon, dass er das nur tat, um Lew zu einem Fehler zu provozieren. Und wenn das hier noch lange dauerte, würde er damit auch Erfolg haben.

Nach einer besonders ermüdenden Reihe von Vorstößen und Abwehrmanövern sprang der Fremde plötzlich vor, direkt auf Lew zu; das hatte er zuvor noch nie getan. Die Schneiden knallten aufeinander, bis die Griffe direkt aneinanderstießen. Der andere stemmte sich mit seinem ganzen Gewicht dagegen und verkantete die Waffen miteinander.

„Wie würde es dir gefallen, hier zu verschwinden?", sagte er so leise, dass nur Lew es hören konnte.

„Was? Mann, rede nicht mit mir. Wir sind hier, um uns gegenseitig umzubringen." Dabei fand Lew die Vorstellung, endlich abzuhauen und seine schmerzenden Arme etwas auszuruhen, mehr als nur attraktiv. Im Augenblick fühlten sie sich an wie Bleigewichte, und er fürchtete jeden Augenblick, dass ihm seine Schultergelenke einfach herausspringen würden.

„Tun wir ja. Wir gönnen uns nur 'ne kurze Pause", meinte der Fremde und zwinkerte.

Lew hielt das für die anstrengendste Pause, die er je abgehalten hatte. Die Höhe half auch nicht. Bogotá lag mehr als 2600 Meter über dem Meeresspiegel, und ganz egal, wie lange Lew schon hier war, er geriet noch immer schneller aus der Puste als irgendwo anders auf der Welt. Glücklicherweise hatte kaum einer seiner Kämpfe je länger als eine Minute gedauert. Dieser hier dauerte nun allerdings schon fast fünfzehn.

Lew bemerkte außerdem, dass sein Gegner, abgesehen von den Wunden, mit denen er in den Ring gekommen war, nicht nur keinen einzigen Kratzer von ihrem Kampf davongetragen hatte, sondern dass er nicht einmal außer Atem zu sein schien.

„Wie ist der Plan?“, fragte Lew schließlich. Hier geschah etwas Seltsames. Je länger er gegen ihn kämpfte, desto weniger wollte Lew diesem Kerl wehtun. *Vermutlich nur der Alkohol.*

„Wer ist gerade im Stall?“

„Ein oder zwei Typen bleiben meist hinten. Sie sind im Hinterzimmer, zählen das Geld oder flicken verletzte Kämpfer zusammen.“

„Gibt es eine Hintertür?“, fragte der andere. Alle paar Sekunden riss er sich und den in ihm verkeilten Lew herum, damit die Menge nicht ungeduldig wurde.

„Ja, warum?“, fragte Lew, dem es langsam reichte, nur Informationen herauszurücken.

„Das ist unser Weg nach draußen“, antwortete der andere und deutete mit den Augen auf die Stalltür.

„Du hast es vielleicht nicht bemerkt, aber hier stehen knapp fünfzig Typen um uns rum, die da noch ein Wörtchen mitzureden haben.“

„Überlass das mir. Also, ich werde dich jetzt etwas anritzen. Nicht viel, nur ein kleiner Kratzer. Du machst dann einen auf wütender Stier, so wie du's schon die ganze Zeit hervorragend gemacht hast, und jagst mir nach. Wirbel ordentlich mit deiner Machete rum, dräng mich zurück in Richtung der Tür. Mach keine halben Sachen, häng dich richtig rein, und versuch, mir ordentlich eine zu verpassen. Und wenn ich dir das Signal gebe, renn in den Stall.“

„Welches Signal?“, fragte Lew, der für einen Augenblick beinahe glauben mochte, dass der Plan funktionierte.

„Ich dachte, ich ruf so was wie ‚Renn in den Stall!‘. Das ist nicht zu kompliziert für dich, oder?“

Lew stieß mit dem Knie nach ihm, aber der Fremde drehte sich zur Seite und blockte den Stoß ab. „Zwei Probleme gibt es da. Zum einen werden die mir nie glauben, dass ich einfach meine Deckung fallen und mich von dir verwunden lasse. Und wenn wir in die Scheune rennen, wird uns eine ganze Meute ziemlich angepisster, bewaffneter Wettfreunde am Arsch kleben. Ansonsten ist der Plan perfekt."

„Um das, was hinter uns los ist, kümmere ich mich, du rennst einfach. Und ich habe nie gesagt, dass du deine Deckung fallen lassen sollst, ich sagte nur, dass ich ein wenig an dir herumschnitzen werde", sagte er und grinste.

„Ich mach dir einen Vorschlag. Wenn es dir gelingt, mich zu verletzen, versuchen wir deinen Plan", sagte Lew, dem klar war, dass er keine Wahl hatte. Die Menge wurde langsam ungeduldig mit den beiden und begann, sie mit Sachen zu bewerfen.

Schließlich stießen die beiden sich voneinander ab und begannen wieder, sich gegenseitig zu umkreisen.

Dann, so schnell, dass Lew Mühe hatte, ihm mit den Augen zu folgen, rollte der Fremde durch den Schlamm und ging direkt neben Lew in die Hocke, aber nur für einen kurzen Moment, bevor er wieder zurückrollte und auf seinen Füßen landete.

Das Ganze geschah derartig schnell, dass Lew beinahe nichts gespürt hätte. Er griff nach unten und berührte seine Seite. Als er die Finger wieder anhob, waren sie feucht und rot.

„Heilige Scheiße", keuchte Lew, als ihm klar wurde, dass der Kerl ihn schon die ganze Zeit über längst in Stücke hätte schneiden können. Aber er hatte keine Zeit mehr, sich weiter zu wundern. Er war ein Mann, der sein Wort hielt, selbst wenn das bedeutete, dass ihm die Leute hier den Kopf abschneiden und seine Überreste den Schweinen zum Fraß vorwerfen würden.

Lew brüllte auf, Wut und Schmerz in den Augen, und

stürmte los. Schlag auf Schlag ließ er auf den anderen niederprasseln, der jeden Hieb parierte. Lew trieb ihn immer weiter zurück, unbarmherzig die Gasse der Schaulustigen hinunter, während die Menge, die direkt neben ihnen stand, vor Begeisterung johlte. Je näher sie dem Stall kamen, desto berauschter wurden sie.

„Jetzt!", rief der Kerl. Lew spürte, dass dies ein besonderer Augenblick war, ein Augenblick am Scheideweg. Ein Augenblick, der den Rest ihrer beider Leben bestimmen würde. Lew könnte einfach weiter auf ihn eindreschen, so tun, als würde er seinem Plan folgen, und ihm dann die Klinge von hinten in den Körper rammen, wenn er nicht damit rechnete. Oder er konnte einfach mitmachen. Einen Herzschlag später hörte Lew auf, nach ihm zu schlagen, und sprintete dem kühlen Halbdunkel des Stalls entgegen.

Aus dem Augenwinkel sah Lew den anderen mit der Machete ausholen. Für eine Sekunde hatte er ein ganz mieses Gefühl, sich falsch entschieden zu haben, aber dann hieb der Kerl mit seiner Klinge durch ein Seil, das senkrecht den hohen Türrahmen entlanglief. Lew hatte das Seil bisher nicht einmal bemerkt.

Er rannte weiter, und als er ein Stück in den Stall gerannt war, wurde mit einem krachenden Geräusch hinter ihm aus dem dämmrigen Halbdunkel pechschwarze Finsternis. Er wirbelte herum und sah durch ein paar einzelne Lichtstrahlen, in denen Staub und Strohfetzen tanzten, die Tür zum Stall, die zugeschlagen war. Der Fremde rannte direkt auf ihn zu.

Ihnen blieb nicht viel Zeit. Die Tür war schwer und dick, und es würde einige Anstrengungen brauchen, sie zu öffnen. Bei dem Eifer, der die Menge draußen erfasst hatte, würde das ein bisschen dauern, aber nicht sehr lange.

Der andere flitzte an Lew vorbei. Lew drehte sich um und folgte ihm.

„Komm schon!“, rief er, als Lew in den Raum kam, der vor wenigen Minuten noch sein Umkleideraum gewesen war. Er schnappte sich seinen Staubmantel und schlüpfte hinein, bevor sie wieder nach draußen rannten.

„Wirklich?“, fragte sein Begleiter, als er Lew betrachtete. „Ein Mäntelchen?“

„Das ist ein verdammt guter Mantel“, erwiderte Lew. „Und es stecken eine Menge Erinnerungen darin.“

In diesem Augenblick kam einer von Chicos Männern aus dem Nebenraum. Er brauchte nur eine Sekunde, um zu erkennen, was los war. Der Fremde, offenbar etwas überrumpelt, holte mit der Machete aus, aber der Mann griff mit einer Hand danach und zog mit der anderen ein Messer. Er war gerade dabei, Lews Beinahe-Befreier der Länge nach aufzuschlitzen, als ein Schuss explodierte. Die Kugel traf den Mann in der Schulter, und die Klinge flog ihm aus der Hand. Lew schoss noch einmal und traf den Verwundeten mitten in die Stirn. Er fiel tot zu Boden.

Der Fremde hob den Kopf und sah Lew an.

„Eine Menge Erinnerungen und eine wirklich gute Pistole“, sagte Lew und grinste.

„Danke. Und jetzt komm.“

Sie liefen der Länge nach durch den Stall und fanden die Hintertür, die Lew erwähnt hatte. Ohne auch nur langsamer zu werden, trat Lew die Tür in vollem Lauf auf. Das Licht war nicht mehr ganz so grell, jetzt, wo der Nachmittag der Dämmerung wich, aber dennoch brauchten sie ein paar Sekunden, um das Gelände zu überblicken.

Eine unbefestigte Straße führte an der Rückseite des Stalls vorbei, vermutlich ein Anfahrtsweg für Lastwagen und Pferde. Rechts von ihnen schlängelte sich die Straße bergauf und verschwand dann in einer Kurve hinter einigen Hütten. Links von ihnen führte sie schnurgerade einen steilen Hang hinab, der endlos schien, irgendwo in der Ferne aber verschmolz der Weg dann doch mit einer asphaltierten Straße, die irgendeine Schnellstraße ohne den geringsten Verkehr zu sein schien. Direkt vor ihnen auf der anderen Seite der Straße war nichts als dichter Dschungel. So kurz vor der Dämmerung wäre das der idiotischste Weg, den sie nehmen könnten.

„Welche Richtung?“, fragte Lew.

„Keine Ahnung“, meinte der Fremde, während der erste ihrer Verfolger um die Ecke kam und seine Schrotflinte auf sie anlegte.

Lew schoss zweimal. Die Schüsse krachten in die Stallwand, dicht über dem Kopf des Mannes, und ließen Holzsplitter auf ihn regnen. Der Kerl ließ seine Waffe fallen und verschwand wieder um die Ecke.

Der Fremde lief zu der Stelle hinüber und sammelte die Schrotflinte vom Boden. Er knickte sie auf und warf einen Blick in die Kammern. Sie war nicht geladen. Unzufrieden warf er die nutzlose Waffe zur Seite und kam wieder zu Lew herüber.

„Wie meinst du das, du hast keine Ahnung“, stieß Lew aus, der versuchte, sowohl seinen neuen Kumpel als auch die Ecke des Stalls im Augen zu behalten. „Was ist aus deinem großen Plan geworden?“

„Das war er. Wir entkommen der Meute und fliehen durch die Hintertür. Plan zu Ende.“

„Erinnere mich dran, dass ich niemals mit dir eine Bombe entschärfe“, brummte Lew und musterte die undurchdringliche Dschungelwand direkt vor ihnen.

„Denk nicht mal dran“, sagte der andere und deutete den Hügel hinab. „Wir gehen da lang.“

„Warum?“, wollte Lew wissen, selbst als er dem Fremden bereits folgte und sie in lockerem Schritt die Straße entlangjoggten.

„Wir wissen nicht, was dort hinten hinter der Biegung liegt. Nicht-Wissen ist schlecht. Wir mögen Wissen. Also fliehen wir hier lang. Außerdem, wenn du auf dieser Höhe schon rennen musst, dann renn bergab.“

Lew hatte jede Menge Fragen, die er dem Kerl gerne stellen würde, aber sie mussten sich ihre Energie fürs Laufen aufsparen, also lauschte er einfach dem Rhythmus ihrer Füße, die knirschend auf der festgestampften Erde landeten.

Schließlich erreichten sie den Asphalt und blieben am Straßenrand stehen, vornübergebeugt auf ihre Knie gestützt und schwer nach Atem ringend – Lew deutlich schwerer als sein neuer Partner.

Sie waren schon fast wieder bei Atem, als die Scheinwerfer eines kleinen Lastwagens über den Hügel kamen. Sie winkten das Fahrzeug heran, und der Fremde überredete den Fahrer, sie hinten auf der offenen Ladefläche in die Innenstadt von Bogotá mitzunehmen.

Sie gingen zur Rückseite des Fahrzeugs, und mit Lews Hilfe stieg der Fremde auf die Ladefläche. Er drehte sich um und hielt Lew einladend die Hand hin. Lew sah einen Augenblick zu dem Fremden hoch und hob dann die Hände, als wäre die hilfsbereit ausgestreckte Hand die Waffe in einem Überfall. „Ich nicht, Gringo. Ich bin hier noch nicht fertig“, sagte er.

„Was? Was hast du vor? Zurückgehen und wieder kämpfen?“

„Nein, ich glaube, du hast meine Karriere in dieser Gegend hier ziemlich beendet. Hey, mach dir keinen Kopf, das war eh längst überfällig. Du hast mir ’nen Gefallen getan. Nein, ich … Ich habe nur noch nicht gefunden, wonach ich suche“, sagte Lew und warf einen Blick zu den Bergen hinüber.

„Ich habe die Erfahrung gemacht, dass ein Mann, der sich zu sehr daran gewöhnt, nach etwas zu suchen, es am Ende nicht mehr erkennt, wenn es vor ihm steht“, sagte der andere.

Lew wandte den Blick ab, erwiderte aber nichts.

„Komm schon, was kann es schaden? Lass mich dir eine Nacht voller Freude in Bogotá ausgeben, Uncle Sam zahlt auch. Und wenn dein Todeswunsch morgen früh immer noch an dir nagt, bringe ich dich gerne wieder hierher zurück."

„Uncle Sam, hmm?", fragte Lew.

„Erzähle ich dir da jetzt etwas, worauf du noch nicht selbst gekommen bist?"

„Eigentlich nicht." Lew ließ sich das Angebot einen Augenblick durch den Kopf gehen, dann packte er die Hand des anderen, aber nur, um sie zu schütteln.

„Ich bin Lew", sagte er.

„Jonathan", sagte der Mann in Schwarz.

Lew machte keinerlei Anstalten, auf den Laster zu steigen.

„Wir sehen uns, Jonny. Versuch, dich nicht allzu sehr …"

Eine Kugel pfiff direkt an Lews Schädel vorbei. Beide Männer wirbelten herum und sahen den Hügel hinauf, wo eine Gruppe von knapp vierzig wütenden Kerlen in vollem Lauf herangejagt kam. Eine weitere Salve Kugeln flog sirrend über ihren Köpfen davon.

Lew und Jonathan sahen sich an, die Augen groß, als die Erkenntnis sie traf. Jonathan zog mit beiden Händen, und Lew flog förmlich auf die Ladefläche des Trucks, der bereits mit schlitternden Reifen davonjagte.

Jonathan und Lew lehnten sich in ihren Sesseln auf der Terrasse des Cielo Jardin Restaurants am Nordende Bogotás zurück. Ihre Mägen waren mit Red Snapper, scharfem Mais und Kartoffelsuppe gefüllt. Sie hatten sich auf dem Laster so weit mitnehmen lassen, wie der Bauer es konnte, was immerhin weit genug war, um dem wütenden Mob zu entkommen. Sie waren noch einige Meilen zu Fuß gegangen, bis sie ein Telefon gefunden hatten.

Jonathan hatte einen Anruf getätigt, ein paar Codewörter genannt, und zwanzig Minuten später war ein Auto aufgetaucht. Der Fahrer hatte das Fenster ein wenig nach unten gleiten lassen und einen Umschlag hindurchgehalten, den Jonathan an sich nahm, bevor das Fenster sich wieder schloss und der Wagen in der Dunkelheit verschwand.

Im Inneren des Umschlags waren ein Reisepass, der Schlüssel zu einem sicheren Unterschlupf und eine Kreditkarte gewesen, deren Konto direkt von der Regierung gefüllt worden war.

Jonathan hatte versucht, den erstaunten Ausdruck auf dem Gesicht seines neuen Begleiters nicht allzu sehr zu genießen. Sie hatten sich ein Taxi gerufen, und jetzt, fünfzigtausend Pesos später, saßen sie auf der Terrasse des Cielo Jardin.

Es war ein traumhaft schöner Abend. Der Himmel war wolkenlos und die Terrasse mit langen weißen Laken, die von den Spitzen der Pergolen bis zum umsäumenden Geländer gespannt waren, vor den kühlen Brisen geschützt. Der Stoff flatterte und blähte sich in jedem Windstoß und erinnerte an Schiffssegel.

Jonathan spendierte das Essen und die Nacht. Oder zumindest legte er dafür die Kreditkarte vor, die der Agency gehörte. Es würde das letzte Essen werden, das er jemals auf ihre Kosten genießen würde. Er hatte genug von dem ganzen Intrigenspiel.

„Also, wie lange hast du für Uncle Sam gearbeitet?“, fragte Jonathan, bevor er noch einen Schluck aus der Flasche mit Aguila-Bier nahm.

„Man sieht's mir noch immer an?“, fragte Lew und zündete sich eine Zigarre zu seinem Whiskey an. Jonathan hatte noch nie jemanden getroffen, der so viel vertrug wie dieser Kerl. Er war sich sicher, dass Lew nur eine weitere verlorene Seele war, aber es wäre nicht das erste Mal, dass jemand in seinem Leben auftauchte, um ihn zu testen.

„Vor allem in deiner Art zu kämpfen. So was schnappst du nicht auf der Straße auf“, erwiderte Jonathan.

Lew nahm einen langen Zug von seiner Zigarre und stieß den Rauch in die Luft über dem Tisch aus, wo der Wind die Schwaden schnell zerstob.

„Zehn Jahre. Oder zumindest wären es mittlerweile zehn." Lew führte das nicht weiter aus.

„Wieso bist du ausgestiegen?"

„Woher willst du wissen, dass ich ausgestiegen bin? Vielleicht haben sie mich ja auch rausgeworfen, oder ich bin fahnenflüchtig. So was sieht man einem ja nicht an." Lew grinste und zwinkerte ihm zu.

„Ich schon. Für gewöhnlich." Dabei musste Jonathan zugeben, dass er Lew nur schwer lesen konnte. Aber er wirkte nicht wie jemand, der bei irgendetwas scheiterte, was er sich wirklich vornahm. „Und du hast die Frage nicht beantwortet."

„Nun, ich schätze, das ist das Mindeste, was ich dir schulde, dafür, dass du mich da rausgeholt hast. Ich weiß auch nicht, weshalb ich nicht einfach selbst verduftet bin." Mit einem Mal klang Lew beinahe enttäuscht von sich selbst.

Jonathan wusste genau, weshalb. Manchmal landete man in Situationen, von denen man selbst überzeugt war, dass man sie verdient hatte, egal, ob das stimmte oder nicht.

Nachdem Lew seine sonst so verschlossenen Lippen erst mal geöffnet hatte, schloss er sie auch nicht wieder. Er schien in Jonathan eine Art verwandte Seele zu sehen, aber vor allem schien er schon eine ganze Weile drauf zu warten, endlich jemandem seine Geschichte zu erzählen. Egal wem.

Lew war zur Army gegangen, um die Welt zu verändern. Um etwas Gutes zu tun und den Menschen zu helfen. Und er hatte seine gesamten zehn Jahre damit verbracht, das genaue Gegenteil davon zu tun. Nach allem, was er in Kuwait durchgemacht hatte, nur um den Autonarren zu Hause in den Staaten ihr billiges Benzin zu sichern, hatte Lew genug gehabt.

„Ich bin einfach gegangen, auch wenn ich mir damit meine Pension halbiert habe", erklärte er. „Und ich hab nie wieder zurückgeblickt." Er hob sein Glas zu einem stummen Toast, bevor er es in einem Zug leerte.

Jonathan war sich sicher, dass der letzte Teil nicht stimmte.

„Willst du wissen, was ich glaube? Ich glaube, du hast so viel von dir in die Army gesteckt, dass du nicht mal mehr wusstest, wer du bist, als du ausgestiegen bist. Ich wette, du hast dir gesagt: ‚Wenn ich kein Soldat bin, wer zum Henker bin ich dann?' Und seitdem wanderst du herum und versuchst, eine Antwort auf die Frage zu finden. Vor allem am Boden einer Flasche oder als Gegenüber irgendeiner Faust." Jonathan sah zu, wie Lews erheiterte Miene langsam ins Stoische wechselte.

„Da werden wir jetzt aber ein wenig persönlich, Jonny", sagte er nur. Er klang nicht wütend, nur völlig unbeeindruckt. „Vielleicht sollte ich jetzt sagen, was ich über dich denke."

„Vielleicht solltest du das", sagte Jonathan. Manchmal erfuhr man mehr über jemanden, wenn man ihm beim Reden zuhörte, als durch seine psychologische Akte.

„In Ordnung", sagte Lew und grinste wieder. Jonathan kannte die Sorte Mensch – solange man so tat, als wäre es ein Spiel, machten sie bei allem mit.

„Schauen wir mal. Du bist offensichtlich ein Spion, gehörst aber nicht zu einer der großen Agencys. Zumindest nicht direkt. Du arbeitest allein, und zwar, weil es dir gefällt. Aber ich glaube, dass du mit deiner Karriere ähnlich glücklich bist, wie ich es mit meiner war."

„Wie kommst du darauf?"

„Diese Holzköpfe, die dich geschnappt und nach Bogotá geschleift haben. Du hast dieses Funkeln in den Augen, das mir sagt, wenn es dir ernst gewesen wäre, hätten sie keine Chance gehabt, dich zu kriegen. Oder deinen Transport zu überleben. Du hast sie dich schnappen lassen. Du wolltest wissen, auf welches Abenteuer sie dich mitnehmen. Du warst derart gelangweilt, dass alles andere interessanter war. Vor allem, wenn es gefährlich werden könnte. Und so bist du in meiner kleinen Sandkiste gelandet."

„Interessante Theorie", sagte Jonathan und verbarg sein Erstaunen über Lews Intuition. *Der Kerl ist smarter, als er aussieht.*

Die nächsten Stunden waren mit weiteren derartigen Unterhaltungen gefüllt. Manche waren Meinungen, andere Beichten. Und alle alkoholgetränkt. Jonathan gestand Lew, dass er tatsächlich genauso fühlte. Er war Spion geworden, um das mutmaßliche Übel in der Welt auszurotten. Aber immer öfter sah er die Mächtigen triumphieren, während die Schwachen den Preis zahlen mussten.

Der Restaurantbesitzer bestach sie schließlich beide mit je einer Flasche Whiskey, damit sie endlich seinen Laden verließen und er schließen konnte. Ohne Ziel und viel zu glücklich über ihre neu gewonnene Freundschaft, spazierten sie durch die Straßen Bogotás, abwechselnd lachend und singend.

Als sie in einer kleinen Gasse Pause machten, um sich zu erleichtern, strauchelte Jonathan rücklings in einige Mülltonnen, als er versuchte, sich den Reißverschluss hochzuziehen.

„Himmelswillen, bist du okay?", fragte er vom Boden.

„Ja, mir geht's gut. Bei dir bin ich mir nicht so sicher", antwortete Lew und beugte sich hinunter, um ihm aufzuhelfen. Stattdessen packte Jonathan ihn und zog ihn zu sich auf den Boden.

Lachend setzten sie sich gegen die Wand.

Für eine Weile starrten sie einfach nur in die Nacht. Ihre wilde Party war vorbei, und sie wussten es. Schon sehr bald würden sie einschlafen oder einfach ohnmächtig werden, und morgen würden sie in einer verkaterten Welt und einer unbekannten Zukunft aufwachen.

„Weißt du, was ich als Einziges bedauere? Nun, zumindest in letzter Zeit?“, fragte Jonathan.

„Dass du nicht Manns genug warst, zur Army zu gehen?“

„Haha. Nein, ernsthaft. In Brasilien hatte ich diese Übergabe an diesen Regierungsbonzen. Der Typ lebt in ’nem Haus, so groß wie meine frühere Highschool. Und du hast schon an der Art, wie der herumstolziert ist, gesehen, dass er dachte, kein Mensch auf der Welt könne ihm was anhaben. Er hielt sich für vollkommen unantastbar.

Aber das war ihm nicht genug. Nach der Übergabe musste er mich herumführen und mir seinen ganzen Scheiß zeigen. Zeug, das er sich auf der ganzen Welt hatte zusammenstehlen lassen. Er war einer von diesen Sammlern. Kunst, Antit…, Antak…, teurer alter Kram, Bücher – alles, was du dir vorstellen kannst.

Dann zeigt er mir diesen Geheimraum unten im Keller, wo er seine wertvollsten Stücke hat. Werke, die in einem Museum liegen sollten. Und alles, woran ich denken kann, ist: ‚Wieso hast du dieses Zeug überhaupt, wenn du es im Keller wegsperrst?‘ Wo liegt da der Sinn, verstehst du?“

„Ja. Und das bedauerst du?“

„Nein, nein. In diesem Raum sehe ich dieses eine Gemälde. Im Ernst, da hängt ein beschissener van Gogh. Er hat ihn vor Jahren von so einem Kerl stehlen und gegen eine Kopie tauschen lassen, die er hat anfertigen lassen. Ich meine, das Museum zeigt den Menschen seit Jahren diese Fälschung, und sie wissen es nicht mal. All diese Leute, die ihre knappe Freizeit opfern, um dieses Kunstwerk zu betrachten, dieses Ding der Schönheit, und sie glotzen alle nur auf eine Fälschung. Das hat mich echt aufgeregt.“

„Verstehe ich“, sagte Lew.

„Ich bedauere, dass ich nicht den Mumm hatte, ihn an Ort und Stelle umzulegen und das Bild zurück ins Museum zu bringen, wo es hingehört.“

„Na, dann stehlen wir es einfach."

„Ja, stimmt. Das sollten wir", sagte Jonathan und lachte. Dann sah er Lew ins Gesicht und stellte fest, dass der absolut nicht scherzte. „Meinst du das ernst? Das können wir nicht."

„Warum nicht? Denk doch mal nach. Du bist genauso angepisst darüber wie ich, wie's auf der Welt läuft. Die Reichen werden reicher, die Armen immer ärmer, und das wird sich auch niemals ändern. In einigen Tagen werden sich unsere Wege trennen, und du weißt so gut wie ich, dass wir dann früher oder später entweder im Sarg enden oder im selben alten Trott, in dem wir bisher drinsteckten. Das hier könnte unsere Chance sein. Unsere Chance, wenigstens *eine* Sache zu korrigieren. Unsere Chance, uns endlich einmal gut zu fühlen bei dem, was wir tun."

„Das stimmt, aber …"

„Willst du mir sagen, dass du noch nie für irgendeinen Auftrag etwas stehlen musstest?"

„Nein, das ist nicht der springende Punkt."

„Was ist dann der springende Punkt?"

„Der springende Punkt ist … der Punkt ist …" Jonathan verstummte und dachte über Lews Idee nach. Bald kroch ihm ein Lächeln aufs Gesicht. „Der Punkt ist, dass es sich verdammt noch mal wirklich großartig anfühlen würde."

5

NEW YORK CITY

22:05 Uhr Ortszeit

Mit einem letzten verzweifelten Schlag gegen die dicke Scheibe sank Emily Burrows wieder in die mattsilbernen Ledersitze der Lincoln-Town-Car-Limousine. Ihr Handballen war wund und rot, nachdem sie mehr als fünf Minuten immer wieder gegen das Glas geschlagen hatte, und ihre Kehle schmerzte vom lauten Schreien. Wenn man von der Panik absah, die jede Faser ihres Körpers in Flammen stehen ließ, hatte sie sich noch niemals so wohl in einem Auto gefühlt wie in dieser Luxuskarosse. Auch wenn sie über einen Meter achtzig groß war, passte ihre schlanke Gestalt spielend leicht in den Innenraum. Eine völlig neue Erfahrung, nachdem sie ihr Leben vornehmlich damit zugebracht hatte, sich den Kopf an viel zu tiefen Autodächern zu stoßen.

Als ihr Atem sich beruhigt hatte, wollte sie sich gerade mit neuer Kraft gegen ihre Gefängnismauern werfen, als eine melodische Stimme dicht an ihrem Ohr ertönte.

Ihr Kopf wirbelte herum, stellte aber nur fest, dass sie immer noch allein im großzügig geschnittenen Auto war.

„Hier drüben, Miss Burrows", sagte die Stimme.

Sie kam aus einem der drei LCD-Bildschirme, die in der gemaserten Holzfront steckten, mit der die Rückbank zu den Vordersitzen abgetrennt war. Über der Verkleidung reichte eine stark getönte Scheibe von Tür zu Tür durch den ganzen

Wagen, ebenso undurchsichtig wie die Wagenfenster selbst. Anders als bei den meisten getönten Glasscheiben konnte sie durch diese absolut gar nichts mehr sehen.

Dieses Auto wurde für Entführungen gebaut. Die plötzliche Erkenntnis ließ ihre Panik wieder auflodern, und ihre Atmung beschleunigte sich. Sie schluckte schwer und versuchte vergeblich, sich zu beruhigen.

„Bitte versuchen Sie sich zu entspannen, Miss Burrows. Trinken Sie einen Schluck." Bei diesen Worten öffnete sich das nahtlos wirkende Holzpaneel, und einige Flaschen Wasser erschienen in einem kleinen Kühlfach.

Gegen jede Vernunft folgte sie dem Wunsch ihrer ausgetrockneten Kehle, packte eine der Flaschen und trank die Hälfte davon in wenigen großen Zügen aus.

Das Bild auf dem Display zeigte plötzlich ein gut ausgestattetes Lesezimmer, die Wände im Hintergrund mit unzähligen Reihen von Buchrücken geschmückt. An einem teuer aussehenden Schreibtisch saß ein Mann in einem schwarzen Anzug, darunter ein weißes Hemd mit einer schmalen schwarzen Krawatte. Über Nase und Augen trug er eine Maske, eine von der Sorte, die man auf edlen Maskenbällen von Millionären trug: Der obere Rand war mit kurzen bunten Federn geschmückt, und juwelenbesetzte Schlaufen hingen vom unteren Rand herunter.

Vor dem Fremden auf dem Schreibtisch stand eine Ausgabe ihres Buchs: *Die Herrschaft des Monarchen.* Sie konnte sehen, dass mehr als die Hälfte der Bücher in den Regalreihen hinter ihm ebenfalls Ausgaben desselben Titels waren. All die verschiedenen Übersetzungen und Formate waren dort versammelt: Hardcover, Taschenbuch und Buchclub-Ausgaben in Italienisch, Spanisch, Französisch, Deutsch und unzählige andere.

Ein verrückter Fan? Darum geht es hier? Wenigstens war sie froh, dass er nur ein Bild auf dem Monitor war. Wenn sie wirklich vor Ort gewesen wäre, hätte der Anblick sie vermutlich überwältigt.

„Besser?“, fragte der Mann mit einem beinahe sanften Lächeln unter der bizarren Maske.

„Besser? Nein, verflixt noch mal, es ist nicht besser! Damit kommen Sie nicht durch“, antwortete Emily. Sie hielt den Blick auf den Bildschirm gerichtet, griff aber langsam in ihre Handtasche. Das Wasser hatte sie tatsächlich etwas beruhigt, immerhin genug, dass sie wieder klar denken konnte. Sie fischte ihr Handy aus der Tasche und versuchte zu wählen, ohne hinzuschauen.

„Bitte hören Sie auf, Zeit zu vergeuden. Ihr Telefon funktioniert dort drinnen nicht“, sagte der Mann mit einer Stimme, die eher Enttäuschung als Wut verriet.

Emily hielt für einen Augenblick inne, nachdem ihr Plan so schnell durchschaut worden war. Sie blickte zur Decke des Wagens und entdeckte die winzige Kamera in der Ecke der Autokabine. Sie wählte trotzdem den Notruf, sah aber sofort, dass der Mann recht gehabt hatte. Ihr Display zeigte keinen einzigen Balken an. *Verteufelt noch eins.*

„Wer sind Sie? Was wollen Sie? Warum bin ich hier?“, sprudelte es aus Emily heraus.

„Ich möchte mich nur unterhalten. Ich denke, dass uns das beiden sehr zuträglich wäre“, erwiderte der Mann.

„Fein … Sie reden besser schnell. Das war ein Polizist, der bei mir war, als Sie mich geschnappt haben“, erwiderte Emily mit vorwurfsvollem Ton, als sie ihr Telefon zurück in die Tasche warf. Der Beamte war gerade dabei gewesen, sie ins Büro des leitenden Gerichtsmediziners in der First Avenue zu begleiten, wo man sie über ihr Buch befragen wollte. Plötzlich hatte in der Nähe eine Frau angefangen zu schreien und ihn abgelenkt. Er hatte Emily gesagt, dass sie genau da auf ihn warten solle, wo sie stand, während er nachschauen ging, was da los war. Dann war aus dem Nichts dieser Bursche erschienen, hatte sie gepackt und in ihr momentanes Gefängnis gestoßen. Die schreiende Frau war offensichtlich Teil des Plans gewesen.

„Richtig, Miss Burrows, das ist mir bekannt. Und die Zeit ist knapper, als Sie es sich vorstellen können. Genau darüber möchte ich mit Ihnen sprechen. Wenn Sie vernünftig sind, finden Sie sich schon in wenigen Minuten auf dem Gehweg wieder. Ich brauche Ihre Hilfe."

„Meine *Hilfe*? Sind Sie verrückt, verflixt noch eins? Weshalb sollte ich …" Für einen Augenblick begann Emily sich zu fragen, was geschehen würde, wenn sie *nicht* „vernünftig" wäre.

„Oder soll ich Sie lieber Miss *Denham* nennen?", fragte der Mann leise.

Emilys Tirade erstarb augenblicklich. Sie riss die Augen auf, und der Kiefer klappte ihr herunter, als sie so unerwartet ihren echten Namen hörte.

Die Gedanken rasten durch ihren Kopf. *Wie viel weiß er? Kennt er nur meinen Namen, oder weiß er alles?* Es gab nur einen Weg, das herauszufinden.

„Weshalb … Wieso sollten Sie mich so nennen? Mein Name ist …"

„Emily Katherine Denham", beendete der Mann ihren Satz. „Tochter von Sir Richard Denham, Kurator des Britischen Museums in London. Sie sind zweiunddreißig Jahre alt, haben in Oxford Recht und Kriminologie studiert, bevor man Sie in Ihrem dritten Jahr rausgeworfen hat aufgrund … eines Mangels an Urteilsvermögen. Ihr Vater hat seinen Einfluss geltend gemacht, damit Sie einen Posten bei Interpol bekamen, als Redakteurin der Website. Den Job haben Sie drei Jahre ausgeübt, bevor Sie gekündigt haben und von der Bildfläche verschwunden sind. Kurz vorher ist Emily *Burrows* in New York aufgetaucht, ehemalige Interpol-*Agentin*. Die nächsten zwei

Jahre haben Sie für die Recherchen und die Arbeit an Ihrem Buch *Die Herrschaft des Monarchen* aufgewendet, das vor zwei Jahren erschienen ist. Habe ich etwas übersehen?"

Emily trank den Rest ihres Wassers. Jeder Widerstand wich ihr aus dem Körper, und sie sank in ihrem Sitz zusammen.

„Sie sagten, es würde uns beiden nützlich sein. Nützlich inwiefern?", fragte sie schließlich.

„Das ist schon viel besser", sagte der Mann.

Ein Summer ertönte auf der anderen Seite der undurchsichtigen Trennscheibe. Fast augenblicklich surrte die Scheibe ein paar Zentimeter nach unten. Eine behandschuhte Hand schob einen schmalen Metallkoffer durch die Öffnung.

„Nehmen Sie den Koffer. Es ist Ihrer", erklärte der maskierte Mann. Emily war schwer in Versuchung, aufzuspringen und einen Blick zu riskieren, wer vorn im Wagen saß, oder einfach zu schreien, in der Hoffnung, dass das Glas vorne nicht so dick wäre. Aber selbst wenn dem so war, würde es vermutlich niemanden interessieren.

Durch die lückenlose Aufdeckung ihrer Vergangenheit, und besonders die Erwähnung ihres Vaters, hatte ihr der Fremde ohnehin keine andere Wahl gelassen, als sein Spiel für den Augenblick mitzuspielen. Er hatte das Wort nicht benutzt, es aber deutlich genug impliziert: Erpressung.

Ehre bedeutete ihrem Vater und der Welt, in der er lebte, alles. Wenn die Wahrheit über ihre Vergangenheit jemals ans Licht käme, würde es ihn zerstören.

Sie nahm den Koffer an sich und legte ihn sich auf den Schoß. Die Scheibe surrte wieder an ihren Platz.

„Öffnen Sie ihn."

Emily klappte den Deckel auf und starrte sprachlos auf den Inhalt.

„Ich denke, ich habe Ihre Aufmerksamkeit", sagte der Mann.

Emily nahm eines der Geldbündel aus dem Koffer hervor

und ließ die Scheine wie ein Daumenkino einmal durchlaufen, um sicherzugehen, dass sich keine falschen aus Zeitungspapier darin verbargen. Es war alles echt.

„Was genau wollen Sie von mir?“, fragte Emily, noch immer wie hypnotisiert von dem vielen Geld.

„Ihnen eine Möglichkeit offenbaren. Die Möglichkeit, das zu beenden, was Sie angefangen haben“, antwortete er und deutete auf das Exemplar von *Die Herrschaft des Monarchen* vor sich.

Die Angst und die Anspannung in ihrer Brust hatten plötzlich einen weiteren Gefährten: Aufgeregtheit. *Meint er das ernst?*

„Ich möchte, dass Sie die wahre Identität des Monarchen enthüllen.“

Die Worte waren so berauschend und mächtig, dass sie fürchtete, ohnmächtig zu werden.

„Aber bis dahin haben wir noch Arbeit vor uns. Oder besser gesagt, Sie haben noch Arbeit vor sich.“

Die beiden anderen LCD-Displays sprangen an und präsentierten eine Reihe verstümmelter Mordopfer. Emily wurde ganz schwummrig von der Achterbahn der Gefühle, die sie durchlitt – von der Angst der Entführung hin zum Hochgefühl eines wahr gewordenen Traums und jetzt zu Ekel und Grauen.

„Konzentrieren Sie sich, Miss Burrows. Sie haben eine umfangreiche Lektion vor sich.“

Achttausend Meilen von New York entfernt, direkt nachdem Emily Burrows ihr Limousinen-Gefängnis verlassen hatte, nahm Nathan Kring, Inhaber von Kring Industries, seine Maske ab. Er erhob sich von seinem Schreibtisch und ging langsam hinüber zur getönten Fensterfront, die vom Boden bis zur Decke reichte und den Blick auf seinen wild wuchernden Besitz freigab. Er sah in den Dschungel hinaus und zum Ozean dahinter, aus dem weit entfernt am Horizont gerade die Sonne emporstieg. Es war ein Paradies.

Jeder gewöhnliche Mensch wäre zufrieden damit gewesen, die Welt zu vergessen und den Tag am Strand damit zu verbringen, sich den Sand zwischen den Zehen hindurchrieseln zu lassen. Aber er war kein gewöhnlicher Mensch.

Und die Krankheit, die in seinem sterbenden Körper wütete, würde bald mächtiger sein als die Medizin, die man in seine Adern pumpte, damit er wenigstens nach außen hin normal wirkte. Aber er war nicht der Einzige, der im Sterben lag.

Kring Industries lag praktisch in den letzten Zuckungen, dank der letzten sechs Monate. Der letzten sechs Monate und des Monarchen.

Der Blick aus seiner Pseudo-Burg und eine Handvoll kleiner, über den ganzen Globus verstreuter Firmen war alles, was noch von dem Imperium existierte, das sein Vater, Bertil Kring, ihm einst überlassen hatte.

Nathan konnte sich den herablassenden Ausdruck auf dem Gesicht seines Vaters nur zu gut vorstellen, jetzt, wo seine Voraussagen wahr geworden waren. Wenn er noch am Leben wäre, hieß das.

Nathans Mundwinkel zuckten leicht bei diesem letzten Gedanken. Für jemand Anwesenden wäre das wohl nur ein Hinweis darauf gewesen, dass seine Medizin nachließ, er aber wusste es besser.

Er unternahm hier ein Kamikaze-Manöver, einen letzten verzweifelten Versuch zu beweisen, dass sein Vater falschgelegen hatte. Das Einzige, was ihm jetzt noch etwas bedeutete. Wenn er das nicht hätte, wäre er längst von dem Schmerz und der Qual übermannt worden, die nun sein Alltag waren, und hätte die süße Erlösung des Todes umarmt, die er noch immer so mühsam abzuwehren versuchte.

Er musste gewinnen, musste leben, um Zeit zu haben, all das wieder aufzubauen, was er ruiniert hatte.

Aber zu welchem Preis?

Nathan, dessen Stolz keine Grenzen kannte, hatte diesen nicht nur heruntergeschluckt, sondern sich die letzten sechs Monate in den Staub geworfen und jeden erdenklichen Stiefel geleckt, alles für diese eine letzte Hoffnung auf den Triumph und den Versuch, seinem Leben einen Sinn zu geben. Das einzige Hindernis, das ihm jetzt noch im Wege stand, war ein unbekannter Dieb, der sich irgendwo in Amerika versteckte.

Nathan schüttelte die Zweifel ab, die ihn zu überrumpeln versuchten, und verdoppelte seine Zuversicht in seinen Plan. Alle Figuren waren in Position, und es gab nun kein Zurück mehr. Zweifel waren sinnlos. Er würde es schaffen – das und noch viel mehr.

Und in wenigen Tagen würde er den letzten Rest Leben aus dem einzigen Menschen herausquetschen, der noch zwischen ihm und seinem Überleben stand.

Der Monarch.

6

DIENSTSTELLE DES LEITENDEN GERICHTSMEDIZINERS, NEW YORK CITY

22:15 Uhr Ortszeit

Special Agent in Charge Joseph Wagner stieß die kalten Metalltüren der Leichenhalle auf. Cummings' lebloser Körper war auf einem der Metalltische am anderen Ende des Raums aufgebahrt. Die Luft war kühl, aber nicht so kalt, dass es einem unangenehm wurde. Es war sogar noch etwas wärmer als in dieser eisigen Aprilnacht draußen auf der First Street, in der das Gebäude lag.

Wagner sah, dass Dr. Spangler noch nicht mit der Autopsie begonnen hatte. Der vertraute Y-Schnitt fehlte, der notwendig war, damit man Cummings' Torso aufklappen konnte wie eine Orange.

Etliche Röntgenbilder hingen vor den Leuchtplatten an der Wand, direkt über der Leiche. „Cecil! Bist du hinten?", rief Wagner, während er an der Leiche vorbeiging und die Röntgenaufnahmen betrachtete. Er hätte eine Rippe nicht von einem Finger unterscheiden können, aber der Anblick der Röhre im Brustraum des Toten war selbst für ihn bizarr.

„Ich bin hier, Joseph. Kein Grund, so zu schreien", antwortete Dr. Spangler und trat aus seinem Büro am hinteren Ende der Halle. Er trug einen Gummikittel und Gummihandschuhe, beide in demselben grünen Farbton. Auf seinem kahlen Schädel trug er eine Schutzmaske, das durchsichtige Visier war jedoch hochgeklappt.

„Tut mir leid“, sagte Wagner und unterdrückte den Impuls, seinem Gegenüber die Hand schütteln zu wollen, als er sah, was er trug. „Hast du noch nicht angefangen?“

„Ich hab vor einer Stunde angefangen. Ich bin gerade damit fertig geworden, Leichen durch die Gegend zu schieben und in etlichen Telefonaten mit der New Yorker Polizei, der CIA und diversen Versicherungsgesellschaften um Verzeihung zu bitten. Hast du eine Ahnung, wie viele Fälle vor diesem hier angesetzt waren? Ich mag es nicht, gehetzt zu werden. Gib das bitte auch an Direktor Matthews weiter, wenn du ihn das nächste Mal siehst.“

„Ich werde sehen, was ich …“, begann Wagner, bevor eine Stimme von hinten ihn unterbrach.

„Ihre Beschwerde ist zur Kenntnis genommen, Doktor.“

Direktor Matthews stand in der Tür. Hinter ihm drängte sich eine Handvoll weitere Personen in die Tür, darunter der New Yorker Polizeichef Marvin Powers. Der Einzige von ihnen, der halbwegs fröhlich wirkte, war Evans. Wagner wusste, dass Evans umso glücklicher war, je heftiger ihnen die Scheiße um die Ohren flog. *Er muss vor Freude völlig außer sich sein bei diesem Fall.*

Die Truppe marschierte in den Raum und gab den Blick auf eine zweite Gruppe aus rangniederen Polizisten und Agents frei, die hinter ihnen standen. In Anbetracht der Armee von Reportern, welche die Lobby besetzten, fragte Wagner sich, ob sie auf Befehl des Bürgermeisters hier waren.

„Wow, einen Moment mal“, rief Spangler und hob die Hände, um die Menge davon abzuhalten, ein U um den Seziertisch zu formen. Jeder schien einen guten Platz zu suchen, von dem aus er bei der anstehenden Show möglichst viel sehen konnte. „Mindestens die Hälfte von Ihnen muss verschwinden.“

Wagner, der neben der Leiche stand, schien nicht gemeint zu sein. Das hielt er nur für fair, immerhin war es vor allem *seine* Karriere, die bei diesem Fall auf dem Spiel stand.

Matthews schickte Evans wieder raus, weigerte sich aber, die Anzahl der Zuschauer weiter zu verringern. Wagner wusste, dass Matthews am liebsten auch Chief Powers nach draußen geschickt hätte, aber es hatte vermutlich genügend Beschwerden für einen Tag gehagelt. Selbst jetzt schien sich der Himmel für Matthews noch nicht aufklären zu wollen.

Matthews und Powers gesellten sich zu Wagner direkt neben dem Toten. Powers betrachtete zuerst die Röntgenaufnahmen und dann die Röhre, die der Leiche aus dem Mund ragte.

„Wann immer Sie so weit sind, Doc", meinte Matthews.

Spangler warf Wagner einen Blick zu und zuckte mit den Achseln. Er nahm seine Druckluftsäge in die Hand und ließ den Motor ein paar Mal aufheulen, bevor er sich die Visierplatte vors Gesicht klappte.

„Vielleicht möchten die Herrschaften ein paar Schritte zurücktreten", schlug er vor. Dann schaltete er die Säge auf höchste Stufe und schnitt damit in Bob Cummings' totes Fleisch.

Einige Minuten später lagen Cummings' intimste Geheimnisse für alle gut sichtbar offen auf dem Tisch. Matthews blickte gelangweilt drein, aber Powers machte den Eindruck, als käme er gerade von einer langen Fahrt auf stürmischer See. Er war ein Bürokrat, kein Straßenpolizist. Wagner war der Ansicht, dass er hier drin ebenso wenig verloren hatte wie die Reporter.

„Um die Leiche möglichst weit zu erhalten, werde ich den Fremdkörper nicht ganz freilegen", sagte Spangler und legte die Säge weg. „Wir können die Arbeit des Killers beenden und es einfach herausziehen. Vorsichtig." Spangler glitt mit den Händen unter die Röhre, als wäre sie eine besonders große, instabile Dynamitstange.

„Seien Sie bloß vorsichtig", meinte Matthews und trat einen Schritt vor. „Sie müssen es absolut unbeschadet herausziehen."

„Und das werde ich", sagte Spangler, ohne aufzusehen. Matthews schüchterte ihn offensichtlich nicht im Geringsten ein. Wagner fragte sich, wie es sich in einer solchen Welt wohl leben mochte. „Joseph, könntest du mir helfen?"

Wagner rührte sich nicht. Er hatte kein Problem damit, bei einer Autopsie zuzuschauen, aber er würde den Kerl auf keinen Fall anfassen.

„Oh, komm schon. Ein starker Mann wie du hat Angst vor einer kleinen Leiche? Das kann ich gar nicht glauben", stichelte Spangler.

Wagner hätte ihn einfach weiterfrotzeln lassen und sich keinen Millimeter gerührt, aber dann sah er Matthews' ungläubigen Blick. Und was noch schlimmer war: Powers begann allmählich, sich wieder zu fangen und aufgrund von Wagners Weigerung sogar zu grinsen.

„Was brauchst du?", fragte er und trat vor.

„Stemm seinen Mund auf, und schieb den letzten Zipfel des Objekts seine Kehle hinunter. Pass auf, dass es sich nirgendwo verfängt."

„Okay."

„Sobald wir das Objekt befreit haben, bringen wir es dort drüben hin, in das Becken, um die restlichen Körperflüssigkeiten abzuspülen, bevor sie noch mehr Schaden anrichten."

„Natürlich", sagte Wagner und streckte die nackten Hände in Richtung von Cummings' Kiefer aus.

„Stopp!", rief Spangler. Wagner wäre beinahe zusammengezuckt. Das einzig Gute an der Situation war das kurze Quieken, das aus Powers' Richtung kam.

„Was ist?"

„Zieh dir erst Handschuhe an. Hinter dir, in der Schachtel."

Wagner zog die Gummihandschuhe über, was deutlich

schwieriger war, als er es sich vorgestellt hätte. Als er schließlich so weit war, packte er den Kiefer des Toten mit beiden Händen und versuchte, nicht darauf zu achten, wie kalt die Haut selbst durch die Handschuhe war.

„Und ... los", sagte Spangler leise, als er begann, an dem Objekt zu ziehen.

Wagner zog den Mund des Toten auf und schob sein Ende der Stoffrolle behutsam tiefer in die völlig zerstörte Kehle des Mannes hinein. Es war die befremdlichste letzte Mahlzeit, die er jemals jemanden hatte einnehmen sehen.

Sie zogen das Objekt ohne große Zwischenfälle aus der Leiche heraus. Spangler trug es hinüber zum Becken, besprühte es mit kaltem Wasser und tupfte es sofort mit einigen weichen Handtüchern ab. Er beugte sich vor und hob seinen Gesichtsschutz wieder an, damit er besser gucken konnte.

„Meine Güte", sagte er. Die anderen Männer kamen herüber und warfen ebenfalls einen Blick in das Becken. „Halte die Ecken unten, Joseph, während ich es entrolle."

„Aber vorsichtig, richtig?", fragte Wagner.

„Noch vorsichtiger als eben", erwiderte Spangler. Wagner hielt die Kanten nach unten gedrückt, und Spangler entrollte das Objekt, bis es völlig flach vor ihnen lag. Alle Anwesenden nahmen die Köpfe zurück, als wären sie zu dicht dran, um es richtig zu sehen.

„Jesus", stieß Wagner aus.

„Heilige Scheiße", entglitt es Powers.

„Großartig", sagte Spangler.

„Was zum Teufel ist das?", fragte Evans, der sich zurück in den Raum geschlichen hatte und hinter ihnen stand. Niemand machte sich die Mühe, ihn auf sein unerlaubtes Eintreten anzusprechen.

Nach einigen Sekunden drehten sie sich alle langsam um, beinahe im Einklang, und starrten zu der aufgeschnittenen Leiche hinüber. Dann drehten sie sich, ebenso synchron, wieder um und glotzten auf das vor ihnen ausgerollte Objekt. Nachdem ihr Schweigen einige Minuten andauerte, kehrte Wagner als Erster zurück in die Gegenwart.

„Holen Sie mir diesen Museumsverwalter her, Mike. Und zwar sofort“, befahl er.

„Klar doch“, sagte Evans, verließ den Raum und rannte dabei fast einen Mann in Jeans und T-Shirt um, der eine goldene Polizeimarke am Gürtel trug.

„Sir?“, sagte er. Alle im Raum drehten sich zu ihm um. Wagner erkannte, dass der Mann zu Polizeichef Powers sprach.

„Was gibt es?“, fragte Powers.

„Äh, es gibt ein Problem mit *der Lieferung*, Chief“, antwortete der Detective und warf jedem im Raum einen Blick zu, der deutlich machte, dass er am liebsten mit Powers unter vier Augen gesprochen hätte.

„Raus damit. Wir stehen hier alle auf derselben Seite“, meinte Powers. Wagner wusste, dass wenigstens zwei Personen im Raum das anders sahen.

„Nun, Detective Minelli hat gerade angerufen. Er meint, es habe ein paar Schwierigkeiten gegeben.“

„Kommen Sie zur Sache, Mann. Was für Schwierigkeiten?“ Powers’ Wut war spürbar und schien den Detective noch zwei Schritte weiter zurück in den Gang zu drängen. Wagner wusste, dass der Polizeichef vor den anderen nicht wie ein Idiot dastehen wollte. Er wusste aber auch, dass es dafür bereits zu spät war.

„Er ... er hat sie verloren, Sir.“

Powers verzog das Gesicht, schloss die Augen und stieß einen langen Seufzer aus. Als er die Augen wieder öffnete, fand er Matthews und Wagner vor sich, die ihn anstarrten.

„Keine Sorge. Ich werde mich persönlich darum kümmern“, erklärte Powers und ging in Richtung Ausgang.

„Tun Sie das, Chief“, sagte Matthews. Und etwas an der Art, wie er es sagte, brachte Powers dazu, nur mit einem Nicken zu antworten.

„Verdammte Amateure“, murrte Wagner.

„Wir haben ein größeres Problem als ihn“, erwiderte Matthews.

„Und das wäre?“

„Die Presse. Wenn die Reporter Miss Burrows vor uns finden, wird das hier eine größere Sache als Obamas Geburtsurkunde. Wir werden niemals verhindern können, dass sie es veröffentlichen.“

Wagner wusste von einigen Boulevardreportern, die die Story bereits mit dem bisschen brachten, was sie hatten, was im Grunde nur der Inhalt der ominösen Umschläge war. Der einzige Grund, weshalb man die Story noch nicht auf allen Fernsehkanälen verfolgen konnte, war der, dass die größeren und seriöseren Nachrichtenredaktionen den Inhalt der Umschläge erst noch von ihren Rechtsabteilungen prüfen ließen. Aber Polizei und FBI rannte die Zeit davon.

In wenigen Stunden würde der Killer einen Spitznamen haben.

Und eine Anhängerschaft.

Trotz der Schäden, die Cummings’ Körperflüssigkeiten an den Kanten des Gemäldes angerichtet hatten, fand Wagner das Bild gleichermaßen schön wie traurig. Die Gruppe mittelalterlicher Richter auf den Rücken ihrer Pferde im Vordergrund schien in ihrem begrenzten Raum herumzustreunen, als wartete sie auf irgendetwas. Die Klippe und die Burg im Hintergrund überragten die Richter und richteten über sie. Doch besonders eigenartig war, dass sie alle auf irgendetwas außerhalb der Leinwand schauten. Wagner wünschte, er wüsste, was sie betrachteten, und war gleichzeitig froh darüber, es nicht zu wissen.

Nachdem sie das Gemälde ins Labor hinuntergebracht hatten, wo es abgeschirmt vor neugierigen Blicken zum Trocknen hing, warteten sie auf Benoit, den Kurator des The-Cloisters-Museums. Sie hatten sich einige Schritte entfernt auf ein paar Stühle gesetzt und blickten nun in ehrfürchtiger Stille auf das Bild.

„Joan und ich haben das hier vor einigen Jahren auf unserer Reise nach Belgien gesehen“, erzählte Matthews. Das war seltsam, denn im gleichen Augenblick hatte Wagner an *seine* Frau gedacht, Patti. Er konnte es gar nicht abwarten, endlich von diesem Bild wegzukommen.

„Ach ja?“, fragte Wagner. Er war der Geschichten ein bisschen müde, die Matthews davon erzählte, wie er die Welt bereiste. Er und Patti fuhren alle paar Jahre nach Florida. Sie übernachteten immer im selben Hotel und aßen in denselben Restaurants. Es gefiel ihm so, und er langweilte auch niemanden mit den Einzelheiten.

„Es wirkte irgendwie …“, Matthews beugte sich vor, „kleiner.“

„Das ist die Raumreferenz“, erklärte eine Stimme hinter ihnen. Sie drehten sich um und sahen Benoit, der gerade von Evans hereingeführt wurde. Der Kurator sah sie nicht an, sondern war völlig von dem Gemälde eingenommen. Dennoch winkte er und trat näher, während er sprach. „Sie haben es mit Sicherheit in seinem richtigen Umfeld gesehen. *Die gerechten Richter* ist eigentlich nur ein Teil des Polyptychons, das den Genter Altar schmückt. Offiziell heißt das Werk *Die Anbetung des Lamm Gottes*, was sich aus dem Mittelstück des Bildes herleitet. Vermutlich war es geschlossen, als Sie es gesehen haben, Direktor. In seiner ganzen Pracht, wenn es voll aufgeklappt ist, besteht das Polyptychon aus zwölf Einzelgemälden.

Aber dieses Element hier ist das berüchtigtste. Und es scheint, als käme zu seiner Geschichte ein weiteres Kapitel dazu.“

„Ein Polyptychon?“, fragte Wagner.

„Ein Kunstwerk, bestehend aus mehreren Gemälden, die auf einer Gruppe von Paneelen mit Angeln befestigt sind. Man kann es öffnen und schließen", erklärte Matthews.

„Sehr richtig, Direktor", lobte Benoit. Wagner hatte den Eindruck, dass das Kompliment Matthews eher verärgerte, als dass es sein Ego streichelte.

„Fein", sagte Wagner. „Wie ist dann ein *Teil* eines Gemäldes aus Belgien in die Eingeweide unseres Freundes oben gekommen?"

„Das echte *Die gerechten Richter* wurde 1934 gestohlen", erklärte Benoit und trat noch näher an die Leinwand. „Also wurde eine Replik angefertigt, um es an seiner statt in dem Polyptychon auszustellen."

„Klingt logisch. Es ist simpler, eine Fälschung zu erklären als ein dickes, fieses Loch", warf Evans ein.

Wagner sagte nur: „Das erklärt aber noch nicht ..."

„Die Replik ist gerade ans Cloisters ausgeliehen", unterbrach Benoit und drehte sich endlich zu den drei FBI-Agenten um. „Ich kann Ihnen nicht mal sagen, welche Mühen es uns bereitet hat, die Replik hierher zu bekommen. Es tut mir leid, was Mr. Cummings zugestoßen ist, wirklich, aber das hier ist eine Tragödie von weit größeren Ausmaßen. Ich möchte mir gar nicht ausmalen, was Belgien sagen wird, wenn wir sie anrufen und ihnen mitteilen, dass wir nicht einmal wussten, dass das Stück verschwunden ist."

„Ich bin mir sicher, Sie hätten Cummings' Mitgefühl", sagte Evans. „Wenn er noch irgendetwas fühlen könnte."

„Also hat unser Mörder Ahnung von der Kunstwelt", stellte Matthews fest. „Er hat das eine Gemälde ausgewählt, das völlig wertlos ist, um es als Mordwaffe zu missbrauchen." Wagner wusste, dass Matthews damit in Wirklichkeit sagen wollte, dass die Museumsmitarbeiter wieder auf der Liste der Verdächtigen standen.

„Mein lieber Direktor, es mag eine Replik sein, aber das bedeutet nicht, dass es wertlos ist. Es ist sicherlich nicht die Millionen wert, die das Original einbringen würde, falls es jemals wieder auftauchen sollte, aber Sammler würden Zehntausende für die Replik zahlen, wenn sie jemals versteigert werden sollte. Was jetzt, wie ich fürchte, nur noch eine rein theoretische Möglichkeit ist."

„Zehntausende?", wiederholte Evans.

„Vielleicht auch mehr", antwortete Benoit. Er sah die drei Männer weiter an, aber Wagner spürte, dass er sich am liebsten wieder zu dem Gemälde umgedreht hätte. Wagner wechselte einen Blick mit Matthews und wusste, dass sie beide dasselbe dachten. Aber es war Evans, der den Gedanken aussprach.

„Irgendjemand wollte mit dem Mord hier unbedingt so viel Rabatz machen, dass wir ihn unmöglich ignorieren können. Ein Fernsehstar als Opfer und ein teures Gemälde als Mordwaffe."

Mozarts Requiem unterbrach die folgende Stille im Raum, als es aus Benoits Tasche erklang. Der Kurator holte sein Handy heraus und warf Matthews einen fragenden Blick zu. Der Direktor nickte, und Benoit nahm den Anruf an, wobei er sich wegdrehte, um ein wenig Privatsphäre zu haben.

„Direktor, Sir?", fragte ein Agent, der den Kopf zur Tür hereinstreckte. Matthews entschuldigte sich.

„Irgendwelche Neuigkeiten zu dieser Emily Burrows?", fragte Wagner Evans, als sie allein waren.

„Nada. Die Polizei stellt die ganze Stadt auf den Kopf, sie strengen sich wirklich an, das muss man sagen." Wagner hatte nichts anderes erwartet, als dass Evans versuchte, die Ehre der Polizei in Schutz zu nehmen. „Also, ist alles gut zwischen euch?", fragte Evans und deutete mit dem Kinn auf Matthews.

„Kein bisschen", antwortete Wagner noch, bevor Matthews wieder hereinkam. Sein Gesicht verriet, dass er weiterhin keine guten Nachrichten hatte.

„MBC News haben grünes Licht von ihren Anwälten bekommen. Die Rechtsabteilung des FBI hat den größten Teil des Pakets nicht freigegeben, aber in einer Stunde gehen sie mit einer Meldung über den Mord auf Sendung. Die Zeit ist abgelaufen."

„Scheiße", sagte Wagner.

„Nun, dann überprüfen Sie es noch mal. Das ist unmöglich!" Benoit stampfte zum Gemälde hinüber und brüllte ins Telefon: „Connie, ich stehe direkt ... *Mein Gott.*" Benoit streckte den Arm aus und berührte mit zitternder Hand den unteren Rand des Gemäldes, bevor ihm das gesamte Blut aus dem Gesicht wich.

„Mr. Benoit?", fragte Wagner. Aber der schwankende Kurator schenkte ihm keinerlei Aufmerksamkeit.

Dann sog Benoit die Luft ein, als hätte ihm jemand mit der Faust direkt in den Magen geschlagen. Das Telefon glitt ihm aus der Hand und fiel scheppernd zu Boden, während er direkt vor dem Bild auf die Knie sank. Er streckte den Arm aus, um sich irgendwo festzuhalten. Evans sprang vor und fing den Mann auf. Der Kurator sah schluchzend zu ihm hoch.

„Hey, beruhigen Sie sich, Kumpel", sagte Evans, eine Sekunde bevor Benoit sich mit der anderen Hand an die Brust fasste. Er verdrehte die Augen und kippte zur Seite, wo er mit einem hörbaren Geräusch auf den Boden knallte.

„Jesus! Benoit!" Evans ging in die Hocke und rollte den Mann auf den Rücken. Er drückte ihm zwei Finger an den Hals. „Scheiße, kein Puls", sagte Evans zu Wagner.

„Schnell, holen Sie den Arzt!", rief Matthews einem Agenten neben der Tür zu, während Evans bereits Benoits Luftröhre freimachte und mit der Herzmassage begann.

Wagner hob Benoits Telefon vom Boden auf. Er konnte noch immer eine Frauenstimme aus dem Lautsprecher dringen hören, die Benoits Namen rief.

„Hier spricht Agent Wagner vom FBI. Wer spricht da?", verlangte Wagner zu erfahren. „Was haben Sie Benoit erzählt?"

„Mein Name ist Connie Baker. Ich arbeite im Museum. Was ist dort los?" Sie hörte sich aufrichtig besorgt an.

„Was haben Sie Benoit erzählt, Ms. Baker?"

„Nichts. Ich meine, ich habe ihm nur mitgeteilt, dass es einen Irrtum gab."

„Was für einen Irrtum?"

„Die Replik der *Gerechten Richter* ist überhaupt nicht verschwunden."

„Sie haben das Gemälde dort? Sind Sie sicher?"

„Ich stehe direkt davor", sagte Connie. Wagner warf einen Blick auf das noch immer leicht triefende Gemälde und spürte, wie sein eigenes Herz einen Schlag aussetzte.

„Aber wenn die Replik bei Ihnen ist, dann ist das hier ja …"

„Agent Wagner", rief Special Agent Duke Roberts, Evans' Partner, von der Tür herüber. „Sie sollten hier besser mal rauskommen. Himmel, was haben Sie mit dem Museumstypen getan?"

Wagners Kopf wirbelte herum. Spangler und Matthews rannten an ihm vorbei und knieten sich neben Benoit. Spangler übernahm die Wiederbelebungsmaßnahmen von Evans, der aufstand und sich keuchend neben Wagner stellte. Evans beugte sich etwas herüber, sodass niemand anders ihn hören konnte: „Der Kerl ist hinüber."

„Hinüber? Wer ist hinüber? Was ist dort los, Agent Wagner?", drang Connies zitternde Stimme aus dem Telefon. Evans verzog das Gesicht.

„Joe, du solltest wirklich mal hier rauskommen", wiederholte Duke.

„Was gibt's, Duke?", fragte Evans.

„Diese Frau ist hier draußen."

„Was für eine Frau?", wollte Wagner wissen.

„Emily Burrows. Die, die der Polizei entwischt ist."

„Ich sag doch, sie finden sie", sagte Evans mit einem breiten Lächeln.

„Niemand hat sie gefunden", erklärte Duke. „Sie ist einfach von der Straße hier reinmarschiert."

„Agent Wagner!", brüllte Connie aus dem Telefon. „Was geht bei Ihnen vor?"

„Ich wünschte bei Gott, ich wüsste es."

Zwanzig Minuten nachdem Wagner Emily Burrows gebeten hatte, in einem der kleinen Konferenzräume Platz zu nehmen, kehrte er mit einem Tee und einem Kaffee aus dem Automaten zurück. Es hatte nur eine Minute gedauert, die Getränke zu holen, aber sein eigentliches Ziel war es gewesen, sie ein wenig in ihrem eigenen Saft schmoren zu lassen. Das, und die Hintergrundinformationen, die er zwischenzeitlich über sie eingeholt hatte. Da gab es einiges, aber bis sie das alles durchgearbeitet hatten, würde es früher Morgen sein. Er musste das hier zu Ende bringen, bevor die Nachrichten auf Sendung gingen. Das ließ ihm nicht viel Zeit.

„Tee mit Milch, richtig?", fragte Wagner und stellte den lauwarmen Pappbecher vor ihr ab. Er setzte sich auf den Stuhl auf der anderen Seite des Tisches.

„Danke", sagte sie mit dem Anflug eines Lächelns.

Er erwiderte das Lächeln freundlich und nahm einen Schluck seines ebenfalls schnell abkühlenden Kaffees, während er sie beobachtete. Sie war größer, als er erwartet hatte, und beinahe ungeschminkt, wirkte aber dennoch frisch und geradezu strahlend. Ihr rötlich braunes Haar glänzte und wippte leicht, wenn sie ihren Kopf zu schnell bewegte. Was sie recht häufig tat.

Sie war nervös und zappelig, aber das konnte auch ihre normale Art sein. Sie roch schwach nach Puder und Flieder, was ihn unglücklicherweise an Benoit erinnerte.

Weshalb will sie nicht wissen, was wir von ihr wollen?

„Bevor wir starten, brauchen wir noch kurz ein paar Informationen, Miss Burrows. Für die Akten", begann Wagner das Gespräch und klappte seinen Notizblock auf. Einer der Umschläge, die an die Presse gegangen waren, lag auf dem Tisch zwischen ihnen. Er hatte noch nicht entschieden, ob er den Inhalt verwenden wollte oder nicht.

„Was für Akten meinen Sie?"

Wagner ignorierte die Frage und fuhr fort: „Ihr vollständiger Name lautet Emily Katherine Burrows. Ihre Wohnung ist Apartment 3E, 145 Jackson Place. In Washington Heights. Dort leben Sie seit zweieinhalb Jahren. Sie sind Autorin und halten sich hier in den Staaten mit einem Arbeitsvisum aus dem Vereinigten Königreich auf, das nächsten Monat ausläuft. Stimmt das so weit?", fragte Wagner.

„Äh, ja."

„Gibt es noch irgendetwas, das Sie ergänzen möchten? Irgendetwas, von dem Sie denken, dass ich es wissen sollte, bevor wir loslegen?"

Sie schüttelte mit wippenden Haaren den Kopf.

„Was ist mit Detective Minnelli? Dem Police Officer, der Sie herbringen sollte? Haben Sie nichts dazu zu sagen, dass Sie ihm davongelaufen sind?"

„Oh, ich bin ihm nicht davongelaufen. Ich … ich fürchte, ich habe in der Menschenmenge einfach die Orientierung verloren. Ich habe versucht ihn wiederzufinden, aber als mir das nicht gelang, bin ich davon ausgegangen, dass Sie einfach möchten, dass ich selbst hierherkomme. Was ich getan habe." Sie spielte mit ihrem Schal, während sie sprach.

„Aha", meinte Wagner. Er blieb still sitzen und sah sie für eine knappe Minute einfach nur an. Er machte sich ein paar Notizen, nahm seinen Kaffee und lehnte sich zurück. „Weshalb haben Sie Interpol verlassen?"

„Um zu schreiben“, erklärte Emily mit einem Schulterzucken. „Zu dem Zeitpunkt erschien mir das eine gute Idee.“

„Was für Sachen schreiben Sie?“

„Artikel und Sachbücher über reale Verbrechen.“

„Irgendetwas, von dem ich schon mal gehört habe?“

„Nein, ich bezweifle …“

„Verdienen Sie damit gutes Geld?“ Wagner bemerkte, wie sich bei der letzten Frage unwillkürlich ihre Augen weiteten.

„Ich kann davon leben. Reich werde ich sicher nicht.“ Sie griff nach dem Tee, zog ihre Hand aber wieder zurück, ohne ihn aufzunehmen.

In diesem Augenblick traf Wagner eine Entscheidung. Er griff nach dem Umschlag.

„Wann haben Sie … das hier geschrieben?“, fragte er und legte *Die Herrschaft des Monarchen* zwischen ihnen auf den Tisch. Sie zeigte keinerlei Reaktion auf das Buch, was für Wagner Bände sprach. *Sie will nicht wissen, weshalb sie hier ist, weil sie es bereits weiß. Aber woher?*

„Etwa vor zwei Jahren.“

„Ich verstehe. Ich habe einen Blick auf die Zusammenfassung auf der Rückseite geworfen, aber ich möchte ehrlich sein, ich hatte noch nicht die Zeit, viel davon zu lesen.“ Wagner drehte das Buch um und tippte mit dem Finger auf den Klappentext, von dem er gesprochen hatte. *„Der erfolgreichste Dieb, von dem Sie noch nie etwas gehört haben“*, las er den gefetteten Text auf dem glänzenden Einband vor. „Was genau meinen Sie damit? Und was hat das alles mit diesem Symbol zu tun?“

„Ich habe zum ersten Mal während meiner Zeit bei Interpol davon gehört“, erklärte Emily. „Es gab Gerüchte über ein Netzwerk von Schwarzmarkt-Sammlern. Sie sind anonym, mächtig und sehr gefährlich – auf allen Ebenen. Ihnen ist es egal, woher ihre Objekte stammen, sie gehen sogar so weit, Wunschlisten mit begehrten Objekten zu verteilen.“

„Zu welchem Zweck?"

„Im Grunde sind es nichts weiter als Einkaufszettel. Hochkarätige Diebe stehlen die Objekte auf den Listen, sie wissen ja, sie haben einen, nun, sehr motivierten Käufer, der erstklassig zahlt, für Objekte, die kein Hehler mit der Kneifzange anfassen würde. Während unserer Untersuchungen hörten wir außerdem von etwas anderem. *Jemand* anderem, um genau zu sein."

„Ein Dieb", sagte Wagner und tippte erneut auf die Buchrückseite.

„Nicht nur *ein* Dieb. *Der* Dieb. Der einzige, der den Schneid besaß, die Diebe selbst zu bestehlen. Vor knapp sechzehn Jahren tauchte dieser Kerl das erste Mal auf. Bald schon nannten die Sammler ihn den Monarchen. Er stahl bestimmte Objekte dieser Sammler und gab sie den rechtmäßigen Besitzern zurück."

„Wie Robin Hood", sagte Wagner, der sich längst keine Notizen mehr machte.

„Nicht ganz. Genau wie die Sammler blieb der Monarch immer anonym, aber er benutzte Strohmänner, um von den Museen und Versicherungsgesellschaften Finderlöhne zu kassieren. Gewaltige Finderlöhne."

„Wie gewaltig?"

„Über all die Jahre? Hunderte Millionen."

„Dollar?", fragte Wagner.

„Ja."

„Die Sammler müssen ihn geliebt haben."

„Wie die Pest. Irgendwann begannen sie, Kopfgelder auf den Monarchen auszusetzen, manche davon waren höher als der Wert der zurückgestohlenen Kunstwerke. Sie waren, um es milde auszudrücken, stinksauer. Aber es half nichts. All die Jahre nun herrschte der Monarch über sie. Und dann, vor etwa fünf Jahren, puff. Verschwand er. Niemand weiß, wieso. Ein paar der Sammler gaben damit an, ihn gestoppt zu haben, aber ihre Behauptungen konnten nie bewiesen werden. Und bis heute kennt niemand die wahre Identität des Monarchen.“

„Erstaunlich“, sagte Wagner und drehte das Buch in seinen Händen. Ihm wurde langsam klar, dass er diese Nacht keinen Schlaf kriegen würde. „Aber weshalb nannten sie ihn den Monarchen?“

„Das bezieht sich auf den Monarchfalter.“

„Aber natürlich“, sagte Wagner und tippte auf das Umschlagbild.

„Er ließ das Symbol nach jedem Diebstahl auf den Wänden der Tresorräume zurück. Aber sie haben es falsch verstanden“, fügte sie hinzu und überraschte Wagner damit.

Er sah auf und Emily direkt in die Augen. Und zum ersten Mal fand er darin eine Art von Stärke. Sie hatte irgendeine Form von Prüfung durchlitten, um herauszufinden, was sie ihm jetzt erzählen würde. „Inwiefern?“

„Das Symbol des Monarchen ist in Wirklichkeit ein afrikanisches Symbol.“

„Afrikanisch?“, sagte Wagner erstaunt. Das hatte er nicht erwartet. „Was bedeutet es?“

„Der, der dich verbrennt, soll nicht brennen.“

„Was bedeutet …“

„Es ist ein Symbol für Vergebung.“

„Vergebung?“

„Es gibt keine Möglichkeit, absolut sicher zu sein, aber ich glaube, dass der Monarch, bevor er zum Monarchen wurde, etwas getan hat, was er selbst für unsagbar schrecklich hielt. Zum Monarchen zu werden war seine Art, um Vergebung zu bitten. Und anstatt die Sammler und Diebe zu bestrafen, hat er ihnen vergeben und ihnen eine zweite Chance gegeben. Aber das steht alles in meinem Buch.“

Wagner schüttelte den Kopf und beschloss, dass nun er an

der Reihe war, ihr etwas zu beichten. „Miss Burrows, ich muss Ihnen etwas erzählen, das Sie möglicherweise schockieren wird", setzte er an. Er schlug die Nachrichtensendungen um wenige Minuten und gab ihr einen Überblick über den Fall, den er im Kopf langsam bereits den „Monarch-Fall" nannte. Dazu gehörte auch das Versenden ihres Buches an die Medien. Während seiner Erklärung nickte sie schweigend, das Einzige, was sie zu überraschen schien, war die Verbreitung ihres Buches, nicht die Morde an sich. Aber ihr Verhalten lieferte keine weiteren Anhaltspunkte.

Wagner kannte diese Frau nicht näher, deshalb war es möglich, dass sie genauso reagierte, wenn er sie nach dem Weg fragte.

„Sind Sie besorgt, dass die Person, um die es in Ihrem Buch geht, dem einzigen Buch über diese Person, ein Mörder ist?"

„Er ist kein Mörder", antwortete sie ein bisschen zu schnell.

„Wenn das, was Sie mir gerade erzählt haben, stimmt, dann wissen Sie es nicht. Sie wissen nicht mal, ob der Monarch nicht vielleicht eine Monarchin ist", sagte Wagner.

„Sagen wir einfach, es ist so ein Bauchgefühl. Es ist auch egal, ich habe zwei Jahre damit zugebracht, dem Monarchen in den Schädel zu kriechen. Ich mag seine wahre Identität nicht herausgefunden haben, aber das bedeutet nicht, dass ich ihn nicht *kenne*. Glauben Sie mir, ich kann Ihnen garantieren, dass er nichts mit diesen Grausamkeiten zu tun hat."

Wagner bemerkte den defensiven Ton in ihrer Stimme. *Sie scheint wirklich beleidigt.*

Zweimal klopfte es kurz an der Tür, und Evans streckte den Kopf herein. „Es geht los. Bisher nur Ankündigungszeug, könnte aber wichtig sein."

„Bin sofort da", sagte Wagner, klappte seinen Notizblock zu und unterdrückte ein Seufzen. Er zog eine seiner Visitenkarten aus der Tasche und schob sie Emily Burrows hinüber.

„Ich möchte, dass Sie morgen zu uns in die Stadt kommen, damit wir unser Gespräch fortführen können. Sagen wir, um zehn, falls es keine Umstände bereitet?" Natürlich hatte sie keine Wahl, aber er wollte wissen, wie sie reagierte, wenn man ihr die Wahl ließ.

„Äh, nun, sicher. Das wäre in Ordnung", sagte sie und stand auf. Sie wickelte sich den Schal um und wartete darauf, dass er sie entließ. *Sie will hier raus. Wenigstens eine normale Reaktion.* In diesem Augenblick traf Wagner eine weitere Entscheidung, diesmal eine, die gegen jede Vorschrift verstieß, aber bei den seltsamen Reaktionen, die sie das ganze Gespräch hindurch gezeigt hatte, wollte er wissen, wie sie darauf reagierte.

„Wenn Sie noch eine Minute hätten, ich wüsste gern Ihre Meinung zu etwas, das sich gerade erst in dem Fall ergeben hat. Wir wissen noch nicht so recht, was wir damit anfangen sollen, aber vielleicht fällt Ihnen etwas ein", sagte er.

Emily stimmte zu, und er führte sie den Gang hinunter zum Labor, wobei er unterwegs einigen Kollegen zunickte.

Ein paar Uniformierte standen außerhalb des Labors vor der Tür und warteten auf den gepanzerten FBI-Transporter, um das Gemälde ins Hauptquartier an der Federal Plaza 26 zu bringen.

„Es ist aber keine Leiche, oder?", wollte Emily mit offensichtlichem Ekel wissen.

„Nein, nein. Nichts dergleichen", beruhigte Wagner sie.

Er riss die Schiebetür auf und beobachtete Emilys Gesicht. Für einen kurzen, schrecklichen Moment fürchtete er, sie könne ohnmächtig werden. Dann fing sie sich, aber ihre Pupillenerweiterung, ihre geblähten Nüstern und das schnelle Heben ihrer Brust erzählten ihm alles, was er wissen musste.

Sie drehte sich mit feuchten Augen zu ihm um. „Was ist es?"

Er ließ sie für den Augenblick vom Haken und begleitete sie aus dem Gebäude, ohne sie näher an das ruinierte *Die-gerech-*

ten-Richter-Gemälde zu lassen. Er hatte nicht viel Zeit und hoffte, dass das, was sie gesehen hatte, über Nacht in ihrem Geist aufkeimen würde.

Als er alleine wieder in der Lobby stand, kam Evans gerade die Treppen herunter. „Da bist du", sagte er. „Matthews sucht dich. Hast du Emily Burrows wirklich das Bild gezeigt?"

„Mach dir darum keine Sorgen", meinte Wagner und warf durch die riesigen Fensterscheiben der Empfangshalle einen Blick zurück zu Emily, die auf dem Gehweg stand.

„Also, wie lautet dein Urteil?", fragte Evans, als sie die Stufen emporstiegen.

„Ich weiß es noch nicht. Sie verbirgt etwas. Wenn die Nachrichten vorbei sind, schick einen Wagen zu ihr, der ihr Apartment im Auge behält. Sorg dafür, dass sie ihn sehen kann."

„Wird erledigt", sagte Evans.

Emily erwartete beinahe, dass ihr jemand folgte, als sie sich umdrehte. Einige Leute gingen hinter ihr die Straße entlang, aber die meisten von ihnen waren in die andere Richtung unterwegs. Sie litt unter Verfolgungswahn, aber diese Erkenntnis trug wenig dazu bei, die Anspannung abzulegen, die sich ihrer bemächtigt hatte.

Die Gedanken sausten ihr durch den Kopf wie Querschläger. *Er kann es nicht sein. Kann es einfach nicht. Er würde das nicht tun … oder würde er? NEIN! Vielleicht?* Aber sie konnte unmöglich leugnen, was sie in diesem Raum gesehen hatte. Wagner hatte nur im Trüben gefischt, sonst würde sie noch immer Fragen beantworten müssen. *Die gerechten Richter* stand wirklich in Verbindung zum Monarchen. Es war einer der Fälle, die damals bei Interpol über ihren Schreibtisch gewandert waren, aber sie hatte ihn in ihrem Buch verschwiegen. Es war eines der wenigen Male gewesen, dass ein Museum den Monarchen nicht mit offenen Armen empfangen hatte, und den Fall aus dem Buch herauszulassen hatte ihn besser dastehen lassen. Sie beschützte ihn aufgrund der Gefühle, die sie für ihn hegte – und der Tatsache, dass alle Beweise darauf hindeuteten, dass der Monarch noch immer im Besitz des Gemäldes gewesen war. Bis jetzt.

Als Wagner die Tür aufgezogen hatte, hatte sie sich gefühlt, als risse ihr jemand die Seele direkt aus der Brust und würde sie mit Glasscherben ersetzen. Wenigstens hatte er sie nicht gebeten, noch näher an das Gemälde heranzutreten. Sie wusste nicht, was sie getan hätte.

An der Ecke wartete sie an der belebten Bushaltestelle und versuchte, nicht wie eine fallen gelassene Liebhaberin zu wirken. Während sie wartete, ging sie das Gespräch mit Wagner im Kopf noch einmal durch und versuchte sich an alles zu erinnern, was sie ihm erzählt hatte. Aber das Gespräch war nur noch ein verschwommener Klecks. Sie konnte sich auf nichts konzentrieren außer auf das verflixte Gemälde.

Das Handy, das der Mann in der Limousine ihr gegeben hatte, klingelte in ihrer Tasche, und sie wäre vor Schreck beinahe auf die Straße gehüpft. Die verwunderten Blicke der Umstehenden ignorierend, suchte Emily in ihrer Tasche nach dem Telefon.

„Miss Burrows", meldete sich dieselbe Stimme, die sie bereits aus dem LCD-Bildschirm begrüßt hatte, aber sie klang verändert. Müde. *Ich weiß genau, wie sich das anfühlt.*

„Es hat nicht funktioniert", erklärte Emily und wandte sich von den anderen Wartenden an der Bushaltestelle ab. „Man hat mich wie eine Verdächtige behandelt. Ich hatte gar keine Möglichkeit, irgendetwas vorzuschlagen, und ich habe ohnehin nicht den Eindruck, dass man auf mich gehört hätte. Und Sie haben auch nichts vom FBI gesagt. Wir sollten gar nicht übers Telefon miteinander sprechen."

„Entspannen Sie sich, Miss Burrows. Die Leitung ist abhörsicher und das Telefon nicht zu orten. Selbst wenn es dem FBI gelingen sollte, Ihr Signal aus den Tausenden von Signalen herauszufiltern, die gerade online sind, würden sie nur Störgeräusche empfangen."

Emily versuchte, sich zu beruhigen, aber das war unmöglich bei allem, was gerade geschah. Sie besaß nicht einmal mehr den Koffer, den man ihr in der Limo gezeigt hatte. Sie hatten versprochen, sie würde ihn zurückerhalten, wenn sie nach Hause kam, da er schwer zu erklären gewesen wäre, wenn sie vor Wagner gesessen hätte, aber Emily hatte immer noch das Gefühl, dass man ihr eine Menge Vertrauen abverlangte, in einen Mann, der ihr nicht einmal sein Gesicht zeigen wollte, geschweige denn seinen Namen mit ihr teilen oder den Grund dafür, wieso er so großes Interesse am Monarchen hatte. Soweit sie es beurteilen konnte, könnte der Unbekannte für die Morde verantwortlich sein, auch wenn sie diesen Gedanken lieber nicht weiterverfolgte. Nicht im Augenblick zumindest. Sie bezweifelte, dass irgendetwas an der Mordserie mit dem fehlenden Kapitel ihres Buches zu tun hatte. Das Buch endete offen und würde das auch so lange tun, bis die Welt die Identität des Monarchen erfuhr. Etwas, von dem sie nicht einmal sicher war, dass sie es jemals zulassen würde.

„Aber ich kann nicht einfach …"

„Wir haben doch darüber gesprochen, Miss Burrows. Sie wussten, es würde nicht einfach werden. Sie können nicht einfach dort hineinmarschieren und erwarten, dass man Ihnen zuhört. Sie müssen sich ihr Vertrauen verdienen. So, wie Sie sich das Vertrauen Ihrer Informanten für das Buch verdient haben. Sie können das."

Mit „das" meinte er, dass sie sich noch tiefer in die Ermittlungen einbringen sollte, als sie ohnehin schon verwickelt war. Im Gegenzug hatte er versprochen, ihr dabei zu helfen, die wahre Identität des Monarchen herauszufinden, ihr fehlendes Kapitel zu beenden und, auch wenn das noch immer unausgesprochen war, ihren Vater zu schützen. Aber in diesem Augenblick war ihre einzige Sicherheit das Telefon, das sie an ihr Ohr hielt.

„Ich kann das nicht. Wie soll ich das FBI denn davon überzeugen, mich …"

„*Miss Burrows!*" Der Aufschrei war so laut und abrupt, dass sie beinahe das Telefon fallen ließ. Sie kämpfte gegen die aufsteigenden Tränen an, von denen sie wusste, dass sie mehr mit dem Gemälde zu tun hatten als mit dem Wutanfall ihres mysteriösen Gesprächspartners. Nach einer langen Pause sprach er erneut, diesmal deutlich ruhiger. „Denken Sie an das Ergebnis. Ans Ziel. Das ist es, was wir beide wollen. Das ist alles, worauf es ankommt."

Aber warum kommt es dir darauf an?

„Ich weiß. Sie haben recht", sagte sie. Sie wusste, dass ihr im Augenblick keine Alternative blieb, als mitzuspielen.

„Haben sie Ihnen bereits alles gezeigt? Alles erzählt? Auch über die Morde?"

Sie erzählte ihm, was Wagner ihr mitgeteilt hatte und was er ihr in diesem schrecklichen weißen Raum gezeigt hatte. Der Mann am anderen Ende der Leitung schien zufrieden zu sein. „Sie wollen mich morgen früh noch einmal sehen. Er wirkte ein wenig, nun, unsicher."

„Unsicher?"

„Als hätte ihn jemand mitten in etwas hineingeworfen, das er nicht versteht. Er hat mein Buch vor dem heutigen Tag ganz offensichtlich nie gesehen, aber ich bin mir sicher, dass er morgen, wenn wir uns wieder treffen, jedes Wort gelesen haben wird. Er macht absolut nicht den Eindruck, ein Mensch zu sein, der es fein findet, wenn er etwas nicht weiß." Auch das Gefühl kannte sie gut.

„Die Tatsache, dass Wagner sich persönlich um Sie kümmert, ist ein exzellentes Zeichen. Ich schicke Ihnen seine Akte. Ich möchte, dass Sie ihn morgen früh ebenso gut kennen wie er Ihr Buch."

Der Mann hat Zugang zu den Personalakten des FBI?

„Er wird mehr wissen als nur das, was in meinem Buch steht. Mein Künstlername hat ein paar halb legale Dokumente hervorgebracht, aber nicht annähernd genug, um eine Bundesbehörde zu täuschen. Sie werden mich in der Sekunde in Gewahrsam nehmen, in der ich morgen durch diese Tür spaziere."

„Lassen Sie das meine Sorge sein", erwiderte er. „Gehen Sie jetzt erst mal nach Hause, und ruhen Sie sich etwas aus. Studieren Sie Wagners Akte, und schlafen Sie. Morgen früh sind Sie am Zug."

Er beendete das Gespräch, bevor sie etwas erwidern konnte. Sie steckte das Telefon weg und drehte sich um, nur um herauszufinden, dass die anderen Wartenden nicht mehr da waren. Sie war so auf das Telefonat konzentriert gewesen, dass sie den Bus nicht einmal hatte kommen und abfahren hören.

Seufzend ließ sie sich auf die leere Sitzbank fallen und wartete auf den nächsten Bus. Währenddessen dachte sie darüber nach, wie gelegen die Morde dem mysteriösen Mann und seinen Forderungen kamen, aber die Konsequenzen dieser Gedanken waren zu viel für sie. Sie schüttelte ihre Überlegungen ab, als der nächste Bus sich näherte.

„Behalte sie im Auge", erklang Nathans Stimme durch das Satellitentelefon, das Thomas Ranger sich an seinen kantigen Schädel hielt.

Thomas saß hinter dem Steuer der Limousine und beobachtete Emily Burrows, die auf ihren Bus wartete.

„Ja, Sir", sagte er.

„Sie ist vielleicht nicht so tough, wie wir es uns erhofft haben", meinte Nathan mit einem Anflug von Traurigkeit in der Stimme. „Wir müssen möglicherweise eine andere Taktik versuchen, falls sie morgen nicht wie erwartet abschneidet."

„Das wäre bedauerlich, Sir." Thomas konnte sich denken, was Nathan wollte. Er forderte ihn nur äußerst selten explizit dazu auf, jemanden zu töten.

„Versteh mich nicht falsch, Thomas. Wir brauchen sie lebend. Aber möglicherweise musst du sie früher wieder abziehen als geplant. Hast du Wagners Akte?"

„Ja, Sir." Thomas warf einen Blick auf den Aktenordner, der auf dem Metallkoffer auf dem Beifahrersitz lag. „Unser Maulwurf leistet exzellente Arbeit."

„Sehr gut. Liefere den Koffer und die Akte ab, und dann lass sie von jemandem beobachten. Du hast genügend Männer vor Ort?"

„Ja, Sir, aber ich könnte genauso …"

„Ich brauche dich wieder hier, Thomas. Wenigstens für eine Weile. Du wirst wieder in New York sein, wenn es losgeht."

„Ja, Sir. Bis bald, Sir", sagte Thomas und beendete das Gespräch. Er wusste, dass es keinen zwingenden Grund für ihn gab, auf die Insel zurückzukehren, außer dass Nathan sich besser fühlte, wenn er sein großes Schoßhündchen an seiner Seite hatte.

Thomas legte das Satellitentelefon weg und wählte eine Nummer auf seinem Handy. Er dachte lächelnd daran, was er tun könnte, wenn er wieder auf der Insel war. *Lara.* Er fragte sich, was sie in diesem Augenblick tat, aber seine Fantasie wurde unterbrochen, als sich eine Stimme am Telefon meldete.

„Du sprichst mit Bill", sagte die Stimme am Telefon.

„Planänderung, Kumpel", sagte Thomas in einem weniger dienstlichen, aber immer noch befehlenden Tonfall. „Du musst für mich ein Paket babysitten, bis ich wieder in der Stadt bin."

„Verstanden."

7

TALLAHASSEE, FLORIDA
23:30 Uhr Ortszeit

Das Sandwich und der Kaffee klatschten vor Jonathans Füßen zu Boden. Das Schmetterlingssymbol drehte und wirbelte auf dem Fernsehschirm herum, bis es in der oberen linken Ecke neben dem Nachrichtensprecher landete. Und es gab keinen Zweifel, was das Symbol wirklich war.

„*Hye wonnye*“, flüsterte Jonathan in sein leeres Wohnzimmer. *Das ist unmöglich. Es ist einfach … unmöglich.*

„Angaben des FBI zufolge befinden sich weltweit zu jedem beliebigen Zeitpunkt wenigstens zwanzig bis fünfzig Serienmörder auf freiem Fuß. Fünfundachtzig Prozent davon allein in Amerika. Heute ist diese Zahl, wie hoch auch immer sie sein mag, um einen gestiegen.

Guten Abend, ich bin Robert Kilpatrick mit einer Extraausgabe der Nachrichten.

Der Monarchfalter – gewöhnlicherweise ein Symbol für Wiedergeburt und Erneuerung. Nun ist dieses zarte Geschöpf zur grausigen Visitenkarte eines bislang unidentifizierten Serienkillers verkommen, der sich selbst ‚Der Monarch‘ nennt. Jan Halton, unsere Korrespondentin in New York, berichtet live vor Ort. Jan?“

Die Einblendung mit dem Symbol wechselte zu einer gut gekleideten Reporterin in ihren Dreißigern, die eine Hand an ihr Ohr und mit der anderen ihr Mikrofon hielt. Sie stand an einer belebten Straße, hinter ihr ragte ein riesiges Sandsteingebäude in die Dunkelheit.

„Danke, Robert. Ich stehe hier am Rande des Central Parks im Zentrum von Manhattan, wo vor sechs Wochen das mutmaßlich erste Opfer des Monarchen gefunden wurde …“

Gott, sie hatten sogar den Namen.

Der Monarch. Jonathan hasste diesen Namen. Er hatte immer gedacht, er klinge, als wären sie irgendwelche Emporkömmlinge und Möchtegernkönige. Aber wenn er ehrlich war, hatte er nie viel darum gegeben, wie man sie sah. In diesem Augenblick, trotz allem, was gerade mit seinem früheren Leben geschah, dachte er vor allem an Natalie. Er musste sie irgendwie davor schützen. Aber bevor er entschied, ob er sich vollends eingraben oder heldenhaft vor den Zug werfen sollte, musste er zunächst mit jemandem sprechen.

Jemandem ganz Bestimmten.

Lew sah zu, wie die stummen Bilder wechselten. Die Schauplätze sprangen von hier nach dort, immer wieder verbunden durch das sich drehende Schmetterlingssymbol, das auf Direktor Quinns gigantischem Fernseher so groß war wie seine Faust.

Während der Bericht fortschritt, lief am unteren Bildschirmrand Text durch, welcher die Highlights der einzelnen Fälle wiedergab.

Erstes Opfer, ein New Yorker Künstler, von Teenagern gefunden.

Die Leiche war in Szene gesetzt und verstümmelt.

Schmetterling ist das Symbol für Wiedergeburt und Erneuerung.

Das Bild wechselte zum Anblick einer riesigen, mit Verzierungen überladenen Kathedrale.

Zweites Opfer, ein Galerist, gekreuzigt.

Bischof ist zu keiner Stellungnahme bereit.

Identische Verstümmelungen.

Ein dritter Mordfall erschien auf dem Bildschirm. Damit hatte Lew genug. Der Rauch außerhalb des Fensters legte sich allmählich, aber noch machte sich keiner der Männer auf den Weg zurück zu ihm. Er nahm den Telefonhörer auf dem Schreibtisch ab, aus dem ein abnorm hoher Piepton drang. Lew drückte testweise auf die 9, woraufhin der Ton auf eine normalere, deutlich tiefere Frequenz wechselte.

Drittes Opfer ein New Yorker Nachrichtensprecher und ehemaliger Polizist.

Museum stellt fest: Es wurde nichts gestohlen.

Verlorener Schatz zerstört.

Lew zögerte einen Augenblick, bevor er wählte. Die Nummer wusste er, das war nicht das Problem. Aber diese Nummer zu wählen würde Konsequenzen haben. Es würde ihn einen Pfad hinabführen, den er sich noch vor wenigen Minuten zu betreten geweigert hatte. Er würde etwas entfesseln, das er sehr lange zurückzuhalten versucht hatte. Die Gefahr dabei war, dass er den Geist diesmal nicht wieder zurück in die Flasche würde stopfen können. Jedenfalls nicht alleine.

Das war natürlich nur der schlimmstmögliche Fall. Was war, wenn das, was diese Nachrichtenbilder andeuteten, stimmte? *Das kann nicht sein. Nicht er. Nicht in einer Million Jahren.*

Aber wenn er sich wirklich sicher wäre, dass dies die Wahrheit war, dann würde er nicht so lange zögern.

Oder zittern.

Das Klingeln seines Handys auf dem Tisch schleuderte Jonathan zurück in die Wirklichkeit.

„Hallo?“, meldete er sich, die Augen noch immer auf den Fernseher gerichtet.

„Siehst du es auch?“, fragte eine Stimme. Eine Stimme, die er seit beinahe zwei Jahren nicht gehört hatte.

„Lew?“

„Hast du es gesehen?“

„Oh, und wie ich es gesehen habe“, sagte Jonathan. Er warf einen Blick auf die Nummer, die sein Display anzeigte, erkannte sie aber nicht. „Wo bist du?“

„Umgeben von Luxus“, antwortete Lew. „Mach dir darum mal keinen Kopf. Hör zu, muss ich wirklich fragen?“

„Entspann dich. Ich bin noch immer in Tallahassee.“ Jonathan war nicht einmal beleidigt. Tatsächlich hatte er sich dieselben Fragen über Lew gestellt, bevor der angerufen hatte.

„Was zum Teufel geht dann hier vor? Auf keinen Fall ist das Zufall.“

„Was du nicht sagst.“

„Hör zu, ich hab nicht viel Zeit. Was tun wir wegen dieser Sache?“

„Tun? Wir tun gar nichts. Wir sind nicht mal in der Nähe von New York. Das hat nicht das Geringste mit uns zu tun“, sagte Jonathan, obwohl er das selbst nicht glaubte.

„Na klar, und Lee Harvey Oswald war nur zur falschen Zeit am falschen Ort“, sagte Lew.

Trotz der Lage musste Jonathan grinsen. Er vermisste Lew mehr, als er geahnt hatte. „Okay, okay. Also es *hat* was mit uns zu tun. Aber was? Warum jetzt?“

„Hey, du bist der Denker von uns beiden. Ich mach nur Zeug kaputt, schon vergessen?“, erwiderte Lew. Jonathan wusste, dass das so nicht stimmte.

„Ich muss nachdenken. Erst mal dahinterkommen, was hier los ist. Mehr Informationen beschaffen. Der Bericht war schlecht recherchiert."

„Für meinen Geschmack hat er schon zu viel verraten."

„Wieso hast du nicht viel Zeit?", fragte Jonathan. Es war seine Art, Lew mitzuteilen, dass er sich wünschte, er wäre da, um mit ihm persönlich zu sprechen. Abgesehen davon, dass er seinen alten Freund vermisste, war Lew der einzige Mensch auf diesem Planeten, mit dem er überhaupt über die Sache reden *konnte*.

„Wie geht's Natalie? Hat sie ..."

„Keine Sorge, sie schläft", beruhigte Jonathan seinen alten Partner. Ganz egal, wie Lew sich aufgeführt hatte, als Jonathan ihm erzählt hatte, dass er aufhören würde, der große Mann hatte immer einen besonderen Platz für Natalie in seinem Herzen gehabt. Bevor er fortgegangen war, hatte Natalie sogar angefangen, ihn Onkel Lew zu nennen.

„Ich muss Schluss machen. Sag mir nur eins: Brauchst du mich?", fragte Lew. Jonathan hörte die Veränderung in seiner Stimme. Er wusste, wenn Lew vor ihm stünde, könnte er sehen, wie seine Gesichtszüge sich verdunkelten.

Er wollte Ja sagen, aber so wie Lew sich anhörte, wäre der Preis dafür zu hoch. Selbst wenn man bedachte, was gerade um sie herum geschah.

„Nein, alles in Ordnung. Wie ich schon sagte, im Augenblick weiß ich ohnehin noch nichts. Vermutlich ist die beste Reaktion erst mal, das hier einfach auszusitzen." Jonathan hoffte, dass er überzeugend klang. Aus der Leitung kam ein langes Schweigen.

„Dann nehm ich das fürs Erste so hin. Ich ruf wieder an, wenn ich die Gelegenheit kriege. Gib dem Seepferdchen 'nen Kuss von mir."

„Mach ich. Und du ..." Aber Lew hatte bereits aufgelegt.

Jonathan klappte das Handy zu und bemerkte zum ersten Mal die Sauerei auf dem Teppich. *Schaffe ich das wirklich alleine?*

Er sah zu den Fotografien von Natalie auf dem Kaminsims hoch und wusste mit einem Mal, dass er sich hier nicht einfach eingraben konnte, in der Hoffnung, dass die Sache irgendwann vorbei wäre. Er musste sichergehen, dass nichts hiervon – nichts aus seinem alten Leben – sie jemals in Gefahr bringen würde. Er würde eher sterben, bevor er das zuließ.

Sterben oder töten.

8

CUIABÁ, BRASILIEN

Vor sechzehn Jahren

Eine Stunde nachdem sie im Rausch ihre Entscheidung getroffen hatten, stiegen Jonathan und Lew in ein Flugzeug und verbrachten beinahe vierzehn Stunden damit, abwechselnd Pläne zu schmieden und sporadisch etwas Schlaf nachzuholen. Als sie schließlich in nüchternem Tageslicht dasaßen, erwartete Lew beinahe, dass Jonathan einen Rückzieher machen und seine Idee dem Alkohol zuschreiben würde. Aber nicht nur blieb das aus, sondern Jonathan übernahm auch die Führungsrolle bei ihrem kleinen Abenteuer. Das war okay für Lew. Er war es gewohnt, Befehle entgegenzunehmen. In einem gewissen Rahmen.

„Schneller, du Superspion!“, drängelte Lew von seinem Posten an der Kante des Balkons, den sie außen an der Villa bestiegen hatten. Er spähte auf den Innenhof unter ihnen, wo die abendliche Dinnerparty in vollem Gange war. Wenn er die Uniformen und Bodyguards richtig deutete, die in der Menschenmenge verstreut waren, hatte Jonathan nicht übertrieben, was die Verbindungen dieses Kerls betraf.

„Hetz mich nicht“, erwiderte Jonathan, der mit seinem Einbruchswerkzeug im Schloss der Balkontür herumstocherte. „Das hier ist deutlich einfacher, wenn sich dein Schädel nicht anfühlt wie eine zermatschte Papaya.“

„Also mir geht’s super“, sagte Lew. Er log. In Wirklichkeit

musste er sich bereits darauf konzentrieren, nicht von der Kante des Balkons auf eine der darunter geparkten Mercedes-Limousinen zu stürzen.

Sie hatten aufgrund der Party entschieden, schon heute Abend einzusteigen, ganz gleich, wie sie sich noch fühlten. Zunächst hatte Jonathan bis zu einer weniger geschäftigen Nacht warten wollen, aber Lew wusste, wenn sie zu lange warteten, würden sie den Mut verlieren. Außerdem, wenn alle unten im Hof auf der Party waren, wäre niemand im Haus. Zumindest hoffte er das.

„Ich schätze mal, dass du nur nicht besonders viel …“ Lew hörte auf zu sprechen, als er sah, dass er allein auf dem Balkon war und die Tür offen stand. Lew hievte sich über die Balustrade auf den Balkon und schlüpfte ins Haus.

Das Schlafzimmer – ein Gästezimmer, wie Jonathan gesagt hatte – war riesig und sah aus, als wäre es für Besucher der königlichen Familie gedacht. Wandteppiche und Kunstwerke schmückten die Wände. Der Boden war mit einem satt karamell-goldenen Teppich bedeckt, in den ein schwarz-rotes Muster gewebt war, das an Maya-Kunst erinnerte. An einer Wand stand ein Himmelbett, für das man eine Trittleiter brauchte, um hineinzukommen. Bettrahmen und Pfosten waren aus kräftiger, rotbrauner Eiche.

Auf der anderen Seite des Raums drückte Jonathan behutsam die Tür zum Gang draußen auf und warf einen Blick hindurch.

„Ich hoffe, es stört dich nicht, wenn ich eintrete?“, sagte Lew. Jonathan hielt nur einen Finger an die Lippen, worauf Lew nach seiner Pistole griff. Aber Jonathan schüttelte den Kopf und winkte Lew näher heran.

Lew schlich zur Tür und folgte Jonathans ausgestrecktem Finger mit dem Blick. Am Ende des Gangs saß eine Wache auf einem Stuhl, der aussah wie ein Thron. Lew achtete aber vor allem auf die Maschinenpistole, die der Mann auf dem Schoß liegen hatte. Leise schloss Jonathan die Tür wieder.

„Der Raum am anderen Ende ist ein weiteres Schlafzimmer“, wisperte Jonathan. „Dort gibt es einen Speiseaufzug, der bis hinunter in den Weinkeller führt. Ich bezweifle, dass er uns beide trägt, aber wir können nacheinander hinunterfahren. Wenn wir es bis dorthin schaffen.“

„Woher weißt du das alles?“, fragte Lew. „Hat er dir ’nen Rundgang spendiert oder was?“

„Berufskrankheit“, meinte Jonathan und grinste. „Selbst wenn ich nur eine Übergabe mache, sammele ich immer alle verfügbaren Daten über den Ort, an den ich reise. Blaupausen, Personal, Sicherheitssysteme, der ganze Kram.“

„Was ist um die Ecke neben der Wache?“, wollte Lew wissen.

„Noch ein langer Gang mit etlichen Räumen. Eine Ecke weiter ist die Treppe, die zum Erdgeschoss hinabführt.“

„Also wird es niemand bemerken, wenn der Typ verloren geht?“

„Nicht, bevor sie hier raufkommen.“

„Die Party ist noch nicht mal halb zu Ende. Niemand wird hier hochkommen.“ Lew wusste, dass Jonathan wusste, worauf er hinauswollte. Ihm stand deutlich ins Gesicht geschrieben, dass ihm die Idee nicht gefiel. Was nur logisch war. Er war ein Spion, ein Schatten, ein Geist. Rein und wieder raus, ohne Spuren zu hinterlassen. Lew hingegen war Soldat. Wenn es nach ihm gegangen wäre, hätte er eine Granate in den Gang geschleudert und wäre in Richtung Ziellinie gesprintet, sobald die Zementbrocken durch die Luft zischten. Sie mussten einen Kompromiss finden.

„Okay“, sagte Jonathan, nachdem er sich ein wenig im Raum umgesehen hatte. Offensichtlich fiel ihm auch keine Alternative ein. „Wie ist dein Plan?“

„Wir halten es einfach. Wir reißen die Tür auf und rufen irgendwas Spanisches in den Gang. Er kommt, um nachzusehen. Wir stürzen uns auf ihn."

„Könnte klappen … außer, dass wir in einem Land sind, in dem sie kein Spanisch sprechen."

„Oh. Aber was für eine …"

„Portugiesisch."

Lews Spanisch war miserabel. Portugiesisch würde er nicht mal erkennen, wenn man ihn damit in der U-Bahn vollquatschte.

„Ja", antwortete Jonathan, noch bevor Lew ihn fragen konnte, ob er Portugiesisch sprach. „Zumindest gut genug, um ihn herzulocken."

„Dann soll's mir reichen", sagte Lew. Er nahm eine kleine Statue auf, die auf einem Tisch neben der Tür stand, und hob sie über die Schulter wie einen Baseballschläger.

„Bring ihn nicht um", ermahnte Jonathan ihn, bevor er die Tür langsam wieder öffnete und einen Schritt zurücktrat. Lew stellte die Statue wieder ab und bedeutete seinem Partner mit einem Nicken, dass er so weit war.

„*Ajuda! Alguém me ajude!*", rief Jonathan durch die Tür und sank dann noch tiefer in den Raum hinein.

Lew hatte keinen Schimmer, was Jonathan gerufen hatte, aber das Nächste, was er hörte, waren Schritte, die den Gang heraufkamen.

„*Olá? Quem disse isso?*", fragte die Wache laut, als sie sich näherte. Jonathan stand mit dem Rücken zur Tür, an einen der Bettpfosten gelehnt und vornübergebeugt, als würde er sich die schmerzende Brust halten. Als die Wache eintrat, hob sie kurz die Waffe, senkte die Mündung dann aber wieder, als sie Jonathans Zustand bemerkte. „*Você precisa de ajuda?*", fragte der Mann. Lew vermutete, dass er wissen wollte, ob Jonathan Hilfe brauchte.

Jonathan drehte sich um und zeigte ihm, dass seine Hand nicht seine Brust umklammerte, sondern eine Pistole. „Nicht so viel wie du, Bruder“, sagte er, bevor Lew die Wache von hinten in den Würgegriff nahm. Eine Minute später lag sie bewusstlos zu ihren Füßen.

Sie fesselten und knebelten den Mann und schoben ihn unters Bett.

„Gehen wir“, sagte Jonathan. Sie überprüften die Halle noch einmal und schlichen dann in das Schlafzimmer am Ende des Gangs.

Der Raum ähnelte dem, aus dem sie gekommen waren, die Farben waren allerdings heller und von mehr Pastelltönen dominiert. In der Ecke fanden sie den Speiseaufzug.

„Die Party scheint einen Cateringdienst zu haben, also brauchen sie den hier vermutlich nicht“, sagte Jonathan und kletterte als Erstes in die kleine Kabine.

„Und wenn sie ihn doch benutzen?“

„Dann wirst du ein paar Leute töten müssen. Vermutlich uns beide.“

„Nun, dann sollten wir vielleicht …“ Wieder fand Lew sich allein zurückgelassen, als Jonathan den Knopf für den Weinkeller drückte und die Türen des Aufzugs sich schlossen. Mit einem leisen Brummen des Motors fuhr er los. Zunächst rumpelte der Aufzug ordentlich hinter der Wand, bald aber verschwanden die Kabine und das Geräusch in der Tiefe.

„Damit geht er mir langsam wirklich auf die Nerven“, brummte Lew.

Knapp fünf Minuten später näherte sich das Rumpeln wieder hinter der Wand, und die Türen des Fahrstuhls öffneten sich. In der Kabine stand eine einzelne Flasche Wein.

Lew lächelte und stellte die Flasche auf den Boden. „Dich heb ich mir für später auf.“

Er stieg in den Aufzug. Das Holz knarrte und bog sich ordentlich durch. Lew hatte nicht mitbekommen, dass es das bei Jonathan getan hatte. „Ab geht die Post“, sagte er, griff nach außen, ertastete die Kontrollknöpfe und drückte einen davon.

Die Türen glitten zu, und das Rumpeln legte wieder los. Hier drinnen klang es viel lauter. Die ganze Kabine ruckelte von einer Seite zur anderen und hopste immer wieder herum, während sie abwärtsglitt.

Nach einer Weile, die Lew wie etliche Minuten erschien, stoppte der Fahrstuhl, und die Türen öffneten sich.

Er wusste sofort, dass er den falschen Knopf gedrückt hatte. Direkt vor ihm, in einer kleinen Küche, befanden sich zwei Personen, die in eine weiße Kochuniform gekleidet waren. Zumindest teilweise.

Beide hatten ihre Hosen auf den Boden geworfen, und einer der beiden Küchenangestellten war eindeutig eine Frau, denn sie hatte ihre Kochjacke geöffnet und gönnte Lew einen großzügigen Blick auf ihre kaffeebraunen Brüste.

Der Mann stand mit dem Rücken zu Lew und war vollends damit beschäftigt, eine der beiden Brüste zu kneten und dazu passend die Hüften zu bewegen, was Lew klarmachte, dass der Kerl im Augenblick nicht mal sein eigenes Atmen hörte, geschweige denn den Speiseaufzug.

Lew griff hinaus und achtete diesmal darauf, den alleruntersten Knopf auf der Tafel zu drücken.

Als die Türen sich erneut schlossen, beugte Lew sich hinab, um die Küchenangestellten so lang wie möglich im Blick zu behalten.

„Irgendwelche Probleme?“, fragte Jonathan, als er Lew aus der viel zu kleinen Kabine half.

„Probleme? Nö, war das reinste Zucker… schlecken“, antwortete Lew.

Sie suchten den Weg aus dem Weinkeller heraus und fanden eine weitere Treppe, die nach unten in einen kurzen Gang führte. Diesmal gingen nur zwei Türen davon ab. Jonathan ignorierte sie beide und marschierte schnurstracks zum Ende des Gangs, wo ein Kübel mit Blumen an der Wand stand.

„Was machst du?“, wollte Lew wissen.

„Schau genau hin.“

Jonathan packte den Kübel und zog ihn nach oben. Lew hörte ein Klicken, und die Wand sprang ein Stück auf. Jonathan umfasste die Kante mit den Fingern und zog die Wand nach vorne, die in Wirklichkeit eine gut getarnte Tür war. Er griff hinein und legte einen Schalter innen an der Wand um. Eine Lampe sprang an und erhellte einen kleinen Vorraum, an dessen Ende die Tür eines Tresorraums lag, mit einem Riegelschloss und einem riesigen Rad voller Handgriffe, das aussah, als würde man damit ein Schiff steuern.

„Hast du dir die Kombination gemerkt, als du das letzte Mal hier warst?“, fragte Lew.

„Besser“, erwiderte Jonathan. „Ich habe festgestellt, dass der Kerl so von sich selbst überzeugt ist, dass er sich nicht mal die Mühe macht, das Ding abzuschließen.“

Er zog, und die Tür schwang auf. Dabei legte sich irgendein Kontakt um, und im Inneren flackerten die Lichter an. Zuerst die direkt über der Tresortür und dann tiefer und tiefer in den Tresorraum hinein.

Das Klicken und Flackern der Leuchtröhren hallte von den Wänden der riesigen Kammer wider.

„Verdammt. Wir rauben Batman aus“, sagte Lew staunend.

Ihre Schritte erzeugten kleine Echos, als sie tiefer in den Tresorraum eindrangen. Die Kunstwerke hingen nicht nur an den Wänden – jedes davon wurde von einer separaten Lampe erhellt, die von der Decke hing –, sondern überall standen auch Statuen und Skulpturen auf ihren Sockeln. Es gab Glaskästen, gefüllt mit Schmuck und antiken Stücken, und ganze Regale quollen über vor dicken, braunen, ledergebundenen Büchern und Manuskripten und zusammengerollten Dokumenten auf vergilbtem Pergament.

Die Hauptattraktion fand sich jedoch am hintersten Ende der Kammer. Das Bild glühte beinahe unter seiner ganz persönlichen Beleuchtung. Denn hier hingen sie an der Wand: van Goghs *Sonnenblumen*. Es war eines der unverkennbarsten Werke von van Gogh, und selbst Lew, der das Gemälde der pokerspielenden Hunde für den Höhepunkt seines Kunstverständnisses hielt, erkannte es sofort.

„Unglaublich", sagte er.

„Letztes Jahr wurden zwanzig Van-Gogh-Gemälde aus dem Museum gestohlen. Angeblich wurden sie nur wenige Stunden später im Fluchtwagen wiedergefunden. Von den Dieben war natürlich keine Spur zu finden", erklärte Jonathan.

„Aber wenn sie gefunden wurden, wieso ist dann …"

„Es war ein Trick. Die Bilder im Fluchtwagen waren Fälschungen. So gut, dass sie selbst kleine Kunstwerke waren, aber dennoch Fälschungen. Sie waren Monate zuvor gemalt und mit Chemikalien künstlich gealtert worden, um ihren Originalen zu entsprechen. Es war von Anfang an der Plan gewesen, sie im Fluchtwagen zurückzulassen, damit die Behörden sie dort finden konnten. Dadurch hatten die Diebe die Möglichkeit, die Originale an Arschlöcher wie unseres hier zu verhökern."

„Das beste Verbrechen ist das, von dem die Leute nicht mal wissen, dass du es begangen hast", sagte Lew.

„Genau." Jonathan zog die Leinwand vorsichtig aus dem Rahmen und rollte sie zusammen. Er nahm eine Kunststoffhülle aus seiner Tasche und schob das Gemälde hinein.

„Was ist so etwas heutzutage überhaupt wert?", fragte Lew. Er begann sich langsam zu fragen, ob dieser ganze Robin-Hood-Ansatz wirklich die beste Lösung war.

„Zehn Millionen Dollar", sagte Jonathan.

„Und davon hatten die zwanzig Stück?!“ Lew war ernsthaft überrascht. Dann entdeckte er die Juwelen in einem kleinen Schaukasten neben der Wand. „Vielleicht kann sich die Sache ja auch für uns beide ein bisschen lohnen“, meinte er und deutete mit dem Kinn auf den Schmuck.

„Tu das, und du arbeitest in Zukunft alleine. Dafür hab ich das hier nicht getan. Und wo wir schon bei dem Thema sind …“ Jonathan zog etwas aus seiner Tasche. Lew erkannte ein Stück Holzkohle.

Damit trat Jonathan dicht vor die Wand, wo gerade noch das Gemälde gehangen hatte, und zeichnete ein langes, flach gedrücktes Oval. Auf jeder Seite davon malte er zwei sich spiegelnde Abbildungen der Zahl drei. Als er fertig war, trat er etwas zurück und bewunderte sein Werk.

„Ich versteh’s nicht“, sagte Lew und sah verwirrt zu der Zeichnung auf. „Was hat ein Schmetterling mit van Gogh zu schaffen?“

„Das ist kein Schmetterling. Bevor wir beide uns über den Weg gelaufen sind, habe ich ein paar Jahre in Afrika gearbeitet, vor allem in Kenia und an der Goldküste. Dort unten gibt es überall diese afrikanischen Zeichen, und sie sind so uralt, dass niemand mehr weiß, wer sie ursprünglich gemalt hat oder wann sie zuerst benutzt wurden. Das hier ist das *Hye wonnye*. Es bedeutet ‚Der, der dich verbrennt, soll nicht brennen‘.“

„Na, wenn du das sagst“, meinte Lew. Er verstand nichts davon. Alles, was er verstand, war, dass es offensichtlich nicht okay war, etwas zu stehlen, das man verkaufen konnte, dass es aber überhaupt kein Problem war, anderer Leute Wände mit Malkreide vollzukritzeln.

„Es ist ein Symbol der Vergebung“, erklärte Jonathan, als sie sich umdrehten und auf den Rückweg machten.

„Vergebung? Du vergibst diesem Arschloch, nach allem, was du mir über ihn erzählt hast?“ Lew gewann langsam den Eindruck, dass er diesen Jonathan noch jahrelang kennenlernen konnte und ihn trotzdem niemals richtig verstehen würde. Trotzdem war er der Meinung, dass es ein ziemlich cooles Symbol war.

Sie schafften es ohne Zwischenfall zurück auf den Balkon. Die Wache ließen sie gefesselt zurück. Wenn sie ihn gehen ließen, würde er mit Sicherheit hingerichtet werden. Nicht, dass er jetzt eine größere Überlebenschance hatte.

Lew wusste nicht, wie Jonathan darüber dachte, aber er selbst hatte den Eindruck, dass das ganze Erlebnis ein völlig anderes geworden wäre, wenn sie tatsächlich noch irgendetwas anderes mitgenommen hätten. Er hatte das Gefühl, zum ersten Mal seit langer, langer Zeit etwas Gutes mit den Fähigkeiten getan zu haben, die er bei der Army erlernt hatte. Und er würde sich noch besser fühlen, wenn sie das Gemälde erst einmal abgegeben hätten und nicht mehr mit einer zehn Millionen Dollar schweren Zielscheibe auf dem Rücken herumrannten.

Einige Stunden später hängte Jonathan den Hörer in der Telefonzelle wieder auf und lief auf die andere Straßenseite, wobei er in der morgendlichen Rushhour beinahe von einem Taxi erwischt worden wäre. Er ging hinüber zu dem kleinen Tisch vor dem Café, an dem Lew saß und auf dem nächstbesten McMuffin-Egg-Ersatz herumkaute, den er hatte auftreiben können.

„Du siehst aus, als hättest du gerade aufs Siegerpferd getippt", sagte Lew zwischen zwei Bissen. „Hast du den Austausch mit dem Museum organisiert? Wie haben sie es aufgenommen, dass sie eine Fälschung an der Wand hängen haben?"

„Oh ja, ich hab alles organisiert, keine Sorge", sagte Jonathan und bedeutete dem Kellner, mehr Kaffee zu bringen. Lew dachte, so unruhig, wie der Junge bereits herumhopste, war noch mehr Koffein das Letzte, was er zu sich nehmen sollte.

„Und?“

„Sie wollen erst noch ein paar Tests mit dem Gemälde veranstalten, das sie haben, bevor sie irgendetwas zusagen, aber glaub mir, die haben wir im Sack. Ich werde sie heute Abend noch mal anrufen. Vermutlich werden wir den Austausch in einigen Tagen in Amsterdam vornehmen.“

„Okay. Was hat dich dann so aufgekratzt?“, fragte Lew.

„Wusstest du, dass es einen Finderlohn für gestohlene Kunstwerke gibt?“, fragte Jonathan und hielt dem Kellner seine Tasse hin, damit dieser sie füllen konnte.

Lew hatte aufgehört zu kauen und starrte seinen neuen besten Freund nur an, während er versuchte herauszufinden, ob er Scherze machte oder nicht. „Was denn für’n Finderlohn?“

Jonathan ließ sich Zeit und nahm in aller Seelenruhe einen Schluck seines Kaffees. „Ah, das tut gut.“

„Zwing mich nicht, dir wehzutun. Wie viel?“

„Da wir beide anonym bleiben wollen, müssen wir uns mit einem etwas geringeren Anteil zufriedengeben, aber es ist immer noch …“

„Wie viel?!“

Jonathan grinste und lehnte sich vor. „Achtzehn Prozent.“

„Von zehn Millionen“, sagte Lew, als er wieder atmen konnte.

„Jawohl, Sir.“

„Ich glaube, ich habe gerade meinen Lebensinhalt gefunden.“ Lew hielt seine Kaffeetasse hoch.

„Wir beide, mein Freund“, stimmte Jonathan ein und stieß mit seiner eigenen Kaffeetasse an, als würden sie Champagner trinken. Was sie schon sehr bald tun würden.

Lew sah Jonathan in die Augen und wusste, dass sie nicht über dieselbe Sache sprachen. Oh, sie würden beide dieselben Dinge tun, aber nicht aus denselben Gründen.

Zumindest nicht am Anfang.

ZWEITER TEIL

SAMSTAG

9

BUNDESGEFÄNGNIS YAZOO CITY
YAZOO, MISSISSIPPI
00:10 Uhr Ortszeit

Lew stellte sicher, dass das Telefon an genau derselben Stelle stand wie vor seinem Anruf bei Jonathan, auch wenn es nicht wahrscheinlich war, dass Quinn überhaupt einen Unterschied bemerken würde – sein Schreibtisch war ein einziges Chaos aus Papieren, Quittungen und Bedienungsanleitungen. Lew schob eine der Schreibkladden zur Seite und lächelte, als er darunter ein paar Reisebroschüren fand. Wenn schon sonst nichts, dann war das hier wenigstens kein Trick des Direktors.

Natürlich war das keine Garantie, dass Quinn sich an seine Versprechen halten würde, falls Lew sich auf den Deal einließ. Er brauchte irgendein Druckmittel.

Bevor er das Büro irgendwie weiter hätte durchsuchen können, erblickte Lew Quinn, der mit strammem Schritt wieder über den Hof marschierte. Lew blieben nur noch Augenblicke, bevor er sich für die eine oder andere Richtung entscheiden musste. Nach dem Telefonat wusste er im Grunde genommen schon, was er tun würde, aber wenn er so tat, als wäre er weiterhin unentschlossen, hätte er vielleicht genügend Zeit, das Druckmittel zu finden, das er benötigte.

Lew setzte sich wieder auf den Stuhl. Er blickte vom Fernseher weg, wo ohnehin nur eine Wiederholung einer uralten Spielshow lief, aber vor seinem inneren Auge spulten sich weiterhin die Bilder der Nachrichtensendung ab. Er tat gelangweilt, als er Quinns Schritte näher kommen hörte.

Quinn, nass und nach Rauch riechend, polterte ins Büro und öffnete augenblicklich Lews Handschellen. Er stellte sich auf Zehenspitzen, reckte den Hals und lugte aus dem Fenster wie ein Kind, das dabei war, Süßigkeiten zu stehlen. Was er sah, schien ihn zufriedenzustellen, denn er schlüpfte um den Schreibtisch herum, fummelte an einem kleinen Schlüsselbund und schloss eine Schublade auf.

„Alle anderen sind entweder weggesperrt oder damit beschäftigt, das Feuer zu löschen“, sagte er. „Der Lkw parkt bei den Ladebuchten. Erledige die Sache, und verstecke dich dann hinten im Transporter mit der Leiche. Der Doktor ist mit den Verletzten beschäftigt, und der Lkw-Fahrer sitzt in einem Bereich fest, den wir abriegeln mussten. Wir hätten es nicht besser planen können.“

„Was meinen Sie mit *wir*, Bleichgesicht? Hab ich den Teil verpasst, wo ich dem Ganzen zugestimmt habe?“, fragte Lew, wohl wissend, dass er den Direktor nicht allzu lange hinhalten konnte. Quinn hatte recht. Wenn Lew es durchziehen wollte, war jetzt die ideale Gelegenheit dazu.

Quinn zog seine Hand aus der Schublade, und Lew blickte in die Mündung eines kurzläufigen Revolvers. Die Zeit schien endlos stillzustehen, bis Quinn die Waffe umdrehte und Lew den Griff hinhielt.

„Bitte“, sagte Quinn. Lew wurde bewusst, dass Quinn sich in eine verzweifelte Lage manövriert hatte und dass Lew seine einzige Chance war, aus der Sache herauszukommen. Das Witzige daran war, dass Quinn auch *seine* einzige Chance war, hier herauszukommen. Lew nahm die Waffe und achtete sorgfältig darauf, sich zu merken, wo er sie berührt hatte. Er würde die Stellen ordentlich abwischen und die anderen Fingerabdrücke auf der Waffe als seine Versicherung betrachten.

„Machen Sie sich keine Sorgen darüber, dass man bei der Autopsie feststellen wird, dass ein erstochener Gefangener voller Blei steckt?“, wollte Lew wissen.

Quinn reagierte ruhig. Seine Antwort war: „Du beeilst dich besser.“ Doch sein Blick sagte: *Colero wird es nicht bis in irgendein Leichenhaus schaffen, oder?*

Lew stand auf und steckte sich die Waffe in den Hosenbund.

„Wie ist es in Costa Rica um diese Jahreszeit?“, fragte Lew. Der Ausdruck in Quinns Gesicht war unbezahlbar. Aber der Anflug von Erheiterung hielt nicht lange an, als Lew darüber nachdachte, was er nun als Nächstes tun musste.

Lew spähte durch die Tür, die zu den Ladebuchten führte. Miguel Colero saß an einem heruntergekommenen Picknicktisch, rauchte eine Zigarette und wirkte gelangweilt. Lew vermutete, dass er ein paar weitere Wachen geschmiert haben musste, um hier zu sitzen statt in der Leichenhalle. Hinter Colero stand der Kastenwagen des Leichenbestatters, dicht an die Laderampe gefahren, und wartete nur darauf, gefüttert zu werden. Im Inneren lag eine einzelne Kiste aus Pinienholz, davon abgesehen war die Ladefläche leer – sah man von den vier Lagerschränken in den vorderen Ecken ab, in denen das Arbeitsgerät verstaut war.

Lew schritt nach draußen und über den Betonboden auf Colero zu. Er griff nach der Waffe in seinem Hosenbund, gerade in dem Augenblick, als sein Opfer sich zu ihm umdrehte.

„Was suchst du denn hier, *ese*?“, fragte Colero.

Lew zog die Waffe und richtete sie auf den kleinen Mexikaner. Coleros Haltung änderte sich kein bisschen.

„Du wirst es mir vermutlich nicht glauben“, begann Lew. Dann ging sein Blick an Colero vorbei in den Laderaum des Transporters, und er riss die schreckerfüllten Augen auf. „Heilige Scheiße!“

Colero wirbelte herum, und Lew hämmerte ihm den Griff der Pistole kräftig gegen den Hinterkopf.

Colero ächzte und fiel mit dem Gesicht zuerst auf den Picknicktisch, als wäre er der Hauptgang auf einem Bankett. Lew lief zurück zur Tür und warf einen Blick in den Gang. Als er sah, dass die Luft rein war, steckte er die Waffe zurück in seinen Hosenbund und durchsuchte die Regale an der Wand. Nach einigen Minuten hatte er endlich etwas Panzerband gefunden.

Als er damit fertig war, Colero einzuwickeln wie eine silbergraue Mumie, kam der Drogenbaron allmählich wieder zu sich.

„*Chingada Madre*“, lallte er angeschlagen.

„Du kennst aber ziemlich schmutzige Wörter für einen Buchhalter, *hombre*“, erwiderte Lew. Er riss ein unterarmlanges Stück Klebeband ab, bevor er die Rolle zurück ins Regal legte und einen weiteren Blick durch die Tür warf.

„Was zur Hölle tust du?“, schimpfte Colero und begann, gegen seine Fesseln anzukämpfen.

„Ich sagte doch, du wirst es mir nicht glauben.“

„Versuch's mal, *hijo de puta!*“

„Ich rette dir dein jämmerliches, nutzloses Leben“, sagte Lew. Er klebte Colero das letzte Stück Panzerband auf den Mund und hievte ihn dann über die Schulter. „Aber ich kann verstehen, dass du ein bisschen irritiert bist.“

10

WASHINGTON HEIGHTS
NEW YORK CITY
01:00 Uhr Ortszeit

„Nicht so schnell, ich kann Ihnen überhaupt nicht folgen", stieß Emily aus.

Dan Cooper, ein junger Mann, der nicht älter als zwanzig sein konnte, war, zehn Minuten nachdem sie nach Hause gekommen war, an ihrer Tür erschienen.

Er behauptete, eine Art Praktikant der *New York Times* zu sein. Er war klein, schmächtig, rasierte sich den Schädel kahl und schmückte sein Gesicht mit einem fusseligen Goatee im offensichtlichen Versuch, älter zu wirken. Es funktionierte nicht. Stattdessen wirkte er wie ein Krebspatient mit Schmutz am Kinn.

Wenn er für den Anzug, der wie ein Sack an ihm hing, mehr als fünfzig Dollar bezahlt haben sollte, hätte er ein Anrecht darauf, den Verkäufer zu verklagen. Hinzu kamen schwarz-weiße Laufschuhe von Keds, von denen einer nicht richtig zugeschnürt war. Als sie die Tür geöffnet hatte, hatte er gerade mit einem ganzen Wust von Aktenmappen und langen Papprollen gekämpft, die er sich unter die spindeldürren Arme geklemmt hatte.

Aber nichts davon war der Grund gewesen, warum sie ihn hereingebeten hatte; es war das, was er gesagt hatte: „Ich weiß, wer all die Morde begangen hat."

Seitdem redete er die letzten zehn Minuten ohne Punkt und Komma, aber nichts davon schien einen Sinn zu ergeben. Mehrere seiner Papprollen lagen nun ausgebreitet auf ihrem Küchentisch. Es waren Karten von New York, auf denen Dan mit verschiedenfarbigen Stiften herumgemalt hatte.

„Tut mir leid, ich lasse mich manchmal von den Dingen überwältigen. Könnte ich ein Glas Wasser bekommen, wenn es nicht zu viel wäre?"

„Bedienen Sie sich", sagte Emily. Sie schaute erneut auf die Karten, während er zur Küchenspüle hinüberging, aber ihre Konzentration ließ nach, als sie bemerkte, dass Dan neben ihrem Ofen stehen blieb.

Der Metallkoffer mit dem Bargeld hatte sie auf ihrem Küchentisch erwartet, als sie nach Hause gekommen war. Nachdem sie sich mit der Tatsache abgefunden hatte, dass jemand während ihrer Abwesenheit in ihrem Apartment gewesen war, hatte sie hineingeschaut. Neben dem Geld hatte sich eine Aktenmappe darinbefunden, auf der ein einziges Wort geschrieben stand: „WAGNER". Dann hatte das Klopfen des Jungen sie so erschreckt, dass ihr alles auf den Boden gefallen war. Nachdem sie den gesamten Inhalt irgendwie schnell wieder in den Koffer geschaufelt hatte, war sie in Panik geraten und hatte ihn im Ofen versteckt, bevor sie an die Tür gegangen war.

„Äh, Sie haben mir noch gar nicht erzählt, wie Sie an dem Auto vorbeigekommen sind, das draußen vor dem Haus steht." Wagner hatte offenbar einen Wagen geschickt, um sie beobachten zu lassen, aber der Mann mit der Karnevalsmaske hatte ihr gesagt, dass das passieren könne. Dennoch war sie beunruhigt, und so wunderte es sie noch mehr, wie dieser Chihuahua von einem Mann damit so gelassen umging.

Dan drehte sich um und hielt sein Glas mit einem selbstsicheren Grinsen an den Mund. „Ich hab einem Obdachlosen zwanzig Dollar gegeben, damit er an das Auto pinkelt", sagte er voller Stolz, bevor er einen Schluck nahm. Emily schüttelte den Kopf. Vielleicht hatte sie den Jungen unterschätzt.

„Ziemlich dreist", sagte sie. „Die meisten erfahrenen Reporter hätten keinen Weg gefunden, an den FBI-Agenten vorbeizukommen."

Eine Wasserfontäne schoss durch den Raum. Dan ließ beinahe sein Glas fallen, als er noch ein paar Schlucke Wasser aus seinen Lungen hustete. Emily lief zu ihm hinüber, nahm das Glas und klopfte ihm auf den Rücken.

„F… FBI?", stammelte Dan, als er wieder atmen konnte.

„Ja. Was dachten Sie denn, wer die sind?"

„Jesses, ich dachte, das sind ein paar andere Reporter. Ich glaube, ich muss mich übergeben."

„Nicht hier!", rief Emily, packte ihn und schob ihn vorwärts ins Badezimmer. Sie schafften es beinahe.

Eine halbe Stunde später hatte sie die Sauerei weggewischt. Dan lag auf ihrem Sofa, sein Jackett hing über einer Stuhllehne, und ein kalter Umschlag lag ihm auf der Stirn. Sie saß neben ihm und hielt ihm mit einer mütterlichen Geste die Hand an die Wange, um seine Temperatur zu überprüfen.

„Fühlen Sie sich besser?"

„Wie soll ich Journalist werden, wenn ich ins Gefängnis muss?"

Emily betrachtete seine dürre Figur und dachte, dass derlei Karrierefragen seine letzte Sorge sein würden, wenn er jemals ins Gefängnis ginge. „Sie müssen nicht ins Gefängnis", sagte sie und dachte, dass sie wohl die einzige Person im Raum war, die auf dem besten Wege dorthin war.

„Doch, muss ich. Ich weiß es. Jesses, sie hören uns bestimmt in genau diesem Augenblick bereits zu", sagte Dan.

Emily spürte, dass er wieder in seinen Sorgen zu versinken drohte, und suchte nach einem Weg, ihn abzulenken.

„Erzählen Sie mir noch mal davon", begann sie und ging zum Tisch hinüber. „Was genau glauben Sie, gefunden zu haben?"

„Es ist vermutlich gar nichts", wiegelte Dan ab, setzte sich aber dennoch vorsichtig auf. Sie erkannte an seiner Stimme, dass er das nicht wirklich glaubte. An seiner Stimme und daran, dass er in ihrem Apartment saß. Er hatte offensichtlich versucht, seine Kollegen dazu zu bringen, ihm zu helfen, aber sie wollten ihm nicht zuhören. Sie war sein letzter verzweifelter Versuch, seine Ehre zu retten.

„Tun Sie mir den Gefallen", ermutigte sie ihn. „Diese ganzen Punkte die Straße entlang, was sind das?"

„Verkehrskameras", sagte Dan, stand vorsichtig auf und kam zum Tisch herüber. Sie setzten sich. Über seine Entdeckung zu reden schien ihn zu entspannen. Und je eher er sich erholte, desto eher bekam sie ihn aus der Wohnung.

„Was ist mit den Kameras?", wollte Emily wissen.

„Während jedes Mordes waren sämtliche Kameras in dem Gebiet für einen kurzen Zeitraum außer Betrieb. Gerade lange genug, um … nun … es zu tun und zu verschwinden, ohne gesehen zu werden."

„Und weiß man, wie er das getan hat?", fragte Emily, die wirklich gespannt auf die Antwort war.

„Nein. Jedenfalls ist mir nichts bekannt. Aber eins weiß ich: Es ist ein ziemlich einzigartiger Trick. Also habe ich nachgedacht. Wenn ich so clever bin, dass ich weiß, dass ich bei abgeschalteten Kameras jemanden umbringen kann, ohne gesehen zu werden, was ist dann mit meinem Fluchtweg?"

An diesem Punkt hatte er sich beim letzten Mal so ereifert, dass Emily ihm nicht mehr hatte folgen können. Sie wusste nicht, ob sie ihre Gedanken endlich von dem im Ofen versteckten Geld hatte lösen können oder was genau anders war, aber diesmal ergaben seine Ausführungen Sinn. „Na klar. Sie meinen, wenn man ihn nicht beim Mord beobachten kann, kann man einfach die Kameras außerhalb der unbeobachteten Zone nehmen, um das Puzzle zusammenzusetzen."

„Richtig", sagte Dan. „Mein Onkel arbeitet für das Verkehrsamt, also habe ich ihn gebeten, mir alle anderen dunklen Flecken aufzulisten, die zum Zeitpunkt der Morde aufgetreten sind."

„Gut mitgedacht", sagte Emily ehrlich beeindruckt.

„Danke. Nun, bei den ersten beiden Morden war das eine Sackgasse. Keine anderen Kameras sind ausgefallen. Ich vermute, er ist in einen Bus gestiegen oder in die U-Bahn oder so etwas. Aber hier ..." Dan blätterte durch die Karten und zog eine davon nach oben auf den Stapel. Emily konnte erkennen, dass es eine Karte der Gegend war, in welcher der dritte Mord stattgefunden hatte.

„Sie haben etwas gefunden?"

„Direkt nach dem dritten Mord ist eine ganze Reihe weiterer Kameras ausgefallen, und zwar nacheinander. Das Ganze begann in der Nähe des Cloisters-Museums." Dan tippte mit dem Finger auf die Punkte, die er markiert hatte. Dann wanderte er mit der Fingerspitze die Straßen entlang, um Emily zu zeigen, wo die Linie an Kameraausfällen entlangführte. „Und sie endete hier, in der Nähe von Brooklyn."

„Was bedeutet das große rote Kreuz?", fragte Emily.

„Hier wird es jetzt wirklich *Akte-X*-mäßig. Kurz bevor sich die letzte Kamera wieder einschaltete, war genau hier ein Verkehrsunfall. Ein Lkw hat einen Pkw gerammt und den Fahrer getötet. Und zack, bumm, in dem Augenblick, wo der Unfall passiert, springt die Kamera wieder an." Er verstummte und lächelte Emily an, die nicht anders konnte, als etwas enttäuscht zu sein.

„Das ist interessant, aber möglicherweise nur ein Zufall. Es gab vermutlich etliche Unfälle in diesem Zeitrahmen."

„Das habe ich zunächst auch gedacht. Dann habe ich den Polizeibericht gesehen." Dan buddelte noch tiefer in seinen Unterlagen. Emily nahm seine Hand.

„Erzählen Sie es mir einfach, Mr. Cooper."

„Oh. Äh, okay", sagte er. „Der Bericht sagt aus, dass sie zwar die Überreste des Pkw-Fahrers in seinem Auto gefunden haben, aber keine Leiche im Lkw. Das ist zwar seltsam, kommt aber vor. Ich meine, vielleicht ist der Fahrer am Lenkrad eingeschlafen, beim Zusammenstoß aufgewacht und abgehauen."

„Und?"

„Nun, da war dieses große Feuer, in dem beide Fahrzeuge ausbrannten und das den Toten bis zur Unkenntlichkeit verschmort hatte, wodurch nichts von alledem identifiziert werden konnte. Aber als die Kamera wieder ansprang, brannten die Wagen noch. Ich habe mit den Bildern ein wenig am Computer herumgespielt und das hier entdeckt." Er reichte ihr zwei Fotoausdrucke.

Einer davon zeigte das Nummernschild des Lkw, der andere war etwas undeutlicher, zeigte aber das Nummernschild des anderen Wagens.

„Okay, das Schild vom Lkw kaufe ich Ihnen ab, aber woher haben Sie das vom Auto? Die Rückseite wird vom Lkw verdeckt und zeigt in die falsche Richtung", sagte Emily und deutete auf das originale, unbearbeitete Foto.

„Dafür können Sie dem Feuer danken. Sehen Sie hier." Dan zeigte auf die Scheibe des Coffeeshops, in den der Lkw das Auto gerammt hatte. Nur mit viel Mühe konnte sie die Spiegelung des Kennzeichens erkennen, die von den Flammen erhellt wurde.

„Das ist brillant." Sie hatte den Jungen völlig unterschätzt und gewann allmählich den Eindruck, dass ihm das öfter widerfuhr.

„Es war ziemlich unscharf und spiegelverkehrt, deshalb hat die Berechnung deutlich länger gebraucht. Aber egal, ich hab sie überprüfen lassen, und der Lkw wurde am Tag vorher gestohlen."

„Was?"

„Das ist noch nicht der beste Teil. Der Pkw war auf einen Ex-Knacki angemeldet, der offenbar frühzeitig auf Bewährung wieder freikam. Die Details dazu ermittel ich noch", meinte

Dan und wühlte wieder in den Unterlagen. „Und zwar auf den Kerl hier." Dan platzte fast vor Stolz, aber Emily erkannte den Mann auf dem Foto nicht.

„Wer ist das?"

„Machen Sie Witze? Das ist David Jordan!"

Emily schaute ihn unverändert an.

„Nichts?"

„Tut mir leid", sagte Emily, erneut ein wenig enttäuscht.

„Vielleicht war das, bevor Sie nach New York gekommen sind. Das letzte Mordopfer, Bob Cummings, Sie wissen, dass er Nachrichtensprecher war?"

„Das weiß ich", sagte sie.

„Nun, vorher war Cummings Polizist. Vor einigen Jahren ist gegen ihn ermittelt worden, weil er Beziehungen zum organisierten Verbrechen gehabt haben soll. Die Ermittlungen ergaben, dass er sauber war, aber einer der Staatsanwälte hatte sich derart auf ihn eingeschossen, dass Cummings wiederum geklagt hat. Das hat ihm eine Stange Geld gebracht und ihn in den Augen der Öffentlichkeit außerdem wie das unschuldige Opfer aussehen lassen. Er wurde zu einer Art Märtyrer des willkürlichen Rechtssystems. Und er wurde dadurch berühmt. Das hat es ihm ziemlich leicht gemacht, einen Job vor den Kameras zu bekommen."

„Ich verstehe immer noch nicht …"

„Cummings wurde freigesprochen. Aber sein Partner war schuldig. Und ging dafür ins Gefängnis."

„Und wurde gerade entlassen", sagte Emily und spürte einen eisigen Hauch im Nacken.

„Jetzt verstehen Sie. Der Kerl, der in dem Wagen getötet wurde, genau in dem Augenblick, bevor die Kameras wieder angingen, war David Jordan, Bob Cummings' damaliger Partner."

„Grundgütiger", sagte Emily und fuhr jetzt selbst mit dem Finger rückwärts die Markierungen auf der Karte entlang, vom

Unfallort bis zum Cloisters. „Folge dem gelben Ziegelsteinweg."

„Also, was denken Sie?", fragte Dan.

Er ist nicht der Killer, dachte Emily. Zumindest nicht der, der gemordet und sein Symbol im toten Fleisch seiner Opfer zurückgelassen hatte. Es gab keine Möglichkeit zu wissen, ob der den Lkw gefahren hatte oder nicht, aber Emilys treuer Verstand wandte ein, dass selbst wenn er hinter dem Steuer gesessen hatte, er nicht getötet hatte, sondern beschützt. Er hatte sein Symbol beschützt, seinen Ruf und jeden anderen, der sonst in seinem Namen getötet worden wäre.

„Ich denke, Sie sind ein verflixtes Genie!", sagte Emily und überrumpelte den Jungen mit einer Umarmung.

„Sieh mich nicht so an, Church", meinte Emily, als sie die grünen Augen ihres massigen Katers auf sich ruhen spürte. Sie stand neben der Tür und wechselte zwischen den Fotos hin und her, die sie mit ihrer Digitalkamera gemacht hatte. Dan hatte den Fehler begangen, ins Badezimmer zu gehen und seine Karten und Fotos auf dem Tisch liegen zu lassen. Das war ja nicht ihre Schuld.

Bevor er gegangen war, hatte Dan ihr noch erzählt, was er von ihr wollte. Nur einen Anruf, mehr nicht. Ein simpler Telefonanruf in seiner Redaktion. Er ging davon aus, dass ihre Empfehlung und Fürsprache seine Kollegen dazu bringen würde, ihn ernst zu nehmen. Sie wusste, dass ein Anruf von einer leidlich erfolgreichen Autorin kriminologischer Sachbücher nicht das Geringste ändern würde, aber das sagte sie ihm nicht. Sie wollte ihn nur endlich aus dem Apartment haben.

Natürlich hatte sie keinerlei Absicht, seine Redaktion anzurufen, und ihre Schuldgefühle deswegen wurden im Nu von dem guten Gefühl ihrer neu erlangten Überzeugung weggefegt, dass der Monarch unschuldig war.

Churchill lag auf dem Fensterbrett und glotzte sie an, mit einem Blick, der in Emilys Augen pure Enttäuschung ausdrückte.

„Ich habe ihn nicht darum gebeten herzukommen", rechtfertigte Emily sich vor dem Tier, obwohl er mit seinem Besuch den Druck auf ihrer Brust deutlich gemindert hatte.

Ungeachtet dessen, was sie Wagner und ihrem Verlag erzählt hatte, hatte sie das erste Mal während eines Gesprächs mit ihrem Vater vom Monarchen erfahren. Das war bereits in ihrem letzten Jahr in Oxford gewesen. Sie hatte sich auf der Stelle in den gesichtslosen Gesetzlosen verliebt. Ihr Verhalten war zwar nicht logisch gewesen, aber sie war gegen ihre Gefühle machtlos gewesen.

Als der Mann mit der Maske ihr in der Limousine einen „Mangel an Urteilsvermögen" unterstellt hatte, hatte er darauf angespielt, dass sie das gesamte Geld ihrer Stipendien und Studienkredite dafür verwendet hatte, jedem noch so kleinen Gerücht über den Monarchen durch ganz Europa zu folgen, statt ihren Abschluss zu machen. Ihr Lebensziel war es geworden, das Objekt ihrer Zuneigung zu finden. So wie es, offenbar, auch zum Lebensziel des maskierten Mannes geworden war. Dass der jetzt die Morde als eine Möglichkeit nutzen könnte, um …

Die Furcht einflößenden Gedanken, die sie an der Bushaltestelle bereits übermannt hatten, stiegen wieder in ihr auf. Was, wenn diese Morde mehr waren als nur ein nützlicher Zufall für den maskierten Mann? Was, wenn er für die Morde *verantwortlich* war? Er hatte Macht und Einfluss. Außerdem schien er einen Hang zum Dramatischen zu haben. Und da nahezu jeder der Tatorte ganz laut *Ta-daa!* zu schreien schien, war das nicht unbedingt ein Hinweis darauf, dass der Täter nur ein Mitläufer war, der das Werk eines anderen ausnutzte.

„Hier ist irgendetwas Größeres im Gange als nur der Traum eines schmächtigen Jungen, der gerne Clark Kent wäre, Church", sagte sie und ließ sich aufs Sofa fallen.

Churchill rollte sich über die Kante des Fensterbretts und landete mit einem dumpfen Geräusch auf dem Boden. Emily fragte sich immer wieder, wie ihm das gelang. Er stürzte sich einfach ins Unbekannte und schaffte es irgendwie jedes Mal, gerade weit genug herumzurollen, dass er auf den Füßen landete.

Er tapste herüber und sprang aufs Sofa, wo er sich in Emilys Schoß kuschelte.

„Was will der Kerl bloß, Church?“, fragte Emily, während sie ihn hinter den Ohren kraulte. Er schnurrte ein *Keine Ahnung*.

Emily hatte den einen oder anderen Verdacht – einige davon grauenerregend –, aber mit Tausenden von Dollar, die in ihrem Ofen schmorten, war es schwer, sich selbst als rechtschaffend zu verkaufen.

„Vielleicht ist er *wirklich* nur ein Fan? Vielleicht will er nur, dass mein Buch endlich ein Ende findet“, versuchte Emily sich selbst zu belügen. Churchill zuckte, als wolle er irgendetwas abschütteln. „Ja, ich nehme ihm das auch nicht ab.“

Emily dachte noch eine Weile nach und kam zu dem Schluss, dass sie einfach nicht genügend Informationen besaß – weder über die Morde noch über den maskierten Mann –, was es ihr unmöglich machte, eine sinnvolle Entscheidung zu fällen. Ihr Blick wanderte hinüber zum Ofen, während sie grübelte.

Sie schob Churchill zur Seite, holte den Koffer heraus und stellte ihn wieder auf den Tisch. Sie nahm die Akte heraus und legte sie auf die Tischplatte. Anschließend nahm sie das Geld heraus, wobei sie sich ermahnte, es sicher zu verstecken, bevor sie ins Bett ging.

Wenn sie Glück hatte, gab es irgendetwas an dem Koffer, das seinen Besitzer verraten würde. Eine Seriennummer, eine Produktionskennung oder eine Modellangabe – irgendetwas. Doch jetzt, wo der Inhalt ausgebreitet danebenlag, sah das Ding nur aus wie irgendein metallener Aktenkoffer. Die Außenseite war aus silbernem Aluminium und besaß zwei Schnappschlösser, jedes davon mit einem kleinen Schlüsselloch versehen. Die Innenseite war mit schwarzem Filz ausgeschlagen, und im Deckel gab es ein paar Fächer für Akten, Papiere und ähnliche Dinge. Emily warf einen Blick in die einzelnen Fächer, konnte jedoch nichts entdecken. Nur um sicherzugehen, langte sie hinein und fuhr mit den Fingerspitzen die Böden der Filztaschen ab.

Im ersten Fach fand sie nichts als noch mehr Filz, aber in der Ecke des zweiten Fachs, dem, dessen Rückwand gleichzeitig die Außenseite des Koffers war, ertastete sie etwas.

Emily kramte durch die Küchenschublade, bis sie ihre Taschenlampe fand, von der sie hoffte, dass die Batterien noch mitspielten. Sie knipste sie an. Das Licht war schwach, aber noch vorhanden. Bevor es völlig erstarb, leuchtete sie in das hintere Fach des Aktenkoffers. Dort, in der untersten Ecke, ragte ein Stück Draht durch einen winzigen Riss im Filz.

Etwas Elektronisches war in dem Koffer verborgen.

Sie ließ die Lampe fallen und wich zurück.

Wie konnte ich so blöd sein?

Dies war nicht das erste Mal, dass sie mit solchen Dingen zu tun hatte, und es war mit Sicherheit nicht das erste Mal, dass eine Quelle etwas Derartiges versucht hatte. Sie versuchte, sich den ganzen Verlauf des Abends noch ins Gedächtnis zu rufen – wo im Raum sie gewesen waren und was sie wo gesagt hatten. Aber es war eine so heftige emotionale Achterbahnfahrt gewesen, dass sie sich nicht an alles erinnern konnte.

Emily entschied sich dagegen, den Koffer auseinanderzureißen, um einen besseren Blick auf das zu gewinnen, was darin verborgen lag. Je weniger derjenige wusste, wer auch immer es dort versteckt hatte, desto besser. Sie war sich ziemlich sicher, dass sie nichts in der Nähe des Koffers gesagt hatte, von dem sie nicht wollte, dass der Mann mit der Maske es hörte, und die meiste Zeit des Abends hatte der Koffer ohnehin im Ofen gelegen. Aber wenn das Gerät empfindlich genug war, könnte es ihre Unterhaltung mit Dan am Küchentisch aufgenommen haben. Vorausgesetzt, es war eine Wanze und keine Bombe.

Es waren schon seltsamere Dinge geschehen, was genau der Grund dafür war, dass der Koffer schnurstracks wieder in den Ofen wanderte.

Jetzt, wo der Verfolgungswahn sie endgültig gepackt hatte, ging Emily hinaus auf den Flur, um ihr Handy zu benutzen. Sie machte einen kurzen Anruf und ging in ihr Apartment zurück, wobei sie sorgfältig darauf achtete, die Tür nicht zuzuschlagen. Falls es eine Wanze war, wollte sie nicht, dass man hörte, wie sie das Apartment verlassen hatte.

Und falls es doch eine Bombe war, waren laute Geräusche ohnehin keine gute Idee, auch wenn sie diese Möglichkeit für umso absurder hielt, je länger sie darüber nachdachte. Dennoch: Hatte ihre Schriftsteller-Fantasie erst einmal Fahrt aufgenommen, stellte sich ihr nichts mehr in den Weg.

Emily zog sich um und legte sich mit Wagners Akte ins Bett. Sie lehnte sich gegen ein paar weiche Kissen und klappte die Akte auf.

Die nächste Stunde verbrachte sie damit, sich Seite um Seite durch Auszeichnungen, Verwarnungen, Beförderungen und Degradierungen zu wühlen. In Wagners Karriere ging es auf und ab wie in einem Fahrstuhl.

Zwischen den Zeilen wurde Emily klar, dass er ein Mann war, der immer nur das tat, was er für richtig hielt, ganz gleich, was die Vorschriften oder seine Vorgesetzten verlangten.

Er war nicht direkt ein Einzelgänger, aber eindeutig niemand, der sich allzu viele Gedanken um den Eindruck bei seinen Kollegen machte.

Normalerweise wäre er ein Typ gewesen, den Emily respektiert hätte. Doch im Augenblick – wo sie ihn als Gegner einschätzte – machte er ihr bloß große Sorgen.

11

BUNDESGEFÄNGNIS YAZOO CITY
YAZOO, MISSISSIPPI
02:00 Uhr Ortszeit

Lew spürte eher, wie der Fahrer die Tür zuschlug, als dass er es hörte. Er war tatsächlich eingeschlafen, nachdem er es sich in dem schlichten Holzsarg gemütlich gemacht hatte und nachdem er den in Klebeband gehüllten Colero als Kopfkissen benutzte. Als er die Trägheit des Schlafes abgeschüttelt hatte, fühlte er den Transporter bereits anfahren und die kurze Straße zum Gefängnistor zurücklegen. Seine Ausbildung im Irak hatte, aufgrund der häufigen Entführungen von Amerikanern, auch beinhaltet, wie er Fahrtrichtung und Orientierung in einem Fahrzeug noch mit einem Sack über dem Kopf bestimmen konnte. Er war sich ziemlich sicher, dass seine Ausbilder nicht erwartet hatten, dass er ihre Mühen einmal für einen solchen Fall nutzen würde, aber er war ihnen dennoch äußerst dankbar.

Colero grummelte etwas hinter seinem Klebestreifen.

„Jetzt kommt's drauf an“, sagte Lew leise und hielt die Waffe bereit. Er hatte seinen Plan mit Quinns Fingerabdrücken auf der Waffe fallen lassen, als es einfach zu umständlich wurde, das verdammte Ding nur mit zwei Fingern zu halten.

Weniger als eine Minute später kam der Laster mit quietschenden Bremsen zum Stehen. Die Tür schlug zu, nachdem der Fahrer ausgestiegen war, und Lew hörte gedämpfte Stimmen, die sich unterhielten. Das war der schwerste Teil – das Warten.

Das nächste Geräusch, das sie hörten, würde entweder das Schlagen der Fahrertür sein, nachdem er wieder eingestiegen war, oder das wenig erstrebenswerte Klicken der hinteren Tür zum Laderaum des Transporters, das dem Check des Wachpostens vorausgehen würde. Denkbar war beides. Lew hoffte, dass Quinn so clever gewesen war, die Wachen zu informieren, aber solange der Aufstand im Zellenblock noch frisch in der Erinnerung der Wachposten war, könnte er trotzdem entscheiden, den Wagen zu durchsuchen.

Alles, was Lew hören konnte, war das Trommeln seines Herzens in den Ohren. Es erinnerte ihn an eine Zeit, bevor er Jonathan getroffen hatte und bevor sein Leben den Bach runtergegangen war. Seine Einheit hatte gerade ein Dorf in Kuwait befreit, als sie unter Mörserfeuer gerieten. Fast seine ganze Truppe war getötet worden, mit Ausnahme von ihm selbst und diesem Jungen namens Olsen, obwohl Olsen in dem Angriff den größten Teil seiner linken Schulter verloren hatte.

Als der Beschuss aussetzte, waren irakische Fußtruppen durch die Ruinen marschiert, um nach Überlebenden zu suchen. Lew hatte Olsen in irgendeine Ecke gezerrt und sie beide unter ein paar Leichen verborgen. Der Junge hatte nicht aufgehört, unter seinen Schmerzen zu stöhnen, also hatte Lew ihm die Hand auf den Mund gepresst, um ihm das Leben zu retten. In genau der Sekunde waren die Männer zur Hintertür hereingekommen, von denen Lew nur die Stiefel sehen konnte, weniger als einen Meter von der Stelle entfernt, an der sie lagen.

Lew hatte befürchtet, den Verstand zu verlieren vor Anspannung. Besonders als einer der Schweinehunde, nur um sicherzugehen, eine ganze Salve aus seiner AK-47 in den Haufen toter Soldaten gefeuert hatte, unter dem sie lagen. Zwei der Kugeln gingen direkt durch Olsens Schädel, und eine davon bohrte sich direkt weiter in Lews Bein.

Doch selbst dann blieb Lew vollkommen still liegen. Der Feind durchsuchte das Dorf noch zwei volle Stunden, bevor er abzog. Und erst eine Stunde später brachte Lew den Mut auf, aus seinem Loch zu kriechen. Er band sein Bein ab und marschierte über sechs Kilometer zurück zur Basis, mit der Hundemarke jedes einzelnen seiner Kameraden in den blutigen Taschen.

Und jetzt lag er wieder hier, mit einer vermeintlichen Leiche gefangen in einer billigen Holzkiste, die für eine Person gedacht war. Nach einer gefühlten Ewigkeit öffnete sich die Fahrertür und wurde wieder zugeschlagen.

Ein paar beengte Minuten später wusste Lew, dass sie das Gefängnisgelände verlassen hatten. Aber noch war er nicht frei. Er vermutete, dass der Transporter irgendwo zwischen dem Gefängnis und der Leichenhalle anhalten würde. Entweder weil der Fahrer in der ganzen Sache mit drinsteckte oder die Leute, die Miguel Coleros leblosen Körper wollten, ihn zum Stoppen zwangen.

Lew konnte Coleros Gesicht in der Dunkelheit nicht sehen, aber dann und wann hörte er ein gedämpftes Grunzen und Schnauben und wusste, dass der Drogenkönig unter seinem Knebel zu sprechen versuchte. Lew dachte eine Weile darüber nach und kam zu dem Entschluss, dass die reale Gefahr bestand, in einen Hinterhalt zu geraten, bevor er einen wirklich brauchbaren Plan hatte. Wenn er Colero dann frei und gesprächsfähig an seiner Seite hatte, könnte ihm das wertvolle Zeit schenken oder ihm sogar das Leben retten. Und falls Colero völlig austickte, würde Lew ihn einfach mit dem Pistolengriff knutschen und ihm das Klebeband wieder aufsetzen. Eine typische Win-win-Situation, wie Lewis Katchbrow sie liebte.

„Du hast ziemlich dicke *cojones*, das muss ich dir lassen,

Katchbrow", giftete Colero, als Lew das Klebeband entfernte. Während Lew auch den Rest des Klebebands durchschnitt, erkannte er an der gemäßigten Lautstärke, in der Colero sprach, dass er sich benehmen würde. „Also, was ist hier los?"

„Der Direktor hat dich verraten."

„*Cabron*", zischte Colero.

„Das ist noch nicht alles", sagte Lew und versuchte, weiterhin mitzuverfolgen, wie und wohin der Transporter fuhr, während er sprach. Bisher schienen sie auf Kurs zu bleiben.

„Das heißt?"

„Das heißt, dass er mich angeheuert hat, dich umzulegen."

„Ich hätte nicht erwartet, dass jemand wie du ein Problem damit hat. Vielleicht hab ich dich falsch eingeschätzt", meinte Colero.

„Hast du nicht", widersprach Lew, der weder Stolz noch Scham dafür empfand, was er war. „Aber die große Frage im Augenblick ist, wohin fahren wir?"

„*Si.* Gute Frage."

„Entweder fangen uns deine Feinde irgendwo ab, um dich aufzuschlitzen – und vermutlich jeden, der bei dir ist –, oder wir landen beim Gerichtsmediziner. Und in dem Falle werden wir uns wirklich schnell was überlegen müssen, sobald der Deckel hier aufspringt."

„Du kannst darauf wetten, dass wir nicht in der Gerichtsmedizin landen", sagte Colero. „Sie müssen den Termin vorverlegt haben", murmelte er mehr zu sich selbst.

„Sie?"

„*Si*, es gab einen Grund, weshalb ich noch heute sterben und aus dem Gefängnis gebracht werden musste."

„So weit war ich auch schon", sagte Lew. Eine Sekunde später spürte er, wie der Wagen abbog und beschleunigte. Beides waren keine Manöver, die er auf der in seinem Kopf gespeicherten Route erwartet hätte.

„Was ist?“, fragte Colero.

„Scheint, als lägst du richtig. Wir sind gerade abgebogen und fahren nicht mehr in Richtung Stadt. Und wir sind schneller geworden.“

Jetzt verschlug es selbst Colero die Sprache.

Sie hörten den Fahrer um sein Leben betteln und den Schuss, der ihm antwortete. Dann öffnete jemand die Türen des Transporters. Lew versuchte, durch einen Spalt zu spähen, aber der Winkel war ungünstig. Wenn er sich nicht irrte, hatte er drei unterschiedliche Stimmen vernommen, bevor sie den Fahrer erschossen hatten. Zweifellos war einer von ihnen der Herausforderer, der gekommen war, um sich Coleros Krone als Drogenkönig zu holen. Und seinen Kopf als Trophäe.

Jemand rief etwas auf Spanisch, kurz bevor Lew das Klicken hörte, mit dem eine automatische Waffe durchgeladen wurde.

Das Donnern der Schüsse hallte ohrenbetäubend in dem engen Raum wider, und der Gestank von Schießpulver und Ozon machte das Atmen beinahe unmöglich.

Holzsplitter und Rauch füllten die Luft, während der Angreifer wie ein Tier schrie und die Pinienholzkiste mit Löchern füllte. Als er endlich fertig war, trat er den Deckel von dem billigen Sarg. Es dauerte einen Moment, bis sich die Luft geklärt hatte. Lew stellte sich das Gesicht des Schützen vor, von dem das Grinsen verschwand.

„Unmöglich!“, stieß der Mann aus. Lew stellte sich vor, wie die drei Männer sich über den Sarg beugten und in der Pinienkiste nichts anderes liegen sahen als die Werkzeuge des Leichenbestatters, die jetzt stärker durchlöchert waren als ein Nudelsieb. Werkzeuge, die noch vor zwei Minuten in den beiden Schränken gelegen hatten, die am anderen Ende der Ladefläche standen.

Lew und Colero, die je in einem der Schränke gewartet hatten, stießen gleichzeitig die Türen auf, sie stürmten in den

Laderaum, bevor die Killer auch nur wussten, was los war. Ein Schuss löste sich aus Lews Waffe und traf den Schützen, der in der Mitte stand, ins Gesicht. Sein Kopf flog zurück, und Fleisch und Knorpel explodierten in einer Gischt aus Blut in die Luft, unwirklich beleuchtet vom Mondlicht, das von hinten in den Transporter fiel.

Lew drückte immer wieder den Abzug, aber kein weiterer Schuss folgte. Ihm wurde klar, dass Quinn auch ihn verarscht hatte.

Einer der beiden übrig gebliebenen Männer drehte auf dem Absatz um und rannte um die Ecke des Wagens. Das musste der Boss der Bande sein, der offensichtlich nicht mehr ganz so tapfer war, wenn sein Gegner sich wehrte. Der andere Angreifer griff nach seiner Waffe, die in einem Schulterholster steckte, aber bevor er auch nur den Lederriemen öffnen konnte, war Lew bereits bei ihm. Er warf sich aus vollem Lauf gegen ihn, und beide Männer segelten durch die Luft und hinten aus dem Laderaum des Transporters. Sie schlugen hart auf die feste Erde neben der Straße, und Lew nutzte den Körper des Mannes als Polster für seine Knie und jedes einzelne der einhundert Kilo seines massigen Körpers.

Colero, der noch immer den größten Teil des Klebebands trug, das Lew aufgeschnitten hatte, damit er seine Arme bewegen konnte, sprang mit einem Kampfschrei aus dem Wagen und jagte dem anderen Kerl hinterher, der am Transporter vorbeisprintete, in Richtung eines schwarzen Cadillac Escalade, der auf der anderen Straßenseite stand. Lew konnte sich gerade keine Sorgen um ihn machen, denn obwohl der Kerl unter ihm, der auch kein Zwerg war, nach dem schweren Aufschlag Rotz und Galle kotzte, fummelte er noch immer an seiner Waffe herum. Lew griff nach dem Holster und rang mit dem Kerl. Schließlich wurde ihm klar, dass er noch immer seine Pistole in der anderen Hand hielt.

„Ach, scheiß drauf", brummte er. Die Pistole mochte leer sein, aber sie war immer noch eine nützliche Waffe. Er hob die Faust und rammte den Lauf der Waffe direkt in die Augenhöhle seines Gegners. Der Einäugige brüllte auf und ließ die Waffe in seinem Holster los. „Großer Fehler."

Lew riss ihm die Waffe aus dem Holster, stand auf und jagte zwei Kugeln in den brüllenden Handlanger. Die Schreie erstarben.

Er drehte sich gerade in dem Moment um, als Colero wieder um die Seite des Transporters kam. Hinter ihm konnte Lew den dritten Angreifer auf der Straße liegen sehen, hell erleuchtet von den Scheinwerfern des Lasters. An der Art, wie der Körper dalag, sah er, dass ihm jemand das Rückgrat gebrochen hatte. Auch sein Kopf schien irgendwie in die falsche Richtung zu zeigen.

„Scheint, als hätte ich dich doch nicht so falsch eingeschätzt, *amigo*", meinte Colero und grinste.

„Wie zur Hölle hast du …" Lew musterte den Mann, und ihm wurde klar, dass hinter seiner kleinen Statur weitaus mehr steckte als nur ein paar klangvolle Namen. Dann sah er, dass Colero eine Waffe in der Hand hielt, die seiner eigenen ähnelte. Beide richteten ihre Mündung auf den jeweils anderen.

Vielleicht hab ich die Sache nicht ganz bis zum Ende durchdacht.

Die Zeit schien stillzustehen. Dampf stieg in die kühle Nachtluft, von ihren verschwitzten Gesichtern, den Toten, die auf der Straße verstreut lagen, und den noch immer laufenden Motoren beider Autos. Sie standen auf irgendeiner Feldstraße im südlichen Mississippi. Lew wusste, wenn man hier starb, würde einen niemand finden, außer ein paar Alligatoren und Abenteuerurlaubern.

„Was jetzt, *compadre*?", fragte Colero, die Pistole ausgestreckt in der Hand.

„So wie ich die Sache sehe, gibt es nur eine offene Frage", sagte Lew und beäugte Colero. Er schätzte, dass er bereits im Straßengraben läge, wenn der Drogenkönig ihn hätte tot sehen wollen. Und es konnte nie schaden, Freunde in der Unterwelt zu haben.

„Und die wäre?"

Lew ließ die Hand mit der Waffe an seine Seite fallen. „Ich gehe nicht davon aus, dass du mir den Escalade überlässt?"

Colero grinste und senkte ebenfalls die Pistole. „Ich mag dich, Katchbrow. Du redest nicht zu viel. Und du kannst offensichtlich gut auf dich aufpassen."

„Scheint mir, als hätte ich in letzter Zeit vor allem auf dich aufgepasst", sagte Lew, bevor er die Ladeklappen des Transporters zuwarf. Er packte den ersten Kerl, den er erschossen hatte, unter den Achseln, Colero tat dasselbe mit dem anderen Mann. Gemeinsam zogen sie die beiden ins Dickicht am Straßenrand.

„Davon rede ich", sagte Colero. „Einen Mann wie dich hätte ich gern an meiner Seite."

„Sorry, ich steh eher auf Frauen", sagte Lew.

„Ich mein's ernst, *cabron*. Mehr Geld, als du je im Leben gesehen hast." Sie gingen zurück, um den dritten Toten von der Straße zu schaffen.

„Ich hab 'ne Menge gesehen", erwiderte Lew. Er nahm den Toten an den Schultern, während Colero die Füße des unnatürlich verdrehten Möchtegerndrogenbarons packte. Sie schwangen ihn ein paar Mal durch die Luft und ließen dann los. Der Körper segelte ins hohe Gras. Die Form der Leiche erinnerte Lew daran, den kleinen Kerl vor sich nicht allzu sehr zu reizen.

„Ich könnte dein Leben verändern, Katchbrow. Komm mit mir."

„Ich kann nicht", meinte Lew und wischte sich mit der Schulter Schweiß von der Stirn.

„Ah, ich kenne diesen Blick. Unerledigte Angelegenheiten. In dem Fall …“ Colero zog einen Stift und etwas Papier aus der Tasche und schrieb etwas auf, bevor er das Stück des Zettels abriss und Lew hinhielt. „Hier. Heb's auf, bis du die Sache erledigt hast.“

Lew blickte auf den Zettel und erkannte eine Telefonnummer.

„Viel Glück“, wünschte ihm Colero und streckte die Hand aus. Lew schüttelte sie.

Er konnte sich nicht viele Situationen vorstellen, in denen er es nötig haben würde, einen Drogendealer anzurufen, aber er stopfte die Nummer dennoch in seine Tasche, bevor er in die Nacht davonfuhr.

12

TALLAHASSEE, FLORIDA

07:00 Uhr Ortszeit

Jonathan stolperte die Treppen hinunter und wischte sich den Schlaf aus den Augen, während das Gehämmer an seiner Haustür unermüdlich anhielt. Es war beinahe so laut wie das Hämmern in seinem Schädel.

Nachdem er den Großteil der Nacht damit zugebracht hatte, auf allen möglichen Kanälen die Geschichten über den Monarchen zu verfolgen, flüsterte jetzt eine kleine paranoide Stimme in seinem Kopf: *Sind sie das, um dich zu holen?*

Er schüttelte diesen Unsinn ab, bekämpfte ihn, indem er seine Wut über den Eindringling anfeuerte. Er stampfte an die Tür und riss sie auf.

„Was gibt's? Haben Sie eine Ahnung, wie spät …“ Die weiteren Worte rasselten aus Jonathans Hirn, fanden aber nie seinen Mund.

„Sieben Uhr morgens, aber ich rechne da noch in der anderen Zeitzone“, antwortete Lew.

Ein Lächeln kroch auf Jonathans überraschtes Gesicht, bevor er die Arme um seinen alten Freund warf.

„Jesus. Ich wusste, dass du Single bist, aber sonst mochtest du immer die Ladies, oder?“, brachte Lew hervor. Schließlich aber senkte sich eine entspannte Ruhe über ihn. Er legte die Arme um Jonathan und drückte ihn ebenfalls an sich. „Ich hab dich vermisst, Mann.“

Nach einer Minute konnten sie beide sich wieder am Riemen reißen und voneinander lösen. Sie versuchten, ihre feuchten Augen zu verbergen, und räusperten sich. Jonathan tätschelte Lew ein paar Mal die Schulter und grinste dabei so breit, dass seine Mundwinkel sich fast hinter den Ohren Hallo sagen konnten.

„Und, bittest du mich noch rein, bevor die Bürgerwehr uns beim Standesamt anmeldet?"

Sofern das überhaupt möglich war, grinste Jonathan noch breiter. Er konnte kaum glauben, wie sehr er Lews Witze vermisst hatte. Dann entdeckte er das Fahrzeug in der Auffahrt, voller Einschusslöcher und mit einem dicken Geysir aus Dampf, der unter der Motorhaube hervortrat. Er las, was auf der Seite des Fahrzeugs geschrieben stand.

„Yazoo City Gerichtsmedizin? Wo zur Hölle liegt Yazoo City? Im Irak?"

„Ist 'ne lange Gesch…"

„Onkel Lew!" Sie drehten sich beide um und sahen Natalie die Treppen herunterspringen, ein wirbelnder Blitz aus braunem Haar und Spongebob-Schwammkopf-Pyjama. Sie hob vom Boden ab und landete in Lews Armen.

„Uff!" Lew wankte rückwärts, bis Jonathan ihn an der Schulter festhielt und bremste. „Hey, Seepferdchen. Was wiegst du inzwischen? So vierhundert Kilo?"

„Wo warst du? Bleibst du bei uns? Ist das dein Laster? Fahren wir damit? Wie viel …"

„Okay, okay, Süße. Lass Onkel Lew doch erst mal reinkommen, bevor du ihm die Verhörlampe ins Gesicht hältst und die Streckbank rausholst."

„Oder ich mache euch Onkel Lews patentierte Zimt-und-Schokostückchen-Waffeln, was meint ihr?", fragte Lew, während er mit Natalie auf den Armen ins Haus trat.

Ihr Begeisterungsschrei hätte beinahe die Fenster im Nachbarhaus bersten lassen. Jonathan, der befürchtet hatte, nicht genug im Haus zu haben, war erleichtert, als sie feststellten, dass genügend Zutaten und, vor allem, Sirup im Haus waren, um das morgendliche Festessen abzuhalten. Sie aßen und lachten, bis sie sich kaum noch bewegen konnten. Der Großteil der Themen und Aufmerksamkeit kreiste um Natalie.

Das Telefon klingelte, und am anderen Ende war Kayla Swenson, eine von Natalies Freundinnen. Sie ging mit ihrer ganzen Familie zum Basketballturnier ihres Bruders, drüben in Quincy, und wollte nun wissen, ob Natalie mitkommen könne. Kaylas Dad war Polizist und die Mädchen eng befreundet, also gab Jonathan grünes Licht. Natalie aber weigerte sich zu gehen, bis Lew ihr versprach, noch da zu sein, wenn sie wiederkäme, also schwor er es und sah ihr nach, wie sie nach oben rannte, um sich fertig zu machen.

„Recht kurzfristig, oder?“, sagte er und meinte das Timing der Einladung.

„Ha! Das ist eine längere Vorwarnung als üblich. Für gewöhnlich fahren sie in die Einfahrt, und Natalie fragt mich, während Kaylas Familie danebensteht“, erwiderte Jonathan, der an der Spüle stand und den Abwasch machte.

„Super. So hat man keinen Druck.“ Lew lehnte sich auf seinem Stuhl am Frühstückstisch zurück. Er schaute die Nachrichten auf dem Fernseher, der auf dem Kühlschrank stand.

„Ich find’s nicht schlimm. Die Swensons sind eine nette, normale Familie. Und es funktioniert auch andersherum. Die meisten Wochenenden schläft Kayla entweder hier, oder Talie schläft drüben bei ihr. Ich verspreche dir, die beiden fragen uns, wenn sie wieder da sind, du wirst sehen.“

„Ich liebe es“, sagte Lew mit einem fetten Grinsen.

„Was?“

„Dich und deine Häuslichkeit. Ich hätte nicht gedacht, dass so was in dir steckt, aber das weißt du ja. Besonders nicht nach Sams Tod.“

„Ich auch nicht“, meinte Jonathan und fühlte sich schuldig. Er hatte noch immer nicht mit Natalie über ihre Träume gesprochen. Er war sich nicht einmal sicher, ob er das jemals tun würde, aber jetzt gerade lastete es so schwer auf seinen Schultern wie ein Joch, an dem ein Dutzend voller Wassereimer hing.

„Erklär mir mal was, Kumpel“, sagte er schließlich, um sich selbst abzulenken.

„Alles, was du willst“, antwortete Lew und leckte sich Sirup von der Handfläche.

„Es gibt da nicht zufällig ein Gefängnis in Yazoo City, oder?“

Lew schloss die Augen und atmete aus. Offensichtlich hatte er das Thema vermeiden wollen oder wenigstens so lange wie möglich aufschieben. Jonathan kannte das Gefühl.

„Woher wusstest du das?“, fragte Lew.

„Das ganze Frühstück über hast du dein Essen verteidigt, als könne es dir jemand wegnehmen. Ich meine, du warst noch nie ein echter Knigge bei Tisch, aber du hast bestimmt irgendeinen nationalen Rekord gebrochen, so schnell, wie du die Waffeln runtergeschlungen hast“, erklärte Jonathan im Versuch, die Stimmung etwas zu heben.

Lew hob seine Kaffeetasse an den Mund, hielt jedoch inne, bevor sie seine Lippen berührte, und stellte sie wieder ab. „Hast du irgendwas Stärkeres als Kaffee?“

Unter normalen Umständen wäre es für Jonathan ein wenig zu früh gewesen, aber die Vorstellung eines kleinen Konterdrinks gegen seinen Kater klang gar nicht so schlecht. Sie warteten trotzdem, bis die Swensons Natalie abgeholt hatten. Um zwei oder drei Uhr am Nachmittag würden sie das Mädchen zurückbringen.

Als Lew endlich seinen neuen Kaffee in der Hand hielt, diesmal mit einem großzügigen Schuss, erzählte er Jonathan alles. Wenn es sonst nichts gab zwischen ihnen – und es gab eine

Menge –, so waren sie füreinander der jeweils einzige Mensch auf der Welt, mit dem sie vollkommen offen reden konnten. Die Monarch-Morde besprachen sie allerdings mit keiner Silbe.

„Dann schätze ich, sollten wir den Laster möglichst fix aus der Einfahrt kriegen, oder?“, meinte Jonathan. Der einzige Grund, weshalb Kaylas Vater nicht nach dem zerlöcherten Blechhaufen gefragt hatte, war der gewesen, dass sie ihn mit einer Plane abgedeckt hatten. Jonathan mochte sich nicht einmal vorstellen, wie unangenehm ein Erklärungsversuch gewesen wäre.

„Darauf kriegst du ein dickes, fettes Ja“, antwortete Lew.

„Okay, ich denke, ich weiß, wo wir ihn loswerden.“

„Dann können wir ja jetzt darüber reden, wie wir nach New York kommen.“

„Äh, nach New York?“, fragte Jonathan. Er hatte sich selbst bisher noch nicht eingestanden, dass ihm diese Idee immer wieder im Kopf herumschwirrte. Vor allem, weil es schlicht unmöglich war, nach New York zu fahren. Und vermutlich auch nicht besonders clever.

„Nun, ja. Ich weiß, wir schleichen die ganze Zeit um diesen riesigen Swimmingpool voll heißem Brei herum, aber warum dachtest du, dass ich hier bin? Wir müssen diese Morde beenden. Wir beide.“ Lew stellte das als so unumstößliche Tatsache hin, als hätte er gerade erklärt, dass man eine Tür öffnen müsse, bevor man hindurchtrat.

„Müssen wir?“

„Aber sicher.“

„Und wo genau steckt Natalie in diesem Masterplan, den du da ausgeheckt hast? Wartet sie solange im Auto? Wie kommst du überhaupt auf die Idee, dass wir den Killer finden können? Das FBI und die New Yorker Polizei scheinen bei der Sache auf echte Probleme zu stoßen.“

„Weil wir smarter sind als die", erwiderte Lew mit einem Zwinkern und kippte den Rest seines Drinks hinunter.

„Nun, darüber könnte man streiten, aber ich finde, Hunderte von Agenten und Millionen Dollar in Computern und Hightech-Spurensuchzeugs zur Verfügung zu haben verschafft ihnen einen gewissen Vorteil. Komm schon, Lew, meinst du das ernst? Denn wenn du das tust, habe ich den Eindruck, dass du ein bisschen zu viel von dem Stoff genascht hast, mit dem dein neuer Knastkumpel seinen Lebensunterhalt verdient."

„Er ist nicht mein Kumpel. Ich habe ihn nur benutzt, um aus dem Gefängnis zu kommen, damit ich hier sein kann. Offensichtlich war das ein Fehler." Lews monotone Stimme und die Art, wie er die Zähne aufeinanderpresste, zeigten Jonathan, dass er einen Schritt zu weit gegangen war. Wenn er nicht aufpasste, würde Lew allein nach New York rennen – der vermutlich einzige Plan, der noch dämlicher wäre, als wenn sie gemeinsam fahren würden.

„Beruhigen wir uns erst mal", sagte Jonathan. „Immer einen Schritt nach dem anderen. Jetzt werden wir erst einmal dieses leuchtende Ich-bin-aus-dem-Gefängnis-geflohen-Schild da draußen los, okay? Wir können unterwegs reden."

„Fein", meinte Lew und griff nach dem Scotch, um seinen Drink wieder aufzufüllen. Jonathan entriss ihm die Flasche. „Hey!"

„Ich weiß nicht, ob du an deinem ersten Tag in Freiheit gleich wieder wegen Trunkenheit am Steuer eingebuchtet werden willst", sagte Jonathan.

„Was immer du meinst, Mom."

13

NEW YORK CITY

08:30 Uhr Ortszeit

Auf dem Schild über dem Laden stand *Pioneer Electrics – gegr. 1982*, auf dem kleineren Schild im Fenster der Tür stand jedoch *Geschlossen*. Emily klopfte dennoch sanft mit den Knöcheln dagegen, und nach einigen Sekunden erschien ein beunruhigtes asiatisches Gesicht auf der anderen Seite der Scheibe. Als der Mann Emily erkannte, lächelte er.

„Komm rein, komm rein", sagte er und winkte sie herein, nachdem er die Tür geöffnet hatte. Emily trat in die schwach beleuchtete Computerwerkstatt, während er die Tür hinter ihr wieder schloss. Sein Name, soweit Emily es wusste, war Raiden Pioneer, auch wenn er ihr schon vor langer Zeit gestanden hatte, dass er sich das „Pioneer" von dem Schild geborgt hatte, das schon über dem Laden gehangen hatte, als er ihn gekauft hatte.

„Es tut mir leid, dass ich letzte Nacht noch so spät angerufen habe und alles so schnell gehen muss, Raiden", sagte Emily und stellte ihre Tasche auf den Tresen. Überall in dem kleinen Geschäft lagen und hingen Teile von Computern verstreut herum, nur die Registrierkasse war ironischerweise ein altes, nichtelektronisches Modell. Emily fand, dass sie perfekt zu Raiden passte, in dem ebenfalls mehr steckte, als er nach außen hin zeigte.

„Mach dich nicht lächerlich", meinte er und ging hinter den Tresen. „Es war eine schöne Überraschung, als du letzte Nacht angerufen hast. Ich habe die letzten zwei Jahre oft an dich gedacht. Du hast immer so tolle Herausforderungen für mich gehabt, und dann, puff, bist du einfach verschwunden. Ich freue mich, dass es dir gut geht."

„Ja, die Sache tut mir leid", sagte Emily. Raiden war eine ihrer wichtigsten Quellen bei der Recherche für *Die Herrschaft des Monarchen* gewesen. Sie fühlte sich schuldig, dass sie nach der Fertigstellung des Buches nicht mit ihm in Kontakt geblieben war.

„Blödsinn", erwiderte Raiden. „Wir sind uns ähnlich, du und ich. Wir haben unsere Geheimnisse, und wir wissen, wie wir sie bewahren. Und jetzt, was kann ich für dich tun?"

Sie holte eines der limitierten Hardcover-Exemplare von *Die Herrschaft des Monarchen* hervor. Es verfügte über ein von ihr signiertes Exlibris und einen hochwertigen Ledereinband. Nur sehr wenige davon fanden einen Käufer, aber sie waren Emilys Lieblinge unter all den Ausgaben ihres Buches. Und was noch wichtiger war: Sie waren die größten.

„Oh, wie poetisch", meinte Raiden und betrachtete das Buch. „Was tun wir? Lauschen, beschatten oder beobachten?" Er rieb sich die Hände.

„Beschatten", antwortete Emily. „Mit einer kleinen Variation. Ich habe keine Ahnung, wo das Buch landen wird, wenn ich es finden muss. Falls es dir also möglich ist, brauche ich etwas, das ich selbst im nächsten Staat noch wiederfinden kann."

„Hmm. Große Reichweite. Nicht leicht. Nicht billig." Raiden untersuchte das Buch. „Du wirst wiederkommen müssen, und zwar nächste …"

Emily knallte einen Packen der Scheine aus dem Metallkoffer auf den Tresen. „Ich brauch es innerhalb einer Stunde."

„Du wirst es bis nach Island verfolgen können, falls das nötig wird", kündigte Raiden an und blätterte mit dem Daumen durch die Scheine.

Sie seufzte und lächelte.

„Ist das für dein neues Buch?“, wollte Raiden wissen. Er klang aufgeregt. „Wird es vielleicht eine Fortsetzung?“

„Vielleicht“, sagte Emily. Sie wusste nur noch nicht, wo sie es schreiben würde: entweder in ihrem Apartment oder im Gefängnis.

14

LOST LAKE, FLORIDA

09:45 Uhr Ortszeit

Jonathans Auto rumpelte und holperte die kaum befahrene, unbefestigte Straße entlang, überstehende Äste der alten Zypressen am Straßenrand schlugen gegen die Windschutzscheibe, als wollten sie ihn aufhalten. Er konnte es ihnen nicht verübeln. Er war dabei, ein zerschossenes Auto in ihrer unberührten Heimat zu verstecken, damit es hier verrotten und sterben konnte.

Er blickte in den Rückspiegel und fürchtete eine Sekunde, er hätte Lew und den Transporter verloren, auch wenn es hier nirgendwo eine Möglichkeit gab abzubiegen. Aber wenn sein Auto schon solche Probleme mit der buckeligen Straße hatte, bezweifelte er nicht, dass der halb zerstörte Laster Lew im Augenblick mächtig herumwarf und ordentlich Prügel austeilte. Er konnte nicht anders, als bei der Vorstellung zu schmunzeln, auch wenn er wusste, dass er vermutlich dafür bezahlen würde, sobald sie anhielten. Was in etwa zwei Minuten wäre, wenn er sich richtig erinnerte.

Er war seit über drei Jahren nicht auf dieser Straße gewesen. Das letzte Mal hatte er noch neben Samantha gesessen, kurz bevor sie krank geworden war. Nun, sie war schon immer krank gewesen, aber zu jener Zeit hatte man es noch nicht sehen können.

Samantha, die in dieser Gegend aufgewachsen war, kannte alle Verstecke und Schlupfwinkel dieses Landstriches, und es schien, als gäbe es in Florida keinen Mangel an Schlupfwinkeln und Verstecken. Insbesondere in der Region mit den sumpfigen Wäldern. Das Land gehörte dem Staat und wurde von der FWC, der Florida Fish and Wildlife Conservation Commission, bewirtschaftet, die sich um die Erhaltung der Natur, des Fisch- und Wildbestands kümmerte. Aber die Gegend war so weitläufig, dass er und Samantha hier nie einen Ranger gesehen hatten. Oder irgendeine andere Seele.

Jonathan spürte, dass die Temperatur um einige Grad gefallen war, seit sie auf diese Straße abgebogen waren, was zu dem Gefühl beitrug, in einer völlig anderen Welt gelandet zu sein. Aber dieses Gefühl war ohnehin normal, wenn er mit Lew zusammen war.

Der Kerl war sturköpfig, und wenn er sich erst mal etwas in seinen dicken Schädel gesetzt hatte, bekam man es dort nur schwer wieder heraus. Jonathan wusste, dass er sich auf der gesamten Rückfahrt würde anhören müssen, dass Lew unbedingt nach New York wollte. Er wusste, weshalb Lew in diesem Punkt so unnachgiebig war. Lewis Katchbrow hatte ein schweres Leben gehabt. Abgesehen davon, dass er immer auf der Suche nach einem Fleckchen gewesen war, dem er sich zugehörig fühlen konnte, wollte Lew die Welt verändern. Er wollte einen Grund dafür finden, dass er auf dieser Welt war. Jonathan konnte das nur allzu gut nachempfinden. Aber jene schicksalhafte Nacht, in der sie sich in Bogotá getroffen hatten, hatte alles verändert, für sie beide. Was sie die folgenden Jahre gemeinsam vollbracht hatten, war etwas Besonderes gewesen. Es hatte etwas bedeutet, und Jonathan musste zugeben, wenn er Samantha und Natalie nicht getroffen hätte, würde er es vermutlich immer noch tun. Und das, was dieser Psychopath in New York trieb, die Art, wie er das Symbol missbrauchte, das sie gewählt hatten – oder das Jonathan gewählt hatte –, war für Jonathan kaum auszuhalten. Er konnte sich also gut vorstellen, wie Lew sich fühlte, dem der Monarch noch viel mehr bedeutete.

Aber unterm Strich zählte für Jonathan nur noch Natalie, und nichts auf der Welt war wichtiger für ihn als sein kleines Mädchen.

Endlich befreite sich das Fahrzeug aus dem Griff des Waldes und tauchte in warmes, morgendliches Sonnenlicht. Jonathan fuhr noch ein Stück weiter über den sandigen Rand des Waldes, bis er sein Ziel unter sich entdeckte: Lost Lake. Er parkte, stieg aus dem Wagen, lehnte sich an die Seite des Fahrzeugs und ließ den Blick über den See schweifen, während er auf Lew und den Transporter wartete. Es dauerte nur ein oder zwei Minuten, und Lew kam mit dröhnendem Motor zwischen den Bäumen hervorgeschossen. Schlitternd kam er zum Stehen und schien sich über das Lenkrad zu beugen und nach Atem zu ringen. Jonathan unterdrückte ein Grinsen.

„Willst du mich verscheißern?", fragte Lew, als er aus dem Wagen stieg und die Tür krachend hinter sich zuschlug. „Wollen wir die Karre versenken oder einfach nur so lange diese verdammte Buckelpiste entlangrasen, bis sie in tausend Einzelteile zerfällt?"

Jonathan wusste, dass Lew noch mehr spitze Bemerkungen auf der Zunge lagen, aber als er nahe genug war, um den See hinter Jonathan zu entdecken, fiel der frustrierte Ausdruck von ihm ab. Stattdessen blickte er voller Ehrfurcht auf das Szenario, und er schwieg, während er das Panorama vor sich genoss.

„Jesus", sagte er leise. Zitterte seine Stimme? Dieser Ort hatte diesen Effekt auf Menschen.

Jonathan fragte sich, ob das insgeheim der Grund für ihn gewesen war, Lew hierherzubringen. Dies war einer jener Orte, die man mit jemandem teilen musste, aber nur mit einer Person. Die letzte, Jonathan zutiefst vertraute Person, die mit ihm zusammen diesen Ort gekannt hatte, hatte er verloren. Und jetzt hatte er jemand anderen gefunden.

„Bist du sicher, dass du ihn hier versenken willst?"

„Ja, ich bin sicher", meinte Jonathan und warf einen Stein über die Kante ins Wasser. „Es ist ein Kratersee, fast dreißig Meter tief."

Lew stieß einen Pfiff aus. „Dann wollen wir mal."

Sie fuhren den Rand des Kraters entlang, wenn auch deutlich langsamer, als sie durch den Wald gebraust waren, bis sie an einer Klippe hoch über der tiefen Seite des Sees standen. Am Waldrand fand Jonathan einen schweren Stein, den er auf das Gaspedal des Autos klemmte, während der Wagen im Leerlauf stand. Der Motor heulte auf wie eine verwundete Harpyie.

„Darf ich dir die Ehre überlassen?", fragte Jonathan und trat einen Schritt zurück.

„Warum nicht?", antwortete Lew. Er versicherte sich, dass die Räder gerade standen, langte ins Wageninnere und packte den Schalthebel. „Und so taufe ich dich auf den Namen *USS hol mich verdammt noch mal raus aus diesem Knast*", verkündete Lew, bevor er den Gang einlegte und aus dem Weg sprang.

Die Reifen drehten in dem losen Sand einen kurzen Augenblick durch, doch dann krallte sich das Gummi in den Untergrund, und der zerlöcherte Laster schoss vor. Der Motor klang beinahe glücklich, zu tun, wofür er geschaffen war. Der Wagen beschleunigte und stürzte von der Klippe. Sand stieg in einer Wolke von den Reifen auf und folgte dem Fahrzeug in einem steilen Bogen nach unten, der Wasseroberfläche entgegen, wo er mit einem lauten Platschen verschwand.

Jonathan und Lew liefen zum Rand der Klippe, um das Ganze mitanzusehen. Der Laster schaukelte auf dem Wasser auf und ab, während die Wellen des Aufpralls sich auf der Oberfläche des Sees ausbreiteten. Der Wagen kippte auf die Seite, und für einen kurzen Moment fürchteten die Männer, dass er gar nicht versinken würde. Aber dann drang ein lautes Glucksen zu ihnen hoch, als Wasser in den Laster lief und er mit der Schnauze voran in den Tiefen versank.

Als das Heck in der Dunkelheit des Wassers verschwand, wurde Jonathan klar, dass er so etwas hier nicht mehr getan hatte, seit, nun, seit er das alles für Samantha aufgegeben hatte. Das tat ihm nicht für eine Sekunde leid, aber Samantha war nicht mehr da. Natalie brauchte ihn, so wie er sie brauchte, aber wenn er nichts für sich selbst tat – etwas, das ihm genau jenes Gefühl gab, das er jetzt gerade empfand –, würde es nicht mehr lange dauern, bis er selbst sein Leben so widerlich fand, dass seine Tochter nichts mehr mit ihm zu tun haben wollen würde.

„Ich bin dabei“, sagte er, ohne den Blick von der Stelle im See abzuwenden, an der der Wagen verschwunden war.

„Wobei?“, fragte Lew.

„New York. Ich komme mit.“

„Jawohl!“, jubelte Lew und legte seinem Freund in einer halben Umarmung den Arm um die Schulter, während sie weiter den an die Oberfläche blubbernden Luftblasen zuschauten. „Ich wusste, dass du ...“

„Das darf nicht auf Natalie zurückfallen. Nicht mal ein Staubkörnchen davon. Das meine ich ernst“, sagte Jonathan mit festem Blick, während er mit einem Finger vor Lew herumfuchtelte.

„Natürlich. Klar, sicher. Komm schon, du redest hier mit Onkel Lew.“

In diesem Augenblick stieß etwas durch die Wasseroberfläche. Sie beugten sich beide vor und erkannten den Piniensarg, der aus dem Laderaum des Wagens aufgestiegen sein musste. Er lag auf dem Wasser wie ein kleines Boot, das makellos und rein vom Wind über den See getrieben wurde.

Jonathan drehte sich langsam um und sah Lew an.

„Tun wir so, als hätten wir das gar nicht gesehen“, meinte der.

„In Ordnung.“

15

FEDERAL PLAZA
NEW YORK CITY
10:00 Uhr Ortszeit

Während der Fahrstuhl das Bürogebäude in der Federal Plaza Nummer 26 hinauffuhr, schloss Emily die Augen und holte tief Luft. Sie dachte an ihre Besorgung diesen Morgen und daran, was sie als Nächstes tun sollte, als das Summen eines Handys in ihrer Tasche ertönte. Sie suchte nach ihrem Telefon – in dem jetzt einige von Raidens Spielzeugen steckten –, aber es war gar nicht dasjenige, das vibrierte. Sie blinzelte, als sie sah, wer anrief. Dann hielt sie das Telefon, das der Mann mit der Maske ihr gegeben hatte, ans Ohr und meldete sich.

„Erzählen Sie Wagner nicht von den Verkehrskameras", sagte die Stimme.

Die Fahrstuhltüren öffneten sich, und direkt vor ihr stand Special Agent Wagner.

„Ich kann jetzt nicht sprechen. Ich verstehe. Ich rufe bald zurück", antwortete Emily. Sie legte auf und steckte beide Telefone wieder in ihre Tasche. „Sorry."

„Das ist okay", sagte Wagner. „Zwei Handys?"

„Eines beruflich, das andere privat", erklärte sie, beeindruckt von ihrer eigenen Schlagfertigkeit.

„Klingt logisch", meinte Wagner. Er hatte so eine unverbindliche Art, Dinge zu sagen, dass sie nicht sicher war, ob er ihr glaubte oder nicht. „Hier entlang, bitte."

Wagner führte Emily in sein Büro. Ihre Gedanken überschlugen sich. Ohne Dan Coopers Ermittlungen zu den Verkehrskameras hatte sie nichts, das sie Wagner anbieten konnte, um sein Vertrauen zu gewinnen. Und nicht nur das, sondern die Stimme am Telefon hatte auch ihre schlimmsten Befürchtungen bestätigt, was den Koffer betraf, der in ihrem Ofen lag. Sie versuchte, ein wenig Trost in der Tatsache zu finden, dass im Koffer immerhin keine Bombe versteckt war. Oder zumindest nicht *nur* eine Bombe.

„Vielen Dank, dass Sie vorbeigekommen sind", sagte Wagner.

„Gerne", erwiderte Emily, die sofort ihr Buch auf dem Schreibtisch entdeckte.

„Ich habe es letzte Nacht gelesen. Wirklich eine tolle Arbeit." Er versuchte nicht, ihr Honig ums Maul zu schmieren, sondern gab lediglich seine Meinung wieder. Aber sie spürte, dass ihm irgendetwas Unausgesprochenes auf der Seele lag.

„Aber …?", spornte sie ihn an.

„Okay, Sie haben mich erwischt. Ich hatte wirklich viel Spaß, aber es wirkte irgendwie … unfertig. Ich hatte das Gefühl, als würde ich die ganze Zeit auf eine Auflösung warten, die nicht kommt, wenn Sie verstehen, was ich sagen will."

Sie wusste genau, was er meinte. „Danke schön. Ja, in dem Punkt scheint man sich einig zu sein. Das hat vermutlich, und angesichts der Kritiken, auch meinen Verkaufszahlen geschadet."

„Na, ich wette, der aktuelle Fall ist gut fürs Geschäft, jetzt, wo sämtliche Medien Details aus Ihrem Buch verbreiten und sie in ihre Berichte über die Morde einflechten."

„Gut möglich", meinte Emily. Sie hätte ihm gerne widersprochen, aber die unzähligen Termine für Signierstunden, die an diesem Nachmittag anstanden, gaben ihm recht.

„Machen Sie sich keine Sorgen. Ich bin mir halbwegs sicher,

dass Sie nichts mit den Toten zu tun haben", versuchte Wagner sie zu beruhigen. Alles, was sie hörte, war *halbwegs sicher*. „Ist er wieder aufgetaucht, seit Ihr Buch herausgekommen ist? Ich meine, sind irgendwelche Diebstähle mit ihm in Verbindung gebracht worden?"

„Nein", antwortete sie.

„Sie suchen immer noch nach ihm, oder?"

„Dann und wann", antwortete sie und versuchte so zu wirken, als würde sie sich nur beiläufig für den Monarchen interessieren.

„Okay, in Anbetracht dessen, was ich gelesen habe – in Ihrem Buch und Ihrer Interpol-Akte über den Monarchen –, und angesichts unserer Überzeugung, dass Sie keine Verdächtige sind, habe ich wirklich nur noch ein paar kurze Fragen. Es scheint, als seien Sie der weltweit einzige Experte, was den Monarchen betrifft. Ich habe versucht, Interpol zu kontaktieren, um mehr über den Mann zu erfahren, aber sie wollten nicht mal bestätigen oder dementieren, dass er überhaupt existiert."

Meine Akte über den Monarchen? Der Mann mit der Maske hatte nicht zu viel versprochen, als er angekündigt hatte, sich um ihren Hintergrund zu kümmern. Verwaltungsangestellte bei Interpol, wie Emily eine gewesen war, führten keine Akten über irgendwelche Fälle. Keine echten zumindest.

„Das war zu erwarten", sagte sie und nickte. Sie hatte dieselben Probleme gehabt, als sie an ihrem Buch gearbeitet hatte. Organisationen, die sich der Verbrechensbekämpfung verschrieben hatten, hassten die Vorstellung, dass irgendein selbst ernannter Robin Hood ihren Job machte. Und der Mangel an Anzeigen für die Diebstähle machte es Interpol schwer, ihre Einmischung in den Fall überhaupt zu rechtfertigen. Mit welchem Argument beantragte man ein Budget, wenn lediglich gestohlene Kunstwerke ohne weitere Erklärung wieder im Museum auftauchten? Die Museen waren mindestens ebenso zurückhaltend, aus Angst, den guten Samariter zu verschrecken. Nur bei den Versicherungsgesellschaften hatte sie deutlich mehr Glück gehabt.

„Nun, jetzt, wo wir vor dieser Hürde stehen, bräuchten wir Sie, um uns in dem Fall zu beraten. Sie würden natürlich bezahlt. Nicht viel, Sie arbeiteten schließlich für die Regierung, aber ich kann Ihnen eine Verlängerung Ihres Arbeitsvisums in absehbarer Zeit garantieren. Wenn Sie daran Interesse haben."

„Ich glaube, das würde mir Spaß bringen. Vielen Dank", meinte Emily und tat ihr Bestes, ihre Aufregung hinter einer Maske der Teilnahmslosigkeit zu verstecken.

„Exzellent", freute sich Wagner. „Sie werden ein paar Formulare ausfüllen müssen, um es offiziell zu machen, aber darum können wir uns später kümmern. In der Zwischenzeit hätte ich gerne Ihren Eindruck zu dem, was Sie bisher in den Nachrichten gesehen haben. Und jeglicher Ratschlag, den Sie uns geben können, wird gerne angenommen."

Passiert das gerade wirklich? Noch vor wenigen Minuten hatte sie befürchtet, eine Mordverdächtige zu sein, und jetzt war sie offenbar Teil des Teams, das den Mörder zu finden versuchte. So schnell konnte es gehen.

„Aus dem Stegreif hätte ich bereits einen Tipp", sagte sie.

„Exzellent. Was für einen?"

„Setzen Sie eine Pressekonferenz an. Im Augenblick, und bitte nicht falsch verstehen, geben die Medien den Ton an. Sie müssen sich die Kontrolle zurückholen."

„Normalerweise würde ich Ihnen zustimmen, aber wir haben einfach nichts, das …"

„Lassen Sie mich auf der Pressekonferenz reden. Wie Sie schon sagten, ich bin der einzige Experte auf dem Gebiet. In ein oder zwei Tagen wird das jeder wissen. Das bedeutet, wenn ich etwas zu sagen habe, das den Monarchen betrifft, wird man mir zuhören. Oder zumindest darüber nachdenken, was ich zu sagen habe."

„Interessante Idee. Und was würden Sie sagen?"

„Die Wahrheit."

„Und die wäre?"

„Der Mörder nutzt nicht einfach nur das Symbol des Monarchen, um Aufmerksamkeit zu kriegen. Er ist kein Trittbrettfahrer, der sich eine bereits bestehende Bekanntheit zunutze machen will."

„Ist er nicht?", fragte Wagner und beugte sich vor. Jetzt hatte sie seine ungeteilte Aufmerksamkeit.

„Nein. Der Mörder *ist* der Monarch."

Emily erbrach sich in der Damentoilette im Erdgeschoss des Federal-Plaza-Gebäudes, bis nichts mehr in ihr war, das sie noch hätte hochwürgen können. Sie nahm sich eine dicke Ladung Klopapier, um sich das Gesicht abzuwischen, klappte dann den Klodeckel runter und setzte sich.

Was habe ich getan?

Aber noch hatte sie ja nichts getan. Am Montag auf der Pressekonferenz, dort würde sie es tun. Sie würde die eine Person auf der Welt betrügen, die ihr am meisten bedeutete. Ihr Verstand wusste, dass es unlogisch war, auf diese Art für jemanden zu empfinden, den sie nicht nur nie getroffen hatte, sondern von dem sie nicht einmal wusste, wie er aussah oder wer er war. Doch das zu wissen schien keinen Unterschied zu machen.

Der Mann in der Maske hatte ihr versprochen, dass die Zusammenarbeit zwischen ihnen dazu führen würde, dass sie herausfinden würde, wer der Monarch wirklich war. Um ihn zu finden, musste sie ihn verraten. Emily presste sich das feuchte Klopapier an den Mund, als sie erneut von würgenden Krämpfen erfasst wurde.

Nachdem der Anfall verflogen war, beugte sie sich runter und schaute unter der Tür ihrer Kabine hindurch, um sicherzugehen, dass sie allein war. Zufrieden nahm sie das Handy heraus und wählte.

„Es ist erledigt“, sagte sie.

„Großartig!“ Die Erschöpfung war aus der Stimme des maskierten Mannes verschwunden. Er war wieder überschwänglich und selbstsicher. „Wann?“

„Montagmittag. Genau wie Sie es wollten.“ Die Verachtung war deutlich in ihrer Stimme zu hören.

„Ich weiß, wie schwer Ihnen das gefallen ist. Aber Sie werden herausfinden, dass es wenig auf der Welt gibt, das ich für teurer erachte oder so hoch belohne wie Loyalität. Und denken Sie an das Ziel, auf das wir hinarbeiten. Ihr Vater wäre stolz auf Sie.“

„In Ordnung, ich habe etwas für Sie getan, jetzt sind Sie dran“, sagte Emily und war überrascht von ihrer eigenen Chuzpe. In letzter Zeit überraschte sie sich öfter einmal selbst. Etwas in ihr hatte sich verändert. War wieder erwacht. Sie kämpfte dagegen an, ihre Veränderung allzu sehr zu bewundern, aus Furcht, sich diesem Fremden dafür am Ende noch verpflichtet zu fühlen.

„Ich denke, Sie wurden ausreichend bezahlt, Miss Burrows.“

„Es geht nicht direkt um eine Bezahlung. So schwer mir die Sache auch fällt, mir ist klar, dass das Ziel, auf das wir hinarbeiten, das Opfer, das ich bringe, weit übertrumpfen wird. Und um Ihnen meine Anerkennung zu zeigen, habe ich im Gegenzug etwas für Sie. Ein Geschenk. Aber vorher brauche ich zwei Dinge von Ihnen.“

„Zwei Dinge? Vielleicht sollten Sie mir sagen, was das wäre, bevor es noch mehr werden.“ Emily war sich nicht ganz sicher, aber sie hatte den Eindruck, als wolle der Mann einen Scherz machen.

„Ich brauche einen Namen."

„Alles zu seiner Zeit. Nach der Pressekonferenz am Montag werden wir mehr als nur seinen Namen haben."

„Nicht *seinen* Namen. Ihren Namen."

Schweigen kam aus der Leitung. Sie wusste, dass er die Situation abschätzte. Versuchte herauszufinden, wie gefährlich sie ihm wirklich werden konnte.

„Nathan", sagte er schließlich. Das war alles, nur ein Vorname. Es war genug. Emily fühlte sich gut, dass sie es geschafft hatte, ihn aus seiner Komfortzone zu locken, dass sie ihn dazu gebracht hatte, etwas preiszugeben, das er nicht hatte preisgeben wollen. Aber das war nur die Hälfte des Weges. „Und die zweite Sache?"

„Ich möchte Sie treffen. Persönlich. Heute Nacht."

„Das ist unmöglich", erwiderte Nathan ohne das geringste Zögern. Die Geschwindigkeit, mit der er geantwortet hatte, verriet ihr, dass das nicht verhandelbar war. Zumindest nicht jetzt.

„Wie ich sagte, ich habe etwas für Sie. Ein Geschenk. Aber ich werde es Ihnen nur persönlich überreichen", sagte sie. Als sie seine Büchersammlung gesehen hatte, wusste sie, dass sie einen stärkeren Einfluss auf ihn hatte als die Durchschnittsperson. Aber das war keine Garantie. Wenn er sich weiterhin weigerte, gab es einen Punkt, den selbst sie nicht überschreiten konnte. Aber die Vorstellung eines Geschenks von ihr würde ihn in Versuchung führen, dessen war sie sich sicher.

„Was für ein Geschenk?"

Emily lächelte.

Ein paar Stunden später saßen Wagner und Evans einander gegenüber in Wagners Büro und aßen Lunch. Evans aß einen fettigen Hamburger mit Pommes, während Wagner in einen Truthahn-Wrap biss.

„Vergebung? Ich versteh's nicht", nuschelte Evans um den

großen Bissen Burger herum, den er im Mund hatte, nachdem Wagner ihm die wahre Bedeutung des schmetterlingsförmigen Symbols genannt hatte.

„Burrows glaubt, dass es was mit dieser ganzen Robin-Hood-Ethik zu tun hat, der der Monarch folgt. Du weißt schon, dass er keine Rache ausüben will, sondern eine Lektion erteilen. Er will den Leuten den Fehler aufzeigen, den sie begangen haben. Irgend so was", erklärte Wagner.

„Was auch immer", erwiderte Evans und schüttelte den Kopf, nachdem er sich eine weitere Salve Fritten in den Mund geworfen hatte. „Du willst sie wirklich auf der Pressekonferenz sprechen lassen? Das Ganze erscheint mir irgendwie faul."

„Ich bin immer noch nicht überzeugt, dass sie uns alles erzählt, aber wenn wir sie öffentlich bestätigen lassen, dass der Mörder der Monarch aus ihrem Buch ist, können wir nur gewinnen. Wir holen uns einen Teil der Kontrolle von den Medien zurück, und der Mörder entspannt sich, weil er denkt, dass er uns getäuscht hat. Vielleicht entspannt er sich genug, um einen Fehler zu machen."

„Es sei denn, es ist wirklich dieser Kerl aus dem Buch", wandte Evans ein. Er schlürfte lautstark einen großen Schluck aus seinem Pappbecher voller Limo. Natürlich war Wagner dieser Gedanke ebenfalls schon gekommen.

„Das halte ich für ziemlich unwahrscheinlich. Nicht unmöglich, aber wir sitzen hier ziemlich in der Klemme. Ich denke, das Risiko können wir eingehen. Der Monarch aus dem Buch wollte die Leute aufrütteln, nicht bestrafen." Wagner konnte keinen Grund dafür finden, weshalb er nach fünf Jahren plötzlich wieder aus der Versenkung auftauchen sollte, um den Henker zu spielen. Schon gar nicht unter Verwendung desselben Vergebungssymbols. Ganz zu schweigen davon, dass sie keinerlei Hinweis darauf hatten, dass die ersten beiden Opfer überhaupt irgendeine Bestrafung verdient hatten.

„Was meint Matthews dazu?“, wollte Evans wissen.

„Ich weiß es nicht. Ich habe noch nicht mit ihm darüber gesprochen.“

„Ernsthaft? Mutig. Dumm, aber mutig.“ Selbst Evans wusste, dass über diesen Fall jede Menge politisches Sperrfeuer hinwegfegte, und ungenehmigte Aktionen waren ein gefundenes Fressen für die Anwälte, die sich irgendwann in der Zukunft mit dem Fall beschäftigen würden.

„Die Pressekonferenz ist erst am Montag“, sagte Wagner zu seiner Verteidigung.

„Mag sein, aber die Nachrichten haben sie schon angekündigt. Wenn er bisher noch nichts davon weiß, wird er es schon sehr bald erfahren.“

„Warum lässt du das nicht meine Sorge sein?“, murrte Wagner und beobachtete Ryan Meed, einen ihrer Techniker, der auf sein Büro zusteuerte. Ryan lächelte und streckte den Kopf herein.

„Hast du eine Sekunde Zeit?“

„Für was?“, fragte Wagner.

„Ich hab da was, das du dir ansehen musst.“

Einige Minuten später und ein paar Etagen tiefer wartete Wagner hinter Ryan an dessen Computerkonsole, die wie das Cockpit eines Spaceshuttles aussah. Ryans Finger flogen über einige Keyboards, Mäuse und Knöpfe an einem Mischpult. Wagner wäre nicht mal in der Lage gewesen, die Maschine einzuschalten, geschweige denn sie zu bedienen. Aber sein Sohn, Todd, hatte ihm seine technische Unfähigkeit schon vor Jahren aufgezeigt.

„Wir haben vor einiger Zeit ein verschlüsseltes Telefonsignal im Gebäude aufgefangen. Zuerst habe ich mir nichts dabei gedacht, aber als ich es überprüft habe, habe ich festgestellt, dass zu der Zeit keine unserer verschlüsselten Telefone in der Gegend waren“, erklärte Ryan und zeigte auf einen von seinen

Bildschirmen, auf dem etwas zu sehen war, das aussah wie die Spitzen und Täler auf einem Herzmonitor im Krankenhaus. Wagner nickte, als hätte er alles verstanden.

„Okay, also, was hat das mit mir zu tun?"

„Wir haben den Ursprung des Signals im Erdgeschoss ausgemacht. Hier, schau mal." Ryan spielte die Aufnahme einer Sicherheitskamera auf einem anderen Bildschirm ab. Das Bild war schwarz-weiß, aber von bestechender Qualität. Es zeigte einen Gang etwas abseits der Lobby. Genauer gesagt die Tür zur Damentoilette.

In der oberen Ecke des Bilds lief die Uhrzeit ab.

„Und ... jetzt", sagte Ryan und tippte auf den Bildschirm. Jemand kam aus der Damentoilette und bog nach links auf den Gang ab, aber nicht, bevor das Gesicht deutlich auf dem Bildschirm zu erkennen war.

„Heilige Scheiße", sagte Wagner. Es war Emilys Gesicht. „Du bist sicher, dass es ihr Telefon war?"

„Ich habe die Aufnahme eine Viertelstunde weiterlaufen lassen. Niemand sonst ist aus dem Waschraum gekommen. Es war eindeutig ihr Signal. Eine Minute später hat sie sich am Empfang abgemeldet. Ich habe die Aufzeichnungen überprüft und festgestellt, dass sie hier oben war, um dich zu sehen. Kannst du damit was anfangen?"

„Oh ja", meinte Wagner. Plötzlich begann sein Handy zu vibrieren. „Ja?", meldete er sich.

„Hey." Es war Evans.

„Was gibt's?"

„Ich habe gerade 'nen Anruf von meinem Kontakt im Police Department bekommen."

„Worum ging's?"

„Ein Junge namens Dan Cooper hat heute Morgen 'nen Köpfer vom Dach der *New York Times* gemacht. Hat ein Taxi platt gedrückt."

„Heilige … Kennen wir den Jungen? Ich meine, in Bezug auf den Fall?“

„Ich finde nichts, aber wir sollten ihn uns vermutlich mal anschauen.“

„Warum?“

„Sein Handy hat den Sturz überlebt. Na ja, zumindest seine SIM-Karte. Die letzte Nummer, die er gewählt hat, und ich meine buchstäblich eine Minute vor seinem Flugversuch, war die von Emily Burrows.“

16

TALLAHASSEE, FLORIDA
14:30 Uhr Ortszeit

Die Swensons lieferten Natalie um kurz nach zwei zu Hause ab. Bevor sie wieder wegfuhren, steckte Jonathan den Kopf zu ihnen ins Auto und trug sein Anliegen vor. Eine Übernachtung war eine Sache, aber einen Nachbarn zu fragen, ob er die Tochter eines anderen für eine unbestimmte Zeit bei sich aufnehmen würde, war eine ganz andere Kragenweite.

Jonathan hätte Natalie furchtbar gerne mitgenommen, um ihr New York zu zeigen, aber er konnte überhaupt nicht einschätzen, wie gefährlich es werden würde. Zunächst war Ken Swenson etwas misstrauisch, immerhin schien Jonathans Anfrage wie aus dem Nichts zu kommen. Jonathan log und erzählte ihm etwas von einem Umzug und dass er erst einmal Arbeit finden wollte, bevor er Natalie aus der Schule nahm. Ihre finanzielle Situation war kein Geheimnis in der Nachbarschaft. Außerdem drückte er ein bisschen auf die Tränendrüse, als er andeutete, dass Natalie und Kayla sich nach ihrem Umzug möglicherweise niemals wiedersehen würden. Anschließend war es nur noch eine Frage der Zeit, bis Mrs. Swenson ihren Mann für Jonathan weichgeklopft haben würde.

Jonathan wusste, so schwer es auch war, die Swensons an Bord zu holen, war es immer noch ein Kinderspiel verglichen mit dem, was vor ihm lag, wenn er Natalie überzeugen wollte, ohne ihr das Gefühl zu geben, sie zurückzulassen. Selbst mit

Samanthas Tod wäre dies viel einfacher, wenn er und Natalie sich nicht so nahestehen würden. Aber sie waren eher wie beste Freunde als wie Vater und Tochter.

Nachdem er ein wenig Zeit mit Natalie verbracht hatte, verschwand Lew zum Einkaufen. Der Plan sah vor, am Sonntagmorgen einen Flug nach New York zu nehmen. Das FBI würde am Montag eine Pressekonferenz abhalten, und die wollten sie nicht verpassen. Von dort aus wollten sie ihre Suche nach dem Mörder aufnehmen. Jonathan blieben keine vierundzwanzig Stunden mehr mit seiner Tochter, und er hatte ihr noch nicht einmal gesagt, dass er fortgehen würde.

Er bereitete sich innerlich vor und klopfte an Natalies Tür. Sie saß drinnen, umringt von ihren Stofftieren, und malte. Als sie aufschaute, prägte er sich diesen Anblick genau ein. Er wusste, ganz egal, was bei diesem Gespräch oder in New York geschehen würde, dass es niemals wieder *so* werden würde.

Jonathan hatte seine Tochter nie zuvor belogen, aber diesmal fand er einfach keinen Weg, es nicht zu tun. Von Lew abgesehen gab es nur eine einzige Person, die alles über seine Vergangenheit wusste, aber die lag zwei Meter tief unter der Erde, und er und Natalie legten jeden Monat Blumen auf ihr Grab.

„Wohin gehst du?", wollte Natalie wissen. Sie war nicht wütend geworden, als er ihr erklärt hatte, dass er fortmüsse. Noch nicht, jedenfalls. Er hatte mit dem Punkt begonnen, dass sie einige Wochen bei Kayla verbringen könne, damit sie es weniger schwernahm, als wenn er ihr einfach gesagt hätte, dass er weggehen wolle. Aber sie war ein kluges Kind, und sie entdeckte sofort den bitteren Kern, um den er so viel Honig zu schmieren versuchte. Um es sich einfach zu machen, blieb er bei derselben Lüge, die er Ken Swenson aufgetischt hatte.

„New York", erklärte er.

„Warum weißt du nicht, wie lange du weg bist?" Es war eine logische Frage, und Jonathan wurde klar, wenn seine Antwort nicht zufriedenstellend wäre, würde das zu weiteren unangenehmen Fragen führen. Das, was er auf jeden Fall vermeiden wollte, war, ihr den Eindruck zu vermitteln, dass er nicht zurückkommen könnte. Und bei den Träumen, die sie neuerdings hatte, würde das nicht einfach werden.

„Ich könnte lügen und sagen, es werden nur ein paar Tage, Süße, aber du bist ein großes Mädchen, das die Wahrheit verträgt. Es könnte schon so lange dauern, um nur die ganzen Termine mit den Leuten zu vereinbaren. Die Sache ist, es hängt alles von ihnen ab. Ich muss das einfach auf diese Art machen. Das verstehst du doch, oder?" Das war eine Lektion aus der Spionage-Grundausbildung: Vergrabe eine Lüge in einer Wahrheit, die in einer Lüge steckt. Die Schwierigkeit bestand darin, es einfach und konstant zu halten.

„Ich glaube schon", meinte Natalie, während sie ihre Kuscheltier-Eule ansah und mit ihren Flügeln spielte.

„Hier", sagte Jonathan und nahm den Beutel aus seiner Tasche, den er auf dem Heimweg besorgt hatte, nachdem sie den Wagen entsorgt hatten. Er nahm ein Prepaid-Handy hervor, das für Kinder gemacht war und an einer bunten Schnur hing. „Du musst versprechen, dass du das nur benutzt, um mich anzurufen." Er hängte es Natalie um den Hals.

„Mein eigenes Telefon?", rief Natalie. Das Funkeln kehrte in ihre Augen zurück. Es war ein billiger Trick. Jonathan hatte Bestechung als Teil der Kindererziehung immer verachtet, aber heute schien er ohnehin sämtliche seiner Regeln zu brechen.

„Du musst darauf achten, dass es immer aufgeladen ist. Du weißt schon, wie mit deinem iPod. Und jetzt versprich mir, dass du es nicht benutzen wirst, um deine Freunde anzurufen."

„Versprochen! Versprochen!", rief sie und warf sich Jonathan um den Hals. „Ich kann dich wirklich immer anrufen? Egal wann?"

„Ich werde dich auch anrufen", versprach Jonathan und nickte. „Wenn ich einen Termin oder so habe, sage ich vielleicht Onkel Lew Bescheid, dass er dich anruft."

„Onkel Lew fährt auch mit?"

„Sicher. Du willst doch nicht, dass ich einsam bin, oder?" Sie schüttelte heftig den Kopf.

„Wird Onkel Lew mit uns in New York wohnen?"

„Das weiß ich noch nicht. Vielleicht am Anfang. Er könnte ebenfalls einsam sein, wenn er ganz alleine ist."

„Ich glaube nicht, dass Onkel Lew oft einsam ist", erwiderte Natalie in dieser seltsam klugen Art, in der Kinder oft über Dinge sprachen, von denen sie nichts wissen konnten.

„Ich denke, damit könntest du recht haben", stimmte Jonathan ihr lächelnd zu. „Jetzt lass uns mal schauen, ob wir dir einen tollen Klingelton auswählen können. Ich dachte, vielleicht die Titelmelodie der *Sesamstraße*."

„Dad! Also echt!" Jonathan schlug noch ein paar Lieder vor, für die sie offensichtlich bereits zu alt war. Sie lachten und kabbelten sich eine Weile, dann streckte sie die Arme aus und wollte umarmt werden. Er drückte sie fest an sich. „Danke für das Telefon, Dad."

„Gern geschehen, Süße", sagte Jonathan und verbarg die Tränen, die in seinen Augen schimmerten.

17

TARTARUGA ISLAND

00:00 Uhr Ortszeit

Lara Kring sprang aus dem Fahrstuhl und stampfte wütend den Hauptkorridor der Anlage hoch. Ihr langes, chinesisches Cheongsam-Kleid schränkte ihre Bewegungsfreiheit enorm ein, deshalb wirkte sie eher wie eine Ballerina, die einen *pas de bourrée* vollführte, nicht wie eine aufgebrachte Führungskraft. Aber sie war sogar noch mehr als das. Sie war die Nummer zwei bei Kring Industries, und nur eine Person stand über ihr: Nathan Kring, ihr Vater.

Ihr knochenweißes Haar, das sich stark von der blutroten Seide ihres Kleids abhob, wehte hinter ihr her, als wollte es seinen Duft nach Jasmin und Kokos unbedingt ausstoßen, statt ihn bei sich zu behalten.

Ihre schwarzen Krokodilleder-High-Heel-Stiefel von Manolo Blahnik – die nicht leicht zu bekommen waren, auf einer kleinen Insel irgendwo östlich von Sansibar – hämmerten ein Schreibmaschinenstakkato auf den Boden und warnten jeden in Hörweite davor, sich ihr in den Weg zu stellen. Auch wenn die meisten Angestellten um diese Zeit tief und fest schliefen.

Ihre südasiatischen Gesichtszüge hatte sie von ihrer verstorbenen Mutter geerbt, aber alles andere hatte sie von ihrem Vater. Sie war in jeder Hinsicht seine jüngere, weibliche Doppelgängerin, mit einer Ausnahme: Sie lag nicht im Sterben.

„Du willst sie *treffen*?“, stieß Lara aus, als sie in Nathans Büro platzte. Sie war sogar noch lauter, als sie es vorgehabt hatte, und wischte sich ihr völlig durcheinandergeratenes Haar aus den grünen Augen.

„Entschuldigen Sie mich einen Augenblick, Herrschaften“, sagte Nathan, drückte eine Taste auf seiner Fernbedienung und brachte die Stimmen damit zum Verstummen, die aus den Bildschirmen an der Wand gegenüber seinem Schreibtisch kamen. Lara wusste, dass mit der Stummschaltung gleichzeitig das Signal unterbrochen wurde, das den Ton und das Bild aus diesem Büro weiterleitete.

„Ist es wahr?“, wollte Lara wissen. Sie presste ihr Klemmbrett voller Papiere an ihre Brust und spürte, wie ihr Zorn in seiner Gegenwart bereits wieder zu verfliegen drohte.

„Nicht, dass es dich irgendetwas anginge, aber ja, es ist wahr“, antwortete Nathan. Er ging um seinen Schreibtisch herum und setzte sich in seinen Ledersessel, als bereite er sich auf ein Kreuzverhör vor. Lara sah, dass er seinen Rollstuhl an die Seite gestellt hatte, wo die Kamera an der Wand über den Bildschirmen ihn nicht erfassen konnte.

„Jetzt? Was denkst du dir dabei? Solltest du nicht im Datencenter sein und Vorbereitungen treffen?“, fragte sie und ging langsam zum Schreibtisch. Kraftvoll knallte sie ihr Klemmbrett auf die Tischoberfläche.

„Alles läuft nach Plan. Sie sind keine Kinder. Ich bezweifle, dass alles auseinanderfällt, wenn ich ein paar Stunden weg bin“, sagte Nathan und schaukelte in seinem Sessel vor und zurück, während er sprach, als würde sich beim Sitzen die Energie in ihm stauen.

Lara wusste, dass sie ihm diese kleine Exkursion ebenso wenig ausreden konnte, wie sie ihn von seinem Plan hatte abhalten können, aber er sollte wissen, dass er sie nicht einfach so übergehen konnte. Wenn der Plan schiefging, musste sie alles wissen, was vor sich ging. Alles. Bis hin zur letzten Bestellung, bis zum letzten Cent. Aber das waren natürlich nur defätistische Gedanken, Nathan Kring war schließlich unfähig zu scheitern; was genau einer der Gründe dafür war, dass er überhaupt erst in dieser Situation gelandet war.

Statt ihre Tirade fortzusetzen, ging sie um den Tisch herum und legte ihm ihre Hand auf die Stirn. Wie erwartet, glühte er förmlich.

„Wann hattest du deine Spritze?“, fragte sie.

„Gestern“, antwortete er und nahm den Kopf zur Seite, damit sie ihn nicht weiter überprüfen konnte. Sie wusste, dass er log.

„Hält sie dich unter Beobachtung?“

„Kümmere dich nicht um Sophia. Deine Schwester weiß, was sie tut. Sieh mich an“, sagte er lächelnd, mit Augen, die beinahe absurd weiß und weit geöffnet waren.

Lara verkrampfte innerlich, als der Name fiel. „Ich wünschte, du würdest aufhören, sie so zu nennen“, meinte sie. Sie nahm ihre Hand weg. „Es scheint dir gut zu gehen. Aber erinnere dich an das letzte Mal, als …“

„Es geht mir gut“, wandte er ein, glitt mit der Hand hinter sie und streichelte ihren Hintern. „Warum lässt du es mich dir nicht beweisen?“

„Ich habe zu tun, und du bist mitten in einem Meeting“, sagte sie und versuchte die Mischung aus Angst und Wut zu verbergen, die in ihrer Brust aufkeimte.

„Es ist so lange her“, sagte er. Sie wusste, dass das Serum an ihm mehr auf Touren brachte als nur seine Beine.

Sie nahm ihre Papiere und hielt sie sich schützend vor die Brust, ihr Blick flog über die Reihen von Gesichtern auf den Monitoren. Sie wusste, dass keines davon sie sehen konnte, aber es war trotzdem irritierend. „Wir haben darüber gesprochen. Ich möchte nicht noch einmal darüber reden. Nie wieder“, erklärte sie, unfähig, ihm in die Augen zu schauen. Die Erinnerungen an all ihre kleinen Treffen brachen über sie herein.

„Fein. Dann ziere dich eben“, sagte er, setzte sich gerade auf und zupfte sich sein Revers gerade. „Womit hast du zu tun? Etwas, wobei ich dir helfen kann?“ Sein Ton hatte sich geändert. Jetzt war er wieder ganz Vorgesetzter.

„Nein. Das Konsortium hat erneut eine Anfrage nach unseren Reserven gestellt. Ich habe das weiterhin unter Kontrolle. Es sei denn, du hast deine Meinung geändert.“

„Wir sind das doch durchgegangen. Wir mögen zwar auf dem einzigen Gasvorkommen zwischen hier und dem Festland sitzen, aber die Reserven dort unten sind endlich. Wenn wir uns nur selbst damit versorgen, bleiben uns vielleicht fünfzig Jahre. Wenn wir anfangen, etwas davon abzugeben, werden wir genau wie die: abhängig von anderen. Und du weißt, dass ihr Angebot nur der Anfang ist. Als Nächstes wollen sie unser Flugfeld nutzen oder auf der Rückseite der Insel eine Farm errichten. Nein, ich habe meine Entscheidung gefällt.“

„In Ordnung. Dann: Nein, ich brauche keine Hilfe“, erwiderte sie und begann, den Ausgang anzusteuern.

„In dem Falle kehre ich jetzt zu den Geiern zurück, bevor sie anfangen, sich gegenseitig aufzufressen“, anwortete er. „Schau bitte, ob Sophia etwas braucht. Ich meine es ernst. Sie ist deine Schwester, ob dir das nun gefällt oder nicht. Und sie ist entscheidend für den Plan. Ohne sie …“

„In Ordnung, fein!“, sagte Lara deutlich lauter als beabsichtigt. Die doppelte Abneigung gegen Sophia und ihren Vater nahm ihr jede Selbstbeherrschung.

„Und gib mir Bescheid, wenn Thomas kommt“, sagte Nathan noch, bevor er sich wieder den Monitoren zuwandte. Lara verzog das Gesicht.

„Ja, Vater“, erwiderte sie. Sie verließ sein Büro mit dem Gefühl, als wäre ihr jedes Quäntchen Energie aus den Knochen gesogen worden. Und ihr wurde klar, dass sie von allen Personen auf der Insel am meisten sich selbst hasste.

Lara zog ihre Ausweiskarte durch den Kartenleser, aber statt mit einem grünen Lämpchen, das ihr Zutritt zu Sophias Labor gewährte, antwortete das Gerät mit einem Summen und einem rot blinkenden Licht. Sie versuchte es noch einmal, diesmal etwas aufmerksamer, aber auch diesmal summte das Gerät seine Ablehnung heraus. Sie untersuchte ihre Karte und wischte vorsichtig den Magnetstreifen sauber.

„Komm schon“, sagte sie zu dem Gerät. Nach fünf fehlerhaften Versuchen würde die Tür sich für eine Stunde unwiderruflich verriegeln, und die Wachen würden angelaufen kommen. Zwar besaß Lara Befehlsgewalt über den Sicherheitsdienst, aber es wäre trotzdem eine Blamage. „Was zur Hölle hat sie mit dem Ding gemacht?“

Vorsichtig zog sie die Karte ein drittes Mal durch den Schlitz. Endlich leuchtete das Lämpchen grün auf, und sie hörte das elektronische Klacken und Klicken, als die Riegel sich öffneten. Verstört stieß sie die Tür auf und betrat die Welt ihrer *Schwester*.

Das Labor glomm im dämmerigen Licht einiger Arbeitsmonitore. Früher hatten hier Dutzende Wissenschaftler und Labortechniker gearbeitet, doch seit sich der Zustand ihres Vaters verschlechterte, hatten sie sie nach und nach entlassen oder in andere Projekte versetzt. Sophia Kring war inzwischen die Einzige, die noch zwischen den Reagenzgläsern und Testschälchen lebte.

„Spinnt das Ding wieder rum?“, fragte eine Stimme irgendwo im abgedunkelten Labor. Lara war fast zwei Köpfe größer als ihre Schwester, aber sie konnte sie von der Tür aus nicht entdecken.

Lara hasste das Labor. Abgesehen von dem Knoten, den sie im Magen spürte, wann immer sie Sophia sah oder mit ihr sprach, roch es hier einfach fürchterlich. Sie wollte sich nicht einmal vorstellen, wonach es stank. Das Zutreffendste, was ihr in den Sinn kam, war verrottender Abfall.

Und all diese widerlichen Tiere, die sie hat.

Vor allem hasste sie die kleinen Mäuse, auch wenn sie ihre Abneigung niemals offen zur Schau stellen würde. Schon früh in ihren Lektionen hatte Thomas ihr beigebracht, dass die oberste Regel lautete: Lasse deine Gegner nie deine wahren Gefühle erkennen.

In dieser Disziplin besitze ich bereits den schwarzen Gürtel.

Lara holte tief Luft und klapperte auf ihren Absätzen in den hinteren Teil des Labors. Sie fand Sophia auf dem Boden sitzend vor, ein Kaninchen und zwei Mäuse auf dem Schoß. Sie führte keine Experimente durch, sie spielte einfach mit ihnen.

„Was gibt's?", fragte Sophia vom Boden. Sie trug einen Laborkittel über ihrer üblichen Jeans und ihrem üblichen Sweater. Die Brille trug sie wie einen Haarreifen in ihren langen schwarzen Haaren, die sie zu einem Pferdeschwanz zurückgebunden hatte. Etliche Strähnen hatten es nie bis ins Haargummi geschafft oder sich im Laufe des Tages wieder befreit.

„Er will, dass ich nach dir schaue, ob du irgendetwas brauchst", sagte Lara. Sie konnte ihn nicht Vater nennen, weil sie damit anerkannt hätte, dass Nathan auch Sophias Vater wäre; und dazu war sie einfach nicht in der Lage.

„Ich habe so ziemlich sämtliche Versuchsreihen durchgeführt, die mir im Augenblick offenstehen", erklärte Sophia. „Ich habe einfach kein weiteres Spendermaterial mehr, und da das der größte Bestandteil des Serums ist … nun, du verstehst schon."

Lara hasste es, wie Sophia sie von oben herab behandelte. Nur weil Sophia auf die Universität gegangen war, bedeutete das nicht, dass sie es Lara alle zehn Minuten unter die Nase reiben musste.

„Wie du meinst. Also, ich habe gefragt", sagte Lara knapp, drehte sich auf dem Absatz um und marschierte den Weg zurück, den sie gekommen war.

„Warte! Warte eine Sekunde", rief Sophia. Sie versuchte sich aufzurappeln, ohne ihre Tierchen entwischen zu lassen. Sie hob die Mäuse in ein Labyrinth, wiegte das Kaninchen, als wäre es ein Baby, und kam zu Lara herüber.

„Was ist noch?"

„Niemand hat mir bisher erzählt, was die ‚große Sache' ist. Er zieht mir sämtliche Leute ab und sagt mir einfach nur immer wieder, ich solle mich mehr anstrengen. Aber *du* weißt es doch." Sie meinte es nicht als Frage.

„Du brauchst es nicht zu wissen."

„Verdammt, damit speist er mich immer ab! Irgendjemand sollte mich besser auf den neuesten Stand bringen, oder ich werde …" Sophia ließ ihre Drohung offen im Raum stehen. Lara trat dichter an sie heran und starrte ihr direkt in die braunen Augen.

„Du wirst was?" Lara hielt den Blick auf Sophia gerichtet, bis diese wegblickte.

„Ich weiß es nicht. Warten, schätze ich. Das ist doch alles, was ich die ganze Zeit tue", murmelte sie und ging, das Kaninchen streichelnd, davon.

„Wenn es sonst nichts gibt …?"

„Offen gesagt, ich vermisse ein paar meiner Beruhigungsmittel für die Tiere. Du weißt nichts darüber, oder? Oder ist das auch nur für Leute, die es wissen müssen?"

Lara drehte sich um und ging wieder auf den Ausgang zu. Dieses Mal schaffte sie die Hälfte der Strecke.

„Er versorgt sich selbst mit Medizin, weißt du!", rief Sophia ihr hinterher.

Lara zögerte nur eine Sekunde, bevor sie ihre Karte benutzte, um die Tür wieder zu öffnen. Zum Glück gehorchte die Technik diesmal ohne jedes Murren beim ersten Durchziehen der Karte. Sie wusste schon seit Wochen, dass Nathan sich selbst das Serum spritzte. Wie die Erfinderin und Hüterin des Serums das erst jetzt bemerken konnte, war ihr ein Rätsel. Als die Tür sich hinter ihr schloss, hörte Lara noch ein gedämpftes „Ja, fick dich auch" aus dem Labor kommen.

Das ist neu, dachte sie mit einem Lächeln. Sie hatte Sophia schon immer so behandelt, wie sie es jetzt tat, seit sie mit ihrem ach so teuren Universitätsabschluss auf die Insel zurückgekehrt war, aber für gewöhnlich schluckte Sophia es einfach herunter. Daher war dieses Verhalten für Sophia, selbst durch eine geschlossene Tür hindurch, geradezu aggressiv.

Bevor sie weiter darüber nachdenken konnte, wurde Lara klar, wie spät es eigentlich war. Wenn sie sich nicht beeilte, würde sie zu spät zu ihrem Bad im Mondschein kommen, einer der wenigen Leidenschaften, die sie hatte.

Nun, das und die Stunden herunterzuzählen, bis ihr Vater endlich starb.

Eine Stunde später stand Lara nackt im Mondlicht an ihrem Lieblingsabschnitt des Strands, ihre bronzene Haut glitzerte noch vom Wasser, das an ihr herunterperlte. Sie drehte das Gesicht in den feuchten, warmen Wind, hielt die Augen geschlossen und lauschte dem Ozean.

„Wunderschön", drang es mit Thomas' australischem Akzent schmachtend herüber, als er hinter einem Stück der kargen Vegetation hervortrat. Lara hielt den Atem an und spürte etwas durch ihren Körper fahren, etwas, das die Hitze in ihr entfachte. Sie drehte sich um und sah, dass er ebenfalls nackt war, wenn auch nicht so gebräunt. Er war zwanzig Jahre älter als sie, aber noch immer das Schönste, was sie je gesehen hatte.

„Baby“, seufzte sie. Sie hasste es, dass sie immer so verletzlich klang, wenn sie mit ihm sprach, keine Spur mehr von dem Alphatier, das sie allen anderen gegenüber war. Sie hasste und sie liebte es. Sie kämpfte den Drang nieder, ihm entgegenzurennen, spürte, wie ihre Atmung sich vertiefte und ihr Herzschlag sich beschleunigte.

Im nächsten Augenblick stand er vor ihr und presste seinen Mund für einen leidenschaftlichen Kuss auf ihren. Er griff in ihr nasses Haar. Sie erwiderte seinen Kuss noch fester, beinahe hungrig. Wenn sie mit ihm zusammen war, wusste sie nicht mehr, wer sie war, aber es war ihr auch egal. Sie schlang eines ihrer langen Beine um seinen muskulösen Hintern, und dann sanken sie auf den Strand, ineinander verloren.

Als sie beide erfüllt und erschöpft waren, rollte er sich von ihr herunter auf den Rücken. Sie schmiegte sich schnell an ihn, presste jeden Zentimeter ihrer Haut an seine und legte ihren Kopf auf seine kräftige Brust, als würde sie fürchten, dass er sie verließe. So fühlte sie sich immer, direkt danach. Es würde wieder vergehen, und für jetzt genoss sie einfach den Augenblick. Keine Erwartungen, keine Zwänge. Kein Vater, keine Krankheit.

„Warum hast du mir nicht gesagt, dass du zurückkommst?“, konnte Lara nach einigen Minuten endlich fragen.

„Ich hatte keine Ahnung, dass ich zurückkomme“, antwortete Thomas. Sie wusste, was er meinte. Es war typisch für ihren Vater, jemandem einen Auftrag zu geben und ihn dann im letzten Augenblick wieder zu ändern, um die Leute aus dem Tritt zu bringen. Doch selbst mit diesem Wissen fürchtete sie mittlerweile immer, wenn es passierte, dass es ein Zeichen für etwas anderes war. Sie wusste nicht, was ihr Vater tun würde, wenn er das mit ihr und Thomas herausfand, aber etwas sagte ihr, dass sie Thomas niemals wiedersehen würde, wenn es so weit käme. Sie nicht und wohl auch sonst niemand.

„Warte hier", sagte Thomas plötzlich, stand auf und lief zu seinem Kleiderhaufen hinüber. Sie beobachtete seine Bewegungen im Mondschein und spürte wieder, wie das Verlangen nach ihm sie überwältigte. Einen Augenblick später kam er zurück und ließ sich neben ihr in den Sand fallen. Er hielt etwas in den Händen.

„Was ist das?"

„Ich wollte, dass du es hast", sagte er und hielt ihr ein Messer hin, das in einem Lederfutteral steckte. Er zog die Klinge heraus. Sie funkelte im Mondlicht, als er sie ein paar Mal hin und her drehte, sie dann wieder ins Leder zurückschob und ihr überreichte. „Nur für den Fall."

Sie wusste, was er meinte, und musterte sein Geschenk.

„Es kommt hierhin", sagte er, nahm es wieder zurück und glitt mit den Händen ihr Bein hinauf. Er schlang die Riemen des Futterals um ihren Schenkel und band es fest. Er streichelte das Messer, beugte sich vor und küsste sanft die Innenseite ihres Schenkels, bevor er sich wieder auf den Rücken rollte und neben ihr auf die Ellbogen stützte.

„Es ist perfekt", sagte sie und strich mit dem Finger über den Griff. Nach einiger Zeit fragte sie: „Wann wirst du ..."

„Bei Tagesanbruch. Er will, dass ich meinen Arsch noch vor der Pressekonferenz wieder nach New York schaffe", sagte Thomas. Dann hob er den Blick, damit er ihr in die Augen schauen konnte. „Komm mit."

„Thomas ...", begann sie.

„Ich meine es ernst", erklärte er und setzte sich auf. „Wir hätten wenigstens fünf oder sechs Stunden zusammen auf dem Flug. Wir könnten unseren Mile-High-Club-Status mit dem Überschall-Upgrade ausstatten." Er schenkte ihr sein Lächeln, das Lara immer das Gefühl gab, dass sie alles erreichen könnte. Einfach all die Verantwortung abwerfen und nur – normal sein. Aber sie wusste, dass das lediglich ein Traum war.

„Du weißt, dass ich nicht kann", meinte sie, rollte sich auf den Rücken und stützte sich selbst auf die Ellbogen. Sie liebte ihn, aber jetzt, wo das glühende Verlangen nach ihm gestillt war, konnte sie es wieder ertragen, ein paar Zentimeter von ihm getrennt zu sein. Sie erkannte an seinem Blick, dass auch er die Veränderung bemerkte.

„Sorry, Liebes. Ich habe nur einen Augenblick geträumt", meinte er. Er war weder wütend noch verletzt.

Das Telefon in Laras Kleiderhaufen klingelte. Ohne einen weiteren Gedanken an Thomas sprang sie auf und ging hinüber. Sie nahm das Gespräch an und kehrte zu Thomas zurück, seinen grollenden Blick ignorierend.

Nachdem sie eine Weile zugehört hatte, sagte sie tonlos: „Ich werde da sein", und klappte das Telefon zusammen. „Er will, dass ich ihn mit dem Hubschrauber zum Festland fliege, für sein albernes Treffen."

„Du? Was ist mit Dieter?", fragte er, womit er Nathans persönlichen Piloten meinte. „Oder Sophia. Weshalb lässt er dich das machen?" Beide Schwestern hatten schon vor Jahren fliegen gelernt. Lara wusste, dass ihr Vater sie nur deshalb alle beide ausgebildet hatte, damit immer jemand da war, der ihm zur Verfügung stand.

„Weil er es kann", antwortete Lara und warf ihr Telefon in flachem Bogen zu ihrem restlichen Zeug zurück.

Nachdem sie eine ganze Weile schweigend die Sterne beobachtet hatten, sagte Thomas: „Er sagt, dieser Plan kann ihn heilen. Stimmt das?" Thomas hatte noch vor ihr von der Krankheit ihres Vaters gewusst, aber noch immer fühlte sie sich unwohl dabei, darüber zu sprechen. Sie beschränkte ihr Wissen darüber auf das Grundlegende. Die Krankheit nannte sich Kuru und fesselte ihn an den Rollstuhl – zumindest ohne Sophias Serum.

Lara hörte die Sorge in Thomas' Stimme. Er würde es niemals aussprechen, vielleicht nicht einmal vor sich selbst, aber auch Thomas war bereit dafür, dass es ein Ende fand.

Sie verschränkten ihre Finger ineinander, legten die Köpfe aneinander und sahen schweigend zu, wie die Erde durchs Weltall trudelte. Ein paar Minuten später hatte Lara sich entschieden.

„Es gibt da etwas, das du für mich tun kannst."

Es war beinahe drei Uhr morgens, als Nathan seine Videokonferenz beendete und das Büro verließ. Um diese Zeit konnte er es riskieren, durch die Gänge seines Komplexes zu spazieren, ohne irgendwelche lästigen Fragen befürchten zu müssen. Es erinnerte ihn an früher, als sie nur zum Urlaubmachen auf die Insel gekommen waren. Damals hatte es keine Wachen gegeben, nicht einmal Angestellte. Nur ihn und die Mädchen. Und Thomas natürlich. Er hatte Thomas noch vor den Mädchen an seiner Seite gehabt. Aber die Zeiten hatten sich geändert.

Aus den Mädchen waren Frauen geworden; Lara glich in betörender Weise ihrer längst verstorbenen Mutter. Dann war Nathans Zeit abgelaufen, und die Krankheit, von der er wusste, dass sie durch seine Adern schlich, hatte ihr hässliches Haupt erhoben und hielt ihn seither fest in ihrem Griff. Dafür war zwar Sophia zuständig, aber sie war so launisch, wie sie brillant war. Und Lara hatte nichts Hilfreiches beizusteuern gehabt, nachdem sie die Wahrheit herausgefunden hatte – oder zumindest einen Teil davon.

Dass er sie zur Nummer zwei der Firma gemacht hatte, war die einzige Möglichkeit gewesen, um wenigstens ein Minimum an Kontrolle über sie zu behalten. Das, und dass er sie endgültig aus seinem Bett gelassen hatte. Es war ein hoher Preis, aber am Ende würde es das wert sein.

Nathan zündete sich eine seiner Cohiba-Zigarren an und stieß dichte Wolken des teuren Rauchs in die Luft, während er durch die Gänge schlenderte. Er wollte seine Hände so viel benutzen wie möglich, solange es noch ging. Morgen um diese Zeit würde er wieder in diesem verfluchten Rollstuhl sitzen. Die Kopfschmerzen und ein hartnäckiges Nasenbluten verrieten ihm, dass er seine Medikation ausgereizt hatte. Er musste weniger davon nehmen, oder er würde tot sein, bevor seine Zeit abgelaufen war. Eine Ironie, auf die er gut hätte verzichten können.

Auch wenn er ursprünglich in Richtung seines Tresorraums aufgebrochen war, um sich in den letzten verbliebenen Schätzen zu aalen, fand er sich nun irgendwie auf der Brücke wieder, die den Hauptkomplex mit dem gigantischen Hangar verband, der ihm mittlerweile als Datenzentrum diente. Es war der einzige Raum, der groß genug für die teure Server-Farm war, beinahe so groß wie ein Fußballfeld. Reihen um Reihen von Servern schnurrten gemächlich vor sich hin, während sie sich auf den einzigen Zweck ihrer Existenz vorbereiteten; einige von ihnen waren „redundant", einige die „Master" und die restlichen „Slaves". Genau wie in jeder anderen Gesellschaft.

Gigantische Monitore, angebracht in einem Halbkreis an der Decke der Halle, zeigten die Daten aus aller Welt in Echtzeit an und warfen dabei hypnotisierende Schatten an die Hangarwände. Armdicke Stränge von Kabeln führten von den Servern und Kontrollknoten hinauf unters Dach, trafen sich in den Dachsparren und bildeten eine Art Netz, ganz in Blau und Grau und Schwarz.

Er kam über die Brücke auf den oberen Balkon der Halle und warf einen Blick nach unten. Wie erwartet war sein Cheftechniker Randy Li der Einzige, der am Kontrollpult saß. Es enttäuschte Nathan ein wenig, dass seine Mitarbeiter nicht alle eine Nachtschicht einlegten, aber vermutlich konnte nicht jeder so sein wie er. Selbst mit seiner Krankheit hatte er nicht viel übrig für Schlaf und überdauerte manchmal ganze Tage mit nichts als ein paar Nickerchen.

„Was macht die heutige Ernte, Mr. Li?“, rief Nathan nach unten, während er die Stufen zum Kontrollzentrum hinunterstieg.

Randy wirbelte herum. Offensichtlich hatte er um diese Zeit keinen Besuch mehr erwartet, vor allem nicht seinen Boss. Nathan liebte den Ausdruck auf den Gesichtern der Menschen, wenn sie ihn ohne seinen Rollstuhl herumlaufen sahen. Selbst wenn sie wussten, dass er ihn dann und wann verließ, und Randy wusste es, glotzten sie immer noch jedes Mal, als würden sie Zeuge, wie Jesus übers Wasser wandelte.

„Guten Abend, Sir“, begrüßte ihn Randy mit seinem deutschen Akzent. Nathan hatte Randy vor dem Bundeskriminalamt gerettet, das ihn wegen einiger cyberterroristischer Vergehen ins Visier genommen hatte und kurz davorstand, ihn für den Rest seines Lebens wegzusperren. Es war schwer, sich vorzustellen, dass das erst zwei Jahre her war. Nathan hatte immer geglaubt, dass Dankbarkeit eine viel bessere Motivation war als eine knallende Peitsche, obwohl er auch eine solche nicht unbedingt ablehnte.

„Ist alles bereit?“, fragte Nathan, als er vor dem klein gewachsenen Techno-Magier zum Stehen kam.

„Oh ja. Alles ist vorbereitet“, erklärte Randy. „Ich muss Sie aber noch einmal warnen, dass unsere Zeit begrenzt ist. Sobald Cyclops uns entdeckt und rauswirft, kommen wir nicht wieder rein. Unser Timing muss äußerst präzise sein.“

„Cyclops. Wie konnten Sie einem derart hoch entwickelten System einen derart unterentwickelten Namen geben?“, fragte Nathan nicht zum ersten Mal.

„Mir gefällt er“, meinte Randy. „Ich finde, er fängt das Wesen des Systems perfekt ein. Wie würden Sie ein System nennen, das sämtliche New Yorker Videoüberwachungssysteme an einem einzelnen Ort bündelt?“

„Zweckdienlich.“

„Ja, nun …“

„Zumindest bis Montagmorgen“, sagte Nathan, den die wiederholte Debatte ermüdete. „Lassen Sie mich wissen, wenn es Probleme gibt.“

„Wie ich vorher schon sagte, wenn Sie mir die Quelle des Bildes nennen könnten, könnten wir möglicherweise …“

Nathans Blick pulverisierte die restlichen Worte noch auf Randys Lippen. Er hatte Randy vor solchen Nachfragen gewarnt und hielt seinen Blick auf den Techniker gerichtet, bis dieser sich abwandte und nervös wieder an die Arbeit ging.

Nathan sah hinauf zum Hauptbildschirm über ihnen. Auf diesem war ein gesichtsförmiger Umriss zu erkennen, der finster in den Raum blickte, wie ein strenger Diktator. Das tat er bereits seit Monaten. Allerdings war es nicht immer genau dasselbe Bild gewesen. Mit der Zeit war es vergrößert, erhellt und koloriert worden. Andere Stellen waren verpixelt oder sogar interpoliert worden.

Manchmal fragte Nathan sich, ob sie zu weit gegangen waren. Ob genug vom Original übrig geblieben war, um echt und nutzbar zu sein. Nachdem er Hunderttausende Dollar ausgegeben hatte, um auf dem ganzen Globus nach Informationen über den Monarchen zu suchen, hatte es sich endlich ausgezahlt. Ein einzelnes Bild, zumindest etwas Ähnliches, existierte von ihm. Es war bereits vor einigen Jahren aufgenommen worden, von einer Sicherheitskamera in Prag, nachdem der Monarch einen weiteren Sammler heimgesucht hatte. Aber es war kein direktes Bild, sondern lediglich eine Spiegelung im Glas eines Schaukastens. Aber Nathan war zuversichtlich, dass es ausreichen würde, solange Randy sich um die Sache kümmerte. Es musste einfach reichen.

Nathan sah zu, wie Gitternetze über dem Bild aufploppten und wieder verschwanden, wie ganze Sektoren zerbarsten, während die intelligente Software nach jedem einzelnen Pixel suchte, den sie in den vorhergehenden tausend Durchläufen übersehen haben könnte.

Sie hatten seit Wochen nichts Neues gefunden, aber Nathan weigerte sich, Randy das System runterfahren zu lassen. Randy hatte erklärt, dass die hochkomplexen mathematischen Berechnungen, die für jeden einzelnen Suchlauf durch das Bild notwendig waren, einen enormen Teil der Server-Farm beanspruchten. Die während der letzten sechs Monate gesammelten Daten füllten einen weiteren Teil der Farm.

Das ließ etwas weniger als die Hälfte des Datenzentrums für die anstehende Operation zur Verfügung. Ihre Schätzungen besagten, dass es ausreichend war. Wenn es das nicht war, würde jeder, der in die Sache involviert war, mit seinem Leben bezahlen.

Inklusive Nathan.

18

Unbekannt

Emily träumte vom Paradies. Wasser, so blau wie der Himmel. Ein weißer Sandstrand. Und warmer, tropischer Wind, der mit ihren Haaren spielte. Es war einfach himmlisch. Und während sich der Nebel in ihrem Kopf allmählich lichtete, wurde ihr bewusst, dass es außerdem real war.

Sie schüttelte benommen den Kopf und setzte sich auf. Sie saß auf einem bequemen Strandsessel. Acht Meter vor ihr leckte das Meer in einem regelmäßigen, unaufhörlichen Rhythmus über den weißen Sand. Der Strand erstreckte sich in beide Richtungen, so weit ihr Auge reichte, und außer ihr war keine Menschenseele zu entdecken. Hinter ihr führte der Strand eine sanfte Steigung hinauf, bis er auf die Farne, Büsche und Palmen traf, die den Blick auf das verdeckten, was dahinterlag.

Emily stemmte sich hoch und wäre beinahe wieder zurückgefallen. Sie suchte nach einem festen Stand auf dem schwankenden Boden und zog sich Mantel und Schal aus, mit denen sie in der tropischen Sonne schwitzte. Es hämmerte in ihrem Kopf, und sie hatte ein seltsames Gefühl in den Ohren. Sie erinnerte sich noch daran, aus dem Taxi gestiegen zu sein, direkt vor der Signierstunde, die ihr Agent angesetzt hatte. Dann hatte die Limousine neben ihr angehalten, und mehr wusste sie nicht mehr.

Nein, Moment – sie erinnerte sich an Schmerzen. Irgendetwas in ihrem Magen. Sie krempelte ihre Bluse hoch und erkannte zwei rote Male auf der Haut. Das war kein Traum gewesen. Jemand hatte sie mit einem Taser außer Gefecht gesetzt. Sie blickte sich um und fand ihre Tasche unter dem Strandsessel. Das Buch war verschwunden. Und auch eines ihrer Handys war nicht mehr da, und zwar das, welches Nathan ihr gegeben hatte. Dann sah sie aus dem Augenwinkel jemanden näher kommen. Er trug einen schwarzen Anzug mit einem weißen Hemd und einer dünnen, schwarzen Krawatte. Und eine Maske. Sie hielt den Atem an.

Nathan.

Er schlenderte ihr entgegen und lächelte. Sie sah, dass er ihr Buch in Händen hielt und keine Schuhe trug. War er die ganze Zeit hier gewesen? Sie war sich nicht vollkommen sicher. Es schien, als wäre er vom Himmel gefallen. Sie sah sich um, um sicherzugehen, dass sie alleine waren, und es machte den Eindruck. Um das Gefühl der Schutzlosigkeit zu vertreiben, hing sie sich ihre Tasche über die Schulter und nahm ihren Mantel und Schal wieder auf. Sie hielt sie auf dem Arm vor sich, als wären sie eine Art Schutzschild. Sie blickte den Fremden an, während er näher kam, doch sie blieb standhaft und wich nicht zurück.

Als er sich näherte, sah sie, dass der Mann groß war, über einen Meter neunzig. Sein Körper war nicht muskulös, aber drahtig, sein Schritt fest und sicher. Selbstbewusst. Er blieb ein paar Meter entfernt stehen und schien sie einfach nur zu betrachten. Emily fühlte sich unwohl, als würde er sie sezieren. Beunruhigender war nur das Buch, das er in der Hand hielt.

„Hallo“, begrüßte er sie. Seine Stimme war tief und gefärbt von einem leichten Akzent, den sie nicht ganz bestimmen konnte. „Ich hoffe, dies ist zu Ihrer Zufriedenheit“, erklärte er und machte eine Geste über den Strand und den Ozean.

„Ich … Ich verstehe das nicht. Wie bin ich hierhergekommen? Wo sind wir?“, fragte Emily und versuchte vergeblich, wenigstens ein bisschen entrüstet zu klingen.

„Nun, das würde das Rätsel wohl ein wenig ruinieren. Und

wir beide wissen doch, wie sehr Sie Rätsel mögen", meinte er und gestikulierte mit der Hand, die das Buch hielt. Dann erinnerte sie sich, dass es später Nachmittag gewesen war, als sie sich der Limousine genähert hatte. Sie sah auf ihre Uhr. Die behauptete, dass es 22 Uhr war, allerdings in New York. Hier hingegen hing die Sonne bereits am Himmel – und stieg noch.

„Warum bin ich hier?", fragte Emily. Aus irgendeinem Grund beruhigte sie sich allmählich. Als wäre sie wirklich sicher.

„Weil Sie darum gebeten haben. Und haben Sie vielen Dank für das Geschenk. Sie haben keine Ahnung, wie sehr ich es zu schätzen weiß", sagte er und wedelte erneut mit dem Buch herum. „Natürlich habe ich Ihr kleines Spielzeug aus dem Buchrücken entfernen lassen. Ich bin ein wenig enttäuscht. Nicht, dass Sie es versucht haben – damit habe ich gerechnet –, aber dass Sie tatsächlich denselben Laden aufgesucht haben, den Sie bereits bei der Arbeit an Ihrem Buch genutzt haben. Haben Sie immer noch keine Ahnung davon, wie gut ich Sie kenne?"

Der Typ ist verrückt. Alles, was sie wollte, war zurück nach Hause. Sie fühlte sich wieder wie bei ihrem ersten Ausflug in der Limousine, nur dass der Kerl diesmal den Arm ausstrecken und ihr direkt etwas antun konnte, wenn sie nicht vorsichtig war. Anders als damals jedoch wusste *sie* diesmal auch ein bisschen was.

„Mein Fehler. Alte Gewohnheiten und so", erwiderte sie. Jetzt wusste sie, weshalb sie sich sicher fühlte. Er brauchte sie. Zumindest für die Pressekonferenz. Sie rieb sich behutsam die Schläfe, als ein neuerliches Pochen dahinter auftauchte.

„Ich bedauere das", sagte er. „Aber ich dachte, Sie ein wenig mit Drogen zu betäuben wäre besser, als Sie wieder und wieder mit einem Elektroschocker außer Gefecht zu setzen. Ich denke, da stimmen Sie mir zu."

„Danke schön", sagte sie, überrascht von ihrer eigenen Frechheit. „Weshalb glauben Sie, dass ich nicht einfach zu schreien anfange?" Sie griff in ihre Tasche und holte ihr verbliebenes Handy hervor. „Oder jemanden anrufe. Die Polizei. Irgendwen. Ich könnte Sie in ernsthafte …“

„Wen genau würden Sie anrufen? Das FBI? Ihren Freund, Agent Wagner? Nur zu. Er hat hier keine Kompetenzen, keinerlei Zuständigkeit, selbst wenn Sie ein Signal bekommen würden. Der Handyempfang hier unten ist instabil, um es freundlich auszudrücken. Ein kleiner Preis, den ich zahlen muss, was ich aber gerne tue. Und was das Schreien betrifft, lassen Sie sich nicht abhalten. Hier, lassen Sie mich Ihnen helfen“, meinte er, bevor er anfing, aus voller Kehle über das Meer zu brüllen. „Hmm. Ich schätze, die Fisch-Polizei ist gerade beschäftigt. Ich fühle mich allerdings ein bisschen beschämt. Als Sie meinten, Sie hätten ein Geschenk, wusste ich ja nicht, wie speziell es sein würde. Ich habe das Gefühl, als müsste ich Ihnen etwas im Gegenzug schenken.“

„Nehmen Sie doch Ihre Maske ab“, schlug sie vor und warf ihr Handy zurück in ihre Tasche.

„Oh, jetzt noch nicht, fürchte ich. Aber ich werde Ihnen drei Ja-oder-nein-Fragen beantworten.“

„Ich kann Sie alles fragen?“

„Alles“, versicherte er und bedeutete ihr, sich zu setzen. Emily gehorchte und ließ sich nieder. Er nahm ihr gegenüber auf dem zweiten Strandsessel Platz.

„Erzählen Sie mir von David Jordan“, sagte sie und hoffte, ihn mit dem Namen des Mannes zu überraschen, der in den letzten Mord verwickelt war. Falls ihr das gelang, sah man es ihm nicht an.

„Das ist keine Frage.“

„In Ordnung. Hat David Jordan die drei vermeintlichen Opfer des Monarchen ermordet?“, fragte sie.

„Nein. Nächste Frage.“ Er sagte es so beiläufig, als habe er zugegeben, dass Gras grün war. *Er spielt mit mir.* Sie brauchte eine echte Frage, eine schwere Frage. Etwas, das ihr verraten konnte, ob er ehrlich war oder nicht. Aber ihr blieben nur noch zwei Chancen.

„Wurde David Jordan ermordet?"

„Ja. Ich muss gestehen, Ihre Fragen überraschen mich. Sie scheinen von Mr. Jordan besessen zu sein. Wie dem auch sei, eine Frage bleibt Ihnen noch."

Mein Gott, erzählt er mir wirklich die Wahrheit? Auf die geringe Chance hin, dass es so war, musste sie ihre letzte Frage gut nutzen.

„In Ordnung", sagte sie und beugte sich vor. „Wenn die Pressekonferenz den Monarchen herauslockt, werden Sie ihn umbringen?"

„Endlich, eine gute Frage!"

„Und, wie lautet die Antwort?"

„Nein, ich persönlich habe keinerlei Absicht, ihn umzubringen."

Was für eine seltsame Antwort.

„Wirklich, das war wundervoll", sagte Nathan, schlug sich auf die Schenkel und stand auf. Sie war der Ansicht, dass er nun nicht mehr ganz so sicher auf seinen Beinen stand wie noch eine Minute zuvor. „Aber es gibt noch viel zu tun. Sie haben eine lange Reise vor sich und, natürlich, eine Rede vorzubereiten."

Emily stand auf. Nathan streckte die Hand aus. Sie dachte, er wolle sie schütteln, also tat sie es ihm gleich. Zu ihrer Überraschung nahm er ihre Hand, hob sie an seine Lippen und legte eine galante Verbeugung hin, als er sie küsste.

„Ich werde diesem Geschenk auf ewig einen Platz in meinem Herzen reservieren", meinte er und hob das Buch an, bevor er sich umdrehte und den Strand auf demselben Weg wieder verließ, den er gekommen war. Dort schien es nichts zu geben als noch mehr Strand. Sie sah ihm nach, bis ihr klar wurde, dass er sie mutterseelenallein gelassen hatte, an einem Strand mitten im Werweißwo.

Sie wollte ihm etwas hinterherrufen, aber dann sah sie ihn stolpern. Er richtete sich wieder auf, musste aber einen Moment innehalten. Er setzte seinen Gang langsamer und deutlich vorsichtiger fort, aber es dauerte nicht lang, bis er erneut stolperte. Dieses Mal fiel er auf die Knie. Dann winkte er in die Luft vor sich.

Was Emily als Nächstes sah, war mindestens so surreal wie ihr Erwachen an einem fremden Strand. Männer stürmten aus den Büschen, allesamt in Schwarz gekleidet. Es mussten wenigstens zwanzig sein, von denen etliche Feuerwaffen in den Händen hielten. Ihr wurde klar, dass sie die ganze Zeit über zugesehen hatten. Die Männer rannten zu Nathan hinüber, wo einer von ihnen, nachdem Nathan etwas zu ihm gesagt hatte, mit langen Armen zum weit entfernten Ende des Strands winkte. Ein Helikopter kam donnernd um die Bäume geflogen, die Rotorblätter drückten die Luft gegen Emilys Brust. Die Maschine landete direkt neben den Männern am Strand, wo sie Nathan auf die Beine und in die Maschine halfen. Dann, beinahe so schnell, wie er erschienen war, hob der Hubschrauber ab und raste hinaus aufs Meer.

Emily blickte aufs Wasser hinaus, konnte aber nichts als kristallklares Blau sehen, das sich bis zum Horizont erstreckte.

Dann sah sie, wie die restlichen schwarz gekleideten Männer auf sie zukamen. Sie packte ihre Besitztümer und wandte sich um, um davonzurennen, sah aber, dass auch hinter ihr Männer aus den Büschen kamen. Bevor sie irgendetwas sagen konnte, hielt einer von ihnen ihr ein Gerät ins Genick, das zischte und zustach wie eine Wespe. Sie schlug danach, aber bevor ihre Hand Haut berührte, begann der Strand unter ihr zu schwanken, als wäre er ebenfalls aus Wasser.

Sie spürte, wie sie stürzte und Hände sie packten, aber dann fühlte sie nichts mehr.

DRITTER TEIL

SONNTAG

19

WASHINGTON HEIGHTS
NEW YORK CITY
06:00 Uhr Ortszeit

„Hier ist es“, sagte Emily vom Rücksitz des Taxis, in dem sie wieder zu Bewusstsein gekommen war. Ihr Kopf schmerzte noch stärker als vorher. In den letzten fünfzehn Stunden war sie zweimal geflogen. Wohin und von wo zurück, wusste sie nicht. Als sie erwacht war, hatte sie den Fahrer gefragt, wie sie hier gelandet sei. Er hatte erzählt, zwei Männer hätten sie auf seine Rückbank gesetzt, ihm zweihundert Dollar in die Hand gedrückt und erklärt, er solle so lange durch die Gegend fahren, bis sie wieder zu sich komme und ihm ein Ziel gebe.

Emily schaffte es die Treppen hinauf zur Eingangstür ihres Gebäudes. Als sie nach ihren Schlüsseln fischte, sah sie, dass das FBI noch immer ihr Apartment beobachtete.

Das Erste, was sie tat, war, Churchill zu füttern, der nichts mehr mit ihr zu tun haben wollte. Er konnte tagelang eingeschnappt sein, wenn sie ihn nur versehentlich im Schlaf aus dem Bett warf, wer wusste also, wie lange es diesmal anhalten würde. Da sie selbst ebenfalls völlig ausgehungert war, warf sie sich ein paar jamaikanische Teigtaschen in die Mikrowelle und spülte sie mit einem dringend benötigten Wein hinunter.

Sie nahm ein drittes Handy aus ihrer Tasche und klappte es auf. Raiden Pioneer hatte es ihr gegeben, gleich nachdem er *zwei* Spürsender in dem Buch versteckt hatte. Einer davon war ein klobiges, offensichtliches Ding im Buchrücken gewesen, das andere ein hauchdünnes Exemplar, das vorne unter der ledernen Buchdeckelverklebung steckte. Denselben Trick hatte sie bei einer Quelle für ihr Buch angewendet, aber sie hatte beschlossen, dass sie einige Dinge besser für sich behalten sollte.

Das Gerät war ein passives Funknetz-Huckepack-GPS-System. Einmal pro Stunde würde es sich einschalten, seine Position bestimmen und dann das nächstgelegene Handy benutzen, um eine kurze Textnachricht an ihr Handy zu schicken, worauf es sich sofort wieder abschaltete. So war es nahezu unmöglich, es zu entdecken. Aber Nathans Bemerkung über die schlechte Handynetzabdeckung machte Emily nervös.

Sie durchsuchte die Textnachrichten des Handys. Es gab etliche aus dem Zeitraum, in dem sie das Buch noch selbst bei sich gehabt hatte, alle aus der New Yorker Umgebung. Dann gab es etliche Stunden ohne eine der erwarteten Meldungen. Vermutlich während des Fluges, dachte sie. Dann, etwa um 22 Uhr Ostküstenzeit vom gestrigen Abend, gab es eine neue Meldung. Sie fühlte einen eisigen Schauer, als sie sah, wo sie gewesen war.

„Im verflixten *Afrika*?" Sie konnte nicht fassen, dass sie einmal um die halbe Erde und zurück geflogen war. Dann, während sie das Handy hielt, summte es, als eine neue Nachricht eintraf. Er hatte recht gehabt mit dem instabilen Handynetz. Sie bekam nur alle fünf oder sechs Stunden eine Positionsnachricht.

Sie las die Nachricht und sah, dass sie aus derselben Gegend kam, allerdings ein paar Hundert Kilometer weiter östlich. Das musste der Ort sein, an den der Hubschrauber geflogen war.

Jetzt, wo sie wusste, dass ihre riskante Idee nicht umsonst gewesen war, fühlte sie sich sofort besser. Zumal Nathan offenbar nichts von ihrer Wanze ahnte.

Sie zog sich aus und duschte ausgiebig. Während sie sich den Seifenschaum abspülte, untersuchte sie erneut die Male auf ihrem Bauch. Sie sahen nicht so aus, als würden sie eine Narbe hinterlassen. Es machte sie wütend, dass ihr jemand so etwas antun konnte und ungestraft davonkam, obwohl sie wusste, dass das nicht ganz richtig war.

Sie trocknete sich ab, zog sich Jeans und T-Shirt über und ging zu ihrem Anrufbeantworter. Fast zwanzig Anrufe hatten sich darauf angesammelt. Der erste war von Dan Cooper.

„Ähm, hi, äh, Miss Burrows?“, sagte Dans Stimme, auch wenn er nur schwer neben dem Pfeifen und Heulen zu verstehen war, das ihn umgab. Offensichtlich rief er von einem hohen und windigen Ort aus an. „Hier ist Dan. Dan Cooper? Ich bin mir nicht sicher, was ... los ist, ich dachte, Sie rufen meinen Chefredakteur an? Wegen der ... Sie wissen schon. Auf jeden Fall, wenn Sie zurückrufen könnten, wäre das super. Oder, eigentlich, rufen Sie einfach meinen Chefredakteur an. Bitte? Okay. Bye.“

Sie löschte den Anruf und versuchte, ihre Schuldgefühle zu ignorieren, dass sie den Jungen so benutzte, besonders, weil es ihr unmöglich war, seine Erkenntnisse zu benutzen. Die restlichen Anrufe waren von ihrem Agenten. Zunächst waren sie wütend, wandelten sich dann jedoch in echte Sorge. Der letzte Anruf kam von Agent Wagner.

„Miss Burrows, rufen Sie mich umgehend zurück, wenn Sie das hier abhören. Ich würde gerne mit Ihnen über den Tod von Dan Cooper sprechen.“

Emily hätte sich beinahe verbrannt. Sie war gerade dabei gewesen, sich eine Tasse Tee einzugießen, als sie die Nachricht hörte.

„Seinen was?“, fragte Emily ins leere Apartment. Ihr wurde klar, dass irgendwo zwischen der Nachricht, die Dan ihr hinterlassen hatte, und Wagners Anruf etwas Schreckliches geschehen sein musste.

Emily stürzte ins Internet und fand die Meldung schon nach äußerst kurzer Suche. Während sie las, klappte ihr langsam das

Kinn runter. Als sie zum Ende des Artikels kam, beugte sie sich so dicht an den Monitor, dass die Härchen an ihrer Nasenspitze sich in der elektrostatischen Aufladung aufrichteten. „Verflixte Hölle“, sagte sie leise.

Der Bericht beschrieb Dan als Einzelgänger, der nicht wirklich dazugehörte. Ein stiller Junge, neben dem seine Mitarbeiter sich unwohl gefühlt hätten. Etwa um die Zeit, in der Emily sich auf schnellen Flügeln Richtung Afrika bewegte, war der naive, aber begeisterungsfähige Junge offenbar aufs Dach des *New-York-Times*-Gebäudes gestiegen und … gesprungen.

Das konnte sie sich von dem Jungen absolut nicht vorstellen. Dann aber erinnerte sie sich an den pfeifenden Wind im Hintergrund von Dans Nachricht, und ihr wurde klar, dass er sie vom *Dach* des Gebäudes angerufen hatte.

„Oh mein Gott.“

Als der erste Schock sich gelegt hatte, wurde ihr auch klar, weshalb Wagner sie sprechen wollte. *Sie wissen von dem Anruf.*

Plötzlich war sie voller Furcht. Und sie wusste, was sie tun musste. Es würde den Ruf ihres Vaters in Gefahr bringen, aber sie musste einfach hoffen, dass er sich selbst verteidigen konnte. Wenn sie zuließ, dass sie zu intensiv darüber nachdachte – der zum Ritter geschlagene Kurator des British Museum, der eine Betrügerin und Kriminelle zur Tochter hatte –, würden die Schuldgefühle sie wieder in einen Feigling verwandeln. Selbst ihre Hoffnung, die wahre Identität des Monarchen herauszufinden, wurde für sie plötzlich unbedeutend.

Emily nahm den Koffer aus dem Ofen, legte das Geld wieder hinein, zusammen mit ihrer Kamera, auf der die Bilder von Dans Karten waren, zog sich Mantel und Schal an, gab Churchill ein wenig Extrafutter in sein Schälchen und ging dann hinaus zu den FBI-Agenten, die im Wagen saßen und ihr Apartment beobachteten.

Wagner betrat Verhörraum F in der zweiundzwanzigsten Etage des Bürogebäudes an der Federal Plaza 26. Evans hatte die Frau hier abgesetzt, nachdem die Agenten, die vor ihrer Wohnung gewartet hatten, sie hergefahren hatten. Er betrachtete Miss Burrows, die auf einem der zwei Stühle saß, die durch einen Tisch getrennt waren. Sie sah erschöpft aus, ihre Augen und Nase waren gerötet. Offensichtlich hatte sie geweint. Sie saß in dem Stuhl, der dem Spiegel zugewandt war, und hielt ihre Tasche an ihre Brust gepresst.

Auf dem Tisch vor ihr lagen einige Gegenstände. Er trat näher, und als er sah, um was es sich handelte, warf er einen Blick zur Kamera hinauf, als wolle er sagen: *Ich hoffe, ihr habt das alles drauf.* Auf dem Tisch lagen ein metallener Koffer, eine Digitalkamera, ein Handy und ein Aktenhefter, auf dem etliche Papierbündel gestapelt waren. Selbst mit einem kurzen Blick erkannte Wagner, dass es Tausende von Dollar waren. Das Abhörgerät in dem Koffer war inaktiv, von FBI-Technikern ausgeschaltet, sofort nachdem sie einen Zettel hochgehalten hatte, auf dem stand „Wanze im Koffer".

„Was hat das alles hier zu bedeuten?", fragte Wagner.

„Zeichnet die Kamera auf?", fragte sie. Ihre Stimme, wenn auch etwas zittrig, verriet Wagner, dass sie eher wütend als traurig war.

„Ja, tut sie", antwortete er und setzte sich ihr gegenüber auf den anderen Stuhl. Sie sah auf den Tisch hinunter und holte tief und langsam Luft, als würde sie sich innerlich für etwas Furchtbares wappnen. Er verspürte beinahe das Bedürfnis, dasselbe zu tun.

„Mein Name ist Emily Denham, und ich muss Ihnen eine Geschichte erzählen", begann sie. Die nächsten fünfundvierzig Minuten lauschte er einer geradezu unglaublichen Story.

Sie erzählte ihm alles – ihr erstes Gespräch mit Nathan in der Limousine, den Besuch von Dan Cooper, die wirklichen

Gründe für die Pressekonferenz – alles. Sie endete mit ihrer Verschleppung nach Afrika.

Als sie schließlich fertig war, sagte er zunächst einmal nichts. Er stand einfach auf und verließ den Raum. Er ging zu Evans, der die ganze Show durch den Spiegel beobachtet hatte.

„Was denkst du?“, fragte Wagner. Evans hielt ihm ein Stück Papier hin, auf dem Personendaten ausgedruckt waren. Wagner sah, dass er ihren vermeintlich echten Namen überprüft hatte, während sie erzählt hatte. Keine Vorstrafen. Nun, das war ein Anfang.

„Wenn der Haufen Bargeld da nicht wäre, würde ich sagen, sie ist ein Schreiberling von der Sorte, die von ihrer eigenen Fantasie entführt worden ist. Könnte immer noch so sein.“

„Ich würde dir recht geben, wenn diese Akte nicht wäre. Das ist keine Kopie oder Fälschung. Das ist meine originale Personalakte. Die kann sie nur auf zwei Wegen erhalten haben.“ Wagner schenkte sich eine Tasse Kaffee ein.

„Drohungen oder Geld.“

„Vielleicht beides. Wer, glaubst du, ist der Maulwurf?“, fragte Wagner, der wusste, dass jemand im Gebäude in der Sache drinsteckte. Er pustete in seine Tasse und nahm einen Schluck. Es schmeckte fürchterlich, und Wagner wünschte, dass der Kaffee kälter wäre, damit er ihn in einem Schluck runterkippen könnte.

„Schwer zu sagen. Mein Tipp wäre jemand aus der Verwaltung. Kein Ermittler. Die Bürohengste sind leichte Beute für jemanden mit genügend Einfluss.“

„Du meinst, wie jemand, der direkt an der Quelle dafür sorgen könnte, dass die Verkehrskameras ausfallen?“

„Ganz genau“, sagte Evans.

„Was ist mit diesem Afrika-Trip? Klingt ziemlich fantastisch.“

„Nicht unbedingt. Wir hatten vor ein paar Jahren mal einen

Fall, bei dem das Alibi des Hauptverdächtigen war, dass er zum Tatzeitpunkt in Mexiko war, im Urlaub mit seiner Familie. Er konnte also unmöglich der Täter sein. Dann stellte sich raus, sein Chef hatte so einen Überschallflieger. Große Konzerne schwören seit einigen Jahren auf die Dinger. Man kommt von New York nach Paris in vier Stunden oder so. Solche Sachen gibt's."

„Sag bloß!", meinte Wagner. „Je mehr ich über diesen Nathan erfahre, falls er existiert, desto mehr denke ich, dass wir die Pressekonferenz durchziehen sollten. Ihm muss wirklich viel daran liegen, wenn er so viele Mühen dafür aufwendet. Könnte der beste Weg sein, Beweise gegen ihn zu sammeln."

„Riskant", wandte Evans ein. Wagner wusste, wenn Evans etwas als riskant betrachtete, war es *wirklich* riskant. „Meinst du, sie spielt mit?"

„Ja, tu ich." Wagner beobachtete Emily durch das verspiegelte Glas. „Sie ist stinksauer. Dieser Monarch, wer auch immer er in Wirklichkeit ist, ist jemand Besonderer für sie. Sieh dir nur mal an, was sie bisher alles riskiert hat, nur um ihn zu finden. Sie hat erst zurückgescheut, als sie dachte, Coopers Tod wäre ihre Schuld."

„Hah", sagte Evans mit einem schiefen Grinsen.

„Was?"

„Nichts. Ich denke nur, du spielst diesmal mit Köpfchen statt aus dem Bauch raus. Hätte nicht gedacht, dass du das mal fertigbringst."

Wagners Antwort bestand aus leicht hochgezogenen Augenbrauen und einem weiteren Schluck aus seiner Tasse.

„Willst du, dass ich die Behörden in Afrika anrufe? Beziehen wir sie ein?", fragte Evans.

„Noch nicht. Uns bleibt nicht viel Zeit. Stell einen Plan für morgen fertig. Wenn Nathan etwas versucht, will ich ihn mit der Nasenspitze auf dem Gehweg und meinem Knie im Kreuz, bevor er weiß, wer ihm die Handschellen anlegt."

„Sie wollen trotzdem, dass ich die Pressekonferenz abhalte?“, fragte Emily ungläubig. Sie hatte fast erwartet, dass Wagner wieder hereinkommen und sie direkt ins Gefängnis werfen würde. Ziemlich sicher sogar, wenn sie ehrlich sein sollte. Dann wiederum war sie davon überzeugt, dass sie bisher nichts Illegales getan hatte, selbst wenn sie sich äußerst dämlich verhalten hatte.

„Wie wir es geplant haben“, meinte Wagner.

„Weshalb sollte ich das tun? Ich hab Ihnen doch gesagt, wozu diese Leute fähig sind. Was sie getan haben. Sie haben seinen Aufenthaltsort, weshalb fliegen Sie nicht los und holen ihn?“

„Zum einen, weil das FBI in Afrika keine Zuständigkeit hat. Zum anderen, wofür genau sollte ich ihn festnehmen? Alles, was wir bisher haben, sind Indizienbeweise und Ihre Aussage. Und bitte verstehen Sie das nicht falsch, aber Sie sind im Augenblick nicht gerade ein Musterbeispiel für Ehrlichkeit. Hinzu kommt, dass wir keine Ahnung haben, wer er wirklich ist. Ist Nathan sein Vor- oder Nachname? Ist es überhaupt sein Name? Vielleicht verfolgen wir dieses GPS-Signal zu Ihrem Buch und verhaften irgendeinen Bibliothekar, dem er es gegeben hat. Wir haben nichts. Mit Ausnahme …“

„Mit Ausnahme von mir. Sie haben mich und diese Pressekonferenz, die Nathan unbedingt abhalten will.“

„Exakt“, bestätigte Wagner. „Aber wir haben noch etwas anderes … oder wir könnten noch etwas anderes haben. Mit Ihrer Hilfe.“

„Den Monarchen“, sagte Emily. Angst schnürte ihr den Magen zu. *Er will mich dazu benutzen, den Monarchen rauszulocken, genau wie Nathan.*

„Dieser Nathan, oder wer immer er auch ist, bekommt schon einen … Er ist aus irgendeinem Grund sehr motiviert, den Monarchen in die Finger zu kriegen. Das bedeutet, wenn wir den

Monarchen haben, können wir die Situation kontrollieren. Nathan eine Falle stellen. Vielleicht sogar herausfinden, weshalb er ihn so dringend will, was uns Beweise und vielleicht eine Anklage gegen ihn verschaffen könnte."

„Und was geschieht mit dem Monarchen?", fragte Emily, auch wenn sie die Antwort bereits kannte. Sie wollte sehen, ob Wagner ihr die Wahrheit sagte. Ob sie irgendjemandem in diesem ganzen Durcheinander trauen konnte.

Wagner lehnte sich in seinem Stuhl zurück und sagte: „Nun, ich werde Sie nicht belügen. Wenn er von den Morden freigesprochen wird, müssten wir ihn an Interpol übergeben. Aber ausgehend von dem, was ich in Ihrem Buch gelesen habe, schlüpft er denen auch wieder durch die Finger. Ich denke, das ist deutlich besser als alles, was dieser Nathan für ihn geplant hat."

Emily wusste, dass er damit richtiglag. „Ich möchte auch ehrlich zu Ihnen sein. Ich bin nicht scharf drauf, auf dem Podest vor einer Reportermenge zu stehen, bei dem, was ich weiß. Ich glaube, dass ich eine riesige Zielscheibe auf dem Rücken habe. Ich bin mir sicher, dass er mir deswegen auch das Handy wieder abgenommen hat. Sobald die Pressekonferenz vorbei ist, bin ich für ihn nicht mehr von Nutzen, und er will keine Beweise zurücklassen, die ihn mit mir in Verbindung bringen."

Wagner stieß Luft durch die Nase aus und verschränkte die Arme vor der Brust. Er musterte Emily, als wäre sie irgendein exotisches Suchbild.

„Was?"

„Ich versuche, aus Ihnen schlau zu werden. Die Hälfte der Zeit reden Sie wie ein unbeholfener Bücherwurm, die andere Hälfte wie ein Cop. Wie auch immer, der Gedanke kam mir auch schon. Wir können die Konferenz kontrollieren. Nur geladene Reporter, abgesperrtes Areal, Agenten in Zivil in der

Menge. Vielleicht halten wir sie unten in der Lobby ab. Wenn wir müssen, können wir die innerhalb von Sekunden abriegeln. Sie werden absolut sicher sein."

Emily biss sich auf die Lippen und dachte über das Angebot nach. Es war besser als alles, was sie sich erhofft hatte, aber weniger als perfekt. Selbst wenn alles wie am Schnürchen lief und Nathan, dieser Bastard, bekam, was er verdiente, war es trotzdem nicht ihr Wunsch, den Monarchen an die Oberfläche zu ziehen und Interpol in den Schoß fallen zu lassen. Selbst wenn er nicht ins Gefängnis musste, würden er und jeder Mensch in seinem Leben zur Zielscheibe werden. Sie wusste, dass es eine ganze Liste von Sammlern gab, die alles dafür zahlen würden, sich an ihm rächen zu können.

Aber wer wusste schon, was passieren würde, wenn Nathan aus dem Spiel war? Zumindest wäre sie endlich in der Lage, das letzte Kapitel ihres Buchs zu schreiben. Vielleicht sogar die Fortsetzung, die Raiden vorgeschlagen hatte. Nicht, dass ihr diese Idee nicht selbst bereits gekommen wäre. Sie würde diese Möglichkeit einer anhaltenden Unwissenheit jederzeit vorziehen, egal, wie hoch das Risiko war.

„Ich tue es", sagte Emily. „Unter einer Bedingung."

„Welche wäre das?"

„Lassen Sie sie für jedermann offen." Sie wusste, dass Wagner verstand, wieso. Je öffentlicher die Veranstaltung war, umso größer war auch die Chance, dass der Monarch in der Menge war. Natürlich erhöhte das auch die Chance, dass Nathans Leute da waren.

„Abgemacht."

20

THE CLOISTERS MUSEUM
NEW YORK CITY
16:00 Uhr Ortszeit

Jonathan saß am Tisch und rührte gedankenverloren in seinem Kaffee herum, während er auf Lew wartete, der die Tragkraft der Tabletts des Cafés testete. Das Museum schloss bald, und das Trie Café war nahezu leer.

„Schlechte Neuigkeiten“, sagte Lew, als er seinen Stuhl zurückschob. Er knallte sein Tablett auf den Tisch, das mit zwei Sandwiches, einem Kaffee, einem Stück Kuchen, ein wenig Torte und etwas, das wie Reispudding aussah, beladen war.

Jonathan musste unwillkürlich schmunzeln. „Die ganzen Hähnchen waren aus?“

„Super-haha-witzig. Nein, als ich an die Kasse kam, habe ich in den Nachrichten gesehen, dass sie den Ort für die Pressekonferenz morgen festgelegt haben.“ Lew warf den Daumen über die Schulter in Richtung des Fernsehers, der von der Decke hing.

„Und das ist schlecht?“, fragte Jonathan. Er versuchte, den Nachrichtenticker auf dem Fernseher zu lesen, aber er war zu weit weg.

„Nein, wieso? Sie findet bloß in der Lobby des FBI-Hauptquartiers statt.“

„Großartig.“

„Wir werden halt vorsichtig sein müssen“, meinte Lew mit einem Schulterzucken, bevor er sich auf sein Festmahl stürzte.

Nach der Landung hatten sie in einem Hotel in Midtown Manhattan eingecheckt und waren zum ersten Leichenfundort spaziert, am Rande des Central Parks. Jonathan war beinahe zwanzig Minuten herumgelaufen, bevor er sich schließlich dorthin gesetzt hatte, wo damals die Leiche entdeckt worden war. Er konnte nichts finden, das darauf schließen ließ, dass es irgendetwas anderes war als ein beliebiger Mord. Von hier aus sah man entweder den Park oder die Gebäude auf der anderen Straßenseite. Nichts Besonderes.

Sie gingen die paar Blocks zur St. Patrick's Cathedral, dem Ort des zweiten Mordes. Abgesehen von der beeindruckenden Schönheit und majestätischen Anmut der Kathedralendecke und der komplexen Buntglasfenster hatten sie auch hier nichts Ungewöhnliches gefunden. Die Tatort-Rundfahrt fühlte sich allmählich wie eine gigantische Zeitverschwendung an. Trotzdem hatten sie sich ein Taxi geschnappt und waren ins The Cloisters Museum gefahren.

Sie waren ein bisschen der offiziellen Führung gefolgt, hatten versucht, als Touristen durchzugehen, den Großteil ihrer Zeit aber an dem Brunnen verbracht, an dem die letzte Leiche gefunden worden war. Eine Menge Leute waren aus demselben Grund dort, aber als die Luft rein war, hatte sich Jonathan rückwärts in dieselbe Position gelegt, in der Bob Cummings gefunden worden war. Auch hier hatte er nichts anderes damit erreicht, als sich einen nassen Fleck hinten ins Hemd zu machen. Ihre Ermittlungen waren eine völlige Pleite.

„Ich verstehe es nicht", sagte Jonathan schließlich, als er die Lust daran verlor, seinen Kaffee umzurühren. „Ich war mir sicher, dass es irgendeine Gemeinsamkeit oder ein Muster gibt. Irgendetwas, das uns zeigen würde, worum es hier geht."

„Nun", sagte Lew mit vollem Mund, „vielleicht sind das Wer und Wo gar nicht der springende Punkt. Vielleicht geht's ja ums Wie."

In Jonathans Tasche ertönte die Melodie, die Natalie für ihre Anrufe auf seinem Handy ausgewählt hatte. Es war ihr Lieblingslied aus dem Film *Guardians of the Galaxy*, den sie gemeinsam gesehen hatten, und der einzige Song aus ihren Vorschlägen, den er ertragen konnte.

Ooga chaka ... ooga chaka ... ooga chaka ...

Lew blinzelte ihn an, als er das Gerät aus der Tasche zog. „Niedlich", meinte er, bevor er einen weiteren Bissen von seinem Sandwich nahm.

„Halt den Rand." Jonathan lächelte, bevor er das Gespräch annahm. „Hi, Süße."

Natalie erzählte ihm von ihrem Tag. Sie waren Gokart gefahren, und heute Abend wollten sie alle ins Kino. Ken Swenson scheute keine Kosten, sie zu beschäftigen. Jonathan war froh darüber, aber bei diesem Tempo würde er die fünfhundert Dollar, die Jonathan ihm gegeben hatte, in wenigen Tagen durchgebracht haben. Sie sprachen und alberten beinahe zwanzig Minuten miteinander herum, und Jonathan konnte sich kaum überwinden, Tschüss zu sagen, angesichts dessen, was ihm am folgenden Tag möglicherweise bevorstand.

„Ich muss auflegen, Dad", sagte Natalie, nachdem sie mit irgendjemandem im Hintergrund gesprochen hatte. „Wir machen Popcorn und gucken *Die Eiskönigin*."

„Schon wieder? Du wirst dich in Elsa verwandeln, wenn du den noch ein einziges Mal guckst", sagte Jonathan und wünschte, er wäre bei ihr, damit er hören konnte, wie sie die Lieder im Film mitsang.

„Ich wünschte, es wär so! Gute Nacht, Dad. Viel Glück, ich hab dich lieb."

„Nacht, Süße. Hab dich auch lieb." Jonathan legte auf und blieb eine Minute oder so in Gedanken versunken. Dann schüttelte er den Kopf und zwang sich, sich wieder aufs Hier und Jetzt zu konzentrieren.

„'tschuldige, was hast du vorhin gesagt?", fragte Jonathan.

„Ich sagte, es ist vielleicht das Wie, das wir betrachten sollten. Diese Nachrichtenbeiträge hatten nicht besonders viele Details. Das Symbol, das den Opfern in die Haut geschnitten war, war schlimm, aber nicht wirklich lebensgefährlich", erklärte Lew, schob seinen leeren Kuchenteller zur Seite und begann, sich in die Torte zu graben.

Jonathan starrte Lew nur an. Das war nicht derselbe Mann, den er vor einigen Jahren gekannt hatte. Seit damals war Lew viel nachdenklicher geworden. „Okay, aber wie finden wir vor morgen heraus, wie sie ermordet wurden?"

„Ich kenne ein paar Jungs bei der New Yorker Polizei von vor zwanzig Jahren."

Jonathan wollte etwas erwidern, doch er spürte, wie ihm jede Atemluft aus dem Körper gesogen wurde, als er von seinem Kaffee aufsah. Er konnte die Wörter nicht lesen, aber das Bild auf dem Fernseher war allzu deutlich und allzu bekannt.

„Heilige Scheiße", sagte er.

„Hä?", erwiderte Lew. Er bemerkte, wohin Jonathan starrte, und drehte sich um. „Ist das …"

Jonathan stand auf und packte Lew am Kragen, als er an ihm vorbeistürmte. Er zog seinen Partner auf die Füße. „Los, gehen wir."

Sie gingen näher an den Fernseher heran, bis sie das Bild klar erkennen konnten.

Da war es, glasklar und deutlich zu erkennen: *Die gerechten Richter* – das meistgestohlene Gemälde der Welt. Und Jonathan und Lew waren die bisher Letzten gewesen, die es gestohlen hatten. Jonathan hatte es seit beinahe acht Jahren nicht gesehen. Und das letzte Mal war gewesen, als er es aus seiner Tasche gezogen und den belgischen Behörden übergeben hatte. Sie hatten Jonathan und Lew gedankt und angeboten, sie für die Wiederbeschaffung zu bezahlen, aber die Behörden hatten noch einen weiteren, sehr ungewöhnlichen Wunsch gehabt. Es war das erste Mal gewesen, dass jemand Jonathan und Lew darum bat, etwas zu *entstehlen.* Nun, nicht wirklich zu entstehlen, obwohl das dem Museum auch gut in den Kram gepasst hätte. Sie wollten es einfach nur loswerden.

Die meisten Sammler und Experten hielten das Gemälde seit Jahren für verloren oder zerstört. Es war 1935 zuletzt gesehen worden. Offensichtlich hätte sein plötzliches Wiederauftauchen einfach zu viel Wirbel verursacht. Jonathan hatte sich geweigert, Geld zu nehmen, was Lew ziemlich gestunken hatte, und war einfach gegangen. Das Bild hatte er den Behörden dagelassen.

„Ich hab dir doch gesagt, dieses Bild bringt nichts als Pech", murmelte Lew. Er sprach leise, damit die drei oder vier Leute, die neben ihnen standen, um die Nachrichten zu sehen, sie nicht hörten. Einer der Hauptgründe dafür, dass Lew so sauer darüber war, dass sie sich für den Job nicht hatten bezahlen lassen, war der gewesen, dass er sich bei dem Diebstahl den Arm gebrochen hatte. Es war das einzige Mal gewesen, dass einer von ihnen während einer Mission verletzt worden war. Als sie sich umgewandt und die Behörden stehen gelassen hatten, hatte Lew gemeint, dass sie das Bild nicht zum letzten Mal gesehen hätten. Jonathan hatte ihn nur für abergläubisch gehalten.

Jetzt war er sich nicht mehr so sicher. Jetzt dachte Jonathan etwas ganz anderes. Dass dieses Gemälde benutzt worden war, veränderte alles. Hier war niemand am Werk, der mithilfe von Emily Burrows' Buch versuchte, dem Monarchen ein paar Morde anzuhängen. Und auch niemand, der nur vorgab, der Monarch zu sein. Im Buch wurde dieses Bild nicht einmal erwähnt. Wer auch immer dahintersteckte, schickte eine wohlüberlegte und sehr direkte Nachricht an den Monarchen: *Ich weiß mehr über dich als irgendjemand sonst in der Welt, und ich werde dich kriegen.*

Und die Nachricht wurde laut und deutlich vernommen.

21

TARTARUGA ISLAND

03:00 Uhr Ortszeit

Das Schlimmste, wenn man an Kuru erkrankt war, war die Frustration. Bevor die Symptome mit voller Wucht zugeschlagen hatten, hatte Nathan die einfachen Dinge im Leben nie für ihre Komplexität würdigen können. Den Duft von einem Brandy einzuatmen oder eine edle Zigarre zwischen Daumen und Zeigefinger zu rollen. Aber was bei all diesen nur scheinbar kleinen Dingen wirklich passierte, waren unzählige Neuronen, die in seinem Hirn aufblitzten, neuromuskuläre Übertragungen, die Nervenstränge entlangjagten, hinunter zu seinen Muskeln, die im Einklang mit seinem Gleichgewichtssinn und seiner Koordination arbeiteten. All das geschah in der halben Zeit eines Blinzelns. Aber heutzutage fiel Nathan selbst das Blinzeln manchmal schwer.

Um fair zu bleiben, die Krankheit war nicht das einzige Problem. Der Verlust der Muskelkontrolle und Bewegungskoordination war schlimm, wenn auch nicht so schlimm wie die ungewollten Lachanfälle. Den schwersten Treffer allerdings hatte Nathans Ego einstecken müssen. Auf seinen Wunsch hin hatte Sophia eine Lösung gefunden, die nichts damit zu tun hatte, seine Krankheit zu behandeln.

Wenn er nicht sein Serum gespritzt hatte, schluckte er nicht depolarisierende Blocker, ähnlich denen, die Anästhesisten während der OP verwendeten, um die Patienten davon abzuhalten, zu zucken oder sich zu bewegen, während man mit dem Skalpell in ihnen herumschnitt. Der schwierige Teil war der, Nathans Atmungsapparat nicht davon beeinflussen zu lassen und Nathan bei Bewusstsein zu halten. Schließlich, nach einigen wirklich knappen Zwischenfällen, hatte sie die richtige Mischung gefunden.

So konnte sein Ego die Schmach vermeiden, würdelos zu erscheinen. Aber wenn sein Rollstuhl nicht mit so hochmoderner Technik ausgestattet wäre, wäre er zwischen seinen Seruminjektionen bewegungslos und stumm.

Jetzt versuchte Nathan, seinen motorisierten Rollstuhl so herumzudrehen, dass der daran befestigte Arm seine Schlüsselkarte durch den Schlitz des Geräts ziehen konnte, das die Labortür geschlossen hielt. Er versuchte es bereits seit vollen fünf Minuten. Die meisten Türen der Anlage erkannten automatisch, wenn er sich in seinem Stuhl näherte, und öffneten sich selbsttätig. Die meisten Türen, die er für gewöhnlich benutzte, zumindest. Doch nicht diese hier. Sophias Labor war ihr Reich.

Schließlich gelang es ihm, die Karte auszurichten. Er gab den stimmlosen Befehl, und der Arm führte die Karte abwärts durch den Schlitz. Die Tür zu Sophias Labor öffnete sich mit einem Klicken, und Nathan rollte schnell hinein. Einen Augenblick später glitt die Tür hinter ihm geräuschvoll wieder ins Schloss.

Er fuhr einen Gang entlang, der auf beiden Seiten mit Laborausrüstung übersät war, wodurch er wirkte, als wäre er direkt einem alten *Frankenstein*-Film entsprungen: gläserne Kolben, Röhren und Bunsenbrenner, auf denen Flüssigkeiten vor sich hin kochten und blubberten und den Eindringling nicht beachteten.

Am Ende des Gangs fand er den Grund für sein Kommen; einen riesigen Kühlschrank. Er rollte näher heran, blieb aber augenblicklich stehen, als er das Vorhängeschloss daran sah. Selbst wenn er den Schlüssel dazu gehabt hätte, hätte er ihm in seinem augenblicklichen Zustand nichts gebracht.

Er schrie innerlich frustriert auf und wünschte, er wäre in der Lage gewesen, eine Faust zu ballen, wenigstens für einen Augenblick, um damit auf einen Tisch zu schlagen.

Nathan öffnete seine widerwilligen Lippen und stieß ein feuchtes, sabberndes Heulen aus, das in einem anderen Leben ein Fluch gewesen sein mochte. Sein Stuhl, irritiert von dem Geräusch, schob sich vor und zurück. Direkt hinter diesem winzigen Ring aus Stahl, im gekühlten Inneren dieses Kastens, lag sein Schatz. Die einzige Sache auf der Welt, die ihn wieder ganz machen konnte, wenn auch nur für eine kurze Zeit.

Es hätte ebenso gut auf dem Grund eines aktiven Vulkans liegen können.

„Was machst du da?", fragte eine vor Schlaf heisere Stimme hinter ihm. Er drehte den Rollstuhl um und erblickte Sophia vor sich stehend, das Gesicht mit Schlaffalten und ihr Laborkittel von Knitterfalten überzogen. Sie musste wieder an ihrem Schreibtisch eingeschlafen sein. *Sie mag nicht meine biologische Tochter sein, aber sie hat meine Arbeitseinstellung.*

„Ich möchte es nur sehen", antwortete Nathans elektronische Stimme.

„Nein. Du bist nicht in der Verfassung, jetzt schon wieder eine weitere Dosis zu nehmen", widersprach sie. „Dein Körper gewöhnt sich an die neue Formel ebenso schnell wie an die anderen. Du beschleunigst den Prozess nur."

„Es geht mir gut." Er log. Sein Körper schrie vor Schmerzen. Der Stuhl, der ihn herumfuhr und ihm erlaubte zu sprechen, war für Querschnittsgelähmte entworfen worden, aber ungeachtet seiner körperlichen Lähmung konnte er alles spüren. „Weshalb ist er abgeschlossen?"

„Wegen Nächten wie dieser", antwortete Sophia.

„Ich sagte doch, ich will es nur sehen."

„Warum hat Lara mir dann erzählt, dass du heute Nacht eine Spritze willst?", fragte sie. Er wusste, dass sie versuchte, ihn auszutricksen. Sie wäre die letzte Person, der Lara irgendetwas erzählen würde.

„Heute Nacht ist die wichtigste. Ich muss topfit sein."

„Davon weiß ich nichts. Wie auch, du hältst es ja nicht für nötig, mir zu erzählen, was dort unten los ist, nicht einmal, nachdem du mein Labor in eine Geisterstadt verwandelt hast. Wie auch immer, du kannst nicht klar denken. Vielleicht …"

„Vielleicht ist mein Verstand beeinflusst?", beendete Nathans elektronische Stimme den Satz für sie. „Ist er nicht."

Dann geschah etwas Seltsames. Nathan bemerkte, wie Sophia ihn betrachtete, als würde sie nach etwas suchen oder versuchen, eine Entscheidung zu fällen. Nathan fühlte sich wie ein Käfer unter einem ihrer Mikroskope. Nie zuvor hatte ihm jemand dieses Gefühl gegeben. Der Augenblick zog sich hin und war dann genauso schnell vorbei, wie er gekommen war. Sie wandte sich ab, und er war von ihrem Blick befreit.

„Er bleibt abgeschlossen. Geh ins Bett, Nathan", sagte Sophia, als sie das Labor verließ, vermutlich, um ihrem eigenen Rat zu folgen. Sie ließ ihn alleine zurück, noch immer völlig verstört von ihrem Blick.

Nathan?

Draußen im Gang lehnte Sophia sich mit dem Rücken an die Wand und holte tief Luft. Sie versuchte gleichzeitig, ihre Tränen zurückzuhalten und sich zu beruhigen. Aber es war keine Trauer, die sie spürte. Nun, nicht ausschließlich. Es war Zorn.

Einige Stunden zuvor hatte sie ein paar Routinetests an einer von Nathans Blutproben durchgeführt, um herauszufinden, was für Änderungen sie am Serum vornehmen könnte, damit sein Blut sich nicht jedes Mal so schnell daran anpasste. Aber ihr fehlte eine weitere Blutprobe zur Kontrolle, also hatte sie ihr eigenes benutzt. Was sie im Vergleich der Proben entdeckte, traf sie wie ein Schlag in den Magen mit einem stählernen Handschuh.

Es hatte nichts mit dem Serum zu tun. Es waren die Blutproben. Nathans Blut hatte die Blutgruppe 0-Negativ, Sophia hingegen war AB-Negativ, also dieselbe wie ihre verstorbene Mutter. Es war reiner Zufall, dass sie es überhaupt bemerkte, aber nachdem sie es gesehen hatte, hatte sie es erneut überprüft, und wieder und wieder. Aber es war kein Fehler.

Nathan konnte nicht ihr Vater sein.

Für eine kurze Sekunde eben gerade im Labor hatte Sophia befürchtet, sie würde irgendetwas von einem der Arbeitstische nehmen und es ihm mitten ins Gesicht schleudern. Ihr ganzes erwachsenes Leben hatte sie geopfert, um zu versuchen, dem Mistkerl das Leben zu retten. Ihre Ausbildung, ihre praktische Erfahrung und all die Jahre, die sie das Labor geleitet hatte. Sie hatte alles für ihn getan. Für die Familie.

Dann gewannen die Tränen den Kampf. Sie legte die Hand über den Mund, um das Schluchzen zu dämpfen, und lief in Richtung ihres Zimmers. Ihr Laborkittel wehte hinter ihr her wie ein Gespenst.

22

HEMINGWAY HOTEL
NEW YORK CITY
21:00 Uhr Ortszeit

Lew schob sich durch die Tür ins Hotelzimmer, einen Eimer voll Eiswürfel unter einem Arm und etliche Dosen Cola auf dem anderen gestapelt. Zwei der Dosen befreiten sich und purzelten auf den orange-braunen Teppich. Begleitet von einem gemurmelten Fluch stellte er das Eis und die Dosen auf die Anrichte neben der Tür.

Jonathan saß im Bademantel am Schreibtisch, der an eine Wand gerückt stand. Sein Haar war feucht und zerzaust, und er telefonierte. Lew erkannte die Sprache nicht, vermutete aber, dass es Niederländisch war, da Jonathan schon den ganzen Abend versuchte, den belgischen Museumskurator zu erreichen, den sie vor all den Jahren mit *Die gerechten Richter* zurückgelassen hatten.

Lew drehte den Verschluss von der Canadian-Club-Flasche herunter, die er sich vorhin gekauft hatte. Er füllte ein Glas zur Hälfte und öffnete dann knackend eine der Coladosen, mit der er das Glas auffüllte. Das fertige Getränk bot er Jonathan an, der ihn mit hektischen Armbewegungen verscheuchte wie eine Fliege. Lew zuckte die Achseln, nahm einen Schluck und ließ sich auf das harte orangefarbene Sofa fallen. Er legte die Füße auf den aus Aluminium gefertigten Couchtisch und musterte den neuen Staubmantel, den er sich im Laufe des Tages gekauft hatte und der jetzt an der Garderobe hing. Er hob dem guten Stück das Glas zu einem stummen Toast entgegen und trank das halbe Glas in einem Schluck aus.

Jonathan hämmerte den Hörer auf die Gabel. „Idiot."

„Was gibt's Neues?", fragte Lew.

„Der Volltrottel hat das Bild einem Sammler verkauft, zwei Tage nachdem wir verschwunden sind. Zwei *Tage*", fluchte Jonathan. „Hey, halt dich mit dem Zeug zurück. Wir haben morgen viel zu tun."

„Und? Dann trinke ich morgen nichts", sagte Lew. „Hat er dir einen Namen gegeben?"

„Nein. Dafür war er zu wütend. Da drüben ist es drei Uhr morgens."

„Hat *er* nicht *dich* zurückgerufen?"

„Ja. Aber nur, weil ich das Museum, ihn und jeden, den er kennt, die ganze Nacht lang alle fünf Minuten angerufen habe. Ich kann es kaum abwarten, unsere Rechnung zu sehen." Jonathan ging zur Anrichte hinüber und schenkte sich ein Glas Cola mit Eis ein. Er griff nach dem Whiskey, hielt aber inne.

„Mach schon. Genieß das Leben ein bisschen", feuerte Lew ihn an, als er seine Unentschlossenheit bemerkte. Jonathan schenkte ihm ein schiefes Grinsen, rollte mit den Augen und griff nach der Flasche. „Richtig so", sagte Lew.

„Jedenfalls, er wollte den Namen nicht nennen, bis ich gedroht habe, ihn und alle seine Freunde weiter zu belästigen", erklärte Jonathan und setzte sich zu Lew aufs Sofa. Er nahm einen großen Schluck.

„Und?"

„Ein Kerl namens Canton George", sagte Jonathan. Lew spürte, wie ihm das Blut aus den Gliedern wich. Er versuchte, seine Gefühle nicht auf seinem Gesicht erkennbar werden zu lassen.

„Eine Sackgasse", sagte er, nachdem er sich geräuspert hatte. Er starrte tief in seinen Drink.

„Was?"

„Was was?", fragte Lew unschuldig.

„Lew?", fragte Jonathan wie ein Vater, der sein Kind auf frischer Tat ertappt hatte. Lew versuchte, seine Maske aufrechtzuerhalten, aber es währte nicht lange. Jonathan kannte ihn zu gut. Außerdem, es wurde Zeit, dass Jonathan wenigstens ein bisschen über die Sache erfuhr.

„Fein, bitte, ja, ich kenne ihn. Und wie ich ihn kenne."

„Moment mal", meinte Jonathan nachdenklich. „George. Heilige Scheiße."

Und Lew wusste, dass die Zeit der Albernheiten vorbei war.

Es war schon Jahre her, damals, als Jonathan Samantha kennengelernt hatte. In jener Zeit hatte Lew einen Job als Monarch alleine durchgezogen: die Villa von Canton George. Die Sache war nicht gut ausgegangen. Alles, was Lew Jonathan erzählt hatte, war, dass George ein australischer Industrieller war und dass der Hinweis auf seine Sammlung zu nichts geführt hatte.

„Was hast du mir verschwiegen, Lew?"

„Nichts", antwortete er. Er sah keinen Sinn darin, die Details auszubreiten. Jonathan beobachtete ihn, während er an seinem Drink nippte. Barmherzigerweise löste er irgendwann den Blickkontakt, entweder weil Lew seine Aufregung überzeugend versteckt hatte oder weil er wusste, dass es jetzt nicht der beste Weg war, Lew weiter zu drängen.

„Das ist ein verdammt auffälliger Zufall."

„Jap", meinte Lew und hielt den Blick gesenkt.

„Dein wievielter ist das?" Jonathan lächelte und deutete auf den Haken, an dem Lews neuer Staubmantel hing. „Der vierte?"

„Nummer fünf", erwiderte Lew, dankbar für den Themenwechsel. Er liebte seine Mäntel, aber sie schienen ein Magnet für Messer und Kugeln zu sein.

„Ich weiß, es ist April, aber du wirst dich morgen auf der Pressekonferenz zu Tode schwitzen. Ganz zu schweigen davon, dass du hervorstechen wirst wie ein graues Schamhaar." Bei der Erwähnung der Pressekonferenz stellte Lew die Füße wieder auf den Boden und setzte sich auf, als wolle er etwas sagen. „Was?", fragte Jonathan.

„Ich habe über diese ganze Sache mit der Pressekonferenz nachgedacht", sagte Lew.

„Ja? Was ist damit?"

„Sieh mal, ich weiß, es war meine Idee, nach New York zu kommen und so, und ich bin froh, dass wir hier sind."

„Aber …"

„Aber, nach der Sache mit den *Gerechten Richtern*, bist du dir immer noch sicher, dass es eine so gute Idee ist, auf diese Pressekonferenz zu gehen?"

„Wie meinst du das?"

„Das ist wie damals, als Hitler anfing, die Swastika zu benutzen."

„Bitte was?"

„Lass mich ausreden. Bevor Hitler das Zeichen nutzte, war es in Wirklichkeit ein Zeichen der Hindus für den Frieden. Heute bringt es allerdings kein Mensch mehr mit irgendwas anderem als den Nazis in Verbindung. Aber der Unterschied zwischen dem, was wir dachten, worauf wir uns hier einlassen, bevor wir das Gemälde gesehen haben, und dem, worauf wir uns hier wirklich einlassen, ist ungefähr so, als hätte Hitler zwar kein Problem mit den Juden gehabt, das Swastika-Zeichen aber dennoch für einen Holocaust verwendet, nur um die Hindus schlecht dastehen zu lassen. Verstehst du? Jemand missbraucht unser Zeichen, um uns zu schaden."

„Wow."

„Was?"

„Ich glaube, du hast grade ein gutes Argument gebracht. Muss der Alkohol sein."

Lew stieß ihm den Ellbogen in die Rippen und stand auf, um sein Glas nachzufüllen. „Ich mein's ernst, Jonny."

„Das weiß ich", sagte Jonathan und stellte seinen Drink auf dem Tisch ab. „Aber Tatsache ist: Dass wir dieses Bild gesehen haben und wissen, dass die ganze Sache persönlich ist, macht mich nur umso entschlossener, den Kerl zu stoppen. Kannst du dir vorstellen, was passieren würde, wenn dieser Kerl jemals unsere wahre Identität erfahren würde? Oder schlimmer noch, wenn Talie das rausfände?"

„Was wir getan haben, war eine gute Sache", erwiderte Lew. „Nichts, wofür wir uns schämen müssten."

„Ich weiß, aber das wird dann unwichtig sein. Und selbst wenn ich es ihr erklären könnte, was, glaubst du, würde ein Richter sagen?"

„Sicher, aber …"

„Ich würde sie niemals wiedersehen, Lew. Ich weiß, dir ist sie auch wichtig, aber ich trage sie nicht nur im Herzen, sie *ist* mein Herz. Ich sterbe ohne sie."

Lew konnte an Jonathans Blick erkennen, dass er nicht übertrieb. Er spürte Tränen in sich aufsteigen, was ihm nicht gefiel, also versuchte er, so gut es ihm möglich war, das Thema zu wechseln.

„Je gelesen?", fragte er und nahm das Exemplar von *Die Herrschaft des Monarchen* hoch, das sie auf ihrem Weg zurück ins Hotel gekauft hatten. Er brauchte es nicht aufzuschlagen. Bevor man ihn eingesperrt hatte, hatte er jahrelang sein völlig zerschlissenes Exemplar mit sich herumgeschleppt. Er kannte es in- und auswendig, und auch wenn er es nie zugeben würde, war er mehr als nur ein wenig aufgeregt, in diesem ganzen Schlamassel tatsächlich die Autorin kennenzulernen.

„Noch nicht", meinte Jonathan. „Ich hab es mal durchgeblättert. Sie versucht nie wirklich, unsere Identität zu erfahren, das fand ich etwas seltsam. Und du?“

„Meinst du das ernst?“, fragte Lew und warf das Buch mit gespielter Verachtung weg, jetzt, wo er wusste, dass Jonathan es nicht gelesen hatte. „Du weißt doch, ich brauch mehr Bilder.“

„Ja, richtig“, sagte Jonathan lachend.

„Aber jetzt mal im Ernst, ich habe immer noch ein schlechtes Gefühl dabei, dort morgen hinzugehen.“

„Ich werde nicht lügen. Es ist riskant, aber auch unsere beste Chance, diesen Mistkerl zu finden.“

„Ich bin mir da nicht so sicher“, widersprach Lew und lehnte sich zurück. „Woher willst du wissen, dass er überhaupt dort ist?“

„Oh, er wird dort sein“, meinte Jonathan voller Überzeugung. „Brandstifter hängen immer am Tatort herum, um zu sehen, wie ihr Feuer das Haus verschlingt. Er wird in der Menge sein, wird zuschauen, was er angerichtet hat, was er erschaffen hat. Guck dir das ganze theatralische Getue in seinen Morden an. Er sucht nach Lob und Anerkennung.“

„Möglich“, murmelte Lew.

„Außerdem, wenn sie wüssten, wer wir sind, hätten sie schon vor langer Zeit zugeschlagen. Und vergiss unsere Geheimwaffe nicht.“

„Welche Geheimwaffe?“

Jonathan nahm sein Glas wieder in die Hand, und bevor er den Inhalt in einem Zug runterkippte, sagte er: „Sie glauben immer noch, dass der Monarch nur eine Person ist.“

VIERTER TEIL

MONTAG

23

FEDERAL PLAZA
NEW YORK CITY
11:00 Uhr Ortszeit

Die Lobby des Federal-Plaza-Gebäudes war bereits bis zum Bersten mit Zuschauern gefüllt, als Jonathan und Lew eintrafen. Am hinteren Ende des Raums war ein kleines Podest aufgestellt worden, mit einigen Stühlen und einem Rednerpult darauf. An dem Pult waren Dutzende Mikrofone befestigt, jedes davon zierten Buchstaben oder Logos der vertretenen Nachrichtensender. Um die erwartete Menschenmenge informieren zu können, waren an strategisch günstigen Punkten große Flachbildschirme an der Decke angebracht worden. Auch außerhalb des Gebäudes hingen zwei große Monitore, für all jene, die sich zwar nicht mehr ins Innere quetschen, der Konferenz aber dennoch beiwohnen wollten. Die Kamerabilder wurden auch direkt an die Sender weitergeleitet, so konnten sie das Ereignis live übertragen, ohne den begrenzten Platz mit eigenen Kameras zu verstopfen. Im Augenblick zeigten sämtliche Bildschirme das FBI-Logo.

Jonathan konnte die schiere Menge an Neugierigen kaum glauben. Es mussten sich wenigstens zwei-, dreihundert Leute für die Pressekonferenz hier versammelt haben.

„Der King hat das Gebäude betreten“, murmelte Lew.

„Unglaublich“, gab Jonathan zurück. Sie schoben sich langsam durch die Menge. Als sie einen Platz gefunden hatten, von dem aus sie die Außenmonitore deutlich sehen konnten, blieb Lew stehen, Jonathan aber drängelte sich weiter. Erst als er bemerkte, dass er seinen Partner verloren hatte, drehte er sich um.

„Du gehst dort nicht rein", meinte Lew.

Jonathan ging zu Lew zurück, damit er mit ihm reden konnte, ohne dass jemand ihnen zuhörte. Oder es versuchen könnte. Der Lärm der Menge schwoll mit jeder Minute an.

„Falls er hier ist, ist er dort drin", meinte er.

„Bullshit", erwiderte Lew. „Das weißt du nicht. Du willst einfach nur möglichst dicht ran. Ich glaube, dir geht bei dieser ganzen Zirkusshow einer ab." Jonathan hasste es, dass Lew ihn so gut kannte, trotz der Zeit, die sie getrennt gewesen waren.

„Und dir nicht?"

„Mann, ich will nicht mal an diesem Ende der Stadt sein."

„Komm schon. Wir bleiben in der Nähe der Türen. Ich muss es einfach live sehen, nicht auf diesen Bildschirmen", erklärte Jonathan. Er hatte keineswegs die Absicht, so weit wegzubleiben, aber dieses Mal würde er Lew in ganz kleinen Schritten überreden müssen. Er erwog, sich irgendetwas auszudenken von wegen, dass er die Mimik der Leute nicht lesen könne, wenn er sie nur in zwei Dimensionen sehen würde, aber das würde Lew durchschauen. Stattdessen entschied Jonathan sich für den Dackelblick.

Er sah zu, wie Lew einen Blick über die Menge warf und die Situation einschätzte. Jonathan wusste, dass gerade über hundert mögliche Szenarien durch den Schädel seines Freundes rasten.

Jonathan hatte immer auf seinen Partner gehört, denn Lew hatte den besseren Überlebensinstinkt. Als Spion, selbst als Ex-Spion, hielt man sich selbst manchmal für unsichtbar und kugelsicher. Aber ohne eine Agency, die einen im Hintergrund deckte, war man nur allein und verwundbar.

Schließlich seufzte Lew und gab nach. „Fein, aber denk daran, dass wir unbewaffnet sind." Es wäre unmöglich gewesen, sich mit irgendwelchen Waffen in der Menge aufzuhalten. Jonathan wusste, dass sich jede Menge Zivilbeamte unter den Leuten versteckt hielten, entweder von der New Yorker Polizei oder dem FBI, die die Anwesenden auf potenzielle Gefahren hin abschätzten.

Fünfzehn Minuten und etliche Entschuldigungen später hatten sie es bis zum Eingang geschafft. Die Drehtüren waren herausgenommen worden, um den Zuschauern ein problemloses Kommen und Gehen zu ermöglichen. Jonathan und Lew traten durch den Windschutz ins Foyer und entdeckten das Podest am anderen Ende des Raums. Jonathan wollte sich gerade näher herankämpfen, als ihn jemand am Kragen packte und grob zurückhielt. Lew ließ los, und sie blieben mit dem Rücken zur Glasfront an der Tür stehen.

„Hier stehen wir genau richtig", erklärte Lew. Für Jonathans Geschmack war sein Kumpel viel zu ernst. Lew folgte nicht nur einer Ahnung. Er roch, dass etwas nicht stimmte. Diese auf Gefahr getrimmte Nase hatte ihnen mehr als einmal das Leben gerettet. Also lehnte Jonathan sich an das Glasfenster hinter sich und erhob keinen Widerspruch.

„Ja, ich schätze, das hier wird reichen." *Fürs Erste.*

Einen halben Block weiter östlich und auf der anderen Straßenseite saß Thomas am Steuer der Limousine. Der Motor schnurrte und war sofort bereit, wenn es etwas zu tun geben sollte. Thomas hielt das Lenkrad mit schwarz behandschuhten Händen gepackt, aber er war weder nervös noch angespannt. Nicht wegen der Mission zumindest. Bill Clapton, ein ehemaliger Navy SEAL, mit dem Thomas früher schon gearbeitet hatte, saß auf dem Rücksitz und beobachtete durch die getönten Scheiben hindurch das Federal-Plaza-Gebäude mit einem Fernglas.

„Lagebericht“, sagte Thomas. Ihnen blieb noch eine halbe Stunde, bevor es losging, und vermutlich noch eine weitere halbe Stunde, bevor die Kacke richtig am Dampfen war, aber in letzter Zeit schien er immer wieder von Fehlern und Ungereimtheiten verfolgt zu werden. Er würde sich nicht noch einmal überraschen lassen, wenn er es verhindern konnte.

„Nichts Neues“, erklärte Bill. Thomas vernahm einen Hauch von Anspannung in seiner Stimme. Clapton wollte da drin sein, bei seinen Männern, aber Thomas brauchte einen Spürhund hier draußen bei sich. Er konnte nicht am Lenkrad sitzen, bereit, jede Sekunde loszulegen, *und* das Fernglas halten. Aber Thomas wusste, dass Bill zu sehr Profi war, um sich von einer Laune bei einem Auftrag leiten zu lassen. Es musste einen anderen Grund für seine Anspannung geben.

„Was ist los?“, fragte er.

„Nichts. Nun, vermutlich nichts. Aber wenn diese zwei Hübschen da auf der anderen Straßenseite keine Cops sind, kann ich keine AK-47 mit verbundenen Augen auseinandernehmen.“

„Wo?“

„Acht Uhr“, erklärte Bill und deutete auf zwei Männer, die etwas hinter ihnen auf der anderen Straßenseite standen.

„Verstanden. Halte die Augen auf das Ziel gerichtet“, befahl Thomas, der nicht wollte, dass sie beide zur gleichen Zeit ihren Blick vom Federal-Plaza-Gebäude nahmen. Dann langte er nach oben und bediente die Steuerung für den Außenspiegel. Ein gedämpftes Surren erklang, als der Spiegel zur Seite schwenkte, sodass er den Gehweg sehen konnte. „Hab sie.“

Sie trugen Jeans, Thermojacken und Wollmützen. Sie tauchten perfekt in der Menge unter und wirkten wie zwei Typen, die zufällig in der Gegend waren und sich ein wenig für den Monarch-Fall interessierten. Aber im Gegensatz zu allen anderen drängten sie sich nicht näher ans Geschehen heran. Sie standen nur da und unterhielten sich, tranken dampfenden Kaffee aus weiß-blauen Pappbechern und schauten darüber hinaus ziemlich viel in der Gegend herum, statt sich beim Sprechen anzugucken.

Vielleicht war das alles nur falscher Alarm, aber es war auffällig genug, dass Thomas das Areal abseits der Federal Plaza genauer unter die Lupe nahm. Er entdeckte drei weitere, ähnliche Paare, die nahezu im gleichen Abstand zum Federal-Plaza-Gebäude standen wie das erste Paar.

„Mist. Sie haben eine Sicherheitszone aufgestellt", sagte Thomas und richtete seine Aufmerksamkeit wieder aufs Plaza, damit Bill seinen Verdacht bestätigen konnte.

„Bestätige", meinte Bill. „Ändern wir den Plan?" Thomas hatte Bill und seinen Männern gesagt, dass ein Abbruch der Mission möglich sei, wenn die Dinge sich in die falsche Richtung entwickelten. Er hatte gelogen. Bei dieser Sache hatten sie nur einen Versuch. Wenn sie scheiterten, würden sie keine zweite Chance bekommen. Und Nathan auch nicht.

„Negativ. Behalte sie im Auge, und bereite die Ablenkung vor", befahl Thomas. Er legte die Hand auf den Griff der schallgedämpften SIG Sauer Halbautomatik, die neben ihm lag, während er auf Bills Antwort wartete.

„Verstanden", sagte der. Thomas nahm seine Hand von der Waffe und legte sie wieder aufs Lenkrad. „Ablenkung ist intakt. Wir sind bereit."

Da Thomas einen ähnlichen Schachzug des FBI erwartet hatte, hatte er eine Ablenkung platziert. Als Fensterputzer verkleidet hatten sie behutsam einen Strang C-4 über dem Fugenkitt der großen Frontscheiben des Gebäudes angebracht. Die Fenster waren riesig, aber sie hatten genug Sprengstoff angebracht, um einen kleinen Panzer zu knacken. Solange das FBI keine Sprengstoffhunde einsetzte, würde das Zeug unmöglich zu entdecken sein. Das Schwierige war der Zünder gewesen. Er hatte passiv sein müssen und auf kurze Reichweite eingestellt. Sollte irgendjemand den kleinen Aufkleber abziehen, der in der Ecke des Fensters ihre fiktive Fensterputzfirma anpries, würden sie innen am Aufkleber Drähte und Schaltkreise finden. Aber alle waren zu sehr damit beschäftigt, nach einer Bedrohung durch eine Person Ausschau zu halten, was genau das war, worauf Thomas gehofft hatte. Sie würden nie damit rechnen, dass die größte Gefahr nicht innerhalb der Lobby lauerte, sondern in den Fenstern, die sie umgaben.

Problematisch war nur noch das Timing. Die Explosionskraft war unkalkulierbar. Jeden zu schützen, den das Kontrollzentrum in dreizehntausend Kilometern Entfernung ihm als Ziel für die Gefangennahme genannt hatte – den Monarchen, Emily Burrows und einige andere –, würde sich als problematisch erweisen, um das Mindeste zu sagen. Und dann war da noch Laras Bitte: Sie wollte, dass er Miss Burrows in dem Chaos tötete, das hier bald ausbrechen würde. Er wusste, weshalb sie ihn darum gebeten hatte. Sie wollte ihren Vater treffen. Thomas konnte ihren Beweggrund nachvollziehen, aber ein Leben lang hatte er Befehle von Nathan befolgt, was ihn mehr als nur ein bisschen über Laras Wunsch zerriss.

24

TARTARUGA ISLAND
18:30 Uhr Ortszeit

Sophia trat von der Brücke aus in die Galerie. Zwei Stockwerke über dem Boden des Datenzentrums hatte sie durch die Glasfront der Galerie einen guten Blick auf die drei riesigen Monitore, die hoch über einem Ende des ehemaligen Hangars hingen. Der mittlere Bildschirm zeigte etwas, das wie ein Gesicht aussah, mit bunten Überblendungen, die darauf zu tanzen schienen. Kleinere Bilder sprangen aus dem großen heraus, um nach wenigen Augenblicken wieder mit dem großen zu verschmelzen. Die anderen beiden Monitore, die das Gesicht zu beiden Seiten flankierten, zeigten jeweils eine knappe weiße Schrift auf schwarzem Grund: *Keine Datenleitung gefunden.*

Sophia trat näher an die Fenster heran, sodass sie einen Blick auf die Hardware und Geschäftigkeit am Boden werfen konnte. Sie war bisher nur einmal hier gewesen, damals, als das Projekt begonnen hatte. Nathan hatte ihr nicht direkt gesagt, dass sie sich fernhalten sollte, dennoch hatte sie sich stets wie ein Eindringling gefühlt – als würde sie etwas sehen, das sie nicht sehen sollte. Aber heute Abend war ihr das egal.

„Mein Gott", keuchte sie, als ihr die Größe der Operation bewusst wurde.

Ein Dutzend Männer und Frauen in weißen Kitteln – ihr ehemaliges Team – rannte durch die Server-Farm des Datenzentrums. Jeder von ihnen starrte auf irgendeine Art von

Tablet, während sie diverse Bereiche des Computer-Labyrinths abliefen. Auf ihren kleinen Helfern standen mit Sicherheit Anweisungen darüber, was sie dort taten, immerhin waren Serverwartung und -kontrolle nicht ihr Fachgebiet.

Unter den Monitoren überwachten etliche weitere weiß gekleidete Ingenieure die Prozesse an Kontrollstationen, die aussahen, als kämen sie direkt von der NASA. Diese Leute, die für ihr Fachwissen angestellt waren, kannte Sophia nur durch flüchtige Treffen in der Cafeteria. Inmitten des Trubels erblickte sie Nathan und Lara, Nathan in seinem Rollstuhl, mit dem er vor- und zurückfuhr, und Lara, die hoch aufgerichtet an seiner Seite stand. Sie trug eines ihrer typischen Kleider, diesmal ein meerblaues.

Als sie die beiden betrachtete, verwandelte sich Sophias Staunen in Abscheu und Entschlossenheit. Noch immer in ihren Laborkittel gekleidet, griff sie in ihre Tasche und berührte das längliche, spitze Objekt, das sie mitgebracht hatte.

Sophia unterdrückte ihre Furcht, dass jemand sie entdecken und hinausverfrachten könnte, und stieg die langen Treppen hinab zum Boden des Hangars. Sie zwang sich, langsam und natürlich zu gehen, damit sich niemand an einem weiteren Laborkittel stören würde.

Sie näherte sich ihrem Ziel, nickte einigen der anderen Arbeiter zu und ignorierte die Wachen, die hier und da im Datenzentrum verteilt herumstanden, was diese ihr mit gleicher Münze entlohnten. Als sie näher kam, hörte sie, wie Lara den Technikern Befehle entgegenbellte.

„Dreißig Minuten, Leute!“, rief sie. Sophia spürte, wie der Monitor über ihr sie finster anstarrte wie ein riesiger, mächtiger, verrückter Zauberer von Oz. Sie zog das Objekt aus ihrer Tasche, als sie hinter dem verhassten Paar die Stufen hinaufstieg. *Niemand sieht mich. Ich bin unsichtbar, genau wie all die anderen Tage.*

Lara drehte sich um, genau in dem Augenblick, als Sophia mit dem Arm ausholte. Aber Lara war nicht ihr Ziel. Sophia rammte die Spitze ihrer Injektionsnadel tief in Nathans Hals, sah Lara in die Augen, um ihr zu zeigen, wie wenig sie dabei fühlte, und drehte dann auf dem Absatz um und ging in die Richtung davon, aus der sie gekommen war.

Sophia blickte nicht zurück. Sie hatte ihn umbringen wollen, seine Adern mit Säure vollpumpen und zusehen, wie er sich vor ihren Augen auflöste – vor den Augen aller –, aber sie hatte es einfach nicht tun können. Stattdessen hatte sie das Nächstbeste getan. Sie hatte das Serum verdünnt. Und sie hatte sichergestellt, dass er die beschämende Transformation vor den Augen all seiner Untergebenen durchlaufen würde. Für Nathan war das schlimmer, als würde man all seine schmutzigen Geheimnisse ausplaudern. Es war, als würde man seine schmutzigen Geheimnisse öffentlich ausplaudern, während er nackt danebenstand.

Sie erreichte die Treppe und stieg mit demselben ruhigen, langsamen Schritt hinauf, mit dem sie sie herabgestiegen war, aber sie wusste, was hinter ihr geschah. Nathans Gehirn explodierte in Licht und Hitze, sein Körper schüttelte sich unkontrollierbar, seine Augen verdrehten sich, und wenn er nicht aufpasste, biss er sich in die Zunge. Das waren alles normale Wirkungen des Serums, da es die Neuro-Blocker in seinem Körper neutralisierte, welche das Zittern und Zucken seines Körpers unterdrückten, bevor es die erkrankten Bereiche seines Hirns angriff, um sie für eine kurze Zeit zu heilen. Und diesmal eine sehr kurze Zeit, dachte Sophia, während sie die Stufen hinaufstieg. Schon nach einem Bruchteil der Zeit, die ihre Formel üblicherweise wirkte, würde er wieder anfangen zu zittern und zu krampfen und in seinen natürlichen Zustand zurückkehren. Und ohne seinen Rollstuhl oder die Neuro-Blocker, die ihn sonst still hielten, würde seine größte Furcht vor den Augen aller Anwesenden grausame Realität werden. Ja, dachte sie, für ihn wäre das weit schlimmer als der Tod.

Ein aufgeregtes Raunen begann sich unter den Arbeitern auszubreiten wie die Wellen auf einem See. Ein paar wenige begannen laut zu rufen, und irgendwo schrie eine Frau. Sophia hielt den Blick weiterhin stur auf die Stufen vor sich gerichtet. Sie hörte schnelle Schritte – erst auf Beton, dann das blecherne Klappern von Stiefeln auf der Metalltreppe hinter ihr –, als zwei der Wachen sie verfolgten. Sophia bewegte sich weiter vollkommen ruhig. *Tut es.*

„Lasst sie!“, rief Lara. Die Schritte hinter Sophia wurden langsamer, blieben stehen, und dann, einen Moment später, waren sie wieder zu hören, entfernten sich aber von ihr. Sophia wusste, dass Lara die Männer nur aus einem einzigen Grund zurückgehalten hatte: Ohne Sophia würde es kein weiteres Serum mehr geben.

Als sie das Ende der Treppen erreicht hatte, warf sie einen kurzen Blick zurück und sah Lara, die sie anstarrte, während Nathan auf allen vieren auf dem Boden hockte und gegen die Übelkeit ankämpfte.

Zurück in der Galerie, warf Sophia die leere Spritze in einen Mülleimer. Eine hauchzarte blaue Färbung war alles, was das Serum im Inneren verriet.

Tränen drohten ihr die Sicht zu trüben, während sie über die Brücke marschierte, aber sie hielt sie zurück. Noch nicht. Sie würde sich gehen lassen, wenn sie wieder in ihrem Labor war – ihrem Zuhause. Das allein war bereits eine so traurige Erkenntnis, dass sie sich nur noch schwerer kontrollieren konnte.

Alles, was sie jetzt wollte, war, ihre Tiere zu halten und einzuschlafen. Wie absurd, dachte sie, jetzt, wo sie zum allerersten Mal mit offenen Augen herumlief.

25

FEDERAL PLAZA
NEW YORK CITY
11:45 Uhr Ortszeit

Emily stand neben Wagner an der Rückwand des Fahrstuhls, las noch einmal die Bekanntmachung, die sie verfasst hatte, und versuchte die Mauer aus FBI-Agenten zu ignorieren, die sie umgab. Obwohl sie die Stellungnahme selbst geschrieben hatte – und wieder und wieder geprobt –, ergaben die Wörter auf dem Papier für sie keinerlei Sinn.

„Alles wird gut gehen", versuchte Wagner sie zu beruhigen. Emily wusste, dass er ihre Aufregung meinte, vor so vielen Leuten zu sprechen, nicht ihre Sicherheit. Die schusssichere Weste, zu der sie sich hatte überreden lassen, fühlte sich an wie ein Korsett, das sie nur noch mehr zur Zielscheibe machte.

Sie lächelte Wagner an und las weiter, aber ihr Hirn wollte sich einfach nicht konzentrieren. Es driftete immer wieder ab und befasste sich mit dem einen Gedanken, der sie beschäftigte: *Ob er hier ist?*

Emily hatte Jahre damit zugebracht, sich ein mentales Bild des Monarchen zusammenzustellen. Sein Gesicht, seinen Körper, seine Hände. Selbst seinen Geruch. Das Bild wechselte von Zeit zu Zeit, wenn ihre Vorstellung ihre Bedürfnisse mit ihren Erfahrungen verschmolz. Sie wusste, dass die Wirklichkeit niemals mit ihrer Fantasie würde mithalten können, aber sie konnte es einfach nicht verhindern.

„Und los geht's", meinte Wagner, als die Fahrstuhlkabine langsamer wurde und schließlich anhielt. Die Anzeige über der Tür gab ein *Ding* von sich, und einen Herzschlag später öffneten sich die Türen. Der Lärm aus der Halle stürzte in die Kabine und klang mehr nach dem Gackern einer Schar Gänse als nach menschlichen Wesen. Emilys Atem setzte angesichts dieses Angriffs auf ihre Sinne einen Augenblick aus. „Bleiben Sie in meiner Nähe."

Sie stiegen aus dem Fahrstuhl und bewegten sich als dicht geschlossene Gruppe seitlich an der Menge vorbei in Richtung des erhöhten Podiums. Emily sah sich in dem Spektakel um. Überall schoben und drängten sich Menschen, standen auf Zehenspitzen und hielten ihre Kameras hoch über ihre Köpfe gestreckt. Blitzlichter jagten wieder und wieder in ihre Richtung, während die Menge versuchte, einen Blick auf die Person zu werfen, die den Fall scheinbar geknackt hatte.

Sie sah zu den großen Bildschirmen hinauf, die an der Decke hingen, und spürte eine weitere Angst durch ihren Körper jagen, als sie sich vorstellte, wie ihr Gesicht diesen Bildschirm ausfüllen würde, jeder Makel und jede Unreinheit in ihren Zügen so groß wie ein Kohlkopf. Dann sah sie, dass die Menschenmenge, die die Halle füllte, nur die Spitze des Eisbergs war. Als sie weiter um die Menschenmasse herumtraten und die Spiegelungen der Fensterscheiben sich legten, sah sie, dass die Menschen den gesamten Platz draußen bevölkerten und darüber hinaus. Einige standen auf den schlangenförmigen Bänken draußen auf der Plaza, deuteten auf das Spektakel und lachten. Über sie.

Ob ich wohl gerade an ihm vorbeigehe?

„Da ist sie", meinte Jonathan. Lew folgte seinem Blick, was nicht wirklich nötig war, so wie alle um sie herum auf die Frau zeigten, die, umgeben von Männern in dunklen Anzügen, in Richtung Podium schritt.

„Hmm. Ich hatte sie mir anders vorgestellt", meinte Lew. Das Buch und ihr Schreibstil hatten ihn eine ältere und irgendwie robustere Frau erwarten lassen. Etwas wie eine schlanke Kathleen Turner, die sich innerhalb weniger Jahre von einer Schönheitskönigin in ein gruseliges altes Weib verwandelt hatte. Burrows war nichts davon. Sie war groß und hübsch in einer unverbrauchten Art und Weise. Eher wie Katharine Hepburn in diesen alten Schwarz-Weiß-Filmen.

Jonathan sagte: „Ich werde mich näher ans Podium herankämpfen. Warte hier und behalte die Menge im Auge." Er schlängelte sich davon, bevor Lew irgendetwas antworten konnte.

Verdammt. Lew strengte sich an, ihm zu folgen. Seine Größe machte ihm das Vorhaben deutlich schwerer als Jonathan.

Als er ihn endlich eingeholt hatte, standen sie beide ganz vorne, direkt hinter den Presseleuten. Um noch weiter vordringen zu können, bräuchten sie einen Presseausweis. Was Lew betraf, waren sie schon jetzt viel zu dicht dran, aus dieser Position wäre eine Flucht im Notfall unmöglich. Lew versuchte, ihren besten Rückzugsweg auszumachen, konnte sich jedoch nicht davon abbringen, Emily oben auf der Plattform anzustarren. Er bekam nicht einmal mit, wie Jonathan zur Seite glitt und an den Presseleuten vorbeischlich, weg von Lew.

26

TARTARUGA ISLAND
18:55 Uhr Ortszeit

Auf den zwei zuvor dunklen Bildschirmen links und rechts neben dem mittleren waren jetzt ebenfalls Bilder zu sehen. Beide Monitore zeigten Dutzende von Einzelaufnahmen verschiedener Videokameras, die einen halben Erdball entfernt aufgezeichnet wurden – Gesichter. Tausende von Gesichtern. Wenn nach einem kurzen, oberflächlichen Vergleich mit dem Gesicht auf dem mittleren Bildschirm die Übereinstimmung hoch genug war, blies das Programm ein Einzelbild zur vollen Größe über den ganzen Bildschirm auf, und ein genauerer, weit leistungsfähigerer Algorithmus nahm die Arbeit auf. Nach Beendigung leuchtete eine Prozentzahl auf, die die Wahrscheinlichkeit anzeigte, dass sie jemanden gefunden hatten, der dem Gesicht ihrer bearbeiteten Prager Reflexion ähnelte. Nach allem, was Nathan sehen konnte, waren sie bisher nicht einmal über sechzig Prozent gekommen.

Der Schmerz war abgeklungen, und er war wieder er selbst. Lara und Randy hatten exzellente Arbeit in der Schadensbegrenzung geleistet und ihre Teams irgendwie wieder dazu gekriegt, sich auf die Aufgabe zu konzentrieren statt auf das scheinbare Wunder. Er würde sich später um Sophia kümmern. Im Augenblick waren die Monitore über ihm alles, was zählte.

„Status, Mr. Li“, sagte er. Er konnte die Datenmengen förmlich spüren, die im Serverzentrum hinter ihm hin und her gewälzt wurden. Es war berauschend.

„Wir wurden noch nicht entdeckt. Alle unsere Testberechnungen haben gezeigt, dass wir gute neunzig Minuten haben, bevor sie anfangen, uns zu entdecken. Wir haben noch nicht mal die Hälfte davon verbraucht."

„Gut, gut", meinte Nathan, während er den Hals reckte und einen Kandidaten nach dem anderen wieder vom Bildschirm verschwinden sah. „Was ist mit der Übereinstimmung?"

„Noch kein Treffer. Die höchste Rate liegt bisher bei dreiundsechzig Prozent. Aber es gibt ein Problem."

„Ein Problem? Was für ein Problem?"

„Wir jagen eine unglaubliche Datenmenge durch die Kabel."

„Das war zu erwarten."

„Sie ist deutlich höher als alle unsere Erwartungen. Die Server kommen nicht mehr hinterher. Im Augenblick", erklärte Randy und wedelte mit den Händen zu den Monitoren an der Decke, „fahren die Buffer unter Volllast, und wir werden bald die Daten entkoppeln müssen."

„In meiner Sprache, Mr. Li."

„Es sind zu viele Gesichter. Die Warteschlange für den Vergleichsalgorithmus ist voller unüberprüfter Bilder. Wenn das so weitergeht, werden die Bilder wieder vom Server gelöscht, bevor sie überprüft wurden."

„Wie bitte?" Nathan konnte nicht glauben, was er hörte. Sie hatten monatelang auf diesen einen Moment hingearbeitet, und diese Möglichkeit war niemals auch nur erwähnt worden. „Wie konnte das passieren?"

„Cyclops muss ein paar zusätzliche Quellen hinzugefügt haben – weitere Kameraaufnahmen –, von denen wir nichts wussten."

„Es muss etwas geben, das wir tun können", wandte Lara ein und baute sich neben ihrem Vater auf. „Was ist, wenn wir die Auswahl an Bildquellen verringern? Im Augenblick lassen wir ganz New York City durchlaufen. Können Sie die Quellen auf ein kleineres Gebiet rund um die Pressekonferenz einengen?"

„Ja", meinte Randy, dessen Tonfall verriet, dass er insgeheim bereits die Details ausarbeitete. „Wie eng?"

Nathan blickte auf die Uhr und sagte: „Nur der Block um die Federal Plaza und das Gebäude selbst. Inzwischen wird er dort sein."

„Geben Sie mir eine Minute", meinte Randy und setzte sich an eines der Terminals.

„Mehr Zeit haben Sie auch nicht, Mr. Li", erklärte Nathan und stellte sich hinter Randys Stuhl. Nach ein paar wenigen Minuten, die er auf seiner Tastatur herumgehämmert hatte, drehte Randy sich zu ihm um.

„Was ist los?", wollte Nathan wissen.

„Wir können es tun, aber es gibt zwei Einschränkungen. Die erste hängt damit zusammen, wie schnell wir entdeckt werden."

„Sie sagten, wir haben neunzig Minuten. Minimum. Da liegen wir noch nicht einmal annähernd dran." Nathan war kurz davor, von Frustration zu Wut zu wechseln. Es kostete ihn alle Kraft, sich unter Kontrolle zu halten. Er wusste aus früheren Krisen, dass die Wirkungsdauer seines Serums abnahm, wenn er zu viel Adrenalin im Blut hatte. Wenn er nicht vorsichtig war, würde er sich selbst wieder zurück in den Rollstuhl schicken, bevor sie fertig waren. Aber je mehr er darüber nachdachte, desto aufgebrachter wurde er.

„Die hatten wir, als wir uns innerhalb ihres Systems auf einer großen Fläche bewegt haben. Indem wir unsere Aktionen auf einen kleineren Bereich konzentrieren, werden sie uns, sobald sie uns entdeckt haben, umso schneller rauswerfen können."

„Wie schnell?", wollte Lara wissen.

„Wenn wir uns so weit konzentrieren, wie Sie es vorschlagen, werden wir im Grunde nur noch auf einem einzigen Datenknoten liegen“, erklärte Randy.

„Wie *schnell*?“

„Sekunden. Wenn überhaupt.“

„Was ist die zweite Einschränkung?“, fragte Nathan durch zusammengebissene Zähne. Es kostete ihn alle Willenskraft, nicht zu explodieren.

„Wenn das funktionieren soll, müssen wir den Datensatz bereinigen. Wir brauchen Platz für Berechnungen, temporäre Dateien, Indexlisten ... Platz, den wir im Augenblick nicht haben.“

„Das heißt?“

Lara antwortete für Randy: „Das heißt, wir müssen von vorne anfangen.“

„Im Grunde genommen ja. Es tut mir leid“, meinte Randy und sah hinauf zum Hauptmonitor. „Aber was wir auch tun, wir müssen es jetzt tun, oder die Entscheidung wird uns abgenommen.“

Nathan fuhr sich mit den Fingern durchs Haar und lief auf und ab. Ein Fuß vor den anderen, umdrehen und in die andere Richtung gehen, Hüfte, Wadenmuskeln, Füße. Eine so einfache Bewegung, die er, wenn sie scheitern sollten, für den Rest seines kurzen Lebens verlieren würde. Der Preis war zu hoch. Er konnte das nicht entscheiden. Er blieb stehen und warf seiner Tochter einen verzweifelten Blick zu. Er wusste, sie würde die Nachricht verstehen.

Hilf mir.

Sie entschied sich für die geheime Option Nummer drei.

„Löschen Sie alles, Mr. Li. Und aktivieren Sie dann drei weitere Datenknoten.“

„Das wird nicht funktionieren. Ich sagte doch ...“

„Speichern Sie von den anderen drei Knoten nichts ab. Löschen Sie die Daten, sobald sie eintreffen. Und wenn es so aussieht, dass uns die Zeit davonläuft, lassen Sie sich bei den anderen drei Knoten entdecken. Bearbeiten Sie sie laut und auffällig", wies Lara ihn an.

„Ein Ablenkungsmanöver. Das ist brillant!", rief Randy. Er wirbelte in seinem Stuhl herum und machte sich an die Arbeit.

„Wir werden ihn finden", erklärte Lara.

Sie sahen zum Hauptmonitor hinauf, hielten den Atem an und warteten.

27

FEDERAL PLAZA
NEW YORK CITY
12:00 Uhr Ortszeit

„Mein Name ist Joseph Wagner. Ich bin der für den Monarch-Fall zuständige Special Agent. Vielen Dank, dass Sie so zahlreich gekommen sind", sagte Wagner. Die Menge wurde allmählich ruhig, und sämtliche Augen richteten sich auf ihn. Langsam gewöhnte er sich an das Gefühl.

„Als Erstes möchte ich einen Kommentar zu den identischen Päckchen abgeben, welche die Presse vor wenigen Tagen erhalten hat. Dieses Paket, auch wenn es nach aktuellem Ermittlungsstand glaubwürdiges Material enthält, stammt von einer im Augenblick noch immer nicht identifizierten Quelle. Im Versuch, der Öffentlichkeit möglichst viele Informationen zugänglich zu machen, ohne unsere Ermittlungen zu behindern, habe ich die Rechtsabteilung des FBI angewiesen, sämtliche Inhalte des Pakets freizugeben und der Öffentlichkeit zur Verfügung zu stellen. Ich möchte jedoch klarstellen, dass das nicht gleichbedeutend ist mit einer Bestätigung dieser Informationen vonseiten des FBI. Unserer Ansicht nach sind diese Inhalte im besten Fall spekulativ.

Zweitens war eines der in den Paketen enthaltenen Objekte ein Buch namens *Die Herrschaft des Monarchen*. Die Autorin dieses Werks, Miss Emily Burrows, sitzt hier hinter mir." Wagner deutete für die Anwesenden auf Miss Burrows, auch wenn es mittlerweile nur noch eine Formalität war. Trotzdem brandete sofort das Geräusch unzähliger klickender Kameraverschlüsse auf und ebbte nur langsam wieder ab. Miss Burrows kniff unter dem plötzlichen Ansturm von Blitzlichtern die Augen zusammen.

„Ich freue mich, Ihnen sagen zu können, dass unsere Ermittlungen bewiesen haben, dass Miss Burrows mit den Paketen nichts weiter zu tun hat. Weder an der Zusammenstellung noch der Verteilung war sie beteiligt, und sie ist in diesem Fall ebenso ein Opfer wie alle anderen.

Nichtsdestotrotz hat sie einen einzigartigen Einblick in das Individuum, das unter dem Namen Der Monarch bekannt ist. Obwohl sie keine exklusiven, uns unbekannten Quellen zu dem Fall besitzt und auch keine geheimen Informationen, die der Öffentlichkeit nicht zugänglich sind, haben wir sie als Beraterin hinzugezogen. Aber, und lassen Sie mich das bitte in aller Deutlichkeit klarstellen", Wagner beugte sich eindringlich über die Mikrofone, „Miss Burrows berät uns zum Monarchen, *nicht* zu den Morden.

Sie möchte nun gern eine Stellungnahme verlesen, und im Anschluss werden wir einige Fragen beantworten. Als letzten Punkt möchte ich jedoch noch die Gerüchte ansprechen, dass es einen Konflikt zwischen dem FBI und dem New York Police Department gebe, der die Ermittlungen in diesem Fall ausbremsen würde. Das könnte nicht weiter von der Wahrheit entfernt sein, wie Sie daran sehen, dass Polizeichef Marvin Powers heute ebenfalls anwesend ist." Wagner deutete auf Powers, der neben Emily Burrows saß. Powers schenkte dem Publikum ein schwaches Lächeln und ein angedeutetes Nicken.

„Und nun folgt Miss Burrows' Stellungnahme", beendete Wagner seine Ansprache und trat von den Mikrofonen weg. Er streckte Miss Burrows die Hand hin. Sie lächelte nervös, trat ans Pult, entfaltete ein Stück Papier, das sie vor sich hinlegte. Mit wiederholten, kräftigen Bewegungen strich sie die Knickfalten glatt und beobachtete die Menge vor sich.

„Hallo", sagte sie mit einem leichten Zittern in der Stimme.

28

TARTARUGA ISLAND

19:05 Uhr Ortszeit

„Ich glaube, wir haben etwas“, sagte Randy Li. Es war das dritte Mal, dass er exakt diese Worte aussprach; jedes Mal hatten genauere Überprüfungen den Kandidaten als unpassend verworfen. Sie hatten ihre Übereinstimmung auf beinahe zweiundsiebzig Prozent erhöht, aber es reichte einfach nicht.

„Welche Quelle?“, fragte Lara.

„Innerhalb des Gebäudes, direkt neben dem Podium.“

„Das ist er nicht“, meinte Nathan.

„Aber Vater …“

„Er würde sich niemals in eine derartig ungeschützte Position bringen“, blaffte Nathan. Er brauchte eine Sekunde, um sein Schwanken in den Griff zu bekommen. Lara wollte ihn am Arm stützen, aber er stieß sie fort.

„Lässt es schon wieder nach?“, fragte sie ihn. Tatsächlich hatte es schon vor einigen Minuten begonnen nachzulassen, aber er kämpfte dagegen an. Die Schmerzen waren zurück, und es fiel ihm schwerer und schwerer, das Gleichgewicht zu halten. *Das muss die Anspannung sein.* Das Serum hatte noch nie so schnell seine Wirkung verloren. Andererseits hatte er noch nie zuvor so viele Spritzen in so kurzer Zeit genommen wie die letzten Tage.

„Es … es geht mir gut.“

„Wir wurden entdeckt!“, rief einer der Techniker hinter ihnen. Ein Alarm heulte auf, als die Warnung durch das System jagte.

„Welcher Knoten?", fragte Randy aufgeregt, sprang aus seinem Stuhl und lief zum Rechner des Technikers hinüber. „Es ist einer der Köder", sagte er, bevor der Techniker etwas antworten konnte. So viel hatte er selbst auf dem Bildschirm ablesen können. „Aber wenn sie uns jagen, wird es jetzt nicht mehr lange dauern."

„Sir!", rief ein anderer Techniker. Nathan drehte sich um, sah aber, dass der Mann Randy gemeint hatte.

„Mein Gott!"

„Was? Was ist los?", stieß Nathan hervor. Die Schmerzen in seinem Kopf machten es ihm schwer zu sprechen. Das war nicht nur sein Serum, das seine Wirkung verlor. Er musste immer wieder heftig blinzeln, um seinen Blick klar zu halten, und seine linke Hand hatte angefangen zu kribbeln. Irgendetwas stimmte nicht.

„Wir haben ihn!", rief Randy und deutete auf die Bildschirme an der Decke. Lara und Nathan sahen auf. Der seitliche Bildschirm zeigte das Bild der Person, die Randy gerade noch als einen guten Kandidaten bezeichnet hatte. Unter dem Gesicht blinkte grün der Übereinstimmungswert: 98 Prozent.

„Phase zwei! Jetzt!", befahl Lara, die sah, dass ihr Vater zu orientierungslos war, um zu handeln.

Sie kappten die Verbindung zu den Cyclops-Knoten und ließen ein paar Computerfreaks Tausende Kilometer entfernt frustriert zurück. Randy schickte das Bild auf dem Monitor an eine Reihe von Zombie-Prozessstrukturen, die unbemerkt in einigen amerikanischen Datenbanken schlummerten, wo er sie platziert hatte. Sie glichen das Bild mit diversen öffentlichen Ausweisdokumenten ab – Führerscheine, Reisepässe, Strafregister.

„Wir haben einen Treffer", erklärte Randy nach wenigen Minuten. „Moment. Das kann nicht sein."

„Was ist?", wollte Lara wissen.

„Schaltet ab! Schaltet alles ab! Sofort!" Randy stürzte sich auf seinen Rechner und hämmerte die Befehle so schnell in seine Tastatur, dass Lara sie nicht mal mehr lesen konnte.

Sie sah hinauf zu den beiden seitlichen Monitoren und wusste, weshalb Randy so aufgeregt war. Das System warnte sie, dass ein Eindringling dabei war, sich in ihr System zu schleusen. Randy gelang es, alles abzuschalten, bevor er sich durch ihre Firewalls gewühlt hatte.

„Was zur Hölle war das?", wollte Lara wissen. Randy sackte auf seinem Stuhl zusammen und schnaufte, als wäre er einen Marathon gelaufen.

„Das Gesicht hat eine Black Response ausgelöst."

„Eine was?"

„Eine Suchen-und-zerstören-Reaktion, bei der ein hochentwickelter Algorithmus das anfragende System aufspürt. Extrem hochentwickelt. Sie waren dabei, unser Signal zu seinem Ursprung zurückzuverfolgen."

„Weshalb sollten sie das tun?", fragte Lara. Sie hatte ein wenig Ahnung von der Materie, weil sie Randy seit zwei Wochen Löcher in den Bauch fragte. Normalerweise waren Systemadministratoren im akuten Fall nur daran interessiert, Eindringlinge draußen zu halten oder sie so schnell wie möglich aus dem System zu werfen, wenn es ihnen doch gelang einzudringen. Erst sehr viel später würden sich irgendwelche Leute Gedanken darum machen, woher der Angriff überhaupt gekommen war.

„Das Gesicht war nicht in irgendeiner amerikanischen Ausweisbehörde oder bei einer Kreditkartenfirma gespeichert. Es wurde in einem Datensatz in Langley, Virginia, gefunden."

„Langley? Sie meinen …"

„Das Gesicht gehört einem Regierungsagenten. Einem Spion."

29

FEDERAL PLAZA
NEW YORK CITY
12:15 Uhr Ortszeit

„Zielperson identifiziert“, gab Thomas auf dem Vordersitz der Limousine bekannt. Der kleine Bildschirm in den Armaturen der Limo, auf dem zuvor noch die Routen des Navigationsgeräts zu sehen gewesen waren, zeigte nun das Foto eines Mannes. Dasselbe Bild war auf den drei LCD-Schirmen auf der Rückbank zu sehen. Die Datenverbindung zwischen dem Fahrzeug und Tartaruga Island lief über eine geheime Leitung, die von dem Hackerangriff aus Langley bisher verschont geblieben war. „Gib mir Bescheid, sobald du ihn gefunden hast.“

„Roger“, gab Bill zurück. Thomas suchte die Menge mit bloßem Auge ab, aber auf diese Entfernung war es unmöglich, irgendetwas zu erkennen. „Wir haben ihn. Er steht direkt am Podium, neben einem großen Kerl mit Staubmantel. Groß und schlank. Schwarze Windjacke und Jeans.“

Thomas sah genauer hin und fand den Mann, den Bill beschrieb. Er stand ziemlich dicht bei Miss Burrows, aber in der falschen Position, um ihre Ablenkung einzusetzen. Das explodierende Glas würde die Scherben wie Schrapnelle durch die Luft jagen, die alles zerfetzten, was ihnen im Weg stand. Und im Augenblick würde das die Zielperson mit einschließen.

„Befiehl den Männern, sich ihm zu nähern. Sie sollen sich

bereithalten, ihn von der Menge zu trennen. Es gibt da irgendeine Abtrennung rechts von ihnen."

„Ich seh sie. Es ist eine Schautafel, auf der die Firmen im Büro aufgelistet sind."

„Sag den Jungs, sie sollen ihn dahinter festhalten. Das Ding sollte ausreichend Deckung bieten."

„Roger."

Thomas sah zu, wie etliche Männer in der Halle sich aus der Menge lösten und sich langsam in Richtung Podium vorarbeiteten. „Wir müssen ihn über die Plaza zum Gehweg schaffen", erklärte Thomas. Wie bei den meisten Amtsgebäuden in New York verhinderten dicke Poller, dass Fahrzeuge zu dicht heranfahren konnten, was es unmöglich machte, sich mit irgendetwas Größerem als einem Motorrad zu nähern.

„Sie", meinte Bill.

„Was?"

„Wir müssen *sie* über die Plaza bringen. Du meintest *ihn*. Wir haben zwei Zielpersonen", erwiderte Bill. „Nicht wild, kleiner Versprecher." Aber Thomas wusste, dass es alles andere als ein kleiner Versprecher war.

Thomas' Handy klingelte. Es war das in der Nähe stationierte Beta-Team, das in einem mit Elektronik vollgestopften Van saß, der eine große Satellitenschüssel auf dem Dach trug. „Wir sind bereit. Wir haben das Bild drübergelegt. Geben Sie uns Anweisung, wenn wir uns dazwischenschalten sollen."

„Haltet euch bereit", erklärte Thomas und wandte sich dann an Bill: „Sag mir sofort Bescheid, wenn deine Männer so weit sind."

„Nur noch ... einen Augenblick ... Bereit!", sagte Bill.

Thomas hielt das Handy wieder ans Ohr. „Abspielen!"

Jonathan sah zu, wie Emily etwas unbeholfen die Fragen der Reporter über den Monarchen beantwortete – eine Situation, die er mehr als nur ein bisschen surreal fand –, als jemand seinen Namen rief. Es war Lew, der Miss Burrows völlig ignorierte und auf die riesigen Bildschirme über ihnen zeigte. Als Jonathan sah, was seinen Freund so in Aufregung versetzte, stellten sich ihm sämtliche Nackenhärchen auf.

„*... ein Fotograf aus Tallahassee, Florida. Bisher liegen keine Hinweise vor, wie der als freundlich und zurückhaltend geltende Familienvater zu einem brutalen Ritualmörder werden konnte.*

Wir wiederholen noch einmal für jene, die gerade erst zugeschaltet haben: Bei dem Mörder, bekannt unter dem Namen Der Monarch, handelt es sich laut FBI um Jonathan Hall ...“

Eine Faust hämmerte in Jonathans Gesicht, direkt unter seinem rechten Auge. Die Welt verschwamm, und Jonathan bekam nur am Rande mit, wie ihn jemand packte und davonschleifte. Selbst in seinem vom Schlag irritierten Zustand konnte er nur an Natalie denken. Wenn diese Übertragung jetzt noch nicht landesweit lief, würde sie das in wenigen Minuten tun. Bald würde jeder in Tallahassee sie sehen, und er würde seine Tochter mit Sicherheit verlieren.

Während Jonathan Stück für Stück wieder zu sich kam, wurde ihm klar, dass er nur eine Chance hatte. Er musste sofort zu Natalie zurück. Wenn er ihr die Dinge nur irgendwie erklären könnte, würde sie es vielleicht verstehen. In jedem Fall konnten sie beide gemeinsam flüchten. Ob das ein angemessenes Leben für eine Elfjährige war, darüber würde er sich später den Kopf zermartern. Für den Augenblick musste er erst einmal dafür sorgen, dass er nicht im Gefängnis landete.

„Reiß dich zusammen, Jonny“, sagte Lew. „Wir müssen dich hier rausschaffen.“

Jonathan konnte wieder klar sehen, und er stellte fest, dass Lew ihn in Richtung Tür zerrte. Er blickte hinab zu Lews Händen, die seinen Arm festhielten, und sah, dass sie blutig und wund waren. Er drehte den Kopf nach hinten und entdeckte zwei Männer mit Ohrstöpseln auf dem Boden liegen. Sie bluteten und sahen seltsam verdreht aus. Hinter ihnen hatten sich vier bewaffnete Typen aus der Menge gelöst und waren auf das Podium gestiegen. Der FBI-Agent namens Wagner und der Polizeichef lagen regungslos auf dem Boden. Zwei der Männer hatten ihre Waffen über die Menge gerichtet und brüllten irgendetwas, während sie Schüsse in die Luft abgaben. Beton regnete auf die Menge hinunter.

Zwei andere Männer hielten Emily Burrows gepackt und schleppten sie hinaus, so wie sie versucht hatten, ihn wegzuschleppen. Wenn Natalie nicht wäre, hätte Jonathan versucht, ihr zu helfen. Dann kam ihm ein Gedanke. Es gelang ihm, sich selbst wieder auf die Füße zu stellen. Er schüttelte die letzte Benommenheit ab und stieß Lew weg. Ein paar weitere Kugeln krachten über ihnen in die Decke und ließen wieder Betonbrocken auf die Menge stürzen. Jonathan hob die Arme über den Kopf, um sie abzuwehren, während die Menge aufschrie und in alle Richtungen davonstob. Jetzt war Jonathans Gesicht das einzige, das noch auf dem Monitor zu sehen war. Sie alle – egal ob Cops oder Gangster – wären jetzt nur noch hinter ihm her. Und er musste dafür sorgen, dass das so blieb.

„Was zur Hölle tust du?“, verlangte Lew zu wissen.

„Hilf Burrows. Sie ist in Gefahr.“

„Wer zum Teufel ist das grade nicht? Komm jetzt“, meinte Lew und versuchte wieder, Jonathans Arm zu packen. Jonathans Verstand und Reflexe waren wieder ganz da, und er entwischte ihm mit Leichtigkeit.

„Ich meine es ernst, Lew. Geh und hilf ihr. Irgendetwas hier stinkt gewaltig, und ich werde nicht zulassen, dass auch nur eine weitere Person in unserem Namen verletzt wird“, log er.

Lew zögerte eine Sekunde und sagte dann: „Ach, Scheiße!", bevor er davonlief, um Emily zu helfen.

Jonathan drehte sich um und rempelte sich durch die Menge vorwärts, aus dem Gebäude hinaus und auf den Vorplatz. Er musste hier weg und so viel Abstand wie möglich zu Lew einlegen.

Er wich den Leuten auf der Plaza aus, rang hier und da jemanden nieder, der eine Verbindung zwischen den Bildern auf den Monitoren und ihm herstellte und versuchte, ihn aufzuhalten. Das war keine große Herausforderung, aber wenn die Menge noch dichter wurde, würde ihm der Raum fehlen, sich richtig zu bewegen. Vermutlich würde sich ein ganzer Mob auf den vermeintlichen Serienmörder werfen, und er wusste, dass sie dann nicht mehr genügend von ihm übrig lassen würden, um es für eine mögliche Gerichtsverhandlung auch nur in ein Glas zu stecken. Aber selbst wenn er es durch die Menge und bis zur Straße schaffen sollte, steckte er noch immer bis zum Hals in Schwierigkeiten.

Ich brauche ein Ablenkungsmanöver.

Genau in diesem Augenblick explodierten hinter ihm die Fenster des Federal-Plaza-Gebäudes in einer gigantischen Wolke aus Lärm, Rauch und Glassplittern. Die Wucht der Explosion traf Jonathan im Rücken und warf ihn zu Boden. Auch wenn seine Sinne von der plötzlichen Detonation eingelullt worden waren, hörte er entfernt Schreie voller Schmerz und Panik, während um ihn herum Körper zu Boden sackten oder fielen, als hätte jemand weit über ihm ein Fenster geöffnet und würde sie abwechselnd hinauswerfen und schubsen.

Als er das Gesicht wieder von den Gehwegplatten hob, klingelte es in seinen Ohren, aber nur einen Tick leiser als die Alarmanlagen der umliegenden Autos, die durch die Druckwelle ausgelöst worden waren.

Er rappelte sich auf und schüttelte Staub und Glassplitter aus seiner Kleidung. Er war weit genug weg gewesen von der Explosion, dass die Menschenmenge ihn vor dem größten Teil der Glasfragmente abgeschirmt hatte. So sah er erst jetzt das Blutbad hinter sich.

Es war grauenvoll. Die Hälfte der Menschen, die auf der Plaza gestanden hatten – die Menschen, durch die er sich gerade erst durchgekämpft hatte –, lag auf dem Boden, entweder gespenstisch still oder sich krümmend vor unbeschreiblichen Schmerzen. Überall war Blut. Das Glas hatte die Menschen in Fetzen gerissen. Er wusste, dass es die Leute in dem Gebäude noch schwerer getroffen hatte, aber Rauch füllte die Lobby des Federal-Plaza-Gebäudes, sodass er nichts erkennen konnte.

„Lew!", schrie Jonathan und sprang auf eine der schlangenförmigen Bänke, während er versuchte, im Gebäude etwas zu sehen. „Lew!"

Er wartete und befürchtete das Schlimmste. Nach einer gefühlten Ewigkeit stolperte eine schmutzige und blutige Gestalt über die am Boden liegenden Körper. Sie trug einen Staubmantel. *Gott sei Dank.*

„Da ist er!", riefen zwei Männer seitlich von ihm und stürmten auf Jonathan zu. Ihre makellose Kleidung und körperliche Unversehrtheit zeigten Jonathan, dass sie keine Opfer der Explosion geworden waren. Es war also noch immer nicht sicher in Jonathans Nähe.

Jetzt, wo er beruhigt sein konnte, dass Lew gesund und am Leben war, wirbelte Jonathan herum und rannte los.

Als er die Straße erreichte, kam direkt vor ihm eine Limousine mit quietschenden Reifen zum Stehen. Die Hintertür flog auf, und ein Mann mit einer Pistole schrie aus dem Inneren: „Steig ein, oder du bist tot."

Jonathan trat die Tür zu, drehte sich um und rannte den Gehweg entlang.

Lew versuchte zu rennen, war aber immer noch zu benommen, und sein Versuch endete damit, dass er über jemanden stolperte, der am Boden lag. Er stemmte sich wieder ein wenig hoch und blickte der Frau, über die er gefallen war, in die panisch aufgerissenen Augen. Die Explosion hatte Glassplitter in ihr Gesicht und ihren Hals gejagt, Blut sprudelte aus ihren Wunden, während sie um jeden Atemzug kämpfte.

„Hilfe … Hil…“ Dann endete ihr Leben. Tote und Sterbende übersäten die Plaza. Lew schüttelte den Kopf und stand wieder auf.

Als die Scheiben explodiert waren, hatte er hinter einer Schautafel gestanden, auf der die im Gebäude ansässigen Firmen aufgelistet waren. Der folgende Feuerball hatte jegliche Luft im Raum eingesogen, wobei auch Lew vom Vakuum mit dem Kopf voran direkt in die Tafel geschleudert worden war. Er hatte mit den Fingern seine Stirn berührt, und sie waren warm und blutig gewesen. Es war nicht das erste Mal, dass er sich den Schädel anschlug, aber jedes Mal tat es weh wie die Hölle.

Durch den Rauch sah er, wie Jonathan mit einem festen Tritt die Wagentür zuhämmerte und die Flucht den Gehweg entlang antrat. Die Limousine scherte aus, donnerte auf den Fußweg und jagte hinter ihm her.

Lew rannte hinterher, bevor er es auch nur wahrgenommen hatte, kürzte über die Plaza ab und wich den menschlichen Hindernissen aus, die sich vor ihm auftaten. Er hatte keine Ahnung, wo diese Burrows bei der Explosion gewesen war, aber es kümmerte ihn auch nicht mehr. Wer auch immer das hier getan hatte, war hinter der Person her, die für Lew einem Bruder am nächsten kam, und die einzige Gefühlsregung, die er im Augenblick verspürte, war purer, ungebändigter Zorn. Er wusste nicht, wer alles in diesen verabscheuungswürdigen Akt verwickelt war, aber er wusste, dass einige von ihnen in diesem Wagen saßen.

Er verließ die Plaza und sprintete über die Straße, seine Lungen lechzten nach jedem Quäntchen Luft. Er war lange nicht mehr aus voller Kraft gelaufen, hatte das Einzige, worauf er sich all die Jahre wirklich hatte verlassen können – seine Kondition –, über die Jahre verkümmern lassen. Aber er besaß noch immer die Fähigkeit, den Schmerz wegzudrücken, in irgendeinen Winkel seines Hirns. Eher würde ihm das Herz explodieren, als dass er aufhörte zu rennen.

In vollem Tempo umrundete er die Ecke und sah Jonathan, der sich genau in dem Augenblick umdrehte, als der Wagen ihn einholte. Zuerst dachte Lew, er würde ihn einfach überfahren, aber in letzter Sekunde wich er quietschend aus. Eine der Wagentüren flog auf und ließ Jonathan wie eine Stoffpuppe durch die Luft segeln. Lew rannte weiter.

Jemand stieg aus, hob sich Jonathan über die Schulter und warf ihn ins Fahrzeug. Der Mann blickte auf und entdeckte Lew, der wie eine Lokomotive auf ihn zuraste. Er zog eine Waffe und feuerte ein paar gestreute Schüsse in Lews Richtung, bevor er sich rückwärts zu Jonathan in den Wagen setzte. Und noch immer rannte Lew weiter.

Die Tür wurde zugezogen, und der Wagen fuhr vom Bordstein, musste aber stehen bleiben, als der Verkehr ihm den Weg blockierte. Hupen blökten auf, und Menschen schrien herum. Die Limousine holte Schwung, krachte in den Wagen, der die Durchfahrt blockierte, und setzte etwas zurück, um die Lücke zu nutzen, die der Fahrer sich damit geschaffen hatte.

Lew erreichte das Fahrzeug in genau diesem Augenblick, und bevor sie davonjagen konnte, warf er sich mit einem Hechtsprung aufs Dach.

Die Limousine brauste mit durchdrehenden Reifen durch die Lücke davon, während Lew sich festkrallte. Er hielt sich an den Seiten fest und wünschte, er hätte irgendeine Waffe bei sich, abgesehen von seinem Dickschädel. Sollte der Wagen jemals aus der Mittags-Rushhour herauskommen, würde der Fahrer ihn innerhalb von Sekunden abgeschüttelt haben, also ballte Lew eine Faust, sammelte seine ganze Kraft und hämmerte sie in die Seitenscheibe des Fahrers. Das Fenster explodierte ins Innere des Wagens, und Lew spürte, wie die Knochen in zwei seiner Finger brachen.

Auch diesen Schmerz steckte er weg.

Jemand im Wagen schrie, und dann krachten zwei Schüsse von innen durchs Dach. Sie verfehlten ihn, durchlöcherten aber seinen Staubmantel. Er rollte zur Seite, gerade als zwei weitere Schüsse durchs Metall kamen, genau dort, wo er eben noch gelegen hatte. Dann hörte er einen einzelnen Schuss innerhalb des Wagens, und die Schießerei war beendet. Lew wurde noch angespannter, aber mit seiner gebrochenen Hand konnte er sich kaum noch festhalten. Als hätte der Fahrer seine Gedanken gelesen, begann er, das Fahrzeug in weiten Bögen von einem Kantstein zum nächsten zu schwingen, und donnerte dabei immer wieder gegen die parkenden Autos.

Beim dritten Aufprall verlor Lew seinen Halt und fand sich in der Luft wieder. Er krachte in die Seite eines parkenden Trucks und spürte, wie er das Bewusstsein verlor, bevor er auf dem Asphalt aufschlug.

Jonathan lag eingekeilt auf dem Boden der Limousine, Hände und Füße mit Kabelbindern verschnürt, und sah zu, wie Lew vom Wagendach geschleudert wurde. Neben Jonathan lag der Mann, der ihn geschnappt und gefesselt hatte – tot, mit einem Einschussloch in der Stirn.

Als er angefangen hatte, auf Lew zu schießen, hatte Jonathan die Knie angezogen und mit beiden Beinen nach oben getreten. Der Schütze hatte sich zu ihm umgedreht, die Augen voll flammender Wut, und seine Waffe auf Jonathan gerichtet. Eine Sekunde später hatte der Fahrer, ohne auch nur den Kopf zu drehen, eine Waffe nach hinten gerichtet und seinen Partner erschossen.

„Das ist ja ein heftiger Wachhund, den du da mit dir rumschleppst, Kumpel“, sagte der Fahrer jetzt, wo er ihn losgeworden war. Er hatte einen australischen Akzent, aber keinen starken, als wäre er schon sehr lange fort von zu Hause.

„Sie haben ja keine Ahnung“, meinte Jonathan.

„Setz dich einfach, lehn dich entspannt zurück, dann kriegen wir keinen Ärger miteinander“, sagte der Fahrer.

„Keinen *zusätzlichen* Ärger, meinen Sie.“ Der Fahrer reagierte nicht direkt, aber sein Schweigen verriet Jonathan, dass er ins Schwarze getroffen hatte. Er mochte bei dieser ganzen Aktion ins Netz gegangen sein, aber es war nicht so gelaufen wie geplant. „Machen Sie sich keine Sorgen. Ich weiß, wie solche Operationen manchmal ablaufen. Man kann nicht alles vorhersehen. Ich bin mir sicher, Ihr Boss hat dafür Verständnis.“

„Ich sage es dir nicht noch einmal, Kumpel, halt den Mund.“ Jonathan war dabei, ihn an seinem wunden Punkt zu reizen. Er ging ein größeres Risiko ein, als er es für gewöhnlich getan hätte, aber nachdem er mitangesehen hatte, wie der Fahrer seinen Helfer erledigt hatte, nur weil dieser Jonathan bedroht hatte, ging er davon aus, dass der Drahtzieher hinter den Kulissen Jonathan gesund und lebendig haben wollte. Dann erinnerte er sich, dass, kurz bevor die Hölle losgebrochen war, ein paar Fußsoldaten sich auf Emily Burrows gestürzt hatten.

„Schon gut“, meinte Jonathan, und dann, nach einem weiteren Herzschlag: „Miss Burrows war ihm vermutlich ohnehin nicht so wichtig.“

„Ich hab dich gewarnt“, sagte der Fahrer und kam mit der Hand nach hinten, die noch immer die Waffe hielt.

„Warten Sie …“, begann Jonathan. Er hatte nicht bedacht, dass „gesund und lebendig“ nicht unbedingt „bei Bewusstsein“ meinte. Die Waffe krachte ihm in die Schläfe, und eine grelle Explosion flammte in seinem Schädel auf, überstrahlte alles und stieß ihn in die Dunkelheit.

30

NEW YORK DOWNTOWN HOSPITAL
NEW YORK CITY
21:00 Uhr Ortszeit

Beinahe neun Stunden waren seit dem Massaker vergangen, und Emily wartete, bis Wagners Familie gegangen war. Sie weinten und stützten sich gegenseitig, während sie den Krankenhausgang hinabschlurften. Dann erst betrat sie zögernd den Raum. Die Kratzer in ihrem Gesicht, von ein paar kleinen Verbänden verdeckt, taten noch immer weh, waren aber nicht der Grund für die Tränen, die ihr nun die Sicht nahmen. Sie gab sich selbst die Schuld. Für alles.

Die ganzen Maschinen neben dem Bett waren dunkel und still, wodurch ihr eigenes Atmen umso lauter klang. Sie ging hinüber zur anderen Seite des Betts, wo sie die Tür im Blick behalten konnte. Die Angst vor Verfolgern war nach diesem Tag noch immer ungebrochen groß in ihr.

Ein Teil von Wagners Hand ragte noch immer unter dem Laken hervor. Behutsam legte sie sie frei und nahm sie in ihre eigenen, zitternden Hände. Er war noch warm. Die Berührung, der menschliche Kontakt, war der letzte Tropfen. Ihr Schluchzen übermannte sie, und Tränen strömten ihr über das Gesicht, während sie leise nach Atem rang.

„E-e-es …“ Sie versuchte zu sagen, dass es ihr leidtat, aber sie konnte nicht sprechen. Sie sank in Zeitlupe auf die Knie und drückte ihre Stirn an seine Hand. Sie hatte im Leben nur wenige gute Menschen getroffen. Wahrhaft gutherzige Seelen, denen es nur um Richtig oder Falsch ging, nicht darum, wie ihre Entscheidungen sie dastehen ließen. Sie wusste in der Tiefe ihres Herzens, dass Wagner einer davon gewesen war. Sein ganzes Team hatte gewirkt, als ginge es ihnen nicht darum, die Gesetze durchzusetzen, sondern die Menschen, für die sie gemacht worden waren, zu beschützen. Und jetzt waren sie alle tot.

Als ihr Schluchzen abebbte, fischte sie ein Taschentuch aus dem Nachttisch, um sich die Tränen aus dem Gesicht zu wischen. Sie kämpfte sich wieder hoch und zog einen Stuhl heran, um sich neben Wagner zu setzen. Sie wusste nicht, wieso sie hier war oder was sie mit ihrer Totenwache zu erreichen versuchte. Sie wusste, dass seine Familie jeden Augenblick zurückkehren könnte, was einige wirklich unangenehme Fragen nach sich ziehen würde. Sie wusste auch, dass irgendwann irgendjemand kommen würde, um ihn runter in die Leichenhalle zu bringen, auch wenn diese heute zweifellos bis an die Decke gefüllt war und sie ihn deshalb vielleicht vorerst hier liegen lassen würden.

Es gab noch keine endgültigen Zahlen, aber die letzten Nachrichten, die sie gesehen hatte, hatten von neunundvierzig Toten gesprochen sowie Dutzenden Verletzten, deren Schicksal noch unklar war. Seltsamerweise waren keine weiteren Nachrichten zur echten Identität des Monarchen gekommen.

Die Explosion hatte nicht nur die Fenster durch die Gegend geschleudert, sondern auch einen großen Teil der Fassade des Gebäudes zerstört, wodurch einzelne Teile des Baus eingebrochen waren. Die eingetroffenen Mitglieder des Katastrophenschutzes hatten erklärt, dass der Schaden nur oberflächlich und das Gebäude nicht einsturzgefährdet sei. Dennoch hatten sie das Gebiet evakuiert. Da sie im Augenblick der Explosion ohnmächtig geworden war, waren das alles nur Dinge, die sie im Nachhinein erfahren hatte. Das Letzte, woran sie sich erinnerte, war, wie sie sich von dem Mann befreit hatte, der Wagner angegriffen hatte. Sie war umgedreht und Wagner direkt in die Arme gelaufen, der gerade wieder aufgestanden war. Dann hatte es ein lautes *Wummp* gegeben, bevor Wagner sie zu Boden gestoßen und sich selbst über sie geworfen hatte. Das Nächste, was sie mitbekam, war, wie sie in der Notaufnahme wieder zu sich gekommen war, umgeben von Schreien und Chaos.

„Ich möchte nur, dass Sie wissen, dass ich alles tun werde, was in meiner Macht steht, um diese Sache wieder in Ordnung zu bringen“, sagte Emily zu Wagners leblosem Körper. „Ich weiß nicht, ob das irgendetwas ändern wird, aber ich werde die Geschichte – die echte Geschichte – jedem erzählen, der zuhören will. Und wenn es das Letzte ist, was ich tue, ich werde Nathan finden. Ihn finden und ihn dafür bezahlen lassen.“

„Meinen Sie das ernst?“, fragte eine Stimme an der Tür. Emily setzte sich erschrocken auf und sah den Fremden an. Er war groß und trug einen Mantel, der aus einer Art langer Wachsplane bestand. Der Mann sah darin aus wie ein Cowboy. Seine linke Hand war mit zwei Fingerschienen versehen, um die weißes Krankenhaus-Klebeband gewickelt war, und sein Kopf war bandagiert. Sie vermutete, dass er von der Explosion getroffen worden war.

„Ich ... Verzeihen Sie bitte. Kannten Sie Agent Wagner?“, fragte Emily, stand auf und ging mit der Absicht zur Tür hinüber, zu gehen.

„Nur aus den Nachrichten“, meinte der Mann. Emily nickte, schüttelte dann aber den Kopf.

„Weshalb sind Sie dann ...“

„Ich bin Ihretwegen hier, Miss Burrows.“

„Meinetwegen? Weshalb?“ Ihr Verfolgungswahn bäumte sich auf.

„Mein Name ist Lew. Lew Katchbrow“, erklärte er und streckte ihr die Hand hin. Eher aus einem Reflex heraus nahm sie sie und schüttelte sie. Sein Handgriff war kräftig, aber sanft. „Der Monarch schickt mich.“

Sie spürte, wie ihr kurz die Kraft aus den Knien wich, aber Lews verletzte Hand umfing sie und hielt sie aufrecht.

„Er hat Sie geschickt? Zu mir?“ Das musste ein Fehler sein. Oder ein Trick.

„Wir haben eine Menge zu bereden, aber ich halte das hier nicht für den besten Ort. Haben Sie schon gegessen?“ Emily konnte sich buchstäblich nicht erinnern, wann sie zuletzt etwas gegessen hatte.

„Woher soll ich wissen …“

Lew schnitt ihr das Wort ab. Er schien zu wissen, was sie fragen wollte. „Er sagte, dass es eine gute Idee von Ihnen war, *Die gerechten Richter* aus Ihrem Buch herauszuhalten. Besonders, weil die Belgier es, zwei Tage nachdem er es ihnen zurückgegeben hat, wieder an jemanden verkauft haben.“

„Mein Gott“, sagte sie und schnappte nach Luft. „Sie kennen den Monarchen *wirklich*.“

„Sie haben ja keine Ahnung, Lady. Aber wir sollten jetzt wirklich gehen.“

Und so ließ sie zu, dass der Fremde sie von Wagners Leiche fortbrachte. Erst im Gang zögerte sie kurz. Sie blickte zurück zum Schwesternzimmer am Ende des Flurs, und ihre Vernunft schrie sie an, in genau diese Richtung zu rennen.

„Sie können mir vertrauen“, sagte Lew, der ihre Sorge offensichtlich spürte. „Jeder öffentliche Ort, an den Sie gerne gehen möchten, passt mir. Jede Menge Leute und keine Tricks. Versprochen.“

Nach einem langen Augenblick sagte sie: „Gehen Sie vor.“ Sie blieb die ganze Zeit fünf Schritte hinter ihm, damit sie im Notfall flüchten konnte, wenn er irgendetwas versuchen sollte, aber etwas an seinen Augen und der Art, wie er über den Monarchen sprach, brachte sie dazu, ihm vertrauen zu wollen.

Allerdings hatte ihr gesunder Menschenverstand in letzter Zeit nicht gerade mit Glanzleistungen brilliert.

31

TARTARUGA ISLAND

04:15 Uhr Ortszeit

„Willkommen zurück“, sagte Lara, als Nathan die Augen öffnete. Er blickte sich um und sah, dass er in seinem Schlafzimmer lag. Das Letzte, woran er sich erinnern konnte, war, dass er versucht hatte, aus dem Hangar zu kommen, bevor ihn irgendjemand zusammenbrechen sah.

„Was … Wie lange?“, fragte er mit heiserer Stimme und war für einen Augenblick erstaunt, dass er überhaupt sprechen konnte, ohne dass das heilende Wunderserum durch seine Adern floss. Aber natürlich fehlte ihm nicht nur das Serum, sondern auch die Neuro-Blocker.

„Etwa neun Stunden. Du bist im Korridor zusammengebrochen. Randy und ich haben dich gefunden und hergebracht.“ Lara schenkte ihm aus der Karaffe neben seinem Bett etwas Wasser ein. „Ich habe Sophia deinen Zustand beschrieben. Ich musste sie ein bisschen überreden, aber schließlich meinte sie, es höre sich danach an, als hättest du eine Art Mini-Schlaganfall gehabt.“ Lara hielt ihm das Glas an die Lippen. Nathan trank in großen Zügen trotz des unangenehmen Gefühls, dass ihm etwas in der Kehle stecken geblieben war. An das Symptom hatte er sich schon vor Jahren gewöhnt.

„Sie hat außerdem zugegeben, dir nur ein halbwirksames Serum verabreicht zu haben. Das hat nicht nur nicht lange gehalten, es hat auch die Neuro-Blocker in deinem Körper nicht vollständig abgebaut. Sie meinte, das wäre, als würde man ein Auto fahren, indem man bei angezogener Handbremse das Gaspedal durchdrückt. Falls es dich tröstet, sie schien wirklich aufgebracht über das Ergebnis ihres kleinen Betrugs zu sein."

„Du hast meinen Zustand *beschrieben*? Sie hat mich nicht untersucht?", war alles, was Nathan fragte.

„Ich habe sie in ihrem Labor eingesperrt. Ich wusste nicht, was du getan hättest, ging aber davon aus, dass du nicht willst, dass sie sich zum Hubschrauber schleicht, während du dich ... erholst."

Nathan gefiel es nicht, dass Sophia eine Gefangene war, und er wollte gar nicht wissen, wie Lara sie *überredet* hatte. Er hatte immer geglaubt, dass Lara ihm von den beiden Mädchen am ähnlichsten war, aber jetzt erkannte er, welch verborgenes Potenzial Sophia barg. Für den Augenblick beließ er es dabei.

„Wie ist der aktuelle Stand? Was habe ich verpasst?", wollte Nathan wissen und schob sich ungeschickt im Bett weiter nach oben. Es fiel ihm schwer, stillzuhalten. Lara unterrichtete ihn über den früheren Beruf von Jonathan Hall und den versuchten Cyber-Angriff, den sie vereitelt hatten.

„Die Führerscheinstelle hat uns mit seiner Wohnadresse und seinem aktuellen Job versorgt. Wir werden in Kürze in Position sein."

„Ich habe ihn?", fragte Nathan, zu gleichen Teilen aufgeregt und ein wenig traurig, dass die Jagd nun vorbei war.

„Du hast ihn. Eine achtundneunzigprozentige Übereinstimmung. Eindeutig der Monarch."

Nathan nahm einen erlösenden, reinigenden Atemzug. Doch seine Ruhe hielt nur etwa eine Sekunde, bevor er den Blick in Laras Augen sah.

„Hall und Burrows sind auf dem Weg hierher, ja?", fragte Nathan. Sein Verdacht wurde bestätigt, als Lara ihm statt einer

Antwort etwas mehr Wasser gab. Ungeschickt drehte er den Kopf vom Glas weg. „Was stimmt nicht?"

Lara erzählte, wie sie sich bei der Explosion verrechnet und ihre eigenen Männer verloren hatten. „Die Nachrichten sprechen von neunundvierzig Toten", erklärte sie. „Und ich fürchte, Miss Burrows war ..." Das Piepen ihres Handys unterbrach Lara, und sie las eine Textnachricht. Für einen Augenblick fürchtete Nathan, sie würde das Gerät durch den Raum schleudern.

„Was ist los?"

„Äh, nichts", sagte sie und steckte das Telefon weg. „Wie ich gerade sagte, haben wir Miss Burrows nicht erwischt. Sie ist entkommen."

Nathans Brust hob sich. Zuerst dachte er, dass ihn ein Hustenreiz gepackt hatte, aber dann wurde ihm klar, dass er lachte. Lautstark. Ein Nebeneffekt der Krankheit. Wenn er nicht bald seine Neuro-Blocker bekäme, würde er die ganze Zeit ohne Grund lachen. Tränen rannen ihm über die Wangen. Lara wusste um seinen Zustand, aber trotzdem sah sie ihn mit einem Blick an, der deutlich machte, wie unwohl sie sich an seiner Seite fühlte. Erst als er kaum noch atmen konnte, ließ das Lachen langsam nach.

„Wo ist Thomas?", fragte Nathan zwischen zwei schweren Atemzügen.

„Noch in New York. Er erwartet weitere Befehle."

„Sag ihm, er soll Burrows herschaffen, und zwar sofort. Um jeden Preis. Hast du gehört? Sie ist lebenswichtig für diese Sache. Ohne sie ..."

„Ich habe es verstanden, Vater. Betrachte es als erledigt." Er konnte an ihrem Gesicht ablesen, dass sie überhaupt nicht verstand. Kein bisschen. Aber das brauchte sie auch nicht.

Er schickte Lara fort, um Sophia zu überreden, ihm seine Neuro-Blocker zu geben. Etwas später, als er versuchte, selbst ein wenig Wasser zu trinken, entdeckte er sein Spiegelbild in der Glastür des Buchschranks an der Wand, in dem seine seltenen Bücher standen. Er sah sich selbst zucken und zittern.

Wenn der Plan nicht funktionierte, würde er eine letzte Dosis des Serums nehmen, sich eine letzte Zigarre anzünden und hinunter zu den Tanks spazieren, in denen das Erdgas des Komplexes gelagert war. Ein Umlegen eines Schalters, und es wäre alles vorbei.

Gnädigerweise vorbei.

32

NEW YORK CITY
21:30 Uhr Ortszeit

Lew wusste nicht, ob Emily ihm überhaupt helfen konnte, Jonathan zu finden, aber im Augenblick war sie die einzige Spur, die er hatte. Wenigstens hatte sie aufgehört, sich wie ein verschrecktes Kaninchen zu benehmen, das beim leisesten Geräusch davonjagen wollte.

„Sie haben Ihr Essen kaum angerührt“, meinte Lew mit Blick auf ihren Teller, während er sich von dem Stapel dreckigen Geschirrs zurücklehnte, der seine Seite des Tisches beherrschte.

„Ich habe nach heute einfach keinen großen Appetit“, entschuldigte sich Emily und stocherte in ihren Spaghetti herum.

„Sie müssen etwas essen“, sagte Lew. „Ganz besonders nach heute. Nichts laugt einen Körper mehr aus als ein Schock.“ Er sah zu, wie sie noch ein paar Mal auf ihr Essen einstach, aber die Gabel fand nie den Weg zu ihrem Mund.

„Sie haben mir immer noch nicht gesagt, weshalb wir aus dem Krankenhaus rausmussten“, meinte sie stattdessen. Lew hatte sie bisher bei der Frage hingehalten, weil er nur noch daran hatte denken können, endlich etwas in den Magen zu bekommen.

„Sagen wir einfach, dass diejenigen, die Jonny geschnappt haben, unter Umständen auch hinter mir her sind.“

„Dann waren Sie bei ihm. Wie gut kennen Sie ihn? Weshalb war er hier in New York? Und woher kennt er mich?“, ließ Emily eine ganze Fragensalve auf ihn los.

„Ho, ganz ruhig, Brauner. Ich werde ehrlich zu Ihnen sein. Ich bin mir noch nicht sicher, ob ich Ihnen trauen kann."

„*Mir* trauen?"

„Jonny sagte, dass ich Sie beschützen sollte, als die ganze Scheiße losging. Keinen Schimmer, warum, aber für gewöhnlich hat er gute Gründe, das zu tun, was er eben tut. Also schätze ich, dass wir uns gegenseitig helfen können."

„Oh", erwiderte sie und klang enttäuscht.

„Wer ist Nathan?", fragte Lew unerwartet und hoffte, sie damit überrumpeln zu können.

„Woher kennen Sie diesen Namen?"

„Im Krankenhaus meinten sie, dass Sie Nathan finden würden, und wenn es das Letzte wäre, was Sie tun. Und ihn dafür bezahlen lassen. Wofür bezahlen?"

Emily seufzte, leerte ihr Weinglas und erzählte Lew dann alles über Nathans Bestechung, seine Bitte und sogar die Entführung und das seltsame Treffen am Strand. Lew hörte schweigend zu und ließ sie ausreden. Jeder neue Aspekt der Geschichte faszinierte ihn mehr als der davor. Als sie fertig war, füllte er ihre Weingläser wieder auf.

„Glauben Sie, Nathan hat Jonny geschnappt?", fragte er.

„Scheint mir wahrscheinlich zu sein. Mehr als wahrscheinlich sogar. Aber Sie müssen mir glauben, dass ich keine Ahnung hatte, worauf das alles hinauslaufen würde."

„Bei dem, was Sie mir erzählt haben, glaube ich nicht einmal, dass wir im Augenblick auch nur erraten könnten, worauf das alles hinauslaufen soll. Können Sie Kontakt zu ihm aufnehmen? Wissen Sie, wo er ist?"

„Nein … Moment. Ja, ich weiß, wo er ist." Emily erzählte von dem Buch und dem Handy, das sie dem FBI gegeben hatte. „Sie haben das Telefon noch, aber wenn wir es uns holen könnten, können wir Nathan orten, da bin ich mir sicher."

„Die haben es? Das FBI? In dem Gebäude, das gerade hochgejagt wurde? Ja, nein, da kommen wir in nächster Zeit nicht hinein."

„Vielleicht müssen wir das gar nicht", meinte Emily mit einem abwesenden Ausdruck im Gesicht.

Raiden Pioneer lugte einige Minuten nach Emilys Klopfen durch das Fenster. Sie war erleichtert, dass er so spät noch im Geschäft war. Zuerst lächelte er, bis er den großen Kerl entdeckte, der hinter ihr stand. Emily nickte. Raiden musterte den Neuling erneut, schloss aber schließlich auf.

Emily und Raiden saßen am Tresen neben der altmodischen Registrierkasse, während Lew im Laden herumschlich und immer wieder mit dem Finger gegen die Computerteile stupste, die überall herumhingen. Die ganze Zeit, die Emily mit Raiden sprach, ließ er Lew keine Sekunde aus den Augen.

„Ein neues Telefon wird dir nichts nützen", erklärte Raiden.

„Es kann das Signal nicht mehr empfangen?", fragte Emily.

„Es wird es empfangen, aber was du brauchst, ist die Logdatei der vorherigen Ortungen. Und die liegt auf dieser einen speziellen SIM-Karte. Ein neues Telefon wird sie nicht haben."

„Verflixt, du hast recht", sagte Emily. „Warte mal, was ist mit Bluetooth?"

„Hmm, ja. Könnte gehen. Du müsstest etwa sechs Meter ans Originalhandy herankommen, aber falls du eine Verbindung bekommst, würde es nur ein paar Sekunden dauern, die Daten zu kriegen."

Emily wusste nicht, wie sie so dicht an das alte Handy herankommen sollte, aber wenigstens war es möglich. Als Raiden ihnen den Preis nannte, blickte Emily zu Lew hinüber, der gerade versuchte, ein paar Kabel wieder an ein Motherboard anzuschließen, die er offensichtlich herausgezogen hatte.

„Was?", fragte Lew unschuldig, als er die Blicke der anderen auf sich spürte. „Das war schon so."

„Nein, das Geld. Das FBI hat mein ganzes Geld genommen, das Nathan mir gegeben hat. Können Sie Raiden bezahlen?“

„Oh. Ja, klar.“

„Ist das alles, was ihr braucht?“, fragte Raiden.

„Waffen“, meinte Lew und kam zum Tresen herüber.

„Wie bitte?“

„Er hat nur elektronisches Zeug, Lew“, erklärte Emily.

„Hören Sie, das hier ist ein wirklich knuffiger Laden und so“, meinte Lew, „aber dieser Computerscheiß ist alles nur Show. Es ist eine Tarnung. Das meiste hier hat mehrere Monate Staub angesammelt, was bedeutet, es ist Schrott. Ihr Kumpel hier ist ein Geschäftsmann, und ich bin bereit, einen fairen Preis zu zahlen. Aber ohne eine Pistole und ’ne Kiste voller Kugeln gibt’s kein Geschäft, dann hat die Bank geschlossen.“

„Lew, bitte“, sagte Emily mitfühlend, obwohl sie das Verhalten ihres neuen Partners zutiefst beschämte. „Raiden ist ein Freund. Und er ist bereit, uns zu helfen, aber …“

„Wäre eine Glock okay?“, wandte Raiden sich an Lew.

„Wird gehen“, meinte Lew, nicht im Mindesten überrascht, dass er recht gehabt hatte. „Eine SIG P226 mit .357er-Magazin wäre mir lieber, falls du eine hast.“

„Schönes Stück, aber weniger Munition als die Neun-Millimeter“, erwiderte Raiden. Emily fühlte sich, als wäre sie gar nicht mehr im Zimmer.

„Wenn du mir .357er-Munition besorgst, brauch ich weniger Schuss“, wandte Lew ein.

„Stimmt. Lass mich nachschauen, was ich dahabe“, erklärte Raiden und verschwand im hinteren Teil des Ladens.

„Ihnen fliegt noch eine Fliege rein“, sagte Lew, als er einen Stapel Bargeld aus einer seiner Manteltaschen zog.

Erst jetzt bemerkte Emily, dass ihr Mund sperrangelweit aufstand, und klappte ihn zu. Ihr war nie in den Sinn gekommen, dass Raiden möglicherweise mehr anzubieten hätte als

Elektronik. Aber wirklich schockiert war sie darüber, dass Lew nach nur einigen Minuten, die er im Laden herumspaziert war, bereits mehr über Raiden wusste als sie.

„Was genau haben Sie für Jonathan getan?", fragte Emily. Allmählich gewöhnte sie sich an den Gedanken, dass der Monarch einen Namen hatte, aber sie brachte es einfach nicht fertig, ihn Jonny zu nennen. Um ehrlich zu sein, wünschte sie, dass Lew es auch bleiben ließe.

„Für ihn? Nun, wenn Sie ihn fragen würden, würde er sagen, dass ich die meiste Zeit nur dazu da bin, seinen Blutdruck hochzutreiben", antwortete Lew mit einem Lächeln und einem Zwinkern. Emily wusste nicht, wie er so ... so freundlich sein konnte nach dem, was diesen Morgen geschehen war. Ihr fiel es schon schwer, nicht jedes Mal zu hyperventilieren, wenn sie daran dachte.

Raiden kam mit einer kleinen Auswahl an Waffen zurück, die er auf dem Tresen ausbreitete. Lew untersuchte jede einzelne davon und wählte zwei aus. Er kaufte außerdem ein paar Schachteln Munition, zusätzliche Magazine und zwei Schulterholster. Er bot Emily an, ihr ebenfalls eine Waffe zu kaufen, aber schon bei der Vorstellung, eine Pistole zu besitzen, wurde ihr unwohl. Nach dem Waffendeal warteten sie noch eine halbe Stunde, während Raiden ihr Bluetooth-Hacker-Gerät vorbereitete.

Sie verließen Raidens Laden, und Lew versuchte, ein Taxi heranzuwinken. Unter seinem Mantel konnte sie die neuen Waffen nicht einmal sehen, und sie fragte sich, an wie vielen unsichtbaren Dingen sie Tag für Tag vorüberging, ohne sie zu bemerken.

„Wohin gehen wir jetzt?", wollte Emily wissen, als ein Taxi langsamer wurde und vor ihnen an den Kantstein rollte. Lew öffnete die Tür und trat zurück.

„Sie fahren jetzt heim. Ich versuche, in die Nähe Ihres Telefons zu kommen", sagte Lew.

„Was? Aber ich dachte, wir sind …"

„Ein Team? Schwester, sagen wir einfach, ich bin kein guter Teamspieler. Sie haben genug getan. Nicht falsch verstehen, aber abgesehen von diesem Telefon, das Sie haben, würden Sie nur im Weg stehen. Und ich glaube, es ist ziemlich offensichtlich, dass die ganze Sache hier alles andere als sicher ist. Gehen Sie einfach nach Hause. Schreiben Sie an Ihrem neuen Buch oder so. Haben Sie ein schönes Leben." Lew drehte sich um und ging die Straße entlang. Sein Mantel blähte sich dramatisch in der morgendlichen Brise auf.

Emily kochte vor Wut. Sie fühlte sich wie die mitgeschleppte kleine Schwester, die nach Hause geschickt wurde. Aber was noch schlimmer war: Welches Schicksal auch immer Jonathan zugestoßen war, es war ihre Schuld. Auf keinen Fall würde sie einfach nach Hause fahren und die Sache auf sich beruhen lassen. Nicht nach dem Versprechen, das sie Wagner gemacht hatte. Und sie wusste, dass es nur eine Sprache gab, die Lew verstehen würde. Sie stampfte ihm hinterher, drehte ihn zu sich herum und schlug ihm viel härter ins Gesicht, als sie es geplant hatte. Der Frust der letzten Tage schien ihr ungeahnte Kräfte zu verleihen. Sie entdeckte rote Abdrücke ihrer Finger, die auf Lews Wange aufleuchteten.

„Himmel, Lady! Ich wusste, Sie bringen Ärger." Lew rieb sich die Wange.

„Jetzt hören Sie mir mal zu! Sie hätten nicht den blassesten Schimmer, was Sie tun müssten, wenn ich nicht wäre. Ich stecke da genauso drin wie Sie, wenn nicht sogar noch tiefer, also wagen Sie es ja nicht, mich irgendwie wegzuschicken. Was wäre, wenn Sie durch irgendeinen blöden Zufall herausfinden, wo Nathan jetzt ist? Wissen Sie, wie er aussieht? Sie stecken dort einfach Ihren Kopf zur Tür herein und fragen dämlich herum, und wenn Sie recht haben und diese Kerle genauso hinter Ihnen her sind wie hinter Jonathan, dann verpasst Ihnen jemand eine

Kugel in die Stirn. Mit mir wird Nathan reden. Zur Hölle, er ist praktisch in mich verliebt! Also schleifen Sie Ihr Hinterteil jetzt in dieses Taxi und hören mit diesem Cowboy-Unfug auf!" Sie hatte so laut und mit so viel Verve gebrüllt, dass sie beinahe das Gleichgewicht verlor. Lew griff zu und hielt sie an den Armen fest.

„Okay, okay, regen Sie sich ab", sagte er. Dann begleitete er sie zurück zum Taxi, die Schultern leicht hängend, wie ein gescholtener Schuljunge. Sie stiegen ein, und Emily zog donnernd die Tür hinter sich zu, bevor sie, noch immer vor Wut kochend, die Arme vor der Brust verschränkte.

„Wohin?", fragte der Fahrer. Schweigen erfüllte das Taxi. Emily wurde klar, dass sie keine Ahnung hatte, was sie als Nächstes tun sollten.

„Wenn ich ihm unser Ziel nenne, hauen Sie mich dann wieder?", fragte Lew. *Wieso ist er so verdammt liebenswürdig?* Emily gab ihr Bestes, ein Lächeln zu unterdrücken. Lew verstand das offensichtlich als ein Nein. „Hemingway Hotel", wies er den Fahrer an.

„Weshalb dorthin?", fragte Emily, als das Taxi losfuhr.

„Um aufzuräumen", erklärte Lew und rieb sich die Wange.

FÜNFTER TEIL

DIENSTAG

33

Unbekannt

Jonathans Kopf ruckte hoch, und er bekämpfte die tintig schwarzen Ranken, die ihn wieder zurück in die Dunkelheit ziehen wollten. Sein Schädel schmerzte, dort, wo der Australier ihn mit der Waffe getroffen hatte. Er wollte mit der Hand hinauffassen, doch Handschellen, die ihn an die eisernen Armlehnen eines Stuhls fesselten, hielten ihn davon ab, die Hände mehr als ein paar Millimeter zu bewegen. Er packte die Armlehnen und zerrte mit aller Kraft daran, aber sie rührten sich nicht. Auch der Stuhl bewegte sich kein Stück und war offensichtlich fest mit dem Betonboden unter ihm verschraubt.

Er beugte den Kopf nach unten, seiner Hand entgegen, damit er die Wunde berühren konnte. Sie war verkrustet und bereits dabei, zu heilen. Also war er wenigstens einen Tag außer Gefecht gewesen, was durch einen simplen Schlag mit der Pistole nicht zu erreichen war. Er war betäubt worden.

Jetzt, wo der Nebel, der seinen Verstand umhüllt hatte, sich immer schneller lichtete, sah er sich in der schwach beleuchteten Halle um, in die man ihn gesperrt hatte: Sie war riesig, leer und nur von einer Notbeleuchtung erhellt. Die Luft war heiß und roch feucht und salzig. Kabelstränge hingen von der Decke, sowohl Stromkabel als auch blaue CAT-5-Netzwerkkabel, mit denen man Computer verband. Was immer hier drin gewesen war, hatte eine Menge Strom verbraucht und war mit Computern verbunden gewesen.

„Guten Abend, Mr. Hall“, ertönte eine Männerstimme aus Lautsprechern irgendwo über ihm. Er sah unwillkürlich nach oben, aber die Decke war so hoch und es war so dämmerig, dass er nicht das Geringste erkennen konnte. „Darf ich Sie Jonathan nennen?“

„Nein, Sie dürfen nicht“, antwortete Jonathan. Er verzog das Gesicht, als der simple Vorgang des Sprechens seinen Kopf noch mehr brummen ließ. „Was Sie tun dürfen, ist, mich aus diesem dämlichen Stuhl zu befreien.“

„John, John der Leprechaun. Ein Schuh aus und ein Schuh an“, sagte die Stimme. Jonathan zog angesichts des Unsinns die Stirn kraus.

„Sollte das irgendein Witz sein?“

Aus den Lautsprechern drang gedämpft die hitzige Debatte zwischen einem Mann und einer Frau. Ein beunruhigtes Lachen. Erneut gedämpfte Stimmen, dann erklang die Frauenstimme: „Gib ihm einfach die Spritze!“

Anschließend vergingen einige Minuten ohne das geringste Geräusch, abgesehen von Jonathans Herzschlag, der sich anfühlte, als schlüge es ihm im Hals.

„Verzeihen Sie, Mr. Hall“, erklang schließlich wieder die männliche Stimme. „Ich bin mir sicher, Sie haben eine Menge Fragen.“

Jonathan schwieg und rührte sich nicht. Er hatte versucht, seinen Stuhl in diese oder jene Richtung zu biegen, dort etwas zu hebeln und da zu ziehen, aber er war zu gut verschnürt. Rein körperlich war er ihnen ausgeliefert. Aber wenigstens mental konnte er ein wenig Widerstand leisten.

„Erlauben Sie mir als Erstes, mich Ihnen vorzustellen“, sagte die Stimme. In einem riesigen Fenster über ihm flammte ein Licht auf. Der Lichtkegel schien hinab in die Dunkelheit und traf Jonathan mit einem grellweißen Strahl. Er kniff die Augen zusammen und drehte den Kopf ein wenig zur Seite. „Mein Name ist

Nathan Kring. Dies ist meine Insel, und ich bin derjenige, der Sie gefunden hat. Derjenige, der den Monarchen gefunden hat.“

Während sich Jonathans Augen allmählich an die Helligkeit gewöhnten, konnte er schemenhaft die Umrisse einiger Personen in dem Fenster über sich ausmachen. Er erkannte einen sitzenden Mann, der ganz in Schwarz gekleidet war und zu ihm herunterschaute. Hinter dem Mann stand eine große, schlanke Frau mit auffallend weißen Haaren, die ihn an die Farbe von Knochen erinnerte.

Insel. Das erklärte die Meeresluft, sagte ihm aber noch nicht, wo er war oder wieso man ihn hierhergebracht hatte. Jonathan schwieg weiter und bekam immer mehr das Gefühl, dass Nathan auf eine Reaktion wartete. Nachdem er eine oder zwei Minuten hatte verstreichen lassen, fuhr Nathan fort.

„Tja, nun, ich hätte mir gewünscht, dass dieses Treffen etwas freundschaftlicher zustande gekommen wäre, aber Ihre geheime Identität hat das unmöglich gemacht. Wie dem auch sei, kommen wir zum Geschäftlichen. Ich habe einen Auftrag für Sie, Mr. Hall. Einen Auftrag, für dessen Erfüllung Sie die idealen Erfahrungen mitbringen. Ich möchte, dass Sie etwas für mich aus der Villa von Canton George stehlen. Eine recht einfache Aufgabe, nachdem der Monarch Mr. George bereits einmal bestohlen hat, denken Sie nicht? Falls Sie das erledigen, dürfen Sie gehen und werden natürlich großzügig entlohnt.“

Canton George? Plötzlich wünschte Jonathan sich, er hätte Lew im Hotelzimmer etwas weiter ausgefragt. Nicht, dass ihm das geholfen hätte. Lew war manchmal etwas ungeschickt, aber wenn Jonathan wegen des schiefgegangenen Einbruchs bei Canton George hier war, steckte er in größeren Schwierigkeiten, als er es vor wenigen Minuten noch gedacht hatte.

„Sie müssen wirklich mit mir reden. Sich wie ein störrisches Kind aufzuführen ist nicht die Reaktion, die ich mir vom Monarchen erwartet habe.“ Jonathan konnte die Enttäuschung in Nathans Stimme deutlich hören.

Hat er wirklich gedacht, ich würde ihm dazu gratulieren, dass er mich gefunden hat?

„Das liegt vermutlich daran, dass ich nicht der Monarch bin. Ich habe keine Ahnung, wovon Sie reden oder weshalb Sie glauben …"

„Bitte. Wir haben Sie auf der Pressekonferenz über den Monarchen gefunden. Und sagen wir einfach, wir haben erhebliche Kosten auf uns genommen, um sicherzugehen, dass Sie tatsächlich der sind, der Sie sind. Erhebliche Kosten. Und ich habe Dinge getan, für die niemand sonst die … nötigen Mittel hatte. Ich weiß, dass Sie der Monarch sind, so wie ich weiß, dass Sie mir helfen werden."

Arroganter Scheißkerl.

„Hey, ich hab nur irgendeine Menschenmenge gesehen und wollte mal gucken, was da los ist."

„In Ordnung", sagte die Stimme, offensichtlich irritiert. „Sie lassen mir keine andere Wahl."

Jonathan war egal, was der Kerl vorhatte, es gab nichts, das ihn dazu bringen könnte …

Ooga chaka … ooga chaka … ooga chaka …

Jonathan spürte einen eisigen Schauer durch seine Arme und Beine rieseln und musste tief Luft holen.

Nein. Das kann nicht sein.

„Sie sollten wirklich rangehen. Es könnte wichtig sein", meinte Nathan mit vor Spott triefender Stimme.

Jonathan beugte sich vor, damit seine gefesselten Hände in seine Tasche langen konnten. Der Name, den er auf dem Display lesen konnte, ließ ihn erschauern. Nach einem minimalen Zögern nahm er das Gespräch an.

„*Gibt es irgendetwas, das ein Vater nicht tun würde, um sein Kind zu schützen?*"

Es war eine Frauenstimme, und als Jonathan zum Fenster aufschaute, sah er, dass die Frau hinter Nathan sich ein Telefon ans Ohr hielt. Dann flammte das Licht in einem anderen Fenster auf. Dort stand Natalie, allein, mit einer Binde vor den Augen und Kopfhörern auf den Ohren.

Jonathan drehte durch. Kein Training der Welt hätte ihn auf den Schock vorbereiten können, den sein Körper durchmachte, als er sein kleines Mädchen mit verbundenen Augen an diesem Ort entdecken musste. Er zerrte an den Handschellen, schmetterte seinen Rücken gegen den Stuhl und schleuderte die Beine von sich wie ein Tier, das in eine Falle getappt war. „Du Hurensohn! Ich bring dich um. Ich werde jeden verschissenen Wichser von euch umbringen!“ Jonathan stemmte sich einige Minuten vergeblich gegen seine Fesseln, bis sein Adrenalinpegel sich wieder senkte und es ihm ermöglichte, nicht mehr wie wild hin und her zu zappeln. Mit der Erschöpfung kam die Resignation. Die Wut glitt aus seinem Körper und wurde von der reinsten, schneidendsten Angst ersetzt, die er in seinem ganzen Leben gespürt hatte.

„Bitte beruhigen Sie sich, Mr. Hall. Sie werden sich noch verletzen, wenn Sie so weitermachen. Und dann bleibt mir überhaupt kein Grund mehr, die kleine Natalie am Leben zu lassen.“

Verzweiflung überdeckte seine Furcht, und Tränen ließen ihm den Blick verschwimmen.

„Sie … sie ist nur ein Kind. Lassen Sie sie da raus, sie hat mit der ganzen Sache nichts zu tun.“

„Oh, sie hat alles damit zu tun. Sie wird mein Ehrengast sein, während Sie Ihre Aufgabe erledigen. Sie ist meine kleine Versicherung, die mir garantiert, dass Sie nicht davonlaufen, in irgendeinen Winkel der Erde, und einfach verschwinden. Und? Kommen wir beide ins Geschäft? Wollen Sie den Job?“

Alles, woran Jonathan denken konnte, war, was Natalie gerade durchmachen mochte. Das ließ ihm wenig mögliche Antworten, die er Nathan geben konnte.

„Was soll ich Ihnen besorgen?“

34

HEMINGWAY HOTEL
NEW YORK CITY
00:45 Uhr Ortszeit

„Schauen Sie unter die Betten", sagte Lew. Er hatte das Schlafzimmer bereits gesäubert, aber Hotelzimmer neigten seiner Ansicht nach dazu, heimlich die Socken und Taschenbücher ihrer Gäste zu verstecken, und er wollte keinerlei Beweise zurücklassen, dass er jemals hier gewesen war.

Er hatte sowohl sein als auch Jonathans Hab und Gut eingepackt, seines in eine kakifarbene Sporttasche, Jonathans in eine große schwarze Schultertasche aus Leder, wie Fahrradkuriere sie trugen. Eine Einkaufstüte mit ihrem Müll – leere Flaschen, Becher, Verpackungen und Zeitungen – lehnte neben der Tür an der Wand. Er würde sie draußen entsorgen. Lew kniete auf dem Sofa und schnürte seine Tasche zu, als er ein gewisses Zögern in Emilys Bewegungen bemerkte. Sie war eine seltsame Frau, voller Potenzial und mit den Instinkten eines Spürhundes – die ihr eindeutig dabei geholfen hatten, die Details ihres Buches zusammenzutragen –, aber irgendetwas war passiert, entweder ihr selbst oder in ihr. Alles, was sie tat, tat sie vorsichtig und unsicher, als tastete sie sich mit verbundenen Augen voran. Lew fand es anziehend, ihr dabei zuzuschauen, aber er stellte es sich als Hölle auf Erden vor, so zu leben.

Während er sie beobachtete, wurde ihm bewusst, dass er sie, ohne es zu wollen, von oben bis unten musterte. Er stoppte sich selbst und schüttelte den Kopf, um ihn wieder freizubekommen. Für so was war jetzt keine Zeit.

Außerdem ist sie clever. Sie würde niemals jemanden wie …

Lew hielt mitten im Gedanken inne, als er sah, wie sie etwas wirklich Seltsames tat. Sie hob eines der Kopfkissen hoch und presste es sich ins Gesicht, als würde sie daran riechen. Lew drehte sich weg, bevor sie ihn dabei erwischen konnte, wie er ihr zusah, aber er konnte nicht anders, als sich zu fragen, wessen Duft sie zu erschnuppern hoffte.

„Ist alles okay da drinnen?“, fragte Lew und hielt seinen Blick von der Tür abgewandt, während er eifrig die letzten Dinge vom Boden auffischte. Er nahm die letzte Flasche Canadian Club auf und fand darin noch einen guten Rest bernsteinfarbener Flüssigkeit. Er drehte die Kappe ab und kippte den Schluck weg. Das brennende Gefühl, das der Whiskey in seiner Kehle hinterließ, beruhigte ihn. Wenn Jonny nicht bei ihm war, dachte er immer viel zu viel nach.

„Halten Sie das für klug?“, meinte Emily, die gerade aus dem Schlafzimmer kam. Sie hielt ein T-Shirt in der Hand. „Das hier lag unter einem der Kopfkissen.“

„Zu spät, sich Sorgen darum zu machen“, erwiderte Lew und wedelte mit der leeren Flasche herum, bevor er sie zu den anderen in die Tüte stopfte. „Ich denke, wir können los.“

Sie schnappten sich die Taschen und verließen das Zimmer. Lew warf ihren Müll in den Abfallschacht und bemerkte dabei eine Zeitung im dafür vorgesehenen Halter an der Wand. Er nahm sie heraus und blätterte sie durch.

„Seltsam“, sagte Lew.

„Was denn?“, fragte Emily, während sie auf den Fahrstuhl warteten.

„Hier steht nicht das Geringste über Jonny drin.“

„Vielleicht ist sie nicht mehr aktuell.“

„Nee, hier steht jede Menge Zeug über die Explosion und

den Monarchen drin, aber keine einzige Silbe darüber, dass Jonny als Monarch enttarnt wurde."

„Was bedeutet das?"

„Ich bin mir nicht sicher. Aber wenn ich mir solche Arbeit machen würde, jemanden zu identifizieren, damit ich ihn entführen kann, wäre es sicherlich hilfreich, wenn niemand anderer plötzlich nach ihm suchen würde."

Emily sah ihn erneut auf diese seltsame Art an, wie eine von diesen Leuten, die stundenlang auf eins dieser bunten magischen Poster glotzten, bis sie ein Segelboot sahen, das aus dem Papier herauskam. Es gefiel ihm nicht. Seine Kehle wurde dabei ganz trocken.

Der Fahrstuhl gab ein Klingeln von sich, und die Türen öffneten sich. Sie stiegen ein und griffen beide zur selben Zeit nach dem Knopf für das Erdgeschoss. Jeder von ihnen drehte sich halb zur Seite, und plötzlich waren ihre Gesichter nur noch Zentimeter voneinander entfernt. Er konnte ihren Duft riechen; kein Parfüm oder Deo, sondern einfach nur einen kupferhaften, einzigartigen Geruch, der ganz ihr eigener war. Sie hielt seinem Blick ein paar Sekunden zu lange stand, und ihre Lippen öffneten sich unwillkürlich.

„Sorry", sagte er schließlich, räusperte sich und trat einen Schritt zurück, um ihr Platz zu lassen, den Knopf zu drücken. Die Türen schlossen sich, und sie fuhren schweigend hinab, jeder starrte auf den Boden zu seinen Füßen, und die Luft in der Kabine schien dicker zu sein als auf dem Weg hinauf.

Sie waren wieder unterwegs zum Ort des Verbrechens – der Federal Plaza.

Während Lew das Hotelzimmer gefilzt hatte, hatte Emily Donald Hinton angerufen, einen jungen FBI-Agenten, den sie kennengelernt hatte, als sie sich auf die Pressekonferenz vorbereitet hatte. Er war einer der wenigen Agenten, die sie kannte und die noch am Leben waren. Sie fand heraus, dass er einige

Beweismittel im Monarch-Fall von der Federal Plaza in ein vorläufiges FBI-Hauptquartier in Lower Manhattan brachte, darunter auch das Handy, das die Daten ihrer Wanze empfing. Sosehr Lew die Vorstellung widerstrebte, dorthin zurückzukehren, war die Chance einmalig. Wenn es ihnen gelang, mit dem Bluetooth-Gerät dicht genug heranzukommen, würde Hinton nicht einmal erfahren, was geschehen war.

Es war keine große Hoffnung, aber ihre einzige. Lew wusste: Wenn es nicht funktionierte, würde er Jonathan niemals wiedersehen.

35

TARTARUGA ISLAND

08:00 Uhr Ortszeit

„Ich will meine Tochter sehen“, verlangte Jonathan und blieb stehen. Die Wachen, die immer zwei Schritte hinter ihm gingen, blieben ebenfalls stehen und hoben ihre Waffen. Nathan drehte seinen Rollstuhl zu ihm herum. Jonathan versuchte bewusst, nicht drohend oder bedrohlich zu wirken – er würde sich nur nicht weiterbewegen, bevor er mit Natalie gesprochen hatte. Vielleicht war sie es nicht einmal gewesen. Sie war so weit weg gewesen und von einer Augenbinde verdeckt, dass es jedes kleine Mädchen hätte sein können. Doch er wusste, dass seine verzweifelten Versuche, eine harmlose Erklärung zu finden, sich sofort in Luft auflösten, sobald er an den Telefonanruf dachte.

„Alles zu seiner Zeit. Bitte, gehen wir weiter. Heutzutage habe ich nur noch so selten Gäste, die ich ein wenig herumführen kann“, meinte Nathan. Jonathan versuchte, seinen „Gastgeber“ einzuschätzen. Es war irritierend, mit jemandem zu sprechen, dessen Lippen sich nicht bewegten. Und so wie sein Kopf zur Seite gekippt war, konnte er ihm die meiste Zeit nicht einmal in die Augen schauen.

„Bewegung“, sagte Lara.

„Haben Sie die Swensons getötet?“, fragte Jonathan.

„Wen?“, wollte Nathan wissen.

„Die Familie, die auf seine Tochter aufgepasst hat“, erklärte Lara.

„Ah", sagte Nathan. „Ich fürchte, das werden Sie Lara fragen müssen."

Jonathan sah Lara an, die offensichtlich die Tochter des alten Mannes war und stur schwieg.

Die clevere Variante wäre gewesen, einfach den Mund zu halten und weiterzugehen. Man bot ihm hier die Möglichkeit, das Hauptquartier des Feindes auszukundschaften, noch dazu vom Feind selbst herumgeführt. Aber wenn es um Natalie ging, verhielt sich Jonathan nur selten logisch. Wie bei dem Wutanfall, als man sie ihm gezeigt hatte, war er, wenn es um seine Tochter ging, seinen Gefühlen völlig ausgeliefert, ungefiltert und nicht von logischen Gedanken verwässert. Wäre er nicht gefesselt und nahe genug, hätte er die beiden tatsächlich getötet, notfalls mit bloßen Händen. Seine ganze Karriere über war der Tod Jonathan ein treuer Weggefährte gewesen, dennoch hatte er noch niemals irgendjemandem aus Wut auch nur ein Haar gekrümmt. Aber jetzt gerade, wenn er auch nur eine Ahnung hätte, wo man Natalie versteckte, würde er diesen alten, ausgelaugten Haufen Fleisch, der sich Nathan nannte, auf den Boden kippen und mit seinem eigenen Rollstuhl zu blutigem Brei schlagen.

„Lara?", hakte Nathan nach. Sie setzte ihr Blickduell mit Jonathan noch eine Weile fort.

„Sie sind in Ordnung", erklärte sie schließlich. „Ein bisschen … angeschlagen, aber in Ordnung." Auf ihrem anderweitig völlig emotionslosen Gesicht breitete sich ein Grinsen aus.

Wenigstens etwas, dachte Jonathan. Er schleppte genug Schuld mit sich herum. Das hieß, falls sie die Wahrheit sagte.

„Und jetzt zum letzten Mal: Bewegung", befahl Lara.

Als Jonathan sich weiterhin weigerte, nickte Lara leicht. Eine der Wachen ließ mit einer knappen Handbewegung einen Teleskopschlagstock ausfahren und hämmerte ihn Jonathan von hinten in die Beine. Jonathan unterdrückte den Aufschrei, aber seine Muskeln verrieten ihn, und er sackte auf die Knie.

„Lara!“, gab die elektronische Stimme des alten Mannes in einem Geräusch von sich, das wohl als Schrei durchging. Er schwenkte den Rollstuhl herum und richtete ihn auf die Wachen aus. „Lasst uns allein.“

Zuerst bewegten sie sich nicht. Jonathan blickte auf, und auch wenn der alte Mann es nicht mitbekam, folgten sie seiner Aufforderung erst, als Lara erneut knapp nickte.

„Verzeihen Sie. Meine Tochter kann sehr … impulsiv sein. Lara, hilf dem bedauernswerten Mann auf die Beine.“ Widerwillig packte Lara Jonathan am Arm und half ihm beim Aufstehen. Jonathan achtete genau auf ihre Haltung. Sie schien ihm zu helfen, aber sie hielt sich dabei so, dass sie ihn jederzeit mit einem einzigen Schlag wieder zu Boden schicken konnte.

„Danke“, sagte Jonathan und blickte ihr in ihre grünen Augen. Er achtete darauf, dass nichts von dem, was ihm im Kopf herumspukte, in seinem Gesicht zu lesen war. Dennoch zog sie eine spöttische Grimasse, ließ ihn los und stellte sich wieder neben ihren Vater.

„Ich verspreche Ihnen, Ihre Tochter ist sicher und in der Nähe. Sie werden sie in Kürze sehen können. Und später habe ich noch etwas sehr Besonderes, das ich Ihnen zeigen möchte. Etwas, das ganz besonders Sie zu schätzen wissen werden“, erklärte Nathan.

Sie setzten die Tour fort, und Jonathan humpelte leicht von dem Bluterguss, der sich spürbar an der Hinterseite seines Beins bildete. Lara ging stets so, dass sie Jonathan jede falsche Bewegung bitter spüren lassen konnte, wenn es dazu kommen sollte.

„Wie ich zuletzt sagte“, meinte Nathan, „hat mein Vater die Insel nach dem Krieg vom australischen Militär erworben. Die Basis wurde für Aufklärungsmissionen der *Z Force* genutzt, einem Verbund von …“

„Australischen, britischen und neuseeländischen Kommandotruppen“, sagte Jonathan.

„Richtig. Ich sehe, Sie kennen sich in der Militärgeschichte aus. Auf jeden Fall, nachdem die *Z Force* die Basis verlassen hatte, blieb hier wenig zurück außer dieser Anlage, ein paar abgelegenen Posten rund um die Insel, in denen keinerlei Material zurückgelassen worden war, und einer der wenigen Landebahnen in dieser Region, auf denen ein Düsenjet landen konnte. Das, und etwa eine Million Schildkröten. Ich war mir nicht ganz sicher, weshalb er die Insel gekauft hatte, aber ich weiß, dass er sich sofort zur Zielscheibe einer breiten Kontroverse machte, weil er die Insel von sämtlichen Schildkröten befreite. Die Weltöffentlichkeit bekam das mit und reagierte äußerst ungehalten, bis das US-Militär dasselbe auf Diego Garcia vor der Küste Indiens tat. Aber wie das mit den Amerikanern so ist, haben sie den Einsatz etwas erhöht, und anstatt die Insel von irgendwelchen Schildkröten zu befreien, haben sie lieber die indigene Bevölkerung von der Insel gejagt.“

„Welch glückliche Fügung für Ihren Vater“, sagte Jonathan.

„Er hatte diese Art von Glück, im Leben ebenso wie im Geschäft. Man sagte ihm nach, er wäre König Midas, der jede Unternehmung, die er anpackte, in eine Goldmine verwandelte, ganz gleich, wie schlecht die Chancen standen. Wieder und wieder. Nach seinem Tod nutzte ich die Insel vor allem als Rückzugsort. Als einen Platz, an dem ich meine Batterien wieder aufladen konnte, wenn mir das Geschäftsleben zu viel wurde.“

Der breite Korridor führte um eine Ecke und direkt auf einen Fahrstuhl zu. Als sie die Kabine betraten, sah Jonathan, dass der Komplex über vier Stockwerke verfügte, allerdings waren die Ziffern auf dem Tastenbrett in verkehrter Reihenfolge, denn die 1 stand ganz oben. Im Augenblick waren sie in der zweiten Etage, direkt darunter.

Wir sind unter der Erde.

Nachdem auch Nathan in den Fahrstuhl gerollt war, leuchtete der Knopf für die vierte Etage ganz von selbst auf. Die Türen schlossen sich, und die Kabine fuhr hinab. Als die Türen wieder aufglitten, erkannte Jonathan, dass alle Etagen, zumindest die, die er gesehen hatte, beinahe identisch aufgebaut waren. Einfache, nützliche Effizienz, wie sie beim Militär üblich war. Aber der Komplex war riesig, mit sich kreuzenden Gängen und unzähligen Türen. Sollte er sich befreien können, würde es nicht leicht werden, Natalie zu finden, ganz zu schweigen davon, hier zu entkommen, sobald er sie hatte.

„Wir schauen uns nicht den dritten Stock an?", fragte Jonathan. Dass die Etage ausgelassen wurde, ließ ihn aufmerksam werden. Lara warf ihrem Vater einen kurzen Seitenblick zu, schwieg aber.

„Dort sind nur die Wohnräume. Nichts von besonderem Interesse", erklärte Nathan. Sie bogen um die Ecke und gingen langsam einen weiteren, mittlerweile vertrauten Gang entlang. „Als ich krank wurde, habe ich meine Firmenzentrale hierherverlegt. Es sollte nur vorübergehend sein, aber ich glaube, ich werde sie hier belassen, sobald ich wieder gesund bin."

„Sobald Sie wieder gesund sind?", wiederholte Jonathan. Er konnte sich nicht vorstellen, dass jemand, der aussah wie Nathan, jemals wieder gesund werden würde. Er sah aus, als wäre er in einem Hospiz besser aufgehoben, wo er sich auf den Tod vorbereiten konnte. „Wenn Sie mir die Frage gestatten, was genau haben …"

„Ah, da sind wir ja", unterbrach ihn Nathan, als sie um die Ecke am Ende des Gangs bogen. Sie standen vor einer Tür mit einem Kartenleser an der Seite. Anders als in den anderen Gängen und Räumen öffnete diese sich nicht automatisch, sobald sie sich näherten. Vor der Tür stand ein Mann Wache, der sich noch steifer aufrichtete, als er die Besucher entdeckte.

„Lara, wenn du so freundlich wärst“, meinte Nathan. Lara nahm eine Schlüsselkarte hervor und brauchte zwei Versuche, um damit die Tür zu öffnen. Sie betraten einen Raum, den Jonathan als eine Art Forschungszimmer erkannte. Der Raum selbst und die darin verstreute Ausrüstung interessierten Jonathan dabei nicht so sehr wie die atemberaubende Frau mit Laborkittel und schwarzem Pferdeschwanz am anderen Ende des Labors.

Nathan brachte seinen Rollstuhl zum Stehen und sagte: „Mr. Hall, ich möchte Ihnen meine andere Tochter vorstellen, Sophia. Sie ist die Wissenschaftlerin in der Familie.“ Jonathan bemerkte, dass Lara ihre Schwester ebenso abfällig musterte wie ihn selbst.

Sophia kam herüber. Sie hatte die traurigsten braunen Augen, die er jemals gesehen hatte. Aber nicht nur traurig, ihr Blick war beinahe – gebrochen. *Das erklärt vielleicht die Wache vor der Tür.* Sie begrüßte Jonathan mit einem schwachen Lächeln.

„Wirken die Neuro-Blocker zu deiner Zufriedenheit?“, fragte Sophia, machte allerdings den Eindruck, dass ihr die Antwort im Grunde egal war.

„Sie wirken hervorragend, wie üblich. Ich hatte gehofft, du könntest Mr. Hall für eine Weile Gesellschaft leisten. Ich müsste mit Lara kurz etwas anderes besprechen“, erklärte Nathan. Jonathan bemerkte, dass Lara unwillkürlich die Augen ein Stück aufriss.

Sophia strich sich eine aus ihrem Zopf entflohene Haarsträhne hinters Ohr, die sofort wieder zurückfiel. Jonathan wusste zwar noch nichts Konkretes über Nathans Plan, ihn als Dieb gegen Canton George einzusetzen, aber jetzt im Augenblick war er sich ziemlich sicher, dass der alte Mann ihn außerdem irgendwie als Druckmittel zwischen den zwei Schwestern benutzte.

„Vater, hältst du das für klug?“, fragte Lara.

Sophia erwiderte: „Ich weiß nicht. Ich bin gerade mit einigen Experimenten an den Tieren beschäftigt, und …"

„Unsinn. Nur für ein paar Minuten. Betrachte es als Pause", meinte Nathan, drehte seinen Stuhl herum und rollte in Richtung Tür davon. „Lara?"

Auf Laras Gesicht wurde das spöttische Grinsen von einer sorgenvoll gefurchten Stirn abgelöst, während sie zuerst mit Sophia und dann mit Jonathan einige Blicke wechselte. Er wusste zwar nicht, wie Sophia neben ihm reagierte, aber Jonathan verstand den Blick, den Lara ihm schenkte, sehr klar und deutlich. Verächtlich stieß sie die Luft durch die Nase aus und gesellte sich widerstrebend zu ihrem Vater. Sie öffnete die Tür und folgte ihm, während er surrend in den Gang fuhr. Als die Tür sich schloss, bemerkte Jonathan, dass jetzt zwei Wachen davorstanden.

Er würde nirgendwohin gehen.

09:00 Uhr

Was tust du da?

Sophia bürstete sich durch ihr Haar und zog es nach hinten in einen Zopf. Sie band das Haargummi extrafest, damit er so blieb. Ihr frisch gewaschenes Gesicht war nun mit einer leichten Puderschicht bedeckt, die sie nicht getragen hatte, als Nathan und der Fremde hereingekommen waren. Sie rollte sich frisches Deo unter die Arme, verzichtete aber darauf, etwas von dem wenigen Parfüm, das sie noch besaß, auf den Hals zu sprühen. Sie zog sich ihren Laborkittel wieder an, glättete die Knitterfalten, so gut es ging, mit der Hand und pflückte die herausstehenden Tierhaare ab, die ihre Fusselbürste übersehen hatte. Sie betrachtete sich im Spiegel des Laborwaschraums und schnitt ihrem verwirrten Spiegelbild dann eine Grimasse.

Sie hatte den Mann draußen im Labor stehen lassen und ihm gesagt, sie sei in einer Minute zurück. Ihr Vater – sie wollte wirklich gerne nur als Nathan von ihm denken, aber nach all den Jahren war das schwierig – wäre vermutlich sauer, dass sie ihn allein gelassen hatte.

Weshalb hat er ihn überhaupt erst bei mir gelassen? Gerade nach gestern Abend?

Sophia öffnete die Tür, blieb aber abrupt stehen, als sie sah, dass Jonathan in ihrem Büro neben ihrem Schreibtisch stand. Sie warf einen Blick auf ihr völlig ungemachtes Feldbett, das an der Wand daneben stand, und ihren Klamottenhaufen auf dem Boden. Er drehte sich um und lächelte entwaffnend, als sie eintrat.

„Entschuldigung. Ich wollte Sie nicht erschrecken. Könnte ich kurz …“ Er deutete auf den Waschraum.

„Natürlich. Gehen Sie nur“, sagte Sophia. Das Türschloss war gerade hinter ihm zugefallen, als sie eilig ihre Kleidung zusammenraffte, den Haufen aufnahm und unters Feldbett warf. Sie schüttelte ihr Laken auf und sah einen riesigen Salsa-Fleck darauf, der von dem Burrito stammen musste, den sie am Vorabend gegessen hatte. Sie legte ihr Kissen auf den Fleck und schüttelte den Kopf. Von allen Tagen, an denen sie einen Saustall hinterlassen konnte, ausgerechnet heute.

Die Tür öffnete sich, und sie stand so schnell auf, dass ihr die Brille von der Nase rutschte. Sie beugte sich hinunter, um sie aufzuheben, aber Jonathan war schneller. Er lächelte und reichte sie ihr.

„Sollen wir wieder raus?“, fragte er.

„Ja. Sicher“, antwortete Sophia. Jonathan bedeutete ihr vorzugehen. Sie dankte ihm und verließ ihr Büro mit Jonathan einen Schritt hinter sich.

„Woher kennen Sie meinen Vater, Mr. Hall?“, fragte sie, als sie wieder im Labor standen. Er schien interessierter an ihren

Tierkäfigen als an ihr zu sein und antwortete, ohne sich umzudrehen.

„Tue ich gar nicht. Und nennen Sie mich Jonathan."

„Sie ..."

„Also, was tun Sie hier?", fragte Jonathan und deutete in einer weiten Geste auf die Käfige und das Mäuselabyrinth.

„Die brauche ich für meine Forschungen."

„Dieses ganze Labor ist nur für Sie?"

„Ursprünglich hatte ich Assistenten. Ehrlich gesagt wurde die ganze Grundlagenforschung in den Kring Laboratories durchgeführt, einer Forschungseinrichtung in Nigeria, aber die Dinge haben sich ... geändert."

„Ich vermute, die Änderungen haben mit den Wachen vor Ihrer Tür zu tun. Die hat er nicht dorthin gestellt, damit niemand hereinkommt, oder?" Er meinte es nicht als Frage.

Wer ist der Mann?

„Wenn Sie meinen Vater nicht kennen, wie sind Sie dann ..."

„Zeigen Sie mir Ihrs, dann zeig ich Ihnen meins."

„Verzeihung?", brachte Sophia hervor und spürte, wie sie rot wurde.

„Erzählen Sie mir möglichst kurz, woran Sie forschen, und ich erzähle Ihnen alles, was Sie wissen wollen. Abgemacht?", fragte er und streckte ihr die Hand hin.

Sophia schüttelte sie und stimmte zu, wobei sie bemerkte, wie weich seine Hand war. Sie bezweifelte, dass es die Absicht ihres Vaters gewesen war, ihre Forschungen mit einem Fremden zu teilen, als er sie gebeten hatte, bei Jonathan zu bleiben. Was genau der Grund dafür war, dass sie sofort zustimmte.

„Wissen Sie, was ein Prion ist?", fragte sie, während sie ein Whiteboard abwischte und die Kappe von einem schwarzen Marker zog.

„Irgendetwas im Gehirn, oder?"

„Ja, das stimmt. Im Grunde genommen“, sagte sie und zeichnete etwas auf die Tafel, das einem Faden ähnelte, „gibt es in uns allen ganz harmlose Proteine – in Ihnen, mir, Tieren, Pflanzen, in allem. Damit diese Proteine nützlich werden können – damit sie in unserem Körper irgendetwas tun können –, müssen sie sich falten. So in etwa.“

Sophia zeichnete neben den Faden etwas an die Tafel, das wie ein aufgewickeltes Band aussah, wobei sie versuchte, den ganzen Vorgang für Jonathan möglichst simpel zu gestalten. Er nickte, also ging sie davon aus, dass ihr das gelang.

„Aus irgendeinem Grund – niemand weiß genau, wieso eigentlich – falten sich einige dieser an sich gutartigen Proteine in abnormaler Weise“, erklärte sie und zeichnete weiter. „Aber der interessante Aspekt – und die echte Gefahr – liegt nicht darin, dass sich ein Protein falten kann, sondern in dem, was ein abnormal gefaltetes Protein tut, nachdem es sich gefaltet hat. Sie sind in der Lage, mit jedem anderen Protein zu ‚kooptieren‘, mit dem sie in Kontakt kommen, also sich mit ihm zu verbinden. Dabei stellen sie eine Kopie von sich selbst her.“

„Wie ein Zombie“, meinte Jonathan, als Sophia etwas an die Tafel gemalt hatte, das wie ein aufgeknoteter Schnürsenkel aussah.

„Exakt. Allerdings ein mikroskopisch kleiner Zombie, der nie eine Rolle beim Film kriegen würde. Er wandert durch den Körper und verwandelt absolut gesunde Proteine in eine Kopie seiner selbst. Und solche Proteine nennen sich ‚Prionen‘, ein Wort, das aus dem Anfang von ‚Protein‘ und dem Ende von ‚Infektion‘ zusammengesetzt wurde: Prion. Also, wenn diese Prionen ins Nervensystem und ins Gehirn gelangen, erkrankt man beispielsweise an etwas, das man als Creutzfeldt-Jakob kennt, tödlicher familiärer Schlaflosigkeit und sogar manchen Alzheimer-Varianten.“

„Man kann von Schlaflosigkeit sterben?“

„Ähm, ja, aber das ist nicht direkt die Schlaflosigkeit, an die Sie gerade denken. Weltweit sind nur achtundzwanzig Familien identifiziert worden, die das verantwortliche Gen dafür – aber ich schweife ab“, sagte sie und wedelte durch die Luft, als würde sie wegwischen wollen, was sie gerade gesagt hatte.

„Entschuldigung. Prionen. Sie meinten gerade …“, half Jonathan ihr.

„Genau. Also, jemand mit einer Prionenerkrankung erleidet Beeinträchtigungen der Hirnfunktionen. Gedächtnisveränderungen, Persönlichkeitsverzerrungen, Demenz und Bewegungsprobleme. Sie alle werden mit der Zeit immer schlimmer.“ Sie drückte die Kappe mit einem lauten Klick wieder auf den Stift und legte ihn weg, bevor sie hinüber zu den Käfigen ging, die an der Wand aufgereiht standen.

„Ist das die Krankheit, die Ihr Vater hat?“, fragte Jonathan.

„Ja. Er leidet an einer Krankheit namens Kuru, eine Prionenerkrankung, die in den Siebzigern in Neuguinea ziemlich weit verbreitet war.“

„Den Siebzigern? Wie lange weiß er schon, dass er die Krankheit hat?“

„Er bekam die Diagnose kurz nach seiner Rückkehr aus Neuguinea, das war 1973. Auch wenn die Ärzte die Krankheit damals schon in seinem Blut feststellen konnten, hat Kuru eine sehr lange Inkubationszeit. Es dauert Jahre, bevor sich erste Symptome zeigen. Jahrzehnte.“ Sie ließ den Teil aus, in dem sie erzählt hätte, dass 1973 ihr Geburtsjahr gewesen war – teilweise, weil sie nach ihren neuesten Entdeckungen grundsätzlich begonnen hatte, die Wahrhaftigkeit der vermeintlichen Fakten über ihre frühe Kindheit anzuzweifeln. Und teilweise, weil sie nicht vor Jonathan zugeben wollte, dass sie bereits über vierzig war.

„Moment mal. Kuru. Woher kenne ich den Namen?“, begann Jonathan zu grübeln. Dann schien es ihm wieder einzufallen. „Kuru. Ich glaube, ich habe vor ein oder zwei Jahren mal ein Videospiel gespielt, in dessen Hintergrundgeschichte Kuru vorkam. Um ehrlich zu sein, ich glaube, es spielte auch irgendwo in der Gegend von Neuguinea. Aber die müssen das ordentlich ausgeschmückt haben. Es war ein Zombiespiel, und die Figuren haben sich nur verwandelt, wenn sie …"

Er hielt mitten im Satz inne. Sophia war sich sicher, dass das an dem Ausdruck auf ihrem Gesicht lag. Selbst jetzt, wo sie wusste, dass ihre Verwandtschaft zu Nathan nur erfunden war, spürte sie die Demütigung bei der Vorstellung, dass die Wahrheit ans Licht kommen könnte. Aber sie wusste, dass das Beste, was sie tun konnte, darin lag, sich ihr direkt zu stellen.

„Kuru erreichte in den Siebzigern deshalb den Stand einer Seuche, weil die indigenen Völker rituellen Kannibalismus betrieben. Ich kenne Ihr Videospiel nicht, und ich bin mir sicher, dass sie zum Wohle der Spannung ordentlich übertrieben haben, aber es beruht auf Tatsachen. Kuru ist sehr real. Und ebenso real ist die Tatsache, dass Nathan, um sich damit infiziert zu haben, menschliches Gewebe zu sich genommen haben muss, vor allem aus dem Gehirn."

Jonathan versuchte sichtlich, seine Reaktion zu kontrollieren, aber als sie sah, wie seine Augen sich ein wenig weiteten, wusste sie, dass sie fortfahren musste, wenn die emotionale Achterbahnfahrt der letzten Tage sie jetzt nicht in den Abgrund reißen sollte.

„Sobald sich Symptome zeigen, steigert sich ihre Intensität für gewöhnlich über einige Monate, bis sie zum Tode führen. Als Nathan erste Symptome zeigte, sagte man ihm, er habe noch etwa sechs bis acht Monate", erklärte Sophia. Sie wandte sich von Jonathan ab, ließ sich einen Augenblick Zeit, sich zu sammeln, und öffnete dann einen der Käfige.

„Wann war das?", fragte Jonathan mit ausdrucksloser Stimme. Sophia wusste es natürlich nicht genau, aber sie hoffte, dass er die deutlich im Raum stehende Frage ihr zuliebe ignorierte.

Sie drehte sich wieder zu ihm um und hielt zwei winzige weiße Mäuse in der Hand. Sie reckten ihre kleinen rosafarbenen Schnäuzchen in die Luft und schnupperten eifrig. „Vor fünf Jahren."

„Fünf *Jahre*?"

Sophia ließ die Mäuse auf den Tisch hinab, dessen Rand mit einer Plexiglaswand umgeben war, die so hoch war wie eine Hand breit. Jonathan stellte sich neben Sophia, und gemeinsam blickten sie auf die kleinen Kreaturen hinunter. Eine war wissbegierig und überaktiv und flitzte auf der Tischfläche herum wie ein Blitz. Die andere lag auf der Seite, ruderte mit den Pfötchen in der Luft herum und fuhr mit dem Kopf in Halbkreisen den Nacken entlang, während sich ihre Schnauze öffnete und schloss.

„Mein Vater hatte einen Vorteil gegenüber anderen Patienten mit einer Prionenerkrankung. Er wusste, dass sie kommen würde, lange bevor die Symptome einsetzten. Das gab ihm Zeit, sich vorzubereiten."

„Vorzubereiten?"

„Ja. Sein stimmlos gesteuerter Rollstuhl zum Beispiel. Er hat ihn sich speziell anfertigen lassen."

„Stimme? Ich kann nicht einmal sehen, dass er die Lippen bewegt", meinte Jonathan.

„Nein, *stimmlos*. Wie wenn Sie sich selbst etwas vorlesen. Das Gehirn sendet immer noch elektrische Impulse an die Stimmbänder aus, selbst wenn Sie nicht laut sprechen. Das Halsband, das er trägt, empfängt diese und verwandelt sie in Befehle – Sprache, Bewegung –, wie Sie es bei ihm erleben.

„Erstaunlich."

„Und sein Sprachsynthesizer. Die meisten Menschen müssen mit einer blechernen elektronischen Stimme leben. Trotz aller Fortschritte auf dem Gebiet klingt der Stimmgenerator immer künstlich."

„Sie meinen, wie bei Stephen Hawking."

„So ähnlich. Tatsächlich wurden Mr. Hawking immer wieder viel fortschrittlichere und natürlicher klingende Stimmgeneratoren angeboten, aber er behält seinen antiquierten, weil so viele Menschen dessen Klang und Stimme mit ihm in Verbindung bringen. Aber mein Vater hatte nie viel für Nostalgisches übrig. Er hat beinahe zwei Jahre lang seine eigene Stimme aufgezeichnet, sodass, wenn es so weit war, seine künstliche Stimme wie seine eigene klingen würde. Aber er hatte noch mehr Vorteile."

„Sie meinen sein Geld."

„Ja. Ihm standen Ressourcen zur Verfügung, die andere nicht hatten. Zum einen: Es gibt so gut wie keinerlei Forschung zu Prionenerkrankungen", meinte Sophia und hob die hyperaktive Maus hoch, als diese in einem verzweifelten Fluchtversuch dabei war, eine der Plexiglaswände emporzukrabbeln. Behutsam stellte sie sie neben ihrem bewegungslosen Bruder wieder ab.

„Weshalb nicht?"

„Simple Ökonomie. Das Gesetz des Durchschnitts, um genau zu sein. Prionenerkrankungen sind extrem selten. In den USA werden jährlich nur knapp dreihundert Fälle diagnostiziert. Wenn so viele andere Krankheiten so viel mehr Menschen weltweit gefährden, ist es schwierig, Forschungsgelder für eine Randerscheinung zu rechtfertigen."

„Außer Sie sind ein Fantastillionär, der ein bisschen was übrig hat", meinte Jonathan.

Sie kicherte und nickte.

„Also, warum beobachten wir zwei Mäuse?", wollte er als Nächstes wissen. Sophia hatte den Eindruck, dass er angespannter war als vorher, als hätte er es eilig.

Gott, ich langweile ihn.

„Dies hier sind Charlie und Lucy", erklärte Sophia und deutete auf Lucy, die hyperaktive Maus. „Können Sie mir sagen, welche der beiden die Prionenerkrankung hat?"

„Charlie sieht so aus, als wäre er der Unglücksrabe, aber weil ich vermute, dass es eine Fangfrage ist, tippe ich auf Lucy."

„Beide Antworten sind falsch."

„Hä?"

„Sie leiden beide unter Kuru. Und sie beide haben die Krankheit exakt gleich lange und in gleichem Maße."

„Sie haben Lucy geheilt?"

„Noch nicht", sagte sie und ging hinüber zu einem Kühlschrank. Sie nahm eine Flasche heraus, die mit einer blauen Flüssigkeit gefüllt war, und ging zurück.

„Auf mich wirkt sie ziemlich geheilt."

„Schauen Sie zu." Sophia füllte eine Spritze mit etwas von der blauen Flüssigkeit und injizierte sie Charlie. Eine kurze Weile geschah nichts. Dann wurden Charlies Zuckungen sehr viel heftiger, er wirkte, als würde er sich jeden Augenblick selbst in Stücke reißen.

„Hey", sagte Jonathan besorgt.

„Warten Sie ab", versuchte Sophia ihn zu beruhigen.

Dann, so plötzlich, wie sie gekommen waren, stoppten die Zuckungen. Aber was noch erstaunlicher war: Charlie schien sich plötzlich unter Kontrolle zu haben. Er rollte sich von der Seite auf die Füße und trippelte davon, um zu erschnüffeln, was Lucy gerade trieb. Jetzt waren beide Mäuse in jeder Hinsicht identisch, und es war unmöglich, sie auseinanderzuhalten.

„Und das ist keine Heilung?", fragte Jonathan.

„Noch nicht. Das Serum, in seiner reinsten Form, besteht aus Proteinen aus Freds Gehirn."

„Fred?"

„Einer ihrer Kumpel, den ich vorhin eingeschläfert habe.

Unglücklicherweise ist es unmöglich, die notwendigen Proteine von einem lebenden Spender zu gewinnen. Die beiden hier sind nicht geheilt, aber sie leben bereits länger als alle anderen Versuchsobjekte mit ihrer Krankheit."

„Und hat jedes Gehirn die Proteine, die sie brauchen?"

„Nein, unglücklicherweise nicht. Zuerst haben wir einfach nur wild herumexperimentiert. Manchmal funktionierte es, manchmal nicht. Es war schrecklich frustrierend. Dann entdeckte ich die Gemeinsamkeit der erfolgreichen Versuchsreihen: Ich hatte allen positiven Versuchsspendern beigebracht, wie man das Labyrinth löst. Die wirkungslosen Spender hatten überhaupt keine Dressurversuche erhalten. Lernen und Intelligenz haben einen Einfluss auf die Proteine im Gehirn. Aber die Spender, die im Labyrinth die besten Ergebnisse erzielt hatten – die *klügsten* Spender –, erzielten auch die besten Resultate bei ihren erkrankten Artgenossen."

„Diese Formel, die Sie da zusammengebraut haben, die ist der Grund dafür, dass Ihr Vater all die Zeit überlebt hat?"

„Ja", antwortete Sophia. „Allerdings habe ich sie für seine speziellen Bedürfnisse ein wenig angepasst. Das ursprüngliche Serum, das nach etlichen Jahren der Forschung entwickelt wurde, stammte noch aus Nigeria."

„Ich glaube, etwas stimmt mit Ihrer Formel nicht", meinte Jonathan und deutete auf die Mäuse. Sophia folgte seinem Blick und sah, wie eine der beiden zu zucken begann und auf die Seite plumpste. „Charlie liegt wieder am Boden."

„Das ist nicht Charlie, sondern Lucy", erklärte Sophia. „Obwohl Charlie in einigen Stunden dasselbe zustoßen wird. Das ist eines der Probleme, die ich bisher noch nicht lösen konnte. Das letzte Problem, um genau zu sein. Die Wirkung ist nur vorübergehend."

„Trotzdem. Wenn Sie das hier auf den Menschen übertragen könnten, wäre es Millionen wert. Milliarden. Bewegungslose

Patienten, die ihre Fähigkeiten zurückerlangen, und wenn nur für ein paar Stunden, das ist bahnbrechend. Haben Sie Ihre Ergebnisse schon irgendwo veröffentlicht?“

Sophia verspürte das vertraute Kneifen im Magen, wenn sie daran dachte, dass all ihre Arbeit, genau wie sie selbst, auf dieser Insel gefangen war. Sie nahm die Mäuse auf die Hand und brachte sie in ihren Käfig zurück.

„Sie sind damit nicht an die Öffentlichkeit gegangen, richtig? Mit nichts davon“, meinte Jonathan. „Er lässt Sie das alles nur für ihn machen.“

Sophia blickte ihn nur an und sagte nichts. Aber auch ohne Worte schien er ihre Antwort zu verstehen.

„Moment mal. Himmel, das bedeutet, er kann aus diesem Stuhl aufstehen und herumlaufen? Wenigstens für eine Weile?“

Nachdem sie Jonathan ein paar weitere schweigsame Sekunden angesehen hatte, sagte Sophia schließlich: „Ja.“

„Aber wenn dieselben Beschränkungen von Spendern, das Training und das Einschläfern, auch für Menschen gelten …“ Jonathan ließ den Rest des Satzes unausgesprochen. Sie schätzte, dass er entweder selbst auf die Antwort gekommen war oder sie gar nicht wissen wollte. Sie selbst wünschte, sie würde sie nicht kennen.

Jahrelang waren makellose Spenderorgane bei ihr angekommen, in perfekt vorbereitetem Zustand, sauber verpackt und mit einem Aufkleber versehen: „Kring Laboratories, menschliche Probe“. Aber vor einigen Monaten war die Forschungseinrichtung, wie so vieles von Kring Industries, verkauft worden. Als ihr Probenvorrat erschöpft war, kam neues Material herein. Schlampig vorbereitetes und oftmals beschädigtes Material. Keine Verpackung, keine Aufkleber. Aus Angst, dass die Antwort das wäre, was sie fürchtete, behielt Sophia ihre Fragen für sich und vertiefte sich ganz in die Arbeit, etwas, das jetzt an ihrer Seele zerrte.

Unfähig, ihm ins Gesicht zu schauen, wandte Sophia sich von Jonathan ab und verschloss ihre Käfige. Sie betrachtete die kleinen Lebewesen dahinter, und zum ersten Mal wurde ihr bewusst, wie ähnlich sie sich alle waren. Aber bevor ihre Schwermut ihren Höhepunkt erreichen konnte, spürte sie, wie Jonathan von hinten die Arme um sie legte. Ihr stockte der Atem, und aus einem Reflex heraus lehnte sie sich zurück, gegen ihn, fühlte seinen warmen Körper an ihrem Rücken.

Dann fühlte sie den kalten Stahl an ihrer Kehle.

„Was …“

„Es tut mir leid, aber mir bleibt keine andere Wahl“, sagte er. „Sie scheinen ein guter Mensch zu sein, und es ist offensichtlich, dass Sie nicht den Wahn Ihres psychotischen Vaters teilen, aber er ist dennoch Ihr Vater. Ich wette, wenn er ein Messer an Ihrem Hals sieht, lässt er mich und meine Tochter hier raus, ganz egal, was er für mich geplant hatte.“

„Ich … ich verstehe nicht“, stammelte Sophia. „Ihre Tochter? Wer ist Ihre Tochter?“ Sie widerstand dem Drang, sich zu wehren, aus Furcht, die Klinge könnte ihr in den Hals schneiden.

„Sie wissen davon wirklich nichts, oder?“

„Was wissen?“

„Ihr Vater will, dass ich etwas für ihn stehle. Deshalb hält er meine Tochter hier gefangen, als Druckmittel.“

„Was? Das … das ist unmöglich“, stieß Sophia hervor, von ihren eigenen Worten wenig überzeugt. *Entführung?* War er wirklich so weit gegangen?

„Ich möchte Ihnen nicht wehtun, aber wenn ich nicht mit ihr sprechen kann, nicht sichergehen kann, dass es ihr gut geht …“

Jonathan drehte sich mit Sophia im Arm herum, hielt das Messer weiter an ihre Kehle und drängte sie langsam in Richtung vorderen Laborteil, zweifellos, um einen besonderen Eindruck auf Nathan und Lara zu machen, sobald die wieder hereinkamen.

„Sie wissen nicht, wo sie ist?“, fragte Sophia.

„Nein, aber ich bin mir sicher, sie ist in der dritten Etage. Es ist die einzige, die Ihr Vater mir auf seiner großen Rundtour nicht gezeigt hat.“

Sophia kam eine Idee. Eine Idee, die sie von dem Messer befreien und sie einen Schlag gegen Nathan ausführen lassen könnte.

„Ich bringe Sie zu ihr. Lassen Sie mich Ihnen helfen“, sagte Sophia. Sie spürte, wie der Druck des Stahls an ihrer Haut nachließ.

„Das würden Sie? Sich gegen Ihren Vater stellen?“

„Ja.“

Die Sekunden tickten dahin, während er ihr Angebot abzuwägen schien. Es war eine seltsame Situation. Selbst mit dem Messer, das er ihr an den Hals hielt, tat er ihr leid. Sie wusste aus eigener Erfahrung, was ihr Vater Menschen antun konnte. Er trieb sie bis an die Grenzen ihrer Belastbarkeit und darüber hinaus, lehnte sich dann zurück und beobachtete ihre Reaktionen so, wie sie ihre Tiere beobachtete, wenn sie auf ein Experiment reagierten.

„Woher weiß ich, dass ich Ihnen trauen kann?“, fragte Jonathan, dessen Stimme nun nicht mehr so angespannt klang.

„Gar nicht“, meinte Sophia, wohl wissend, dass sie nichts sagen konnte, um ihre Aufrichtigkeit beweisen zu können. Wenn sie lügen würde, um ihn zu manipulieren, selbst in dieser Situation, wäre sie keinen Deut besser als ihr Vater.

Der kalte Stahl verschwand von ihrer Haut, und er ließ sie los. Behutsam schob er sie einen Schritt von sich, und ihre ganze Hinterseite, ihre Schenkel, ihr Hintern und ihr Rücken schienen in der kalten Luft zu brennen, jetzt, wo sie ihn nicht mehr berührten. Sie drehte sich um und sah, dass das Messer an ihrer Kehle in Wirklichkeit ein metallenes Lineal gewesen war, das er von ihrem Schreibtisch genommen hatte, während sie im Waschraum gewesen war.

Er legte das Lineal neben eine der Arbeitsstationen und schien von dem ganzen Zwischenfall beinahe atemlos zu sein. Nein, nicht von dem Zwischenfall. Aus Sorge um seine Tochter. Er sah aus, als hätte er körperliche Schmerzen. Sophia gönnte sich einen Augenblick, um ihre Fantasie spielen zu lassen, wie es wohl sein mochte, so einen Vater zu haben.

„Also, wie kommen wir an den Wachen vorbei?“, fragte Jonathan.

„Folgen Sie mir.“

09:20 Uhr

„Du bist nicht bei Verstand“, schimpfte Lara, als sie ihrem Vater in sein Büro folgte.

„Setz dich“, erwiderte er nur. Lara ignorierte ihn, was er ihr früher immer hatte durchgehen lassen, aber in letzter Zeit geschah es öfter und öfter, dass er es nicht tat.

„Du hast keine Ahnung, was Hall da unten gerade tut. Und Sophia? Mit der will ich gar nicht erst anfangen. Vermutlich setzt er ihr gerade jede Menge dumme Ideen in den …“

Nathan rammte seinen Rollstuhl heftig gegen seinen Schreibtisch. Erinnerungsstücke und Stapel von Papier rutschten zur Seite, stürzten über den Rand und krachten zu Boden, gemeinsam mit den meisten Ausgaben von *Die Herrschaft des Monarchen*, wobei sie die echte Bibliothek offenbarten, die sich dahinter verborgen hielt.

„Ich sagte, setz dich.“

Nach einigen Augenblicken ließ Lara sich in einen der Sessel vor seinem Schreibtisch fallen. Nathans Blick blieb immer auf sie gerichtet, während er sein Bestes gab, trotz seines aktuellen

Zustands seinem Ärger in seinem Gesicht Ausdruck zu verleihen.

„Also, was willst du?“, fragte Lara, als das Schweigen kein Ende zu nehmen schien.

„Ich habe Canton gestern Abend angerufen, ihn auf den neuesten Stand gebracht und ihn wissen lassen, wann er seine Gäste erwarten kann“, sagte Nathan.

„Du … Das hättest du mir überlassen sollen …“

„Lara“, unterbrach Nathan sie. Lara sah aus, als hätte er sie nicht nur auf frischer Tat und noch mit den Fingern in seinem Portemonnaie erwischt, sondern gleich in seinem Banktresor.

„Was wollte er?“, fragte Lara mit weit geöffneten Augen.

Sie ist gut.

„Es war ein zutiefst interessantes Gespräch. Sehr erhellend. Es scheint, dass Canton unseren Deal erweitern will. Jetzt möchte er zusätzlich zur eigentlichen Abmachung drei Millionen Dollar in bar haben. Weshalb, denkst du, tut er so etwas?“

„Ich, ähm, ich weiß es nicht“, murmelte Lara und rutschte sichtlich angespannt auf ihrem Stuhl herum.

„Weißt du, ich kenne Canton, und dass er ein gieriger Bastard ist, überrascht mich nicht. Aber drei Millionen Dollar? Das ist eine wirklich seltsame Summe, um einen Deal zwischen zwei Multimilliardären zu erweitern, meinst du nicht auch?“ Er versuchte, nicht daran zu denken, dass er technisch gesehen kein Milliardär mehr war.

„Ich vermute, er … vielleicht wollte er nur zeigen, dass er es ernst meint.“

„Oh, er hat gezeigt, dass er es ernst meint. Tatsächlich hat er es sogar so sehr gezeigt, dass ich entschieden habe, erst einmal die Antworten auf diese Fragen zu finden, bevor ich den Deal durchziehe. Und du wirst nie erraten, was ich herausgefunden habe. Es scheint, dass jemand hier auf Tartaruga in Australien angerufen hat. Ziemlich regelmäßig. Und nicht nur irgendwo in Australien, sondern Cantons ganz persönliche Telefonnummer." Nathans Stuhl drehte sich und surrte um seinen Schreibtisch herum, sodass er direkt neben Laras Sessel zum Stehen kam. „Wer, denkst du, könnte die Anrufe getätigt haben?"

„Thomas stammt aus Australien. Vielleicht ..."

„Ehrlich, Lara? Erwartest du, dass ich glaube, Thomas würde mich nach all den Jahren für lumpige drei Millionen verraten? Nein, das war jemand anders. Und ich bin bereit, darauf zu wetten, dass die drei Millionen nur ein Trinkgeld im Vergleich zur eigentlichen Abmachung sind. Was hat er dir geboten?", fragte Nathan geradeheraus, gelangweilt von dem Spielchen. Er drehte sich um und rollte wieder hinter seinen Schreibtisch.

„Mir? Also, Vater, du glaubst doch nicht, dass ich dir so etwas je antun würde, oder? Das klingt eher nach etwas, das Sophia tun würde."

„Erst Thomas, jetzt Sophia. Dir gehen die Sündenböcke aus, Lara. Sophia hat keine einzige verräterische Ader in ihrem Leib. Du, auf der anderen Seite, könntest zu dem Thema Seminare geben. Und beleidige mich nicht, indem du es abstreitest. Ich habe mich bereits bei Ruby erkundigt, und sie hat bestätigt, dass du Canton angerufen hast."

„Ruby? Wer ist Ruby?"

„Cantons persönliche Assistentin. Sie steht schon seit Jahren auf meiner Lohnliste. Sie weiß nicht, weshalb du angerufen hast oder worüber ihr zwei gesprochen habt, aber sie wusste genug. Also noch einmal, was hat er dir geboten? Oder, noch wichtiger, was hast du ihm angeboten?"

Lara saß schweigend da, die Wangen gerötet und die Augen feucht. Nathan wartete ebenso schweigend. Er hatte mehr Erfahrung als sie und konnte das aussitzen. Er war sich ziemlich sicher, was ihr Angebot war, aber wenn sie sich weigerte, ihm entgegenzukommen, hatte er noch ein oder zwei Asse im Ärmel.

„Die drei Millionen waren …“, begann Lara, sprach dann aber so leise weiter, dass er sie nicht verstand.

„Sprich deutlich, Mädchen.“

„Die drei Millionen waren für mich!“, schrie sie beinahe.

„Warum?“

„Weil du zu lange brauchst“, erwiderte Lara.

„Wofür brauche ich zu lange? Wieder gesund zu werden?“

„Nein.“

„Den Monarchen zu finden?“

„Nein“, sagte sie, jetzt mit festerer Stimme.

„Wofür brauche ich denn dann zu …“

„Zum Sterben! Okay? Du brauchst zu lange, um zu sterben!“

Nathans Lider flatterten, als hätte sie ihm ins Gesicht geschlagen. Das hatte er nicht erwartet. Nicht von ihr. Aber jetzt, wo er es gehört hatte, wusste er, wie die Lage war. Er kämpfte darum, die Kontrolle zu bewahren, froh darum, nicht Sophias Serum im Körper zu haben. Hätte er sich bewegen können, wäre Lara jetzt bereits tot. Sie *war* ab sofort tot für ihn, aber sie war immer noch nützlich. Jetzt sogar noch mehr. Jetzt brauchte er sich nicht mehr zurückhalten, er konnte sie seinen Feinden mit voller Kraft entgegenschleudern, und wenn sie dabei zerbrach … nun, es gab immer irgendwo eine andere Waffe.

„Mal sehen, ob ich deine kleine Verschwörung durchschauen kann“, sagte Nathan. „Du hast Canton überzeugt, unsere Abmachung nicht einzuhalten, was keine schwere Aufgabe ist. Dann hast du ihm erzählt, dass du ihm, sollte er dich beteiligen, deine Anteile an Kring Industries überlässt. Mit dem Erbe, das du dir erhoffst, wenn ich sterbe – was unvermeidlich ist ohne meinen Deal mit Canton –, verkaufst du ihm die Mehrheitsbeteiligung. Wofür? Macht? Geld?“

„Er sagte, er würde die Firma als eigenständigen Konzern

weiterlaufen und mir die Führung überlassen. Die drei Millionen waren eine Art Bonus bei Vertragsabschluss."

„Und alles, was du brauchtest, damit dein Traum Realität wird, war, dass ich sterbe", sagte Nathan.

„Kannst du es mir verübeln? Du behandelst diese kleine, verweichlichte Schlampe da unten besser als mich! Und sie hast du nie in dein Bett geschleppt. Weshalb sollte es mich da kümmern, was mit dir passiert?"

Gütiger Gott, sie verstand alles genau falsch herum. Er tat das alles doch nur, weil er sie liebte, nicht, weil er es nicht tat.

„Du bist eine Idiotin", sagte Nathan.

„Verzeihung?"

„Lass mich dir erklären, wie euer Deal wirklich gelaufen wäre, wenn ich nichts davon erfahren hätte. Canton hätte dir alles gegeben, wonach du verlangt hättest."

„Ich weiß."

„Was du nicht weißt oder nicht berücksichtigst, ist das, was *nach* dem Deal geschieht. Er würde Kring Industries um alles erleichtern, was irgendetwas wert ist, und die Aktien dann als Leerverkauf verschleudern. Die Firma wird auseinanderfallen, nachdem er sie ausgenommen hat. Wenn der Aktienwert dann im Keller ist, wird er mehr Geld daran verdienen, als wenn du sie erfolgreich führtest. Und du, meine Liebe, wirst deine drei Millionen längst verpulvert haben. Dir wird nichts mehr bleiben als deine engen Kleider und deine Launen."

„Das ist nicht wahr."

„Hast du überhaupt mal an die Tausenden von Angestellten und Familien gedacht, die für uns arbeiten? Was geschieht mit ihnen, nur weil du so arrogant und kurzsichtig bist? Glaubst du wirklich, ich tue das hier alles nur, um weiterzuatmen?"

„Tust du das nicht?", fragte sie mit einem Ton, der Nathans Überzeugungen in Zweifel zog. Er ignorierte es.

„Es ist sowieso egal."

„Wieso?“

„Weil du ohnehin nie die Anteile gehabt hättest, die du ihm versprochen hast.“

„Was?“

Nathan stemmte sich mit jeder Faser seines Körpers gegen die Neuro-Blocker in seinem System an und versuchte, sich vorzubeugen.

„Du besitzt gar keine Anteile. Und das hättest du auch nie. Glaubst du wirklich, ich würde meine Firma jemandem überlassen, durch dessen Adern kein einziger Tropfen meines Blutes fließt?“ Das war gelogen. Nathan hatte tatsächlich vorgehabt, Lara alles zu hinterlassen, wenn er auch einen beträchtlichen Anteil für ihre Schwester zur Seite gelegt hatte. Aber jetzt lief ihm alles aus dem Ruder: Die eine Tochter konspirierte hinter seinem Rücken mit Canton, die andere fand heraus, dass er nicht ihr biologischer Vater war, und griff ihn an – ironischerweise schien ausgerechnet der Monarch, die Person, die er versuchte zu zerstören und der er die Schuld an seinem finanziellen Niedergang gab, weil die Suche nach ihr sein Vermögen verschlungen hatte, der Einzige zu sein, der ihn retten konnte.

„*Was?*“ Lara zischte es eher, als dass sie es sagte. Ihr Atem ging in kurzen, heftigen Stößen.

Es war an der Zeit, sich der Sache zu stellen.

„Sophia, von der du immer glaubst, sie sei so ignorant und naiv, hat etwas herausgefunden, das du noch nicht einmal ahnst – ich bin nicht euer biologischer Vater. Ehrlich gesagt bin ich nicht mal rechtlich für irgendeine von euch der Vater, denn ich habe euch auch nie adoptiert.“

Um seinen Punkt zu verstärken, löste Nathan den Blickkontakt und rollte hinüber zum Fenster, um auf den Dschungel hinauszublicken. Ein paar Wachen patrouillierten dort, aber deren Loyalität war gekauft und teuer bezahlt. Lara saß mit offenem Mund auf ihrem Sessel und starrte zu Boden.

„Vor knapp vierzig Jahren, als die Ärzte erstmals das Kuru in meinem Blut feststellten, habe ich die Kring Laboratories gekauft und an die Arbeit geschickt. Aber da ich nicht der Typ für halbherzige Pläne bin, wollte ich außerdem jemandem in meinem engsten Kreis, dem mein Wohlergehen von Herzen wichtig war. Jemand, der für mich kämpfen würde, unabhängig von einem Gehaltsscheck. Ich wusste nicht, wie viel Zeit mir bleiben würde, bis sich die Symptome zeigten, also habe ich eine Gruppe Wissenschaftler zusammengestellt und sie losgeschickt, um diese Inseln nach der richtigen Person zu durchforsten.

Ich brauchte jemand Jungen, jemand Formbaren, jemanden, dessen Intelligenz spürbar über dem Durchschnitt lag, den man aber kontrollieren konnte – jemanden ohne Vater."

„Sophia", sagte Lara leise.

Nathan rollte herum, um sie anzuschauen. „Ja, Sophia."

„Aber Mutter hat mir erzählt ..."

„Pearl war eine außergewöhnliche Frau. Sie hatte ein Gespür für Gelegenheiten, die so gut sind, dass man sie nur einmal im Leben bekommt. Euer Leben auf den Malediven war alles andere als luxuriös, und die Zukunft, die dir und deiner Schwester bevorstand, nicht sehr rosig. Eure Mutter und ich trafen eine Abmachung, eine geschäftliche Transaktion, die jedem von uns nutzte."

„Du ... du hast uns *gekauft*."

„Nicht *uns*. Sophia. Ursprünglich wollte ich nur sie haben, aber eure Mutter war ein kluges Köpfchen. Wenn ich nicht euch beide nähme, sagte sie, gäbe es keinen Deal. Sie hat mich beeindruckt, also habe ich zugestimmt und habe sie selbst auch noch ins Geschäft eingeschlossen. Und verstehe das nicht falsch, mit der Zeit habe ich eure Mutter wirklich geliebt, aus tiefstem Herzen. Und sie begann ebenfalls, mich zu lieben. Es war eine zutiefst tragische Ironie, dass sie uns durch die Krankheit genommen wurde, die sie in sich trug." Nathan spürte eine tiefe Wehmut in sich aufsteigen, als er sich daran erinnerte, wie er am Bett ihre Hand gehalten hatte, während der Krebs sie zerfraß.

„Dann war ich …"

„Die zusätzliche Last", sagte Nathan, in der Absicht, sie zu verletzen. Sie musste bestraft werden.

Lara wurde von seinen Worten sichtlich in den Sitz geschleudert. Sie sah sich im Raum um, als warte sie auf jemanden, der ihr erklärte, dass alles nur ein Spaß wäre. Ihr Mund öffnete und schloss sich, während sie nach Luft schnappte.

„Was dachtest du, wie ich reagiere?", fragte Nathan. Sein größtes Problem im Augenblick war nicht Canton George. Er war sich sicher, dass er die alte Schlange sogar in seinem momentanen Zustand unter Kontrolle halten konnte. Das wahre Problem war, dass er Lara immer noch brauchte. Es wäre bald an der Zeit, einige der losen Enden aufzusammeln, und das konnte er nicht alleine. Sophia, so brillant sie auch war, war kein Killer. Im Augenblick war Lara das auch nicht, aber wenn er die Situation richtig nutzte, würde sich das noch ändern.

„In jedem Fall bin ich bereit, diesen kurzfristigen … Verlust an Urteilsvermögen zu vergessen. Du magst nicht von meinem Blut sein, aber du gehörst immer noch zu mir." Lara zuckte zusammen und schloss die Augen. „Solange du tust, was ich sage, und mich am Leben erhältst, werden weiterhin das Geld und die Macht der Familie Kring zu deiner Verfügung stehen."

Nathan rollte vorwärts, bis er wieder direkt neben ihr stand. Sie wandte sich ihm zu und sah ihn an. Nathan musterte ihre Augen einen Augenblick prüfend. Das rebellische Feuer darin war erloschen. Von nun an würde sie tun, was er von ihr verlangte. Ihm wurde klar, dass es ein Kinderspiel werden würde, sobald das alles hier vorbei war, sie wieder in sein Bett zu kriegen.

„Du wirst einen Job auf Lebenszeit haben“, sagte Nathan. „Meine Lebenszeit.“

09:45 Uhr

„Was ist hier unten?“, fragte Jonathan, als er und Sophia von der Leiter stiegen, die in die Tiefe hinunterführte. Sie waren in den Eingeweiden der Anlage, einem Kernbereich des Baus, der dessen gesamte Höhe und Weite durchzog und durch den der Lebenssaft der Anlage pulsierte. Rohrbündel schmiegten sich an die Wände und die Decke, führten hinauf und hinab, vor und zurück, in sämtliche Richtungen. Soweit Jonathan es sagen konnte, leiteten sie Frischwasser, Abwasser, Dampf, Hydrokabel und Erdgas in alle Winkel des Komplexes. Der Geruch war schrecklich, allerdings nicht annähernd so schlimm wie der Lärm.

„Hier stehen die Generatoren und die Lagertanks für das Erdgas“, rief Sophia, die er dennoch kaum hören konnte. „Kommen Sie.“

Sophia bedeutete ihm, ihr zu folgen. Sie gingen um eine der Ecken in dem grob gegossenen Betontunnel – der aus nichts als Abzweigungen zu bestehen schien – und kamen an eine Leiter. Jonathan hatte schon vor einer ganzen Weile die Orientierung verloren und wollte nicht einmal daran denken, hier drin ohne Sophia herumzuirren.

Sie deutete mit dem Daumen nach oben, und Jonathan war froh, dass er die Geste so deutlich verstand, denn hören konnte er außer unbändigem Lärm nicht das Geringste.

Sophia blieb auf der Leiter dicht hinter ihm, und er kletterte zügig, bis er auf eine geschlossene Luke stieß. Er langte hinauf, drehte den runden Handgriff ein paar Mal herum und drückte den Deckel nach oben auf. Als die Klappe ganz geöffnet war, stieg er hindurch. Sophia folgte ihm, schloss die Luke hinter ihnen wieder und dämpfte damit den Großteil des röhrenden Maschinenlärms hinter ihnen ab.

„Danke“, sagte Jonathan.

„Wir sind schon beinahe zwanzig Minuten weg“, meinte Sophia. „Beeilung. Wenn sie zurückkommen, während wir hier drin sind, wird der Lärm unser geringstes Problem sein.“

Vorher, im Labor, hatte sie Jonathan einen Lüftungsschacht gezeigt, der aussah, als wäre er fest mit der Wand verschweißt, sich aber mühelos öffnen ließ. Sophia hatte erzählt, sie und Lara hätten häufig in den Schächten gespielt, wenn sie die Insel als Kinder besucht hatten. Dann aber hatte ihr Vater die Erdgastasche unter der Insel entdeckt und eine neue, tiefer liegende Ebene anlegen lassen, um das Gas aufzufangen und die riesigen Generatoren anzubringen. Anschließend hatte ihr Vater sämtliche Lüftungsschächte zuschweißen lassen mit Ausnahme einiger größerer Zugangsöffnungen in den Hauptkorridoren. Sophia erklärte nicht, wieso, aber vor ein paar Jahren hatte sie einige ihrer Chemikalien benutzt und die Schweißnaht um die Schachtöffnung in ihrem Labor gelöst. Sollten sie Natalie finden, würde er sie nicht halten oder berühren können, aber er könnte sie sehen und mit ihr sprechen, das würde reichen müssen, bis er einen Ausweg aus diesem Schlamassel gefunden hatte.

Er wünschte sich wirklich, Lew wäre hier.

„Dieser Gang führt direkt zu den Gästezimmern. Wenn sie hier ist, wird sie in einem von denen sein“, erklärte Sophia.

Jonathan ging in die Hocke und trottete zum Gitter hinüber, das zum ersten Gästezimmer führte, sah jedoch niemanden darin. Auch die nächsten drei waren leer. Dann aber, im vorletzten Raum, fand er sie, und ein dicker Kloß bildete sich in seiner Kehle, als er sie sah.

Der Raum war hell, falscher Sonnenschein drang aus einem falschen Fenster an der Wand. Es konnte nicht echt sein, da sie immer noch unter der Erde waren. Die ganze Farbpalette des Zimmers war darauf abgestimmt, überall herrschten Weiß- und Goldtöne. Es erinnerte an ein Hotelzimmer, mit einem Schrank und einem Schreibtisch, der an einer der Wände stand. In der Mitte des Zimmers befand sich ein großes Bett, und auf diesem saß Natalie. Sie war damit beschäftigt zu zeichnen.

Er öffnete den Mund, um sie zu rufen, hielt sich aber in letzter Sekunde zurück.

„Was ist?", fragte Sophia. Jonathan führte sie vorsichtig weg von dem Schacht, damit sie leise reden konnten, ohne dass Natalie sie hörte.

„Ich kann nichts zu ihr sagen", meinte Jonathan. Er stand ganz dicht bei Sophia, damit er flüstern konnte. Sie roch nach Chemikalien und Tieren. Er fand es seltsam, aber es war einer der besten Düfte, die er jemals gerochen hatte.

„Wieso nicht?"

„Was sollte ich ihr sagen? ‚Daddy wurde entführt und muss ein bisschen Einbrecher spielen. Denk dran, dir die Zähne zu putzen'? Das ist lächerlich." Er hatte ihr die Geschichte um den Monarchen erzählt, als sie in die Tunnel gestiegen waren. Seine Ehrlichkeit war Sophias Belohnung für ihre Hilfe, auch wenn er das Gefühl hatte, dass sie ihm in jedem Fall geholfen hätte.

„Sie würde es verstehen", sagte sie.

„Nein. Würde sie nicht. Außerdem, selbst wenn, so schwer es im Augenblick auch für sie sein mag, wie viel schwerer würde es werden, wenn sie wüsste, dass ich irgendwo da draußen bin? Wie sollte ich ihr erklären, weshalb sie hierbleiben muss? Nein, es muss so bleiben, wie es gerade ist."

Sophia schaute ihn an, den Kopf leicht schräg gelegt. Sie wirkte beinahe … ehrfürchtig.

„In Ordnung. Wenn Sie das sagen. Was auch immer wir tun wollen, wir müssen es jetzt tun."

„Lassen Sie mich sie nur noch einmal ansehen", bat Jonathan, drehte sich um und schlich zurück zum Schacht.

Er lächelte, als er sie beobachtete. Dann, ganz ohne Grund, begann Natalie zu singen. Es war nur ein albernes, sich wiederholendes Kinderlied, aber es war zu viel für Jonathan. Er wandte sich vom Lüftungsschacht ab und blinzelte ein paar Tränen weg, die ihn zu übermannen drohten.

„Okay. Wir sollten …", begann er. Sophia legte die Arme um ihn und drückte ihn. Ein Teil von ihm wollte loslassen und einfach losschluchzen, ein anderer Teil wollte etwas ganz und gar anderes tun. Er wählte die goldene Mitte und akzeptierte einfach den tröstenden menschlichen Kontakt. Als sie ihn losließ, sah er, dass sie weinte, und wusste, dass es nicht nur seinetwegen war.

„Kommen Sie", sagte sie.

11:00 Uhr

Sophia und Jonathan kehrten ins Labor zurück, zehn Minuten bevor Nathan und Lara hereinkamen. Eine Stunde später schickte Nathan die Wachen fort. Er lud Jonathan, diesmal alleine, zu etwas ein, von dem Jonathan annahm, dass es eine weitere Tour werden würde. Er erwartete, dass Lara erneut protestieren würde, aber sie schwieg. Ihre Körperhaltung war nach ihrer Rückkehr ins Labor eine andere als zuvor.

Ebene fünf, die nur über einen separaten Fahrstuhl am äußersten Ende der vierten Ebene zugänglich war, überraschte Jonathan mit etwas, das er an einem Ort wie diesem niemals erwartet hätte. Aber allmählich gewöhnte er sich daran, dass diese Insel und Nathans Leben voll des Unerwarteten waren.

„Mein Vater begründete diese Sammlung noch vor meiner Geburt", erklärte Nathan und rollte hinüber zu Jonathan. „Er hat ihre Existenz niemals irgendjemandem gegenüber erwähnt, nicht einmal mir. Ich bin vor etlichen Jahren zufällig darüber gestolpert, als ich den Komplex erweitert habe. Am ersten Tag der Erdarbeiten fanden wir diese Kammer. Es war ein ganz besonderer Tag."

Daran hatte Jonathan keinen Zweifel. Und wenn er den Mann neben sich auch nur annähernd so gut kannte, wie er glaubte, hatte er auch keinen Zweifel daran, dass die Arbeiter, die an jenem Tag an seiner Seite gestanden hatten, heute alle nicht mehr atmeten.

Sie standen in einer Schatzkammer, einem Tresorraum voller Kostbarkeiten.

„Ich vermute nicht, dass Ihnen jemals in den Sinn kam, diese Dinge ihren rechtmäßigen Besitzern zurückzugeben", sagte Jonathan.

„Und wer wäre das? Das Land, das seinen Nachbarn vor Hunderten von Jahren geplündert hat? Die Personen, denen diese Gegenstände entwendet wurden, bevor sie hier gelandet sind? Oder, im Falle der religiösen Symbole, die katholische Kirche? Wir wissen ja beide, was für eine Säule der Rechtschaffenheit die Kirche all die Jahrhunderte hindurch gewesen ist."

„Das sind alles ziemlich lahme Ausreden, und das wissen Sie auch. Diese Schätze gehören Ihnen nicht, ganz gleich, wie viel Sie dafür bezahlt haben. Selbst wenn Sie sie nicht selbst haben stehlen lassen, sind Sie ein Dieb. Genau wie Ihr Vater."

„Und Sie sind die Rechtschaffenheit in Person? Ich bitte Sie, Sie haben Ihren Lebensunterhalt – und ein gutes Vermögen – als Dieb verdient."

„Das ist etwas anderes. Ich habe niemals etwas davon behalten. Es ist alles dort gelandet, wo es rechtmäßig hingehört", sagte Jonathan und betrachtete einen van Gogh, von dem er niemals auch nur gehört hatte.

„Und Sie haben niemals einen Finderlohn angenommen?"

Jonathan sagte nichts.

„Sehen Sie, wusste ich es doch", meinte Nathan. „Ich bedauere, dass Sie das hier nicht als das schätzen können, was es ist. Ich fürchte, es war ein Fehler, es Ihnen zu zeigen. Gehen wir, das Abendessen wird in Kürze fertig sein. Und Sie haben einen Job zu erledigen."

Es war aufgrund der elektronischen Sprachmaschine schwer zu sagen, aber Jonathan hatte den Eindruck, dass Nathan beleidigt war.

„Warten Sie", meinte Jonathan und umrundete einen großen Schaukasten voller königlicher Schmuckstücke. Er stand erst in der Hälfte des Raums, aber die Kostbarkeiten schienen hier ein Ende zu finden. Zwar standen auch in der hinteren Raumhälfte jede Menge Schaukästen und Podeste, bis hinüber zur entfernten Wand, aber sie waren alle leer. „Wo ist der Rest?"

„Was meinen Sie? Das ist alles. Reicht es Ihnen nicht? Gerade sagten Sie noch, dass nichts davon hier sein sollte, und plötzlich beklagen Sie sich über den zu geringen Umfang meiner Sammlung?"

Jonathan ging zu einem der leeren Glaskästen und fand eine Plakette, auf der zu lesen stand, was nicht da war, und eine glatte Fläche im Staub auf dem Podest daneben.

„Die Kunststücke wurden entfernt. Moment. Sie haben sie *verkauft*", sagte Jonathan, der plötzlich wusste, was hier los war. Nathans Bemühungen, ihn zu finden, waren so kostspielig gewesen, dass er hatte anfangen müssen, seine geliebte Sammlung zu veräußern, Stück für Stück.

„Das ist genug Unverschämtheit für heute, Mr. Hall. Verschwinden Sie. Jetzt. Oder ich werde keine Verantwortung dafür übernehmen, was mit *Ihrem* Schatz geschieht."

Jonathan spürte, wie ihm kochendes Blut in den Kopf stieg. Er rang den Wunsch nieder, einfach zuzuschlagen, und zwang sich, schweigend zur Tür zu gehen. Er hatte Nathans wunden Punkt gefunden und unüberlegt darin herumgestochert.

Während sie zum Privatfahrstuhl zurückkehrten, konnte Jonathan nicht anders, als sich zu fragen, wie das, von dem Nathan wollte, dass er es stahl, mehr wert sein konnte als eine halbe Tresorkammer voller Schätze. Canton George besaß etwas, für das Nathan bereit war, sich finanziell zu ruinieren. Wann immer irgendjemand irgendetwas so sehr wollte, machte es diesen Jemand unberechenbar und sehr gefährlich.

Aber nicht annähernd so gefährlich wie denjenigen, der es bereits besaß.

36

FEDERAL PLAZA
NEW YORK CITY
07:00 Uhr Ortszeit

„Ist er das?“, fragte Lew, der hinter dem Steuer des aus der Lohnknechtschaft befreiten Autos saß. Emily war nicht gerade begeistert von der Idee gewesen, ein Auto zu stehlen. Vermutlich ebenso begeistert, wie Jonathan es wäre, wenn er wüsste, dass die Frau, die zu beschützen er Lew gebeten hatte – das Letzte, was er zu Lew gesagt hatte –, jetzt in einem gestohlenen Fahrzeug saß, um ein von der Polizei abgeriegeltes Amtsgebäude zu observieren und darauf zu warten, einen FBI-Agenten zu beschatten.

Lew wusste, er hätte Emily bei den Cops lassen sollen, wo sie sicher war, aber als er darüber nachdachte, war sie das letzte Mal, als sie unter deren Schutz gestanden hatte, auch nicht allzu gut weggekommen. Sie hatten im Auto ein paar Stündchen Schlaf gefunden – Emily etwas mehr als Lew –, aber als der Zeitpunkt sich näherte, an dem der Junior Agent auftauchen sollte, hatte Lew Emily aufgeweckt und fragte sie seither bei allem, was sich irgendwie bewegte, ob das der Kerl sei.

„Zum fünften Mal, nein“, sagte Emily. Lew war kein Mann, der beobachtete. Er war ein Mann, der handelte. Diese Aufklärungssachen waren sonst eher Jonathans Ding.

„Hey, ich frag ja nur“, murrte Lew.

„Das ist nicht einmal ein Mann“, meinte Emily und klang, als würde ihre Frustration jeden Augenblick den Siedepunkt erreichen.

„Und wie er das ist.“ Lew beugte sich vor und schaute genauer hin. „Ich will verdammt sein. Es stimmt wohl, was man sagt: Wenn man es hier schaffen kann, kann man’s überall schaffen.“ Sie hatte schon vor einer Stunde aufgehört, über seine lahmen Witze zu lachen.

Lew war offen gestanden froh, dass sie beide so frustriert waren. Die ersten paar Stunden, die sie im Auto gesessen hatten, waren auf eine ganz andere Art unbequem gewesen. Der Raum in der vorderen Wagenhälfte schien unendlich eingeengt zu sein, und als ihre Hände versehentlich gegeneinanderstießen, war es, als würde ein Blitz durch den Innenraum des Wagens zucken. Seit diesem Moment im Fahrstuhl konnte Lew an nichts anderes mehr denken als daran, wie es wohl wäre, Emily im Arm zu halten. Lew war sich sicher, dass seine Zeit in Yazoo schuld daran war, aber das Wissen half ihm nichts. Jetzt, wo er sie absichtlich nervte und dazu brachte, ihn anzufahren, begann er langsam wieder, den Gedanken zu begrüßen, sie einfach aus der Autotür zu schubsen und allein weiterzumachen. Zumindest dachte er ein klein bisschen daran.

„Da ist er!“, rief Emily und packte in ihrer Aufregung Lews Arm. Ihre Hände fühlten sich selbst durch die Ärmel seines Staubmantels heiß an.

„Okay, okay“, sagte Lew, nachdem er schwer geschluckt hatte. „Er muss noch nach oben fahren und das Zeug holen. Hoffen wir mal, dass er nicht pro Stunde bezahlt wird.“

Sie beobachteten, wie Agent Hinton vor den Cops, die den Zugang zum Gebäude absperrten, zum Stehen kam, die Fensterscheibe seines grünen Fords hinuntersurren ließ und seinen Ausweis zückte. Die Männer nickten und schoben die gelbe Absperrung zur Seite, sodass Hinton bis vor den Haupteingang fahren konnte. Er stieg aus und setzte sich einen Bauarbeiterhelm auf, bevor er das Gebäude betrat.

„Checken Sie noch mal, dass das Teil bereit ist", sagte Lew.

Zwanzig Minuten später kam Hinton wieder aus dem Gebäude und trug zwei Aktenkartons. Er lud sie auf den Rücksitz seines Fords, stieg ein und wendete, um zur Absperrung zurückzufahren.

„Los geht's", sagte Lew, als er aus der Parklücke rollte und in die entgegengesetzte Richtung fuhr.

„Was tun Sie denn?! Er ist dahinten", beschwerte sich Emily.

„Beruhigen Sie sich. Ich hab das schon mal gemacht", meinte Lew. Während er fuhr, hielt er ein Auge immer auf den Rückspiegel gerichtet und wurde allmählich langsamer. Wie erwartet erschien der grüne Ford kurz darauf direkt hinter ihnen. Wäre er erst aus der Lücke gestoßen, nachdem der Agent losgefahren war, hätten die Polizisten ihn sofort bemerkt. So war er einfach nur ein Teil von New Yorks morgendlichem Verkehr.

„Benutzen Sie die Spiegel, drehen Sie nicht den Kopf nach hinten", erklärte Lew. „Haben wir schon ein Signal?" Wenn das Handy ausgeschaltet war oder die Batterie leer, war das alles hier für die Katz.

„Ich sehe nicht ... warten Sie! Ja, ich hab ein Signal", stieß Emily hervor. „Signale."

„Signale?" Dann wurde Lew bewusst, dass sie in New York waren und dass es hier Hunderte von Bluetooth-Geräten um sie herum geben musste – Handys, Kopfhörer, Musikplayer, was auch immer. „Können Sie das Telefon identifizieren?"

„Nein", meinte Emily. „Ich habe keine Ahnung, wie ... Augenblick, jetzt geschieht was." Lew versuchte, einen Blick auf das Gerät zu erhaschen, hatte aber alle Hände voll damit zu tun, auf den Verkehr zu achten und den grünen Ford im Auge zu behalten, damit er dafür sorgen konnte, dass sie sich nicht weiter als sechs Meter davon entfernten.

„Ja! Ich liebe dich!", quiekte Emily.

„Äh, was?" Lew spürte, wie ihm das Blut in die Wangen schoss.

„Oh, nicht Sie. Raiden. Er hat das Gerät so programmiert, dass es nach dem Telefon sucht. Es löscht alle irrigen Signale. Und ... da. Ich hab es. Es synchronisiert sich und ... nein! Das Signal ist verschwunden."

„Verschwunden? Aber er ..." Lew blickte in den Rückspiegel und sah, dass der grüne Ford verschwunden war, dabei hatte er nur eine Sekunde weggesehen. Er wurde langsamer und drehte den Kopf in alle Richtungen. „Da ist er. Vier Wagen weiter hinten, auf Ihrer Seite." Emily schaute in den Spiegel und nickte, als sie ihn entdeckte. Lew verlangsamte so weit, dass die Autos hinter ihm anfingen zu hupen, aber das kümmerte ihn nicht. Sie kamen dem Ford wieder näher, als dieser plötzlich ausscherte und begann, sie zu überholen. Lew wäre es beinahe lieber, wenn er vor ihnen fuhr, dann könnte er wenigstens ... *Oh, Mist.*

„Runter!", rief Lew.

„Was?", fragte Emily, ohne den Blick von ihrem Gerät zu nehmen.

„Er überholt uns. Wenn er Sie sieht, wird er Sie erkennen."

„Ich hab das Signal zurück", erklärte Emily und schien ihn gar nicht zu hören. Sie war zu konzentriert, und als die vordere Stoßstange des Fords auf ihre Höhe kam, streckte Lew den Arm aus, packte Emily und zog sie hinunter in seinen Schoß, sodass sie von außen nicht mehr zu sehen war. Als der Agent an ihnen vorbeigezogen war, ließ er sie wieder hochkommen.

„Sorry", sagte Lew mit einem leichten Grinsen.

„Ich ... Das war ... ähm ..." Emily blickte wieder auf ihr Gerät. „Wir sind drin!"

„Haben wir die Daten schon? Der Verkehr wird langsam holperig.“ Lew rollte bis dicht an die hintere Stoßstange des Fords, um einen anderen Wagen davon abzuhalten, sich zwischen sie zu drängen. Er ignorierte die Hupen und schmutzigen Finger, die sich in seine Richtung streckten. Dann kamen die beiden Autos an eine Ampel, die gerade auf Gelb sprang. „Endlich“, seufzte Lew. Er trat auf die Bremse, sah aber entsetzt, wie der Ford beschleunigte.

„Er nimmt sie noch!“, rief Emily aufgeregt.

„Festhalten.“ Lew trat das Gaspedal durch. Er blieb bis auf zehn Meter an dem anderen Wagen dran, aber das war genügend Abstand, dass die Ampel auf Rot gewechselt hatte und der Querverkehr bereits auf der Kreuzung war. Überall heulten Hupen auf, während er wild am Lenkrad kurbelte und gerade noch aus dem Weg eines heranrasenden Taxis schlingerte. Er wirbelte das Lenkrad in die andere Richtung und stieß mit der Seite seines Fahrzeugs gegen einen Geländewagen, fuhr aber weiter. Unglaublicherweise schafften sie es auf die andere Seite der Kreuzung.

„Mann, das war …“

„Stopp!“, schrie Emily.

Lew hatte noch nicht einmal verstanden, dass sie ihn anbrüllte, als der Pick-up-Truck voll in seine Seite krachte. Sein Schädel knallte gegen die Seitenscheibe, und er spürte, wie die Flanke des Autos sich um ihn herum eindrückte. Dann wurde alles weiß.

Lew öffnete die Augen, nach eigenem Gespür einige Sekunden später, mit einem kreischenden Jaulen in den Ohren.

„Emily“, brachte er hervor und schüttelte sich den Nebel aus dem Kopf. Er sah sich um, war aber allein im Auto. Emily und das Bluetooth-Gerät waren verschwunden, die Beifahrertür aber noch offen. Er konnte durch die Menge heraneilender Fußgänger nicht viel erkennen, wusste aber, dass der grüne Ford längst über alle Berge war.

Seine Tür würde sich nur noch mit einer hydraulischen Rettungsschere öffnen lassen, daher versuchte er, auf der anderen Seite auszusteigen, aber seine Beine waren zwischen Sitz und Lenksäule eingeklemmt. Er schmeckte Blut im Mund – er hatte sich bei dem Unfall in die Wange gebissen. Als sein Verstand langsam wieder klarer wurde, erkannte er auch, dass das Jaulen nicht in seinem Kopf war, sondern den herannahenden Krankenwagen ankündigte. Lew war völlig entkräftet und wollte nur noch schlafen. Vielleicht war eine kleine Fahrt im Krankenwagen gar keine so üble Idee.

„Lew! Hilfe!"

Der Klang von Emilys Stimme riss ihn aus seiner Resignation. Er kniff die Augen zusammen und sah durch die Windschutzscheibe jemanden, der Emily in Richtung eines Pick-up-Trucks schleifte. Eines Pick-up-Trucks mit völlig verformter Stoßstange.

Adrenalin schoss Lew in die Adern. Er zerrte noch fester, konnte sein Bein aber keinen Millimeter rühren. Er grunzte und hämmerte mit beiden Fäusten auf das Lenkrad, doch es bewegte sich nur ein winziges Stückchen. Als ihm klar wurde, dass er sein Bein nicht herausziehen konnte, drückte er stattdessen seitlich gegen die Lenksäule und versuchte, sein Bein ebenfalls seitlich herauszuziehen. Er spürte, wie es sich zu bewegen begann, stemmte den anderen Fuß gegen die zerstörte Tür, um eine kräftigere Hebelwirkung zu erzielen, und presste mit zusammengebissenen Zähnen und aller Kraft. Er würde sich selbst befreien oder sich das Bein brechen, aber auf keinen Fall würde er einfach hier herumsitzen und zusehen, wie dieser Mistkerl Emily verschleppte.

Nach einer gefühlten Ewigkeit knackte etwas und brach. Es war die Lenksäule. Lew zog sich heraus und kletterte durch die offene Beifahrertür. Er fiel auf den Asphalt, stand aber sofort wieder auf und rannte leicht humpelnd dem Pick-up-

Truck entgegen, wobei er etliche Gaffer aus dem Weg schubsen musste, die ihn aufzuhalten versuchten. Er hatte es beinahe geschafft, als die Bremslichter des Trucks zu flackern begannen. Mit durchdrehenden Reifen jagte er schlingernd davon und mähte einige der Passanten nieder, die im Weg standen.

Sie war weg. Er hatte sie nicht beschützen können, so wie er Jonathan nicht hatte beschützen können.

Lew rannte weiter. Er wusste, dass das Einzige, was er jetzt noch retten konnte, seine Freiheit war.

37

TARTARUGA ISLAND

15:00 Uhr Ortszeit

Sein Instinkt schrie ihn an, nichts davon zu essen oder zu trinken. Das Porzellangeschirr oder das Silberbesteck konnten mit allem Möglichen behandelt sein. Aber Jonathan hörte auf nichts davon, oder genauer gesagt, Jonathans Magen scherte sich nicht darum. Er konnte sich nicht daran erinnern, wann er zuletzt etwas gegessen hatte, und wenn er wirklich kurz davorstand, einen Job durchführen zu müssen – noch dazu alleine –, brauchte er jede Stärkung, die er bis dahin bekommen konnte. Und was für eine Stärkung er hier bekam.

Grüner Spargel und purpurne Artischocken umsäumten dekorativ eine Auswahl an gegrilltem blauen Hummer, Hühnerfrikassee und Seespinne. Mehrere Flaschen Penfold Grange Hermitage, Jahrgang 1951, waren auf dem Tisch verteilt.

Der Speisesaal war ebenso beeindruckend geschmückt. Unter der gewölbeförmigen Decke hing ein kunstvoll verzierter Kristallkandelaber, unter dem sich das dunkle Holz der Essenstafel erstreckte. Dazu passende Sideboards aus Teakholz waren über die gesamte Länge der Wände aufgereiht, jedes davon gedeckt mit silbernen Tabletts, die ihrerseits mit gravierten silbernen Hauben bedeckt waren. An den Wänden hingen Gemälde aus dem Barock, und leise Kammermusik drang aus unsichtbaren Boxen in der Decke. Um den Tisch herum standen zehn Stühle, aber nur drei Plätze waren vorbereitet. Einer davon war noch frei.

Der Saal lag auf der dritten Etage der Anlage. Trotz seines Hungers fiel es Jonathan schwer, sich aufs Essen zu konzentrieren, in dem Wissen, dass Natalie nur wenige Zimmer entfernt war, aber davon wusste er offiziell ja nichts. Lara, die am anderen Ende des Tisches saß, hatte nicht mehr als eine Handvoll Worte mit ihm gewechselt, die sich darauf beschränkt hatten, anzukündigen, dass Nathan etwas aufgehalten worden war und sich bald zu ihnen gesellen würde. Jonathan hätte gerne gefragt, wo Sophia war und ob Natalie ebenso luxuriöses Essen erhielt, aber er bezweifelte, dass er eine brauchbare Antwort bekommen hätte.

Wenn er ein wenig mehr Zeit mit Sophia gewinnen könnte, da war er sich ganz sicher, könnte er die ganze Situation zu seinem Vorteil ändern.

Jonathan leerte seinen zweiten Teller, trank ein drittes Glas Wein und lehnte sich dann mit einem zufriedenen Seufzer zurück. Doch was er als Nächstes sah, hätte ihn vor Überraschung beinahe samt Stuhl hintenüber auf den prunkvollen Teppich fallen lassen.

„Guten Abend, Mr. Hall. Ich hoffe, meine Verspätung ... ah, ich sehe, Sie haben schon ohne mich angefangen. Gut. Sie werden Ihre Kräfte brauchen“, begrüßte ihn Nathans Stimme. Und nicht aus einem elektronischen Kasten. Tatsächlich war auch sein Rollstuhl nirgendwo zu sehen. Er stand im Smoking in der Tür, das Jackett aufgeknöpft. Er hatte eine Hand in der Hosentasche, während er in der anderen eine Zigarre hielt. „Ich hoffe, der Rauch stört Sie nicht. Ich habe bereits gegessen und konnte einer meiner Kubanischen einfach nicht widerstehen. Alte Gewohnheiten und derlei.“

Jonathan bemerkte, dass er mit offenem Mund dasaß. Er klappte ihn zu, während sein Gastgeber, offensichtlich vollgepumpt mit Sophias Serum, eintrat und sich neben ihn setzte.

„Äh, ja. Ich meine, es war sehr gut. Erstklassig“, erwiderte

Jonathan, der es nicht schaffte, die Augen von Nathan abzuwenden. Es war, als würde er ihn zum ersten Mal treffen. „Aber ich habe mich gefragt, wo …"

„Sophia und Ihre Tochter genießen ein gleichermaßen zufriedenstellendes Abendmahl. Vertrauen Sie mir. Ich habe lediglich gedacht, es wäre einfacher, wenn Sie und ich die geschäftlichen Dinge besprechen könnten, ohne ständig etwas erklären zu müssen. Ich schätze, Ihre Tochter ist sich nicht bewusst über Ihre … Vergangenheit? Ist es nicht so?"

Jonathan nickte und fragte sich, wie Nathan an diese Information gekommen war.

„Sehen Sie, erneut etwas, das Sie und ich gemeinsam haben", meinte Nathan, woraufhin Lara ihr Silberbesteck auf ihren so gut wie leeren Teller fallen ließ und aufstand.

„Wenn ihr mich entschuldigt", sagte sie und stieß die Worte praktisch durch die Zähne hindurch.

„Ich hatte gehofft, du würdest für die Einsatzbesprechung bleiben, Lara. Du könntest helfen …"

„Ich habe ein paar Dinge zu erledigen, Vater", erwiderte Lara. Sie warf ihre Serviette auf den Tisch und stampfte aus dem Speisesaal. Jonathan fragte sich, ob die Frau jemals gute Laune hatte, auch wenn er zugeben musste, froh zu sein, dass sie weg war.

„Kinder", seufzte Nathan, obwohl Jonathan seinem Gesicht – jetzt, wo es die volle Mimik ausleben konnte, statt nur regungslos zur Seite gekippt dazuliegen – ansehen konnte, dass er äußerst unzufrieden mit Laras Verhalten war. „Genießen Sie die Kinderjahre der kleinen Miss Hall, solange Sie es können. Sie sind so schnell vorbei. Aber kommen wir zum Geschäft."

Nathan stand auf und goss sich an einem der Sideboards, das mit Dutzenden Flaschen vollgestellt war, einen Schwenker mit Brandy ein. Er hielt die Flasche in Jonathans Richtung, aber Jonathan schüttelte den Kopf und lehnte ab.

„Vielleicht auch das Beste so“, sagte Nathan. Er atmete tief durch die Nase die Luft aus dem Glas ein und schwenkte die Flüssigkeit dann langsam darin herum, während er es in der Hand hielt. „Wie Sie wissen, ist Canton George ein Sammler.“

Jonathan nickte nervös. *Wie viele Informationen hat er?*

„Was Sie unter Umständen nicht wissen, ist, dass Canton und ich Geschäftspartner waren. Tatsächlich sind wir früher einmal die besten Freunde gewesen. Ich werde Sie nicht mit dem ganzen Drama langweilen, aber diese Zeiten sind vorüber. Wir haben die letzten zwanzig Jahre damit zugebracht zu versuchen, den jeweils anderen aus dem Geschäft zu drängen. Und ich bin nicht zu bescheiden, um Ihnen zu gestehen, dass ich dabei war, mein Ziel zu erreichen, als sich mein Zustand zu verschlechtern begann.“ Er setzte seinen Schwenker an die Lippen und nahm ein Schlückchen. Als er den Brandy seine Kehle hinabfließen ließ, schloss er die Augen und stöhnte beinahe vor Ekstase. Dies war ein Mensch, der all die Erfahrungen genoss, die das Leben einem zu bieten hatte, dachte Jonathan, obwohl er vermutete, dass der Rollstuhl eine Erfahrung war, auf die Nathan lieber verzichtete.

„Was ist das Ziel?“, fragte Jonathan. Er machte sich Sorgen, aber nicht nur um Natalies Sicherheit. Wenn Nathan den Monarchen aufgrund seiner Vergangenheit mit Canton George aufgespürt hatte, würde er von ihm ein Wissen erwarten, das er nicht besaß. Lew hatte nicht viele Details des Einbruchs damals mit Jonathan geteilt, abgesehen davon, dass die Mission danebengegangen war. Jonathan hatte immer geglaubt, dass es bedeutete, dass Lew nichts hatte stehlen können.

„Ein Teil seiner Sammlung. Ich fürchte, ich kann Ihnen nicht sagen, was es ist, noch nicht, aus Gründen, die Sie mit der Zeit erkennen werden, aber seien Sie versichert, dass Canton etwas besitzt, das mir gehört. Und ich will es zurück.“

Das ergab für Jonathan nicht den geringsten Sinn. Wenn Nathan und George Rivalen waren – oder sogar Feinde –, woher wusste Nathan dann überhaupt von einem Diebstahl, den George mit Sicherheit unter den Teppich gekehrt hatte? Je mehr unbeantwortete Fragen hier an die Oberfläche stießen, desto härter schalt Jonathan sich selbst, Lew nicht strenger nach dem vermasselten Einbruch befragt zu haben.

„Wie soll ich etwas stehlen, wenn ich nicht weiß, was es ist?"

„Cantons Kostbarkeiten sind katalogisiert und beschriftet. Haben Sie das schon vergessen? Sie werden Objekt CS-231 stehlen."

Verdammt! Ich muss besser aufpassen.

„Wie groß ist es?", fragte Jonathan.

„Etwa so groß wie eine Hutschachtel. Ungefähr so", meinte Nathan und deutete die ungefähre Größe mit den Händen an.

„Okay, und wie sieht die zu erwartende Sicherheit aus?" Jonathan erkannte seinen Fehler eine Sekunde zu spät. „Es ist eine Weile her, und die Leute neigen dazu, ihre Sicherheit zu verstärken, nachdem sie bestohlen wurden", fügte er in einem Versuch an, seinen Ausrutscher zu vertuschen. Es schien zu funktionieren.

„Minimal, wie früher. Da er so abseits von jeder Zivilisation lebt, geht er davon aus, dass er nicht allzu viel Sicherheit benötigt. Vier, vielleicht auch fünf Wachen auf dem Anwesen und ein zweitklassiges Sicherheitssystem."

„Wann geht es los?", fragte Jonathan, der das Gespräch beenden wollte, bevor er noch einen weiteren Fehler machte.

„Heute Nacht. Ich weiß, das lässt Ihnen nicht viel Zeit zur Vorbereitung, aber der Zeitplan ist nicht zu ändern, und ich hoffe, Ihre Erfahrungen aus Ihrem ersten Besuch werden Ihren Mangel an Zeit ein wenig aufwiegen."

„Ich werde Ausrüstung brauchen."

„Lara wird Ihnen alles besorgen, was Sie brauchen. Wir haben uns Gedanken über Ihre zu erwartenden Wünsche gemacht und sollten alles dahaben."

„Was ist mit der Anreise? Nicht nur nach Australien, sondern auch in und aus dem Einsatzgebiet?", wollte Jonathan weiterhin wissen. Es war sein erster offensichtlicher Versuch herauszufinden, wo er überhaupt war. Oder um zumindest herauszufinden, wo er nicht war.

„Darum haben wir uns ebenfalls bereits gekümmert. Und lassen Sie mich Ihnen etwas Zeit ersparen: Wir sind im Indischen Ozean, ein paar Hundert Kilometer östlich von Afrika", erklärte Nathan, der Jonathans List offenbar durchschaut hatte. Jonathan nickte.

Warum ist er so entgegenkommend? Jonathan war sich nicht sicher, ob er die Antwort darauf hören wollte, dachte sich aber, dass er lieber so viel aus dieser Quelle herausholen sollte wie möglich, solange sie sprudelte.

„In Ordnung", sagte Jonathan, stand auf und schenkte sich auf dem Sideboard hinter ihnen einen weiteren Kaffee ein. „Karten auf den Tisch. Was steckt hinter dieser ganzen falschen Höflichkeit?" Er nahm einen Schluck von seinem Getränk. Es war vermutlich die beste Tasse Kaffee, die je seine Lippen berührt hatte – dunkel, intensiv und nicht zu bitter.

„Verzeihung? Weshalb glauben Sie …"

„Hören wir mit diesem Schwachsinn auf, Kring. Sie haben in New York Menschen getötet, um mich zu finden. Eine Menge Menschen. Soweit ich das einschätzen kann, hat Sie das Ganze Millionen gekostet. Sie haben meine Tochter entführt, um mich zu zwingen, Ihnen zu helfen. Und um das alles zu krönen, beschließen Sie, mir einen Rundgang zu spendieren und mich zum Essen einzuladen? Worauf zur Hölle warten Sie?" Jonathan versuchte, Nathan dazu zu bringen, seine Maske fallen zu lassen, indem er ihn überraschte, aber es tat auch verdammt gut, etwas von seiner aufgestauten Anspannung abzulassen.

Nathan schürzte die Lippen und blickte ihn nur an. Jonathan fühlte sich wie ein Käfer unter dem Mikroskop, während Nathans eisiger Blick ihn Schicht um Schicht freilegte, wie ein Sezierinstrument. Aber er blieb eisern, hielt dem Blick stand, während er den Schauer niederrang, der ihm den Rücken hinaufkriechen wollte.

„Fein“, sagte Nathan schließlich. „Machen wir reinen Tisch. Zuerst einmal, ich hatte keinerlei Absicht, mit der Explosion irgendjemanden zu töten. Sie war als simple Ablenkung gedacht. Leute, denen ich vertraut habe, haben mich enttäuscht.“

„Und die anderen? Diejenigen, die den Monarchen ins Rampenlicht gezerrt haben, um mich hervorzulocken? Das waren keine Unfälle.“

„Nein, waren sie nicht. Ein paar Opfer waren notwendig. Für das öffentliche Wohl.“

„Sie meinen Ihre Rache an Canton George“, sagte Jonathan.

„Nein. Das Objekt, das Sie stehlen werden, ist nicht nur ein Teil von Cantons Sammlung. Es ist das Einzige, was mein Leben retten kann.“

„Und das ist ein öffentliches Wohl? Sie töten all diese Menschen nur, damit Sie selbst leben können? Weil Sie mehr wert sind als die anderen?“

Nathans ernster Gesichtsausdruck verflüchtigte sich, und auf einmal lachte er ein tiefes, herzhaftes Lachen. Aber es war ein Lachen, das sich auf seinen Mund und seine Brust beschränkte. Seine Augen funkelten nicht vor Freude, stattdessen blickten sie panisch und hilflos.

„Ich bitte Sie noch einmal um Verzeihung“, sagte Nathan, als sein Lachen nachließ. „Meine Krankheit bringt das verwirrende Symptom unerwarteter Lachanfälle mit sich. Es scheint, dass mein mobiler und klarer Zustand sich dem Ende nähert.“

Nathan ging zum hinteren Ende des Raums, wobei seine Beine ihm nicht mehr völlig zu gehorchen schienen, und drückte einen Knopf in der Wand.

„Wie kann Objekt CS-231 Ihr Leben retten? Was ist es?“, fragte Jonathan schnell, denn Nathan wirkte, als würde er jeden Augenblick zusammenbrechen.

„Ich werde meine Pläne etwas ändern müssen“, sagte Nathan und ließ sich auf einen Stuhl fallen. „Sie werden in Kürze aufbrechen. Ich wünsche Ihnen viel Erfolg, Mr. Hall. Denken Sie daran, was auf dem Spiel steht, sowohl für mich als auch für Sie.“

Die Tür zum Speisesaal öffnete sich, und Lara kam herein, gefolgt von einigen Sicherheitsleuten, von denen zwei Jonathan an den Armen packten und ihn festhielten, während die anderen an Nathans Seite eilten.

„Hey, nun warten Sie mal einen …“ Jonathan kam nicht dazu auszusprechen. Lara stürmte heran und stülpte ihm grob einen schwarzen Sack über den Kopf.

Dann legte sie ihre Lippen an sein Ohr.

„Wenn Sie ihn im Stich lassen, schneide ich ihr persönlich das Herz raus.“

38

PIONEER ELECTRONICS
NEW YORK CITY
09:00 Uhr Ortszeit

Lew hatte nicht viele Optionen. Ehrlich gesagt, soweit er das beurteilen konnte, hatte er nur eine Möglichkeit. Und selbst die war nicht besonders vielversprechend. Jonathan war verschwunden. Lews einzige Verbindung zu ihm war Emily. Emily war ebenfalls verschwunden. Beide waren ihm direkt vor der Nase weggeschnappt worden. Aber wenn Emily jemanden mit ihrem Handy aufspüren konnte, dann konnte sie vielleicht – nur vielleicht – ebenfalls aufgespürt werden.

Zunächst war alles gut gelaufen. Raiden Pioneers Laden war offen und niemand sonst in der Nähe gewesen. Lew hatte gedacht, dass er endlich einmal etwas Glück hätte, und erklärte Raiden die Situation, während die kleine Ladenfläche in die morgendlichen Sonnenstrahlen getaucht wurde, die durch die schmutzigen Scheiben hereinfielen. Aber als Raiden sich von seiner Registrierkasse löste und hinter dem Tresen hervorkam, hielt er kein Telefon in der Hand, sondern eine Waffe.

Und sie war direkt auf Lews Herz gerichtet.

„Pack die Knarre weg“, meinte Lew und hob die Hände. Raiden Pioneers Blick und die völlig ruhige Hand, mit der er auf ihn zielte, verrieten Lew, dass dieser unscheinbare Knabe nicht zum ersten Mal jemanden damit bedrohte. Er war sich auch ziemlich sicher, dass Raiden keinerlei Probleme damit hätte abzudrücken, wenn er ihn bedrängte.

„Los, nach hinten", befahl Raiden und wedelte mit der Pistole in Richtung des Vorhangs, der den Verkaufsraum von seiner Werkstatt trennte. Raiden umrundete Lew in großem Bogen, immer wenigstens zwei Meter entfernt, verriegelte die Tür des Geschäfts und drehte das *Geöffnet*-Schild um.

Der Kerl ist kein Anfänger. Leute, die noch unerfahren darin waren, eine Waffe zu halten, orientierten sich üblicherweise an dem Waffentraining, welches das Fernsehen ihnen gab, und standen dicht genug an ihrem Ziel, um ihm die Waffe ins Kreuz drücken zu können. Das machte es immer sehr einfach, sie zu überwältigen, besonders, wenn man eine Nahkampfausbildung besaß.

„Hör mal, John Wayne, alles, was ich will, ist, Emily zu helfen. Sie ist in Schwierigkeiten, und ich brauch deine Hilfe, um ..."

Ein bedrohliches *Klick* hallte durch den kleinen Laden, als Raiden den Hahn der Pistole spannte.

„Ich hab keine Ahnung, was du mit Emily getan hast oder warum du hier bist, aber ich werde dich der Polizei ausliefern", erklärte Raiden.

„Mich ausliefern? Weswegen?"

„Zigfachen Mords."

Lew verengte die Augen. „Wovon redest du?", fragte er und fürchtete die Antwort.

„Es kommt schon seit einer Stunde in den Nachrichten. Ein Tourist hat sich gemeldet und der Polizei ein Video übergeben, das er auf der Federal Plaza aufgenommen hat. Die Explosion hat er nicht gefilmt, aber er hat eine tolle Aufnahme von jemandem, der auf eine Limousine springt und deren Fenster zertrümmert, während er vom Tatort flüchtet. Jemand in einem sehr auffälligen Mantel. Ist mir nicht schwergefallen herauszufinden, wer das war, nachdem ich dich getroffen hatte. Deine Beschreibung läuft inzwischen über jeden Sender. Und ich wette, eine schöne Belohnung gibt es auch."

Mein Mantel? Sie haben weder mein Gesicht noch meinen Namen. Das ist doch schon mal was.

Lew war doppelt froh, dass er nicht am Unfallort geblieben war, bis die Cops kamen. Aber die Uhr tickte, und Emilys Entführer konnte mittlerweile überall sein, ganz zu schweigen von dem, was mit Jonathan geschehen war. Dieser misstrauische kleine Opportunist hier war seine einzige Hoffnung. Allerdings würde er nirgendwohin kommen, solange Raiden diese Waffe hatte.

„Die Dinge sind nicht immer so, wie sie scheinen", sagte Lew und tat einen kleinen Schritt nach vorne.

„Das ist nah genug", meinte Raiden, der ihn sofort durchschaute. „Nach hinten!" Raiden wedelte erneut mit der Waffe in Richtung des Vorhangs.

Lew zögerte, wusste aber, dass er keine Wahl hatte. Er drehte sich um und näherte sich dem Vorhang, die Hände in der Luft.

„Du machst einen Fehler", sagte er.

„Lass das mal meine Sorge ..."

Als Lew den Vorhang mit einer seiner erhobenen Hände teilte, duckte er sich abrupt weg und tauchte durch den Stoff aus Raidens Blickfeld. Die Werkstatt war klein und vollgestellt, an der Wand neben den Vorhängen stand eine kleine Werkbank, während die anderen Wände mit Tischen besetzt waren, auf denen sich die Eingeweide aller denkbaren elektronischen Geräte verteilten. Gegenüber vom Vorhang war eine schmale Tür, durch deren Fenster Lew eine dunkle Hinterhofgasse erkennen konnte. Es war ein schneller Ausweg aus seiner Misere, und jeder Fluchtinstinkt in ihm bettelte ihn an, ihn zu nehmen. Aber zu entkommen war das Letzte, was Lew im Sinn hatte.

Dennoch öffnete er die Tür, drehte dann um und stieg auf die Werkbank. Raiden brauchte bereits viel zu lange, um ihm zu folgen, weshalb Lew schätzte, dass er entweder bereits die Cops rief oder doch nicht so sicher mit der Waffe war, wie er schien. Lew blieb, wo er war, still und leise, und hoffte, dass, was auch immer als Nächstes geschah, bald geschehen würde, denn sein vom Unfall angeschlagenes Knie brachte ihn in seiner hockenden Position beinahe um.

Nach einer Weile, die ihm wie Minuten vorkam, erschien endlich die Spitze der Waffe zwischen den Vorhängen. Lew zwang sich zu warten. Erst als die ganze Waffenhand sich durch den Vorhang geschoben hatte, hämmerte Lew mit seiner unverletzten Hand auf die Pistole, sodass der Hautlappen zwischen seinem Daumen und dem Zeigefinger den Hahn der Waffe blockierte. Aus einem Reflex heraus drückte Raiden ab. Der Hahn jagte nach vorne und sank in Lews Fleisch. Er heulte vor Schmerz auf und entriss Raiden die Waffe, wobei er von der Werkbank zu Boden rollte.

„Verdammter Mistkerl! Scheiße! Fuck!" Lew, der schon mehr als einmal angeschossen worden war, hatte noch niemals so unerträgliche Schmerzen verspürt. Er spannte den Hahn wieder und befreite seine Hand.

Raiden war an die Wand zurückgewichen, Furcht und die Waffe in Lews Hand schienen ihn von jedem Fluchtversuch abzuhalten. Lews Wutanfall tobte unvermindert fort und löste etwas in ihm aus, das er schon lange versuchte, begraben zu halten. Er trat einen Stuhl durch den kleinen Raum und wischte mit brüllendem Zorn sämtliche Geräte von der Werkbank und den Tischen. Raiden blieb, wo er war, seine Augen wurden größer und größer, während er zusah. Plötzlich stürzte Lew durch den Raum und drückte Raiden den Lauf der Waffe an die Stirn. Er keuchte ihm heiß ins Gesicht, schwere Atemzüge, die er durch zusammengepresste Zähne hindurchstieß.

So dicht dran war er seit Jahren nicht mehr gewesen. So dicht dran, sich selbst zu vergessen. Die Wut und rohe, sinnlose Gewalt waren auf dem Schlachtfeld eine Notwendigkeit gewesen, aber sie waren ihm auch nach seiner Armeezeit weiter gefolgt.

Alles, was er wollte, war abzudrücken, wieder und wieder. Er wollte einfach so lange schießen, bis sein Frust – und Raidens Schädel – sich aufgelöst hatten. Aber dann wäre er seine selbst erfüllende Prophezeiung geworden, und er würde Emily und Jonathan durch seine eigene Unfähigkeit ihrem Schicksal überlassen. *Nein! Ich bin nicht mehr dieser Mann.*

„Ich will nur. Endlich. Emily. Finden", brachte Lew zwischen stoßartigen, tiefen Atemzügen hervor. Er zwang sich selbst, die Zähne nicht mehr aufeinanderzupressen, wobei sein Schädel vor Anstrengung pochte. Er stolperte ein paar Schritte zurück und tat dann das, was Jonathan an seiner Stelle getan hätte: Er ging ein Risiko ein und vertraute jemand anderem. Er drehte die Waffe in seiner Hand um, sodass er sie am Lauf hielt, und streckte Raiden den Griff entgegen. „Kannst du mir nun helfen oder nicht?"

Kurz darauf sog Lew scharf die Luft durch die Zähne ein, die er diesmal aus einem anderen Grund zusammenbiss. Raiden hatte seine Hand genäht und befestigte gerade die letzte Bandage. Es tat noch immer höllisch weh, doch mittlerweile war der stechende Schmerz einem dumpfen Pochen gewichen. Raiden hatte Lew Whiskey für die kleine Operation angeboten, aber Lew hatte abgelehnt, wofür er von seiner durstigen Leber nun einen ordentlichen Anpfiff erhielt. Er musste klar im Kopf bleiben. Wenn das alles hier vorbei war, ganz gleich, wie es ausging, würde er die Bedeutung des Wortes Sauftour neu erfinden, aber für den Augenblick wählte er lieber die Schmerzen.

„Wo hast du das gelernt?“, fragte er und überprüfte Raidens Werk, während der Elektronikexperte seinen mobilen Operationssaal wieder verstaute.

„Nordkorea“, antwortete Raiden, und seine Stimme verriet, dass er das Thema damit als erledigt erachtete. Lew ließ die Sache ruhen.

Er stand auf und zog seinen Mantel wieder über, wobei er seine gebrochenen und zerschnittenen Hände behutsam durch die Ärmel schob. Raiden händigte ihm das Spürgerät aus, das er in weniger als fünf Minuten zusammengebastelt hatte. Ihm bei der Arbeit zuzusehen war beeindruckend gewesen. Seine Finger waren von Werkzeug zu Bauteil zu Werkzeug geflogen, als würde er gar nicht hinschauen. Das Einzige, was Lew jemals geschafft hatte, was auch nur in die Nähe dessen kam, war damals gewesen, als er auf seinem Höhepunkt eine M-16 in Rekordzeit hatte auseinandernehmen und wieder zusammensetzen können, wieder und wieder.

„Damit finde ich sie?“, fragte er.

„Die Reichweite und Signaldämpfung sind begrenzt. Wenn sie aus der Tri-State Area rausgebracht wurde, fürchte ich, dass du sie nicht mehr finden wirst.“ Lew schaltete das Gerät ein, und ein leuchtender Punkt erschien am unteren Bildschirmrand. Raiden warf einen Blick drauf und sagte: „Sie ist auf dem Weg nach New Jersey.“

„Weißt du, was in der Gegend liegt?“

„Äh, mal schauen. Industriegebiet vor allem. Und ein Privatflugplatz.“

Mist.

Ein Flughafen bedeutete eine Passkontrolle. Falls Direktor Quinn bislang noch nicht gestorben war, dann ganz sicher Lews Abmachung mit ihm.

„Wir könnten ein Problem haben“, sagte Lew und erklärte, weshalb er mit seinem eigenen Ausweis nicht reisen konnte, ohne allzu sehr in die Details zu gehen. Er wusste, dass Raiden sie nicht erfahren brauchte und es verstehen würde. „Kennst du jemanden, der Ausweispapiere …"

„Stell dich an die Wand", meinte Raiden. Lew trat zurück und sah zu, wie Raiden eine Polaroidkamera hervorholte. *Gibt es irgendetwas, was dieser Kerl nicht besorgt?*

Ein paar Minuten später hielt Lew einen neuen Führerschein und einen Reisepass in Händen, die auf den Namen Sven Longren ausgestellt waren. Er drehte die Papiere herum und stieß einen Pfiff aus, beeindruckt von ihrer Qualität.

„Sven?", fragte er schließlich etwas skeptisch.

„Du bist groß und blond … John Wayne", erklärte Raiden mit einem Lächeln.

„Schon verstanden", erwiderte Lew, ebenfalls grinsend.

„Hast du ein Auto?", fragte Lew. Er brauchte ein neues Transportmittel, vor allem, wenn er den Staat verlassen wollte.

„Nein, aber ein Motorrad. Der Helm könnte dir außerdem helfen, aus der Stadt zu kommen, ohne erkannt zu werden."

„Perfekt. Ich weiß gar nicht, wie ich dir danken soll", meinte Lew. Aber Raiden wusste es. Lew überreichte ihm fast sein gesamtes Bargeld und einen Schuldschein über den doppelten Betrag obendrauf, sobald er wieder zurück wäre. Lew hatte kein Problem damit, den Zettel zu unterschreiben – aller Wahrscheinlichkeit nach war er bald eh tot.

Er setzte den schwarzen Helm auf, sattelte das Motorrad und ließ den Motor an. Als er das Gas ein paar Mal aufheulen ließ, gefiel ihm, was er hörte. Jetzt würde er nur halb so lange zum Flughafen brauchen, was immer noch zu spät sein könnte. Der Punkt auf dem Ortungsgerät bewegte sich nicht mehr, und Raiden und eine kurze Suche im Internet hatten bestätigt, dass er auf dem Flughafen zum Stehen gekommen war.

„Danke noch mal", sagte Lew in der kleinen Gasse über das Röhren des Motorrads hinweg.

„Pass auf Emily auf. Sie hat ein gutes Herz, aber dein Helm hat bessere Chancen, da draußen zurechtzukommen“, sagte Raiden. Lew wusste genau, was er meinte.

„Verlass dich drauf“, antwortete er. Er klappte das verdunkelte Visier herunter und trat die Maschine in den ersten Gang. Der Motor jaulte auf, als er durch die dunkle Gasse jagte. Sein Mantel flatterte hinter ihm her wie das Cape eines Superhelden.

39

DRUMMOND FIELD FLUGPLATZ
NEW JERSEY
10:00 Uhr Ortszeit

Lew raste durch den Vormittag, das Dröhnen und Surren des Motors zwischen seinen Schenkeln vertrieb glücklicherweise jede Form von Selbstvorwürfen, die ihm in den Sinn hätten kommen können. Der Verkehr war dicht gewesen, aber Lew hatte sich ohne Probleme hindurchgeschlängelt. Kaum dass er aus der Stadt und über die Staatsgrenze gekommen war, hatte er die Strecke zum Flughafen in Rekordzeit zurückgelegt.

Drummond Field, ein kleiner Flugplatz, der vor allem Frachtflüge abfertigte, lag zu seiner Linken, als er aus einem kurzen Tunnel kam, der hier durch die Hügel gegraben worden war. Ein hoher Maschendrahtzaun umsäumte das Gelände, der Eingang befand sich ein paar Hundert Meter weiter vor ihm. Lew drehte den Gashebel voll auf und konnte sehen, dass auf der Landebahn bereits viel los war. Flugzeuge rollten in jede erdenkliche Richtung, Bodenpersonal in orangefarbenen Westen und mit dicken gelben Ohrenschützern wedelte mit Leuchtstäben herum, um die Maschinen an den richtigen Platz zu dirigieren. Die meisten der Flugzeuge waren mittelgroße Frachtjets, einige davon ohne Markierungen, auf anderen prangten die Logos bekannter Kurier- und Frachtfirmen. Eine Handvoll Privatmaschinen war auf dem Gelände verstreut.

Als Lew durch den Eingang kam und sich den Gebäuden am Fuße des Towers zuwandte, entdeckte er sein Ziel. Die Maschine fiel auf wie ein bunt bemalter Hund – selbst die anderen Piloten und Techniker standen herum und betrachteten den schlanken, mit roten Streifen versehenen Überschall-Jet. Das sportliche Aussehen der Maschine hätte Lew nicht weniger interessieren können, denn als er sein Motorrad gerade auf einem Parkplatz abstellte, begann der Jet auf die Startbahn zu rollen. Lew hängte den Helm auf den Motorradlenker und rannte in den Terminal zum Informationsschalter.

Es war noch früh, und da der Flugplatz ohnehin fast nur Privatmaschinen abfertigte, gab es so gut wie keine Passagiere hier. Was wohl der Grund dafür war, dass der unterbezahlte, langhaarige Junge hinter dem Tresen mehr an seinem Handy interessiert war als an dem, was auf dem Rollfeld los war.

„Hören Sie, das ist ein Notfall. Ich muss an Bord dieses …"

„Wahnsinn", sagte der Mann und deutete nach draußen. Lew folgte seinem Blick und sah, wie der rot gestreifte Jet abhob und sich in die Luft schwang. Das Donnern der Triebwerke ließ das Gebäude buchstäblich erzittern. „Himmel, ist das cool."

Lew hämmerte die Faust so fest auf den Tresen, dass einige Stifte am anderen Ende kurz in die Luft hüpften.

„Äh, geht's uns gut? Ich muss niemanden rufen, der sich um dich kümmert oder so?", fragte der Junge. Er war vom Tresen zurückgetreten und griff nach dem Telefon.

Beruhige dich, Lew. Du kannst niemandem helfen, wenn dein Hintern wieder in den Knast wandert.

„Sorry, Mann. Ich bin locker. Es ist nur …" Lew lehnte sich vor und bedeutete dem jungen Mann, näher zu kommen, um mit ihm ein Geheimnis zu teilen. „Ich werde meinen Job verlieren, wenn mein Boss rausfindet, dass ich vergessen habe, die Probe zu sichern", erklärte Lew beinahe flüsternd.

„Probe?“

„Nichts Ansteckendes oder so. Noch nicht. Aber ich brauche wirklich diesen Job, es war ein schlimmes Jahr, du verstehst? Hab erst vor ’nem Monat meinen letzten Job verloren, dabei waren die ganzen Toten wirklich nicht meine Schuld. Hat sogar das Seuchenzentrum gesagt. Meinst du, das hätte mir den Arsch gerettet? Fehlanzeige, keine Chance.“ Die Augen des Jungen wurden mit jedem Fetzen der Story immer größer, die Lew ihm servierte.

„Was ist das für eine Probe?“, wollte der junge Mann wissen und flüsterte nun selbst.

„Ich hab schon zu viel erzählt, ich will dich nicht in Gefahr bringen. Vielleicht … Nee.“ Lew wandte sich ab, um zu gehen.

„Warte! Vielleicht was? Komm schon, Kumpel, ich kann dir helfen.“

„Hm. Na gut. Also, wenn ich wüsste, wohin das Flugzeug fliegt, könnte ich es vielleicht dort wiedertreffen. Die Ladung sichern, du verstehst?“

„Kein Problem. Ich hab’s direkt hier“, meinte der Junge mit einem Lächeln. Er drückte ein paar Tasten auf seinem Keyboard. „Zwischenstopp in Pensacola, Florida, dann weiter nach Sansibar, Afrika. Oh, du steckst in der Scheiße.“

„Wieso?“, fragte Lew, der bereits jede Information hatte, die er benötigte.

„Das Ding hat Überschall. Die haben schon den halben Weg hinter sich, das kriegst du auf keinen Fall mehr.“

„Habt ihr irgendeinen anderen Flug nach Pensacola, der mich mitnehmen kann? Eine Frachtmaschine oder so?“

„Also, ja, heute gehen etliche raus, aber wie gesagt, du wirst es niemals …“

„Bring du mich auf irgendeinem Notsitz unter, um den Rest kümmere ich mich“, sagte Lew und hielt dem Jungen seine bandagierte Hand hin. Der Junge hinter dem Tresen schüttelte sie.

„Du hast mir gerade den Job gerettet. Vermutlich sogar ein paar Leben. Du bist also so was wie ein Held, Mann."

„Ach", brachte der andere hervor, während er verschämt auf seine Zehen hinabschaute. „Ich versuch nur zu helfen."

„Und der Flug?", fragte Lew und deutete mit dem Kinn auf den Bildschirm.

„Oh, richtig", riss der Junge sich los und machte sich an die Arbeit. Es kostete Lew den letzten Rest seines Bargelds, aber er bekam einen Sitz. Er würde fünfundvierzig Minuten darauf warten müssen, aber wenn er keinen Weg fand, das andere Flugzeug in Pensacola aufzuhalten, wäre es ohnehin sinnlos. Ein Überschall-Jet wäre in wenigen Stunden auf Sansibar, auch wenn er bezweifelte, dass dort das endgültige Ziel lag. Vermutlich lag das echte Ziel dort in der Nähe.

„Hier ist Lew Katchbrow. Ich will ihn sprechen", sagte Lew wenige Minuten später in einen Münzfernsprecher. Dann erklang eine Stimme aus der Leitung, von der Lew nicht erwartet hätte, sie jemals wieder zu hören. „Spar dir die Höflichkeiten. Ich brauche einen Gefallen, und zwar jetzt sofort."

Lew untersuchte seinen Staubmantel, während das Frachtflugzeug drei Stunden nach dem Start etwas holperig in Pensacola aufsetzte. Beim Zusammenstoß mit dem Truck in New York war die linke Seite seines guten Stücks so beschädigt worden, als wäre sie direkt aufgerissen worden. Auf der rechten Seite, unten am Saum, waren zwei Durchschusslöcher. Lew stöhnte. Er hatte den Mantel gerade erst ein paar Tage, und schon war er völlig ruiniert. Und Lew wusste, dass er noch nicht annähernd am Ende seiner Reise war.

Ein paar Minuten später kam das Flugzeug zum Stehen. Er öffnete seinen Sitzgurt und duckte sich an den festgezurrten Kisten und Kartons im Frachtraum vorbei zur hinteren Ladeluke. Ein lauter, metallischer Schlag dröhnte durch den Innenraum, dann begann die Maschine zu beben und zu vibrieren, als sich die gesamte Hinterseite des Flugzeugs langsam aufs Rollfeld senkte. Warme Luft wehte herein und strich durch Lews kurze Haare. Er schloss die Augen und genoss den Moment. Frühling im Nordosten war scheiße, er hatte die ganze Zeit über gefroren. Das hier war ein Klima, mit dem er leben konnte. Selbst die Gerüche nach Kerosin und heißem Gummi beruhigten ihn. Jonathan bezeichnete das immer als seine „Army-Prägung". Lew stoppte sich, bevor er zu sehr darüber nachdachte. Im Augenblick gefiel es ihm nicht, an Jonathan zu denken. Er musste sich auf Emily konzentrieren – und das war etwas, das ihm leichtfiel.

Das sich langsam senkende Flugzeugheck gab einen Blick über den gesamten Flughafen frei. Auf dem Rollfeld hinter dem Flugzeug wartete der Mann, den er angerufen hatte. Er trug einen weißen Leinenanzug, hatte die Arme verschränkt und lehnte am Heck eines glänzenden schwarzen Hummers, beinahe so groß wie das Grinsen, das er im Gesicht trug. Lew stieg die Rampe hinab, sein zerschlissener Mantel flatterte hinter ihm im Wind. Unwillkürlich lächelte er zur Begrüßung. Sie hatten gemeinsam etwas erreicht, was einen für immer zusammenschweißte, ganz gleich, wie unterschiedlich die Persönlichkeiten sein mochten.

„*Ese*", begrüßte Miguel Colero ihn gedehnt. „Du siehst wie ein verdammter Cowboy aus." Noch immer konnte Lew sich nur schwer mit seinem Latino-Akzent anfreunden, und ein Teil von ihm würde wohl immer Mickey King in ihm sehen.

„Wirklich unauffällig", meinte Lew und musterte das gigantische Auto hinter dem kleinen Colero. Sie schüttelten sich die Hände, und beide Männer drückten fester zu, als es notwendig gewesen wäre. „Nichts Größeres gefunden?"

„Ich bin wieder da, und die Leute müssen das wissen. Vertrau mir, *ese*, mit diesem Ding wissen sie es."

„Das wette ich. Als ich anrief, war ich mir nicht mal sicher, ob du noch lebst. Um deine Konkurrenz hat sich jemand gekümmert, nehme ich an?"

„Jawohl, und es gibt ein paar sehr fette und glückliche Alligatoren, die das bestätigen können." Mehr musste Lew nicht wissen. Und da ihr Small Talk damit beendet war, kam er zum Geschäftlichen.

„Du hast das Flugzeug aufgehalten?", fragte er.

„*Sí.* Aber es war nicht leicht, besonders mit deiner ‚Keine Toten'-Bedingung. Mit wem auch immer du dich hier anlegst, er hat ein paar fähige Männer."

„Aber die Maschine ist hier."

„*Sí.* Auf der anderen Seite dieses Gebäudes. Aber wir müssen jetzt sofort los."

Sie fuhren zur Rückseite des Gebäudes, und als sie um die Ecke bogen, entdeckte Lew den Überschall-Jet. Sie waren in einer abgelegenen, schlecht einsehbaren Ecke des Flughafens, und Colero brachte den Hummer am Rande des Rollfelds zum Stehen.

„Wo ist die Crew?"

„Im Gebäude, aber sie sind ziemlich sauer. Besonders der Australier. Er hat sich erst beruhigt, als er telefonieren durfte."

„Wen hat er angerufen?"

„Keine Ahnung."

„Ihr habt keine Frau an Bord gefunden?"

„Nein, nur zwei Männer, darunter der Pilot. Aber wir haben nur so getan, als würden wir es durchsuchen, als sie von Bord waren."

Lew musterte die Maschine einen Augenblick und versuchte, seine Sorge zu verbergen. Sie musste noch an Bord sein. Außer … nein, wenn sie die Maschine bei Überschallgeschwindigkeit geöffnet hätten, wäre sie in Fetzen gerissen worden. Sie war definitiv noch an Bord. Ob lebendig oder nicht, war eine andere Frage.

„Habt ihr meine Spielzeuge dabei?“, fragte Lew, als er beschloss, mit seinem ursprünglichen Plan fortzufahren.

„Genau hier, *ese*“, antwortete Colero und öffnete ein Fach zwischen den Sitzen. Er zog zwei Pistolen und ein paar Ersatzmagazine heraus und reichte sie Lew. Der steckte alles ein und schob die Waffen in seine leeren Holster. Er hatte in New Jersey wirklich verdammt viel Glück gebraucht, und unter keinen Umständen wäre er in irgendeine Maschine gekommen, wenn er seine Waffen mitgenommen hätte.

„Okay, zehn Minuten nachdem ich an Bord gegangen bin, lasst ihr sie laufen“, erklärte Lew. Er hielt ihm die Hand hin und Colero schüttelte sie. „Jetzt sind wir quitt, Bruder.“ Colero drückte fest zu und ließ nicht los. Lews Nähte schmerzten unter dem Druck.

„An *quitt* sind wir vorbeigerauscht, als du mich gebeten hast, die DEA das Flugzeug aufhalten zu lassen, ganz zu schweigen von den Kanonen, *ese*.“

„Die Antidrogenbehörde? Das waren nicht deine Jungs?“

„Meine Jungs können kein Flugzeug aufhalten. Hast du je von der Transportsicherheitsbehörde gehört?“

„Also sind das echte DEA-Agenten. Und die arbeiten für dich.“

Colero sah ihn nur an und bestätigte die Aussage weder, noch leugnete er sie. Innerhalb eines Wimpernschlags wechselte sein Blick von freundlich zu bedrohlich.

„Was willst du?“, fragte Lew.

„Wenn du getan hast, was auch immer für eine Pfadfindersache du da am Laufen hast, will ich nur eines von dir.“

„Das wäre?“

Wenn er sagt, meine Seele, schieße ich ihm ins Gesicht.

„Den Flitzer“, antwortete Colero und deutete mit dem Kinn auf den rot gestreiften Überschall-Jet. Lew zögerte keine Sekunde.

„Deal."

Colero lächelte und ließ los. Sofort wurde sein Blick wieder weicher. „*Buena suerte*", sagte er und wünschte Lew damit viel Glück.

Lew stieg aus dem Hummer aus und ging, nachdem er die Umgebung in Augenschein genommen hatte, hinüber zum Flugzeug. Er dachte darüber nach, was er gerade versprochen hatte. Wenn er die Sache überstand, würde er den ersten Überschall-Drogendealer der Welt erschaffen. Aber in Wirklichkeit war ihm klar, dass er sich glücklich schätzen konnte, wenn er mit seinem Leben aus der Sache herauskam, ganz zu schweigen von dem Flugzeug.

Er schlüpfte an Bord und stellte nach ein paar kurzen Blicken fest, dass die Maschine tatsächlich leer war. Natürlich wusste er aus all den Jahren, in denen Jonathan und er Kunstobjekte um den ganzen Planeten geschmuggelt hatten, dass etwas nicht unbedingt leer war, nur weil es so aussah. Es kostete ihn nur ein paar Minuten, die versteckte Öffnung im Boden zu finden. Er hob die Vertäfelung an – wohl wissend, dass ihm nur noch knapp fünf Minuten blieben – und spürte, wie seine Brust sich zusammenzog. Dort war sie. Emily war gefesselt, geknebelt und trug eine Augenbinde.

Er wollte sie herausheben und sofort hier wegrennen, aber wenn er das tat, wäre Jonathan verloren. Es gab noch immer die Möglichkeit, dass sie gar nicht dorthin fliegen würden, wo Jonathan war, aber dies war Lews einzige Hoffnung, überhaupt in seine Nähe zu kommen.

Lew fand, dass die Augenbinde Emily nur noch hübscher machte, wenn das überhaupt möglich war. *Sie ist vermutlich fast verrückt vor Angst*, dachte er. Ihm blieb nur ein kurzer Augenblick, aber er wollte sie wenigstens ein bisschen beruhigen. Sie wissen lassen, dass er da war und ihr nichts zustoßen würde. Er beugte sich hinab, dicht an ihr Ohr.

„Alles ist gut – Au!" In dem Augenblick, in dem sie eine Stimme neben ihrem Ohr gehört hatte, hatte Emily ihren Kopf nach vorn gestoßen und Lew mit einer Kopfnuss direkt über dem Auge erwischt. „Jesus, ich bin's, Emily. Lew."

Er rieb sich die Beule, die bereits über seinem Auge wuchs, und schaffte es, sie zu beruhigen, bevor er ihr erklärte, dass sie noch eine Weile dort sitzen bleiben musste. Zunächst wehrte sie sich und begann, sich in ihren Fesseln zu winden, aber schließlich beruhigte sie sich, als er ihre Hände in seine nahm.

„Ich verspreche, dass ich auf dich aufpasse, aber im Augenblick musst du still sein, oder die ganze Sache geht in die Hose."

Dann setzte Lew das falsche Bodenstück wieder ein, schaute aus dem Fenster und entdeckte die Männer, die das Gebäude nebenan verließen. Die Zeit war um.

Echte Schmuggler hatten stets mehr als nur ein Versteck, so viel wusste Lew, und so suchte er am Heck des Flugzeugs weiter. Ihm blieben nur noch Sekunden, als er mit den Fingern unter ein Stück Wandvertäfelung fasste, das er lösen konnte. Dahinter lag ein winziger Hohlraum. Es würde ein unbequemer Flug werden, aber er würde hineinpassen.

Er quetschte sich in den Hohlraum und zog das Wandstück hinter sich wieder an seinen Platz. Die Haken, die es an seinem Platz hielten, rasteten exakt in dem Augenblick mit einem leisen Klicken ein, als er auf der anderen Seite Stimmen vernahm. Er lehnte sich zurück, machte es sich so bequem wie möglich und zog dann eine seiner Waffen hervor. Er versicherte sich, dass sie geladen war, holte das Magazin hervor, um zu sehen, ob genügend Kugeln im Magazin steckten, und ließ es dann wieder im Griff einschnappen. Mit einem Seufzer richtete er die Waffe auf die Wandabdeckung vor sich und wartete.

40

TARTARUGA ISLAND

21:30 Uhr Ortszeit

Sophia saß im hinteren Teil ihres Labors auf dem Boden und streichelte sanft Lucys zuckendes Köpfchen. Ihr war klar, dass Lucy im Augenblick, ohne Medikamente, vielleicht nicht einmal etwas von dieser tröstenden Geste spürte, aber die Streicheleinheiten waren auch nicht wirklich für Lucy.

Die Labortür summte und verriet Sophia, dass jemand seine Schlüsselkarte benutzt hatte, um sie zu öffnen. Sie stand schnell auf und brachte Lucy zurück in ihren Käfig, bevor sie sich an einen der Arbeitsplätze stellte und so tat, als sei sie beschäftigt. Kurz darauf kamen Nathan und Lara herein. Nathan saß in seinem Rollstuhl und hatte eine Metallkassette auf dem Schoß liegen.

„Sophia?", rief Nathans elektronische Stimme. „Da bist du", sagte er, als sie hinter ihrem Arbeitsplatz hervortrat.

„Es ist schwer, irgendwo anders zu sein, mit deinem Wachdienst vor der Tür", erwiderte Sophia. Lara rollte mit den Augen, tat aber sonst nichts. Keine abfällige Bemerkung, kein spöttischer Kommentar. Und sie blickte immer wieder zu Nathan hinüber. Sie wirkte unruhig auf Sophia. Beinahe nervös. Ein Zustand, in dem Sophia sie nur selten erlebt hatte.

„Ich möchte, dass du eine DNS-Analyse der Augen in dieser Kassette durchführst", sagte Nathan. Lara nahm den Behälter von seinem Schoß und legte ihn auf den Tisch. „Ich werde schon bald eine weitere Probe haben, die du ebenfalls analysieren musst, bevor du beide miteinander vergleichst. Stell sicher, dass sie beide vom selben Spender stammen. Wenn alles gut geht, musst du ein weiteres Serum anfertigen. Das *letzte* Serum."

„Das letzte Serum?", wiederholte Sophia. Sie wusste, was das bedeutete. „Wie kannst du dir sicher sein, dass ..."

„Ich bin mir sicher. Das ist alles, was du wissen musst."

„Wer ist der Spender? Woher kommen die Augen, und weshalb hast du die andere Probe noch nicht?", fragte Sophia.

„Mach dir keine Gedanken um die Details, kümmere dich einfach nur um die Wissenschaft", antwortete er.

„Augenblick mal", sagte Sophia, als Nathan mit Lara direkt hinter sich davonrollen wollte. Er blieb stehen und schwenkte noch einmal zu ihr herum. „Ich will wissen, was hier vor sich geht." Sie hätte sich gewünscht, dieses Gespräch allein mit ihm zu führen. Sie spürte Laras brennenden Blick auf sich ruhen.

„Sophia, du erfährst alles, was du wissen musst, genau wie immer. Du weißt, ich bin ein viel beschäftigter Mann und habe keine Zeit, alles und jede Einzelheit zu erklären. Jetzt geh an die Arbeit, dir bleibt nicht viel Zeit."

„Das reicht mir nicht", erwiderte Sophia und trat einen Schritt vor. Ihre vor Kurzem gemachten Entdeckungen befeuerten ihren eher untypischen Mut, sich ihm entgegenzustellen. Es war ein so untypisches Verhalten für sie, dass sowohl Nathan als auch Lara einen Schritt zurückwichen. „Du findest die Zeit, Lara alles zu erklären. Ich bin ... genauso sehr deine Tochter wie sie." Ihre Stimme brach ein wenig, aber sie räusperte sich und bekam sich schnell wieder in den Griff.

„Oh, bitte, Sophia. Spiel deine Spielchen in deiner Freizeit, wir haben hier wirklich Wichtigeres zu tun", sagte Lara.

„Und was ich tue, ist nicht wichtig? Aber eigentlich ist es auch egal. Wo ist Jonathan? Und um Himmels willen, warum ist seine Tochter hier? Und wieso wurde ich nicht zum Abendessen eingeladen? Worüber habt ihr gesprochen, wovon ich nichts wissen darf?" Die Fragen schossen aus ihr heraus, als würde sie sich übergeben. Sobald sie erst einmal angefangen hatte, konnte sie nicht mehr aufhören, und sie kamen immer schneller und schneller. „Und die Wachen – seit wann steht ein Wachposten vor meinem Labor? Ich habe dir die Neuro-Blocker gegeben. Soll er mich beschützen oder aufpassen, dass ich hier drinbleibe? Ich verstehe nicht, wieso …"

Lara trat vor und schlug ihrer Schwester ins Gesicht. Hart. „Reiß dich zusammen. Du benimmst dich wie eine Idiotin. Tu, was dir gesagt wird", schimpfte sie.

Das war der Tropfen, der für Sophia das Fass zum Überlaufen brachte. Ihre Anspannung, Angst und Wut schossen empor und durch ihre Faust aus ihr hinaus, mit der sie Lara direkt ins Gesicht schlug. Laras Kopf flog nach hinten, und sie taumelte, bevor sie sich wieder fing.

„Du kleine Schlampe!" Lara stürzte sich auf sie, aber Sophia war darauf vorbereitet.

„Hört auf. Lasst das", sagte Nathan und rollte nach links, um den kämpfenden Frauen nicht in die Quere zu kommen. Dabei schien er mehr Wert darauf zu legen, die Probe zu schützen, als die beiden davon abzuhalten, einander zu verletzen.

Die beiden hatten sich gegenseitig in einem Klammergriff an den Schultern gepackt und wirbelten herum, ein flatternder Schemen aus Schwarz und Weiß. Lara war besser trainiert und größer, Sophia aber trumpfte mit Furcht und Wut auf, eine mächtige Kombination. Sie tanzten durchs Labor, krachten gegen Tische und Computer, ließen Gläser und Flaschen zu Boden stürzen, wo sie scheppernd zerbarsten. Dann gewann Lara die Oberhand, und sie trudelten in die andere Richtung und warfen noch mehr Glas zu Boden. Sie waren dabei, das Labor zu zerstören, was für Sophia beinahe so befriedigend war wie die Vorstellung, Lara zu erdrosseln.

„Hört auf. Hört auf, euch wie Kinder zu benehmen. Lara. Sophia. Schluss jetzt“, warf Nathan erneut dazwischen und rollte mit seinem Stuhl hierhin und dorthin, um dem durchdrehenden Derwisch auszuweichen, der durchs Labor fegte.

„Ich hasse dich! Du bist eine schwache, jämmerliche Idiotin!“, schrie Lara, während sie kämpften.

„Wenigstens schlafe ich nicht mit Thomas, um Vaters Geheimnisse zu erfahren!“, schrie Sophia zurück. Es war nur geraten – Thomas war mehr als einmal in ihr Labor gekommen und hatte nach Laras Parfüm gestunken –, aber Laras Reaktion verriet ihr, dass sie voll ins Schwarze getroffen hatte.

Lara jaulte auf, als ihr Geheimnis direkt vor Nathan ans Licht kam – Nathan selbst wurde still, als er es hörte. Lara zischte: „Ich bring dich um, du undankbare Schlampe!“ Sie sprang vor, die Augen wild aufgerissen vor Wut. Sophia wich dem Angriff im letzten Augenblick aus, aber Lara hatte so viel Schwung in ihren Vorstoß gelegt, dass sie nicht mehr stoppen konnte. Sie krachte mit dem Gesicht voran gegen den Arbeitstisch. Eine Gischt aus Blut schoss in die Luft, dann sackte Lara benommen zusammen und fiel zu Boden.

Sophia nutzte die Gelegenheit und sprang ihrer Schwester auf den Rücken. Sie hakte einen Arm um Laras Kehle. Beide Frauen schnitten sich schwer an dem überall am Boden herumliegenden Glas.

„Wem soll ich dankbar sein? Dir?“, verlangte Sophia zu erfahren. Sie hatte ihre Schwester im Würgegriff, die sich keinen Deut rühren konnte.

„Ich bin nicht diejenige, die an die Universität geschickt wurde. Ich bin diejenige, die hierbleiben musste. Ich bin diejenige, die …“ Lara ließ den letzten Satz unvollendet und zerrte stattdessen an Sophias Arm, im Versuch, sich zu befreien.

Sophia griff nach unten und nahm ein langes, spitzes Stück gesplittertes Glas auf, das sie Lara an den Hals drückte.

Alle wurden sehr still.

„Tu es", zischte Lara. „Töte mich, dann wirst du vielleicht sehen, wer Vater wirklich ist."

Aber sie wusste es bereits. Oder nicht? Es war egal, Sophia konnte es nicht tun. Während sie die Scherbe an Laras Hals drückte und sich selbst die Handflächen aufschnitt, bis Blut ihren Arm hinablief, wurde ihr klar, dass es im Grunde gar nicht Lara war, die sie hasste.

Dieses Zögern war alles, was Lara brauchte.

Ganz plötzlich griff sie nach der Scherbe und warf sich nach hinten. Sie stieß Sophia um, direkt gegen Nathans Stuhl, der mit lautem Gepolter umstürzte und Nathan mit ausgestreckten Gliedern zu Boden warf.

Der Anblick des hilflosen Nathan, der auf dem Boden herumzuckte, ließ beide Frauen ihren Kampf vergessen. Sophia rief nach der Wache vor der Tür, und gemeinsam hievten sie Nathan wieder in seinen Rollstuhl. „Mach dich sauber", sagte Nathan schließlich zu Lara. „Wir haben nicht viel Zeit."

„Aber Vater …"

„Jetzt."

Lara drehte sich zum Gehen um, aber vorher lehnte sie sich noch zu Sophia hinüber und zischte: „*Ich* hätte keine Sekunde gezögert." Dann warf sie ihr knochenweißes Haar zurück und stampfte aus dem Labor, in den Händen noch immer die blutige Scherbe, die beinahe ihr Leben beendet hätte.

„Verbinde deine Hand, und analysiere dann die Augen. Wir müssen vorbereitet sein." Bevor Sophia noch ein Wort sagen konnte, drehte Nathan sich um und rollte mit der Wache an seiner Seite hinaus.

Sophia wusch sich die Wunde in ihrer Hand über einem der Waschbecken des Labors aus und wickelte Gaze darum, um die Blutung zu stoppen. Dann fegte sie so viel Glas auf, wie sie konnte, und machte das Labor wenigstens wieder so weit sauber, dass sie darin arbeiten konnte. Bevor sie mit der DNS-Analyse beginnen konnte, stieg die Anspannung in ihr wieder an, aber statt Wut spürte sie dieses Mal nur Verzweiflung und Einsamkeit. Sie rollte sich neben einem der Tische auf dem Fußboden zusammen und weinte. Sie weinte nicht nur, weil sie hier gefangen war, sondern um den Verlust eines Vaters, den sie nie wirklich gehabt hatte. Sie weinte um ihre Schwester – nicht Lara, aber das Mädchen, das sie einmal gewesen war und das schon seit langer Zeit tot und begraben war. Und sie weinte um ein kleines Mädchen, das sie noch nicht einmal getroffen hatte, das sie nur aus der Ferne durch die Augen eines besorgten Vaters erblickt hatte. Sie weinte um sie alle, aber vor allem weinte sie, weil es guttat und nur ihr gehörte. Ihr ganz allein.

Sie waren beide verrückt. Sie wusste nicht, was für ein kleines Projekt Lara und Nathan durchführten oder wer den Preis zahlen würde, aber sie wusste, was am Ende herauskommen würde: Nathans Leben. Und sie wusste, dass die beiden alles tun würden, um das zu erreichen. Selbst wenn das bedeutete, ein kleines, unschuldiges Mädchen in Gefahr zu bringen.

Das letzte Serum.

Falls das irgendwie möglich wäre, dann fragte Sophia sich, was aus ihr werden würde, wenn Nathan keine Medizin mehr bräuchte. Sie war ziemlich sicher, dass er die Forschungsarbeiten, die in den Kring Laboratories und von Sophia durchgeführt worden waren, nur aus dem Grund geheim gehalten hatte, dass er damit Geld verdienen wollte, wenn die Arbeit abgeschlossen war. Aber auch wenn er die Forschungsergebnisse brauchte, was war mit ihr? Welche Aufgabe hätte sie noch, wenn die Arbeit erst einmal abgeschlossen war? Wenn sie nicht daran arbeitete, ihn zu retten, dann wusste sie nicht einmal sicher, wer sie überhaupt war. Ein Teil von ihr fürchtete sich, dass sie dann einfach aufhören würde zu existieren.

Nachdem sie sich ausgeweint hatte, überkam sie eine seltsame, körperliche Ruhe, doch ihr Verstand taumelte weiter durch ihre Gedanken. Sie brauchte Arbeit, etwas, das sie beschäftigte, also stand sie auf, wusch sich das Gesicht und nahm dann die Augen, die Nathan ihr gebracht hatte, mit zur DNS-Analyse-Station. Sie verwendete schon seit Monaten die von FBI-Wissenschaftlern entwickelte Schnelltest-Methode für eine DNS-Analyse. Der Test würde nur wenige Stunden benötigen, aber das brauchte Nathan nicht zu wissen. Sophia hatte Pläne.

Sie vermischte eine Flüssigkeitsprobe aus den Augen mit einer bestimmten Chemikalie und injizierte das Gemisch auf den Analyse-Chip, der die Ausmaße einer großen Briefmarke hatte. Dann steckte sie den Chip in den Tester, ein per USB-Kabel an ihren Laptop angeschlossenes Gerät, das wie ein kleiner Tintenstrahldrucker aussah. Sie startete das Testprogramm und lehnte sich zurück, um auf die Ergebnisse zu warten. Es kostete sie nur ein paar Minuten, ihre Entscheidung zu treffen.

Wenn ihre Arbeit abgeschlossen war, würde sie die Insel mit den Forschungsergebnissen verlassen. Nicht nur mit denen, die sie selbst erarbeitet hatte, sondern mit *allen*. Sie war fertig mit diesem Wahnsinn. Es war an der Zeit, anderen zu helfen. Und sie würde bei einem kleinen, verängstigten Mädchen ein paar Etagen über ihr beginnen.

„Ist es wahr?“

Lara war so in ihrer Wut versunken, nachdem sie Sophias Labor verlassen hatten, dass sie gar nicht mitbekommen hatte, wie Nathan in ihr Zimmer gerollt war. Sie drehte sich um und sah ihn an.

„Ja“, antwortete sie. Sie hatte darüber nachgedacht, Sophias Vorwurf zu leugnen, aber einer der Vorteile von allem, was Nathan ihr kürzlich in seinem Büro erzählt hatte, war der, dass jetzt alle Abmachungen, die darüber hinausgingen, ihm das Leben zu retten, vom Tisch waren.

„Seit wann?"

„Fast ein Jahr", erklärte sie. Nathan schwieg und schien es kaum über sich zu bringen, sie anzuschauen.

„Liebst du ihn?"

„Wäre das von Bedeutung? Ich weiß, was getan werden muss", sagte Lara. Selbst vor seiner Krankheit war ihr Vater einer der stolzesten und eitelsten Männer gewesen, die sie je getroffen hatte. Es war nur logisch, dass er niemanden um sich herumhaben wollte, der ihn in seinem schwächsten und verwundbarsten Moment erlebt hatte, aber es war eine lange Krankheit geworden, und die Liste an Zeugen war mindestens ebenso lang. Doch sie wusste, dass ihre kleine Offenbarung Thomas' Namen gerade ans oberste Ende dieser Liste geschossen hatte.

„Es wird andere geben", sagte Nathan. „Männer von besserem Stand. Männer, die einer Kring-Frau würdig sind." Sie wusste, dass er von sich selbst sprach.

„Du hast recht", sagte sie.

„Wenn er aus Australien zurückkehrt, werden wir wissen, ob es so weit ist. Besser, du legst dich vorher noch etwas hin."

Lara zwang sich zu einem Lächeln, trat vor und gab ihm einen Kuss auf die Wange. „Ich werde bereit sein."

41

IRGENDWO ÖSTLICH VON SANSIBAR, AFRIKA

01:30 Uhr Ortszeit

Drei Minuten nachdem die Stimmen in der Ferne verklungen waren, trat Lew die Wandverkleidung weg und rollte aus seinem Versteck auf den Boden des Flugzeugs. So lange hatte er nicht mehr in der Fötushaltung verharrt, seit er in Windeln gesteckt hatte, und jetzt war er noch übellauniger als damals. Er ächzte, als er endlich wieder Beine und Rücken gerade strecken konnte und dumpfe, knackende Geräusche aus seinen Gliedern und alten Wunden drangen. Er rollte den Kopf von einer Seite zur anderen und sah sich im Flugzeug um.

Es war leer, und Mondlicht schien durch die winzigen Fenster und die offene Tür herein. Die Luft roch salzig und feucht, Schweiß trat ihm auf die Oberlippe. Er wischte ihn mit dem Handrücken fort und stand auf.

Durch die Fenster auf einer Seite des Flugzeugs erkannte Lew das Rollfeld und einen angrenzenden Dschungel, der von den Landelichtern erhellt wurde. Auf der anderen Seite erkannte er ein kleines Nebengebäude und eine gepflasterte Straße, die über eine Hügelkuppe führte und in der Landschaft verschwand. Er konnte außerhalb der Maschine niemanden entdecken. Aus Sorge, zu spät zu sein, eilte er zu der falschen Bodenvertäfelung und hob sie an. Er atmete erleichtert aus, als er sah, dass Emily noch immer gefesselt, aber lebendig darunterlag.

Klick.

Ohne Vorwarnung öffnete sich die Cockpittür. Lew erstarrte. Der Pilot war noch immer an Bord und blickte auf irgendetwas auf seinem Instrumentenbord, während er die Tür aufzog, deshalb hatte er Lew bisher noch nicht entdeckt. Lew ließ die Bodenplatte vorsichtig wieder los und kroch geduckt drei Schritte tiefer ins Flugzeug zurück, wo er lautlos hinter zwei der großen Ledersessel rollte. Er konnte nicht sicher sein, dass er nicht entdeckt worden war oder dass der Pilot nicht bis hier hinten kommen würde, also zog er eine seine Pistolen und spannte den Hahn, bevor er die Mündung auf den Punkt richtete, an dem jeden Augenblick der Pilot in sein Blickfeld kommen müsste.

Lew atmete langsam und gleichmäßig, bis das einzige Geräusch, das sein Körper machte, das Pochen des Blutes in seinen Ohren war. Er lauschte darauf, ob sich der Pilot näherte, und hörte, wie die Cockpittür geschlossen wurde. Dann folgten Schritte auf dem tiefen Teppich des Fliegers – die in seine Richtung führten. Der Pilot erreichte Lews Versteck und trat voll in sein Sichtfeld.

Er wandte Lew den Rücken zu und blickte durch die Fenster auf der anderen Seite des Flugzeugs. Lew brachte einen winzigen Hauch mehr Druck an den Abzug, als er hörte, wie der Motor eines Wagens sich näherte. Wenn er jetzt schießen musste, würde das jeden in der Nähe alarmieren. Er dachte darüber nach, den Piloten einfach zu überrumpeln, aber der Umfang der Arme und die Anzahl der Gefängnis-Tattoos des Mannes zeigten Lew, dass es weder ein kurzer noch ein leiser Kampf werden würde. Alles, was er tun konnte, war warten.

Das Quietschen von Bremsen.

Das Knallen einer Autotür.

Das Scheppern einer Ladeklappe, die heruntergelassen wurde.

Jedes Geräusch brachte Lews Finger nur noch dichter an den Punkt, endlich abzudrücken. Und die ganze Zeit über starrte der Pilot durch das Fenster.

„Dieter! Schaff deinen Arsch hier raus und hilf mir!", rief eine Stimme.

„Ach, leck mich, verdammt", murmelte der Pilot. Er drehte auf dem Absatz um und stampfte zurück in den vorderen Teil des Flugzeugs.

Lews Finger am Abzug entspannte sich, und er legte sich den kalten Lauf an die Stirn, während er es wieder wagte zu atmen.

Er ging in die Hocke und lugte so durchs Fenster, dass man ihn nicht sehen konnte. Der Pilot erreichte gerade den Mann, der ihn gerufen hatte, ein großer, blonder Kerl mit Militärerfahrung, hinter dem ein ramponierter Pick-up-Truck stand. Zwei uniformierte Wachen standen daneben und flankierten eine große, dürre Gestalt, die einen schwarzen Sack auf dem Kopf trug. Lew erkannte Jonathan sofort an Statur und Kleidung.

„Jawohl!", stieß er deutlich lauter als geplant aus. Er konnte nicht anders, die Erleichterung jagte durch ihn wie eine Dosis Morphin, die seine Schmerzen linderte. Die Erinnerungen an ihr erstes Aufeinandertreffen drohten ihn abzulenken, aber es gelang ihm, sie beiseitezuschieben und sich zu konzentrieren. Denn sie waren noch nicht aus dem Schneider. Noch lange nicht.

Lew beobachtete, wie die Männer eine Minute lang stritten, bevor der Pilot auf die Ladefläche des Fahrzeugs griff und einen großen Metallkoffer aufnahm. Die Kiste sah schwer aus. Der Blonde übernahm Jonathan von den Wachen, und gemeinsam kehrten sie zum Flugzeug zurück.

„Ah, shit", fluchte Lew und steckte seine Waffe weg. Seine Flugreise war offensichtlich noch nicht vorbei. Er drehte sich um und eilte zurück zu seinem Versteck. Die Wandverkleidung lag noch immer auf dem Boden, und es war ein Wunder, dass der Pilot sie nicht entdeckt hatte. Oder hatte er? „Scheiße!"

Wenn der Pilot die Klappe gesehen hatte und schlicht davon ausgegangen war, dass sie sich während des Fluges gelöst hatte, würde es nur auffallen, wenn Lew sie jetzt wieder an ihren Platz hängte. Und wenn er sie nicht bemerkt hatte und Lew sie einfach liegen ließ, könnte das die anderen dazu bringen, das Flugzeug zu durchsuchen.

Lew entschied, dass er es nicht riskieren konnte, das Stück Wandvertäfelung wieder anzurühren. Er ließ es auf dem Boden liegen und schaute sich nach einem anderen Versteck um. Vor Verzweiflung zog er sogar die Tür zur Bordtoilette auf. Sich hier drin zu verstecken brachte einige offensichtliche Probleme mit sich, aber zu seinem Glück musste er sich darüber keine Gedanken machen. An der hinteren Wand der Toilette gab es eine zweite Tür. Er schloss die erste hinter sich und öffnete die andere, die direkt in den Gepäckraum des Flugzeugs im Heck führte. *Jackpot!*

Lew trat ein und schloss leise die zweite Tür hinter sich. Der Gepäckraum war vollkommen leer, sah man von einer nicht aufgeblasenen Rettungsinsel ab, die mit Klettgurten an der Wand hing. An der anderen Wand hing, im Augenblick gesichert, solange es nicht genutzt wurde, ein Frachtnetz. Es gab keinen Ort, an dem Lew sich hätte verstecken können, falls jemand durch die Tür hereinkam.

Ein paar Minuten später spürte Lew, wie die Turbinen des Flugzeugs wieder zum Leben erwachten. Nachdem sie aufgewärmt waren, begann das Flugzeug zu rollen. Es drehte sich und schien sich auf den Start vorzubereiten. Genau in diesem Augenblick erkannte Lew, dass noch etwas im Frachtraum fehlte – Sitzgurte. Die Turbinen jaulten immer lauter und schriller auf, in dem nicht schallgeschützten Laderaum hallte der Lärm so mächtig wider, dass Lew spürte, wie seine Füllungen wackelten. Endlich spürte er, wie das Flugzeug vorwärtsrollte, erst langsam, dann schneller und schneller. Lew stand breitbeinig da und versuchte, die Balance zu halten.

Hey, ist ja gar nicht so …

Der Pilot schaltete die Überschall-Turbinen auf volle Kraft, und das Flugzeug flog nach vorne wie eine Kanonenkugel. Die unglückselige Newtonsche Physik ließ Lew exakt dort ruhen, wo er war, und nur das Flugzeug um ihn herum beschleunigen, und auch wenn er dachte, dass er in das Heck des Laderaums krachen würde, war es in Wirklichkeit genau andersherum.

Das Flugzeug durchbrach die Schallmauer, und in der Sekunde, in der der Druck und der Knall von außen in den Laderaum krachten, verließ Lew der Darminhalt, und er verlor das Bewusstsein.

SECHSTER TEIL

MITTWOCH

42

CANTON GEORGES LANDSITZ FÜNFZIG KILOMETER NÖRDLICH VON SYDNEY, AUSTRALIEN

00:30 Uhr Ortszeit

„Desorientiert“ hätte es nicht einmal annähernd beschrieben, wie Jonathan sich fühlte. Mit einem Pochen im Schädel, das klang, als würde ein Kind mit einem Hammer auf eine Stahltonne einprügeln, zog er sich den Sack vom Kopf und öffnete die Augen. Er erblickte eine wilde und wundersame, von Mondlicht erhellte Welt. Offensichtlich war er tief in irgendeiner Art von Dschungel, aber das war kein Dschungel, wie Jonathan ihn je zuvor gesehen hatte. Und das sollte etwas heißen.

Grüne Farben, so satt und tief, dass sie beinahe schwarz erschienen, beherrschten das fremdartige Laubwerk um ihn herum. Seltsam geformte Bäume reckten sich dem Himmel entgegen, deren Wurzeln knöcheltief in etwas steckten, das wie riesige Farne aussah. Ein Bach gluckerte in einer mäandernden Linie durch die schmale Lichtung und gab der Umgebung einen beinahe idyllischen Touch.

Jonathan berührte seinen Hinterkopf und fühlte bereits die zweite Beule, die sein australischer Freund ihm hinterlassen hatte. Nachdem man ihn in etwas abgeladen hatte, wovon Jonathan vermutete, dass es ein Flugzeug gewesen war, hatte sich der Australier herübergebeugt und durch den schwarzen Sack hindurch gemurmelt: „Ein Mal noch, Arschloch.“ Dann hatte

Jonathan für einen Augenblick Schmerz im Nacken aufflammen gespürt und das Bewusstsein verloren. Für den Augenblick schob er Schmerzen und Wut zur Seite. Am Rande der Lichtung stand ein riesiger Metallkoffer, der hier herausstach wie ein Stein in einem Karton voller Eier. Er stand auf seinem schmalen Ende, und obendrauf saß ein aufklappbarer DVD-Spieler. Ein kleines gelbes Post-it war an den Bildschirm geklebt, auf dem nur zwei Worte standen: *Guck mich.*

Aber der bizarrste Anblick in dieser tropischen Oase war das, was zu seinen Füßen lag. Emily Burrows kämpfte gegen ihre Fesseln und gab von Zeit zu Zeit ein sanftes Stöhnen von sich.

Wie zur Hölle kann sie noch leben?

„Miss Burrows, Sie müssen versuchen zu stehen. Schaffen Sie das?“, fragte Jonathan, nachdem er ihre Fesseln gelöst und sie von Knebel und Augenbinde befreit hatte. Er wartete nicht auf ihre Zustimmung, sondern legte ihren Arm um seine Schultern und half ihr vorsichtig beim Aufstehen. Sie musste deutlich länger verschnürt gewesen sein als er, denn sie konnte nur mit Mühe ihre Beine unter sich behalten.

Jonathan half ihr, am Ufer des Bachs ein wenig auf und ab zu laufen, was zunächst eher bedeutete, dass er sie hinter sich herzog, aber schließlich gelang es ihr, selbst die Beine zu benutzen. Nach ein paar Minuten stieß sie sich von Jonathan ab und stand auf ihren eigenen Füßen.

„Was ist passiert? Wo sind wir?“, wollte sie wissen. Sie klang noch immer benommen. Jonathan überprüfte die Wasserqualität – eine hochkomplexe Technik, die erforderte, dass er einen Schluck davon probierte. Es schien in Ordnung zu sein, süß und kühl. Er nahm ein wenig mit der Hand auf und befeuchtete damit Emilys Gesicht. Als das kalte Wasser ihre Nerven erreichte, starrte sie ihn plötzlich schockiert an. „Oh mein Gott!“, rief sie und trat mit weit aufgerissenen Augen etwas zurück.

„Bleiben Sie ruhig", sagte Jonathan.

„Aber Sie sind … Sie sind *er*. Sie sind der Monarch."

„Bitte beruhigen Sie sich, Emily. Wir haben hier ein Problem. Ein ernstes. Aber es gibt da draußen ein kleines Mädchen, das noch viel tiefer in der Klemme steckt. Ihr Leben hängt von dem ab, was wir als Nächstes tun. Und fürs Protokoll: Ich bin nicht der Monarch." Sie schien das alles ein wenig im Geiste zu verdauen und noch zu entscheiden, wie sehr es ihr schmeckte.

„Und wer sind Sie dann?", fragte Emily.

„Mein Name ist Jonathan Hall. Ich war auf der Pressekonferenz, mit Ihnen, in New York. Es gab eine Explosion, und dann bin ich hier wieder aufgewacht, das ist alles, was ich weiß." Jonathan versuchte, sich mit Emily auf einen Wissensstand zu stellen, sie glauben zu lassen, dass er in derselben Situation stecke wie sie, in der Hoffnung, dass er damit ihr Misstrauen schneller beseitigen könnte, damit sie ihm vertraute. „Oh, und ich denke, wir sollten dem Zettel gehorchen", fügte er an und deutete auf den DVD-Spieler, den sie noch gar nicht bemerkt hatte. Er wusste nicht, was sie beide zu sehen bekommen würden, und er war sich sicher, dass es seine kleine Psychoscharade vom ahnungslosen Unwissenden in wenigen Sekunden zerstören würde, aber das Filmchen könnte einige dringend notwendige Antworten auf seine Fragen haben.

Emily stimmte zu, auch wenn Jonathan nicht entging, dass sie ihm immer wieder einen seltsamen Seitenblick zuwarf. Sie war deutlich cleverer, als sie wirkte. Sie nahmen den Zettel ab und drückten den Knopf zur Wiedergabe der DVD.

Der Bildschirm erwachte flackernd zum Leben und zeigte Nathan Kring hinter seinem Schreibtisch sitzend, die Bücherregale in seinem Rücken offenbarten eine große Bandbreite unterschiedlicher Werke. Er hatte offensichtlich eine Ladung seines Serums genommen, bevor er die Kamera eingeschaltet hatte, denn der Rollstuhl war nirgendwo zu sehen. Nathan schien die Kamera einen Augenblick lang einfach nur zu betrachten, bevor er schließlich zu sprechen begann.

„Hallo, Mr. Hall. Miss Denham“, begrüßte er sie schließlich, lehnte sich etwas vor und legte die Fingerspitzen aneinander.

Denham?

„Eines von zwei Dingen wird bald geschehen. Entweder werden Sie beide nicht nur sich selbst retten, sondern gleichzeitig auch mich und die junge Miss Hall; oder Sie werden in die Hände von jemandem weitergeleitet, der weitaus schlimmer ist als das Bild, das Sie beide sich im Augenblick zweifelsfrei von meiner Person machen. Für welchen Weg Sie sich entscheiden, liegt ganz allein bei Ihnen.“

Jonathan analysierte peinlich genau und akribisch jedes winzige Detail innerhalb des Bildes, vom Hintergrund bis zu den winzigen mimischen Regungen, die Nathan beim Sprechen offenbarte. Er konnte es sich nicht erlauben, irgendetwas zu übersehen. Emilys Atmung hatte sich beschleunigt, und sie lehnte sich schwer auf ihn, um sich zu stützen.

„Zuerst einmal erlauben Sie mir, mich für meine kleine Täuschung zu entschuldigen, Miss Denham. Wie Sie sehen können“, sagte er und deutete mit einer ausladenden Geste auf die Bücherregale hinter sich, „war meine Bewunderung für Ihr Werk ein wenig unaufrichtig, auch wenn ich begonnen habe, Sie während unserer kurzen Treffen wirklich zu mögen. Sie haben einen scharfen Verstand, und in einem anderen Leben … Nun, Träumereien haben im Augenblick wirklich keinen Sinn. Canton George, der Mann, den Sie bald kennenlernen werden, ist tatsächlich ein Fan, allerdings nicht in der Form, wie Sie es sich wünschen würden, fürchte ich. Jede Sekunde, seit der Monarch in sein Leben getreten ist, verfolgt er nur noch das Ziel, ihn endlich von dieser Erde zu tilgen. Unglücklicherweise fiel sein Fadenkreuz auch auf Sie, als Sie Ihr Buch herausbrachten und dem Monarchen so über alle Maßen huldigten.“

Wie typisch für seinesgleichen, dachte Jonathan. Er versuchte sich zu konzentrieren, konnte aber nicht anders, als sich zu fragen, was zur Hölle Lew angestellt hatte, um George derart in Rage zu bringen.

Aus einem Reflex heraus legte Jonathan einen Arm um Emily. Ungeachtet ihres Schocks hielt sie sich wirklich wacker, wie er fand. Was bedeutete, dass sie zu seiner Überraschung weder ohnmächtig geworden war noch sich übergeben hatte.

„Mr. Hall, es war mir ein Vergnügen, Sie für die kurze Zeit beherbergen zu können, die Sie hier waren. Aber kommen wir zu Ihrem aktuellen Problem. Die Aufgabe, die ich Ihnen aufgetragen habe, war keine völlige Täuschung. Sollten Sie sich für den richtigen Weg entscheiden, wartet tatsächlich eine Mission auf Sie. Ich wage sogar zu behaupten, die wichtigste Mission Ihres Lebens. Was uns zu Ihrer Wahl führt:

Option Nummer eins – der Weg, von dem ich hoffe, dass Sie ihn einschlagen – besteht darin, dass Sie tatsächlich in Cantons Villa einbrechen und das Objekt stehlen, von dem wir gesprochen haben. Das wird natürlich keine einfache Aufgabe, da der gute George weiß, dass Sie kommen. Aber ich bin mir sicher, Sie sind der Aufgabe gewachsen. Bringen Sie mir das Objekt intakt, und ich verspreche, Sie alle gehen zu lassen, inklusive Ihrer Tochter. Ich fürchte, das ist die einzige Option, die Ihre Sicherheit garantiert. Miss Denham fällt hierbei keine geplante Rolle zu, aber Sie können sie natürlich nach Belieben zur Lösung der Aufgabe benutzen."

„Mich benutzen?", keuchte Emily, aber Jonathan brachte sie mit einem „Psst!" zum Schweigen.

„Mein Mann wird bis zum Sonnenaufgang am Flugzeug warten. In Ihrer Tasche finden Sie eine Karte, auf der die Position eingezeichnet ist. Zeigen Sie ihm das Objekt, und er fliegt Sie hierher zurück. Zeigen Sie sich mit leeren Händen, und er wird Sie alle umbringen", erklärte Kring ohne jede Emotion.

Jonathan überprüfte seine Taschen und fand die zusammengefaltete Karte, von der er nicht einmal gewusst hatte, dass sie dort war.

„Option Nummer zwei ist deutlich direkter, aber weniger … ertragreich. In dem Koffer, den Sie bei sich führen, sind drei Millionen Dollar in Euroscheinen. Spazieren Sie einfach zu Cantons Vordertür, und übergeben Sie ihm das Geld, Miss Denham und sich selbst. Bitte versuchen Sie nicht zu fliehen, ich bin mir sicher, dass er das nur will. Sie müssen wissen, Sie befinden sich auf seinem Jagdgebiet. Canton hat sich, auch wenn er schwarz wie die Nacht ist, immer als den ‚Großen Imperialistischen Jäger' betrachtet. Und er liebt sein Großwild. Er hat im ganzen Gebiet etliche Männer postiert, die die Aufgabe haben, Sie zur Strecke zu bringen, auch wenn ich keinen Zweifel habe, dass er den tödlichen Schuss selbst anbringen will. Sollten Sie ihm seine Bezahlung direkt an die Tür bringen, so hat er mir versprochen, dass er dafür sorgen wird, dass … es … kurz und schmerzlos wird. Ich bezweifle, dass er sich daran halten wird. Er hat mir ebenfalls versprochen, dass er mir das Objekt zukommen lassen wird, wenn Sie sich ihm ausliefern, aber ich zögere noch, ihm zu glauben. Oh, und bitte seien Sie sich bewusst, sollten Sie sich für diese Option entscheiden, dass ich mein Bestes tun werde, mich um Natalie zu kümmern. Es wird ihr an nichts mangeln, solange ich atme, was ohne das Objekt leider nicht mehr sehr lange sein wird. Was bedeutet – nun, Sie haben Lara ja kennengelernt."

Emily hielt sich die Hand vor den Mund und schien kaum atmen zu können. Jonathans Sorge um sie legte sich, als Natalie ins Spiel kam. Er rang gegen eine mächtige Mischung aus Wut und Furcht an und grub seine Fingernägel tief in seine Handfläche, um sich unter Kontrolle zu halten. Er wusste, dass die Chancen extrem hoch waren, dass Natalie nicht viel älter würde, ganz gleich, für welche Option sie sich entschieden.

„Wählen Sie weise, Mr. Hall. Ich hoffe, Sie wiederzusehen. Zum Wohle aller Beteiligten. Auf Wiedersehen. Und viel Erfolg." Der Bildschirm wurde schwarz.

Jonathan legte den Koffer hin und öffnete ihn. Er quoll über vor Euroscheinen. Nachdem er den Koffer wieder geschlossen hatte, nahm er ihn auf.

„Kommen Sie, wir machen uns besser auf den Weg", meinte Jonathan und hielt Emily die Hand hin. Er hatte keine Ahnung, wie sie aus dem Schlamassel herauskommen sollten, aber er wusste, dass die erste kluge Entscheidung darin lag, sich nicht von erfahrenen Jägern zum Spaß durch den Dschungel hetzen zu lassen. Dann gab es allerdings noch das Problem, dass er keine Ahnung hatte, wie er von hier aus zur Villa kommen sollte, da er nie dort gewesen war, aber der schmale Pfad, der von der Lichtung führte, schien ein guter Ort zu sein, um anzufangen.

„Sind Sie verrückt? Ich gehe doch nicht zu meiner eigenen verflixten Beerdigung!", stieß Emily aus. „Wer ist Natalie? Und woher wissen Sie, in welche Richtung wir müssen?"

Jonathan erkannte an der Art, wie sie die Arme vor der Brust verschränkte und ihre Füße fest auf den Boden stellte, dass sie beide nirgendwohin gehen würden, bevor er wenigstens ein paar ihrer Fragen beantwortet hatte. Er stellte den Koffer ab und nahm einen tiefen, beruhigenden Atemzug. Mit Natalie in Nathans Fadenkreuz wollte er nur rennen – rennen und töten. Er wusste, das würde zu nichts Gutem führen, aber der Drang war beinahe überwältigend. Emily musste Antworten haben, und er musste sich beruhigen, also kniete er sich erst einmal neben den Bach und spritzte sich kaltes Wasser ins Gesicht. Es half ein wenig.

„Natalie ist meine Tochter", erklärte Jonathan und versuchte, die Gefühle unter Verschluss zu halten, die an ihren Namen gekoppelt waren. „Kring hält sie als Geisel auf seiner

Insel. Wenn er nicht bekommt, was er will ..." Jonathan ließ den Satz unvollendet, unfähig, das Offensichtliche laut auszusprechen.

„Ihre Tochter?", fragte Emily. Ihr Ton veränderte sich.

„Allerdings irrt Kring sich in wenigstens einem Punkt. Ich bin nie zuvor hier gewesen."

„Weshalb denkt er dann, dass Sie es waren?"

„Es ist ... kompliziert. Was meinte Kring, als er von kurzen Treffen mit Ihnen sprach? Wie hängen Sie mit ihm zusammen?", wollte Jonathan nun wissen.

Emily erzählte ihm von ihren Zusammenstößen mit Nathan während der letzten Tage. Alles von der Rekrutierung in der Limousine bis zu der Wanze, die sie ihm untergejubelt hatte. Während sie alles schilderte, hörte Jonathan nur zu und nickte ab und an. Er passte die neuen Informationen an sein bisheriges Wissen an und suchte nach einem Weg, wie er das alles sinnvoll nutzen konnte. Er hatte keinen Zweifel, dass die Limousine in ihrer Geschichte dieselbe war, die ihn entführt hatte.

„Und weshalb nennt er Sie Denham? Ich dachte, Sie heißen Burrows?", fragte Jonathan, dem klar war, dass ihnen die Zeit davonlief.

Emily erklärte ihre Hintergründe, ließ allerdings aus, dass sie ihren Abschluss weggeworfen hatte, um den Monarchen zu suchen.

Jonathan erzählte ihr im Gegenzug seine Geschichte von dem, was er in Nathans Anlage erlebt hatte. Er erzählte ihr von Lara und Sophia und den Mäusen in ihrem Labor. Er erzählte ihr sogar von dem Serum, das, wenigstens für eine kurze Zeit, Nathans Symptome beseitigte.

„Er sitzt im Rollstuhl?", fragte Emily. Jonathan erkannte, dass sie versuchte, sich den Mann, den sie am Strand getroffen hatte, im Rollstuhl vorzustellen. Dann erzählte sie ihm von Nathans Sturz am Strand am Ende ihrer Begegnung.

Jonathan hatte noch weitere Fragen, doch bevor er sie stellen konnte, hörten sie, wie jemand am Rande der Lichtung durchs Unterholz schlich. Die Jäger waren bereits unterwegs. Emily wich zurück und versteckte sich hinter Jonathan.

Er nahm den DVD-Spieler in die Hand, schwang ihn ein paar Mal durch die Luft und fand, dass er eine zufriedenstellende Waffe abgab – wenn er richtig traf. Wenigstens könnte er den Feind damit lang genug aufhalten, dass Emily fliehen konnte.

„Gehen Sie hinter den Baum", sagte Jonathan. Als sie ihn bloß anstarrte und offensichtlich nicht verstand, was er meinte, zeigte er auf den entsprechenden Baum und schwang den DVD-Spieler wie einen Schläger. Sie nickte und huschte hinter den Stamm. Jonathan schlich hinüber zu einem anderen Baum, dichter an den Geräuschen. „Wenn ich es Ihnen sage, starten Sie dort hinten irgendeine Ablenkung."

„Was für eine Ablenkung?"

„Eine laute. Rezitieren Sie das Vaterunser, schreien Sie wie ein Hühnchen, ist mir egal. Ziehen Sie bloß ihre Aufmerksamkeit auf sich."

„Oh, verstehe", sagte sie.

Jonathan duckte sich hinter seinen Baum und lauschte. Als das Getrampel kurz davor war, die Lichtung zu erreichen, gab er das Signal. Emily begann eine Ablenkung, wie er sie nie zuvor gehört hatte. Sie schien einen Schreikranich nachzumachen. Und zwar schlecht.

Jonathan hob den DVD-Spieler über den Kopf und war gerade dabei, hinter dem Baum hervorzutreten und ihn mit aller Kraft zu werfen, als er das schönste Geräusch der ganzen Welt hörte: „Was ist das denn für 'ne Scheiße?"

Kann das sein?

Jonathans Augen weiteten sich, und ihm klappte der Kiefer runter, als er Lews Stimme hörte. Er kam aus seinem Versteck und konnte seinen Augen nicht trauen. Da stand er, mit demselben besserwisserischen Grinsen, das er immer trug. Es war offensichtlich, dass er ganz schön durch die Mangel gedreht worden war, um hier zu landen: Beide Hände waren bandagiert, sein Mantel sah aus, als wäre er zwischen irgendwelchen Zahnrädern stecken geblieben, und über einem seiner Augen prangte eine stolze Beule. Jonathans erster Impuls war, hinüberzurennen und den großen Tölpel zu umarmen, aber er verkniff es sich, räusperte sich stattdessen und tat sein Bestes, um möglichst unbeeindruckt zu wirken.

„Wurde auch Zeit, dass du endlich auftauchst“, sagte er. Er konnte nicht anders, als zu lächeln und Lew die Hand zu schütteln. „Ich habe schon angefangen zu glauben, sie hätten dich erwischt, als du auf dem Dach der Limo hingst.“

„Ja, ich liebe dich auch“, sagte Lew und zupfte Zweige und Ranken aus seinem Mantel.

„Ist schon gut, Emily! Sie können rauskommen“, rief Jonathan und erlaubte sich ein Kichern ob ihrer Ablenkung. Emily kam hervor. „Das hier“, begann Jonathan, „ist …“

„Lew!“, rief Emily voller Freude, stürmte an Jonathan vorbei und warf die Arme um Lew.

„Vorsicht“, sagte Lew, erwiderte die Umarmung jedoch. „Ich erhole mich noch von der Rakete, mit der wir hierhergeflogen sind.“

„Ich schätze, ihr habt euch bereits kennengelernt“, meinte Jonathan.

„Ja, in New York, als wir nach dir gesucht haben“, erklärte Lew, dem noch immer die Füllung aus dem Leib gequetscht wurde wie bei einem Teddybären.

„Wie intensiv genau habt ihr gesucht?“, fragte Jonathan und musterte die Umarmung. Endlich lösten sich die zwei voneinander, und innerhalb einer Sekunde schienen sie beide sich unwohl zu fühlen.

„Also, was haben wir hier?“, fragte Lew schließlich.

Jonathan und Emily brachten ihn auf den neuesten Stand über Kring und den Deal, den er mit Canton George gemacht hatte. Sie erzählten ihm von der DVD-Aufzeichnung, dem Koffer voller Geld und den beiden Möglichkeiten, die man ihnen gelassen hatte.

„Sympathischer Kerl“, murmelte Lew.

„Es wird noch schlimmer“, meinte Jonathan.

„Wird es das nicht immer?“ Lews Grinsen verflog, als er Jonathans Gesicht sah. „Jesus, was …“

„Sie haben Natalie“, sagte Jonathan mit zittriger Stimme.

„Verdammt“, stieß Lew aus, und in seiner Stimme lagen deutlich das Entsetzen und die Wut, die er verspürte. Er legte eine Hand auf Jonathans Schulter. „Dieses Mal keine Vergebung. Kein Symbol.“

„Nicht mal ein kleines“, stimmte Jonathan zu und versuchte sich zu konzentrieren. Wenn sie ihren Gefühlen die Kontrolle überließen, würden sie hier niemals herauskommen.

Bevor sie weiterreden konnten, drängte Emily sich dazwischen. „Stoppt mal eine Sekunde. Das ergibt überhaupt keinen Sinn“, sagte sie kopfschüttelnd.

Jonathan bereitete sich vor. Er hatte gewusst, dass dieser Moment kommen würde, und jetzt war es so weit. Emily zeigte auf ihn.

„Sie sagten, Sie seien nicht der Monarch.“

„Das stimmt, aber …“

Sie sprach weiter, bevor er es erklären konnte, und zeigte jetzt auf Lew. „Du sagtest, du arbeitest mit dem Monarchen zusammen, und dass du Jonathan kennst. Um ehrlich zu sein, hast du den Monarchen in New York sogar beim *Namen* genannt: Jonny!“

„Ja, und zwar weil …“, versuchte Lew zu erklären, scheiterte aber.

Jonathan musste trotz der Gefahr, in der sie schwebten, über die alberne Situation schmunzeln. Das war, als würde er eine Folge der *Three Stooges* gucken, und die Erheiterung war genau das, was er gerade brauchte. Ihm fiel außerdem auf, dass sie, obwohl er und Lew angeboten hatten, es zu erklären, selbst auf die Lösung kommen wollte. Das bewunderte er.

„Nur eine Minute", bat Emily, als hätte sie ein Puzzleteil, das bisher nicht passen wollte, plötzlich in die richtige Richtung gedreht, sodass es mit einem Mal, *klick*, an seinen Platz fiel. „Ihr seid also beide der Monarch?"

„Genau", sagte Jonathan grinsend. Sie drehte sich um und sah Lew an.

„Bingo", sagte der mit einem Zwinkern.

„Natürlich! Oh mein Gott, wieso hab ich das nie gesehen? Die widersprüchlichen Zeugenaussagen, die Komplexität der Diebstähle. Ich dachte, es wären nur unzuverlässige Zeugen gewesen oder dass die Opfer versucht hätten, die Ermittlungen zu sabotieren, um sich selbst zu schützen. Jetzt ergibt alles Sinn! Man *brauchte* zwei Personen, um das alles zu schaffen."

„Da hast du völlig recht", sagte Lew.

„Und was genau ist hier passiert, Lew? Und diesmal bitte keinen Scheiß", wollte Jonathan wissen und meinte die Ein-Mann-Monarch-Mission.

„Es gab … einen Unfall", meinte Lew.

„Was für einen Unfall? Hast du jemanden getötet? Georges Kind oder so was?"

„Was? Nein, Jesses, nein, Mann", rief Lew schockiert. „Ich habe niemanden getötet. Glaube ich zumindest."

„Himmel, Lew, würdest du es einfach sagen, bitte!"

„Ich, äh, habe irgendwie, in gewisser Weise, seine Villa abgefackelt."

„In gewisser Weise?"

„Nun, vollständig, um genau zu sein. Bis auf die Grundmauern. Ich wollte die Alarmanlage umgehen, und ich schätze, ich habe die Kabel falsch gekreuzt oder so was. Ich bin mir sicher, dass alle rechtzeitig rausgekommen sind."

„Und seine Sammlung?"

„Nein, keine Chance. Ich war der Letzte, der da drin war, bevor das Dach runtergekommen ist. Die ist futsch."

„Himmel!" Jonathan trat gegen den Koffer und hinterließ eine dicke Delle in der Seite. „Kein Wunder, dass er uns unbedingt in die Finger kriegen will."

„Hör mal, wir sollten gehen, solange ich noch den Weg zurück weiß", sagte Lew in einem offensichtlichen Versuch, das Thema zu wechseln.

„Gehen? Der einzige Ort, an den ich gehe, ist hoch zu Canton Georges Villa", sagte Jonathan. „Nimm dir Miss …" Jonathan blickte Emily an, um zu sehen, mit welchem Namen er sie ansprechen sollte, aber ihre aufgerissenen Augen und ein leichtes Kopfschütteln zeigten ihm, dass sie diese Information noch ein wenig von Lew fernhalten wollte. „Bring *Emily* hier weg, solange es noch geht. Aber passt auf, wenn es stimmt, was Kring gesagt hat, werden sie schon sehr bald nach uns suchen kommen."

„Mit ein paar gut betuchten Jägern werd ich schon fertig", meinte Lew. „Aber warum zur Hölle solltest du dort hingehen?"

„Ich bleibe", sagte Emily. Beide Männer ruckten den Kopf zu ihr herum. „Die Abmachung beinhaltete uns beide. Wenn er sieht, dass Sie alleine kommen, werden Sie keine Chance haben, ganz gleich, was Sie planen." Damit hatte sie recht.

„Natalies einzige Chance liegt dort oben", meinte Jonathan zu Lew.

Lew zückte eine Pistole und warf sie Jonathan zu. Dann holte er noch eine hervor und lud sie mit einem Zurückziehen des Schlittens durch.

„Hast du was gegen ein bisschen Gesellschaft?"

Jonathan lächelte, obwohl er die ganze Zeit gewusst hatte, dass sein alter Freund ihn nicht hängen lassen würde. Er klopfte Lew auf die Schulter und sah dann Emily an.

„Okay, hier ist der Plan ..."

01:45 Uhr

„Heilige Scheiße", sagte Lew von seiner Position auf dem Hügel aus, von der aus er hinunter auf das Anwesen blickte. Der Dschungel endete an einer Klippe, und die Landschaft fiel ab auf etliche Hektar Flachland. George hatte wiederaufgebaut, was Lew zerstört hatte, obwohl *wiederaufgebaut* das falsche Wort war. *Manifestiert* beschrieb besser, was mit dem Gebäude, das damals eher an ein großes Farmhaus erinnert hatte, geschehen war. Jetzt sah die Villa aus wie eine englische Burg, bis hin zur Observatoriumskuppel auf dem Dach. Riesige Flutlichter erhellten das Haus selbst und das umliegende Anwesen.

In der Ferne hinter dem Palast konnte Lew einen Tennisplatz sehen und eine Schwimmhalle, wobei deren Seitenbau eher an eine Wellnessanlage oder einen Tempel erinnerte als an etwas, in dem man feuchte Handtücher und Badeanzüge aufbewahrte. Links vom Sportgelände stand ein ausladender Hain hochgewachsener Bäume, die inmitten des braunen Grases, das sie umgab, ungewöhnlich grün aussahen. Der vordere Teil des Geländes bestand abwechselnd aus riesigen Grasflächen und kargem Beton, und obwohl es ein paar Wände gab, hinter denen man sich verbergen konnte, und sogar Bäume, waren diese nur zu dekorativen Zwecken dort, stark beschnitten und generell außerordentlich selten. Bei all den Fenstern an der vierstöckigen Vorderseite der Villa war ein heimliches Anschleichen aus dieser Richtung nahezu unmöglich. Ihr Einstieg würde eindeutig über die Bäume an der Hinterseite erfolgen müssen.

Lew kroch auf dem Bauch die Hügelkuppe entlang und suchte dabei nach Wachen. Er hatte bislang keine entdeckt, konnte sich aber nicht vorstellen, dass sie so viel Glück hatten. Es sei denn, die Nachricht auf der DVD war so gemeint gewesen, dass sämtliche Wachen draußen im Dschungel waren, nur für den unwahrscheinlichen Fall, dass Emily und Jonathan sich entschieden, zu fliehen. Das wäre schlecht. Dann hätten sie keine Möglichkeit zu erfahren, wie viele Männer es waren, wie sie bewaffnet waren oder wann sie auf die Idee kamen, zum Anwesen zurückzumarschieren.

Der Plan sah vor, dass Lew die Wachen ausschaltete, um dann ins Innere des Gebäudes vorzudringen und George zuvorzukommen. Jonathan und Emily waren, wie gewünscht, mit Krings Bezahlung die Straße hochmarschiert. Aber bei einem derart großen Gebäude konnte es eine Stunde dauern, bis er sie gefunden hatte, selbst wenn er hineinkam. Ihm gefiel das alles weniger und weniger.

Zwanzig Minuten später hatte Lew sich zur Hinterseite des Gebäudes vorgearbeitet und bis hinunter zu dem Wäldchen. Als er den letzten Baum erreicht hatte, war er noch immer fast fünfzehn Meter vom Haus entfernt, und wie sich herausstellte, hatte die Rückseite des Gebäudes sogar noch mehr Fenster als die Front. Er würde ein Risiko eingehen müssen.

Lew ging in die Hocke und schoss aus seiner Deckung direkt auf die große Treppe aus Granit zu, die vom Haus aus in den Garten hinabführte. Von dort konnte er am schnellsten direkt auf die Terrasse gelangen, die auf halber Höhe an der Rückseite des Gebäudes entlangführte. Wenn er erst einmal drin war, wäre es einfacher, sich von oben nach unten durchzuarbeiten, als in die andere Richtung.

Lew schaffte es bis zur Treppe und blieb auf den ersten Stufen hocken, den Rücken an das dicke Granitgeländer gelehnt, das ihn vor Blicken schützte, falls nicht genau in diesem Augenblick jemand die Stufen herunterkam. Er wartete, bis sein Atem sich wieder beruhigt hatte – seine Nase kribbelte von dem schweren Geruch nach Chlor in der Luft –, und stieg dann, die Waffe im Anschlag, gebückt die Stufen empor.

Als er mit dem Rücken an der Hauswand lehnte, spähte Lew in eines der riesigen, dekorativen Fenster. Im Inneren des Hauses war es ebenso ruhig wie draußen. Er schlich zur nächstgelegenen von einigen Türen. In den Jahren, die dem unglückseligen Zwischenfall mit dem vorher hier stehenden Haus gefolgt waren, hatte Lew eine Menge darüber gelernt, wie man Alarmanlagen umging. Zuerst hatte er es auf dieselbe Art versucht, die Jonathan angewendet hätte. Er studierte Handbücher, Fachtexte und Schaltpläne, bis ihm der Schädel rauschte – also etwa anderthalb Minuten –, und sah dann ein, dass er es auf *seine* Art tun musste, wenn er erfolgreich sein wollte. Und nachdem er das erst einmal erkannt hatte, hatte er geübt und studiert und war in seiner Methode ein echter Experte geworden. Das kam ihm jetzt zugute.

Lew hob den Stiefel und stampfte fest auf die unterste Angel der Tür. Zwei Tritte später splitterte der Türpfosten und gab die Türangel frei. Er drückte mit einer Hand direkt über der verbogenen Angel gegen die Mitte der Tür, während er die Finger der zweiten Hand unter die Tür schob. Dann zog er. Zog *kräftig*. Seine verletzten Hände schmerzten und pochten, aber ein wenig Ächzen von Lew ließ den Schmerz vorerst verfliegen. Die Tür war aus Metall, aber hohl – Gott sei Dank –, und eine Minute später war das gesamte untere Drittel der Tür so weit nach oben gebogen, dass Lew darunter hindurchkriechen konnte.

Kaum war er drinnen – und kein Alarmton zu hören –, wischte Lew sich den Staub vom Mantel und blickte sich um.

Er würde sich beeilen müssen, bevor irgendjemand die L-förmige Tür bemerkte, die auf die Terrasse hinausragte.

Er stand in der Küche oder zumindest *einer* Küche. Sie wirkte zu klein für eine derart ausladende Villa, also vermutete er, dass es eine Gästeküche sein musste.

Durchgänge führten in diverse Richtungen, aber auf deren anderer Seite fand Lew nur noch mehr Dunkelheit und Stille. Er fühlte sich aufgekratzter als nach seiner Flucht aus dem Yazoo-Bundesgefängnis. Irgendetwas war hier eindeutig faul. Links von ihm führte eine schmale Wendeltreppe nach oben. Er setzte seine Reise in dieser Richtung fort und stieg lautlos die eiserne Spirale hinauf.

Behutsam öffnete er die Tür am oberen Ende und fand sich in einem leeren Ballsaal wieder, der größer war als die Turnhalle seiner ehemaligen Highschool. Die Holzdielen funkelten in dem Zwielicht, das durch etliche Erkerfenster fiel. Drei Kronleuchter hingen von der Decke, und etliche Glastüren gaben den Blick auf ein vollkommen dunkles und verlassenes Obergeschoss frei. Er durchquerte den Raum und wollte gerade die Tür öffnen, als er das kleine Kästchen für die Alarmanlage an der Wand entdeckte. Eine grüne Diode leuchtete an der Seite – der Alarm war abgeschaltet. Lew rollte mit den Augen.

Als er die Tür öffnete, drangen gedämpfte Stimmen von unten herauf. *Endlich.* Er hatte sich bereits wie die Hauptfigur in einem Horrorfilm gefühlt. Der runde Flur wand sich um einen leeren, von einem Geländer eingefassten Raum, der bis hinunter ins Erdgeschoss reichte. Lew schaute über das Geländer, spürte einen fünfundzwanzig Meter tiefen Anfall von Höhenangst im Magen und horchte. Die Stimmen schienen durch eine Tür eine Etage unter ihm zu kommen. Nun deutlich langsamer als vorher schlich Lew die Treppen hinunter und warf einen Blick um die Ecke des offenen Durchgangs.

Auf der anderen Seite lag ein weiterer freier Raum, der sich über zwei Stockwerke erstreckte, mit einer hölzernen Galerie, die drei Seiten des riesigen, viereckigen Raums umspannte. Alles hier drinnen war aus glänzendem karamellfarbenen Holz – die Wände, die Türen, der Boden, alles. Ein einzelner Kronleuchter hing in der Mitte hinab, und darunter fand Lew einen ebenso holzgetäfelten großen Raum, einen großen Wandkamin und einen riesigen gemusterten Läufer auf den Dielen. Verschiedene Sofas, Tische und Stühle standen überall verstreut. Am anderen Ende des Raums befand sich eine weitere Wendeltreppe, diesmal eine hölzerne, die der einzige Weg von seiner Position nach unten war. Dichter als bis hierher würde Lew nicht herankommen, ohne gesehen zu werden.

Er blieb in der Hocke vor dem Durchgang stehen und starrte auf die unerwartete Szene, die sich unter ihm abspielte. Jonathan und Emily knieten vor dem Kamin, die Hände hinter dem Kopf verschränkt. Der Koffer lag auf dem Kaffeetisch, geöffnet, und präsentierte seinen wertvollen Inhalt. Lew erkannte Canton George, den klein gewachsenen und dünnen Schwarzen, der in einem kakifarbenen Safari-Outfit neben dem Koffer stand. Das erste Unerwartete, was Lew sah, war, dass auch George die Finger hinter dem Kopf verschränkt hielt. Die zweite unerwartete Sache waren die drei Leichen, ähnlich angezogen wie George, die neben ihm lagen. Lew erkannte einige Lachen Blut auf dem Boden, und da die Männer sich nicht bewegten, ging er davon aus, dass sie tot waren. Der einzige andere Mann im Raum, ebenfalls in Kaki gekleidet, hielt George eine Waffe vors Gesicht.

„Claude wird sich um sie kümmern, mach dir keine Sorgen", sagte der Bewaffnete. Die Information schien George nicht allzu sehr zu trösten. Man musste kein Genie sein, um zu erkennen, dass einer von Georges Männern – vielleicht auch ein paar mehr, je nachdem, wer Claude sein sollte – einen etwas verfrühten Pensionsbonus abkassieren wollte. Lew hatte vollstes Verständnis. Selbst wenn man in einem derart luxuriösen Umfeld arbeitete, edle Möbel waren schwer zu verpfänden, besonders, wenn man sie zunächst einmal Hunderte von Meilen zum Pfandleiher schleppen musste. Ein dicker Koffer voller Bargeld war eine ganz andere Sache und offensichtlich zu verführerisch gewesen, um sie abzulehnen.

Lew wusste, dass die clevere Alternative darin bestand, jetzt aufzustehen und den einzelnen Typen umzunieten, bevor Claude oder irgendjemand anders hier auftauchte. Aber als er Emily dort unten knien sah, hielt ihn das zurück. Er wollte nicht, dass sie diese Seite von ihm zu sehen bekam, wenn er es vermeiden konnte. Es war dumm und pubertär, aber irgendetwas in ihm verhinderte, dass er diese Gedanken abschütteln konnte. Er musste einen anderen Weg finden. Lew erwog, in den Ballsaal zurückzukehren und die Drähte der Alarmanlage zu kreuzen. Vielleicht könnte er den Alarm als Ablenkung nutzen. Aber als er den Trick zum letzten Mal in diesem Haus angewendet hatte … nein, das würde nicht funktionieren.

„Wie kannst du das tun, Dennis? Ich habe dich wie einen Bruder behandelt!“, jammerte George.

„Halt's Maul!“, stieß Dennis hervor und schlug George mit seiner Pistole auf den Mund. George sackte auf die Knie und hielt sich den blutüberströmten Mund. Genau in diesem Augenblick kam ein weiterer Mann herein, ebenfalls in Kaki gekleidet, der ein Gewehr über der Schulter trug. „Hast du alle erwischt?“, fragte Dennis.

„Aye, Kumpel. Bis zum Morgen sind sie nur noch halb verdaute Fetzen“, erklärte der Gewehrschütze, offensichtlich Claude. Lew vermutete, dass er diejenigen umgebracht hatte, die im Dschungel warten sollten, falls Emily und Jonathan zu fliehen versuchten, und es der Wildnis überließ, die Leichen zu entsorgen.

Jetzt gab es bereits zwei Ziele. Es wurde allmählich kompliziert, und selbst ohne Lews Sorge um Emily und ihre Gefühle war es jetzt keine Alternative mehr, einfach aufzuspringen und draufloszuballern.

„Was ist mit denen?", fragte Claude und deutete auf Jonathan und Emily. Lew wusste, dass Jonathan noch Zugang zu einer Waffe hatte, wenn sie nicht beide durchsucht worden waren – sie hatten sie in Emilys Tasche gesteckt, in der Hoffnung, dass George sie nicht als Bedrohung ansehen würde. Aber sie jetzt hervorzuholen käme einem Todesurteil gleich. Dennis richtete seine Waffe auf das kniende Paar, und Lew wurde klar, dass die Zeit für Empfindsamkeiten und Nachsinnen vorüber war. Da ihm die Ideen ausgingen, ergab er sich ganz seinem Instinkt.

Er kroch die Galerie entlang bis zu einer großen Doppeltür, die zu einem kleinen Raum voller Sitzmöbel führte. Er öffnete beide Flügel behutsam und schlich hinein. Hier gab es nichts, das er als Waffe hätte benutzen können, aber deswegen war er auch nicht hier. Er postierte sich an der Wand am hinteren Ende des Raums und steckte seine Waffe zurück ins Holster, so, dass sie ordentlich festsaß. Dann drehte er sich um und blickte die offenen Türen an.

„Töte sie", hörte er Dennis von unten sagen. Lew sammelte seinen ganzen Mut und stürmte mit einem ermutigenden Schrei los.

Er rannte, so schnell er nur konnte, mit donnernden Schritten, die zweifellos die Aufmerksamkeit aller in dem großen Raum auf sich zogen. Als er beinahe am Geländer war, stampfte er mit beiden Füßen auf, stieß sich ab und flog über das Geländer ins Nichts. Er schrie wie ein Irrer, während der Mantel flatternd hinter ihm herflog.

„Was zur …!", hörte Lew jemanden rufen, aber er war zu beschäftigt, um herauszufinden, wer. Gerade als die Schwerkraft ihn packte und nach unten reißen wollte, erwischte er den Kronleuchter. Er blendete den Schmerz in seinen Händen aus, als er sich daran festkrallte und mit seinem Gewicht das ganze Kristallmonstrum zum Schwingen brachte. Er schwang direkt auf die Wand zu, Kugeln sirrten an ihm vorbei, als er den obersten Punkt seiner Schaukelbewegung erreichte. Eine durchschlug seinen Kragen und schrammte über seine Schulter. Er stieß sich mit den Füßen von der Wand ab und drehte sich herum. Die Augen des Schützen unter ihm weiteten sich, als ihm klar wurde, was da auf ihn zuflog, aber die Erkenntnis kam zu spät. Lew trat mit aller Kraft zu, und sein Stiefel traf Dennis direkt unterm Kinn. Er hob ab, flog durch die Luft und krachte zu Boden, entweder bewusstlos oder tot, aber jetzt schwang Lew in die andere Richtung und mit dem Rücken zum Raum. Er bereitete sich auf den Einschlag von Claudes Schuss vor.

Wenigstens wird Jonathan Natalie retten können.

Der Schuss kam und ging, aber Lew spürte nichts. Als er wieder zurückschwang, ließ er am niedrigsten Punkt der Kurve los und landete gehockt auf dem Boden. Er zog seine Waffe hervor und wirbelte herum, um sich nach irgendeinem Angreifer umzusehen, aber alles, was er sah, war Claude, der mit einem Loch in der Stirn auf dem Boden lag. Lew drehte sich um, damit er Jonathan danken konnte, fand die noch qualmende Waffe aber stattdessen in Emilys Hand. Ihr Blick verriet, dass sie noch dabei war zu verarbeiten, was sie gerade getan hatte. Jonathan nahm ihr behutsam die Pistole weg, und Lew war überrascht, dass sie, auch wenn ihre Knie ein wenig weich wirkten, sich relativ gut zu halten schien. Dabei waren sie so sehr auf Emily konzentriert, dass sie George völlig vergessen hatten.

Lew hörte, wie hinter ihm der Schlitten einer Waffe zurückgezogen wurde. Er wandte sich um und sah, dass George sich eine der zu Boden gefallenen Waffen genommen hatte. Allerdings griff er nicht sie an. Stattdessen drehte er sich dem Mann zu, den er gerade noch einen Bruder genannt hatte, dem Mann, der ihm gerade noch auf den Mund geschlagen hatte, und erwiderte die Geste – allerdings mit drei Kugeln mitten ins Gesicht. Er hätte vielleicht noch öfter abgedrückt, aber Jonathan sprang von hinten heran und entriss ihm die Waffe.

George keuchte, wie Lew vermutete, vor Wut, und musterte die drei. Er wischte sich mit dem Handrücken einen Tropfen Blut aus dem Mundwinkel, während sein Blick zwischen den Eindringlingen hin und her flog, bis er sich schließlich Lew zuwandte.

„Wer sind Sie? Wie kommen Sie in mein Haus?“, verlangte er zu wissen.

„Gern geschehen“, erwiderte Lew. „Vielleicht wären Ihnen ja Dennis und sein Kumpel Claude hier wieder lieber. Dann könnten Sie Ihre kleine Pistolen-Kloppe-Party weiterführen.“

„Nein, natürlich nicht“, erwiderte George, aber Lew hatte das Gefühl, dass sein plötzlicher Sinneswandel eher eine Show war, eine Reaktion auf die Klemme, in der er steckte, als dass er von Herzen käme. „Ich bitte um Verzeihung. Sie können bestimmt verstehen, dass ich gerade nicht ich selbst bin. Möchten Sie eine Belohnung?“

Diese Arschlöcher, dachte Lew. Immer ging es nur ums Geld.

„Klar“, meinte er. „Wie wäre es mit drei Millionen Dollar?“

„Was? Woher wissen Sie, wie v…“

„Was ist mit Kring?“, fragte Lew. Das falsche Lachen glitt komplett aus Georges Gesicht.

„Kring? Woher wissen Sie … Moment mal, Sie gehören zu denen?“ Jonathan drückte George die noch heiße Mündung der Pistole in den Nacken. „Au!“

„Das Objekt, das Sie Kring versprochen haben“, verlangte Jonathan. „Oder mein Freund hier wird wieder unachtsam mit der Verkabelung und brennt auch diesen Laden hier nieder.“

„Ihr Freund? Aber ich dachte, Sie …"

„Wir stecken halt voller Überraschungen", meinte Lew und stellte sich neben Jonathan, auch wenn er nicht sicher war, dass es ihm gefiel, dass der Kerl hier jetzt wusste, wer genau seine letzte Sammlung zerstört hatte. Dann kam ihm wieder das Bild in den Sinn, wie Emily auf dem Boden kniete, eine Waffe vor ihrem Gesicht. Nein, es gefiel ihm sogar ganz gut.

„Hübsch, übrigens", sagte Jonathan und deutete auf den immer noch von einer Seite zur anderen schwingenden Kronleuchter über ihnen.

„Danke. Ich glaube, ich muss meine Hosen wechseln."

02:50 Uhr

Jonathan lief vor einem gigantischen Eichentisch auf und ab, die Waffe in seiner Hand hing schlaff an seiner Seite. George saß hinter dem Schreibtisch, die Hände flach auf dem Eichenholz, wie Jonathan es ihm befohlen hatte. Etwas stimmte nicht mit Georges linker Hand. Sie sah echt aus, aber ihr Glanz und der Mangel an Bewegung verrieten die Täuschung. Jonathan wusste von den unzähligen Fotos, die im Zimmer hingen und George bei diversen Jagdausflügen zeigten, dass die Prothese noch relativ neu sein musste.

Auch wenn der Raum sich dem Design der großen hölzernen Halle über ihnen anpasste, war er dennoch eher ein Kokon aus Eiche und Teak. Die Luft roch nach Politur und Holz. Hoch oben an allen vier Wänden prangten die Schädel der Tiere, die George erlegt hatte. Es waren seine Jagdtrophäen, aber Jonathan wusste, dass George, wie all die anderen Männer, die Jonathan über die Jahre getroffen hatte, seine wahren Schätze nicht so offen ausstellte.

„Wie geht es ihr?", fragte er Lew. Sein Freund saß auf dem

weichen Sofa neben Emily, die seit der Schießerei nicht viel gesagt hatte. Wenigstens sah sie nicht mehr so aus, als müsse sie sich jeden Augenblick übergeben. Lew hielt eine ihrer Hände zwischen seinen, was zu helfen schien.

„Sie versucht noch immer, ihr verflixtes Mittagessen im Magen zu behalten“, antwortete Emily.

„Tut mir leid“, sagte Jonathan.

„Himmel, ihr geht's besser als mir“, meinte Lew und dehnte seinen Nacken. Er griff unter den Kragen, schnitt eine Grimasse und zog leicht blutige Finger wieder hervor. „Nichts Ernstes, tut aber weh wie 'ne Dreidollarh…“ Lew bremste sich im letzten Augenblick und warf Emily einen kurzen Seitenblick zu. „Tut nur weh. Wird uns beiden besser gehen, wenn wir erst mal aus dieser Freakshow raus sind.“

Jonathan nickte. Er hatte noch nie erlebt, dass irgendeine Frau eine derartige Wirkung auf Lew ausgeübt hatte. Lew hatte seine Tändeleien gehabt, aber sein Auftreten und sein Verhalten waren davon niemals beeinflusst worden. Tatsächlich waren sie eher noch verstärkt worden. Lew hielt Emily für etwas Besonderes. Und das schien auf Gegenseitigkeit zu beruhen.

„Hab schon verstanden“, sagte Jonathan und schenkte Emily ein kleines Lächeln. Dann drehte er sich wieder dem Schreibtisch zu und trommelte mit dem Lauf der Waffe darauf herum. „Gehen wir. Das Objekt. Jetzt.“

„Dieser Schreibtisch war ein Präsent eines britischen Grafen. Er ist über dreihundert Jahre alt“, erklärte George Jonathan, auch wenn sein Blick auf Lew gerichtet blieb. Jonathan erkannte mit Leichtigkeit Georges südafrikanischen Akzent, ein radebrechendes Gemurmel aus sanft gerollten Rs und harten Konsonanten.

„Ist das so?“, fragte Jonathan. Er hob die Waffe und feuerte eine Kugel ins Holz, was ihm Georges volle Aufmerksamkeit schenkte. Der Südafrikaner bedeckte seine Augen vor der Wolke herumfliegender Splitter. „Das Objekt!"

„*Kak!* Sie sind verrückt. Woher weiß ich, dass Sie mich nicht in dem Augenblick erschießen, in dem ich es Ihnen gebe?", fragte George und musterte die ruinierte Ecke des Schreibtischs. Eine unangenehme Finsternis kroch in seinen Blick, und Jonathan erkannte, dass George sie alle, ohne mit der Wimper zu zucken, umbringen würde, sobald sich ihm die Gelegenheit bot. Was natürlich von Anfang an sein Plan gewesen war. Dies war kein Mann, der es gewohnt war, dass man ihm Befehle erteilte.

„Nirgendwoher. Geben Sie uns das Objekt, oder wir rufen die Polizei. Dann können Sie denen erzählen, wie Sie geholfen haben, ein kleines Mädchen zu entführen und einen Terroranschlag in New York zu verüben", drohte Jonathan und spielte damit den einzigen Trumpf aus, den er hatte.

Wenn George stur blieb, würden sie den Tresorraum selber finden und einbrechen müssen. Das würde Zeit kosten. Eine Menge Zeit. Zeit, die sie nicht hatten – Zeit, die Natalie nicht hatte.

„Damit hatte ich nichts zu tun. Das war alles Kring. Alles, was ich getan habe, war, ihm zu sagen, was ich haben will. Welche Mittel er verwendet hat, war ganz allein seine Entscheidung. Der Mann ist krank und unzurechnungsfähig."

„Und Sie haben das ausgenutzt", meinte Jonathan. „Aber er ist nicht einfach nur verrückt, er ist verrückt und verzweifelt. Sie haben etwas, das er wollte. Etwas, von dem er glaubt, dass es sein Leben retten kann. Er hat einen Serienmörder erfunden, um den Monarchen zu finden, und hat dabei Dutzende Menschen ermordet. Alles nur, damit er Ihnen den Monarchen überreichen kann. Aber ganz gleich, was Kring Ihnen bezahlt oder überreicht hätte, ich bezweifle, dass Sie jemals vorhatten, ihm zu geben, was er will."

Georges sonst so sture Maske öffnete sich zu etwas, das ein Lächeln sein mochte. Jonathan hasste solche Männer. Männer, die dachten, ihre Macht und ihr Geld machten sie unangreifbar und gottgleich. Ganz egal, was sie taten, ihre Hände würden immer rein bleiben. Sie waren nur die Dirigenten, die Puppenspieler. Männer wie dieser waren der Grund dafür, dass er und Lew den Monarchen überhaupt erst ins Leben gerufen hatten.

„Sie sind ein Monster", stieß Emily hervor. „Sie und Kring sind beide Monster."

„Ich schlage vor, wir bringen ihn um und verschwinden hier", sagte Lew, nachdem er Emily etwas zugeflüstert hatte.

„Ich habe eine bessere Idee", meinte sie. „Warum rufen wir nicht Kring an und schauen, was er bereit wäre, für seinen Freund hier zu zahlen. Ich vermute, dass er sogar noch mehr zahlen würde, als er es bereits hat. Und ich wette, die Chancen stehen ziemlich gut, dass er ganz genau weiß, wo Sie das Objekt aufbewahren."

Jonathan nickte, als er den Trick durchschaut hatte. Er nahm den Hörer ab und gab vor, Kring anzurufen.

„Warten Sie", rief George. Jonathan wählte weiter. „Warten Sie, gottverdammt noch mal!" George schlug mit der Hand auf die Gabel.

„Meinung geändert?"

„Wenn ich Ihnen meinen Schatz zeige, brauche ich Ihre Garantie, dass Sie nur Krings Objekt mitnehmen, sonst nichts."

Jonathan warf seinen Partnern einen Blick zu. Lew nickte und zuckte mit den Schultern.

„Abgemacht", sagte Jonathan.

Canton George führte Lew, Jonathan und Emily eine Treppe hinab, die hinter einem Waffenschrank verborgen lag. Der Gang war schmal und roch modrig.

„Woher kennen Sie Kring?“, wollte Jonathan wissen, als sie hinunterstiegen. Nach Krings Psychodrama, mit dem er ihn hierhergelockt hatte, wusste Jonathan nicht mehr, ob alles, ein wenig oder gar nichts von dem stimmte, was Nathan ihm erzählt hatte. Nicht, dass er davon ausging, George mehr trauen zu können.

„Wir waren Geschäftspartner – Freunde sogar, um ehrlich zu sein. Es ist viele Jahre her, und damals waren wir beide ganz andere Menschen.“ Jonathan hörte etwas aus Georges Stimme heraus – Bedauern?

„Hattet ihr Jungs Liebeszoff?“, stichelte Lew.

Der Milliardär schenkte ihm wieder eines seiner kleinen Beinahe-Lächeln, mit dem er seine Verachtung dafür zeigte, dass jemand so zu ihm sprach. Insbesondere Lew. Er blieb stehen, drehte sich um und sah Lew über Jonathans Schulter hinweg direkt in die Augen.

„Um genau zu sein: Ich habe ihn zum Sterben im Dschungel von Papua-Neuguinea zurückgelassen. Aber der Mann weiß einfach nicht, wann es an der Zeit ist zu sterben.“ Jonathan erinnerte sich an sein Gespräch mit Sophia und wusste, was George meinte.

„Bewegung“, sagte er und stieß George weiter.

„Warum zur Hölle sollten Sie … Heilige Scheiße“, stieß Lew aus, als sie um die Ecke am Fußende der Treppe kamen. Am Ende eines kurzen Gangs lag die Tür zum Tresorraum. Aber diese hier war anders als jede andere Tresortür, die Jonathan jemals in einem Privathaus gesehen hatte. Sie war rund, wenigstens zwei Meter im Durchmesser und bestand aus irgendeinem blaugrünen Metall, das mit Kupfer eingefasst war. Das Metall glänzte selbst hier im dämmerigen Licht. Es gab zwei Zahlenräder für die Kombinationen und ein Standardrad, wie man es immer an Tresortüren fand. Das Ganze wirkte eher wie die Tür zu einem Banktresor. Georges Lächeln wurde ein wenig breiter, offensichtlich vor Stolz über den Eindruck, den sein Baby auf die unerwünschten Gäste hatte.

„Ich hoffe, Sie haben Verständnis dafür, dass ich darum bitten muss, dass Sie hier warten, während ich ihn öffne", sagte George. Jonathan sah keinen Grund, der dagegensprach, und blieb mit Lew ein paar Meter vor dem Ziel stehen, während George sich dem Monstrum näherte. Rein vom Eindruck her musste die Tür wenigstens eine Tonne wiegen, es gab also kaum eine Chance, dass George ein solches Ungetüm schneller aufziehen konnte, als sie – oder ihre Kugeln – die Entfernung zu ihm überbrücken konnten.

Jonathan sah Lew an und deutete mit dem Kinn auf George. Er wollte, dass Lew sein Gespräch über Kring fortsetzte. Jedes Quäntchen Information, das sie aus ihm herauspressen konnten, könnte nützlich sein. Lew verstand, was er wollte.

„Wo waren wir gerade? Ach ja, Sie haben Ihren besten Freund zum Sterben im Dschungel zurückgelassen. Wieso eigentlich?", fragte er.

„Ganz so simpel war es dann auch wieder nicht", erklärte George, während er am ersten Kombinationsschloss herumdrehte. „Wir waren damals beste Freunde, und wir begingen beide dieselben Fehler. Wir spielten beide lieber die Rolle des milliardenschweren Playboys, statt uns um die Firmen zu kümmern, die unsere Väter uns hinterlassen hatten. Wir führten beinahe einen Wettstreit, wer sein Familienerbe als Erstes durchbrachte. Wie sich herausstellte, gab es ein Unentschieden.

Nathan erfuhr von einem Goldschatz, der während des Krieges im Dschungel von Papua-Neuguinea zurückgelassen worden war. Wenn seine Informationen stimmten, war das ein Schatz, so immens, dass er uns beide hätte retten können. Uns war klar, dass unser Lebensstil einem baldigen Ende entgegentrieb, also schlossen wir uns zusammen und gingen auf Schatzsuche. Es kostete uns jeden Cent, der uns noch geblieben war. Es war ein törichtes Unternehmen, und ich glaube nicht, dass wir wirklich damit rechneten, etwas zu finden. Es war eher so etwas wie ein letztes gemeinsames Abenteuer, bevor uns die Realität einholte." George wandte sich dem zweiten Zahlenschloss zu.

„Lassen Sie mich raten: Sie haben das Gold gefunden und Ihren Freund dem Dschungel überlassen, damit Sie alles allein behalten konnten."

„Sie liegen teilweise richtig", meinte George und drehte sich zu Lew um. „Wir haben das Gold gefunden, das stimmt. Was ich jedoch nicht wusste, war, dass Nathan eine kleine Abmachung mit unseren Führern getroffen hatte. Auf halbem Wege vom Berg zurück ins Tal stürzten plötzlich Einheimische aus dem Dschungel. Sie schleppten Nathan davon und begannen, alles zu töten, was sich bewegte. Ich habe die Hälfte meines Teams verloren, aber unsere Feuerkraft half uns schließlich, uns durchzusetzen. Als alles vorbei war, ging ich davon aus, dass Nathan entweder tot oder zumindest dem Tode geweiht war. Damals haben die Ureinwohner in Papua-Neuguinea noch äußerst aktiven Kannibalismus betrieben, und ich war wirklich nicht scharf darauf zu warten, dass der Stamm sich neu sammelte und uns wieder angriff. Also sind wir mit dem Gold weitergezogen.

Zwei Jahre später tauchte Nathan plötzlich wieder auf. Er wollte seinen Anteil. Zu diesem Zeitpunkt hatte ich jedoch bereits erfahren, dass er versucht hatte, mich zu betrügen, also sagte ich ihm, er solle zur Hölle fahren. Alles, was ihm noch geblieben war, war seine Insel gewesen. Ich erwartete, dass er sich dorthin zurückziehen und endlich sterben würde, wie er es schon Jahre zuvor hätte tun sollen."

„Tat er aber nicht", meinte Emily.

„Er fand die Sammlung seines Vaters", sagte Jonathan, einer plötzlichen Ahnung folgend.

„Ja", bestätigte George, und sein Gesicht verriet, dass er genauso überrascht war wie Lew und Emily, dass Jonathan diesen Teil der Geschichte kannte. „Die Sammlung war wertvoller als alles Gold, das wir gefunden hatten."

George wurde auch mit dem zweiten Zahlenschloss fertig und kurbelte eifrig am Rad der Tresortür. Metallisches Kratzen und Scheppern erfüllte den schmalen Gang.

„Sie können sich meine Überraschung und meine Freude vorstellen, als Nathan vor sechs Monaten zu mir kam. Offensichtlich besaß ich etwas, das er brauchte. Er bot mir Millionen an, aber ich lehnte jedes Geschäft ab. Dann wurde mir klar, dass ein Mann wie Nathan, mit seinen Verbindungen und seiner Art, Geschäfte zu führen, die Antwort auf meine dringlichste Frage war."

„Was für eine Frage?"

„Wie er sich endlich am Monarchen rächen konnte", erklärte Emily.

„Genau", sagte George und zog die schwere Tresortür auf – und zwar ohne große Mühe. Das Gewicht musste nahezu perfekt ausbalanciert sein. Als die Tür aufschwang, flackerten die Lichter im Inneren an. „Aber wenn ich meine Rache schon nicht haben kann, tröste ich mich damit, Ihnen zu helfen, Nathan zu vernichten."

„Der Feind meines Feindes", sinnierte Jonathan, nahm George dessen leichtfüßigen Wandel aber nicht ab. Man wendete nicht so viel Zeit und Geld auf wie George, nur um das Projekt plötzlich fallen zu lassen und sich mit etwas völlig anderem zufriedenzugeben.

„In diesem Falle ist er vielleicht nicht mein Freund", sagte George und betrat den Tresorraum. Direkt hinter der Tür drehte er sich um und breitete die Arme aus. „Aber für den Augenblick begnüge ich mich mit dem Begriff ‚Jagdkollege'."

Sie traten ein, wobei sie genau darauf achteten, zwischen George und der Tür zu bleiben. Wenn sie in diesem Tresor gefangen würden, wäre das ihr letzter Fehler.

Das Innere des Tresorraums spiegelte die Tür in Pracht und Glanz vollkommen wider. Blaugrünes Metall, eingefasst in Kupfer, bedeckte die Wände und die Decke. Halogenlampen verliefen in Halbkreisen die Decke entlang, und der Boden bestand aus weißem Marmor. Selbst die paar Stühle und Hocker, die hier und dort verstreut herumstanden, fügten sich in das Farbmuster ein. Der Tresor hatte etwa die Größe eines kleinen Supermarkts und verfügte sogar über ein paar Tische, vermutlich, um die Objekte darauf zu betrachten. Gereinigte und gekühlte Luft wehte ihnen um die Köpfe, eine sanfte Brise aus den wenigen Luftzugängen, die im Raum verteilt waren.

Doch dies war keine Sammlung, wie Jonathan jemals eine gesehen hatte. Es gab keine Gemälde oder Skulpturen, kein Gold und keine Juwelen. Nicht einmal irgendein antikes Dokument. Die gesamte Sammlung bestand aus gut einem Dutzend Sockel, auf denen die Kunstobjekte unter ihren Glashauben ruhten. Die Kunstwerke selbst waren nicht auf den ersten Blick identifizierbar.

„Was zur Hölle ist das?", fragte Lew, als er und Emily sich vorbeugten, um das Objekt im ersten Schaukasten genauer zu betrachten. Im Inneren fand sich ein rußgeschwärztes verformtes Etwas, von kupfernen Sockeln gehalten, und der gesamte Raum im Glas wurde von irgendeiner Art klarer Flüssigkeit eingenommen.

„Meine Sammlung hat sich ein wenig verändert seit Ihrer … Säuberungsaktion. Eigentlich müsste ich Ihnen sogar dankbar sein“, meinte George. Die Hände hinter dem Rücken verschränkt, wippte er auf den Fußballen vor und zurück, als habe er jemandem ein Geschenk überreicht und warte nun darauf, dass der andere das Papier aufriss. Auch sein Lächeln war wieder da.

„Dankbar? Wofür sollten Sie mir dankbar sein?“, wollte Lew wissen.

„Für die Erkenntnis, die Sie mir geschenkt haben. Meine vorherige Sammlung bestand aus Werken, die andere erschaffen hatten. Ausschuss. Nebenprodukte der wirklichen Kunstwerke.“

„Wirkliche Kunstwerke“, wiederholte Lew. Jonathan erkannte an dem Blick auf seinem Gesicht, dass er nicht die geringste Ahnung hatte, wovon George sprach. Jonathan selbst wünschte, er wäre ebenso unwissend. „Dieses … Brikett ist ein Kunstwerk?“, fragte Lew und zeigte mit dem Daumen darauf.

„Mit absoluter Sicherheit. Es war das erste Stück meiner neuen Sammlung und, aus offensichtlichen Gründen, das, welches meinem Herzen am nächsten ist. Auch wenn es, in Dollar bemessen, nicht das wertvollste ist.“

„Aber was …“

„Oh mein Gott“, rief Emily angeekelt und sprang erschrocken von dem Schaukasten zurück.

„Es ist seine Hand“, erklärte Jonathan.

„Seine …“ Lew verstummte, als George seine Prothese hochhielt, damit Lew einen guten Blick auf sie werfen konnte. „Sie meinen …?“ Lew warf einen etwas gründlicheren Blick auf das Objekt, und mit einem Mal war ihm das Verstehen deutlich im Gesicht abzulesen, als er die Finger und den Daumen am oberen Ende des verbrannten Körperteils erkannte. „Jesus Christus!“ Lew trat angewidert von dem Kasten weg.

Statt beleidigt zu sein, war George angenehm erheitert und lachte zufrieden, als er tiefer in den Tresor schritt.

„Und was ist mit denen hier?“, fragte Lew und zeigte auf die anderen Ausstellungsstücke der Sammlung.

„Menschliche Körperteile“, sagte Jonathan.

„Oh, aber sie sind so viel mehr als das“, wandte George ein. „Dies sind Splitter purer Genialität. Überlegen Sie nur mal: Was hätte den größeren Wert? Van Goghs Gemälde oder das Ohr, das er sich abschnitt? Eine Schriftrolle aus dem 13. Jahrhundert oder das echte Herz eines Templers? Der Becher, der Christus’ Blut am Kreuz auffing, oder das tatsächliche Blut, das sich in dem Becher befand?“

„Das ist krank“, meinte Lew.

„Um ehrlich zu sein ...“, begann Emily.

„Sag mir nicht, du bist mit diesem Irren einer Meinung?“

„Die Idee ist nicht neu. Den Handel mit berühmten historischen Körperteilen gibt es schon seit Hunderten von Jahren. Vermutlich noch länger“, sagte sie.

Rein gefühlsmäßig drehte sich Jonathan bei der Vorstellung ebenso der Magen um wie Lew, logisch betrachtet konnte er das Prinzip dahinter allerdings nachvollziehen.

„Leute bezahlen für so etwas tatsächlich Geld?“, wollte Lew wissen.

„Eine ziemlich große Summe, glauben Sie mir“, bestätigte George. „Aber alle kommerziellen Gedanken einmal außen vor, beinahe jede katholische Kirche besitzt irgendwelche Reliquien, für gewöhnlich eingebettet in ihren Altar.“

„Reliquien?“, fragte Lew.

„Körperteile von Heiligen“, erklärte Emily. „Der Vatikan vertreibt sie als eine Art Erinnerung daran, dass Wunder, zumindest irgendwann einmal, stattgefunden haben.“

„Und vergessen wir die Mumien nicht. Ägyptische Körperteile sind in jedem Museum auf der ganzen Welt zu betrachten“, sagte George.

„Was auch immer“, brummelte Lew und schüttelte den Kopf.

„Was haben Sie Kring versprochen?", wollte Jonathan von George wissen. Allmählich rann ihnen die Zeit davon. „Wo ist Objekt CS-231?"

George blieb stumm. Offensichtlich zögerte er noch.

Jonathan nickte Lew zu.

Der große Mann stampfte zu einem der Schaukästen, in dem etwas lag, das wie ein Klumpen Ton aussah, und klopfte mit dem Lauf seiner Waffe gegen das Glas.

„Wie viel haben Sie hierfür bezahlt?", fragte er.

„Das wagen Sie nicht! Sie haben versprochen …"

„Das haben Sie auch", unterbrach Jonathan ihn. „Machen Sie weiter einen auf harter Kerl, und Ihnen bleibt hier unten nur ein riesiger Stahlkasten voller Biomüll. Ihre Entscheidung."

Canton Georges Gesicht wurde schlagartig noch dunkler und rot wie ein Hummer. Er ballte die Hände zu Fäusten und begann auf und ab zu laufen, wobei er schnaubte wie ein eingesperrtes Raubtier. Er war machtlos, und das wusste er, doch er war so sehr daran gewöhnt, die Kontrolle zu haben, dass dieser neue Geschmack wie Gift auf seiner verwöhnten Zunge liegen musste.

Ohne jeden Täuschungsversuch schlug Lew den Schaukasten ein. Glas fiel klirrend zu Boden, und die Flüssigkeit im Inneren schwappte in einem dicken Schwall hinterher. Das Objekt selbst plumpste mit einem schmatzenden Geräusch auf den Marmor wie eine fallen gelassene Auster.

„Nein!", brüllte George und stürzte auf Lew zu. Jonathan riss die Waffe hoch und stoppte ihn.

„Ah, ah, ah. Das Objekt."

Als George weiterhin stur blieb, nickte Jonathan Lew erneut zu, woraufhin der einen großen Schritt über die Sauerei hinweg machte und zum nächsten Schaukasten trat, diesmal ein etwas größerer, in dem einige Knochenstücke lagen. Lew klopfte an das Glas. Emily wandte sich ab, offensichtlich in

Erwartung eines weiteren Scherbenhaufens, der in einer Pfütze landete.

„Zum Ersten, zum Zweiten, und …"

„Stopp! Fein, ich gebe es Ihnen. Schaffen Sie einfach diesen Wahnsinnigen aus meinem Haus." George ging in den hinteren Teil des Tresorraums und schloss einen Schrank auf. Er nahm irgendeinen Behälter daraus hervor, kam zurück und stellte ihn auf einen der Tische.

„Was ist das?", fragte Emily.

„Eine Transportkiste für Krings Objekt, mit Stickstoff gekühlt", erklärte George. Er tippte einen Code ein, und der Kasten öffnete sich zischend, wobei er kalten Dunst ausstieß. Dann langte er zu einem der Schaukästen dahinter und betätigte einen Schalter. Auch das Glas über diesem Ausstellungsstück öffnete sich zischend, und weiterer kühler Nebel stieg auf, als sich die Luft darin mit der wärmeren Luft im Tresorraum vermengte. Mithilfe einer kupfernen Zange entnahm er einen kleinen Klumpen und legte ihn in den gekühlten Kasten, den er anschließend verschloss.

„Da. Jetzt gehen Sie."

„Was ist es?", wollte Jonathan wissen, als Lew den Kasten an sich nahm.

„Der anteriore präfrontale Kortex des größten Verstandes der Menschheitsgeschichte", antwortete George, dessen Stimmung sich gleich wieder zu heben schien, jetzt, wo er jemandem etwas über einen seiner Schätze erzählen konnte, selbst wenn er dabei war, ihn zu verlieren.

„Wessen Verstand?", wollte Emily wissen und trat näher an die Kühlbox heran.

„Albert Einsteins", sagte George und streckte vor Stolz die Brust raus.

Jonathan, Lew und Emily klappte gleichzeitig der Kiefer runter. Lew nahm die Kiste, die er sich bereits unter den Arm geklemmt hatte, noch einmal hervor und hielt sie in beiden Händen vor sich, als könnte sie jeden Augenblick explodieren, wenn er nicht vorsichtig war. Eine Menge Zeit schien zu verstreichen, bevor wieder jemand sprach.

Ungläubig fragte Emily: „*Der* Albert Einstein?“

„Ist das überhaupt möglich?“, fragte Lew und bewegte nur die Augen in Jonathans Richtung.

„Damals, in den Fünfzigern“, erzählte George und begann wieder auf und ab zu laufen, wobei er die Pistolenmündung, die ihm weiterhin folgte, gar nicht mehr wahrzunehmen schien, „als er starb, hinterließ Einstein Anweisungen, die besagten, dass er keiner Autopsie unterzogen werden sollte. Er wollte kremiert werden, und seine Asche sollte man im Geheimen verstreuen. Der ganze Rockstar-Rummel, der sich um ihn gebildet hatte, gefiel ihm nicht, und er fürchtete, dass er nach seinem Tod eine nur noch größere Berühmtheit werden würde.“

„Also, wie ...“

George schnitt Lew das Wort ab. „Er hinterließ Anweisungen, aber es ist schwierig, dafür zu sorgen, dass die Welt deinen Wünschen Folge leistet, wenn du tot bist. Der Pathologe, der in jener Nacht im Krankenhaus von Princeton Dienst hatte, log. Er sagte, er habe die Erlaubnis, eine Autopsie durchzuführen. Niemand weiß genau, wieso. Auf jeden Fall entfernte der Arzt während der Autopsie Einsteins Gehirn und seine Augen.“

„Seine Augen?“, fragte Jonathan.

„Ja, anscheinend liegen sie noch in irgendeinem Bankschließfach irgendwo in Amerika, aber niemand kann das genau sagen. Es sind alles nur Gerüchte. Aber der interessante Teil ist der, dass der Pathologe nicht einmal die Fähigkeiten oder die Ausbildung besaß, ein Gehirn zu entfernen oder aufzubewahren, schon gar nicht ein Gehirn, das von der Welt als Inbegriff der Genialität angesehen wurde.

Nachdem es nun ohnehin so weit gekommen war, gab Einsteins Sohn am Ende doch noch sein nachträgliches Einverständnis für den Eingriff. Noch etwas, das nicht zu dem passte, was seinerzeit alle Welt erwartet hätte. Ist das nicht köstlich?", fragte George, der jetzt breit grinste.

„Wie ein Popel-Sandwich", erwiderte Lew.

„Hm, ja, nun, auf jeden Fall wurde alles vor Gericht geklärt. Das entfernte Gehirn wurde in seine einzelnen Regionen segmentiert und jahrelang in irgendeinem Keller gelagert, bevor irgendjemand sein Okay dazu gab, Forschungen daran anzustellen. Als es endlich untersucht wurde, stellte man fest, dass Einsteins Gehirn einfach nur ein völlig durchschnittliches Gehirn war. Genau genommen sogar ein bisschen weniger als der Durchschnitt, denn es war kleiner, leichter und weniger dicht."

„Aber wie konnte jemand, der so superclever war, nur ein …"

„Aha! Weil es gar nicht sein Gehirn *war*", erklärte George und schien unglaublich zufrieden mit sich zu sein. „Das segmentierte Gehirn war gar nicht Einsteins. Der Theorie zufolge wurde es irgendwann vertauscht, und Einsteins Hirn – das echte – wurde von einem Experten entfernt und aufbewahrt, der es später auf einer Auktion versteigerte. Der vermeintliche Pathologe, der überall eingetragen war, war nur ein bezahlter Strohmann. Irgendwann später schnitt jemand das echte Gehirn in Stücke, sodass er es mehrfach verkaufen und noch mehr Geld damit verdienen konnte. Im Laufe der Jahre sind die einzelnen Stücke verschwunden."

„Himmel", sagte Jonathan.

„Dies hier ist das letzte noch bekannte Stück, das übrig geblieben ist", sagte George und wedelte mit den Händen, als präsentierte er den Hauptpreis in einer TV-Spielshow.

„Woher sollen wir wissen, dass Sie uns nicht einfach nur ein Stück ranzigen Käse hier reingepackt haben?", fragte Lew.

„Am Boden des Kühlkoffers liegt ein Echtheitszertifikat. Darüber hinaus, fürchte ich, werden Sie mir vertrauen müssen."

Jonathan musste alles, was sie gerade erfahren hatten, erst einmal verdauen. Die Geschichte und der Kühlkoffer, der bewies, dass das Gewebe noch intakt war, erklärten, weshalb Kring dieses Stück unbedingt haben wollte. Wenn das, was Sophia ihm erzählt hatte, stimmte, war dies ein bedeutender Schritt auf Krings Weg zu einer Heilung. Einer *endgültigen* Heilung. Das war das Letzte, was Jonathan dem Bastard ermöglichen wollte, doch es war auch das Einzige auf der Welt, was Natalies Leben retten konnte.

Wenn sie nicht schon zu spät waren.

43

TARTARUGA ISLAND

21:30 Uhr Ortszeit

Sophia stand vor Nathans Büro und versuchte, ihren ganzen Mut zusammenzuraffen, um ihn wegen Jonathans Tochter zur Rede zu stellen. Sie wusste, dass er sauer sein würde, weil sie sich an seiner Wache vorbeigeschlichen hatte, aber sie hatte nicht riskieren wollen, um Erlaubnis zu bitten, auf die Gefahr hin, dass man es ihr verbot. Sie wusste auch, dass sie im Recht war, aber selbst im Lichte ihrer neuesten Enthüllungen versetzte sie die Vorstellung, sich dem Mann entgegenzustellen, der sich jahrelang als ihr Vater ausgegeben hatte, in nackte Panik. Sie hatte sich selbst gerade so weit beruhigt, dass sie hätte eintreten können, als sie durch die Tür etwas hörte, das sie noch mehr entsetzte. Es ließ sie an Ort und Stelle zu Stein erstarren.

„Ruf Thomas an. Sag ihm, Mr. Hall und Miss Denham sind auf dem Rückweg und sie haben die Probe. Er soll sie auf dem Flugfeld in Empfang nehmen“, sagte Nathan.

„Du willst die Sache nicht wirklich durchziehen, oder?“, fragte Lara.

„Und sag Sophia, sie soll die DNS-Analyse der Augen abschließen, die Thomas aus Pensacola mitgebracht hat. Ich zweifle nicht daran, dass Georges Stück echt ist, aber wir müssen sichergehen.“

„Aber …“

„Genug! Die Zukunft – unsere Zukunft – hängt von dem ab, was wir in den nächsten Stunden tun. Es ist sehr wichtig, dass du ohne Widerrede gehorchst und exakt das tust, was ich dir sage. Hast du verstanden?" Sophia beschlich das Gefühl, dass „unsere Zukunft" ihre Zukunft nicht mit einschloss.

„Ja, ich verstehe", erwiderte Lara.

„Gut. Der Austausch wird im Hof stattfinden. Ich will, dass du zwei unserer besten Scharfschützen in Position bringst, sie sollen sich auf dem Dach über dem Hof bereithalten. Wenn ich das Signal gebe, sollen sie das Feuer eröffnen." Sophia gab ein ersticktes Keuchen von sich und schlug die Hand vor den Mund.

„Und auf welche Ziele?"

„Alle außer dir und mir. Niemand darf diesen Hof lebendig wieder verlassen."

„Selbst das Mädchen? Natalie?", fragte Lara, eher überrascht als schockiert.

„Ganz besonders das Mädchen. Gib den Befehl, sie als Erstes zu erschießen. Ich will es in Halls Augen sehen. Ich will sehen, wie ihm bewusst wird, wer von uns der Bessere ist – kurz bevor der Monarch stirbt."

Sophia drängte sich in die Schatten zurück, als Lara mit entschlossenem Schritt das Büro ihres Vaters verließ. Nachdem Lara im Fahrstuhl verschwunden war und die Türen hinter ihr sich geschlossen hatten, rannte Sophia in die andere Richtung. Wenn Lara direkt zum Labor gehen würde, blieben ihr nur wenige Minuten Zeit.

Ich muss Natalie hier rausschaffen!

Am Ende des Gangs packte Sophia das Gitter, das den Zugang zu den Tunneln verdeckte, die die Eingeweide der Anlage bildeten. Sie zog es auf, huschte hinein und zog das Gitter hinter sich wieder auf die Öffnung.

Gebückt rannte Sophia den engen Tunnel entlang zu einer

der Leitern, welche die einzelnen Stockwerke miteinander verbanden. Sie kletterte, so schnell sie konnte, hinunter, wusste aber, dass sie nicht schneller war als der Fahrstuhl. Am Boden angekommen, sprang sie von der Leiter und rannte los, das Donnern der Generatoren unter ihren Füßen kitzelte sie in den Ohren. Sie erreichte die Zugangsöffnung zum Labor, trat das Gitter von der Öffnung und kroch hinaus.

Sie stürzte zur Tür und fischte unterwegs ihre Zugangskarte aus der Tasche. Auf der anderen Seite hörte sie bereits Schritte, aber sie konnte unmöglich sagen, wie dicht sie waren. Sophia prallte gegen die Tür und zog ihre Karte, die sie verkehrt herum hielt, zwei Mal schnell hintereinander durch den Schlitz. Das Licht über dem Gerät blinkte rot. Sie zog die falsche Seite ihrer Karte wieder und wieder schnell hintereinander durch den Schlitz, bis der kleine Kasten nach dem fünften Fehlversuch einen langen Piepton ausstieß und das Licht nicht mehr blinkte, sondern beständig rot leuchtete. Sie hatte die Technik gezwungen, die Tür fest zu verriegeln, das gab ihr wenigstens eine Stunde Zeit, bevor das Kartenlesegerät wieder irgendwelche Versuche zulassen würde, auch wenn sie bezweifelte, dass Lara so lange warten würde. Sophia blickte auf ihre Uhr, während sie zu ihrem Computer eilte. Sie schätzte, dass ihr etwa zehn Minuten blieben, bevor Lara die Wachen aufforderte, die Tür aufzubrechen.

Sie wühlte durch mehrere ihrer Schubladen, bis sie endlich einen USB-Stick fand. Sie stöpselte ihn an ihren Computer und begann, sämtliche Daten zu kopieren. Sie musste Natalie retten, aber auf keinen Fall würde sie ohne ihre Forschungsergebnisse verschwinden.

Während sie zusah, wie der Fortschrittsbalken auf ihrem Monitor elendig langsam den hundert Prozent entgegenkroch, hörte sie, wie jemand versuchte, seine Schlüsselkarte an der Tür zu benutzen. Nach etlichen Versuchen schlug dieser Jemand wütend gegen die Tür und fluchte. Als es auf der anderen Seite still wurde, sah Sophia wieder auf ihre Uhr.

Während die Daten auf ihren USB-Stick wanderten, lief Sophia zu ihrem Kühlschrank und trug das gesamte verbliebene Serum und die chemischen Basisflüssigkeiten zum Waschbecken hinüber. Es war vermutlich eine zwecklose Aktion, aber sollte sie jetzt scheitern, Natalie zu retten, dann hoffte sie, dass es für Nathan ohne das Serum schwieriger sein würde, seinen Plan auszuführen. Sie packte ein Fläschchen des Serums in eine Tasche, die sie sich aus ihrem Büro holte, und schüttete den Rest ins Waschbecken. Als ihr das zu lange dauerte, schmetterte sie einfach die Gläser ins Waschbecken und ließ das Wasser laufen, das all ihre Arbeit in den Abfluss mitriss.

Der Datentransfer überschritt gerade einmal die Fünfzigprozentmarke.

Sie stand in ihrem Labor und fuhr sich mit den Händen durchs Haar. Was hatte sie vergessen? Sie durfte nichts zurücklassen, anhand dessen jemand anders ihr Serum neu entwickeln könnte. Da entdeckte sie ihr Regal mit ihren Notizbüchern. Ihr fehlte die Zeit, sie zu vernichten, und tragen konnte sie auch nicht alle.

Sie zog einen großen Müllbehälter hinüber zum Luftabzugsschacht und lief zum Regal, von wo sie ihre gesamten Aufzeichnungen in den Container warf, bevor sie eine Flasche Schwefelsäure darüberkippte. Die Bücher rauchten eine Minute, bevor sie in Flammen aufgingen. Der größte Teil des giftigen Rauchs wurde in den Schacht gezogen, aber einiges drang ins Labor. Sophia hustete und bedeckte ihren Mund und ihre Nase mit dem Ärmel.

Der Computer gab einen Piepton von sich, dass die Datenübertragung abgeschlossen war. Sophia schnappte sich den USB-Stick und stopfte ihn sich in die Jeanstasche, bevor sie dem Computer das Kommando gab, alles zu löschen – ein speziell entwickeltes Protokoll, das sämtliche Festplatten komplett löschen würde, selbst die Datenrückstände, was eine Wiederherstellung unmöglich machen würde, wenn nicht gerade das weltbeste Computergenie die Datenträger in seine Finger bekam.

Plötzlich rasselte eine Alarmklingel los, und die Sprinkler über ihr schütteten eine Mischung aus Wasser und Feuerlöschschaum über dem Labor aus. Sophia griff sich ihre Tasche und ließ noch das Kästchen mit den Augen hineingleiten, die Thomas ihr zum Testen gebracht hatte. Zum Abschluss fand sie noch ein paar persönliche Gegenstände, die sie ebenfalls in die Tasche warf. So hatte sie ihr Leben im Labor nicht zurücklassen wollen, aber jetzt war nicht die Zeit, um sentimental zu werden. Sie wischte sich Wasser und Schaum aus dem Gesicht und lief zum hinteren Ende des Labors. Während sie immer wieder auf dem nass-schaumigen Boden ausrutschte und beinahe hinfiel, öffnete sie ihre Käfige. Heute sollte jeder seine Freiheit bekommen.

Sie trat vorsichtig über die kleinen, davonhuschenden Tiere und zurück zu ihrem Lüftungsschacht. Das Gitter ließ sich nicht wieder perfekt schließen. Auch wenn sie als Kind tausendfach dagegengetreten hatte, war es der Kraft ihrer erwachsenen Beine in der Eile vorhin nicht gewachsen gewesen. Sie zog es, so gut sie konnte, wieder über die Öffnung und entledigte sich außerhalb des Wasserschauers erst einmal ihres triefenden Labormantels. Sie wrang ihn aus und nutzte ihn als Handtuch, mit dem sie sich Schaum und Wasser vom Körper wischte. Dann marschierte sie die Tunnel entlang zur Leiter und stieg hinauf in Ebene drei.

Der Alarm schrillte noch immer durch die Anlage, als sie das verschweißte Gitter vor Natalies bequemer Gefängniszelle erreichte. Sie warf einen Blick hinein und sah, dass Natalie den Alarm zwar hören konnte, aber eher genervt wirkte als ängstlich.

Tapferes Mädchen.

Sophia fischte ihre kleine Flasche mit Schwefelsäure heraus und kippte sie behutsam über die Schweißnaht des Gitters. Als die Säure die Feuchtigkeit aus dem Metall saugte, stiegen leichte Fäden ätzenden Dampfes auf. Sie trat zurück, um das Gift nicht einzuatmen, und als sie dem Gitter einen Tritt verpasste, brach die letzte Schweißnaht, und die Abdeckung fiel ab. Sophia schlüpfte in den Raum, froh darüber, dass der jaulende Alarm ihre Geräusche vor Natalie und der Wache vor der Tür verbarg.

Sophia schlich hinter Natalie und legte ihr die Hand auf den Mund, damit sie nicht schreien konnte. Das Mädchen blickte mit aufgerissenen Augen und verwirrtem Blick zu ihr auf.

„Bleib ruhig, Kleine. Ich bin eine Freundin deines Vaters", sagte Sophia. „Ich nehme jetzt meine Hand weg, okay?"

Natalie nickte, und ihre aufgerissenen Augen wurden zu schmalen Schlitzen, als sie die Geschichte dieser Fremden abzuwägen begann.

„Woher kennen Sie meinen Dad?", fragte Natalie.

„Er hat mir kürzlich bei einem ... Problem geholfen. Also erwidere ich ihm den Gefallen. Wie würde es dir gefallen, hier zu verschwinden?" Sophia wusste nicht genau, was sie tun würde, wenn Natalie Nein sagte. Aber es war auch egal – Natalie lächelte und nickte.

Sie sammelten die Zeichnungen des Mädchens zusammen, stopften sie in ihren Rucksack und schlüpften dann wieder durch den Schacht in den vor Lärm vibrierenden Tunnel. Sophia schloss die Abdeckung, welche, anders als im Labor, noch immer perfekt auf den Schacht passte. Sie nahm Natalies Hand und führte sie tiefer in die Eingeweide der Anlage, zu einem Ort, den Sophia noch nie mit irgendjemandem geteilt hatte.

44

AUSTRALIEN
04:45 Uhr Ortszeit

„Dort ist es“, rief Lew vom Rücksitz des Land Rovers, den sie aus Canton Georges Garage befreit hatten. Nachdem sie Kring angerufen und ihn hatten wissen lassen, dass sie auf dem Rückweg waren, hatten sie George in seinem eigenen Tresor eingeschlossen. Jonathan warf einen Blick in den Rückspiegel und sah Lew und sein neues Spielzeug, das er auf dem Schoß hielt – ein Scharfschützengewehr aus Georges Waffensammlung.

Jonathan, der neben Emily auf dem Fahrersitz saß, sah das Auto nicht, von dem Lew meinte, er habe es gestohlen, um damit vom Flughafen zu Georges Jagdgebiet zu kommen, aber er fuhr den schroffen Felsen am Straßenrand hinauf, auf den Lew zeigte. Sie stiegen aus, Lew mit seinem Gewehr, und folgten ihm durch das hohe Gras am Rande eines schmalen Feldwegs. Die frühe Dämmerung war kühl, und im Augenblick wünschte Jonathan sich, seinen eigenen Staubmantel zu haben. In der Ferne hörte er die Geräusche der Hauptstraße, auch wenn sie noch nicht zu sehen war. Hinter dem blanken Felsen entdeckte er Lews gestohlenes Fahrzeug – er hatte es mit Zweigen bedeckt, und Jonathan half ihm, es freizulegen.

„Du bist von hier aus gelaufen?“, fragte Emily mit Ehrfurcht in der Stimme, während sie ihnen zusah.

„Gejoggt, um genau zu sein. Wenn sie euch beide nicht den ganzen Weg auf der Schulter getragen hätten, hätte ich sie niemals eingeholt. Jedenfalls nicht rechtzeitig. Sie haben eine Spur im Dschungel hinterlassen wie eine Herde Elefanten, die vor einer Maus flüchtet." Lew warf sein Gewehr auf den Rücksitz des Wagens. Jonathan hielt ihm die Hand hin, aber als Lew sie schüttelte, ließ er nicht los.

„Was?", wollte Lew wissen.

„Niemand stirbt", sagte Jonathan. Er sprach nicht nur von ihnen oder wollte seine Sorge um das allgemeine Wohl des menschlichen Lebens ausdrücken. Sie brauchten den Piloten, und sie hatten keine Ahnung, ob Krings Männer irgendwelche Anweisungen hatten, sich unterwegs bei Nathan zu melden oder nicht.

„Keine Bange", erwiderte Lew mit einem Lächeln. Jonathan hätte sich besser gefühlt, wenn er nicht den leisen Verdacht gehabt hätte, dass Lew die ganze Sache auch noch Spaß machte.

Völlig unerwartet, bevor Lew einsteigen konnte, drückte Emily ihm einen Kuss auf die Wange. Jonathan dachte, dass Lew aussah, als hätte er einen schweren Stromschlag bekommen.

„Als Glücksbringer", meinte Emily, und ihr Blick huschte kurz zu Jonathan, bevor sie errötete und zurück zum Land Rover ging.

Lew räusperte sich und schien Jonathans Blick auszuweichen, während er einstieg. Er ließ den Motor an und fuhr das Fenster runter.

„Denk dran, gib mir zehn Minuten", sagte Lew, der den Ellbogen lässig aus dem Wagen hängen ließ. Er würde sich am Flughafen in Position bringen, um Jonathan und Emily Deckung zu geben, wenn sie eintrafen.

„Worauf wartest du? Einen Kuss von mir? Hau endlich ab", sagte Jonathan mit einem Zwinkern und schlug auf das Wagendach, bevor er zurücktrat.

„Armleuchter", murrte Lew, trat das Gaspedal durch und

jagte mit Dreck hochschleudernden Reifen davon. Er hupte kurz und winkte dem Fenster.

Jonathan gesellte sich zu Emily beim Land Rover und sah mit ihr zusammen zu, wie Lews Wagen um eine Kurve verschwand.

Und so begannen die längsten zehn Minuten in Jonathans Leben.

„Sie mussten es tun", sagte er, als er den Eindruck hatte, dass Emily sich in sich selbst zurückzog. Sie sah ihn an und lächelte traurig.

„Ich weiß", antwortete sie. „Ich habe nur überlegt, wie ich ihm sagen soll, dass mein Name und meine Biografie nur erfunden sind."

„Stimmt", meinte Jonathan. In diesem Moment wurde ihm endgültig klar, dass Lew und Emily mehr miteinander teilten als die Verbindung zweier Fremder, die in denselben Schwierigkeiten steckten.

„Ich habe endlich …", begann Emily, seufzte dann aber und öffnete die Beifahrertür. „Nicht so wichtig." Sie stieg ein und schlug die Tür hinter sich wieder zu. Mit verschränkten Armen rutschte sie tiefer in den Sitz.

Während sie alleine im Wagen saß, stand Jonathan daneben, lehnte sich an den Kotflügel und bestaunte die Schönheit um ihn herum, als die Sonne langsam emporkroch. Er dachte an Natalies Traum, in dem er an der Seite einer mysteriösen Unbekannten war, die ihn davor rettete zu sterben. Nur der verkleidete Wunschtraum eines Kindes – oder doch nicht? Seltsamerweise erwischte er sich dabei, wie er an Sophia Kring dachte. Auf welcher Seite würde sie stehen, wenn sie zurück auf die Insel kamen? Er dachte, er wüsste es, aber man konnte nie sicher sein. Er verspürte ein ungewöhnliches Flattern in seiner Brust, als er an sie dachte, konzentrierte sich jedoch auf andere Dinge. Nach einem Blick auf seine Uhr genoss er ein letztes Mal die Landschaft um sich herum und stieg neben Emily in den Land Rover. Er ließ den Motor an.

„Und los ge…"

Die Explosion ließ den Land Rover erzittern, als wollte er eine Horde Ameisen abschütteln. Jonathan schoss der Gedanke durch den Kopf, dass jemand sie hereingelegt hatte, aber abgesehen von der Erschütterung und dem Echo unter dem australischen Morgenhimmel, das wie eine ganze Raketenladung voller Donner klang, fand er keine Spuren davon, dass sich irgendetwas tat. Er sah zu Emily hinüber, doch die sah hinter ihnen aus dem Fenster.

„Oh mein Gott", keuchte sie. „Waren wir dort nicht gerade?"

Jonathan wirbelte in seinem Sitz herum und stieg schließlich aus, als er die pilzförmige Wolke in den Himmel steigen sah. Emily hatte recht, es war Georges Villa. Oder das, was einmal Georges Villa *gewesen* war, wenn er nach der Größe der Wolke urteilen müsste.

„Was ist passiert?", fragte Emily, als Jonathan wieder einstieg.

Jonathan rollte rückwärts von dem Felsen herunter auf die Straße und beschleunigte. Alle paar Sekunden wanderte sein Blick zum Rückspiegel und zu der noch immer aufsteigenden Rauchwolke. Er hatte eine ziemlich gute Vorstellung davon, was geschehen war, aber es war jetzt nicht mehr wichtig. Nichts war mehr wichtig, außer zu diesem Flugzeug zu kommen.

45

CANTON GEORGES ANWESEN

05:15 Uhr Ortszeit

Canton George erwachte unter einem Haufen aus zerbrochenem Glas und menschlichem Gewebe. Der Tresorraum hatte ihm das Leben gerettet, aber er spürte die Explosion noch immer in sämtlichen Knochen. Von seinem aktuellen Gefängnis aus hatte er zwar keine Gewissheit, aber er war sich sicher, dass er ziemlich genau wusste, was geschehen war.

„*Kring, jou bliksem!*", schimpfte er auf Afrikaans und nannte Kring einen Bastard. Die beiden Männer mussten den Metallkoffer voller Euro in seinem Büro zurückgelassen haben. Wenn sie nur gewöhnliche Diebe gewesen wären, die nicht nur das Gehirn hätten haben wollen, hätten sie das verfluchte Ding mitgenommen. So wie es jetzt aussah, hatte George keinen Zweifel, dass von seinem Haus dort oben nicht viel übrig geblieben war.

Es war alles verloren. Jeder noch so kleine Schatz aus menschlichem Fleisch lag um ihn herum verstreut auf dem Boden des Tresors, der Luft ausgesetzt, umgeben von Scherben und Schrott, die überall hineinschnitten. Als die Explosion den Tresorraum erschütterte, hatte George bereits teilweise in einem der Schächte gesteckt, im Versuch herauszukriechen. Er war wie wild in dem Schacht herumgeschleudert worden, bevor er in den Tresor zurückgefallen war. Seine Brust, sein Rücken und sein Gesicht waren mit winzigen Scherben übersät, und die

Wunden brannten höllisch von den konservierenden Chemikalien, die überall ausgelaufen waren.

Er konnte den Schmerz nicht wirklich spüren – nicht bei all der Wut, die ihm durch die Adern jagte. Wut auf Kring und diese einfältige Hälfte des Monarchen, die vor so langer Zeit seine Sammlung zerstört hatte. Mit welchem Namen hatten sie ihn angesprochen?

„Lew", spie George aus, als habe er etwas Übelschmeckendes auf der Zunge liegen. Und plötzlich wusste er, was er zu tun hatte. Es würde teuer werden, sowohl in Dollars als auch in geschuldeten Gefallen, aber er war so wütend, dass er sich um solche Details gerade keine Gedanken machen konnte. Oder wollte.

George rappelte sich hoch und humpelte zu einer Abdeckung in der Mitte des Tresors, die glücklicherweise fast völlig von der Explosion verschont geblieben war. Nach dem Verlust seiner ersten Sammlung – und seiner Hand – hatte er Sicherheitsvorkehrungen getroffen. Zum Beispiel die Luftzufuhr im Tresor oder die Notfallleitung nach draußen, die unterirdisch bis in den Wald hinaufführte, wo sie in einem kleinen Gebäude endete. In den Wipfeln der umstehenden Bäume befand sich eine geheime Antenne. Seine engsten Vertrauten hatten ihn für paranoid gehalten – und wenn schon sonst nichts Gutes bei der Sache hier herauskommen sollte, dann wenigstens die Bestätigung, dass er richtiggelegen hatte.

Aber er rief nicht um Hilfe. Noch nicht jedenfalls.

„Eine Reaper? Haben Sie den Verstand verloren, George?", brüllte die Stimme am Telefon. Sie gehörte zu Colonel Rudyard Maitland – Pädophiler, Mörder und Basis-Kommandeur auf Diego Garcia, dem US-Navy-Stützpunkt, gute tausendsechshundert Kilometer südlich von Indien. „Ich kann keine Militärdrohne auf ein ziviles Ziel ansetzen, um Himmels willen!"

„Sie können es, wenn Sie Ihre Geheimnisse bewahren wollen, Maitland“, erwiderte George. Noch während er die Drohung aussprach, durchsuchte er seinen Schädel nach weiteren Möglichkeiten, ihn zu überzeugen, oder nach anderen Schwierigkeiten, die auftreten könnten. Geld war kein Problem. Eine vollbestückte MQ-9 Reaper-Drohne – oder UAV, *unmanned aerial vehicle*, also ein unbemanntes Luftfahrzeug, wie das Militär sie nannte – kostete etwa neunundzwanzig Millionen Dollar, auch wenn Maitland unzweifelhaft wusste, dass George deutlich mehr zahlen würde.

„Ich … ich kann nicht. Es gibt keine Möglichkeit, meine Beteiligung zu verheimlichen. Meine Karriere wäre vorbei, und das ist nur der Minimalpreis, den ich zahlen müsste.“

„Ihre Karriere *ist* vorbei, ganz gleich, was Sie tun, Maitland. Es liegt an Ihnen, ob Sie mit genügend Geld in den Ruhestand gehen, um ihn unter falschem Namen im Paradies zu verbringen, oder ihn in einer kleinen Zelle verleben wollen.“

„Oh Jesus“, murmelte Maitland.

Ich verliere ihn.

Da schoss George eine Erinnerung durch den Kopf, etwas aus seiner Kindheit in den Slums von Kapstadt, und ihm wurde klar, dass er noch etwas anderes anbieten konnte. Etwas ganz und gar individuell Zugeschnittenes für einen Mann wie Maitland.

„Wie wäre es, wenn ich noch ein paar Spielzeuge obendrauflege, Maitland? Ganz für Sie allein, mit denen Sie alles tun können, was auch immer Ihnen beliebt? Und niemand wird irgendwelche Fragen stellen.“

Das Schweigen, das aus der Leitung kam, war ohrenbetäubend. Wenn er darauf nicht einging, wusste George, dass er nichts …

„Wie viele?“, fragte Maitland und keuchte, als wäre er gerade einen Marathon gelaufen.

Canton George lächelte.

46

TARTARUGA ISLAND

22:30 Uhr Ortszeit

Die Räder des Stuhls knirschten und knackten, als sie über die Scherben im Labor rollten. Die Melange aus Chemikalien, vermengt mit Feuerlöschschaum und Wasser, klebte am Gummi der Reifen, bedeckte sie und ließ sie wie Weißwandreifen aussehen. Der Alarm war verstummt, und die Wassermassen aus der Sprinkleranlage waren verebbt, bevor die Tür ihr Schloss endlich wieder geöffnet hatte. Nicht, dass es irgendeinen Unterschied gemacht hätte – der Schaden war angerichtet. Nichts, das irgendwie nützlich gewesen wäre, war übrig geblieben.

Eine Bewegung zog Nathans Aufmerksamkeit auf sich. Eine zuckende Maus saß auf einem Laborhocker auf der anderen Seite des Raums. Eine gesündere Maus flitzte um sie herum und herum, blieb ab und zu stehen, um an ihrem kranken Freund zu schnüffeln, bevor sie sich wieder der wichtigen Aufgabe zuwandte, anzugeben. Zorn ließ Nathans Blick verschwimmen. Er musste wegschauen und sich Tränen aus den Augen blinzeln.

Nathan, der normalerweise gut mit Rückschlägen umgehen konnte, hätte in besseren Zeiten jetzt bereits einen Plan geschmiedet, wie er sich hiervon erholen könnte. So hatte er sein ganzes Leben verbracht. Es gab immer eine Alternative, einen anderen Weg zurück an die Spitze. Immer – abgesehen von jetzt. Das verschwundene Serum und die blinkenden Computerbildschirme, die ihm ihr „ERROR ERROR ERROR" entgegenbrüllten, machten ihm klar, dass Sophia auch all ihre Forschungen mitgenommen hatte. Selbst wenn sie sie finden sollten, wusste Nathan, dass jemand, der so etwas hier seinem eigenen Labor antat, nie wieder kooperieren würde. Und ohne ihre Mitarbeit müsste er noch einmal ganz von vorne anfangen. Doch genau dafür fehlte ihm die Zeit. Selbst wenn er das Geld zusammenkratzen könnte, um ein neues Laborteam anzuheuern und die Geräte anzuschaffen, würde er nicht einmal lange genug leben, um die ersten Versuchsreihen zu sehen. Ohne das Serum wäre er in wenigen Monaten tot – wenn er überhaupt so lange durchhielt. Sophia hatte ihn umgebracht, genau so, als wenn sie ihm einen Dolch ins Herz gerammt hätte.

„Mein Gott", stieß Lara hinter ihm aus. Sie sah die Zerstörung zum ersten Mal.

„Was willst du?", fragte Nathan. Er wollte nur allein sein, sich in der Verzweiflung und Hoffnungslosigkeit suhlen. Sich für den besten Weg entscheiden, seinem Leben ein Ende zu setzen.

„Sie hat auch das Mädchen mitgenommen", erklärte Lara. „Wir werden sie finden."

„Mach dir keine Mühe", sagte er. Sophia trug hieran keine Schuld. Es war Halls Werk. Nathans Plan war nach hinten losgegangen; Hall hatte Sophia irgendetwas ins Hirn gesetzt, in den wenigen Minuten, die sie zusammen verbracht hatten. Lara kam näher, blieb hinter ihm stehen und legte ihm die Hände auf die Schultern. Es war das erste Mal seit über einem Jahr, dass sie ihn berührte.

„Wir brauchen das Mädchen", sagte sie. „Wenn du ihn hier reinlocken willst, brauchst du sie als Köder."

Ihn hereinlocken. Ja, Hall in die Anlage locken und ihn als Druckmittel benutzen, um Sophia zu zwingen, sich wieder an die Arbeit zu machen. Er würde Hall vor ihren Augen töten, so wie er diesen Bobby an ihrer Universität getötet hatte. Dann würde er dem Mädchen die Waffe an den Kopf halten, und Sophia würde alles tun, worum er sie bat. Und sobald sie fertig war, würde er das Mädchen töten. Und dann Sophia. Langsam.

Nathan spürte, wie die Verzweiflung allmählich von ihm abließ und sich verwandelte, in etwas Weißglühendes, das seine Hoffnungslosigkeit wegbrannte. Das Mädchen war der Schlüssel.

„Finde sie", sagte Nathan. Lara nahm ihre Hände von seinen Schultern und verließ das Labor, blieb an der Tür jedoch noch einmal stehen.

„Ich glaube, ich weiß, wo ich sie suchen muss", meinte sie. Nathan drehte seinen Rollstuhl herum und sah Lara neben dem verbogenen Lüftungsgitter stehen, das zu den Wartungstunneln führte.

„Mach es nicht zu kompliziert", sagte Nathan und rollte aus dem Raum. „Sie werden in wenigen Stunden hier sein. Und Lara …"

„Ja, Vater?"

„Ich will sie beide lebend."

„Ja, Vater", antwortete Lara mit hörbar angespannter Stimme.

47

AUSTRALIEN

05:30 Uhr Ortszeit

„Auf die Knie!“, rief der große Australier.

Zum zweiten Mal innerhalb weniger Stunden knieten sich Jonathan und Emily nebeneinander hin und nahmen die Hände hinter den Kopf.

„Kein Grund, so rumzubrüllen“, erwiderte Jonathan.

„Halt’s Maul“, fuhr der Mann ihn an. Jonathan konnte von seiner Position aus ins Flugzeug sehen. Es schien, als gebe es nur noch eine weitere Person im Inneren, einen Mann im Pilotensitz, der mit den Anzeigen vor sich beschäftigt schien. „Wo ist es?“

Jonathan wandte sich Emily zu und flüsterte: „Bleib, wo du bist. Gib ihm keinen Grund, irgendwas zu tun.“

Dann stand er auf.

„Was machst du da? Sofort runter, auf …“ Jonathan winkte mit der Hand, und direkt vor den Füßen des Australiers flogen mit einem scharfen Geräusch zwei dicke Brocken Asphalt aus der Landebahn.

„Der nächste Schuss geht durch Ihr Herz“, sagte Jonathan. „Legen Sie Ihre Waffe auf den Boden, und schieben Sie sie mit dem Fuß zu mir rüber. Und sagen Sie Ihrem Piloten, dass er hier rauskommen soll.“

Dies war immer ein angespannter Augenblick für Jonathan. Sein Gegenüber würde entweder gehorchen oder schießen.

Aber Tatsache war, dass der Pilot der Einzige war, den sie wirklich brauchten. Sollte es hier also gleich wirklich ruppig werden, war der Typ vor ihm entbehrlich – aber das bedeutete nicht, dass er nicht noch ein paar Schüsse auf Jonathan abgeben konnte, bevor Lew ihn aus dem Weg räumte.

„Fallen lassen!", rief Jonathan. Es fühlte sich albern an, einem bewaffneten Mann Befehle zu erteilen, wenn er selbst nichts anderes als Luft in der Hand hielt.

Der Mann ließ den Blick über die Hügel schweifen, die den Flugplatz umgaben. Er versuchte, die Quelle der Schüsse ausfindig zu machen. Jonathan hoffte, dass er halbwegs rechnen konnte – die Hügel waren etliche Hundert Meter entfernt, und er hielt nur eine Pistole in der Hand. Selbst wenn er das Mündungsfeuer entdecken sollte, stand er auf verlorenem Posten.

Schier endlos zogen sich die Sekunden dahin; der Mann rieb mit dem Daumen über den Griff seiner Waffe, während er versuchte, eine Entscheidung zu fällen. Schließlich ließ er die Hügel Hügel sein und starrte Jonathan und Emily an.

„Dieter! Komm hier raus!" Der Mann legte seine Waffe mit besonders auffälliger Gestik auf den Asphalt, sodass, wer auch immer ihm durch sein Zielfernrohr zusah, genau erkennen konnte, was er tat. Dann schob er sie mit dem Fuß zu Jonathan hinüber, der sie aufnahm und auf den Australier und den Piloten gerichtet hielt, der sich zu seinem Kameraden gesellte, während sie auf Lew warteten.

Er kam aus dem Wald am Fuße der Hügel, das Gewehr über die Schulter gehängt. Als er Jonathan und die anderen erreicht hatte, fesselten und knebelten sie das Paar und schafften sie in den Laderaum des Flugzeugs. Der Pilot ging freiwillig, aber der Australier blieb starrsinnig bis zum Schluss, stemmte die Füße auf den Boden und schlang immer wieder die Beine um die Sitze im Flugzeug, während Lew ihn ans hintere Ende der

Maschine zerrte. Schließlich platzte Lew der Kragen. Er packte den Kerl und donnerte ihn kräftig gegen die Bordwand.

„Hör mal, Schwachkopf, gib mir nicht noch einen verdammten Grund, okay?“, zischte er dem Mann ins Ohr. „Deinen Kumpel da brauchen wir, aber du bist nur unnötiger Ballast.“ Der Mann nickte widerwillig und ließ zu, dass er neben dem Piloten in den Frachtraum gesteckt wurde.

„Tut mir leid, dass du das mit ansehen musstest“, entschuldigte Lew sich bei Emily.

Nachdem ihre Gefangenen sicher verstaut waren, setzten sie sich alle um einen der Tische, um die weiteren Pläne zu schmieden. Jonathan konnte spüren, wie ihm mit jedem *Tick-Tick* der Uhr die Zeit davonglitt.

„Okay“, sagte er und kritzelte auf einem Blatt Papier herum, was ihm beim Denken half. „Ich habe nie gesehen, wie die Anlage von außen aussieht, aber ich habe eine perfekte Führung durch ihr Innenleben bekommen.“

„Führung?“, meinte Lew.

„Frag nicht. Kring meinte, es gebe ein Flugfeld am Nordende der Insel. Wir landen dort und fahren die Straße entlang bis zum Hauptkomplex. Es gibt einen großen Hof direkt außerhalb des Hauptgebäudes. Es sieht dort aus wie auf einer alten Kontrollstation. Dort findet der Austausch statt.“

„Sie können es ihm nicht geben!“, wandte Emily ein. „Das ist praktisch ein nationales Kulturgut.“

„Ziemlich ekeliges Kulturgut“, murmelte Lew.

„Mir ist egal, was es ist“, sagte Jonathan. „Wenn es mir Natalie zurückbringt, kann er es haben. Und ich werde nicht riskieren zu versuchen, ihn auszutricksen. Wir haben es hier mit einem Mann zu tun, der sämtliche Eventualitäten berücksichtigt. Wenn einer von euch ein Problem damit hat, sagt er es besser jetzt.“

Niemand gab einen Ton von sich.

„Fein, dann wäre das geklärt.“

„Sollten wir nicht die Behörden benachrichtigen?“, fragte Emily. „Wir sind nur zu dritt.“

„Welche Behörden?“, wollte Lew wissen. „Wir wissen nicht einmal, wer auf Krings Insel zuständig ist. Bei allem, was wir wissen, könnte er da seinen eigenen kleinen Staat haben.“

„Lew hat recht“, meinte Jonathan. „Außerdem haben wir keine Zeit. Kring weiß, dass wir unterwegs sind und wie lange es ungefähr dauert, bis wir dort sind. Ich will ihm keinen Anlass geben, uns über den Tisch zu ziehen.“

Ein kräftiges Klopfen und Donnern drang vom Laderaum zu ihnen herüber, gemeinsam mit einigen gedämpften Rufen.

„Ruhe dahinten!“, brüllte Lew. Das Klopfen verstummte.

„Wir müssen uns beeilen“, meinte Jonathan.

„Okay, wie passe ich in den ganzen Plan?“

„Ich befürchte, ganz egal, wie offen und ehrlich wir spielen, er wird versuchen, irgendwie die Oberhand zu gewinnen. Ich weiß nicht, wie viele Wachen er hat, aber ich habe wenigstens drei gesehen. Wir müssen davon ausgehen, dass sie in Schichten arbeiten und ich nicht alle gesehen habe. Schätzen wir also, dass es zehn sind.“

„Mindestens“, murrte Lew.

„Weshalb fragen wir nicht die beiden?“, warf Emily ein und sah zur Frachtraumtür hinüber.

„Das wäre schön, aber alles, was sie uns erzählen, müssten wir mit Vorsicht genießen. Falsche Aufklärungsdaten sind gefährlicher als gar keine“, meinte Jonathan.

„Wenn das der Fall ist, wie können wir dann sicher sein, dass sie uns überhaupt zu der Insel bringen?“, konterte sie. Jonathan gefiel die Art, wie sie dachte.

„Ich fliege im Cockpit mit und behalte den Kompass im Auge. Mehr können wir nicht tun. Außerdem: Nathan ist wirklich scharf auf unser kleines Carepaket.“ Jonathan sah zu Lew. „Was dich betrifft, wir bleiben bei dem, was wir hier getan haben. Du bekommst ein wenig Vorsprung, um dich in Postion zu bringen. Hoffentlich können wir während der Landung aus dem Flugzeug einen kurzen Blick auf den Laden werfen."

„Hört sich gut an", meinte Lew.

Sie besprachen noch ein paar weitere Details und bügelten ein paar Macken in ihrem Plan aus. Jonathan bot Emily eine Waffe an, aber sie lehnte dankend ab.

„Okay, legen wir los", sagte Jonathan. „Ich schau mal, ob die Küche was hergibt. Keine Ahnung, wie's euch geht, aber ich bin am Verhungern."

Lew ging nach hinten, um den Piloten zu holen. Der Plan sah vor, den großen Kerl dort zu lassen, wo er keinen Unsinn anstellen konnte.

Jonathan fand ein paar Sandwiches und Wasserflaschen und belud gerade ein Tablett, als er Emily schreien hörte. Er riss seine Waffe heraus und rannte nach vorn.

Emily saß in der Kabine und war noch bleicher als zuvor, als sie den Mann in Georges Villa erschossen hatte. Jonathan wollte fragen, was los war, und folgte dann ihrem Blick: Sie starrte durch die Toilette direkt in den Frachtraum.

„Du kommst hier besser mal rein, Jonny", rief Lew. Jonathan schlüpfte durch die schmale Tür in den Frachtraum und sah, weshalb Emily so geschrien hatte.

Noch immer mit gefesselten Händen hatte der Australier sich den Knebel aus dem Mund gezogen. Sein Gesicht war komplett mit Blut verschmiert, und es war nicht sein Blut. Die Leiche des Piloten lag auf dem Boden und blutete langsam aus.

„Jesus."

„Brauchst du mich jetzt, Kumpel?", tönte der Australier und spie einen blutigen Klumpen aus. Er hatte sich zum Piloten rübergebeugt und ihm den Hals aufgebissen. Jetzt wusste Jonathan, was das Klopfen und Donnern gewesen war.

„Du Stück Scheiße“, zischte Lew. „Ich sollte dich …“

„Ruhig bleiben, Kumpel. Fass mich an, und ihr fliegt nirgendwohin.“

„Wir werden uns einfach einen neuen Piloten suchen. Die Verzögerung wird jede Sekunde wert sein, wenn das bedeutet, dass ich dich erledigen kann“, erwiderte Lew, packte ihn am Kragen und hob die Faust zum Schlag.

„Nur zu. Und viel Glück auf der Suche nach einem Piloten. Auf der Welt gibt es vielleicht fünfzig Menschen, die das Baby hier fliegen können. Na ja, neunundvierzig“, fügte er mit einem blutigen Grinsen an.

„Und du bist einer davon?“, fragte Jonathan.

„Das bin ich.“

„Ich denke immer noch, wir sollten …“

„Lew!“ Jonathan befahl eher, als dass er schrie. Lew blickte ihn an und zögerte, ließ den Australier aber schließlich los. Er baute seinen Frust ab, indem er ein paar Mal mit der Faust gegen die Ladewand hämmerte.

„Fein. Aber wenn du auch nur ein winziges Lämpchen einschaltest, ohne das vorher mit uns abzusprechen …“ Lew presste dem Australier seine Waffe gegen die Stirn.

„Verstanden.“

„Also, Sie fliegen uns zu Krings Insel?“, wollte Jonathan wissen.

„Unter einer Bedingung.“

„Bedingung? Willst du uns verdammt noch mal ver…“

„Lew, schau doch mal nach, ob es Emily gut geht“, unterbrach Jonathan ihn.

„Du machst einen Fehler“, sagte Lew zu Jonathan, bevor er den Frachtraum nach einem letzten wütenden Blick auf den Australier verließ.

„Aufbrausender Bengel“, witzelte der.

„Er ist noch gut gelaunt im Vergleich zu dem, was ich Ihnen

antun werde, wenn Sie mir die Sache versauen", drohte Jonathan. „Welche Bedingung?"

„Ich will die Frau. Lara, Krings Tochter. Ich weiß nicht, was ihr zwei Hübschen geplant habt, wenn wir erst einmal dort sind, aber ich bezweifle, dass ihr viele Überlebende zurücklasst."

„Das ist alles?" Jonathan konnte sich nur schwer vorstellen, dass irgendjemand diesen hämisch grinsenden Diktator im Kleid interessant finden könnte. Sophia, das konnte er verstehen, aber Lara?

„Und ein Ticket da raus."

„Abgemacht", sagte Jonathan und kniete sich hin, um dem anderen die Hände loszubinden.

„Aber ich gebe dir einen gut gemeinten Rat, Kumpel. Was auch immer ihr plant, stellt sicher, dass ein Teil davon vorsieht, Kring auszuschalten. Solange er auch nur noch einen einzigen Atemzug übrig hat, sind du, deine Familie und jeder, den du je gekannt hast, tot."

„Ja, genau", antwortete Jonathan in sarkastischem Ton.

„Tu das nicht so ab. Hast du die Explosion gesehen, nachdem ihr aus Canton Georges Anwesen verschwunden seid?"

Jonathan nickte. Eine üble Ahnung kroch ihm in den Kopf.

„Kring hatte keine Verwendung mehr für George. Der Geldkoffer war mit C-4 vollgestopft. Da ist nichts mehr übrig außer einem dicken Krater. Und dasselbe wird auch euch blühen, sobald ihr ihm nicht mehr von Nutzen seid."

Jonathan hätte die Worte des Australiers gern als leere Drohung abgetan, als etwas, mit dem der Mann ihn nur verunsichern und manipulieren wollte, aber das konnte er nicht. Die Stimme des Mannes war von echter Angst erfüllt, wenn er über Kring sprach. Und er hatte keine Angst um Jonathan.

Er hatte Angst um sich selbst.

48

TARTARUGA ISLAND

06:30 Uhr Ortszeit

Sophias Lider sanken wieder hinab, und ihre Augen rollten nach oben, als Erschöpfung und die unerträgliche Hitze der Tunnel sie erneut in den Schlaf zu wiegen versuchten. Ihr Kopf fiel nach vorne, und sie riss ihn wieder hoch, gerade als sie sich beim Einschlummern erwischte. Sie öffnete die Augen so weit wie möglich, schüttelte den Kopf und atmete tief durch. Wenn sie nachgab und einschlief, würden sie und Natalie möglicherweise nie wieder aufwachen.

Tief in den Eingeweiden der Anlage hatten sie sich an dem Platz versteckt, den Sophia ihren Glücksort nannte. Es war eine kleine Nische, nicht größer als eine Gefängniszelle. Bei einer Höhe von nur knapp über einem Meter gelangte man nur hinein, wenn man sich durch eine dichte Ansammlung von Rohren quetschte. Auch wenn sie als Kind oft mit Lara in den Tunneln gespielt hatte, brauchte sie schon damals einen sicheren Platz für die Zeiten, in denen Lara einen ihrer Wutorkane durchlebte. Sie war eines Tages zufällig auf diese Nische gestoßen und hatte Lara eigentlich davon erzählen wollen. Doch dann hatte sie ihre Schwester dabei erwischt, wie sie Sophias Puppen schon wieder die Köpfe abschnitt. Also hatte sie ihre Entdeckung lieber für sich behalten.

Immer wenn ihr die Welt zu viel wurde, kam Sophia hierher. Sich wieder in ihr kleines Versteck zu schieben – was keine leichte Aufgabe als Erwachsene war – wirkte auf sie jedes Mal wie eine Zeitreise. Die Wände der Höhle waren mit Bildern übersät, die junge Hände dort einst mit Wachsmalstiften und Filzstiften hingemalt hatten. Eine piktografische Wiedergabe von Sophias Kindheit, mit Bildern, die, wie Sophia jetzt erkannte, denen nicht unähnlich waren, die Natalie in ihrer Gefangenschaft gemalt hatte.

Das Mädchen lag schlafend auf einer alten Decke, während Sophia an die Wand gelehnt neben ihr saß. Die Luft war feucht und heiß, doch der Beton in ihrem Rücken war angenehm kühl. Und sie waren weit genug von den Generatoren entfernt, dass ihr Rumpeln zu einer sanften Massage abgeklungen war.

Sophia beobachtete das schlafende Mädchen, sah zu, wie seine Schulterblätter sich senkten und hoben. Behutsam strich sie ihr ein paar Haarsträhnen aus dem Gesicht. Sie beneidete das Kind, selbst in der misslichen Lage, in der sie steckten, sowohl um seine glückliche Unwissenheit als auch um seinen liebenden Vater. Für einen Augenblick fragte Sophia sich, was Nathan getan hätte, wenn sie als Kind entführt worden wäre. Sie schüttelte die Frage ab. Selbstmitleid würde ihr im Augenblick nicht weiterhelfen.

Wenn Nathan und Lara Jonathan im Hof empfingen, würde Sophia mit Natalie durch das Datenzentrum verschwinden. Der Ausgang führte hinter die Anlage, wo ein Pfad in den Dschungel verlief. Auf diesem erreichte man nach einigen Meilen den Hubschrauberlandeplatz. Den Helikopter dort nutzten sie für kurze Flüge aufs Festland, und auch wenn sie die von Nathan erzwungenen Flugstunden damals verabscheut hatte, war sie heute wirklich froh darum.

Natalie hustete und schlug die Augen auf. Sie schaute sich um, wie Kinder es immer taten, wenn sie aufwachten; als würde es einen Augenblick brauchen, ihre Erinnerungen hochzufahren. Sophia sah sie an und lächelte.

„Ist mein Dad schon hier?“

„Noch nicht, Süße“, meinte Sophia und streichelte dem Kind den Rücken. „Schlaf weiter.“

„Hmm, na gut“, raunte Natalie. Die Augen fielen ihr zu, bevor ihr Kopf wieder auf der Decke lag.

Sophia fragte sich, was Natalie geschehen war, das es ihr so leicht machte, die Erlebnisse der letzten Tage mit einer derartigen Gelassenheit zu ertragen. Kinder waren von Natur aus belastbar, aber hier war mehr am Werke, dessen war Sophia sich sicher. Sie fragte sich, ob Natalie ihre Mutter besser kannte als Sophia ihre. Sie wusste nicht einmal mehr, wie sie ausgesehen hatte, so lange war es her. Alles, was ihr geblieben war, war ein Foto in ihrer Brieftasche, das noch dazu das einzig existierende Foto ihrer Mutter zu sein schien. Nathan hatte versucht, es wegzuwerfen, und behauptet, es sei nicht gesund, in der Vergangenheit zu leben, aber Sophia hatte es unbemerkt wieder aus dem Mülleimer gefischt und all die Jahre heimlich aufbewahrt. Früher einmal hatte sie Nathan gegenüber dafür Dankbarkeit empfunden, als sie geglaubt hatte, er wolle sie beschützen, mittlerweile jedoch war sie nicht mehr überzeugt, dass irgendetwas, das er ihr über die Vergangenheit erzählt hatte, wirklich stimmte. Wie waren Lara und sie wirklich zu einer „Kring“ geworden? War ihre Mutter überhaupt tot? Wusste Lara mehr als ihre Schwester? Diese und eine Million weitere Fragen sausten ihr durch den Kopf, aber bevor sie sich noch weiter darin verlieren konnten rissen die Geräusche sie zurück in die Gegenwart.

Erneut hallten Stimmen von den Tunnelwänden jenseits der Rohre wider. Es waren die Wachen, die ihre Suche in die Schächte und Tunnel verlegt hatten, um sie zu finden. Sophia wusste, dass sie hier sicher waren, dennoch klopfte ihr das Herz bis zum Kinn, als die Männer näher kamen.

„Ich sag dir, drei verschissene Mal bin ich in den Irak gegangen, aber die Alte jagt mir eine Mordsangst ein", erzählte eine der Wachen.

„Wenn wir 'n bisschen mehr Grips hätten, würden wir sie und den alten Krüppel umlegen und so schnell wie möglich von diesem Felsen verschwinden, solange wir noch können."

„Ja, klar, damit Thomas uns bis ans Ende der Welt jagt? Nein danke." Sophia hörte das Quäken eines Funkgeräts.

„Team Delta, Bericht."

„Team Delta hier. Alles sauber. Kehren zur Oberfläche zurück."

„Roger. Ihr löst Team Alpha am Helikopterplatz ab."

„Roger und out", sagte die Wache. „Gehen wir. Kriegen wir wenigstens 'n bisschen frische Luft, hier unten stinkt es nach totem Penner."

Die Männer entfernten sich, und Sophia ließ sich wieder gegen die Wand sinken. Sie bewachten den Hubschrauber. Damit war Plan A vom Tisch, was zweifelsohne Laras Verdienst war. Dummerweise gab es keinen Plan B.

Sophia griff in ihre Tasche und holte den USB-Stick hervor, auf dem ihre gesamte Kuru-Forschung gespeichert war. Könnte sie sich damit ihre Freiheit erkaufen? Ihr Lebenswerk im Tausch für ein kleines Mädchen, das sie kaum kannte? Sophia legte den Stick zurück in ihre Tasche und rieb sich fest die Augen. Sie war so müde, dass es ihr schwerfiel nachzudenken.

Vielleicht würde es besser werden, wenn sie etwas ... ihre Augen ausruhte ... nur für einen ... ganz ... kurzen ...

49

Irgendwo über dem Indischen Ozean

„Wie lange noch?“, wollte Jonathan auf dem Sitz des Kopiloten wissen. Lew und Emily saßen hinten in der Kabine und versuchten, ein wenig Schlaf nachzuholen. Auch Jonathan war müde, aber er hatte im Verlauf der letzten Woche genügend Schlaf zum Preis von einigen heftigen Schlägen mit dem Pistolengriff bekommen, was ihm für den Rest seines Lebens reichte.

„Etwa neunzig Minuten, plus/minus einer Handvoll“, antwortete Thomas. Jonathan hatte seine eigene Waffe – und die, die er Thomas abgenommen hatte – in seiner Jackentasche. Er vertraute dem Australier noch immer nicht, aber es würde den Kerl mehr Zeit kosten, seine Gurte abzulegen und aus seinem Sessel aufzustehen, als es Jonathan kostete, die Waffe zu ziehen.

Vor dem Start hatte Thomas ihnen geholfen, eine grobe Skizze der Anlage zu zeichnen. Als Lew wusste, wie er eindringen und wo er Natalie in der dritten Etage finden würde, hatte er alles erfahren, was er brauchte. Jonathan andererseits wollte mehr wissen. Er wollte wissen, was für ein Mensch all die Dinge tun konnte, die Kring getan hatte, nur um zu überleben. Nicht nur, was er ihm und Natalie angetan hatte, sondern auch seinen eigenen Kindern. In den kommenden Stunden, da hatte Jonathan keinen Zweifel, würden Informationen mindestens so entscheidend werden wie Patronen, wenn nicht noch wichtiger.

„Seit wann kennen Sie Kring?“, fragte er.

„Ich kenne *Mr.* Kring seit beinahe fünfundzwanzig Jahren“, antwortete Thomas. Es war offensichtlich, dass ihm die Respektlosigkeit nicht gefiel, die Jonathan seinem Boss entgegenbrachte.

„Das ist eine lange Zeit“, sinnierte Jonathan. „Dann kannten Sie ihn bereits vor seiner Krankheit.“

„Ja, nun, nicht so richtig. Er hatte sich das Kuru bereits zugezogen, als ich in seine Dienste trat, die Symptome zeigten sich allerdings erst vor einigen Jahren. In der Sekunde hat sich alles verändert.“

„Sie müssen sie wirklich lieben. Um sich so gegen Kring zu wenden, meine ich. Ohne unser kleines Präsent dort hinten wird er vermutlich sterben. Ich glaube, in irgendeiner schrecklich komplizierten Art und Weise töten Sie ihn gerade.“

„Nein, nein, so ist das nicht“, wandte Thomas ein.

„Verstehen Sie mich nicht falsch, ich feuere Sie ja an. Es ist vermutlich die einzige Hoffnung, die meine Tochter hat, ich weiß nur nicht, ob ich es tun könnte, wenn ich an Ihrer Stelle wäre. Nach all den Jahren und den Dingen, die Sie für ihn getan haben. Sie sind äußerst loyal. Außer jetzt im Augenblick, natürlich.“ Weiter konnte Jonathan nicht gehen, wenn er wollte, dass Thomas das Flugzeug noch heil landete. Er lehnte sich zurück und wartete, ließ das Schweigen seine Arbeit an Thomas verrichten. Das Dröhnen der Turbinen und das Zischen der angenehm gekühlten Luft, die durch die Kabine geweht wurde, waren die einzig hörbaren Geräusche.

„Es gab eine Zeit, da hätte ich diese Maschine mit Freuden für ihn aufs Meer gerichtet und vollen Schub gegeben. Ich könnte dir Geschichten bis nach Tartaruga erzählen, und du würdest immer noch nicht verstehen, was für ein Mann er war. Wie er auf einzigartige und vollständige Art und Weise den Begriff *Macht* definierte. Der Mann wäre in der Lage gewesen, deine Tochter vor deinen Augen zu ermorden und dich dazu zu bringen, ihm dafür zu danken", erklärte Thomas, die Augen feucht vor Erinnerungen und den Blick auf einen weit entfernten Punkt gerichtet.

„*Dieser* Mann?", fragte Jonathan.

„Der Mann ist tot. Er starb ungefähr zu der Zeit, zu der seine Frankenstein-Tochter anfing, an ihm herumzuexperimentieren. Ich betrüge niemanden, wenn ich euch helfe. Ehrlich gesagt korrigiere ich etwas, das schon seit vielen Jahren an Verrat grenzt. Ich helfe euch überhaupt nicht", sagte Thomas und drehte langsam den Kopf, bis er seinen eisenharten Blick direkt auf Jonathan gerichtet hatte. „Ihr helft mir."

Das Telefon, das Jonathan dem Australier abgenommen hatte, klingelte.

„Ganz ruhig bleiben", sagte Jonathan, als er sah, wie Thomas aus reinem Reflex nach dem Handy greifen wollte, und holte es seinerseits hervor. Er warf einen Blick auf das Display. „Wer ist Blane?" Thomas' Gesicht wurde fahl.

„Du lässt mich besser rangehen, Kumpel", sagte er.

Er erklärte, dass Blane sein Kontaktmann im US-Militär war, stationiert auf dem Flottenstützpunkt des Diego-Garcia-Archipels. Er benutzte ihn vornehmlich, um Informationen über Militärpersonal zu erhalten, aber ab und an meldete Blane sich von selbst. Und wann immer das geschah, stand eine immense Katastrophe bevor, und Blane erwartete stets eine fette Belohnung für seine Informationen. In Anbetracht ihrer Situation ließ Jonathan ihn das Gespräch annehmen, jedoch über Lautsprecher.

Lew hatte volle zwei Stunden geschlafen, bevor er in dem luxuriösen Liegesessel in der Kabine des Fliegers erwachte. Emily neben ihm schlief noch immer – sie hatte den Kopf auf seine Schulter gelegt. Er sah auf ihr Gesicht hinunter, nur Zentimeter von seinem entfernt. Kurz darauf öffnete auch sie flatternd die Augen und sah zu ihm hinauf.

Zuerst lächelte sie, bis ihr offensichtlich wieder einfiel, wo sie waren und was ihnen bevorstand, und ihr Lächeln von einem ernsten Gesichtsausdruck ersetzt wurde. „Sind wir …"

Lew beugte sich vor, noch immer zu dicht in Schlafnebel gehüllt, um sich von seinen Schutzmechanismen bremsen zu lassen. Emilys Lippen öffneten sich, und ihre Augen begannen feucht zu glitzern. Dann zog sie sich abrupt zurück.

„Es tut mir leid", meinte Lew. „Ich bin ein Idiot."

„Nein", sagte Emily leise und berührte sein Gesicht mit ihrer Handfläche. „Das ist es nicht. Es ist nur …"

Lew hob die Augenbrauen und schüttelte leicht den Kopf, als würde er fragen: *Was ist es dann?*

„Wenn wir miteinander … das heißt, bevor wir …"

„Du machst mir ein wenig Angst, Emily. Was ist los?"

„Du musst die Wahrheit erfahren. Mein Name ist nicht Emily Burrows. Sondern Denham", beichtete sie niedergeschlagen.

„Dein Name ist Denham Burrows? Ziemlich männlich, oder?", erwiderte Lew. Er gab sich absichtlich begriffsstutzig, in der Hoffnung, die Situation für Emily damit etwas entspannen zu können. Ihm war absolut egal, wie sie hieß. Gott allein wusste, mit wie vielen Namen er sich im Laufe der Jahre geschmückt hatte. Sie kicherte, sein Versuch schien also nicht völlig vergebens zu sein.

„Nein, Dummkopf. Ich heiße Emily Denham."

Dann senkte sie die Stimme so sehr, dass sie kaum mehr ein Flüstern war, und erzählte ihm alles. Und die ganze Zeit über konnte Lew nur daran denken, wie weich und warm ihre Hände sich anfühlten. Und wie warm es in der Flugzeugkabine wurde.

„Das ist alles?", fragte Lew, als sie fertig war. „Baby, das ist mir alles überhaupt nicht wichtig." Auch wenn es Lew daran erinnerte, was er ihr früher oder später alles über sich erzählen musste. Das bereitete ihm wirklich Sorgen.

„Ehrlich?"

„Was glaubst du denn?" Lew zog sie an sich. Ihre Lippen öffneten sich wieder, langsam, während sie sich näher und näher kamen.

„Lew!" Jonathans Schrei zerstörte den Augenblick, und sie rückten beide erschrocken voneinander weg.

„Äh, ja bitte?", rief Lew und setzte sich auf.

„Komm her. Schnell!"

Lew verzog das Gesicht und lächelte, was Emily erwiderte. Er stand auf, rollte den Kopf im Nacken von links nach rechts und nahm einen tiefen Atemzug.

„Fortsetzung folgt", versprach er, bevor er sich umdrehte und nach vorne ins Cockpit ging.

Hinter sich hörte er noch ihre Stimme: „Das will ich dir auch geraten haben."

Als Lew ins Cockpit kam, sah er Thomas ein Handy halten. Jonathan wirkte angespannt, und Lew war nicht sicher, dass er wissen wollte, was geschehen war.

„Was soll denn das ganze Herumge…" Thomas und Jonathan brachten ihn beide mit einem lauten „Psst!" zum Schweigen.

„Bist du noch da, Blane?", fragte Thomas ins Telefon.

„Ich bin hier, aber eure Verbindung ist schlecht, Mann. Bist du … bezahlen oder nicht?", quäkte eine männliche Stimme gestelzt aus dem Lautsprecher des Telefons.

„Du bist auch unvollständig zu hören. Wofür genau soll ich dich bezahlen?", fragte Thomas, als Jonathan ihn schweigend antrieb.

„Die US Navy wird … Angriff auf Tartaruga. Wenn du Einzelheiten willst, bezahlst du", sagte die Stimme.

„Ein Angriff?“, fragte Lew. Ihre Blicke ließen ihn erneut verstummen, und er bedachte Jonathan mit einem Achselzucken, der ihm mit einer Geste zu verstehen gab, einfach abzuwarten.

„Wie viel?“, wollte Thomas wissen.

„Fünfzig. Selbes Konto … letztes Mal“, antwortete Blane. Lew ging nicht davon aus, dass sie von fünfzig Dollar sprachen. Thomas schmierte irgendwen in der Armee.

„Abgemacht“, sagte Thomas. Nach einer langen Pause, in der die Leitung schwieg, wiederholte er es.

„Hörst du mich, Blane? Gib mir die Einzelheiten. Ich bezahle, du hast das Geld morgen früh.“

„Das reicht mir nicht“, sagte Blane.

„Es wird reichen müssen“, erwiderte Thomas. Jonathan versuchte, ihm mit einer Geste anzuzeigen, dass er auf einer Antwort beharren musste, aber diesmal machte Thomas ihm klar, dass *er* geduldig bleiben solle. Nach einer weiteren Pause antwortete Blane schließlich.

„In Ordnung, gleich morgen früh. Wir haben eine …per gestartet, vor einer Stunde. Sollte etwa … sieben Uhr dreißig dort sein, eurer Zeit.“

„Wiederhol das. Eine was gestartet?“, sagte Thomas, und dann: „Scheiße! Die Verbindung ist weg.“

„Rufen Sie ihn zurück“, verlangte Jonathan.

„Ich versuch’s ja.“

„Was verflucht ist ein ‚per‘?“, wollte Lew wissen.

„Könnte alles Mögliche sein“, erklärte Thomas, während er immer wieder die Wahlwiederholung aktivierte. „Ein Klipper, ein Chopper – irgendwas. Fest steht, dass wir knapp eine Stunde haben, um von der Insel zu verschwinden, wenn wir erst dort sind. Ah, das wird nichts“, schimpfte er und warf das Handy auf das Armaturenbrett.

„Wie meinen Sie das, das wird nichts?“, fragte Jonathan und

nahm das Handy an sich. Lew ergatterte einen Blick auf das Display und sah, dass es keine Signalbalken gab.

„Hör mal, ich bin erstaunt, dass wir hier oben überhaupt ein Signal hatten."

„Was ist mit Tartaruga? Wir rufen einfach von dort aus an", schlug Lew vor.

„Blane ist nicht unbedingt der Zuverlässigste. Wir haben Glück, wenn er überhaupt rangeht."

„Großartig", meinte Lew. Jonathan sah zu ihm hoch, und in seinen Augen entdeckte Lew Furcht. In all den Jahren, seit er ihn getroffen hatte, hatte Lew niemals erlebt, dass Jonathan vor irgendetwas Angst gehabt hätte. Doch er wusste, dass Jonathan nicht um sich selbst Angst hatte, und das machte alles nur noch schlimmer. Lew legte seinem Freund eine Hand auf die Schulter. „Warum ruhst du dich nicht einen Augenblick aus? Ich bleibe hier vorne."

„Ich bin in Ordnung", erwiderte Jonathan. Lew betrachtete Jonathans Hände und sah, dass sie zitterten.

Das Seltsame dabei war: seine eigenen auch.

SIEBTER TEIL

DONNERSTAG

50

TARTARUGA ISLAND

6:30 Uhr Ortszeit

„Dort ist es“, sagte Thomas. „Links.“

Jonathan lehnte sich vor und sah hinunter auf das endlos erscheinende Meer. Zuerst konnte er nichts erkennen, dann erblickte er die Schaumkronen, die Tartaruga einrahmten, während der Ozean gegen die grünbraune Insel schlug. Jonathan konnte kaum glauben, dass er so viele Stunden dort unten verbracht hatte, ganz zu schweigen davon, dass seine Tochter noch immer dort auf ihn wartete.

„Kreisen Sie einmal niedrig über der Insel“, sagte Jonathan. „Ich will sehen, womit wir es zu tun haben.“

„Okay. Lass mich nur eine Schleife fliegen, um langsamer zu werden“, meinte Thomas. Nachdem er ein wenig Abstand zur Insel gewonnen hatte, legte er das Flugzeug schräg und kehrte um. Jetzt waren sie deutlich langsamer und niedriger, Jonathan konnte die weißen Kronen der Wellen unter ihnen erkennen.

„Lew! Wir machen einen Überflug. Halte die Augen offen“, rief er nach hinten in die Kabine.

„Verstanden“, gab Lew zurück. Er hatte seinen Mantel ausgezogen und saß an einem der kleinen Tische, während Emily die Wunde an seinem Hinterkopf mit Watte abtupfte. Auf dem Tisch lag der offene Erste-Hilfe-Kasten. Jetzt drehten sie sich beide zur Seite und schauten aus den Fenstern. Jonathan wusste, dass sich zwischen den zweien etwas Einmaliges entwickelte.

Er freute sich für Lew, hoffte jedoch auch, dass es ihnen keine Schwierigkeiten machen würde.

Als das Flugzeug wendete, erhielten sie einen langen, ausführlichen Ausblick auf die Insel. Sie sah wie eine Schildkröte aus, was vermutlich der Grund für ihren Namen war. In der Nähe des Schwanzes führte ein kahler Streifen von einem Strand bis zum anderen, als wäre jemand mit einem riesigen Rasierer durch den Dschungel gefahren. Es war der befestigte Landestreifen. Ein paar kleine Berge ragten dort auf, wo die Spitze des Schildkrötenpanzers gewesen wäre, auch wenn Jonathan hier nichts anderes sehen konnte als Dschungelgewächse. Am Kopfende der Insel lag etwas, das wie ein Dock aussah, auch wenn kein einziges Schiff an den Kais lag.

Sie schwenkten hinüber zur Rückseite der Insel, und Jonathan entdeckte die Anlage und den Hof, auf dem der Austausch stattfinden würde. Menschen sah er keine, dafür allerdings einige weitere Bauwerke. Es gab zwei kleinere Nebengebäude und ein großes, flaches Gebäude, dessen Hinterseite an einer Ecke mit dem Hangar verbunden war. Der Hangar selbst war beinahe drei Mal so hoch wie die Anlage, aber Jonathan wusste ja, dass der beeindruckende Teil des Komplexes unter der Erde lag. Er vermutete, dass der Hangar die Halle war, in der er zuerst wieder zu sich gekommen war.

„Es ist riesig“, rief Lew aus der Kabine herüber. „Du meintest, es geht vier Stockwerke in die Tiefe?“

„Fünf“, berichtigte Jonathan und zählte Nathans Schatzkammer und die Generatoren mit.

„Wir haben Glück, dass wir wissen, wo sie Natalie festhalten. Wenn wir den Laden erst durchsuchen müssten, wären wir geliefert. Auf keinen Fall könnten wir das in einer Stunde schaffen“, meinte Lew.

„In Ordnung, bringen Sie uns runter“, sagte Jonathan zu

Thomas. Er ging nach hinten in die Kabine. „Seid ihr beiden bereit?"

„So gut wie", antwortete Lew und zog sich mit schmerzverzerrtem Gesicht wieder seinen Mantel über.

„Sie sind sicher, dass Sie keine Waffe wollen?", fragte Jonathan Emily, auch wenn er ihre Antwort bereits kannte.

„Ich bin mir sicher", bestätigte sie.

„Okay. Wir wissen alle, was wir zu tun haben? Wenn irgendjemand noch Fragen oder Zweifel hat, dann ist jetzt die Zeit, um ..."

„Jonny", sagte Lew und legte ihm eine Hand auf den Arm. „Es wird alles gut gehen. Wir flutschen da rein und wieder raus wie Öl durch einen Kolben. Wenn dieser Angriff beginnt, sind wir längst weg. Nur bitte, sag mir, dass wir nicht wirklich die Freundin dieses Psychos da vorne retten." Jonathan schaute über seine Schulter zurück, um sicherzugehen, dass Thomas nicht lauschte. Doch der war damit beschäftigt, das Flugzeug für die Landung auszurichten. Jonathan sah Lew an und schüttelte den Kopf.

„Braver Junge."

„Wir setzen uns lieber für die Landung", meinte Jonathan. „Alle außer dir, heißt das natürlich." Lew grinste. Sie hatten mehr zu verlieren als jemals zuvor, und ihr Erfolg war, ganz gleich, wie Lew es darstellte, alles andere als eine sichere Sache. Sein Partner sah dennoch aus, als hätte er die beste Zeit seines Lebens. Jonathan erinnerte sich, dass Lew immer so ausgesehen hatte, wenn sie einen Job durchzogen und die Dinge sich zur Katastrophe entwickelten. Er gab Lew Thomas' Handynummer, damit sie in Kontakt bleiben konnten, falls irgendetwas Unerwartetes, Schlimmes oder unerwartet Schlimmes eintreten sollte.

„Wir sehen uns bald", meinte Lew und schüttelte Jonathans Hand. Jonathan ging zurück ins Cockpit. Als er seine Gurte am Kopilotensitz festgezogen hatte, drehte er sich noch einmal um und sah Lew, der sich außerhalb seines Sichtfeldes zum Sessel hinunterbeugte, auf dem Emily saß. Lew richtete sich auf und bemerkte, wie Jonathan ihn beobachtete. Er bedachte ihn mit einem Zwinkern und eilte nach hinten in den Frachtraum, wobei er die Tür zur Toilette hinter sich schloss.

Die Reifen setzten mit einem dumpfen Schlag und einem Quietschen auf, die Nase des Fliegers neigte sich, bis sich auch das Vorderrad dumpf rumpelnd auf den Asphalt senkte. Mit unglaublicher Geschwindigkeit rasten sie die Landebahn entlang, links und rechts rauschten Bäume als verschwommene Flecken vorbei, und Jonathan wurde nach vorne in den Gurt geworfen, als die Bremsen griffen. Erst als sie bereits die Hälfte der Landebahn hinter sich hatten, legte Thomas einen Schalter um, und ein Glockengeräusch erklang hinten im Flugzeug. Es war Lews Signal. Ein paar Sekunden später spürten sie, wie die Maschine leicht zu bocken anfing, als Lew die Tür zum Frachtraum aufstieß. Das Flugzeug war deutlich langsamer geworden, aber immer noch recht schnell unterwegs. Sie konnten das Heck des Flugzeugs nicht sehen, also mussten sie einfach darauf hoffen, dass Lew es geschafft hatte.

Hätten sie noch länger gewartet, hätten die Überwachungskameras am Ostende der Landebahn gesehen, wie Lew sich aus dem Flugzeug warf und im Dschungel verschwand.

Die Maschine kam zum Stehen, und Thomas schaltete die Turbinen aus. Durch das Fenster erblickte Jonathan ein einzelnes, kleines Gebäude am Rande des Dschungels, neben dem ein Waldweg bis zur Kuppe des Hügels führte und in den Bäumen dahinter verschwand. Neben dem Gebäude parkte ein verbeulter Hummer-Geländewagen des Militärs.

„Jetzt müssen wir nur … Moment!“, stieß Thomas aus, aber Jonathan schlug bereits mit der Pistole nach ihm. Er traf ihn mitten am Kiefer und setzte ihn augenblicklich außer Gefecht.

„Jetzt sind wir quitt", sagte er. Er verschnürte Thomas fest, und anschließend gingen er und Emily gemeinsam mit ihrer gekühlten Trophäe zum Geländewagen hinüber.

Unter einem der Scheibenwischer steckte ein Zettel. Emily zog ihn heraus und las vor: *„Folgen Sie der Straße bis zur Lichtung, und warten Sie dort. Betreten Sie nicht den Komplex, oder Ihre Tochter stirbt."* Emily sah aus, als wolle sie etwas dazu sagen, doch sie schwieg. Sie stiegen in den Hummer und blickten die Landebahn hinunter, zu dem Punkt, an dem Lew ausgestiegen sein musste. Sie konnten keine Bewegung ausmachen, und Jonathan tröstete sich mit der Tatsache, dass keine zerschmetterte Leiche auf dem Asphalt lag.

„Ihm geht's gut", versuchte Jonathan sie beide aufzumuntern und startete den Motor.

„Ich weiß", erwiderte Emily mit gespielter Tapferkeit und drückte den Kühlkoffer an ihre Brust.

Jonathan legte einen Gang ein und fuhr los. Sie rumpelten die unebene Straße entlang und wurden schon nach wenigen Metern vom Dschungel verschluckt.

06:45 Uhr

Lara schäumte vor Wut, als sie neben der Leiter zur vierten Etage stand, der Zorn rauschte heiß und brodelnd durch ihre Adern wie der Dampf, der durch die Rohre um sie herum jagte. Ihr Körper war von Schweiß bedeckt, und die Luftfeuchtigkeit hatte ihr Haar in einen weißen Wust aus Knoten verwandelt. Schon vor einer Stunde hatte sie den bloßen Zustand von durstig hinter sich gelassen, mittlerweile konnte sie kaum genügend Speichel zusammentragen, um ihre rissigen Lippen zu befeuchten. Sie blickte auf die Uhr und sah, dass sie keine Zeit mehr hatte, die Suche fortzusetzen.

Nathans Befehl, Sophia und das Mädchen lebendig zu fangen, war mehr als frustrierend gewesen. Sie hatte gehofft, dass Sophia ihren Kopf irgendwo herausstrecken und eine frustrierte Wache ihr eine Kugel hineinjagen würde. Am liebsten mehrere. Das hätte alles zu einem netten und sauberen Ende gebracht, und Lara hätte ihren Willen bekommen, ohne sich ihren Befehlen zu widersetzen.

Nathan wollte Sophia nur lebendig haben, damit er ihre Forschungen zurückbekam, die sie zweifellos mitgenommen hatte, aber ein oder zwei Kugeln hinter die Stirn hätten das, was auch immer sie bei sich trug, ja nicht beschädigt. Lara stellte sich Nathans strahlendes Gesicht vor – metaphorisch gesprochen, da seine Gesichtsmuskeln keine erkennbaren Bewegungen mehr erlaubten –, wenn sie ihm die Forschungen überbrachte, zusammen mit der Neuigkeit, dass Sophia auf tragische Weise ums Leben gekommen war.

Aber nein, Sophia wollte ja nicht mitspielen. Sie musste unbedingt mit der kleinen Göre in ihrem Versteck bleiben, und jetzt würde ihr Vater sich jeden Augenblick am Funkgerät melden, und die Sache wäre vorbei.

Frustriert trat sie gegen ein Rohrbündel. Es hatte keinen Zweck mehr, noch weiter zu suchen. Sie waren sämtliche Tunnel abgelaufen, mehrfach, und hatten nichts entdeckt. Irgendwie waren sie ihnen entwischt und hatten es mittlerweile vermutlich bereits in den Dschungel geschafft. Lara wollte gerade die Wachen am Helikopterlandeplatz verdoppeln, als ihr Funkgerät zu knacken begann und die elektronische Stimme ihres Vaters blechern hervordrang.

„Hallo, Vater“, meldete sie sich.

„Sie sind hier. Sind die Männer bereit?“

Waren sie nicht. Sie hatte die Scharfschützen vom Dach abgezogen, um bei der Suche zu helfen.

„Sind unterwegs“, erklärte sie.

„Hast du sie gefunden?“, wollte Nathan wissen. Es war eine rhetorische Frage, aber er würde es nicht ruhen lassen, bis sie es laut ausgesprochen hatte.

„Nein. Ich werde einige Männer hier unten lassen, um zu …“

„Lass es gut sein. Komm einfach wieder hoch. Das heißt, für den Fall, dass du wenigstens den Rückweg findest.“

Lara schloss die Augen und atmete tief durch. „Ja, Vater“, antwortete sie.

„Heilige Scheiße“, stieß Lew aus, als er die Leichen sah.

Der Gestank hatte sich in seine Nase gefressen, kaum dass er den Hangar betreten hatte. Der Geruch war nicht einmal neu für ihn, nicht nach seiner Zeit im Irak. Es war lange her, aber selbst eine Million Jahre wären nicht genug Zeit gewesen, um seine Erinnerung daran zu löschen.

In einem Lagerraum am Rande des gigantischen, mit Kabeln durchzogenen Inneren des Hangars hatte er sie gefunden. Wenigstens ein Dutzend Tote, jeder einzelne von ihnen trug einen Laborkittel.

Lew überquerte das Gelände und lief zu einer metallenen Wendeltreppe, die zu einer Reihe Fenster hinaufführte. Oben folgte er einem schmalen Balkon bis zu einer Öffnung zwischen den Fenstern. Er schob sich hindurch und ging direkt weiter zur Treppe, die aufs Dach führte.

Es war leer. Lew hockte sich neben die Tür und warf einen Blick auf die Uhr. Noch knapp dreißig Minuten bis zum bevorstehenden Angriff, wie auch immer der aussehen mochte. Das Geräusch eines Motors hallte aus dem Dschungel zu ihm hoch, und kurz darauf sah Lew einen Humvee mit offenem Dach aus dem Dschungel rumpeln. Er erkannte Emily und Jonathan sofort. Nachdem sie den Hof erreicht hatten, fuhren sie weiter und aus seinem Sichtfeld. Er musste näher an die Dachkante, wenn er etwas sehen wollte.

Ein Geräusch auf der anderen Seite der Tür hielt ihn zurück, und er drückte sich flach an die Wand. Eine Sekunde später ging die Tür auf. Zwei bewaffnete Männer traten hindurch, jeder mit einem Gewehr auf der Schulter. Sie gingen tief in die Hocke und liefen im Entengang zum Rand des Dachs.

Sie zu erschießen war keine Option, also steckte Lew seine Waffe weg und baute sich einfach hinter ihnen auf.

„Habt ihr was verloren?"

Die Männer blickten sich an und wirbelten dann herum, wobei sie versuchten, ihre Gewehre von den Schultern zu bekommen.

Lew konzentrierte sich auf den größeren der beiden und schlug ihm erst gegen den Kehlkopf und dann aufs Auge. Er ging schwer zu Boden und würde auch eine Weile nicht mehr aufstehen. Der andere hatte zwischenzeitlich das Gewehr in die Hände bekommen und schwang das hintere Ende wie einen Schläger in Richtung von Lews Schädel. Er fing den Angriff mit einer Hand ab und trat dem Mann die Beine weg. Er landete hart auf dem Boden, wobei ihm die Luft aus den Lungen gepresst wurde. Als er keuchend versuchte, wieder zu Atem zu kommen, entriss Lew ihm das Gewehr und schmetterte ihm den Griff gegen die Schläfe. Der Mann gab ein kurzes Grunzen von sich und hörte dann auf, nach Atem zu ringen.

Sie trugen beide Handschellen an ihren Gürteln, mit denen Lew sie an ein paar Rohre fesselte. Dann zog er die Schlagbolzen aus ihren Gewehren und warf die nutzlosen Waffen zur Seite. Nachdem er die Umgebung vom Dach aus gründlich überprüft hatte, ging er wieder ins Gebäude.

Auf der dritten Ebene fand Lew schnell den Raum, in dem sie Natalie festgehalten hatten – er war leer. Er warf sogar einen Blick unters Bett, für den Fall, dass sie sich dort versteckte. Stattdessen fand er eine ihrer Zeichnungen.

„Heilige …"

Auf dem Gang draußen ertönten Stimmen.

Lew schlich zur Tür und warf einen vorsichtigen Blick hinaus. Ein Gitter lag auf dem Boden, und Lew sah zu, wie zwei Männer und eine Frau mit wild abstehenden weißen Haaren aus einem Schacht krochen. *Was zur Hölle?*

„Geht nach unten, und arbeitet euch noch einmal nach oben durch. Findet Sophia und das Mädchen", befahl die Frau.

„Lebendig?", fragte eine der Wachen.

„Das Kind brauchen wir lebend, für den Austausch. Niemand sagt, dass sie nicht ein paar Blessuren abkriegen darf."

Natalie ist am Leben!

„Und Sophia?", wollte der Mann wissen.

„Ich brauche, was sie bei sich trägt. Wenn ihr ein Unfall geschieht, dann sei es so. Verstanden?"

„Ja, Ma'am." Die Wachen salutierten förmlich, bevor sie den Gang hinuntereilten. Lew sank zurück in die Schatten, als die Frau an seiner Tür vorbeistampfte. Er hätte nichts lieber getan, als sie zu packen und ihr den Hals umzudrehen, aber dafür hätten sie später noch Zeit. Als er sicher sein konnte, dass sie fort war, rief er Jonathan an.

„Du hast den Absprung also überlebt?", fragte Jonathan, nachdem er das Gespräch angenommen hatte.

„Mit knapper Not", erwiderte Lew. „In Zukunft springe ich nur noch aus Flugzeugen, die drei Kilometer über dem Boden sind." Er erzählte Jonathan von den Leichen, die er gefunden hatte, davon, dass Natalie nicht in dem Raum war, und von dem Gespräch, das er belauscht hatte.

„Oh ja, das ist Lara, keine Frage", meinte Jonathan, nachdem Lew sie beschrieben hatte. „Ziemliches Miststück, oder?"

„Wir tun dem Aussie 'nen Gefallen, wenn wir sie hierlassen", sagte Lew. „Was soll ich jetzt tun? Natalie suchen?"

„Nein, dann läufst du mit Sicherheit den Wachen in die

Arme. Komm wieder hoch, und gib uns während des Austauschs Deckung."

„Okay." Das sagte Lew immer, wenn Jonathan ihm Anweisungen gab, die ihm nicht schmeckten. Sich später zu entschuldigen, dass er sie nicht befolgt hatte, ging schneller, als zu diskutieren.

„Lew", sagte Jonathan eindringlich. „Ich meine es ernst. Komm wieder hoch. Wir haben nicht die Zeit, um nach dir *und* Natalie zu suchen, wenn wir hier fertig sind."

„Natürlich. Bin gleich oben." Lew drückte das Gespräch weg. Er sah den Gang hinunter, dorthin, wo Lara und ihre Wachen aus der Wand gekrochen waren. Weshalb waren sie überhaupt da drin gewesen? Nach einem kurzen Blick auf seine Uhr huschte er hinüber und schlüpfte ins Innere der Tunnel.

07:00 Uhr

„Verdammt", fluchte Jonathan leise.

Wenn es nur einen Weg gäbe, Sophia zu kontaktieren, und …

Er sah auf das Telefon hinunter. Auf Thomas' Telefon.

Schnell scrollte er durch die Kontaktliste und fand die Nummer, die er suchte. Er wählte „Sophia" an und drückte das grüne Icon. Das Telefon klang mit einem leisen *Brrr* in seinem Ohr. Dann noch einmal. Und wieder. Dann wurde ihm klar, dass, wenn sie Natalie bei sich hatte, Thomas vermutlich der letzte Mensch war, den sie sprechen wollte. Er wechselte schnell vom Anrufmodus auf die SMS-Oberfläche und schrieb ihr eine Nachricht.

Sophia, Jonathan ruft an. Nimm ab!

Dann wählte er ihre Nummer erneut, und diesmal klingelte es nur ein Mal.

„Jonathan?“, kam Sophias aufgeregte Stimme aus der Leitung. Sie klang erschöpft.

„Sophia, Gott sei Dank. Ist Natalie …“

„Sie ist bei mir. Wir warten nur auf eine Chance, an den Wachen vorbeizukommen.“

„Nein, dafür bleibt euch keine Zeit. Ich kann es jetzt nicht erklären, aber ihr müsst da raus. *Sofort.* Ich bin auf dem Hof und …“ Jonathan legte ganz plötzlich auf und trat hinter Emily hervor, wobei er das Telefon wegsteckte und seine Waffen hervorholte.

Eine Bewegung im Eingang der Anlage hatte seine Aufmerksamkeit erregt. Nathan kam herausgerollt, flankiert von zwei Wachen, und Jonathan hörte Emilys Keuchen, als sie Nathan sah.

„Geht's Ihnen gut?“, flüsterte er.

„Alles fein. Ich weiß, Sie haben mir von dem Rollstuhl erzählt, aber es jetzt auch zu sehen … ich war wohl nicht darauf vorbereitet, schätze ich.“ Jonathan hatte dasselbe gefühlt, als er Nathan quicklebendig zum Abendessen hatte hereinspazieren sehen, er konnte es ihr also nachempfinden. Er warf einen Blick hinter das näher kommende Trio, konnte aber niemand anderen mehr entdecken.

„Schön, Sie wiederzusehen, Mr. Hall“, grüßte Nathan. Jonathan fand, dass er ausgesprochen entspannt wirkte für einen Mann, der mit zwei Pistolen bedroht wurde. Auf der anderen Seite war Nathan sich sicher, dass er von einigen Scharfschützen gesichert wurde. Jonathan wusste, dass er die beiden Wachen mit Leichtigkeit hätte ausknipsen können, bevor sie wussten, was überhaupt los war, aber dafür sah er keine Notwendigkeit. Noch nicht. Er legte die Waffen zu seinen Füßen auf den Boden.

„Das ist viel besser. Viel zivilisierter“, lobte ihn Nathan.

„Wo ist sie?“, wollte Jonathan wissen und spielte Nathans

kleines Spielchen mit, jetzt, wo er wusste, dass seine Tochter bei Sophia war.

„Ganz in der Nähe. Sorgen Sie sich nicht“, sagte Nathan, bevor er einem der beiden Männer befahl, Emily die Kühlbox abzunehmen. Er näherte sich, während der andere seine Waffe auf sie gerichtet hielt.

„Einen Augenblick“, sagte Jonathan und trat vor Emily. „Zeigen Sie mir meine Tochter, dann können Sie die Box haben.“ Wenn Jonathan nicht angemessen reagierte, würde Nathan den Braten riechen, und Sophia und Natalie würden wertvolle Minuten verlieren, die sie brauchten, um in Sicherheit zu kommen.

„Erst den Behälter“, sagte Nathan. „Ich muss verifizieren, was Sie mitgebracht haben. Ich werde Ihnen nicht alle meine Karten zeigen, solange Sie immer noch bluffen können.“

Die Wache stand so dicht vor Jonathan, dass sich beinahe ihre Nasenspitzen berührten.

„Bitte“, fügte Nathan an. Als Jonathan sich nicht rührte, sagte er: „Erschießt die Frau.“ Die andere Wache schwenkte ihre Waffe herum, sodass sie auf Emily zielte.

„Warten Sie!“, rief Jonathan, als Emily entsetzt einatmete. Er warf Nathan einen Blick zu, in den er jedes Quäntchen Abscheu legte, das er aufbringen konnte, und rang seinen Impuls nieder, die Wache vor sich zu packen und als Schutzschild zu missbrauchen. Stattdessen trat er zur Seite und ließ zu, dass die Wache Emily die Box abnahm.

Der Mann kehrte an Nathans Seite zurück.

„Sehr gut, Mr. Hall. Sie sind ein kluger Mann.“

„Sie haben Ihre Belohnung. Wo ist meine Tochter?“

„Sie ist drinnen. Nur zu, gehen Sie und holen Sie sie.“

Jonathan und Emily machten einen Schritt auf den Eingang zu, aber Nathan hielt sie zurück.

„Nur Sie. Miss Denham wird hier bei uns auf Sie warten.“

„Vergessen Sie's", erwiderte Jonathan.

„Ist in Ordnung", meinte Emily und trat einen Schritt zurück. „Gehen Sie Ihre Tochter holen, Jonathan. Ich werde hier warten."

Jonathan sah sie an und schüttelte leicht den Kopf. Er hatte keine Zeit, ihr zu erklären, dass Nathan keinen Schimmer hatte, wo Natalie steckte, und selbst wenn es so wäre, würde er sie nicht einfach so hier zurücklassen. Frei über den Hof zu spazieren wäre sein Todesurteil, aber wenn er zögerte, waren sie ebenfalls tot. Nachdem Lew wenigstens die Wachen auf dem Dach ausgeschaltet hatte, blieb ihnen vielleicht eine Chance, in den Komplex zu kommen, bevor ihn irgendjemand anders erschoss, und vielleicht würden die Männer Emily in Frieden lassen und stattdessen vielleicht ihn jagen. Das waren eine Menge Vielleichts – aber es war der einzig mögliche Zug.

Jonathan ging auf Nathan zu und an ihm und den Wachen vorbei. Er wartete auf das Klicken eines Gewehrs, das ihm verraten würde, dass er jetzt sterben würde. Er hatte den halben Weg zur Tür hinter sich gebracht, als er hinter sich hörte, wie Nathan den Wachen auf dem Dach den Befehl gab, ihn zu erschießen. Als nichts geschah, wiederholte er den Befehl.

„Erschießt ihn. Jetzt", befahl Nathan wieder, und Jonathan wusste, dass er jetzt nicht mehr zu den Männern auf dem Dach sprach. Er drehte sich um und sah beide Wachen, die sich jeder auf ein Knie gesenkt hatten und ihre Gewehre auf ihn anlegten. Sie waren zu weit entfernt, um sie zu überwältigen, und das Gebäude noch immer zu weit weg, um es sicher zu schaffen.

Er hatte versagt. Er würde sterben – aber das war nicht das Schlimmste daran. Emily würde ihm mit Sicherheit schon sehr bald folgen, und dann würden sie die ganze Anlage auf den Kopf stellen und Natalie finden. Jonathan wäre nicht einmal überrascht, wenn Nathan bei der Gelegenheit auch seine eigene Tochter umbringen ließe.

„Es tut mir leid", sagte Jonathan und schloss die Augen.

Zwei Schüsse peitschten auf. Jonathan wartete auf die Einschläge, aber nichts kam. Er öffnete die Augen und fand beide Wachen tot neben Nathan auf dem Boden liegen. Auf der anderen Seite des Hofs lud Thomas sein Gewehr nach, und eine zweite Hülse flog durch die Luft und landete neben der ersten auf dem Boden des Dschungels. Noch immer hingen ihm einige Seilfetzen von den Handgelenken.

„Holt die Mädchen", rief Thomas und richtete das Gewehr auf Nathan. Jonathan hielt Emily die Hand hin, und sie kam über den Hof zu ihm gerannt.

„Beeil dich, Kumpel. Es bleibt nicht mehr viel Zeit."

Das brauchte er Jonathan nicht zweimal zu sagen. Sie rannten durch die Tür in den Komplex und ließen Thomas zurück, der seine Waffe auf seinen ehemaligen Boss gerichtet hielt.

Thomas beobachtete, wie Jonathan und Emily im Gebäude verschwanden. Wenn sie ohne Lara wieder herauskämen, würde er, ohne zu zögern, eine Kugel in jedem ihrer Schädel versenken. Vielleicht würde er es sogar tun, wenn Lara bei ihnen war. Und er war sicher, dass Lara ihm dabei helfen würde.

Als sie fort waren, hielt er das Gewehr auf Nathan gerichtet, aber er brachte es nicht fertig, ihm in die Augen zu schauen. Er wusste, dass dies nicht mehr der Mann war, den er vor so vielen Jahren kennengelernt hatte, der Mann, dem er treu und loyal gedient hatte, aber es war noch immer dieselbe Hülle. Und er hatte noch immer dieselben Fähigkeiten, Menschen zu manipulieren. Wenn Thomas sich nicht vorsah, würde er sich am Ende selbst erschießen, bevor die anderen wieder rauskamen.

„Was tust du denn, Thomas?", fragte Nathan schließlich.

„Halt's Maul", blaffte Thomas und ließ den Blick von einem Ende des Hofs zum anderen wandern, wobei er sich ein paar Schritte von dem Mann im Rollstuhl entfernte.

„Glaubst du wirklich, dass sie mit dir gehen wird? Glaubst du, sie kommt heraus, sieht, wie du ihren Vater mit einem Gewehr bedrohst, und wird dir dankbar dafür sein?"

„Ich werde es ihr schon erklären", sagte Thomas und verfluchte sich selbst dafür, dass er überhaupt antwortete.

„Du bist ein noch größerer Narr, als ich angenommen habe, wenn du glaubst, ein kleines Stelldichein wäre mächtiger als die Bindung einer Familie", spottete Nathan und rollte mit seinem Rollstuhl ein Stückchen zur Seite.

„Bleib, wo du bist!", rief Thomas. Er hatte es nur sagen wollen, aber irgendwie war es viel lauter und schärfer herausgekommen.

„Hast du Angst vor mir? Angst, ich könnte mich auf magische Weise plötzlich aus diesem Stuhl erheben und dich überwältigen?", fragte Nathan. Und dann, eine Sekunde später: „Sieh mich an."

„Was ist mit Sophias Familienbindung? Oder habt ihr sie bereits getötet?", fragte Thomas und versuchte, die Sticheleien zu ignorieren.

„Sieh mich an", wiederholte Nathan. Thomas biss die Zähne zusammen. Er wusste, dass er ein Vollidiot war, wenn er versuchte, sich mit Nathan auf ein Wortduell einzulassen. Doch schließlich, auch wenn ihn jede Faser seines Körpers anbrüllte, es nicht zu tun, blickte er Nathan in die Augen.

Er wollte abdrücken. Einfach abdrücken, wieder und wieder. Er wollte dieses Ding vernichten, das den Platz des größten Mannes eingenommen hatte, dem er je begegnet war. Vielleicht des größten Mannes, der je gelebt hatte. Aber es wäre ihm leichter gefallen, Lara zu erschießen. Wenn man nur lange genug in einem Käfig gelebt hat, braucht es keine Gitter mehr, um einen einzusperren. Die Erinnerungen reichen irgendwann aus.

„Wenn du dich uns in den Weg stellst, werden wir alle sterben. Sogar du", erklärte Thomas.

„Wir werden alle … Wovon redest du?“, fragte Nathan.

Als wäre das das Signal, drang ein leises Surren aus der Luft zu ihnen herab. Zuerst schienen sie es sich nur einzubilden, wie bei einem Moskito, der immer wieder aus dem Hörfeld summte. Dann wurde es allmählich immer lauter, bis es sich wie ein kleines Flugzeug anhörte. Thomas wollte daran glauben, dass es nur irgendein Tourist war, der die Aussicht genoss, aber er wusste es besser. Er sah hinauf zum kristallklaren, wolkenlos blauen Morgenhimmel und lehnte sich zur Seite, im Versuch, die Quelle des Geräuschs zu finden. Es kostete ihn eine Minute oder zwei, in denen er nicht einmal mehr an Nathan dachte, und endlich entdeckte er es. Hoch oben am Himmel sah er es, es flog weite Kreise, drehte ab, flog eine Schleife und kam zurück. Es war nur ein glänzender Punkt vor dem indigofarbenen Himmel, bis es sich schließlich aus dem Profil herausdrehte und Thomas es in ganzer Pracht von vorne sah.

„Oh, leck mich“, ächzte er, und ein eisiger Schauer kroch ihm über die Haut. Er zog das Handy heraus, das er einem der Wachmänner abgenommen hatte, damit er Jonathan erreichen konnte, aber bevor er die Nummer seines eigenen Handys hatte wählen können, glitten ihm sowohl das Telefon als auch sein Gewehr aus den Händen und fielen zu Boden. Ein reißender Schmerz in seinem Rücken sog ihm die Luft aus den Lungen und die Kraft aus den Muskeln.

Thomas hustete Blut, und ein feiner Streifen davon rann ihm übers Kinn. Er schaute hinunter zu Nathan, der lächelte. Er wirbelte herum und sah seinem Angreifer direkt ins Gesicht. Es war Lara, aber keine Lara, die er je zuvor gesehen hatte. Sie war verdreckt, verschwitzt, und ihr Haar sah aus wie das einer Wahnsinnigen. Sie schaute aus halb geschlossenen, dunklen Augen zu ihm hoch, die mit Mascara verschmiert waren. In ihrer Miene fand er nicht die leiseste Regung. Keine Freude, keinen Kummer – eine völlige Ausdruckslosigkeit.

„Per … Reaper“, stammelte Thomas, jeder Atemzug ein schmerzerfülltes Gurgeln. Dann fiel er vornüber auf den Boden, und nur der Griff des Messers, das er Lara geschenkt hatte, ragte noch empor.

07:15 Uhr

Sophia kletterte aus dem Zugangsschacht und war mehr als nur ein bisschen irritiert von Jonathans Anruf. Er hatte nur etwa eine Minute gedauert, und nach allem, was sie wusste, hätte er ihn auch mit einer Pistole am Schädel ausführen können, um sie aus ihrem Versteck zu locken. Aber da war etwas in seiner Stimme gewesen, etwas Echtes.

„Wo gehen wir hin? Wo ist mein Dad?“, fragte Natalie, während sie vorsichtig die Gänge entlangschlichen. Sophia ignorierte ihre Fragen. Da ihr Labor und ihre Unterkünfte mit Sicherheit bewacht wurden, hatte sie beschlossen, zu Laras Räumen zu gehen, um ein wenig Ausrüstung zu besorgen. Es war ein bisschen riskant, aber sie bezweifelte, dass Lara im Augenblick in ihrem Zimmer war. Sie nutzte das bisschen Schwefelsäure, das ihr noch geblieben war, um sich durch das Schloss zu brennen, und zog Natalie hinein.

„Setz dich hierhin. Ich muss nur ein paar Dinge holen“, erklärte sie und zeigte auf Laras Bett.

„Aber mein Dad …“

„Er ist in der Nähe, Kleines. Du wirst ihn bald sehen.“ Sophia griff sich einen großen Rucksack aus Laras Schrank und stopfte einige Kleidungsstücke und Vorräte hinein.

Nachdem der Hubschrauber keine Alternative mehr war, hatte Sophia sich einen Plan B zurechtgelegt. Als sie noch Kinder gewesen waren, war Nathan mit seinen Töchtern manchmal oben auf dem Berg der Insel zelten gegangen. Sie liebte es noch immer, campen zu gehen, auch wenn sie mittlerweile nur noch selten die Zeit dazu fand und für gewöhnlich alleine losging. Lara tat es überhaupt nicht mehr, aber wie Sophia gehofft hatte, hatte ihre Schwester ihre alte Campingausrüstung aufgehoben – sie lag gut verstaut im Schrank. Sollte sich Jonathans Anruf als Trick herausstellen, wären einige Tage im Dschungel mit Sicherheit genügend Zeit, damit sich die Lage ein wenig beruhigen konnte. Sie konnten einige Tage von den Früchten leben, die es dort oben gab, und es führte sogar ein Bach mit Süßwasser durch den Wald. Wenn es ruhiger geworden war, konnten sie den Hubschrauber nehmen oder mit dem Funkgerät um Hilfe rufen. Der Plan war nicht ganz ohne Risiko, aber es war ihr nichts anderes eingefallen.

„Wer ist das?“, fragte Natalie. Sophia, die noch immer die Ausrüstung verstaute, sah auf und erblickte das Bild, das Natalie von Laras Nachttisch genommen hatte. Sie machte eine Pause und setzte sich neben Natalie aufs Bett.

„Das sind Lara und ich, als wir etwa in deinem Alter waren“, erklärte sie und spürte, wie ihr Blick weit weg in die Vergangenheit driftete. „Ich wusste nicht, dass sie das aufgehoben hat.“

„Ihr zwei seht glücklich aus. Ich hätte nicht gedacht, dass sie mal glücklich war“, meinte Natalie. Sophia wusste, dass das Kind nur ein paar Minuten mit Lara verbracht hatte, als es auf die Insel gebracht und in sein Zimmer gesperrt worden war. Aber selbst in der kurzen Zeit hatte das Mädchen die grundsätzliche Stimmung ihrer Schwester schnell durchschaut. Sophia nahm das Bild an sich und betrachtete es. Sie erinnerte sich, wann es aufgenommen worden war – kurz vor dem Tod ihrer Mutter.

„Lara war früher das witzigste Mädchen, das ich kannte. Sie dachte sich den ganzen Tag irgendwelche Streiche aus, die sie den Wachen spielte, und trieb Na… meinen Vater damit in den

Wahnsinn. Sie war die beste Freundin, die ich jemals hatte", erzählte Sophia. Der letzte Satz war kaum noch ein Flüstern.

„Was ist passiert?"

„Kurz nachdem dieses Bild gemacht wurde, starb unsere Mutter. Lara hat das nie überwunden. Sie hat aufgehört, zu lachen und Streiche zu spielen, und schon sehr bald hat sie kaum noch geredet." Sophia fragte sich erneut, ob ihre Mutter wirklich tot war, fand sich aber allmählich damit ab, dass diese Hoffnung nur Wunschdenken war.

Nach einem langen Schweigen sagte Natalie schließlich: „Meine Mutter ist auch gestorben."

„Das wusste ich nicht", antwortete Sophia. „Tut mir leid, Kleines."

„Schon gut. Alle sterben. Ich habe auch lange nicht gelächelt."

Sophia wandte den Blick zur Seite. Dann tat sie etwas Unerwartetes: Anstatt das Bild zurückzustellen, steckte sie es mit ein. Als der Rucksack fertig gepackt war, zog sie sich eine kakifarbene Bluse und Wandershorts über, knotete sich ein Kopftuch um die Stirn, schnürte ein Paar feste Wanderstiefel und band sich ein Camping-Messer mit Futteral an den Oberschenkel. Abschließend verstaute sie noch den USB-Stick mit den Kuru-Forschungsergebnissen im Rucksack.

Jetzt mussten sie nur noch aus der Anlage entkommen.

Sie konnten durch den Hangar fliehen, aber dann müssten sie mit dem Fahrstuhl in die zweite Etage hinauffahren. Allerdings wollte Sophia auch auf keinen Fall zurück in die Tunnel, wo vermutlich immer noch ein paar Wachen nach ihnen suchten.

„Wenn wir gleich wieder aussteigen, musst du wirklich sehr, sehr leise sein, okay?", erklärte Sophia Natalie und drückte den Knopf, der die Fahrstuhlkabine rief. Natalie nickte. Sie schien zu spüren, dass das alles hier kein Spiel war. Sophia beugte sich runter und drückte Natalie mit einem Arm an sich. „Du bist ein gutes Mädchen."

Die Fahrstuhltüren öffneten sich, und als Sophia aufsah, starrte sie direkt in die Mündungen zweier Waffen.

07:20 Uhr

Lew sah immer wieder auf die Uhr, während er den Tunnel entlangeilte. Anspannung baute sich in seiner Brust auf, und sein Puls passte sich dem Donnern der ihn umgebenden Maschinen an. Er kam um die Ecke, hinter der er die Leiter zu finden hoffte, die ihn nach oben bringen würde, hinaus aus dem Labyrinth, in dem er sich selbst eingesperrt hatte, aber alles, was er sah, war ein weiterer Tunnel, der neben einer Reihe riesiger, wummernder Generatoren verlief. Er hatte den Überblick verloren, auf welcher Ebene er sich befand, aber es war ihm im Grunde auch egal, er wollte einfach nur hier raus.

„Verdammt!"

Er nahm sein Handy hervor und versuchte erneut, ein Signal zu bekommen, aber in diese Gruft aus Betonziegeln und Stahlrohren drang nichts durch. Nicht, dass ihn irgendjemand verstanden hätte, bei dem ohrenbetäubenden Lärm, den die Maschinen verursachten. Da ihm keine Wahl blieb, ging er weiter und versuchte, die Bullenhitze zu ignorieren, bei der ihm der Schweiß in einem kleinen Bach den Rücken hinablief.

„In welche Scheiße hast du dich gottverdammt jetzt wieder reingeritten, Lew", maulte er sich selbst an. Er verlor immer schneller die Hoffnung, jemals wieder aus diesem Labyrinth herauszukommen, bevor der Angriff kam. Man musste kein Genie sein, um zu wissen, dass, ganz gleich, wie der Angriff aussah, es eine ganz miese Idee war, hier unten zu sein, wenn er kam.

Nach zwei weiteren Abbiegungen – und dem sicheren Gefühl, dass er gerade im Kreis gelaufen sein musste – entdeckte er etwas, von dem er sicher war, dass es der Zugangsschacht war, durch den er in diese Hölle eingestiegen war.

Das Gitter war festgeschweißt. Er trat ein paar Mal dagegen, erreichte aber wenig mehr, als es ein wenig einzudellen. Er ging ein paar Schritte zurück, wo er einen Feuerlöscher entdeckt hatte, den er jetzt als Rammbock gegen das perforierte Metallstück einsetzte. Etwa beim zwanzigsten Schlag gab die Abdeckung endlich an einer Seite nach. Nach einigen weiteren kräftigen Hieben hatte er die Metallabdeckung so weit zur Seite gebogen, dass er sich ins Freie zwängen konnte.

Als er sein Bein herauszog, erklang ein reißendes Geräusch, und ihm wurde klar, dass er sich seinen Mantel endgültig ruiniert haben musste. Schon wieder. Jedenfalls ging er davon aus, denn er konnte nicht das Geringste sehen. Der Raum, in den er eingedrungen war, war dunkler als die Tunnel, aber wenigstens war es kühl und halbwegs ruhig. Seine Zähne vibrierten noch immer von dem Dröhnen der Generatoren.

Er klappte sein Telefon auf und nutzte das leuchtende Display als schwache Taschenlampe. So suchte er seinen Weg an der Wand des Raums entlang. Alle paar Schritte stieß er auf etwas, das wie ein leerer Schaukasten aussah. Nachdem er einer Biegung der Wand gefolgt war, glitt seine ausgestreckte Hand über etwas Kaltes, Metallisches. Er tastete ein wenig herum und erkannte ein Paar Fahrstuhltüren. Und zu seiner großen Freude fand er auf der anderen Seite der Türen ein paar Lichtschalter. Er legte sie um und blinzelte gegen das gleißende Licht an, bis seine Augen sich an die Helligkeit gewöhnt hatten. Als es so weit war, konnte er kaum glauben, was er sah. Er war in Krings geheimer Schatzkammer gelandet. Von allen Orten, an denen er hätte landen können, ausgerechnet hier! Er hätte die Ironie dahinter erdrosseln können.

Lew sah sich nach dem Knopf um, mit dem er den Fahrstuhl

rufen konnte, fand jedoch nichts. Alles, was es neben den Lichtschaltern gab, war ein kleines Tastenfeld, in das er einen Code eingeben konnte.

„Ehrlich jetzt?“, murmelte Lew und warf einen Blick auf die Tür. Sie schien undurchdringlich. So schnell würde er nirgendwo hingehen.

„Dad!“ Natalie sprang in den Fahrstuhl, unter den Pistolen hindurch, die Jonathan vor sich ausgestreckt hielt, und schlang die Arme um ihn. Er steckte die Waffen weg, sank auf ein Knie und drückte sie fest an sich. Dann schob er sie auf Armeslänge von sich, damit er sie betrachten konnte, während Emily die Fahrstuhltüren geöffnet hielt.

„Haben sie dir wehgetan? Geht's dir gut?“, fragte Jonathan und suchte sie nach Verletzungen ab.

„Alles in Ordnung. Sophia hat mich gerettet!“ Jonathan stand auf und sah Sophia an, die aussah, als wolle sie auf einen kleinen Camping-Trip.

„Stimmt das?“ Als die Türen sich geöffnet hatten, hatte Jonathan nur irgendjemanden dort stehen sehen, also hatte er sich automatisch vor Emily aufgebaut und die Waffen gezückt. Sophia auf der anderen Seite war vor der Bedrohung weder zurückgeschreckt noch geflohen, sondern hatte sich schützend vor Natalie gestellt.

„Ich habe gar nichts getan“, erwiderte Sophia und sah Emily an.

„Oh, Emily, dies ist Sophia. Sophia, Emily“, stellte Jonathan die beiden einander vor. „Und irgendwie bezweifle ich das.“

„Wir müssen hier raus“, drängte Emily hinter ihm und schaute auf die Uhr.

Auch Jonathan warf einen Blick auf die Uhr. Ihnen blieben im besten Falle noch Minuten. Und sie hatten keinen Schimmer, wo Lew steckte.

„Und was ist mit Lew?“, fragte Emily weiter, als hätte sie seine Gedanken gelesen. Jonathan musterte die beiden Frauen und seine Tochter und war sich plötzlich sehr darüber im Klaren, dass er der Einzige mit einer Waffe war. Dann fällte er eine schwere Entscheidung.

„Wir können nicht länger warten. Die Zeit ist um“, erklärte er ihr. Emily sah erst ihn an, dann Natalie – und ließ schließlich die Tür los, damit sie sich schließen konnte. Sie stiegen alle ein und fuhren zur Oberfläche hinauf.

„Thomas hat euch hergeflogen?“, fragte Sophia, nachdem Jonathan in aller Kürze erzählt hatte, wie sie wieder auf die Insel gekommen waren. Sie stand mit dem Rücken zur Fahrstuhltür, während die Kabine langsam nach oben stieg. „Und er wird euch hier wieder rausfliegen?“

„Das ist der Plan“, meinte Jonathan. Der Fahrstuhl gab ein leise klingendes *Ding* von sich, als sie das Erdgeschoss erreichten.

„Wo ist Ihre Schwester?“, wandte Emily sich an Sophia.

„Ich habe keine …“

„Runter!“, brüllte Jonathan, als die Fahrstuhltüren aufglitten. Lara stand sechs Meter entfernt und hatte eine Waffe auf sie gerichtet. Er wollte seine eigenen Pistolen ziehen und schießen, aber sein erster Reflex bestand darin, Natalie zu schützen. Er packte sowohl Natalie als auch Emily und stieß sie gegen die Seitenwand des Fahrstuhls, als die Schüsse bereits durch die Luft pfiffen. Jonathan schaute auf und sah, dass Sophia noch immer vor ihm stand, den Rücken zur Tür, und ihn mit einem Blick bedachte, der klarmachte, dass sie gar nicht mitbekam, was los war.

Die ersten drei Schüsse krachten in die hintere Fahrstuhlwand und ließen Bröckchen von Resopal und Aluminium durch die Kabine fliegen. Die nächsten drei trafen ihr Ziel und schlugen in Sophias Rucksack. Sie ächzte, als die Wucht der

Kugeln sie nach vorne gegen die Fahrstuhlwand stieß, und sackte zu Boden. Natalie schrie auf.

Jonathan langte nach seinen Waffen, bemerkte aber, dass eine fehlte. Emily hielt sie in der Hand und feuerte blind aus dem Fahrstuhl heraus. Jonathan zückte seine zweite Pistole und wirbelte feuernd um die Kante der Fahrstuhltür. In der beengten Kabine waren die Schüsse unerträglich laut, aber ihr Gegenangriff war ohnehin zwecklos. Lara war bereits durch die Vordertür aus dem Gebäude und zurück auf den Hof gerannt. Nachdem er und Emily einen ungläubigen Blick gewechselt hatten, hielt sie ihre Waffe auf die Fahrstuhltür gerichtet, während Jonathan sich zu Sophia hinabbeugte, um sie zu untersuchen. Blut an der Rückwand des Fahrstuhls zeigte ihm, dass wenigstens eine der Kugeln ihr Ziel gefunden hatte.

Er schnallte ihr den Rucksack ab und warf ihn zur Seite, damit er Sophia flach hinlegen konnte. Die Ausrüstung im Rucksack hatte zwei der Kugeln gestoppt, aber die dritte hatte Sophias Schulter durchdrungen. Der Wundkanal sah sauber aus, aber sie blutete heftig. Jonathan hätte ihr gern geholfen, aber dann wären ihnen wertvolle Sekunden davongesickert.

„Drückt auf die Wunde. Ich bin sofort zurück", erklärte Jonathan und lief zur Tür, die auf den Hof führte. Er presste sich an die Wand, und plötzlich stieß etwas von hinten gegen ihn. Emily war ihm gefolgt und drückte sich neben ihm flach an die Wand. *Lew, ich hoffe, dir ist nichts passiert, denn die Frau passt zu dir wie deine Mäntel in einen Sergio-Leone-Streifen.*

„Warten Sie hier", sagte Jonathan, bevor er aus seiner Deckung sprang, bereit zu schießen. Aber auf dem Hof wartete keine Gefahr auf sie. Keine Lara. Kein Nathan. Aber er war nicht vollkommen leer; Thomas lag mit dem Gesicht nach unten am entfernten Ende. Aus seinem Rücken ragte ein Messer. Jonathan blickte sich um, um sicherzugehen, dass er nicht in eine Falle tappte, und schlich dann außen am Gebäude entlang um den Hof. Auf halber Strecke klingelte sein Handy. Ohne langsamer zu werden oder seinen aufmerksamen Blick auf der Suche nach Angreifern von der Umgebung zu nehmen, hielt er sich das Telefon ans Ohr. Es war Lew.

„Wo zur Hölle bist du? Wir stecken hier oben in Schwierigkeiten. Ich brauch deine Hilfe", sagte Jonathan, während aus dem Handy ein seltsam summender Ton kam.

„Ja, das wird ein Problem werden", erwiderte Lew. „Ich häng im Tresorraum dieses Spinners fest."

Jonathan erreichte Thomas' Leiche und ging daneben in die Hocke. Er hielt ihm zwei Finger an den Hals.

„Scheint, als hätten wir keine Eile", sagte er und richtete sich wieder auf. „Wir haben gerade unsere Mitreisegelegenheit verloren. Thomas ist tot."

„Was? Wer hat ihn getötet?"

„Hab ich nicht gesehen, aber ich setze mein Geld auf seine Psycho-Freundin", antwortete Jonathan und erkannte plötzlich, dass das Summen gar nicht aus dem Telefon kam. Es kam von irgendwo über ihm. Er ging ein paar Schritte zurück in Richtung des Gebäudes und suchte den Himmel ab, bis er die Quelle des Geräuschs entdeckte. Sie sah aus wie ein kleines Flugzeug, das sich von Osten her näherte, aber bevor er es genau erkennen konnte, schien das Fluggerät einen Satz nach oben zu machen, als es etwas nach unten fallen ließ.

„Was zur Hölle ...?", murmelte Jonathan.

Dann zündete der Antrieb der Rakete. Sie stieß ein wütendes Jaulen aus, als sie durch den Himmel pflügte und einen Rauchstreifen hinter sich herzog. Und sie kam direkt auf die Insel zu.

„Jesus!"

Jonathan sprang auf und sprintete zurück zur Tür und in die Anlage. Ihm war völlig egal, ob jemand zuschaute oder nicht. Die drei Frauen waren direkt vor dem Fahrstuhl, wohin sie Sophia geschleppt hatten, die eine dicke Blutspur auf dem Boden zurückgelassen hatte. Neben ihr stand eine offene Tasche, und Emily war dabei, einen Wundverband um ihre Schulter zu wickeln.

„Wir müssen weg! Sofort!“, schrie Jonathan und stopfte sich Handy und Pistole in die Tasche. Er rannte zu den Frauen hinüber und wollte Natalie hochnehmen. Sie schubste ihn weg.

„Nein, Dad. Hilf Sophia“, stieß sie atemlos hervor.

Jonathan hörte noch immer Lews Stimme aus dem Telefon rufen, aber er hatte keine Zeit mehr, irgendetwas in Ruhe zu erklären. Eine Explosion hallte von draußen herein. Die Anlage war nicht das Ziel gewesen. Zumindest nicht das primäre Ziel.

„Was verflixt noch mal war das?“, fragte Emily.

„Das Ende unserer Glückssträhne“, antwortete Jonathan und hob Sophia hoch. Die anderen hatten ihr das blutgetränkte Hemd ausgezogen, und sie trug nur noch einen schwarzen Sport-BH. Er stellte fest, dass Emilys Verband aussah wie aus dem Lehrbuch. Keine schlechte Arbeit für einen Schreiberling.

„Meine … Tasche“, ächzte Sophia mit schmerzverzerrter Miene.

„Hab sie!“, rief Natalie. Jonathan war sowohl erschrocken als auch stolz auf seine Tochter und darauf, wie sie sich verhielt, aber er hatte keine Zeit, es ihr zu sagen.

„Gehen wir!“, meinte er und lief mit Sophia auf den Armen aus dem Gebäude, Emily und Natalie folgten ihm dichtauf.

Dichter schwarzer Rauch stieg über dem Hügel hinter den Bäumen hervor, genau dort, wo die Landebahn lag. Mit einem Mal war es völlig egal, ob sie einen Piloten hatten oder nicht. Der erste Angriff hatte offensichtlich nur dazu gedient, die Fluchtmöglichkeiten von der Insel abzuschneiden – und dafür hatten sie das Flugzeug zerstört. Während Jonathan auf den äußeren Rand des Hofs zurannte, hörte er erneut die Drohne heranfliegen. Rechts von ihnen sah er diesmal zwei Raketenstreifen näher kommen.

„Schneller!“

Sie erreichten das Ende des Hofs in dem Augenblick, als beide Raketen gleichzeitig einschlugen, eine in ein Nebengebäude, die andere in den Hauptkomplex. Die Druckwelle packte sie und schleuderte sie in den Dschungel wie ein Windstoß ein Blatt Papier.

In Jonathans Ohren klingelte es, und er brauchte eine Sekunde, um zu erkennen, dass ihm jemand etwas zurief. Langsam wurde das Klingeln leiser, und die Welt um ihn herum rückte zurück in den Fokus.

„Dad, du tust mir weh!“, stöhnte Natalie in seinen Armen. Er erinnerte sich nicht einmal daran, sie gepackt zu haben.

„Entschuldige, Süße“, sagte er und lockerte seinen Griff. Sophia lag im Unterholz einige Schritte entfernt und sah nicht verletzter aus als vorher. Selbst ihr Verband hatte gehalten. Emily war auf den Füßen, lehnte an einem Baum und schüttelte den Kopf. Zunächst dachte Jonathan, sie wolle ihn nur wieder freibekommen, aber dann sah er, dass sie weinte und den Kopf in Verzweiflung schüttelte, nicht vor körperlichen Schmerzen. Sie blickte auf etwas, das hinter ihm lag.

Jonathan drehte sich um und sah, was sie so außer Fassung brachte. Der Rauch legte sich noch, aber man konnte den völlig zusammengestürzten Komplex inzwischen klar erkennen. Jonathan fühlte sich, als hätte ihm jemand in den Magen getreten – ungeschickt zog er das Telefon aus seiner Tasche.

„Lew! *Lew!*“

Die Leitung war tot.

Jonathan warf einen weiteren Blick auf das Schlachtfeld vor sich. Es bestand eine gute Chance, dass die einzelnen Ebenen unter der Explosion einfach zusammengesackt waren, eine nach der anderen, wie ein zusammenstürzendes Kartenhaus. Es war schon ein Wunder, dass die Tanks mit dem Erdgas nicht explodiert waren. Aber auch so waren sie mit Sicherheit gerissen. Wenn Lew die Explosion überlebt hatte, wäre sein Glück nur von kurzer Dauer. Und der Angriff war noch nicht vorbei. Er versuchte, Lews Nummer zurückzurufen, aber es gab keine Antwort.

„Wo ist Onkel Lew?“, fragte Natalie. „War er dort drin?“

„Ich … ich weiß es nicht, Süße“, antwortete Jonathan und rang darum, jedwedes Zittern aus seiner Stimme herauszuhalten. Dann vernahm er über all dem Chaos erneut das Summen der Drohne. Er rappelte sich auf. Wenn sie Glück hatten, blieben ihnen ein paar Minuten, während die Drohnenpiloten das Ausmaß des Schadens einschätzten. Der Hangar und eines der Nebengebäude waren noch intakt.

„Sophia“, sagte er und half ihr, sich aufzusetzen. „Gibt es hier ein Boot oder irgendeinen anderen Weg von der Insel?“

„Nein, kein Boot. Aber einen Hubschrauber, etwa einen Kilometer östlich“, antwortete sie. Sie wühlte sich durch ihren Rucksack und gab sich dann selbst eine Spritze. „Gegen die Schmerzen“, erklärte sie, als sie sah, dass Jonathan sie beobachtete.

„Einen Piloten haben Sie da nicht zufällig drin, oder?“, fragte er.

„Ich kann ihn fliegen. Wenn er noch da ist.“

„Steht er im Freien?“, fragte Jonathan, der sich wunderte, dass es in der Richtung keinen Raketeneinschlag gegeben hatte.

„Er steht unter ein paar Tarnnetzen.“ Also hatten sie noch eine Chance. Aber war sie überhaupt in der Verfassung zu fliegen? Dann kam ihm ein Gedanke, bei dem ihm der Magen in die Knie rutschte.

„Kann Ihre Schwester ihn auch fliegen?“

„Ja“, antwortete sie. Sie begann sich hochzustemmen und fiel fast augenblicklich wieder auf den Boden zurück. Jonathan fing sie auf und half ihr auf die Füße.

„Glauben Sie, dass Ihr Vater und Lara dorthin unterwegs sind?“

„Es gibt sonst nichts, wohin sie fliehen könnten, besonders, solange das Ding dort oben herumfliegt", erklärte Sophia. „Wenn er noch lebt, ist das sein Ziel, und er braucht Lara, damit sie ihn rausfliegt. Von daher halte ich es für ziemlich wahrscheinlich." Jonathan nickte und bemerkte sehr wohl Sophias mangelnde Sorge darüber, ob ihr Vater lebte oder nicht. Er sah Natalie an.

„Wir müssen weiter, Süße. Emily, schaffen Sie das?" Jonathan versuchte nicht an das zu denken, was Emily am Boden zerstörte. Alles, was im Augenblick zählte, war, Natalie von der Insel zu schaffen, bevor die Drohne ihre letzten Raketen abfeuerte.

Emily holte tief Luft und rang sich ein knappes Nicken ab. Sie war weit davon entfernt, in Ordnung zu sein, aber ihr war die Situation klar, in der sie steckten. Jonathan hätte am liebsten noch einmal versucht, Lew zu erreichen, fürchtete sich aber vor dem, was er Emily damit antun würde. Vielleicht hatten die verstärkten Wände des Tresorraums ... Aber das war nur Wunschdenken. Und es lenkte ihn nur ab. Er musste sich konzentrieren.

„Gehen wir", sagte er. Zu viert marschierten sie am Rande des Hofs entlang und bogen dann auf die unbefestigte Straße ein, die zum Hubschrauberlandeplatz führte. Jonathan, der Sophia mit einem Arm stützte, ging voran, während Emily und Natalie ihnen hinterhertrotteten.

Hoch über ihren Köpfen konnte er noch immer das Summen hören, kümmerte sich aber nicht darum. Hinaufzuschauen würde nichts bringen. Soweit er das abschätzen konnte, hatte die Drohne drei ihrer *kleineren* Raketen abgefeuert. Seine Militärkenntnisse waren ziemlich veraltet, aber sie hatten ausgesehen wie Hellfires. Und davon hatte sie noch eine übrig. Ein direkter Treffer wäre tödlich, aber was ihm viel mehr Sorge bereitete, waren die beiden deutlich größeren Röhren, die unter dem Vogel hingen. Hellfires waren neun Kilo schwere Knallfrösche im Vergleich zu dem, was noch unter dem Bauch der

Drohne hing und aussah wie zwei Viereinhalbzentnerbomben. Schon *eine* davon würde auf der gesamten Insel für ganz, ganz miese Stimmung sorgen.

Während sie voranschritten, versuchte er, nicht an Lew zu denken, aber das war unmöglich. Lew war mehr gewesen als nur ein Freund. Jonathan hatte einen Bruder verloren.

„Wie meinst du das, du hast sie getötet?", fragte Nathan, während er in seinem Stuhl die Straße hinaufrollte und Lara langsam neben ihm hertrottete. Selbst mit der elektronischen Stimme traf Lara die Frage wie ein Schlag ins Gesicht. Sie blinzelte und ruckte mit dem Kopf zurück. „Du Idiotin."

Sie war sich sicher, dass es die Krankheit war, die sich allmählich bei ihm bemerkbar machte. Nachdem sie Thomas getötet hatte, war in seinem Blick etwas gewesen, das sie nur mit Stolz hatte umschreiben können. Sie hatte dasselbe Lob dafür erwartet, dass sie ihre untreue „Schwester" aus dem Weg geräumt hatte. Er musste sie doch mindestens ebenso hassen, wie sie es tat. Aber es war im Grunde egal. Lara hatte mehr erreicht, als sie je erwartet hätte, ob mit Geld oder ohne.

Während der letzten paar Tage hatte Lara Dinge getan – unglaubliche Dinge –, von denen sie nie gedacht hätte, dass sie dazu fähig wäre. Sie fühlte sich vollendet, bedeutend und gefährlich. Ihr Vater sollte sie dementsprechend behandeln.

„Du hast, was du wolltest", sagte sie und sah zu der Kühlbox hinunter, die auf Nathans Schoß ruhte. „Wofür brauchen wir sie noch?"

„Das hier ist nutzlos ohne die Forschungen deiner Schwester. Ich könnte genauso gut dein Hirn hier liegen haben." Lara verstand die Spitze und verzog erneut das Gesicht.

„Sie … sie hatte einen Rucksack", erklärte Lara und sah zu dem aufsteigenden Rauch zurück, der in der Ferne den Ort markierte, der einmal ihr Zuhause gewesen war. Dann blickte sie wieder auf die Kühlbox in Nathans Schoß. „Wie hast du die Box überhaupt in deinen Schoß bekommen?“

Zitternd hob Nathan seine Arme und zeigte ihr, dass er in der Lage war, sich zu bewegen. Seine Glieder wirkten schwach und unsicher, aber dies war das erste Mal in Jahren, dass sie sah, wie er sich ohne Serum bewegte. Sie erkannte jedoch auch, wie sehr er sich, auch wenn er sich bewegen konnte, für das demütigende Zittern und die fehlende Kontrolle schämte.

„Als deine Schwester das Labor zerstörte, hat sie auch meine Medizin vernichtet. Ich habe seit Stunden keine Neuro-Blocker-Injektionen mehr bekommen“, erklärte Nathan. „Jetzt geh zurück, und finde die Aufzeichnungen deiner Schwester. Wage es ja nicht, ohne sie zurückzukommen.“

„Was ist mit den Wachen am Helikopterlandeplatz?“, wollte Lara wissen. Sie hatten ihre Säuberungsaktion nicht vollständig ausgeführt, es waren immer noch vier Männer am Leben, vorausgesetzt, sie waren nicht in den Dschungel geflohen, als der Angriff begann.

Nathan langte mit einer zitternden Hand an seine Seite und zog mit großer Mühe eine Pistole auf seinen Schoß, mit der er ihr zeigen wollte, dass er bewaffnet war.

„Du hast ja nicht mal genügend Kraft, den Abzug zu drücken. Wie willst du …“

Nathan ächzte und feuerte eine Kugel direkt vor Laras Füßen in den Boden. Sein Blick verriet, dass er selbst ein wenig überrascht schien, es geschafft zu haben.

„Und jetzt beeil dich. Geh durch den Dschungel, für den Fall, dass uns jemand folgt. Und gehe kein Risiko ein“, fügte Nathan an.

Laras Augen leuchteten auf, als sie die Sorge in seinen Worten vernahm.

„Wer fliegt mich sonst von der Insel, wenn dir etwas zustößt?“

Lew zog kräftig an seinem Ledergürtel und band ihn mit aller Kraft um seinen Oberschenkel, direkt über der Stelle, an der ein zwanzig Zentimeter langes Stück Bewehrungsstahl aus seinem Fleisch ragte. Die Schmerzen waren schlimm, aber noch nicht annähernd so schlimm, wie sie werden würden. Er zog seinen Mantel aus und riss einige längliche Streifen aus dem Innenfutter, bevor er den Hüftriemen herauszog. Was danach noch übrig blieb, hängte er oben in einen von Krings leeren Schaukästen. In der beklemmenden Dunkelheit konnte er sein Werk nicht bewundern, aber er war sich sicher, dass es atemberaubend aussah. Der Staubmantel war zwar nicht alt, aber völlig ruiniert. Das hier war ein perfektes Ende für das gute Stück. Ein echter Schatz. Lew hoffte nur, dass ihn nicht dasselbe Schicksal erwartete.

Der Staub, der durch den Tresorraum wehte, brachte ihn zum Husten. Lew wischte sich mit dem Unterarm Schweiß und Schmutz aus dem Gesicht. Der Angriff an der Oberfläche hatte dafür gesorgt, dass dicke Brocken Stahlbeton von der Decke auf ihn niedergeregnet waren. Mit den herausragenden Stahlstreben voran waren sie über ihm zerplatzt und in alle Richtungen geflogen. Er hatte den größten Trümmern ausweichen können, dabei aber das Telefon verloren, und eine der Stahlstangen war mit ungeheurer Wucht wie ein von der Sehne geschnellter Pfeil durch den Raum gesaust und so lange von den Wänden abgeprallt, bis sie in seinem Schenkel einen bequemen Ruheplatz gefunden hatte.

„Man soll ja den Augenblick genießen", murrte Lew und klemmte sich den zusammengefalteten Mantelgurt zwischen die Zähne. Er biss mit aller Kraft drauf, packte die Stahlstange, die feucht und rutschig von seinem Blut war, und nachdem er innerlich bis drei gezählt hatte, riss er sie mit einem kräftigen

Ruck aus seinem Bein. Er wusste, dass man so etwas nicht tun sollte, bevor man in der Notaufnahme war, aber seine Chancen, je wieder lebendig aus dieser Gruft herauszuklettern, waren hauchdünn, und sie wären noch dünner, wenn ihm eine Stahlstange aus dem Bein ragte.

Lew heulte auf und keuchte vor Schmerzen. Er biss so fest auf den Gurt, dass sein Kiefer zu zerspringen drohte. Er schnaufte und spie Speichel am Rand des Stoffs vorbei in die Luft, während er immer wieder tiefe, gierige Atemzüge durch die Nase nahm, bis die Wellen von Schmerz und Übelkeit allmählich abebbten. Mit zittrigen Händen wickelte er die Streifen aus Mantelfüllung fest um die Wunde und war froh, dass er den Schaden nicht sehen konnte. Er bräuchte möglichst bald eine echte medizinische Versorgung, wenn er das Bein behalten wollte, aber eine einzelne Extremität war im Augenblick die kleinste Sorge, wenn es um seine Gesundheit ging.

Er tastete in der Dunkelheit im Raum herum, stolperte und humpelte über Berge von Schutt und Trümmern hinweg, an denen leise etwas herabrieselte, bis er den Luftschacht fand. Doch er hatte Pech – der Zugang war auf der anderen Seite verschüttet und die Tunnel nur noch ein Sammelbehälter für Geröll. Er lehnte sich gegen die Wand, verzog vor Schmerz das Gesicht und versuchte sich zu beruhigen.

„Denk, Lew."

Nach ein oder zwei Minuten tastete er weiter herum, bis er ein Stück Bewehrungsstahl fand, das etwa einen Meter lang war. Mit seiner neuen Beute folgte er den Wänden entlang, bis er wieder am Fahrstuhl war. Er holte ein paar Mal tief Luft und rammte die Stahlstange dann in die Lücke zwischen den Fahrstuhltüren. Mit aller Kraft stemmte er sich dagegen, und ganz langsam zwängte er die Türen auseinander. Die batteriebetriebenen Notleuchten im Fahrstuhlschacht warfen ihr Licht zu ihm herein, das grell wie Laserstrahlen wirkte. Der Lichtschein traf im geradezu perfekten Winkel den unbezahlbaren Neuzugang, den Lew der Schatzkammer gespendet hatte.

„Wow", stieß er aus und schenkte seinem Mantel zum Abschied einen letzten Zweifinger-Salut.

Am Boden des Fahrstuhlschachts lagen einige Betonbrocken, aber sonst hatte der Schacht den Angriff beinahe unbeschadet überstanden. Lew blickte nach oben und sah die Fahrstuhlkabine am oberen Ende des kurzen, nur zwei Etagen umfassenden Schachts hängen. Er langte hinein und ruckte ein paar Mal kräftig an der Leiter, die in den Schacht eingelassen war. Sie schien zu halten.

„Kommen wir nun zum schwierigen Teil."

Lew schob sich die Stahlstange hinter dem Rücken durch die Gürtelschlaufen seiner Hose, stieg mit seinem gesunden Bein auf die Leiter und klammerte sich an der Sprosse über seinem Kopf fest. Er bog das Bein ein wenig durch und stieß sich dann nach oben ab, zur nächsthöheren Sprosse, krallte sich fest und zog sich hoch. Nach einer kurzen Pause wiederholte er das – wieder und wieder –, bis er weit genug oben war, um sich auf das Dach der Fahrstuhlkabine fallen zu lassen.

Er gab sich selbst eine Minute Zeit, um wieder zu Atem zu kommen, bevor er die Wartungsklappe zur Kabine öffnete. Er setzte sich auf die Kante der Öffnung und ließ die Beine hinunterbaumeln, bevor er die gegenüberliegende Kante der Öffnung packte und sich selbst möglichst behutsam nach unten sinken ließ, bis er mit den Händen an der Öffnung ganz in der Kabine hing. Die letzten Zentimeter zum Boden des Fahrstuhls musste er sich dennoch fallen lassen, fing sich aber mit dem gesunden Bein auf. Er zog die Stahlstange wieder aus seinen Gürtelschlaufen und nutzte sie, die Fahrstuhltüren aufzustemmen.

Trümmerstaub und Rauch waberten aus dem Gang in der vierten Etage herein und ließen ihn husten. Dennoch humpelte er hinaus und versuchte sich zu orientieren.

Auch hier funktionierte die Notbeleuchtung, aber die verqualmte Luft sorgte dafür, dass Lew trotzdem kaum zwei Meter weit sehen konnte. Hinter sich hörte er ein Geräusch. Er wirbelte herum und griff zu seinen leeren Holstern. Er hatte seine Pistolen während des Angriffs verloren und es nicht einmal bemerkt. Unbewaffnet, wie er war, hob er die Stahlstange über den Kopf, als das Geräusch näher kam. Etliche Mäuse, Ratten und ein paar Kaninchen kamen in Sicht und flitzten an ihm vorbei. Sie verschwanden hinter ihm im zugeschütteten Gang.

„Ja, okay", murmelte Lew und folgte der Mini-Stampede. Die kleinen Biester wussten dank ihrer Instinkte mit Sicherheit besser als er, wo der Ausgang lag. An einer Stelle türmten sich so viele Trümmer auf, dass er sich erst einen Durchgang graben musste, durch den er sich hindurchquetschen konnte, aber es gelang ihm, sich den ganzen Weg vorzuarbeiten, bis er schließlich den Fahrstuhl erreichte, der zur Oberfläche führte.

Er sammelte noch einmal all seine Kräfte und machte sich daran, auch hier die Türen aufzustemmen. Sie waren deutlich sturer als die anderen, und als er sie endlich auseinandergezogen hatte, sah er auch, weshalb. Felsen und Trümmer waren in den Schacht gestürzt und hatten die Fahrstuhlkabine unter sich zerquetscht wie eine Weißblechdose. Jetzt, wo die Türen offen waren, purzelte alles auf den Gang hinaus. Lew duckte sich zur Seite weg und schrie vor Schmerz auf, als er auf seinem verwundeten Bein landete.

Nachdem die kleine Lawine sich ausgetobt hatte, wedelte er hustend den Staub aus seinem Gesicht und kämpfte sich wieder auf die Füße. Behutsam stieg er auf den Geröllberg, der wie ein Erdrutsch aus dem Fahrstuhlschacht gestürzt war, und buddelte sich eine Öffnung, die groß genug war, dass er hindurchpasste. Er blickte den vier Stockwerke hohen Schacht hinauf und stieß einen Pfiff aus. Das Echo klang wie der Querschläger einer Kugel.

„Und das wird noch schwieriger“, murmelte er und wischte sich frischen Schmutz und neuen Schweiß aus dem Gesicht. Er packte die Leiter, die fünfzehn Meter direkt nach oben führte, und rüttelte daran. Die Leiter schwankte und klapperte in seinen Händen, nachdem sich in dem Angriff einige der Halterungen gelöst hatten. „Perfekt.“

Ohne eine wirkliche Wahl zu haben, schob er sich die Stahlstange wieder in seine Gürtelschlaufen und begann den langen, wackeligen, hopsenden Aufstieg. Wenn jetzt ein zweiter Angriff käme, wäre alles aus und vorbei. Aber das würde er wenigstens nur für einen kurzen Bruchteil einer Sekunde bemerken.

08:10 Uhr

„Sind die Schmerzen erträglich?“, fragte Jonathan.

Während sie die Straße entlangmarschierten, hatte er bemerkt, dass Sophia sich nicht allzu sehr auf ihn stützte. Er hielt ihren Arm um seine Schultern und ging gebeugt, damit sie nicht so weit nach oben greifen musste. Seinen anderen Arm hatte er um ihren Rücken gelegt, um sie zu stützen, und seine Hand ruhte auf ihrer Seite. Ihm war sehr deutlich bewusst, dass seine Fingerspitzen auf ihrem nackten Bauch ruhten.

„Besser“, erklärte sie. „Aber wenn ich nicht bald in ärztliche Behandlung komme, kriege ich Probleme. Wer weiß, welchen Schmutz die Kugel in die Wunde getragen hat.“ Jonathan nickte. Er hatte sich genau dieselben Gedanken gemacht, aber nichts gesagt, um die Situation nicht zu verschlimmern.

Er warf einen Blick zu Emily hinüber. Seit ihrem Zusammenbruch, nachdem sie gesehen hatte, wie die Anlage zusammengestürzt war, hatte sie nichts mehr gesagt, und sie klammerte sich an ihre Pistole, als wäre sie das Heilmittel gegen

Krebs. Er bedauerte jeden, der ihr in die Quere kommen würde. Natalie hielt ihre andere Hand, als wüsste sie, dass Emily im Augenblick jeden Hauch von menschlicher Nähe brauchte.

„Wenn Ihr Vater und Lara vor uns am Hubschrauber sind, wie sollen wir sie dann davon überzeugen, uns hier herauszufliegen?", fragte Jonathan. „Vorausgesetzt, der Vogel steht überhaupt noch auf dem Boden, wenn wir ankommen."

Sein Plan sah eigentlich vor, Nathan und Lara einfach umzubringen und sich den Hubschrauber zu nehmen, aber die beiden waren Sophias Familie, und Jonathan war sich ohnehin nicht sicher, dass er irgendjemanden umbringen könnte, wenn seine Tochter zusah. Ehrlich gesagt wusste er genau, dass er es nicht könnte.

„In meinem Rucksack ist ein Fläschchen mit einer blauen Flüssigkeit. Er würde so gut wie alles tun, um die zu kriegen. Und dann haben wir natürlich noch das hier." Sophia verzog das Gesicht, als sie den USB-Stick aus ihrer Tasche holte und ihn Jonathan zeigte.

„Was ist das?"

„Meine gesamten Forschungsaufzeichnungen. Und zwar die einzige Kopie. Ohne das hier könnte er Gottes Gehirn in der Kühlbox haben, und es würde ihm nichts helfen. Glauben Sie mir, er wird nirgendwohin gehen, solange er das hier nicht hat." Sophia klang wütend und beinahe rachedurstig. Sie steckte den Stick in ihre Tasche zurück.

„Sie glauben, dafür bringt er uns hier raus?", fragte Jonathan.

„Wir werden einen anderen Weg finden müssen. Es gibt da etwas an meinen Entdeckungen, das ich Ihnen noch nicht erzählt habe. Etwas, das ich selbst erst kürzlich bestätigen konnte."

„Und zwar?", fragte Jonathan. Ein ungutes Gefühl begann an ihm zu nagen.

„Die injizierten Proteine tun mehr, als nur die kaputten Prionen wieder in gesunde Proteine zurückzufalten", erklärte sie.

Jonathan rief sich in Erinnerung, was Sophia ihm alles in ihrem Labor erzählt hatte, wie die sich ausbreitenden gefalteten Prionen Nathans Krankheit verursachten.

„Was tun sie noch?", wollte Emily hinter ihnen wissen. Jonathan hatte nicht einmal mitbekommen, dass sie zuhörte. Er hatte ehrlich gesagt völlig vergessen, dass sie Reporterin war. Sich mit einem neuen Rätsel, einem neuen Fall zu beschäftigen war vermutlich genau das, was sie im Augenblick brauchte. Darüber hinaus: Als sie sich aus ihrer brütenden Starre gelöst hatte, um ihnen zuzuhören, hatte Natalie sie losgelassen und kam jetzt an Jonathans Seite, um seine Hand zu halten. Er spürte augenblicklich die Wirkung – sein Pulsschlag verlangsamte sich, und eine angenehme Ruhe senkte sich über seinen ganzen Körper.

„Die Proteine scheinen die elektronischen Abdrücke zu übertragen, mit denen ihr ursprünglicher Besitzer sie ausgestattet hat. Sie vermischen sich mit den bestehenden Abdrücken der empfangenden Person, aber es findet eindeutig eine Übertragung statt, während das Serum wirkt", erklärte sie. Sophia erzählte ihnen von den abnormalen Mäusen, die ihr Labyrinth problemlos gelöst hatten, ohne es jemals zuvor gesehen zu haben, einfach nur, indem sie ihnen die veränderten Proteine der Wirtsmäuse gespritzt hatte, welche das Labyrinth bereits durchlaufen hatten.

„Abdrücke", murmelte Jonathan. Dann blieb er abrupt stehen und sah Sophia an. „Warten Sie mal. Sie meinen *Erinnerungen*? Jesus, er behält die Erinnerungen der Spender?!"

„Sozusagen", gab Sophia zu und blickte zu Boden.

„Wie meinen Sie das, *sozusagen*?", wollte Jonathan wissen.

„Meine Forschungen sind noch lange nicht abgeschlossen, aber abgesehen von den Erinnerungen scheint es auch ein paar

Übertragungen der Grundintelligenz zu geben. Im Grunde haben die Mäuse nicht nur neues Wissen erhalten, sondern auch die deutlich gesteigerte Fähigkeit, dieses Wissen anzuwenden."

„Oh mein Gott", keuchte Emily. „Einstein." Jonathan war exakt derselbe Gedanke durch den Kopf geschossen.

„Jesus", brachte er hervor und versuchte sich vorzustellen, was es bedeuten würde, wenn Nathan Einsteins Gehirn für eine seiner Injektionen verwendete. Er würde sicherstellen, dass das nicht geschah. „Schauen wir erst mal, was wir mit dem Serum herausschlagen können, und sehen dann weiter."

„Das halte ich für die beste Entscheidung", meinte Sophia.

„Sie müssen verstehen, dass meine größte Sorge im Augenblick darin besteht, Natalie in Sicherheit zu bringen. Wenn Ihr Vater sich weigert, zu helfen … Ich werde ihn überzeugen *müssen.*" Sophia blickte erneut zu Boden und nickte.

„Ich weiß, Sie werden das vermutlich nicht glauben, aber Natalie ist im Augenblick auch meine größte Sorge", sagte sie. Jonathan schaute ihr in die Augen. Sie wirkte, als sage sie die Wahrheit. Sie wirkte aber auch, als gebe es da etwas, das sie ihm verschwieg.

„Was gibt es noch?", fragte er. Sie blieb stehen und holte tief Luft, als müsse sie sich zu ihren folgenden Worten erst überwinden.

„Nathan ist nicht mein Vater."

„Was? Aber ich …"

„Er hat mich mein Leben lang belogen", erklärte sie und ging weiter in Richtung Hubschrauberlandeplatz. „Aber schlimmer als das ist, dass er meine Mutter irgendwie dazu gebracht hat, mich zu belügen. Lara und ich waren kaum aus den Windeln raus, als er in unser Leben trat, aber ich erinnere mich noch, wie meine Mutter meinte, er sei unser Vater und wir würden jetzt bei ihm leben, in einem riesigen Haus, und nie wieder hungrig sein. Ich habe mich an diesen Tag immer als den besten Tag meines Lebens erinnert. Jetzt habe ich alles verloren, sogar meine eigene Geschichte."

Jonathan erwiderte nichts, sondern hielt sie nur ein wenig fester in dem Arm, den er um ihre Taille gelegt hatte. Er tat, als würde er die Tränen nicht sehen, die ihre karamellfarbenen Wangen hinabliefen, und spürte ein Brennen in sich aufsteigen. Nathan war ein Fluch für jeden, der in Kontakt mit ihm kam. Jonathan hatte gehofft, dass er sich irrte und überhaupt niemand da sein würde, wenn sie den Hubschrauber erreichten. Doch jetzt konnte er es kaum erwarten, diesem Bastard ein letztes Mal gegenüberzutreten.

„Mit welchem Widerstand müssen wir rechnen, wenn wir den Landeplatz erreichen?", fragte Jonathan und versuchte das Thema zu wechseln. Es erschien ihm offensichtlich, dass sie im Augenblick nicht weiter über Nathan sprechen wollte. Sophia erzählte ihm von den vier Wachen, die Lara am Hubschrauber postiert hatte. Der Angriff könnte sie in den Dschungel gescheucht haben, aber das bezweifelte er. Die Wachen, die er bisher gesehen hatte, schienen Ex-Militärs zu sein, harte Kerle, bei denen es vermutlich mehr brauchte als nur ein paar laute Explosionen, um sie in die Flucht zu schlagen.

„Wieso hat er überhaupt so viele Wachen?", fragte er.

„Mit diesen Dingen hatte ich nie viel zu tun. Als wir Kinder waren, gab es immer nur Thomas und ein paar Leibwächter, das war alles. Aber noch bevor er krank wurde, begannen sich seine Geschäfte zu ändern, er machte sich mehr Feinde, manche davon äußerst rachsüchtig. Als ich von der Universität zurückkam, hatte er die Leibwächter durch ehemalige Soldaten ersetzt, und zwar doppelt so viele. In den vergangenen zehn Jahren ist es nur noch schlimmer geworden. Die Paranoia, die seine Krankheit mit sich bringt, hat sich in den letzten fünf Jahren deutlich verschärft. Es verging kaum ein Monat, in dem er keine neuen Leute einstellte. Ich habe versucht, das alles auszublenden und mich auf meine Arbeit zu konzentrieren. Jetzt schäme ich mich dafür, das zuzugeben."

Schweigend gingen sie weiter. Jonathan hatte keine weitere Wunde bei ihr öffnen wollen, er hatte nur wissen wollen, womit sie es zu tun bekommen würden. Aber bei ihrer Vergangenheit war es vielleicht gar nicht so verkehrt, ein paar Wunden aufzureißen.

„Ich kann nicht glauben, dass sie versucht hat, mich zu töten", sagte Sophia ganz plötzlich. Jonathan legte den Arm wieder fester um sie.

„Wenn es irgendein Trost ist, es gibt immerhin einen Hoffnungsschimmer", sagte er.

„Welchen?"

„Sie glauben vermutlich, dass Lara erfolgreich war." Sophia schien das nur wenig zu trösten.

„Wie geht's dir, Süße?", wandte Jonathan sich an Natalie.

„Gut", antwortete seine Tochter, klang aber erschöpft und sah auch so aus.

„Ich kann eine Weile alleine gehen, wenn Sie mit Ihrer Tochter sprechen wollen", erklärte Sophia.

„Sind Sie sicher?", fragte Jonathan. Sie schien tatsächlich stabil genug zu sein. „Rufen Sie einfach, wenn Sie Hilfe brauchen", meinte er. Aus einem Reflex heraus umklammerte Natalie seinen Arm.

„Wir sind hier bald raus", versprach er ihr.

„Das weiß ich doch", antwortete sie mit einem Lächeln.

„Das tust du wirklich, oder?"

„Verrate nichts", begann Natalie und beugte sich verschwörerisch zu ihrem Vater hinüber, „aber ich hatte gestern wieder den Traum."

„Wirklich?"

„Ja, aber diesmal habe ich das Gesicht der Frau gesehen!", erklärte Natalie strahlend.

„Wer war es?"

Natalie deutete unauffällig auf Sophia.

Jonathan schmunzelte und drückte Natalie mit einem Arm an sich. Er vermutete, dass Sophias Rettungsaktion dafür gesorgt hatte, dass sie die Rolle in Natalies Traum eingenommen hatte.

Und was, wenn mehr an der Sache dran ist?

08:20 Uhr

Lara konnte kaum glauben, dass das einmal ihr Zuhause gewesen war.

Die Anlage war einfach fort und hatte nichts zurückgelassen als ein zerklüftetes Trümmerfeld. Eine Seite der Hauptebene war zusammengebrochen und in der Ebene darunter versunken, wodurch eine Art Rampe zurückgeblieben war, die von Laras Position aus zum Fahrstuhlschacht hinunterführte. Man konnte die Fahrstuhltüren der ersten und zweiten Etage gut erkennen, die Tür der ersten Etage wirkte vollkommen bizarr, da sie frei in der Luft schwebte, ohne dass irgendein Fußboden hinführte.

Lara wühlte mit den Füßen etwas im Schutt, den sie zur Seite schob. Sie suchte die Leiche ihrer Schwester, und bei jedem noch so leisen Geräusch ruckte ihr Kopf herum wie der einer Taube, die im Park nach Brotkrumen sucht. Die Eindringlinge, die sie aus dem Fahrstuhl hatte kommen sehen, waren nirgendwo zu finden, aber der Anblick von Thomas tröstete sie. Er lag noch immer regungslos auf der anderen Seite des Hofs, teilweise von Geröll bedeckt. Sie hatte einige verrückte Fantasien gehabt, als sie hierher zurückgelaufen war, in denen er sie erwartete, an einen Baum gelehnt, während er sich die Nägel mit seinem Messer säuberte und sie mit einem enttäuschten Blick anschaute. Sie musste zugeben, dass sie niemals wirklich geglaubt hatte, dass Thomas sie liebte. Nicht bis zu jener letzten Sekunde seines Lebens, als er ihr im Augenblick seines Todes in die Augen gesehen hatte. Ihr Vater hätte ihn ohnehin niemals leben lassen, wenn er das erfahren hätte. Und wenn Thomas schon hatte sterben müssen, dann war sie froh, dass sie ihm sein Leben genommen hatte. Sie fand das äußerst romantisch.

Es war beruhigend, dass sie alles dort wiederfand, wo sie es zurückgelassen hatte – mit Ausnahme des Gebäudes natürlich. Unter den Trümmern schien nichts zu liegen. Lara versuchte sich damit zu trösten, dass es nur zu ihrem Besten war, falls Sophia irgendwie überlebt hätte. Es könnte Lara einige Schwierigkeiten mit ihrem Vater ersparen. Aber sie wusste insgeheim, dass das Unsinn war. Ihr Vater würde niemals mit ihr zufrieden sein, ganz egal, was sie tat oder nicht tat. Er war schon immer streng zu ihr gewesen und hatte hohe Erwartungen gehabt, aber etwas hatte sich verändert, seit er ihr gebeichtet hatte, dass sie keine echte Kring war. Zumindest nicht ihr Blut.

Du wirst allmählich paranoid. Einige Brocken Beton purzelten hinter ihr zu Boden, und sie wirbelte herum. Dort war nichts. Aber ein paar Schritte entfernt sah sie etwas aus den Ruinen am Boden herausragen. Sie kämpfte sich hinüber, ging auf die Knie und zerrte das Bündel schwarzen Stoffs zwischen den Trümmerteilen hervor. Es war Sophias Rucksack.

Der Triumph entlockte Lara ein leichtes Lächeln. Sie untersuchte den Rucksack und fand die Löcher, die sie hineingeschossen hatte. *Ich wusste, ich habe sie getroffen.* Auch wenn sie enttäuscht war, dass es nur drei Löcher waren. Sie berührte eines der Löcher, und zog ihre Finger feucht und rot wieder hervor. Ihr Lächeln wurde breiter.

Sie stand auf und warf sich den Rucksack über die Schulter, bevor sie sich vorsichtig wieder aus dem Katastrophengebiet zurückzog. Ein verknackster Knöchel war das Letzte, was sie jetzt gebrauchen konnte. Es würde ihre Aufgabe erschweren, den Hubschrauber zu fliegen, und wäre nur ein weiterer Grund, ihren Vater zu enttäuschen. Nicht, dass er irgendwelche Gründe dazu bräuchte.

Ein scharrendes Geräusch drang an ihr Ohr, und sie blieb stehen, um sich umzusehen. Sie konnte nichts entdecken und wollte ihren Aufstieg zum Hof gerade fortsetzen, als sie es erneut hörte. Am Boden der Geröllrampe sah sie, wie etwas zwischen den Fahrstuhltüren hindurchragte. Irgendeine Stange. Sie beobachtete, wie es von links nach rechts zuckte, als versuche das Ding, vor irgendetwas zu fliehen, das sich auf der anderen Seite befand.

„Was zur …“ Dann wurden die Türen langsam auseinandergedrückt. Der Schacht dahinter war zu dunkel, um von ihrem Punkt aus irgendetwas zu erkennen, da die Morgensonne direkt hinter dem Fahrstuhlschacht aufstieg und sie blendete. Die Türen öffneten sich ganz, und einen Augenblick später sprang ein fremder Mann aus der Dunkelheit nach oben und krallte sich mit verbundenen Fingern in dem mit Geröll und Steinchen übersäten Boden fest. Seine untere Hälfte hing noch immer in den Schacht hinein, und seine Hände fanden auf dem von Schutt bedeckten Boden keinen Halt und rutschten immer wieder weg. Vergeblich versuchte der Mann, sich aus dem beinahe hungrig wirkenden Schlund des Fahrstuhlschachts herauszuziehen. Lara starrte ihn nur an, Augen und Mund gleichermaßen aufgerissen.

Wer verdammt ist das?

Der Mann legte eine kurze Pause in seinen Bemühungen ein und rang nach Luft. Seine schweren Atemzüge pusteten Staubwolken vom Boden auf. Dann blickte er nach oben und entdeckte sie. Für eine ganze Weile, Lara erschien es wie Minuten, glotzten sie sich nur gegenseitig an, schienen darauf zu warten, dass der andere den ersten Zug machte. Schließlich kam er von dem Mann, was Lara aus ihrer Starre riss.

„Hey …“, rief er ihr zu und reckte ihr eine Hand entgegen, als hoffe er auf ihre Hilfe. Lara zog ihre Waffe und schoss blindlings in seine Richtung, während sie panisch den Geröllberg hinaufrannte.

„Nicht!“, rief der Mann, bevor er zurück in den Fahrstuhlschacht rutschte und wieder in die Dunkelheit stürzte.

Lara lief weiter und drückte immer wieder ab, auch als ihre Waffe nur noch mit leisen Klicklauten darauf antwortete. Schließlich warf sie die Pistole zur Seite und sprintete in den Dschungel, während der blutige Rucksack wild auf ihrer Schulter tanzte.

Lews Finger fühlten sich an, als würden sie jeden Moment einfach abreißen, besonders seine beiden gebrochenen. Der Schmerz übertrumpfte mittlerweile selbst den in seinem Bein. Er war fast einen Meter tief gefallen, bevor er es geschafft hatte, sich an der Leiter festzukrallen und nicht auf den Trümmern unter sich in den Tod zu stürzen. Er trat mit dem unverletzten Bein wild um sich, versuchte irgendetwas zu ertasten, auf dem er Halt finden würde, doch da war nichts als die glatte Betonwand des Schachts. Am Ende seiner Kraft, biss er noch einmal die Zähne zusammen und zog sich mit einem tiefen, knurrenden Geräusch und bloßem Willen mit der weniger verletzten Hand nach oben und wieder über die Kante des Ausgangs. Seine Brust sackte auf ein paar spitze Brocken geborstenen Betons. Er robbte sich weiter voran, bis es ihm gelang, sich ganz aus dem klaffenden Schlund zu befreien, und er sich keuchend auf den Rücken rollte. Der Schmerz wogte in Wellen durch ihn hindurch und ließ die Welt vor seinen Augen tanzen. Nur mit Mühe konnte er sich davon abhalten, ohnmächtig zu werden.

„Scheiß … verrückte … Schlampe“, krächzte er und rang nach Atem. Er wollte hier liegen bleiben, der Finsternis erlauben, sich über ihn zu legen, und einfach für immer schlafen, aber Lara könnte seine einzige Chance sein, jemals von dieser verfluchten Insel zu kommen.

Lew kämpfte sich auf die Füße und hopste und humpelte die Rampe hinauf an den Rand des Kraters. Er entdeckte Thomas, der am Rande des Dschungels lag, und schüttelte den Kopf. „Liebe bringt einen um, Kumpel", sagte er und blickte die Straße entlang, die nach Osten im Dschungel verschwand. Er musste die Augen zusammenkneifen, weil er gegen die tief stehende Sonne guckte, und konnte Lara nirgendwo entdecken, aber etwa auf der Hälfte des aufsteigenden Hügels sah er noch, wie ein Teil des Buschwerks sich bewegte, als wäre erst kürzlich jemand hindurchgebrochen. *War ja klar. Sie konnte ja nicht auf der scheiß Straße bleiben.*

Lew humpelte dem Dschungel entgegen und blieb am Rande der Vegetation stehen, als ihm aus der Luft ein summendes Geräusch ans Ohr drang. Er schaute hinauf und entdeckte die Drohne, die das ganze Durcheinander überhaupt erst veranstaltet hatte. Er wusste, dass irgendwo, vermutlich Hunderte Kilometer entfernt, einige Soldaten auf einem Schiff vor der Küste saßen und ihn durch die Kameras beobachteten, die unter der Nase des kleinen Flugzeugs hingen. Was zur Hölle das Ding hier verloren hatte, wusste er nicht. Und es war ihm auch egal. Die Information hätte ihm ohnehin nichts gebracht. Alles, was ihm helfen konnte, war, nicht mehr hier zu sein, wenn der Drohnenpilot sich entschloss zu beenden, was er angefangen hatte. Er streckte dem kleinen Todesflieger den passenden Finger entgegen und stolperte in den Dschungel.

Sollten die Jungs am Steuerknüppel wirklich auf die Idee kommen, eine der beiden Viereinhalbzentnerbomben, die er unter dem Bauch der Drohne entdeckt hatte, auf die Insel stürzen zu lassen, wollte Lew sicher sein, dass er direkt neben dieser durchgeknallten Psycho-Schlampe stand, wenn das Feuerwerk losging.

08:30 Uhr

Jonathan kroch auf die Kuppe des Hügels, der aus dem Dschungel ragte, und verbarg sich zwischen zwei Bäumen, um einen unauffälligen Blick auf den Hubschrauberlandeplatz unter sich zu werfen. Jetzt verstand er auch, wieso er so weit von der Anlage entfernt lag. Der Platz war ein extrem flacher, aus dem Boden ragender Fels ganz am Rande der Insel, als hätte Mutter Natur ihn speziell für Hubschrauber hier platziert. Auf der gegenüberliegenden Seite der Plattform stürzte der Fels senkrecht dreißig Meter ins Meer. Die Straße, die hierherführte – und gut fünfzehn Meter unter ihm lag –, war direkt durch den Dschungel gefräst worden und endete sauber am Rande des Landeplatzes. Eine einzelne kleine Hütte lag neben dem Felsen, und durch die breiten Fenster entdeckte Jonathan zwei Wachen und Nathan in seinem Rollstuhl. In der Mitte des Landeplatzes wartete ein Bell-407-Hubschrauber unter einem Tarnnetz, das auf vier Pfosten ruhte, auf seinen Einsatz. Eine dritte Wache war damit beschäftigt, das Tarnnetz abzurollen.

Das war nicht ohne Risiko, da die Drohne immer noch über ihnen herumschwirrte, aber notwendig. Jonathan wusste, dass der Hubschrauber einige Zeit brauchte, bis er startbereit war und sie sich daraufstürzen konnten, und dafür musste das Tarnnetz aus dem Weg sein. Aber um den Hubschrauber vorzubereiten, brauchten sie einen Piloten, und er konnte Lara nirgendwo entdecken.

Lews Hand rutschte von dem Baumstamm ab, an dem er sich hatte festhalten wollen, und er stürzte auf die Knie. Schmerz explodierte in einer Wolke weißer Punkte vor seinen Augen, er drehte sich zur Seite und würgte trocken, wobei er zähe, nach Galle schmeckende Speichelfäden auf den Dschungelboden spie. Nach einem kurzen Augenblick krallte er sich an den

Baum wie an eine Krücke und schaffte es, sich daran wieder auf die Füße zu ziehen. Er sah auf seine Hände hinab – sie zitterten.

Er versuchte, die Bewegung im Laub am Hügel über sich wiederzufinden, der er die ganze Zeit gefolgt war, aber das Unterholz lag totenstill vor ihm. Er hatte keine Ahnung, wie hoch sich dieser Berg noch erstreckte, aber er konnte bereits das Meer hören, das irgendwo vor ihm donnernd und rauschend gegen die Insel schlug. Entweder das, oder er hörte nur das bisschen Blut, das ihm noch geblieben war, durch seine Ohren rauschen. Er unterdrückte einen weiteren Würgereiz und ging weiter.

Wo zur Hölle ist sie?

„Sind Sie sicher?“, fragte Sophia und griff in ihre Tasche.

„Ganz ehrlich?“, meinte Jonathan, der wieder zu den Frauen zurückgekehrt war, nachdem er den Hubschrauberlandeplatz ausgekundschaftet hatte. „Nicht im Geringsten. Aber es ist die einzige Chance, die uns bleibt.“

Sie überreichte ihm das Fläschchen mit der blauen Flüssigkeit – das Serum.

„Was haben Sie sonst noch da drin?“, wollte Jonathan wissen. Sie öffnete ihre Tasche, sodass er selbst einen Blick hineinwerfen konnte. Es war ein riesiger Haufen Müll, das meiste davon nutzlos. Ein Objekt allerdings erregte seine Aufmerksamkeit. Er griff in die Tasche und zog es heraus.

„Wofür brauchen Sie …“

„Dad?“, warf Natalie ein.

„Süße, ich sagte dir doch, es wird alles gut“, erwiderte Jonathan. „Du bleibst bei Emily. Ganz egal, was passiert, okay?“

„Hm, na gut“, meinte sie und stellte sich neben Emily, die einen Arm um sie legte.

„Seien Sie vorsichtig“, sagte Emily.

Sophia beugte sich vor und küsste Jonathan auf die Wange. „Als Glücksbringer“, sagte sie.

Jonathan sah zu Natalie hinüber, die übers ganze Gesicht grinste. Er zwinkerte ihr zu und versuchte, nicht daran zu denken, was mit Lew geschehen war, nachdem Emily *ihm* einen Glückskuss gegeben hatte. Er gab Sophia seine Waffe und ging dann die Straße hinauf in Richtung Hubschrauberlandeplatz.

„Sir!“, rief eine der Wachen, als sie Jonathan mit den Händen über dem Kopf heranspazieren sah. Aus einer der Hände schaute die Flasche mit dem Serum heraus, aus der anderen ein kleines, schwarzes Rechteck. Nathan rollte herum und sah, was Jonathan in Händen hielt, während die Wachen bereits ihre Waffen auf den Neuankömmling richteten.

„Nicht schießen. Nicht schießen“, befahl Nathan.

„Ich will ein Geschäft machen“, rief Jonathan, während die Wachen auf ihn zukamen und Nathan hinter ihnen herrollte. „Das ist nah genug!“ Jonathan hob das Fläschchen an, als wolle er es mit aller Gewalt auf den Felsen zu seinen Füßen schmettern.

„Nein!“, rief Nathan und überraschenderweise mit seiner eigenen Stimme, die undeutlich klang, wie von jemandem, der gerade hustet. Selbst die Wachen drehten sich zu ihm um.

Alle Soldaten außer einem traten zurück und stellten sich neben Nathan auf.

„Sir, hören Sie nicht auf ihn. Ich kann ihn einfach …“

Ein Schuss explodierte, und die Wache sackte zu Boden. Auf ihrer Stirn prangte ein Loch, und aus der Waffe in Nathans Hand stieg ein dünner Rauchfaden auf.

„Was für ein Geschäft?“, fragte er mit seiner ruhigeren, elektronischen Stimme.

„Das Serum gegen einen Trip in Ihrem Hubschrauber“, erklärte Jonathan.

Nathan hob eine Augenbraue und schien sich das Angebot zu überlegen. Sein Blick verließ nicht eine Sekunde das Fläschchen in Jonathans Hand.

„Entscheiden Sie“, erwiderte Nathan schließlich.

„Was?“

„Entscheiden Sie. Das Serum gegen einen Sitz im Hubschrauber“, erklärte Nathan. Jonathan hatte nichts anderes von diesem Monster erwartet.

„Und wie viele Sitze für das Serum und Sophias Forschungen?“, wollte Jonathan wissen. Er hob das schwarze Rechteck an, sodass Nathan es deutlich sehen konnte, und hoffte, dass der Mann weit genug weg war, dass er das Einwegfeuerzeug für einen USB-Stick hielt. Auf keinen Fall würde er Nathan auch nur in die Nähe der echten Forschungen lassen.

Nathan riss die Augen auf. „Abgemacht“, sagte er. „Bringen Sie sie her, und Sie können einsteigen.“

Jonathan trat ein paar Schritte nach vorn. Plötzlich warf er sich zu Boden und das Serum dabei hoch in die Luft. Die Wachen und Nathan folgten mit ihren Augen der Flasche und sahen hinauf – und Jonathan nutzte seine Chance.

Lew ließ sich gegen einen weiteren Baum fallen und rang nach Atem. Der Dschungel vor ihm reichte vielleicht noch sechs Meter, bevor er den Rand der Klippe erreichte, und noch immer war keine Spur von der Verrückten zu sehen, die auf ihn geschossen hatte. Hatte er sie übersehen? War sie bereits über die Klippe gestiegen?

Nachdem er sich so viel Ruhe gegönnt hatte, wie er es wagte, stieß er sich von dem Baum ab und ging einen Schritt, als er das Rascheln über sich hörte. Er blickte gerade noch rechtzeitig hinauf, um zu sehen, wie Lara sich aus ihrem Versteck in den Ästen auf ihn fallen ließ. Er konnte der größten Wucht des Angriffs im letzten Moment ausweichen, aber selbst ihr abgeschwächter Treffer brachte ihn in seinem Zustand ins Taumeln. Er kippte um, genau als sie sich von ihrem Überraschungsangriff erholt hatte und sich erneut auf ihn stürzte. Sie drosch wieder und wieder auf ihn ein, ihre Fäuste trafen ihn unermüdlich zu beiden Seiten am Kopf. Plötzlich zog sie ein Messer und warf sich damit gegen seine Brust. Lew wehrte den Stoß in letzter Sekunde ab, aber seine Kraft war verflogen. Er schaffte es noch gerade so, die Klinge kurz vor seinem Brustkorb zu stoppen. Lara langte nach unten und bohrte ihren Daumen tief in seine Oberschenkelwunde.

Lew brüllte auf und übertönte damit das entfernte Geräusch von Pistolenschüssen.

Eine der Wachen fing das fallende Serum genau in dem Augenblick, als die Kugeln aus den Bäumen über ihnen herabregneten. Jonathan stellte fest, dass Sophia nicht gelogen hatte; sie hätte wirklich nicht einmal ein Scheunentor treffen können. Emily hatte ihre Position übernehmen wollen, aber sie war im Augenblick ein wenig zu blutrünstig für Jonathans Geschmack. Außerdem ging es hier auch nicht darum, gut zielen zu können, und für Sophia sprach, dass sie immerhin eine der Wachen getroffen hatte, wenn auch nur am Arm. Jonathan zählte weiter, und nachdem Sophia sämtliche Patronen in seinen beiden Waffen verschossen hatte, sprang er auf und nach vorne.

Er packte die verwundete Wache und wirbelte hinter sie, sodass er den Mann als Schutzschild nutzen konnte. Er griff sich die Maschinenpistole des Soldaten und schoss damit auf die anderen beiden Wachen – sie sackten zusammen wie Stoffpuppen und waren tot, bevor sie aufschlugen. Er sah zu, wie die Wache zu Boden ging, die das Serum gefangen hatte. Das Fläschchen rollte ihr aus den toten Fingern und Nathan entgegen.

Plötzlich begann Jonathans Schutzschild, sich zu wehren. Er hämmerte Jonathan den Ellbogen mitten ins Gesicht und lähmte ihn damit für einen Augenblick. Jonathan sackte auf den Felsen und schüttelte den Kopf, um das Klingeln in den Ohren loszuwerden.

Die Wache übernahm wieder die Kontrolle über ihre Waffe, wirbelte herum und richtete die Mündung auf ihn. Jonathans Bein schnellte nach oben, und er trat ihm die Waffe aus den Händen. Sie segelte durch die Luft und fiel metallisch klappernd auf den Felsboden. Ohne einen Herzschlag innezuhalten, zog die Wache ein Messer und stürzte sich damit auf Jonathan, der aber konnte die Hand packen, die das Messer hielt, bevor es sein Ziel fand. Doch er hatte es hier mit einem gut ausgebildeten Söldner zu tun. Jonathan war besser ausgebildet als die meisten anderen, aber seine Fähigkeiten waren über die Jahre verkümmert. Sein Training war durch spätabendliche Fotosessions für den Lebensunterhalt und Garten-Grillfeste verwässert worden. Er war kein ernst zu nehmender Gegner für seinen Angreifer, doch er gab nicht auf.

Lew, der gegen Lara keine Chance hatte, kämpfte schon lange nicht mehr, sondern versuchte nur noch irgendwie davonzukommen. Sein Vorteil waren noch immer seine Größe und sein Gewicht, und mit ein wenig Druck konnte er sie von sich stoßen und den Hang hinter sich hinauftorkeln, der Kuppe des Hügels entgegen. Er hatte keine Ahnung, was sich auf der anderen Seite befand, aber es konnte nicht schlimmer sein als das, was ihn auf dieser Seite umzubringen versuchte.

Nur noch wenige Zentimeter vom Rande des Unterholzes entfernt, rutschte Lew aus und fiel zu Boden. Er wusste, dass Lara dicht hinter ihm war, also rollte er sich auf den Rücken. Sie stürzte sich gerade auf ihn, das Messer vorneweg. Lew trat mit seinem gesunden Bein und aller verbliebenen Kraft zu. Das Messer flog durch die Luft und fiel raschelnd in die Büsche. Ein lautes Knacken und Laras schrilles Heulen verrieten Lew, dass er außerdem vermutlich ihre Hand gebrochen hatte. Der Schmerz schien sie allerdings nur noch wütender zu machen, denn ihr Angriff wurde, wenn überhaupt, nur noch wilder.

Lew schlüpfte hinter sie und schaffte es, ihren Kopf mit einem Arm zu umklammern. Nachdem er sie im Schwitzkasten hatte, drückte er zu. Wenn er sie eine Weile so halten konnte, würde sie das Bewusstsein verlieren, sobald ihre Blutzufuhr zum Gehirn lange genug unterbrochen war. Aber für Lew war es wie ein Ritt auf einer bockenden Spinne, überall langten Arme und Beine nach hinten, die nach ihm kratzten und traten.

Sophia sah zu, wie Nathan eine zittrige Hand nach dem heranrollenden Serum ausstreckte, bevor sie ihren Fuß dazwischenstellte und das Fläschchen daran hinderte weiterzurollen. Er sah auf und musterte sie. Sie stand einen Meter entfernt und vermutete, dass sie einen seltsamen Anblick für ihn abgab, so ganz ohne Hemd und mit der verbundenen Schulter. Allerdings vermutete sie auch, dass er vor allem die Pistole in ihrer Hand wahrnahm.

„Sophia …“, begann er.

„Sei still!“, erwiderte Sophia deutlich lauter, als sie es hatte sagen wollen.

„Ich habe noch gar nichts gesagt“, antwortete Nathans kühle, elektronische Stimme.

„Ich will nie wieder etwas aus deinem Mund hören. Lass die Waffe fallen“, befahl sie, als sie bemerkte, wie er seine zitternde Hand in die Richtung seiner Pistole bewegte. „*Jetzt!*“

Dass er sie noch niemals so zu irgendjemandem hatte reden hören, musste eine ungewöhnliche Wirkung auf ihn haben, denn er gehorchte auf der Stelle.

„Bitte, Sophia. Lass uns vernünftig sein. Du wirst mich nicht kaltblütig ermorden. Wir beide wissen das.“ Sie ignorierte ihn, beugte sich vor und nahm das Fläschchen auf. Dabei jagte ein heftiger Schmerz durch ihre Schulter und ließ sie aufstöhnen.

„Ich muss dich nicht erschießen, um dich zu töten, Nathan", antwortete sie. „Wir beide wissen das. Alles, was ich tun muss, ist, das hier zu zerstören und die Forschungen zu vernichten, und du bist tot."

„Sophia, Liebes. Du kannst nicht klar denken. Ich habe ihr nie gesagt, dass sie dir wehtun soll. Das hat Lara alles selbst getan! Bitte, tu nichts …"

„Hol dir die Flasche", sagte Sophia ruhig. Als Nathan auf die Waffe in ihrer Hand blickte, warf sie sie zur Seite. „Na los. Du hast immer irgendjemanden, der die Dinge für dich erledigt. Lass mich nur ein einziges Mal sehen, wie du selbst etwas für dich tust. Nur ein einziges Mal. Hol sie dir."

„Wie soll ich irgendetwas holen?", fragte Nathans elektronisches Modul. Der panische Blick seiner Augen stand im krassen Gegensatz zu seiner ruhigen Stimme.

„Wir wissen beide, dass du aus diesem Stuhl aufstehen kannst. Jetzt. Du hast gerade jemanden erschossen. In deinem Körper ist kein einziger Neuro-Blocker mehr, das sehe ich an deinem Zittern. Steh auf und hol sie dir, oder ich schwöre bei Gott, ich werde sie zerschmettern."

„Nicht! Warte! Fein, fein!", krächzte Nathan mit seiner echten Stimme durch seine verzerrten Lippen. Er tastete eine Weile herum, doch dann rutschten seine Füße von ihren Stützen am Rollstuhl auf den Boden, und er erhob sich aus seinem Sitz.

Sophia hämmerte ihm die freie Faust ins Gesicht. Blut und Zähne stoben in einer dicken Wolke aus seinem Mund, als er wieder zurück in den Rollstuhl krachte. Als er damit fertig war, zu husten und Blut auszuspucken, blickte er auf und sah, dass Sophia seine fallen gelassene, geladene Waffe aufgehoben hatte. Mit dem Daumen schnippte sie den Pfropfen aus ihrer Flasche und drehte die Flasche langsam um. Die blaue, Leben spendende Flüssigkeit lief durch die Öffnung und plätscherte auf den Fels.

„*Nein!*", brüllte er. Er schnellte ein letztes Mal aus seinem Stuhl und landete in der Pfütze zu ihren Füßen. „Nein, nein, nein, nein."

Er schob mit zittrigen Händen die Flüssigkeit zusammen, als könnte er sie auf wundersame Weise davon abhalten zu versickern. Heulend und jammernd senkte er den Kopf und drückte seine Lippen in das Serum. Sophia richtete die Pistole auf ihn und spannte den Hahn. Plötzlich weinte er nicht mehr. Er lachte. Ein irres, durchgeknalltes Gelächter, das klang, als stamme es aus einer Geisterbahn. Er sah zu ihr auf, und in seinen Augen waren keinerlei Gefühle mehr zu erkennen, doch sein Mund brüllte weiter vor Lachen. Sophia legte den Kopf schief und betrachtete ihn, so wie eine Katze eine Maus betrachtete, die sie unter ihrer Pfote festgeklemmt hatte und deren Schicksal unvermeidlich war.

„Bitte, bitte", stieß Nathan zwischen seinen hysterischen Lachanfällen aus. Sophia würde niemals erfahren, ob er um Gnade oder um Erlösung bettelte. Und es war ihr egal.

Sie drückte ab.

Jonathan und der Soldat blickten beide auf, als ein Schuss durch die Luft peitschte.

Jonathan nutzte die Ablenkung und rammte dem Mann das Knie zwischen die Beine, trat ihm das Messer aus der Hand und schmetterte seinen Schädel gegen den Felsboden. Der Körper der Wache erschlaffte, und ob er tot oder nur außer Gefecht war, war Jonathan herzlich egal.

Erschöpft zog er sich wieder auf die Füße und ging zu Sophia hinüber. Er hatte Verständnis für ihre Tat und machte ihr keine Vorwürfe, aber sosehr er sich um sie sorgte, seine Angst um Natalie war größer. Wenn Sophia nicht in der Lage war, sie von der Insel zu fliegen, würden sie Nathan schon in Kürze folgen.

„Sind Sie …“

„Hol Natalie und Emily“, sagte sie und reichte ihm die Waffe. „Verschwinden wir endlich von dieser beschissenen Insel.“

„Hör … auf … dich … zu … wehren“, ächzte Lew. „Zwing mich nicht … dich zu töten.“

„Ich … ich hasse dich!“, brüllte Lara. „Ich habe dich immer gehasst. Selbst wenn du mich gevögelt hast, wollte ich nur, dass du auf mir stirbst. Stirbst und mich zermalmst.“

„Lady, du brauchst mal Urlaub“, erwiderte Lew, dem klar wurde, dass sie nicht einmal gegen ihn kämpfte. Er war nur ihre Waffe gegen sich selbst.

Lara gab ein Geräusch von sich, das ein Knurren hätte sein können, und wehrte sich weiter. Lew wurde allmählich müde, aber noch blieb ihm genügend Kraft, das zu tun, wovon er wusste, dass es das einzig Sinnvolle war, was er tun konnte. Dennoch, egal, wie verrückt die Frau war, er brachte es nicht fertig, den Hebel zu verstärken und ihr das Genick zu brechen. Ritterlichkeit war eben noch nicht aus der Mode, es fühlte sich nur oft so an.

Schließlich ließ Lew sie los und rollte zur Seite, bevor sie sich wieder auf ihn stürzen konnte. Unsicher schwankend kam er auf die Beine und stand weiter oben über Lara am Hang, die sich ebenfalls aufgerappelt hatte und tief gebeugt dastand, wie ein Raubtier, das seine Beute anvisiert.

„Tu’s nicht“, sagte Lew und hielt eine Hand ausgestreckt, als wollte er einen heranrasenden Güterzug aufhalten. „Warte nur eine …“

Sie stürzte sich auf ihn. Seine Worte blieben ohne die geringste Wirkung, als würde er eine fremde Sprache sprechen.

Und diesmal versuchte sie nicht, ihn niederzuprügeln. Sie warf sich einfach gegen ihn und drängte ihn zurück, bis sie beide durch den Rand des Dschungels brachen, eng umeinandergeschlungen, und gemeinsam ins Unbekannte stürzten.

Jonathan gab sein Bestes, konzentriert zu bleiben, aber es fiel ihm schwer, bei allem, was geschehen war, allem, was er verloren hatte. Noch waren sie nicht außer Gefahr. Er hob Natalie auf einen der hinteren Sitze des Hubschraubers, wo Emily bereits auf sie wartete und dem Mädchen half, sich anzuschnallen.

Er drehte sich um, damit er die Tür zuziehen konnte, hielt aber inne, als er einen faustgroßen Stein auf dem Boden liegen sah. Aus einem Impuls heraus nahm er ihn auf und kratzte das Schmetterlingssymbol des Monarchen in die Seitentür des Hubschraubers. Jonathan war sich nicht sicher, wem er vergab: sich selbst dafür, dass er seit Jahren zum ersten Mal wieder getötet hatte, ganz gleich aus welchen Gründen; Sophia dafür, dass sie ihrem „Vater" so viele Jahre geholfen hatte, und für das, was sie gerade getan hatte; oder Emily dafür, dass sie Nathan geholfen hatte, als all das hier begonnen hatte. Er wusste es nicht. Das Einzige, was er wusste, war, dass es nicht für Nathan war. Dem Mistkerl würde er niemals vergeben, was er getan hatte.

Er trat einen Schritt zurück und betrachtete das Bild, ein Bild, das er über all die Jahre so häufig irgendwo eingeritzt hatte, als er versucht hatte, das Richtige zu tun. Das Bild, das der erste Dominostein gewesen war, mit dem eine Kette von Ereignissen in Gang gesetzt worden war, an deren Ende dieser Horror gelegen hatte. Seine Sicht verschwamm, und er blinzelte, um sie klar zu halten, als ihm aufging, für wen das Zeichen war. Er vergab Lew, dass er gestorben war. Es war lächerlich, das wusste er. Aber notwendig.

„So leicht entkommst du mir nicht", krächzte eine Stimme hinter ihm.

Der Stein glitt ihm aus der Hand und fiel geräuschvoll zu Boden. Er drehte sich um, und der Atem stockte ihm in der Brust. Ein halb toter Lew humpelte ihm mit winzigen Schritten entgegen, das Bein wie in Blut getaucht.

„Onkel Lew!“, rief Natalie aus dem Hubschrauber.

Emily wirbelte herum und streckte den Kopf aus der Kabine. Eine Sekunde später sprang sie heraus und sprintete über den Felsen. Mit ausgestreckten Armen sprang sie so schwer gegen Lew, dass sie ihn beinahe umwarf. Sie küsste ihn, erst zögerlich, doch dann immer wilder, als ihr klar wurde, dass er kein Traum war.

Alle kamen herüber, um Lew zu empfangen, und Emily ließ ihn schließlich los. Lew beobachtete, wie Jonathan näher kam und sich dabei gestattete, einige Tränen über sein erschöpftes, grinsendes Gesicht kullern zu lassen.

„Jesus, war ja klar, dass du wieder einen auf Heulsuse machst“, sagte Lew mit einem breiten Grinsen.

„Halt die Klappe“, sagte Jonathan und schlang die Arme um den großen Mann. Einen Augenblick später rollten Lews Augen in den Höhlen zurück, und er sackte in Jonathans Armen zusammen.

09:15 Uhr

„Du bist sicher, dass du dazu in der Lage bist?“, fragte Jonathan zum mindestens vierten Mal vom Platz des Kopiloten aus. Sie mussten ihre Headsets benutzen, um sich unter dem Donnern des Rotors miteinander zu verständigen. Natalie war von den Dingern so begeistert, dass man meinen könnte, das Internet sei neu erfunden worden.

„Und wenn ich es nicht bin?“, erwiderte Sophia mit einem etwas gezwungenen Lächeln.

Jonathan schaute nach hinten zu Lew, den sie bewusstlos in die Maschine geschleppt und auf einem der fünf Sitzplätze neben Emily und Natalie festgeschnallt hatten. Emily hatte sein Bein verbunden, aber noch war er nicht über den Berg. Er hatte eine Menge Blut verloren und wirkte wenigstens drei Weißtöne zu blass.

Sie sollten längst mit Höchstgeschwindigkeit in Richtung Festland düsen, doch sie hatten noch immer das Problem der herumfliegenden Drohne zu lösen. Sie warteten darauf, dass sie entweder ihre beiden Superbomben fallen ließ, damit sie die Explosion als Deckung nutzen konnten, oder dass sie einfach davonflog. Obwohl Jonathan wusste, dass Letzteres eine höchst unwahrscheinliche Option war.

Sie hatten außerdem keine Ahnung, wo Lara steckte, und so schien jede weitere Minute, die sie am Boden waren, eine verdammt schlechte Idee zu sein.

Mit einem Mal erzitterte die Insel unter zwei gigantischen Explosionen, und ein monströser Feuerball schoss in den Himmel, wo der Hangar stehen musste. Die Drohne hatte *beide* großen Bomben abgeworfen.

Irgendjemand will diese Insel von der Landkarte streichen.

„Los!“, rief Jonathan.

Sie hoben ab, während um sie herum die Hölle emporstieg. Die halbe Tonne Sprengstoff musste auch die Erdgasblase unter der Insel entzündet haben. Und da die kollabierte Anlage wie ein Korken auf dem natürlichen Ablass lag, fand das Gas andere Wege an die Oberfläche.

Felsbrocken und Feuergeysire schossen links und rechts von ihnen in die Höhe, als hätte jemand eine Reihe Sprengminen gezündet. Die großen Brocken flogen über sie hinweg, aber Kies und Geröll prasselten auf den Hubschrauber nieder wie Maschinengewehrsalven. Jonathan hielt den Atem an, während alle um ihn herum erschrocken aufschrien. Wenn nur ein einziger der größeren Felsen den Rotor traf, waren sie erledigt. Sie schrammten dicht über der Felsplatte unter ihnen hinweg und auf den Abgrund am Rande der Insel zu. Plötzlich ruckte der Hubschrauber zurück und drohte sich mit aller Wucht in den Boden zu rammen. Sophia blieb nichts übrig, als zu versuchen, Höhe zu gewinnen, aber die Maschine weigerte sich zu steigen und tanzte stattdessen nur wild hin und her.

„Was ist los?", fragte Emily von hinten.

„Ich weiß es nicht!", antwortete Sophia. „Es ist, als würde … dort." Sie deutete aus dem Seitenfenster nach unten, während sie mit angestrengter Miene versuchte, den Hubschrauber unter Kontrolle zu halten.

Jonathan sah es. Die Explosionen hatten das Tarnnetz in die Luft geschleudert, und es hatte sich in einer der Landekufen verfangen. Der nach unten blasende Luftdruck des Hauptrotors drohte es in den Heckrotor zu wirbeln.

Jonathan schnallte sich ab und krabbelte nach hinten in die Kabine. „Sei vorsichtig!", rief Sophia ihm nach.

Jonathan nickte, während der Hubschrauber plötzlich zur Seite ausbrach und ihn beinahe durch die Kabine geschleudert hätte. Vorsichtig kämpfte er sich bis zur Tür durch.

„Ich bin da", rief Jonathan nach vorne und zog die Tür auf. Kaum hatte er sie geöffnet, griff eine Hand von unten nach ihm, packte sein Hemd und riss ihn durch die Hubschraubertür hinaus.

„Dad!", schrie Natalie.

Jonathan klammerte sich an die Landekufe und hing Angesicht zu Angesicht mit Lara. Er schaute nach unten und versuchte ruhig zu bleiben. *Nicht jetzt, nicht nach alldem!*

Lara hing nur noch mit einem Arm an der Kufe und schlug mit dem anderen auf ihn ein. Der Hubschrauber pendelte von links nach rechts und drohte immer wieder sich seinem verzweifelten Griff zu entziehen. Laras Augen waren vollkommen leer, ihre Pupillen riesige schwarze Löcher, der schmale weiße Rand durchzogen von blutroten Linien. Jonathan wusste, dass er keine Wahl hatte. Er hoffte nur, dass Natalie ihn nicht sehen konnte.

Er packte die Kufe mit beiden Händen und wartete auf den nächsten Schlenker, den der Hubschrauber zur Seite machen würde. Er nutzte das Schwungmoment für seinen Tritt. Seine Stiefel schlugen wuchtvoll gegen Laras Brust und schleuderten sie fort. Er blickte ihr nach, während sie in die Tiefe stürzte, dem felsigen Boden entgegen. Bevor sie aufschlug, schoss eine weitere Gasexplosion ein Stück Fels von der Größe eines Wasserballs aus der Klippe. Das Objekt schleuderte den größten Teil von Lara über die Klippe und hinunter, dorthin, wo die Überreste ihres Vaters auf sie warteten. Jonathan befreite den Hubschrauber von dem Tarnnetz und ließ es zu Boden fallen.

Er wartete, bis die Bewegungen der Maschine sich ein wenig beruhigt hatten, bevor er versuchte wieder hineinzusteigen, doch genau in dem Moment sah er die Drohne direkt auf sie zufliegen. Die letzte verbleibende Hellfire-Rakete schien ihn direkt anzustarren. Jetzt blieb ihnen nur noch eine Option.

Emily half ihm zurück in die Kabine, und er warf die Tür hinter sich zu, bevor er eilig wieder nach vorne in seinen Sitz stieg und sich festschnallte.

„*Flieg los!*", schrie er in sein Mikrofon, sobald er sich das Headset wieder aufgesetzt hatte, und deutete aus dem Fenster. Sophia folgte seiner Geste und entdeckte die schnell näher kommende Drohne. Sofort gab sie Schub.

„Wir können ihr niemals davonfliegen!", erklärte sie, ließ sich aber nicht davon abhalten, genau das zu versuchen. Jonathan wusste, dass sie recht hatte. Sein Gehirn raste durch die ihnen verbliebenen Möglichkeiten, fand aber nur eine mögliche Lösung. Er beugte sich vor und legte einen Schalter um, damit

Natalie nicht hören konnte, was er sagte: „Wir müssen sie dazu bringen, auf uns zu schießen", erklärte er.

„Was?", riefen Sophia und Emily gleichzeitig.

„Das ist unsere einzige Chance. Wir sind zu langsam und können nicht höher steigen, können sie also nirgendwo abschütteln. Aber sie hat nur noch eine Rakete. Wenn sie die verschossen hat, ist das Schlimmste, was sie tun kann, uns zu folgen."

„Wem folgen? Wir werden über den gesamten Ozean verstreut sein!", erwiderte Sophia, die noch immer versuchte, das kleine Düsenflugzeug abzuhängen.

„Hellfires sind Luft-Boden-Raketen. Sie sind für stationäre Ziele ausgelegt, keine beweglichen. Wenn wir sie dazu bringen können zu schießen, können wir ihr ausweichen." Jonathan hatte keine Ahnung, wie leicht oder schwer es war, einer Rakete auszuweichen, auch wenn die Logik seiner Idee ihn zumindest selbst überzeugte.

„Sie sind verflixt noch mal wahnsinnig!", erklärte Emily von hinten. Er machte sich nicht die Mühe, ihr zu widersprechen.

Stattdessen streckte er den Arm aus und nahm Sophias Hand.

„Vertrau mir", meinte er und sah ihr in die Augen. Eine ganze Weile blickte sie einfach nur zurück, dann blinzelte sie und warf einen Blick auf Natalie hinter ihnen. Er wusste, was sie dachte: Wenn er diesen Plan versuchen wollte, während sie hinten im Hubschrauber saß, musste er wirklich überzeugt sein, dass dies ihre beste Chance war.

„Also, wie bringe ich sie dazu zu schießen?", fragte Sophia.

„Gütiger Himmel", stöhnte Emily resigniert.

„Der Rauch", meinte Jonathan und deutete zurück zur Insel. „Flieg darauf zu. Sie werden Angst haben, uns zu verlieren, und feuern, wenn wir darin abtauchen. Sobald wir im Rauch verschwunden sind, musst du steigen. *Schnell.*"

Sophia wendete den Hubschrauber in einem weiten Bogen und versuchte der Drohne nicht zu früh zu verraten, was sie geplant hatten. Sie sollten es erst im letzten Augenblick erkennen können.

„Sie hat unseren Plan durchschaut", sagte Sophia schließlich, als sie den Hubschrauber beschleunigte und direkt auf die dunkle Rauchwolke zusteuerte. Die Drohne richtete sich auf einer geraden Linie direkt hinter ihnen aus.

Jonathan schaltete Natalies Kopfhörer wieder ein. „Halt dich fest, Süße", sagte er und drehte den Kopf nach hinten, um sie anzuschauen.

In derselben Sekunde, in der sie die Rauchsäule durchstießen, ruckte die Drohne nach oben und jagte ihre letzte Rakete davon. Jonathan sah, wie sie pfeilschnell durch die Luft jagte, direkt auf sie zu, bevor der Rauch sich hinter ihnen schloss und ihm die Sicht nahm.

„Steigen!"

Der Hubschrauber machte beinahe einen senkrechten Sprung nach oben und jagte mit unfassbarer Geschwindigkeit in den Himmel. Die Fliehkraft des Manövers presste sie in ihre Sitze, und Jonathan spürte, wie sie ihm das Blut aus dem Oberkörper in Arme und Beine presste. Wenn er das Bewusstsein verlor, war es nicht so schlimm, doch um Sophia machte er sich Sorgen. Nach wenigen Sekunden, die sich wie eine Ewigkeit anfühlten, beendete sie ihren Steigflug und hielt die Höhe. Sie verließen die Rauchsäule gerade noch rechtzeitig, um zu sehen, wie die Rakete irgendwo in der Ferne davonjagte und immer noch nach einem Ziel suchte, das sie zerstören konnte.

Jubelschreie brandeten auf und hallten durch den Hubschrauber. Sophia ging wieder in den Sinkflug und drehte den Hubschrauber in Richtung Festland.

„Siehste?", sagte Natalie über Kopfhörer. „Ich sagte doch, sie war in meinem Traum." Jonathan lachte.

Die Drohne verfolgte sie noch beinahe zwanzig Minuten, drehte aber schließlich ab und verschwand in den Wolken. Vermutlich würde sie bei ihrer Landung ein recht großes Empfangskomitee erwarten, aber das war Jonathan nur recht.

Je mehr Gäste, desto besser die Party.

Epilog

SMITHSONIAN INSTITUTE
WASHINGTON, D.C.

Zwei Wochen später

Dr. Tasha DiZazzo, Kuratorin für spezielle Ankäufe, kippte den Rest ihres Energydrinks in einem Zug weg und spürte bereits den vertrauten Kopfschmerz aufsteigen. Sie hatte sich endlich durch die gesamten Spendengaben dieser Woche gearbeitet, sodass der letzte Rest in ihre kleine Kuriertasche passte, selbst wenn es sich anfühlte, als wollte ihr der Trageriemen den Arm abreißen. Sie wollte nur noch in ihren Mantel schlüpfen und es sich zu Hause in einer Badewanne voller Blubberblasen gemütlich machen.

„Ach Mann", fluchte sie, als sie in ihr Büro im Erdgeschoss kam. Während sie oben gewesen war, war eine weitere Ladung gespendeter Objekte angekommen. Das meiste waren Umschläge, die sie irgendwie noch in ihre Tasche stopfen konnte, aber es gab eine Kiste von der Größe eines Medizinballs, die ihre Assistentin gut sichtbar in der Mitte ihres Schreibtischs hatte stehen lassen. „Danke, Krisi."

Gegen jeden Verstand – und gegen ihren tiefen Wunsch, so zu tun, als hätte sie die Kiste nicht gesehen, und stattdessen einfach nach Hause zu fahren – verlor sie auf einen Schlag dreizehn Kilo, indem sie die Tasche wegstellte, sich einen weiteren Energydrink öffnete und sich mit einer Brechstange bewaffnet ihrem Schreibtisch näherte. Wenn sie sich nicht jetzt darum kümmerte, das wusste sie, würde der Haufen morgen früh nur doppelt so hoch sein.

Das Quietschen von Nägeln, die aus Holz gezogen wurden, erfüllte den Raum, während sie mit der Brechstange den Deckel von der Kiste hebelte. Im Inneren fand sie eine weitere Box, diese hatte allerdings ein Tastenfeld an der Außenseite und eine rot leuchtende LED-Lampe.

„Was zum Kuckuck …?“

Oben an der Box war ein Umschlag festgeklebt. Sie nahm ihn ab und las die handgeschriebene Nachricht auf der Vorderseite:

Liebe Zuständige:
Das konservierte Gehirn und die konservierten Augen sowie die Echtheitszertifikate in dieser Box gehören der Welt. Bitte sorgen Sie dafür, dass sie beides erhält.

Als Unterschrift hatte jemand ein Symbol unter den Text gemalt, das, soweit sie es sagen konnte, aussah wie ein Schmetterling. Tasha öffnete den Umschlag und überflog das Zertifikat, das darinlag. Das Kribbeln, das ihre Nerven hinaufkroch und sich über ihre Kopfhaut ausbreitete, machte sie dabei wacher, als es irgendein Energydrink je gekonnt hätte.

„Oh. Mein. Gott.“ Ihre Knie versagten, und sie plumpste rückwärts in ihren Stuhl.

Die einzigen Blubberblasen, die sie heute Abend zu sehen bekäme, wären die in ihrem Champagnerglas.

TALLAHASSEE MEMORIAL KRANKENHAUS
TALLAHASSEE, FLORIDA

„Lust auf ein wenig Gesellschaft?“, fragte Jonathan vom Türrahmen zu Lews Krankenzimmer aus. Hinter ihm saß ein Polizeibeamter auf einem Stuhl.

Während ihrer zwei Wochen im Aga-Khan-Krankenhaus in Mombasa, Kenia, war Lew zwei Mal für tot erklärt worden, aber stur wie er war, hatte er darauf bestanden, seinen Ärzten zu widersprechen und weiterzuleben. Sophias Schulterwunde war nicht annähernd so ernst gewesen, aber sie hatte erst mal mit ihrem emotionalen Durcheinander zu kämpfen, als ihr nach und nach deutlich bewusst geworden war, was sie getan und was sie verloren hatte. Irgendwann hatten sie für Lew das Okay bekommen, dass er fliegen durfte, und nun erholte er sich im Tallahassee Memorial, während die anderen allmählich die Scherben ihres Lebens zusammenfegten.

Niemand hatte sie nach der Landung erwartet oder befragt, und abgesehen davon, dass sie ein paar Gefälligkeiten hatten in Anspruch nehmen müssen, um zu erklären, weshalb ein Hubschrauber auf dem Sportplatz gegenüber dem Krankenhaus landete, schien es auch so zu bleiben. Noch immer tauchte der Monarch regelmäßig in den Nachrichten auf, aber nach dem „Terroranschlag“ in New York war das zu erwarten gewesen.

Wie sich herausstellte, war es sogar gut für sie. Das Interesse am Monarchen sorgte nicht nur dafür, dass Emily endlich ihr Buch *Die Herrschaft des Monarchen* um das berüchtigte letzte Kapitel erweitern konnte, sondern sie erhielt auch einen Anruf ihres Agenten, der ihr das Angebot machte, eine Fortsetzung mit dem Titel *Der Sturz des Monarchen* zu schreiben. Zuerst hatte sie sich weigern wollen, aber Jonathan und Lew hatten sie schließlich dazu überreden können zuzustimmen – und einen guten Schuss dichterische Freiheit hinzuzufügen. Wenn das Buch erschien, würden sie fein raus sein, und der Monarch wäre endlich und unwiederbringlich tot.

Auch Sophia schien aus dem Schneider zu sein, zumindest juristisch gesehen. Ihre einzige Verbindung zu sämtlichen Vorkommnissen war ihr Nachname, da jedoch niemals herauskam, dass Nathan hinter der Explosion in New York stand, suchte man sie nicht einmal für eine Befragung.

„Na klar", antwortete Lew und setzte sich, so gut es ging, auf. Noch immer spürte er deutlich die Schmerzen und die Handschellen, die ihn ans Bett fesselten. Jonathan trat ein und setzte sich neben dem Bett auf einen Stuhl. Auf seinem Schoß breitete er einen Ordner mit Papieren aus.

„Wann ist deine Aussage?", fragte er.

„Schon erledigt", erklärte Lew mit einem schwachen Lächeln. Anders als alle anderen hatte Lew bei ihrer Rückkehr ein paar Fragen zu beantworten gehabt, immerhin war er drei Monate zu früh aus dem Gefängnis spaziert. Aber selbst diese Probleme hatten sich als harmloser erwiesen, als sie es erwartet hatten. Er hatte sich dem Staatsanwalt als Zeuge gegen Direktor Quinn zur Verfügung gestellt, und sobald er wieder transportfähig war, brauchte er nur seine restliche Zeit abzusitzen. Es gab keine neuen Anklagen.

„Sie haben dich gleich hier befragt?"

„War ein Kinderspiel", antwortete Lew. Er war alles andere als begeistert, ins Gefängnis zurückzumüssen, aber er wusste, dass das deutlich besser war, als den Rest seines Lebens über die Schulter zu gucken. Es war ihm sogar gelungen, Miguel Colero aus der ganzen Sache rauszuhalten, indem er so getan hatte, als wüsste er von nichts. Den Drogenbaron gegen sich aufzubringen wäre vermutlich noch schlimmer gewesen, als per Haftbefehl gesucht zu werden.

Er sah, dass Jonathan sich bei der ganzen Sache mies fühlte

und dass er versuchen würde, irgendetwas dazu zu sagen, also wechselte Lew schnell das Thema.

„Du tust es also wirklich“, meinte er und deutete mit dem Kinn auf die Papiere in Jonathans Schoß.

„Ja“, sagte Jonathan leise. „Es ist der einzige Weg, wie ich hundertprozentig weiß, dass sie sicher ist.“

„Das verstehe ich. Und es ist ja nicht so, dass ein Internat ein, nun, Gefängnis ist. Aber musst du wirklich ihren Namen ändern?“

„Ihn wieder zurückändern, meinst du. Sie war bereits Natalie Webster, lange bevor sie zu Natalie Hall wurde. Es ist eine gute Sache, wirklich. Und wenn sie schon ihren Namen ändern muss, was würde besser passen als der Mädchenname ihrer Mutter?“

„Ich weiß, aber …“

„Es sorgt dafür, dass sie in Sicherheit ist, und das ist alles, was zählt. Außerdem wird sie immer meine Tochter bleiben, ganz egal, wie sie heißt.“ Lew antwortete nicht, war aber der Ansicht, dass sich das alles verdammt danach anhörte, als wolle Jonathan vor allem sich selbst überzeugen.

Das Schweigen zwischen ihnen breitete sich aus. Es war nicht so, dass sie nichts zu sagen hatten, aber alles, worüber sie hätten reden wollen, waren Dinge, die angeblich nie geschehen waren. Also genossen sie das Schweigen.

Es war eine angenehme Abwechslung.

BUNDESGEFÄNGNIS YAZOO CITY
YAZOO, MISSISSIPPI
Drei Monate später

Es war kurz nach zwölf Uhr mittags im August, als Jonathan Lew endlich als freien Mann wiedersah. Er saß in einem Mietwagen, und die Klimaanlage pustete unermüdlich, im vergeblichen Versuch, die Sommerhitze von Mississippi aus dem Wagen zu vertreiben, während er Lew dabei zusah, wie er den Weg vom Parkplatz herüberschlenderte. Er sah aus wie ein Pendler auf dem Weg von der Arbeit, mit Ausnahme der Sporttasche, die er über die Schulter geworfen hatte. Er trug dasselbe eierschalenfarbene Button-down-Hemd und dieselben grauen Freizeithosen, mit denen er ins Gefängnis hineinspaziert war. Er hatte die Ärmel hochgekrempelt und den Kragen geöffnet, was grundsätzlich alles war, was der Mann tat, wenn es heiß wurde.

„Es ist heiß wie Stierklöten", meinte Lew, nachdem er seine Tasche auf den Rücksitz geworfen und sich neben Jonathan nach vorn gesetzt hatte.

„Ich freu mich auch, dich zu sehen", erwiderte Jonathan und schüttelte ihm die Hand. Er langte nach unten und drückte den Hebel, mit dem er den Kofferraumdeckel hochschnappen ließ. „Hinten steht eine Kühltasche mit ein paar Limos drin. Bringst du mir eine mit? Und dann sehen wir zu, dass wir hier verschwinden."

Jeder andere hätte gejammert, dass er gerade erst aus der Hitze in die relative Kühle des Wagens gekommen war, aber Lew nickte nur und stieg aus. Jonathan grinste und machte sich bereit, auch seine Tür zu öffnen. Sie hatten ein paar ernste Dinge zu besprechen, aber vorher blieb ihnen noch die Zeit für ein wenig Spaß. Als Lew den Kofferraumdeckel ganz hochgeklappt hatte und nicht mehr zu sehen war, öffnete Jonathan leise seine eigene Tür und stieg aus.

„Ist das dein beschissener Ernst?!“, rief Lew von hinter dem Wagen.

Jonathan trat ums Heck des Wagens und sah, wie Lew den Staubmantel hochhielt, den Jonathan ihm gekauft hatte. Der große Mann grinste so breit, als hielte er gerade sein Neugeborenes im Arm.

„Ist vielleicht im Augenblick ein bisschen heiß, aber ich dachte mir, was soll…“

Lew ignorierte ihn und schlüpfte mit seinen breiten Schultern in den schweren Mantel. Er strich mit seinen kräftigen Händen über die Ölhaut der Ärmel und schlug dann den Lederkragen hoch.

„Daddy ist zu Hause.“

Zurück im Auto, nahm der Lufterfrischer der Autovermietung augenblicklich den Kampf gegen den Geruch der Ölhaut des Mantels auf. Jonathan wusste, dass es an der Zeit war, zum Geschäftlichen zu kommen, und zog einen Aktenhefter aus dem Fach zwischen den Sitzen. Lew sah es und rollte mit den Augen.

„Ah, verdammt, der Bastard hat sich blicken lassen, oder? Okay, dann lass mal hören“, meinte Lew.

Trotz allem, was sich zu ihren Gunsten entwickelt hatte, und allem, wobei sie sich vor drei Monaten mit ein paar kleinen Lügen aus der Affäre gezogen hatten, gab es noch eine Sache, die sich ihrer Kontrolle entzog: Canton George. In den Überresten seiner zerstörten Villa war seine Leiche nie gefunden worden, und sein Imperium zuckelte einfach unermüdlich weiter wie die tapfere kleine Töff-Töff-Eisenbahn aus der Kindergeschichte. Sie hatten gehofft, dass das alles nichts zu bedeuten hätte, aber sie konnten es sich nicht leisten, so zu tun, als bestünde hier keine potenzielle Gefahr. Jonathan klappte den Hefter auf und gab Lew ein Foto. Es war das Porträt eines weißen Mannes in mittlerem Alter, der eine Navy-Uniform trug.

„Wer zur Hölle ist das?“

„Das ist der verstorbene Colonel Rudyard Maitland von der US Navy. Offensichtlich wurde er bereits vom NCIS, also der Marine-Strafbehörde, gesucht, als seine Leiche in einem Slum von Kapstadt auftauchte. Sie fanden ihn mit zwei vergewaltigten Minderjährigen und ein paar Kugeln im Hinterkopf. Sie waren alle drei schon eine Weile tot."

„Igitt. Weshalb wurde er gesucht?"

„Ist vertraulich. Aber hör dir das an, er war der Basis-Kommandeur des Navy- Luftwaffenstützpunkts auf Diego Garcia, und der Haftbefehl wurde einen Tag nach dem Angriff auf Tartaruga ausgestellt."

„Heilige Scheiße", sagte Lew. „Das ist der Wichser, der …"

„Er hat sie losgeschickt, aber es war nicht seine Idee. Als sie ihn fanden, hatte man seine Brieftasche vollkommen ausgeleert, aber die Mörder haben eine Kette übersehen, an der er einen Schlüssel trug. Der passte zu einem Schließfach, und in dem fanden sie ein Tagebuch, in dem er die jahrelangen Erpressungen von unserem gemeinsamen Freund dokumentiert hat …" Jonathan reichte Lew ein weiteres Foto, diesmal das Bild eines makellos gekleideten, kurz gewachsenen schwarzen Mannes.

„Canton Leck Mich George", murrte Lew.

„Niemand Geringerem. Das NCIS hat schon seit einem Monat einen weltweiten Haftbefehl laufen und sucht in jedem Winkel nach ihm, aber bisher ohne Ergebnis. Ich habe ein paar Fühler ausgestreckt, aber du kannst davon ausgehen, wenn die Navy ihn nicht findet, tun wir das auch nicht."

„Außer, er will, dass wir ihn finden, meinst du", erwiderte Lew.

„Ich weiß nicht. Selbst für jemanden mit seinen Möglichkeiten und Ressourcen hat er ein paar mächtige Wellen geschlagen. Er könnte für eine wirklich lange Zeit untergetaucht bleiben", meinte Jonathan. Er log.

„Warum ist Natalie dann im Internat?"

„Ich bin nur vorsichtig, und sie ist erst in ein paar Wochen wieder im Internat."

„Ja, ja, was auch immer. Warum bringst du diese Sauna hier nicht endlich auf die Straße? Wenn ich Emily nicht bald sehe, wird dir nicht gefallen, was ich dir antun werde."

„In Ordnung, in Ordnung", meinte Jonathan und legte den Hefter weg. Sie fuhren vom Parkplatz und in Richtung des Flughafens in Jackson, der Hauptstadt von Mississippi.

Emily hatte eigentlich mitkommen wollen, aber ihr Abgabetermin kettete sie die meiste Zeit an den Schreibtisch. Sie hatte sich in Tallahassee ein kleines Apartment gemietet, in der Nähe von Jonathans Haus, sodass sie alle ihr helfen konnten, die fiktiven Elemente ihrer Fortsetzung auszuarbeiten, aber sie hatte nicht genügend Zeit, dass sie mal eben losfliegen konnte, nur um Lew abzuholen. Doch sie hatte durchaus Zeit für eine kleine Überraschung, die Jonathan vorbereitet hatte.

Und vielleicht für ein klein bisschen mehr.

JONATHANS HAUS
TALLAHASSEE, FLORIDA
20:15 Uhr Ortszeit

„Überraschung!"

Sophia, Natalie und Emily sprangen hinter der Couch hervor, als Lew und Jonathan durch die Vordertür hereinkamen. Jonathan schaltete das Licht ein, und Lew sah einen riesigen Kuchen auf dem Esszimmertisch stehen. Der Raum war mit Bannern, Girlanden und Ballons geschmückt, auf denen Begrüßungen standen wie „Glückwunsch" und „Willkommen zu Hause". Lew bekam beinahe feuchte Augen vor Rührung, bis er einen zweiten Blick auf Emily warf. Sie hatte ihr Haar in einen Pferdeschwanz zurückgebunden, einen Bleistift hinter dem Ohr und trug ein Sommerkleid mit Fleckenmuster, und sie war das mit Abstand schönste Geschöpf, das er jemals gesehen hatte.

Lew nahm sich die Zeit, Sophia Hallo zu sagen und Natalies Haare zu verwuscheln, eilte dann aber schnurstracks in Emilys ausgestreckte Arme. Und Emily hatte nicht nur feuchte Augen vor Rührung, sondern weinte hemmungslos.

„Willkommen zu Hause, Baby", sagte sie mit einem breiten Grinsen und wischte sich die Tränen aus dem Gesicht.

Lew küsste sie stürmisch. Er spürte, wie ihr in seiner Umarmung die Knie ein wenig weich wurden, und drückte sie fester an sich. Als der Kuss zu lange anhielt, stieß Natalie aus: „Bäh, Onkel Lew! Das ist ekelig!"

Damit beendete sie den magischen Moment, und Lew trat einen Schritt zurück, ließ Emily aber nicht los, sondern legte einen Arm um sie, als es so schien, dass sie ihr Gleichgewicht verlieren könnte.

„Zwingt mich nicht, den Gartenschlauch zu holen", meinte Jonathan nur.

„Hey, ich war im Gefängnis, okay?", erwiderte Lew. Alle lachten und fanden sich schnell in einem großartigen Abend voller Musik, guten Essens und langer Gespräche wieder.

Ein paar Stunden später, nachdem Natalie grummelnd ins Bett gegangen war, drehten sie die Musik ein wenig leiser, und alle vier saßen auf dem Sofa und tranken Wein. Lew hatte den Arm noch immer um Emily gelegt und bemerkte, dass Jonathan und Sophia sich, zumindest wenn sie alle zusammen waren, gar nicht berührten. Er fragte, ob es zwischen den beiden irgendeinen Krach gegeben hatte.

„Ich hatte während der Party nichts sagen wollen", meinte Sophia.

„Worüber?", fragte Lew und rutschte nach vorn auf die Kante des Sofas.

„Sophia hat einen Job als Universitätsprofessorin angenommen“, antwortete Jonathan.

„Hey, das ist großartig!“, rief Lew. Dann verstand er das Problem. „Moment mal. Wo denn?“

„Sri Lanka“, erklärte Sophia.

„Uff, langer Arbeitsweg“, meinte Lew.

„Nein, ist in Ordnung“, sagte Jonathan. „Das ist ihr kultureller Hintergrund und eine großartige Gelegenheit. Sie wollen sie sogar dabei unterstützen, ihre Forschungen fortzusetzen. Wir haben uns nur darauf geeinigt, nichts anzufangen, das … Ihr wisst schon.“

„Das ihr nicht zu Ende bringen könnt?“, schlug Lew vor.

„Das wir nicht fortführen könnten, Witzbold“, erwiderte Sophia.

„Okay, sorry“, meinte Lew, als Emily ihn mit dem Ellbogen anstieß.

„Aber was ist mit euch beiden?“, wandte Jonathan sich an Lew.

„Irgendwelche großen *Pläne*?“, fragte Sophia.

„Ähm. Äh, das ist … also, wir sind gerade erst, ihr wisst schon …“

„Oh Gott, lasst ihn in Frieden, bevor er einen Herzinfarkt bekommt“, meinte Emily. Alle lachten. Außer Lew.

„Su-per-witzig“, brummte er.

Als Emily mit Lew zu ihrem Apartment fuhr, atmete er tief die frische Nachtluft ein und seufzte. Als freier Mann riecht die Luft wirklich besser, dachte er. Und natürlich waren das Bier und der Wein auch nicht schlecht.

Er sah noch einmal zu Emily hinüber und spürte das Klopfen in seiner Brust. Er benahm sich wie ein alberner Teenager, und es war ihm vollkommen egal. Dann bemerkte er den braunen Umschlag, der in ihrer Sonnenblende eingeklemmt war.

Mit einem schwarzen Marker hatte jemand LEW auf die Vorderseite geschrieben.

„Was ist das?“, wollte er wissen.

„Keine Ahnung. Jonathan hat ihn mir in die Hand gedrückt, als wir gegangen sind. Er meinte, ich soll ihn dir morgen früh geben“, erklärte Emily.

„Von wegen“, sagte Lew, als er sich das Stück schnappte. Er riss den Umschlag auf und fand einen Hefter darin, der mit „September“ beschriftet war. Als er ihn aufschlug, konnte er kaum glauben, was er sah. Er war mit Fotos einer Villa in Spanien gefüllt, mit den Bauplänen eines Tresorraums, den Zeitplänen der Sicherheitsleute und schließlich, ganz unten, dem Foto eines Renoirs. Über das Bild hatte Jonathan geschrieben: *Wurde ’98 gestohlen.*

„Dieser listige kleine Mistkerl“, murmelte Lew, der genau wusste, was das alles bedeutete.

„Was ist es denn?“, fragte Emily.

„Nichts“, antwortete Lew, klappte den Hefter zu und schob ihn zurück in den Umschlag. „Nur ein paar Unterlagen und Zeug, das mit meiner Entlassung zu tun hat.“ Er gab ihr einen Kuss auf den Handrücken, während sie in die Nacht fuhren.

Der Monarch mochte tot sein, dank des Buches, das Emily bald beenden würde, aber auf Jonathan und Lew wartete noch immer jede Menge Arbeit.

Doch nicht heute Nacht.

Danksagung

Ich danke meiner Lektorin bei HarperCollins, Chelsey Emmelhainz, für ihre unglaubliche Unterstützung, ihren Rat und ihre Geduld. Ohne dich hätte ich das Buch in diesem Buch niemals gefunden, und dafür werde ich ewig dankbar sein.

Dank auch an Barb Einarsen, Julia Borgini, Brian Galluci und viele weitere namenlose Opfer, die das Manuskript in seinen frühen Phasen gelesen haben und mir ihr Feedback gaben. Ihr habt keine Vorstellung davon, wie sehr ihr mir geholfen habt.

Dank an Robert J. Sawyer und Dan Perez, die mich darin unterstützt haben, mein Schreiben weiterzuentwickeln, als es noch ganz und gar schrecklich war. Ihr seid tapferer als ich, Jungs.

Ein besonderer Dank gilt der alljährlichen National-Novel-Writing-Month-Veranstaltung (NaNoWriMo). Ein großer Teil dieser Geschichte entstand während einer NaNoWriMo-Veranstaltung, und ich bezweifle, dass es ohne die Gemeinschaft und die Unterstützung, die ich dort fand, überhaupt einen Roman gäbe. Ihr Leute seid fantastisch und ein Licht in der Finsternis, wenn man es am dringendsten braucht.

Dank auch an meine Tochter, dafür, dass sie die Kring-Schwestern gemalt hat, als ich selbst noch nicht wusste, wie sie aussehen würden.

Ich danke meinen Eltern, die mir vor all diesen Jahren eine Schreibmaschine zu Weihnachten schenkten, als all die anderen Kinder sich Fahrräder und Modelleisenbahnen wünschten.

Und schließlich danke ich der Liebe meines Lebens, Tasha DiZazzo, ohne die es dieses Buch niemals über die Zielgerade geschafft hätte. Danke dafür, dass du all die verschiedenen Versionen Probe gelesen hast, fürs Zuhören und für den „Vorhang der Einsamkeit“. Danke dafür, dass du der erste Mensch warst, der das Buch online vorbestellt hat und aufgeregter war als ich. Du hast an mich geglaubt, als ich selbst es nicht tat. Du hast mich gerettet, Tash. Ich werde dich ewig lieben.